KB019245

달빛조각사

달빛 조각사 6

ⓒ 남희성, 2007

발행일 2024년 12월 10일 초판 2쇄 | **발행인** 김명국 | **발행처** 주식회사 인타임 출판 등록 107-88-06434 (2013년 11월 11일) **주소** 서울시 구로구 디지털로31길 38-21 이앤씨벤처드림타워 3차 507호 **전화** 070-7732-2790 **팩스** 02-855-4572 **이메일** in-time@nate.com | ISBN 979-11-03-33043-9 (04810) 979-11-03-32686-9 (세트) | 이 책은 주식회사 인타임이 저작권자와의 계약에 따라 발행한 것이므로 내용의 전부 또는 일부를 사용하려면 반드시 양측의 동의를 받으셔야 합니다. 잘못된 책은 구매처에서 바꿔 드립니다.

달빛조각사 6

남희성 게임 판타지 소설

The Legendary Moonlight Sculptor

INTIME

contents

영웅의 탑

검치 들을 이끌고 야심 차게 영웅의 탑에 오른 위드!

"인간들이로군. 감히 허락도 없이 이곳에 발을 들이다니."

간신히 몸을 가릴 정도로 원시적인 가죽옷을 입고 있는 고대인, 헤라임들이 쌀쌀맞게 말했다.

"인간들이여, 이곳은 고대의 무술을 배우지 못한 자는 통과할 수 없는 곳. 지금 돌아간다면 생명만큼은 보전할 수 있을 것이다."

헤라임들은 야수형 인간을 닮았다.

몸 전체에 거친 털이 숭숭 나 있으며, 손과 발, 머리도 컸다. 근육질의 몸은 터질 것처럼 팽창되어 있어서 전투에 최적화된 종족이란 것을 알 수 있게 해 주었다.

위드는 검치 들이 사고를 치기 전에 서둘러 나섰다.

"우리가 이곳에 온 것은 스스로를 시험하기 위해서입니다."

헤라임들은 곧바로 반응을 보였다.

"시험이라고?"

"나약한 인간 주제에 초급 수련관을 통과했단 말인가?"

영웅의 탑 1층에 있는 헤라임들이 웅성거렸다.

위드는 빠르게 말했다.

"그렇습니다. 초급 수련관을 통과하여, 이곳 영웅의 탑을 찾아왔습니다. 우리의 강함을 시험하기 위해서지요."

그러자 늙은 헤라임이 다가왔다.

"밖에는 검은 박쥐 놈들이 있을 텐데. 놈들을 물리치고 이곳에 인간이 올 줄은 몰랐군."

"……."

위드는 뱀파이어들과 결탁하여 그들의 의뢰를 받아 돈을 벌었다는 사실은 조금도 말하지 않았다. 짧은 순간, 헤라임들의 특성을 파악한 것이다.

'수련관의 교관들이라고 봐야겠지. 힘을 숭상하고, 땀을 흘리는 것을 좋아한다.'

다행히 늙은 헤라임은 뱀파이어들에 대해서 묻지 않았다.

"인간들의 의지는 알겠다. 나약한 인간들이 초급 수련관을 통과하기란 쉽지 않았겠지. 하지만 이곳은 다르다. 원하는 것이 시험이라면 목숨을 걸어야 한다."

"힘을 얻기 위해서는 대가를 치러야 된다는 사실을 알고 있습니다. 박해받는 인간들을 구원하고 세상의 정의를 바로 세우기 위해서, 우리는 각오가 되어 있습니다."

누가 보면 위드를 의협심이 넘치는 기사쯤으로 착각할지도 모르는 광경.

늙은 헤라임이 고개를 끄덕였다.

"그 정도의 각오가 되어 있다면 충분하겠지. 1층에서는 인내하는 법을 알아야 할 것이다. 2층에서는 걷고 싶지 않은 길을 걸어야 하며, 3층에서는 살아남아야 한다. 3층까지 갈 수 있다면 영웅의 탑 도전을 성공한 것으로 보아도 되겠지."

위드는 그것으로 만족할 수 없었다. 3층까지 살아서 간다면 다시 내려오고 싶은 마음은 없었다.

"4층도 있는 것으로 알고 있습니다."

"4층에서는 한계를 넘어야 할 것이고, 5층은 전설을 볼 수 있을 것이다. 악독한 몬스터 무리와 맞서서, 과연 어디까지 올라갈 수 있는지 두고 보겠다."

헤라임들은 더 이상 위드에게 관심을 갖지 않았다. 설명은 충분히 했으니 알아서 행동하라는 뜻이었다.

페일과 화령, 제피 등은 영웅의 탑에 오를 자격이 없었다. 하지만 말로만 들었던 영웅의 탑을 구경할 수 있는 기회를 놓치고 싶진 않았다.

그리하여 KMC미디어 방송국에 모이기로 했다.

방송국에서는 위드가 보내오는 실시간 영상을 받을 수 있었던 것이다.

신혜민이 그들을 마중 나와 영상실로 안내하며 설명했다.

"영웅의 탑. 헤라임들이 베르사 대륙에 세운 12개의 탑. 그런데 이전에도 통과한 사람은 있었던 것 같아요."

이리엔이라는 닉네임을 쓰고 있는 김인영이 호기심 어린 눈빛을 했다.

"어떻게 아세요?"

"실은 영웅의 탑에 대해 은근히 소문이 돌고는 있었어요."

영웅의 탑은 굉장히 고급 정보에 속했다. 위치를 아는 사람이라고 해도, 자신만이 알고 있지 남들에게 알려 주려고 하지 않았다.

정보의 독점!

방송국에서도 간신히 첩보를 입수했을 정도다.

"무슨 탑을 통과해야 진정한 전사가 될 수 있다는 이야기가 퍼져 있었거든요. 저도 영웅의 탑이란 이름을 듣고서야 그곳일 거라고 확신했어요."

어느새 영상실에 도착했다.

그곳에서는 영웅의 탑에서 벌어지는 일들이 벌써 한창 진행 중이었다.

⌒⌒⌒

어두컴컴한 던전.

위드와 검치 들은 엄청난 규모의 돌 골렘들과 싸우며 길을 뚫고 있었다. 검으로 베어도 불꽃만 튈 뿐, 잘 잘리지 않았다.

하지만 뒤로 돌아갈 수도 없다.

관문의 입구가 어느새 막혀 있었다.

"이게 인내의 관문이었군."

위드는 깨달았다.

골렘들을 뚫고 복잡한 미궁의 길을 찾는 게 첫 번째 관문이었다. 천장에서도 육중한 무게의 골렘들이 떨어졌다. 함정도 수없이 숨겨져 있었고, 화살들이 날아오기도 했다.

위드와 검치 들은 수많은 골렘들을 물리치며 천천히 전진을 해야 했다.

골렘들은 쉴 시간을 주지 않았다.

제자리에 있으면 사방으로 뚫린 길들에서 더 많은 골렘들이 모여든다.

미궁에서의 7시간에 걸친 전투!

몸은 점점 지쳐 갔지만 너무나 재미있었다.

'경험치가 오르고 있어. 골렘에게서 좋은 아이템도 나와.'

아무리 위험해도, 그 어떤 상황에서도 돈을 번다. 강해진다.

위드는 신이 났다.

"아자자자자!"

기쁨에 터져 나오는 함성!

"가자!"

"다 죽여 버리자!"

검치 들도 사력을 다해서 싸웠다.

죽는 것이 두렵진 않다. 여기서 실패하는 것도 창피하지 않다. 최선을 다하지 못하고 죽는다면 그게 아쉬울 뿐이다.

그렇게 골렘을 몰아붙이고, 서로를 보살펴 가면서 2층으로 올라가는 계단을 찾았다.

골렘들과 싸우기 시작한 지 14시간이 지났을 무렵이었다.

⚜

영상실.

어느새 위드가 영웅의 탑에 도전한다는 소문이 퍼져서 방송국 직원들이 모였다.

프로그램 〈위드〉의 시청률은 현저하게 낮았다. 세이룬에서 제대로 보여 준 게 없으니 어쩔 수 없는 일이다.

초반에는 위드의 존재감도 대단하지 않았다. 음식에, 검 갈기에, 다림질에, 붕대 감기까지 온갖 잡일을 열심히 할 뿐이다.

편집을 하지 않더라도, 전투 때에 주변 일대를 휩쓸어 버리는 공격력과 지휘 능력 외에는 볼 게 없었다.

그것만으로도 굉장하긴 하지만, 정작 전신 위드가 출현할 때마다 보여 주었던 충격적인 카리스마에는 미치지 못하는 게 사실이었다.

검치 들은 식충이 정도로밖에 안 보였다.

'하지만 이 영상을 본다면 달라지겠지.'

직원들은 뿌듯함을 느꼈다.

그들도 영상실에 와서 1시간 넘게 전투만 하는 것을 보며 처음에는 지루했다.

'골렘과 싸움만 하네.'

'지겹다, 지겨워.'

3시간이 지나도 길을 찾으면서 싸웠다.

영상실에서는 〈로열 로드〉를 평시의 4배나 되는 속도로 돌리고 있었다.

끝없이 싸우고, 몬스터들을 뚫는다.

시청자의 입장에서도 검이 무거워진 게 눈에 보이는데도 포기하지 않는다.

처절한 사투 끝에 2층으로 향하는 계단을 찾아냈다.

가슴이 뭉클한 무언가가 있었다.

퀘스트라고 하면 다분히 이성적으로 진행되기 마련이다.

우선 각종 직업들이 한자리에 모여서 만반의 준비를 갖춘다. 던전에 들어가고 나서도 정찰을 하고, 함정을 해체한다. 본대는 그다음에 진입한다.

마법사들의 공격과, 궁수들의 제압사격!

역으로 함정들도 설치하며, 효율적으로 싸운다.

조금만 위험해도 성직자들의 치료들이 엄청나게 이어진다.

대형 길드들에 한해서 흔히 쓰는 방법이었다.

'정작 저렇게 몸으로 부딪쳐서 퀘스트를 해결하는 건 오랜만에 보는군.'

'부족한 조합을 협력과 믿음, 끈기로 해결하다니……'

'요즘은 드문 방식이야.'

위드와 검치 들은 2층에 올라가자 양피지 두루마리들을 볼 수 있었다.

금색 스킬 북!

영웅의 탑에 준비된 보상이리라.

위드는 스킬 북을 읽었다.

스톤 스킨

피부를 돌처럼 단단하게 만든다. 화염과 냉기, 날카로운 무기들로부터 몸을 보호할 수 있다. 인내력, 맷집, 스킬 레벨에 따라 방어력이 증가한다. 스킬 발동 시 마나 100 소모. 스킬 유지에 따른 마나 소모 초당 15. 몸무게가 무거워져서 민첩성이 25% 하락하고, 공격력이 15% 증가한다.
제한: 기초 수련관 통과자. 직업 제한 없음. 단, 마나 사용
 이 가능해야 한다.

직접적으로 몸을 보호할 수 있는 스킬이었다.

워리어들의 경우에는 일시적으로 사기를 끌어 올려서 방어력을 증가시킬 수 있다. 그것과는 조금 달랐다.

마나를 훨씬 많이 소모한다는 단점이 있다. 민첩성도 하락하는 대신 공격 능력이 탁월해진다.

위드는 스킬을 보는 순간 활용 방법을 알 수 있었다.

'적들에게 둘러싸였을 때, 사방이 적일 때 사용하면 괜찮은 스킬이로군.'

워리어 계열 스킬은 전용 직업이 아닌 경우 까다로운 조건을 충족시켜야 한다.

눈 질끈 감기도 그런 스킬의 하나!

스톤 스킨은 둔기류의 공격이나 밀어 치는 공격에는 조금 약할 것 같지만, 그래도 방어 능력에 많은 도움이 될 것이다.

공격적인 성향을 가진 방어 스킬은 흔치 않았다.

"스킬 습득!"

띠링!

> 스톤 스킨을 익혔습니다.

> 새로운 고대 스킬 습득으로 지식이 7 늘었습니다.

> 지혜가 6 향상되었습니다.

스킬을 익힌 다음, 도전을 위하여 천천히 앞으로 나아갔다.

1층처럼 어둡지 않았다. 아니, 너무 밝아서 눈이 부실 정도였다.

지면에는 시뻘건 불길이 타오르고 있어서, 그다음 계단으로 올라가려면 불길을 지나야 했다. 하늘을 날 수 있는 마법사라고 하더라도 천장이 낮아 불을 피할 방법이 없었다.

"걷고 싶지 않은 길을 걸어야 한다는 것은 이런 뜻이었군. 스톤 스킨!"

위드는 방금 익힌 스킬을 발동하고, 불 위를 걸었다.

가장 빠른 길이 있다면 구태여 돌아갈 필요가 없다. 퀘스트를 해결할 수 있는 방식이 이것이라면, 꼼수를 써 내기보다는 정면 승부를 택한다.

특수한 상황에 빠졌습니다.
스톤 스킨의 숙련도가 보통 때보다 20배 빠르게 증가합니다.

한 걸음 옮길 때마다 숙련도가 1%씩 쑥쑥 늘었다.

초급이라고 하더라도 굉장한 속도였다. 하지만 고통은 그대로이고, 줄어들지 않았다.

더 힘든 것은 환상이었다.

몸이 불로 뒤덮여서 타오른다. 손과 발이 녹아들어 앙상한 뼈만 남는다.

"빨리 가야지. 3층에는 더 재미있는 관문이 기다리고 있을 테니까."

위드는 오히려 의욕을 돋우면서 걸었다.

검치 들도 뒤를 따랐다.

육체의 고통은 초월했다.

아픈 것은 마음이다.

"33년째 노총각."

"여자 친구 생각만 하면 손발이 오그라들어."

"이깟 관문 때문에 약해질 수는 없지."

걸음마다 생명력 하락 속도와 피로도가 급상승했다. 하지만 스톤 스킨 덕분에 버틸 수는 있는 수준이었다.

스톤 스킨의 스킬 레벨이 1 상승하였습니다.
피부가 돌덩어리처럼 단단해져, 적의 무기를 튕겨 낼 확률을 높입니다. 기본 방어력이 1% 증가합니다.

스톤 스킨의 스킬 레벨이 1 상승하였습니다.
피부가 돌덩어리처럼 단단해져, 화살 공격의 피해를 줄입니다. 기본 방어력
이 2% 증가합니다.

스톤 스킨이 성장하는 것을 지켜보는 것도 기쁨이었다.

"크흐흐흐흐."

위드는 몸이 아파도 즐거웠다. 육체적인 고생이 있더라도 스킬의 성장이 최고다. 다른 이들에게는 괴롭고, 걷고 싶지 않은 길이 되겠지만 스킬을 키울 수 있으니 마다할 까닭이 없다.

이윽고 3층으로 향하는 계단을 발견했다.

위드와 검치 들은 계단을 오르기 전에 충분히 휴식을 취했다. 생명력과 마나를 채운 것이다. 그리고 다시 불길로 되돌아갔다.

"스킬의 성장!"

스톤 스킨의 마스터를 위하여 불길로 뛰어든다!

위드만이 할 수 있는 생각이었다.

스톤 스킨의 스킬 레벨이 중급이 되었습니다.
기본 방어력이 4% 증가합니다. 마법 저항력이 7% 늘어나고, 스킬 유지에
따른 마나 소비가 절반으로 감소합니다.

이때부터는 좀 더 넉넉하게 불길 속에 머무를 수 있었다.

마나 소비가 감소하면서, 마나 고갈로 스킬이 해제될지 모른다는 긴장감도 사라졌다.

검치는 이마 가득 땀을 흘리며 체조를 했다.

"어, 시원하다."

검삼치도 몸이 개운했다.

"스승님, 땀이 쫙 빠지지 않습니까?"

사우나에 온 것처럼 유유자적 즐기는 검치 들!

그들은 하루 동안이나 2층에 머물렀다.

불길, 고통을 즐기면서 스킬을 마스터한다는 목적으로!

기어이 스톤 스킨을 마스터하고 나서야 3층으로 올라갔다.

⁓

영상실에서는 방송국 직원들이 입을 다물지 못하고 그 광경을 보았다.

"저 사람들이 인간인가?"

"저거 하나도 안 뜨거운 거 아냐?"

의심이 갈 수밖에 없었다.

하지만 불길은 환상이 아니었다. 위드나 검치 들이 착용하고 있는 갑옷들이 금방 일그러졌기 때문!

엄청난 고열이 아니고서야 설명이 불가능한 부분이다.

위드는 갑옷이 망가질 때마다 계속 고쳤고, 나중에는 아예 바지만을 입은 채로 불길을 즐겼다.

불속에서 수영을 하는 검십치.

양손에 고구마를 들고 구우면서 동시에 먹는 검십칠치.

쥐포를 구워 먹고 있는 검사십팔치.

위드와 검치 들에 대해서는 나름대로 잘 알고 있는 오동만조차도 가슴을 쓸어내렸다.

'난 인간이야. 내가 정상적인 인간이라는 사실이 이렇게 고마울 때가 있다니!'

지금은 위드와 검치 들을 알고 있다는 사실이 자랑거리가 될 수 없었다. 저토록 터무니없는 인간들이 있다는 현실에 또다시 놀랄 뿐.

박희연도 좌절했다.

'화염 계열의 전문 마법사로 정말 노력하면서 키웠는데. 저렇게 태평스러운 모습이라니…….'

그녀가 익힌 마법 계열에 대한 회의가 들었다.

화염 마법의 고통은 상당한 수준이다.

실제와 동일하게 살이 타들어 가는 고통은 당연히 아니다. 그래도 상당한 뜨거움이 느껴질 정도이고, 고열의 화염 마법은 매우 뜨거운 온천수를 갑자기 뿌리는 것과 비견될 성노나. 그런데 위드와 검치 들에게는 조금도 통하지 않는 것 같았다.

오랫동안 불길 속에 있으면 고통은 점점 누적된다. 저항력이 낮아지면서 통증의 정도도 더욱 심해진다. 아마도 저들이 느끼고 있을 아픔은 통각의 최대치에 근접했음에 틀림없다. 그럼에도 태연하게 즐기고 있었다.

"변태… 아저씨들!"

<hr />

3층에 올라갔을 때에는 스탯을 얻었다.

띠링!

중급 수련관을 통과하였습니다.

맷집이 60 강해집니다.

인내가 60 늘어납니다.

지구력이 60 증가합니다.

맷집과 인내, 지구력이 60씩 증가!

스톤 스킨까지 마스터하면서 방어력은 거의 2배가 되었다. 현재의 수준에서 최고급 방어 아이템을 획득한 것 같은 효과를 누리게 된 것이다.

다른 영웅의 탑의 2층에서도 스톤 스킨을 얻은 유저들은 상당히 있으리라. 하지만 위드와 검치처럼 큰 소득을 얻은 자는 없었다.

유난히 방어력이 약했던 검치 들에게도 약점을 보완할 수 있는 기회!

하지만 3층의 난이도는 훨씬 대단했다.

어쌔신들과 도둑들이 함정을 파고 기다리다가 습격을 가한 것이다. 독을 바른 단검과 석궁이 날아다닌다.

"썬더 라이트닝!"

"파이어 블래스터!"

"워터 애로우!"

광범위 마법 공격이 가해지기도 했다.

3층의 관문은 생존!

어쌔신과 도둑 들이 검치 들의 사이를 헤집고, 마법 공격이 줄을 이었다.

어쌔신들이나 도둑들에게 한눈을 파는 사이, 마법에 직격당해 맞아 죽는 이들이 생겼다. 마법을 피하려고 몸을 날리면, 그곳에는 어쌔신들이 기다리고 있다가 단검을 찌른다.

"크윽."

"빌어먹을. 이렇게 허무하게……."

검오십사치와 검칠십칠치가 죽었다. 중급 수련관 3층을 넘지 못하고 사망한 것이다.

이제 그들이 다시 되살아나면 베르사 대륙에서 시작하게 되리라.

위드가 사자후를 터트렸다.

"흩, 어, 지, 면, 안, 됩, 니, 다!"

어떠한 소란이라도 압도해 버리는 광량한 소리!

검둘치가 다급하게 물었다.

"위드야, 무슨 방법이 있느냐?"

검치를 비롯한 사범들은 무사했다.

아수라장에서라도 자신을 돌볼 수 있는 이들이었다.

하지만 갑작스러운 상황 변화에, 해결책은 찾지 못했다.

"저도 아직 방법은 없습니다."

"그럼?"

"마법사들의 공격이 우리가 모여 있는 진영의 중심부로 집중되고 있습니다. 아무래도 우리가 흩어지기를 바라는 모양인데, 놈들의 뜻대로 따라 줄 수는 없습니다. 뭉쳐야 합니다."

"마법사들의 집중 공격을 당할 텐데?"

"그래도 뭉쳐야 합니다. 흩어지더라도 3명 이상은 함께 다녀야 되고요."

위드는 본능적으로 대응 방법을 찾아냈다.

검둘치는 그 판단을 신뢰했다. 합리적인 설득력은 부족했지만, 적들의 의표를 찌를 수 있었기 때문이다.

검둘치는 도장을 이끌어 나갈 수제자로서 매번 선택을 강요받았다. 검치는 사범들과 수련생들이 경험을 쌓도록 지켜볼 뿐이다.

하지만 언제나 검둘치 본인이 선택을 할 필요는 없었다.

'내게는 믿음직한 사제들이 있다. 사제들의 판단이 옳다면 난 그것을 따른다.'

검치 들이 결집했다.

마법 공격들이 집중되고, 어쌔신과 도둑 들이 단검을 쥐고 달려오고 있었다.

위드가 외쳤다.

"스톤 스킨!"

방금 배웠던 스킬을 활용한다.

"스톤 스킨!"

"스톤 스킨!"

검치 들도 서둘러서 스킬들을 사용했다.

피부가 거대한 암석처럼 단단해졌다. 그 위를 마법들이 뒤덮었다.

콰아아아앙!

수십 개의 각양각색의 마법들이 위드와 검치 들의 위에서 터진다.

스톤 스킨의 위력 덕분에 생명력의 저하는 크지 않았다. 마스터까지 올려놓은 스킬의 덕을 톡톡히 보고 있었다.

'마법의 위력이… 견딜 만해.'

검치 들은 마법에 대한 막연한 거리낌이 있었다.

몸을 쓰는 데 주력하다 보니 마법에 익숙하지 못하다. 마법이 날아오면 일단 피하고 봤다.

검치 들만이 아니라, 누구라도 마법이 날아오면 비슷한 선택을 할 것이다.

마법의 파괴력은 직접 적중당하는 것으로 그치지 않는다. 화염이나 얼음 덩어리, 스파크 들이 튀어 2차, 3차적인 피해를 입힌다.

철저히 일인에게만 피해를 입히는 대인 마법도 있지만, 상당수의 마법들은 넓은 지역에 복합적인 피해를 주었다.

마법사들이 최고의 공격력을 가지고 있다는 사실은 널리 공인된 바!

완전히 피하기도 어렵고, 폭발에 휘말리면 멀리 나가떨어지는 일도 빈번했다.

하지만 스톤 스킨의 효과 덕분에 마법에 직접 공격을 당하지 않는 이상 살 수 있었다.

땅에 꽂힌 마법들이 만들어 낸 2차, 3차의 폭발은 돌처럼 단단해진 피부가 막아 낸다.

검치 들은 폭풍 속에서 땅에 뿌리내린 거목처럼 마법을 이겨 냈다.

"살았다."

"안 죽었어!"

그사이 어쌔신과 도둑 들이 기습을 해 왔다.

하지만 이제 마법을 피해 도망 다니던 그 어수선한 상황이 아니었다.

채앵!

검치 들은 검을 뽑아 어쌔신과 도둑 들을 능숙하게 상대했다. 일격 필살의 공격! 애초에 어쌔신과 도둑 들은 방어를 전혀 염두에 두지 않고 덤벼 왔다.

"쳐라!"

"죽여 버렷!"

먼저 대비하고 있는 이상 어쌔신과 도둑은 무섭지 않다.

단검을 쥐고 덤벼드는 적들을, 검치 들은 굳건히 자리를 지킨 채로 상대했다. 마법 공격들이 간간이 이어지고, 어쌔신과 도둑 들이 자살 공격을 해 온다.

3층에서는 말 그대로 살기 위한 싸움을 해야 했다. 잠시만 집중력을 잃어버려도 위험한 순간들이 벌어진다.

어쌔신들의 은신 기술은 매우 뛰어나서, 불과 몇 미터 앞에서만 보일 뿐이다.

불을 보면 모여드는 날파리처럼 죽음의 공격들이 이어졌다.

위드와 검치 들은 자리를 지키면서 싸워서 어쌔신과 도둑 들을 모두 처리해 냈다.

그런 다음에는 남아 있는 마법사들을 각자 맡아서 없앴다.

필살의 공격, 마법의 여파로 인하여 피해가 상당히 커서 검치 들도 37명만 남았다.

위드와 검치 들은 4층으로 향했다.

⌘

헤라임 검술을 습득하였습니다.

헤라임 검술
전투 종족 헤라임이 발전시킨 기본 검술. 매우 어려운 스킬의 운용이 필요하여, 명맥이 끊어진 것으로 알려져 있다. 검을 멈추지 않은 채로 전진하면서 다섯 번의 연속 공격을 할 수 있다. 스킬의 레벨에 따라 최대 연속 공격이 가능한 횟수와 효과가 증가한다. 연속 공격이 성공할 때마다 힘과 민첩이 일시적으로 늘어난다. 검이 정지하거나 연속 공격이 막히게 되면 자동으로 스킬이 중단된다. 스킬 발동 시 마나 200 소모.
제한: 검술을 익힌 자. 직업 제한은 없으나 마나 사용이 가능해야 한다.

고대 검술 습득으로 힘이 15 늘었습니다.

민첩이 20 늘었습니다.

4층의 보상으로는 고대 검술을 익혔다.

특급이나 유니크 검술서가 아니라서, 어느 정도의 위력을 발휘할지는 미지수.

스킬을 익히자마자 적들이 몰려들었다.

어지간한 일에는 포기할 줄 모르는 위드조차도 4층에서는 절망감을 느꼈다.

"우리의 잠을 깨운 인간들."

"살아 있는 인간들을 죽여라."

"안식을 위하여."

저주받은 원혼의 기사들.

오래된 검과 갑옷을 차려입은 기사들이었다.

생전에 저지른 배반과 타락의 대가를 치르기 위해 끊임없이 고통받으면서 살아간다.

원혼의 기사들과 병사들이 수백이 넘게 모여 있었다. 지금도 땅에서 덜그럭대는 소리를 내며 기사들이 일어나고 있다.

위드는 검을 뽑아 들었다.

"돌파합니다."

1초에 수십 마리씩의 원혼의 기사, 병사 들이 일어나니 우선 뚫고 볼 작정!

위드와 검치 들은 일제히 한 방향으로 향했다.

"스킬 시전. 헤라임 검술!"

휘두르고, 베고, 내려찍었다.

연속 공격이 통할 때마다 검이 더욱 빨라졌다.

> 1차 연속 공격이 성공하였습니다.
> 민첩이 20% 늘어납니다.

2차 연속 공격이 성공하였습니다.
힘이 40% 늘어납니다.

3차 연속 공격이 성공하였습니다.
민첩이 추가로 40% 늘어납니다.

4차 연속 공격이 성공하였습니다.
힘이 추가로 40% 늘어납니다.

5차 연속 공격이 성공하였습니다.
적을 혼란에 빠뜨립니다. 적의 투지를 저하시킵니다.

처음 휘두른 검보다 두 번째로 베는 검이 빠르다. 세 번째로 내려찍을 때에는 원혼의 기사를 무릎 꿇릴 정도로 엄청난 힘이 되었다.

그러고도 검은 멈추지 않았다.

부드러운 원을 그리면서 돌아온 검이 원혼의 기사의 갑옷 연결 고리 부분을 정확히 훑고 지나간다.

그리고 횡으로 크게 휘두른 다섯 번째 공격으로 적들을 날려 버렸다.

헤라임 검술의 숙련도가 0.2% 늘었습니다.

다섯 차례의 연속 공격을 모두 성공시키기 위해서는 균형 감각과 동체 시력, 검술 실력이 필요했다.

검을 멈추지 않게 하면서도 적들의 움직임에 즉시 반응해야 한다.

위드와 검치 들은 금방 익힌 검술이었음에도 헤라임 검술을 성공시켰다. 덤벼 오는 적들을 모조리 날려 버린 것으로 헤라임 검술의 위력을 증명했다.

하지만 그사이에 더 많은 원혼의 기사들, 병사들이 깨어나 있었다. 최소 80마리는 제압했는데 오히려 그 2배가 더 되는 적들이 증가했다.

"젠장."

"쉽지 않겠어."

검치와 사범들까지도 얼굴이 굳었다.

천부적인 검술 실력을 가지고 있다고 해도, 〈로열 로드〉에서는 한계가 있다.

싸우면 생명력과 체력, 마나가 줄어드는데 적들의 숫자는 너무나도 많았다. 시간이 지날수록 끝이 보이지 않을 정도로 늘어나는 중이다.

"돌파해!"

"빨리!"

위드와 검치 들은 한 방향으로만 나아갔다.

"헤라임 검술!"

> 1차 연속 공격이 성공하였습니다.
> 민첩이 20% 늘어납니다.

> 2차 연속 공격이 성공하였습니다.
> 힘이 40% 늘어납니다.

검술을 사용할 때마다 원혼의 기사, 병사 들이 박살 났다.

그 주변이 초토화되고 있지만, 불과 몇 걸음 옮기기도 전에 적들이 파도처럼 밀려왔다.

검치 들의 눈빛이 차갑게 변했다.

연속 공격들을 급소에만 적중시킨다.

검치 들은 진지하게 전투에 임하고 있었다.

그렇다고 전황이 유리하게 돌아가진 않았다.

처음에는 한쪽 방향으로 전진만 하면 되었다. 하지만 지나온 자리에 적들이 모여들면서 뒤도 신경을 써야 했다.

결국 둥글게 원을 그리고 나아갔는데, 그럴수록 전진하는 속도는 느려졌다.

4층의 삼분의 일도 오지 않아서 죽는 이들이 생겼다.

"커억!"

"이런 곳에서 죽음이라니 아쉽다."

후회 없이 싸웠다.

실수를 한 것도 아니지만 힘과 체력이 빠진 것이다.

검치 들의 일부가 무너지자, 전체가 무너지는 것도 금방이었다. 다 같이 싸웠으니 지쳐서 거의 한순간에 무너지고 만 것.

검치 들이 모두 죽음을 당했다.

위드 혼자 남아서 분전을 했다.

"조각 검술!"

가장 기초적인 검술.

마나 소모가 적은 검술을 사용하면서 적들과 싸웠다.

원혼의 기사들, 병사들이 내지르는 창과 검에 상처를 받으면서도 사납게 날뛰었다.

치명타, 치명타, 치명타!

원혼의 기사들이 목숨을 잃고, 병사들이 나가떨어진다.

위드 혼자서는 더 이상 앞으로 나아갈 수 없었다. 적들이 공격을 가할 때마다 상처가 늘어난다.

'빌어먹을!'

워리어를 능가하는 인내력과 맷집이 아니었더라면 이미 죽었을 상황.

눈 질끈 감기 스킬도 사용할 수 없었다.

사방이 적이라서 공격을 하면서도 몸을 가만히 둘 수 없었기 때문이다.

위드는 홀로 적들의 틈에서 용맹하게 10분 넘게 싸웠다.

체력 5% 이하, 마나는 거의 다 소진. 생명력도 23%도 남지 않았으니 승산이 없었다.

체력이 떨어지면서 검을 들고 있는 팔이 천근처럼 무거웠다. 몸이 평소처럼 원활하게 잘 움직이지 않았다.

"한 놈이라도 더 데려간다!"

적들의 무기를 쳐 내는 것도 포기했다.

무기를 쳐 내는 것도 일정량의 힘과 체력을 필요로 한다. 그럴 바에야 1마리라도 적을 더 줄이는 쪽을 택했다.

위드가 방어를 완전히 포기하면서 상처들이 급속도로 빠르게 늘었다. 그 대가로 원혼의 기사의 투구에 검을 찔러 넣을 수 있었다.

"여기까지인가?"

위드는 적의 공격을 막는 것은 포기했다. 하지만 아이템을 줍는 것만큼은 포기하지 않았다.

한자리에서 오래 싸우면서 수북하게 모인 아이템들, 잡템들!

원혼의 기사 특성상 고철에 가까운 물건들이 많았다. 그래도 제련의 과정을 거치면 재활용할 수도 있다.

가끔은 보석들이나 황금이 떨어지기도 했다.

그대로 내버려두면 원혼의 기사들이나 병사들이 가져갈 수도 있었다.

휘리리리릭!

위드는 땅바닥을 굴렀다.

집중된 손놀림에, 주변 일대의 아이템들이 빠르게 품 안으로 들어왔다. 비싼 아이템들을 우선으로, 최후의 잡템까지 빠뜨리지 않았다.

그리고 원혼의 기사의 검에 목숨을 잃었다.

최후까지 항전하던 위드가 죽었다.

원혼의 기사들과 병사들은 다시 원래의 자리로 돌아갔다.

"끼릭끼릭. 도전자들은 죽음으로."

"우리의 저주를 옮겨 주었어야 하는데 아쉽다."

"이제 이곳은 다시 안식을 얻으리라."

흉소를 터트리면서 도전해 온 인간들을 비웃기도 했다.

그렇게 모두가 상황이 종료되었다고 믿었을 때!

위드가 죽었던 자리에서 뼈다귀가 일어났다.

보기 흉한 뼈칼을 들고 있는 새하얀 스켈레톤!

네크로맨서 바라볼이 주었던 권능, 죽음을 거부할 수 있는 힘 때문에 스켈레톤 나이트가 되어서 되살아난 것이다.

꿈이

영상실에 국장이 내려왔다. 위드와 검치 들이 영웅의 탑에 도전하고 있다는 사실이 알려졌기 때문이다.

강 부장과 연출부 직원들도 모두 모여서 지켜보는 중이었다.

"저렇게 화려하고 정확한 움직임이라니."

"저런 정밀한 움직임을 보여 주는 유저는 지금까지 거의 없었지?"

"허. 어쌔신과 도둑 들의 공격을 받으면서도 별로 당황도 하지 않는군."

"어떻게 저렇게 많은 사람들이 완벽하게 서로를 보조해 가면서 싸울 수 있는 거지?"

전투는 감탄의 연속이었다.

스톤 스킨을 마스터하기 위하여 불길에서 목욕을 한 것도 굉장했다. 하지만 역시 싸움 구경을 빠뜨려 놓을 수 없다.

위드와 검치 들이 싸우는 장면을 보고 있으면 넋을 놓을 정도로 대단했다. 감탄밖에 나오지 않았다.

"이제 드디어 4층인가?"

"4층에 도전한다."

방송국에서도 알음알음 입소문으로만 조금 퍼져 있던 영웅의 탑을 보는 것은 처음이었다.

1층이나 2층도 아닌 4층까지 보는 건 더 흥분되는 일이다.

위드와 검치 들은 4층에 올라가서도 엄청난 투혼을 보여 주었다.

그 어떤 영화라고 하더라도 담기 어려울 정도로 박진감 넘치는 전투들이 이어진다. 싸움을 위해 태어난 것 같은 전사들이 대활약을 하면서 적들과 싸운다.

전율이 흘렀다.

자기도 모르게 손에 힘이 들어갈 정도였다.

단지 지켜보는 것만으로도 숨이 가빠 오고 흥분되게 만든다.

퇴로가 없는 곳에서 절대로 이길 수 없는 적과 마지막까지 싸우는 것이기에 더욱 빠져드는 것이리라.

검치 들이 전멸했다.

위드조차도 뛰어난 모습을 보여 주기는 했지만 결국 목숨을 잃었다.

"아!"

절로 탄식이 흘러나온다.

오동만과 신혜민, 김인영처럼 위드와 검치 들을 잘 아는 사람들은 물론이고, 방송국 직원들도 자신들의 일처럼 안타까워했다.

영웅의 탑을 통과하는 모습을 보면서, 어느새부터인가 위드와 검치 들에게 감정이 이입되었기 때문이리라.

"역시 안 되는 건 안 되는 건가?"

"처음부터 무리였어. 저만큼 간 것도 대단하지. 우리였다면 엄두도 못 냈을 텐데."

허탈하고 기진맥진했다.

이틀, 혹은 사흘은 꼬박 밤을 새운 것처럼 아무것도 할 수 없을 듯한 기분이었다.

그렇게 마지막으로 전송되고 있는 화면을 멍하니 보고 있을 때였다.

위드가 죽었던 장소에서 해골이 일어났다.

왠지 친숙한 느낌의 해골이었다.

차가운장미 길드가 이끌었던 원정대가 본 드래곤 쿠렌베르크와 싸울 때, 모든 이들이 포기하고 있던 바로 그때 나타났던 스켈레톤!

네크로맨서 마법으로 수천에 달하는 언데드들을 일으켰다.

와이번을 타고 본 드래곤과 신기에 가까운 공중전을 벌였다.

빙룡을 수하로 부리기도 하였다.

그때의 충격은 이루 말할 수 없다.

그 근원의 스켈레톤과는 조금 다른 모습이었지만, 다시금 스켈레톤이 일어난 것이다.

방송국 직원들이 흥분해서 소리쳤다.

"왔다!"

"전신 위드다!"

스켈레톤 나이트

따다다닥.

위드는 턱뼈를 부딪치며 자신의 몸을 내려다보았다.

살점 하나 붙어 있지 않은 완벽한 뼈다귀의 모습!

죽음을 거부할 수 있는 힘 때문에 언데드로 부활했다.

뼈밖에 없는 기묘한 모습이었지만, 지난번보다는 뼈마디가 훨씬 두꺼웠고 몸에도 힘이 넘쳤다.

띠링!

심연의 어둠 속에서 되살아났습니다.
죽음을 거부할 수 있는 힘의 스킬 레벨이 1단계 올랐습니다. 초급 2레벨이 되었습니다. 생명력이 추가로 3% 늘어나며, 어둠의 힘을 1% 이끌어 낼 수 있습니다. 사악한 땅에서 싸울수록 효력을 더할 것입니다. 부활 가능한 언데드의 종류가 늘어납니다. 부활 후 사용 가능한 종족 고유 스킬의 개수와 스킬 레벨이 향상됩니다.

죽음을 거부할 수 있는 힘은 다른 방식으로 숙련도나 경험치를 얻기가 불가능했다.

오로지 죽음으로써만 얻을 수 있을 뿐.

"캐릭터 정보!"

캐릭터 이름: 위드

성향: 언데드   레벨: 354   직업: 스켈레톤 나이트

생명력: 146,800   마나: 6,400   힘: 1,265
민첩: 1,130   체력: 무한   지혜: 70
지력: 56   투지: 922   지구력: 무한
인내력: 665   맷집: 470   통솔력: 459
죄의식: 96

* 스켈레톤 나이트의 고유 특성으로 인해 지치지 않는다.
* 검술 스킬 +2.
* 어둠의 힘이 몸을 뒤덮고 있어 공격력과 방어력에 추가적인 효과를 더한다.
* 신성 마법에 극도의 취약성을 보인다.
* 햇빛과 불에 약화된다.

원래 위드의 레벨은 355였다. 하지만 죽음으로 인해 레벨이 하나 떨어져 있었다.

스킬들의 숙련도도 상당히 떨어졌으리라.

죽었을 때부터 어느 정도 마음의 준비는 하고 있었기에 담담하게 받아들였다. 숙련도야 노가다로 채우면 되니까.

"스켈레톤 나이트. 정말 오랜만에 후련하게 몸을 움직일 수 있겠어."

위드는 검을 뽑아 자신을 죽였던 원혼의 기사들을 베었다.

"크아!"

"적이다."

뭉쳐서 길을 막고 있던 원혼의 기사들이 돌변했다.

그때까지만 해도 위드를 공격하지 않았다. 적인지 아군인지 구분할 수가 없었기 때문이리라.

이쪽은 언데드이고, 저쪽도 해골의 육체에 붙어 있는 저주받은 망령이었으므로.

그런데 선제공격을 당하고 나자 위드를 향해 녹슨 칼과 썩은 방패, 부러진 창을 추어올렸다.

"괴롭다. 괴로워."

"고통스러워. 이 고통을 살아 있는 인간… 아니, 저 해골에게도 전해 주자."

"우리를 배반했다. 배반자는 우리의 친구… 으응? 아니, 일단 죽이고 보자."

원혼의 기사들이 대거 일어났다.

전투를 끝내고 휴식을 취하던 놈들 그리고 시간이 갈수록 땅에서 새로운 원혼의 기사와 병사 들이 살아난다.

놈들은 망령!

친구를 배신하고, 조국에 반역하고, 왕을 조롱한 죄로 저주를 받은 이들이다.

불과 몇 초 만에 서른이나 되는 적들이 전투준비를 갖추고 달려든다.

육체가 부서지더라도 저주의 힘에 의해서 또 부활하게 되니 빠르게 뚫고 지나가는 것만이 해답이다.

"스톤 스킨!"

위드의 새하얀 뼈다귀가 돌처럼 단단해졌다. 마나의 양이 너무 적어 더 이상의 공격 스킬은 사용할 수 없다.

"배반자. 친구여. 너도 우리처럼 고통을!"

원혼의 병사가 먼저 달려왔다.

위드는 재빨리 상체를 숙여 창을 피하고, 상대의 목덜미를 향해 검을 뻗었다.

치명적인 일격이 터졌습니다!

푸스스!

희뿌연 연기가 되어서 사라지는 적.

살아 있을 때에는 조각사라는 직업으로 인해 스탯들이 고르게 분포되어 있었다. 예술이나 신앙, 매력 따위의 스탯들 탓에 힘은 약했다.

하지만 스켈레톤 나이트로 재탄생한 이후에는 공격력이 엄청나게 강해졌다. 민첩도 늘어서, 몸이 움직이는 속도가 눈에 띄게 빨라졌다.

기본 방어력도 훨씬 높아져 있었다.

파바바바박!

위드는 모든 공격을 정면으로 받아치면서 전진했다.

멀리 있는 적들을 볼 필요가 없었다.

'한순간에만 집중한다.'

동시에 여러 개의 공격이 들어올 때에는 상대의 무기를 쳐내서 그들끼리 엉켜 버리게 만드는 수법을 사용했다.

적들은 동료들이 있다고 해서 공격을 멈추지 않았다.

푸확!

원혼의 병사들의 몸을 뚫고 창이 튀어나왔다.

위드는 미리 예상하기라도 한 듯이 몸을 뒤로 날리며 검을 휘둘렀다.

신들린 듯한 싸움.

싸움에도 일정한 흐름이 있다.

일대일의 격투가 아니라, 상대해야 할 숫자가 많으면 많을수록 거대한 흐름이 생긴다.

호흡과 적들의 공격법, 움직임.

여기에 나 자신을 동화시킨다.

위드는 절정에 이른 검술과 몸놀림으로 활약하고 있었다.

이것이 가능한 데에는 스켈레톤 나이트의 특성 덕도 적지 않게 있었다.

인간이라면 체력의 한계가 있기에 매번 격렬한 움직임을 보일 수가 없다. 빨리 움직일수록 체력이 더 많이 소모되고, 금방 지친다.

전투 초기에 100의 공격력을 낼 수 있다면, 체력이 감소할 때마다 최대 공격력이 저하된다.

방어력의 경우는 체력이 줄더라도 그리 심하게 떨어지지 않지만 맷집이나 인내력, 지혜를 포함한 많은 수치들이 체력의 영향을 받았다.

그러나 스켈레톤 나이트는 언데드 특유의 속성상 지치지 않는다. 1시간을 싸우더라도 변함없이 체력이 남아 완전한 상태의 공격을 가할 수 있다.

더군다나 배도 고프지 않다.

위드는 전투에 몰입하면서도 비참함을 느낄 정도였다.

"해골 기사 따위도 조각사보다 좋다니!"

설움과 억울함!

위드는 온몸의 뼈마디가 어긋나기라도 할 것처럼 격렬하게 싸웠다.

수없이 많은 전투 경험, 현실에서 배운 검술.

〈로열 로드〉에서는 스킬이 있다고 해도 직접 싸워야 한다.

위드는 이에 대비해서 몸을 완벽하게 자신의 통제하에 두었다. 검치 정도의 수준은 아니더라도, 머릿속에서 생각하고 있는 바를 그대로 할 수 있을 정도는 된다.

영웅의 탑 4층은 검술과 단호한 의지를 시험하는 관문이었다. 적의 공격에 움츠러들면, 그리하여 한 걸음이라도 물러나게 되면 갈수록 더욱 모여드는 원혼의 기사들을 뚫지 못한다.

마음이 흔들리고 약해지면 이겨 낼 수 없는 관문.

'살을 주고 뼈를 깎는다.'

위드의 무거운 한 걸음이 떼어질 때마다, 엄청난 숫자의 원혼의 기사와 병사 들이 쓰러져 갔다.

"으하아아아!"

위드의 입에서 흥겨움의 고함이 터져 나왔다.

불가능에 도전할 때가 즐겁다. 성공할지, 실패할지에 대한 걱정을 할 필요가 없으므로!

촤라라라!

위드의 팔꿈치와 손목뼈가, 부러질 것처럼 격한 각도로 돌아갔다.

눈부신 검의 휘두름. 현실에서는 불가능한 동작들조차도 여기서는 가능하다.

스킬들을 응용한다면 더 기상천외한 공격들을 할 수 있지만, 마나를 쓸 수 없으니 휘두르고 베는 것을 위주로 싸웠다.

'검이 멈춰서는 안 된다. 힘을 그대로 간직한 상태로 휘두르고 벤다.'

헤라임 검술을 습득하고 나서 써먹었던 경험들이 금세 녹아들었다.

검을 정면에서 맞받아치면 그 반발력 때문에 머뭇거리게 된다. 하지만 지금 같은 상황에서는 공격이 끊어져서는 안 된다.

위드의 검술 스킬은 중급 4레벨!

물론 고급 무기술의 단계에 오른 검치 들과는 비교할 바가 아니었다. 조각사의 특성상 검술 스킬의 성장이 2배나 느린 탓이었다.

그래도 지금은 스켈레톤 나이트의 특성으로 검술 스킬이 2단계 올라 있어서 위력이 막강했다.

"끼릭끼릭!"

"스켈레톤 나이트. 적이지만 굉장한 기사다."

전투가 이어지면서 원혼의 기사들의 태도도 바뀌었다.

"우리의 임무는 이곳을 막는 것."

"아프다, 아파. 생전에 저지른 배신의 대가로 영원한 고통을 당하고 있다."

"우리는 기사. 그대의 강함과 용기를 인정한다."

"하지만 이곳을 통과하게 둘 수는 없다."

위드가 4층의 8할에 가까운 거리를 억지로 뚫었을 때, 원혼의 기사들은 더욱 극렬하게 달려들었다.

위드는 충실하게 검술만을 이용했다.

다른 선택도 없었지만, 무한한 체력을 이용하여 수만 번의 검을 휘두르고 있다.

세라보그 성에서 허수아비를 치던 시절!

그때를 제외하면 이토록 짧은 순간에 쉬지 않고 검을 휘두른 적은 처음이리라.

그렇게 혼신을 다해서 싸웠다.

마침내 위드의 앞을 막아서는 원혼의 병사나 기사가 더는 없게 되었다.

흰 계단이 보였다.

4층의 관문 돌파!

한 걸음씩 나아가다 보니 어느덧 끝까지 왔다. 이대로 계단을 오르면 영웅의 탑 5층으로 나아갈 수 있다.

"크크크크."

"굉장한 기사다."

"싸운 것을 영광으로."

원혼의 기사들도 예를 취한 채 더 이상 덤벼들지 않았다. 만신창이가 되어서야 패배를 인정한 것이다.

'원혼들, 망령들이라고 하더라도 살아 있던 시절의 기사다운 성격이 조금쯤은 남아 있는 모양이군.'

위드는 자신의 몸 상태를 살폈다.

남아 있는 생명력 63%.

죽음을 거부하는 힘으로 인해 기초 생명력 자체가 막대했다.

탈로크의 갑옷이나 신성 계열의 반지 등은 모두 벗어 버린 상태다. 대신 본 드래곤의 뼈로 만든 방어구와, 마나 회복 속도를 올려 주는 패로트의 링을 착용하고 있었다.

평상시 방어구들은 수리를 통해 최상의 상태를 유지시켰다. 그 덕에 격전을 치른 뒤에도 무려 80%가 넘는 내구력이 남았다. 본 드래곤의 뼈는 그만큼 단단했기 때문이다.

검의 내구력도 75% 이상이었다.

'충분하다.'

위드는 계단 앞에서 뒤로 돌아섰다. 그리고 다시 원혼의 기사들에게 다가가며 검을 휘둘렀다.

"아프다!"

"우리를, 우리를 왜 괴롭히는가!"

원혼의 기사들, 병사들이 아우성을 쳐 댔다.

고통스러워하고 괴로워하고 있었다.

계단을 오르면 관문을 통과할 수 있음에도, 위드가 다시금 전투를 벌였기 때문이다.

위드는 대답하지 않았다.

'나는 어떤 퀘스트, 어떤 몬스터, 그 어떤 도전도 거부한 적이 없다.'

〈마법의 대륙〉에서 위드는 참는 법을 몰랐다.

가로막는 게 있다면 그것이 사람이든 몬스터든 퀘스트든, 박살을 내고 뚫어 버렸다.

그저 부숴 버리고, 깨뜨려 버릴 뿐이다.

모두 죽고 혼자 남으니 그 시절이 떠올랐다.

영웅의 탑 4층의 관문에서, 전신 위드의 기질이 되살아난 것이다.

⁓⁂⁓

정일훈은 전화기를 노려보고 있었다.

"슬슬 전화 올 때가 되었는데."

〈로열 로드〉에서의 검둘치!

정일훈은 오크 세에취를 극진하게 돌봐 주었다. 그러면서 점점 친해지고 정도 깊어졌다.

여자에게는 완전히 숙맥이었던 정일훈이지만, 왠지 세에취는 편하게 대할 수 있었다.

결국 둘은 〈로열 로드〉에서 연인이 되었다.

그리고 오늘, 그녀가 정일훈에게 전화를 하겠다고 했다.

"얼마 만의 여자 전화냐."

정일훈은 감개무량했다.

고액 사채를 쓰라는 전화, 카드 가입하라는 여성의 전화도 쉽게 끊지 못하는 노총각 신세.

그런데 여자 친구가 생겨서 전화를 하게 될 줄이야!

따르!

정일훈은 전화벨이 채 한 번을 다 울리기도 전에 수화기를 들었다.

"예! 정일훈입니다!"

막 입대한 신병처럼 군기가 바짝 들어 있는 목소리.

'날달걀을 7개나 까먹었으니 목소리는 괜찮겠지?'

정일훈의 인생에 이런 고민을 한 적은 없다. 그래도 좋아하는 여자의 전화이니 조금은 신경이 쓰이는 게 사실이었다.

—안녕하세요, 일훈 씨.

수화기 너머에서 꾀꼬리처럼 맑은 여자 목소리가 들렸다.

정일훈의 미간이 팍 찌푸려졌다.

'그녀의 목소리가 아니야.'

그녀는 강한 콧소리를 내곤 했다. 남자처럼 걸걸하고, 목이 쉰 음성.

이렇게 목소리가 예쁘지 않았다.

정일훈은 딱딱한 어조로 빠르게 말했다.

"카드 가입 안 함. 대출 안 씀. 휴대폰 안 만듦. 초고속통신 가입 안 함. 급한 전화가 있으니 끊어 주십시오."

노총각 인생에 전화가 오는 일들은 대부분 그런 범주를 벗어나지 못했다. 오죽하면 이제 전화가 오면 대출인지 휴대폰인지 맞힐 정도가 되었을까!

하지만 이번에는 정일훈의 오산이었다.

—일훈 씨, 바쁜 일이 있나 봐요? 저는 이 시간에 전화하라고 하셔서……. 그럼 끊을게요. 다음에 전화할 테니 일 보세요.

"아! 잠깐만요! 혹시 세에취 양입니까?"

—네, 맞아요.

수화기 너머로 옅은 웃음소리와 함께 대답이 들려왔다.

오크 세에취라고 부르니 조금 어색했던 것.

〈로열 로드〉에서 그녀의 종족은 오크였다. 당연히 목소리도 일반적이지 않다. 오크처럼 칙칙거리고, 탁하고 걸걸했다.

그 바람에 정일훈은 원래 그녀의 목소리가 그런 것으로 착각하고 있었지만, 여전히 진실을 깨닫지는 못했다.

'전화 목소리가 예쁜 모양이야. 어쩌면 그녀도 날달걀을 깨먹었을지 모르겠어.'

어쨌든 정일훈은 그녀와의 첫 통화라는 사실만으로도 충분히 기뻤다.

5분의 통화!

강철로 만든 묵직한 진검조차도 한 손으로 가볍게 놀리던 그가, 수화기를 두 손으로 붙들었다.

정일훈의 일생에서 가장 긴장되는 시간이었다.

언제나 통화는 용건만 간단히, 심지어 사제들과 통화할 때는 일곱 음절을 넘기지 않았다.

―와라.

―빨리 와라!

―수고해라.

―잡아 와.

―도장 문 닫아.

―밥 먹자.

짧고 명료한 통화를 주로 하던 그가 최고로 재미있게 대화를 나누었다. 〈로열 로드〉의 소소한 이야기, 아침에 뭘 먹었는지 정도의 신변잡기였지만 즐거웠다.

'300분 무료 통화. 이런 서비스가 왜 있는지 알 것 같군.'

이제 전화를 끊어야 했다.

달콤한 그녀의 목소리가 좋았지만, 심장이 두근거려서 통화를 계속하기가 어렵다.

말재주가 워낙 떨어지는 것도 문제였다.

'날씨 얘기 했고, 정치인 욕 했고, 군대 이야기 했고, 축구 얘기까지 했으니 더 이상 할 얘기가 없어.'

여자 친구를 위해 준비했던 이야기들을 다 했으니 깔끔하게 다음을 기약하며 끊어야 한다. 대화는 언제라도 나눌 수 있으니 조급해하지 않을 셈이었다.

"이렇게 대화 나눌 수 있어서 영광이었습니다, 세에취 양!"

―아니에요. 저도 일훈 씨 목소리를 들을 수 있어서 참 좋았어요.

"전화가 아니라 직접 만날 수 있다면 좋을 텐데."

정일훈은 깊은 고민 없이, 무의식중에 생각한 말을 그냥 내뱉었다.

한데 그녀가 흔쾌히 대답했다.

―그럼 그럴까요?

"넷?"

정일훈은 크게 숨을 들이켰다. 믿을 수 없는 대답을 듣고 만 것이다.

―내일 점심때쯤 갈게요. 첫 만남인데… 그래도 뭔가 해 보고 싶거든요. 김밥을 싸서 갈 테니까 점심 들지 말고 계세요. 도장으로 찾아가면 되죠?

"기, 김밥요?"

―왜요, 김밥 싫어하세요?

"아, 아, 아, 아니, 아닙니다! 저 김밥 엄청 좋아합니다! 꼭 기다리겠습니다! 혹시라도 늦거나, 내일 무슨 사정이 생겨서 안 오시더라도 반드시 기다리겠습니다!"

수화기를 들고 절규하는 정일훈!

그렇게 전화가 끊어졌다.

"……."

정일훈은 멍하니 앉아 있었다. 한참 만에 마음이 진정되고 난 후에야 사범실을 나가서 사제들을 보았다.

최종범, 마상범, 이인도!

흉악하기 짝이 없고, 체구는 건장해서 인간 중의 몬스터라고 할 만하다.

익숙한 사제들을 보니 비로소 정신이 들었다. 꿈이 아닌 현실이다.

"사형!"

"세에취 님과 통화는 잘하셨습니까?"

사제들의 질문에 정일훈은 고개를 끄덕였다.

"그래, 잘했지. 근데 내일 김밥을 싸서 온단다."

"헉."

"기, 김밥을……."

사제들의 반응은 폭발적이었다.

이인도가 가장 반가워했다.

"김밥헤븐에서만 사 먹을 수 있었던 그 김밥을 형수님이 손으로 싸서 가지고 온단 말입니까?"

"맞아. 참치도 넣는다고 하더라."

"참치까지!"

정일훈은 사제들의 부러움을 온몸으로 받았다.

⁂

마지막 5층!

띠링!

영웅의 탑 마지막 관문에 도달하였습니다.

카리스마가 10 증가합니다.

힘이 15 늘어납니다.

투지가 60 증가합니다.

한계를 초월하며 소중한 경험을 얻었습니다.

레벨이 올랐습니다.

레벨이 올랐습니다.

영구적인 스탯들과 2개 레벨의 향상.

위드의 레벨은 다시 356이 되었다.

레벨이 오르면서 획득한 스탯들 모두 민첩에 부여했다.

4층을 통과하면서 검술 스킬도 한 단계 올라, 중급 5레벨이 됐다. 무한정 되살아나는 망령들을 상대로 싸워서 스킬 숙련도를 향상시킨 것이다.

검의 내구력이 23% 남았을 때에야 전투가 완벽하게 끝이 났다. 원혼의 기사, 원혼의 병사 들이 싸우고자 하는 의지를 잃어버렸기 때문이다.

"위대한 전사에게 우리는 굴복한다."

"우리의 생명을 거두어 다오."

되살아나는 족족 때려잡다 보니 더 이상 싸우려고 하지 않고 위드를 피해 다녔다. 근본이 망령이라서, 끝없는 고통을 받은 탓에 마음이 약했다. 긍지나 자존심, 투지도 약해서 완전히 무너진 것이다.

위드는 4층에서 무기와 방어구의 수리까지 마치고 완전한 상태로 5층으로 올라왔다.

'더 굉장한 것이 기다리고 있겠지.'

무섭거나 두려운 기분은 들지 않았다.

영웅의 탑의 마지막 관문이니 어려운 무언가가 있을 것은 틀림없는 사실. 마음의 준비를 이미 끝내 놓은 상태였다.

5층에 올라갔을 때에는, 몬스터들이 가득할 것이라는 예상을 깨고 둥그런 원탁들이 보였다.

그리고 그 위에는 책이 한 권씩 있었다.

《기사》, 《검사》, 《전사》, 《투사》, 《워리어》, 《성기사》, 《권사》, 《궁수》, 《레인저》, 《사냥꾼》, 《도둑》, 총 열한 권의 책들이 황금색으로 빛나고 있었다.

"애매하군."

위드는 선택해야 함을 깨달았다.

모험가라면 이럴 때 '조사 혹은 관찰' 스킬을 이용할 수 있다. 어떤 함정이 숨어 있는지도 알아보고, 혹은 책들에 대한 정보도 조사할 수 있다. 모험가만의 특권이라고 할 수 있다.

하지만 당연하게도 조각사에게 그런 스킬은 존재하지 않았다. 스켈레톤 나이트에게도 그런 스킬은 없다.

"뭐든 상관없겠지."

위드는 잠시 고민하다가 기사의 책을 펼쳤다.

도둑이나 사냥꾼에는 흥미가 없었다. 그저 현재 해골 기사이기도 하니 기사의 책을 택한 것.

멀리서 보면 해부실에나 있을 법한 해골이 독서를 하는 모양새였다.

"전쟁의 시대. 왕들이 경쟁하듯이 침략 전쟁을 벌였다. 인간들의 영토는 넓어졌으나 고블린, 악마족, 엘프와 드워프 들의 저항 또한 거셌다. 그리고 국경 너머에서부터 침략해 온 몬스터들로 인하여 대륙민의 삶은 피폐해졌다. 무능한 통치자와 부패한 귀족들, 잔인무도한 몬스터들이 날뜀으로 인하여 도처에 썩은 시체들이 널렸다. 브롬바 왕국력 102년, 인간들과 이종족 그리고 몬스터들의 운명은 작센 평야의 전투에서 결정지어지게 되었다."

책을 거기까지 읽었을 때였다.

위드의 주변이 빛으로 휩싸였다.

"죽여라!"

"이 더러운 놈들! 브롬바 왕국의 쓰레기들을 처단하라!"

"마폰 왕국의 정예병들이여! 싸워서 승리를 쟁취하자."

"여왕 폐하께 영광을!"

위드가 깨어난 곳은 소음으로 가득했다. 그뿐만 아니라 혼란 그 자체였다. 하늘에서는 드레이크들이 날아다니며 불을 뿜어내고, 멀리서 궁수들과 마법사들이 공격을 퍼붓는다.

대전장!

위드는 격전이 벌어지는 전장의 한복판에 떨어진 것이다.

"크레레렐!"

"후움차!"

멀리서부터 고함 소리와 함께 커다란 바윗덩어리들이 붕 떠서 날아오고 있었다.

위드는 어디서 발석차라도 동원된 줄 알았지만, 착각이었다. 눈이 하나밖에 없는 거대 괴물 사이클롭스들이 땅에 박혀 있는 바위를 뽑아내서 힘껏 던진 것이었다.

슈우우우우웅, 콰과과광!

바위는 바람을 가르는 거대한 소리와 함께 날아와서 지표면에 부딪쳐 산산조각이 났다.

떨어진 바위에 병사들과 기사들이 깔려서 아우성을 쳐 댄다.

"살려 줘!"

하지만 지휘관들은 냉정했다.

"브룸바 왕국의 병사들이여, 명예롭게 죽어라!"

"저놈들을 도륙하라!"

병사들은 그들끼리 전쟁을 벌이고 있다.

인간과 인간이 싸우고, 마법사들이 공격한다. 여기에, 멀리서 몬스터 군단도 포위망을 갖추고 대대적인 진군을 하고 있다.

푸히힝!

그리고 위드의 옆에는 털이 새하얀 백마가 있었다.

페가수스처럼 하늘을 날 수 있는 건 아니지만, 근육질의 말은 굉장히 건장했다.

그 말이 위드의 해골에 대고 혀를 할짝거렸다.

챱챱챱!

개가 뼈다귀를 핥는 것처럼 해골에 침을 바른다. 백마로서는 지극한 애정을 드러내는 것이었다.

위드는 현재 돌아가고 있는 상황을 눈치챘다.

'영웅의 탑 5층에서 기사의 책을 읽었는데……. 아무튼 이곳은 작센 평야 그리고 팔랑카 전투다.'

베르사 대륙의 역사에서 치열하기로 손꼽히는 전투 중 하나가 바로 팔랑카 전투!

7개 왕국이 대륙의 주도권을 놓고 작센 평야라는 곳에서 전투를 벌였다. 특히 브룸바 왕국과 마폰 왕국은 서로를 잡아먹을 듯이 싸웠다.

그렇게 인간들끼리의 전투가 절정에 이를 무렵, 몬스터 군단들까지 이 전투에 끼어들었다. 멀리서부터 피 냄새를 맡고 진군을 하여 참전하게 된 것이다.

이종족들도 개입했다. 엘프와 바바리안 들은 더 이상 자신들의 보금자리를 잃지 않기 위해 작센 평야로 왔다.

그리하여 나온 결과가 지금 이 모양이었다.

각 종족, 각 왕국의 깃발을 들고 있는 군대들은 살기 위해서 모든 것을 공격하고 있다.

건장한 바바리안 전사들이 대검과 몽둥이를 휘두르고, 엘프들이 쏘아 내는 화살들이 병사들을 꿰뚫는다.

그들이라고 안전한 것은 아니었다. 이종족들의 뒤에서 몬스터들이 구름처럼 몰려들었다.

그런 전장의 한복판, 중심에 위드가 있었다.

설상가상으로, 말 위에는 자그마한 여자 1명까지 타고 있다.

모라타에서 꽃을 키우는 소녀 프리나보다도 훨씬 예쁜 미녀!

그녀가 그윽하게 위드를 보더니 붉은 입술을 열어 말했다.

"기사님, 제가 믿을 사람은 당신뿐이에요. 저를 안전한 곳까지 데려다주세요."

띠링!

레미 공주의 요청
인구 8만 명의 변방 소국 이스란의 첫째 공주. 바다를 좋아하는 그녀는 고국에서 살고 싶었다. 그러나 예정된 정략결혼에 의해 브롬바 왕세자의 5번째 첩실로 끌려가야 했다. 그리고 갑자기 터진 전쟁으로 인하여 결혼식도 치르지 못한 채 왕세자가 있는 전쟁터로 나왔다. 그녀는 다시 고향으로 돌아가고 싶어 한다.
난이도: 영웅의 역사 퀘스트.
보상: 역사적인 전투의 경험. 역사의 주인공이 될 수 있다.
제한: 공주의 부탁이므로 기사는 거절할 수 없다.

위드는 잠시 갈등했다.

'이걸 어떻게 한다.'

불가능한 퀘스트를 많이 받아들여 봤지만, 그래도 어느 정도는 가능성이 보여야 할 게 아닌가.

잠시 머뭇거리고 있으니 레미 공주가 붉은 입술을 달싹이며 말했다.

"저에게는 기사님밖에 없어요. 비록 지금은 저주에 걸려 이상한 모습을 하고 계시지만, 저 레미는 알 수 있답니다. 기사님이 저를 도와주실 것이라는 사실을요."

> 퀘스트를 수락하였습니다.

완벽한 외통수!

저절로 퀘스트를 받아들이고 만 것이다.

기사들에게는 이런 경우가 종종 있었다.

연약한 여성이나 귀족 여인, 주군으로 모시는 사람의 부탁을 거절하지 못한다.

그것이 기사의 특징!

'미치겠군.'

위드의 갈비뼈에 차가운 바람이 불었다.

주변을 둘러보면 몬스터에 인간 병사들, 또 엘프와 바바리안들이 넘쳐 나도록 많았다.

역사상 가장 격렬한 전투 중의 하나인 팔랑카 전투!

여기에서 공주를 데리고 빠져나가야 하는 것이다.

미녀 그리고 백마.

주변에는 엄청난 적들!

완벽하게 기사의 로망이다.

불을 내뿜는 드레이크만 하더라도 고레벨 몬스터.

현재 싸우고 있는 인간 기사들도 최소한 레벨이 300대는 넘어 보인다.

일반 병사들 또한 만만치 않았다. 달리 전쟁의 시대라고 불렸던 게 아닌지, 병사들의 수준도 높았다.

바바리안과 엘프는 말할 필요도 없으며, 몬스터들은 규모도 그렇고 온갖 고위 몬스터들, 자이언트 몬스터가 가득하다.

보스 몬스터들도 다양했다.

리치 샤이어 수준은 아니더라도, 뱀파이어 로드쯤 되는 수준의 몬스터들은 여럿 보인다.

광범위 마법들이 주변에 작렬하고, 거대한 바위들이 엄청난 거리를 날아와서 땅에 부딪쳐 계란 터지듯이 터지고 있다.

혼자 살아남기도 발등에 불이 떨어진 마당에, 한가롭게 백마를 탄 공주를 호위하며 전장을 돌파해야 하는 것이다.

공주의 기사

위드의 눈빛이 날카롭게 빛났다.

'어떻게든 할 수 있는 최선을 다한다.'

의뢰를 받았으니 물러설 수는 없다.

싸움이 벌어지면 조금의 틈도 없을 테니, 위드는 일단 정중하게 허리를 숙였다.

"레이디… 아니, 공주님."

"네, 기사님."

레미 공주는 초롱초롱한 눈으로 위드를 내려다보고 있었다.

위드의 눈에 그녀의 작고 고운 발과 종아리가 보였다.

남자들 중에는 여자의 발을 유독 좋아하는 사람들이 있다. 하지만 위드에게 그런 취미는 없었다.

"지금부터는 저만 믿고 의지하셔야 됩니다. 무슨 일이 벌어지더라도 놀라지 마시고, 저만 믿어 주셔야만 합니다."

"네, 알겠어요. 저의 생명을 그대에게 맡기겠습니다."

위드는 더 이상은 말하지 않고 말에 올라탔다.

인간의 군대도 점점 주변으로 접근해 오고, 돌덩어리와 마법들이 지적에 떨어진다.

전쟁의 소용돌이에 휘말리기 직전이었다.

백마는 얌전하게 위드를 주인으로 받아들였다. 그리고 공주가 뒤에서 그를 끌어안았다.

히히힝!

가볍게 투레질을 하는 말.

위드는 한 손으로 고삐를 쥐고, 다른 손으로는 검을 잡았다.

띠링!

칼라모르 왕국의 기사 콜드림의 애검을 들었습니다.
명성이 2,500 증가합니다. 공격 속도가 빨라집니다. 힘이 늘어납니다. 민첩이 늘어납니다. 강력한 카리스마로 약한 몬스터들을 위압시킵니다. 아이스 데몬의 힘이 검신에 남아 있습니다.

위드는 말에 박차를 가하며 적진의 중심을 향해 달렸다.

"달려라. 이럇!"

백마는 한 걸음씩 떼어 놓을 때마다 무섭게 가속도가 붙었다. 로자임 왕국에서 병사들과 함께 리트바르 마굴을 소탕할 때의 망아지와는 차원이 다른 명마.

기사들의 돌격은 말의 전투력에 크게 영향을 받는다.

좋은 말은 체력과 민첩성이 보통이 아니라서, 일부러 좋은 종자를 구해서 망아지 때부터 기른다.

그렇게 성장시켜서 얻을 수 있는 최상급 혈통의 말은 부르는 게 값!

모르긴 해도 현재 타고 있는 백마는 엄청나게 비싼 놈이리라. 바람을 가르면서 뛰어가는 속도가 가공할 정도로 빨랐기 때문이다.

쏘아진 화살처럼 질주하고 있었다.

위드는 눈을 크게 뜨고 검을 잡았다.

이제부터 믿을 것은 정말로 검 한 자루밖에 없다. 그리고 등에서는 여리고 가냘픈 공주의 온기밖에 느껴지지 않았다.

검술 도장.

정일훈은 도복을 입은 채로 차은희를 기다리는 중이었다.

"종범아."

"예, 사형."

"여자란 말이다, 외모가 다가 아니다. 마음이 통하면 되는 것이지 않겠느냐?"

최종범은 서둘러 맞장구를 쳐 주었다.

"사형의 말이 맞습니다."

마상범도 거들었다.

"세에취 양은 마음씨가 곱습니다. 그리고 사형을 좋아하고 있는 것 같습니다. 그러니 도장에도 와 보겠다고 하지 않았겠습니까?"

직접 만든 김밥을 싸 들고서 말이다.

약속 시간이 다가오고 있었다.

"심장이 가만있질 않는군."

정일훈에게는 수줍은 첫사랑이었다. 그녀를 실제로 만나려니 검술대회에 나갔을 때보다 더 떨렸다.

최종범도, 마상범도, 이인도도 마찬가지였다.

정말 생각지도 못한 일이 벌어졌다. 대사형에게 여자 친구가 생기다니!

비록 그 대상이 오크이고, 추악하고, 못생겼고, 뚱뚱하다고 해도 축하해 줄 수 있었다. 그들도 〈로열 로드〉에서 모험을 하면서 지켜보았는데 오크 세에취는 현명하고, 정일훈과 마음이 잘 통하는 상대였던 것이다.

"이제 올 텐데……."

정일훈이 초조하게 기다리고 있는 가운데, 한 아줌마가 도시락을 들고 도장으로 걸어왔다.

"……."

최종범과 마상범, 이인도는 숨을 죽였다.

'저 여자인가!'

'세에취와 조금 닮긴 했군.'

'그래도 나이가 너무 들었는데… 30대 후반? 40대 아닌가?'

풍만한 체형의 아줌마는 도장을 향해 계속 걸어오고 있었다.

정일훈이 그래도 얼굴 가득 미소를 띠면서 마중을 나갔다.

"잘 왔어요. 이렇게 일부러 와 줘서 고맙습니다. 오는 데 힘들었죠?"

정일훈은 먼저 손을 내밀었다.

작은 행동이었지만 엄청난 용기를 낸 것이다.

그녀가 상처를 받지 않도록 하기 위해서, 웃으며 악수를 청했다. 외모가 아닌 마음이 중요하기에 그녀를 반갑게 맞이하려고 했다.

그런데…….

"누구세요?"

아줌마는 고개를 갸웃했다. 그리고 도장 안에서 초등학생쯤으로 보이는 꼬마 애가 나왔다.

"엄마! 내 도시락 가져왔어?"

"여기. 다음부터는 잊지 말고 꼭 가져가야 돼."

"응, 알았어. 앗, 사범님! 안녕하세요!"

꼬마는 정일훈과 다른 사범들에게 고개를 꾸벅 숙여 보이고 도장으로 들어갔다.

꼬마의 어머니도 다시 돌아갔다.

"크흠!"

정일훈은 무안함에 헛기침을 하고 다시 차은희가 오기만을 기다렸다.

대로에 오가는 여자들과 눈이 마주칠 때마다 몸이 굳어진다.

'저 사람인가?'

김밥을 싸 들고 온다 했다. 빈손으로 다니는 여자는 아니라고 봐야 한다.

그때 고운 피부에, 눈에 번쩍 뜨일 만한 미녀가 보였다.

10만 명에서 1명, 시내 중심가에서 하루 종일 서 있어도 마주칠까 말까 한 미녀였다. 큰 쇼핑백을 2개 들고 도장을 향해 걸어오는 중이었다.

정일훈은 생각했다.

'저 여자는 아니겠지.'

사제들도 비슷한 생각이었다.

'저 여자는 아닐 거야.'

'근데 이쪽으로 오네.'

'무슨 일일까? 카드 가입하라는 걸까? 물건을 팔려는 걸까? 카드 가입하라고 하면 꼭 해야지. 몇 마디 말이라도 붙여 볼 수 있으면……'

이인도가 가장 간절히 원했다.

모두 정신이 없었기에 무거워 보이는 쇼핑백을 들고 낑낑대며 다가오는 걸 보면서도 달려가서 도와주지도 못했다.

너무 젊고 예쁜 숙녀라서, 힘들어하는 것을 보면서 말을 붙이기도 힘들었다.

'왜 계속 여기로 오지?'

'이쪽으로 오는 이유가 뭘까?'

'우리가 무슨 잘못이라도 저질렀나?'

네 남자의 머릿속에는 무수한 상념들이 스쳐 지나갈 뿐이다.

그녀가 다가와서 정확하게 정일훈 앞에 섰다. 그리고 다정하게 말했다.

"안녕하세요, 일훈 씨!"

정일훈의 눈에 의혹이 스쳤다.

"제 이름을 어떻게 알고 오셨죠? 혹시 다른 도장의 스카우트 제의라면……."

아무리 미인계를 쓰더라도, 도장을 떠날 마음은 없었다.

지금 받는 대우도 나쁘지 않을뿐더러 스승과 사제들과 떨어지고 싶은 마음이 없었던 것. 검을 더 깊이 익히고 배울 때라고 여겼으니 돈과 명예에 한눈팔 새도 없었다.

한데 그녀는 보조개가 파일 정도로 환하게 웃으면서 물었다.

"네? 스카우트라니, 저 말고 누구를 기다리고 계셨어요?"

이제 정일훈이 놀랄 차례였다.

"뭐, 뭐, 뭐, 뭐요?"

도장의 대사형!

진검을 들고 비무할 때에도 잔잔함을 유지하던 그가 진심으로 경악했다.

"서, 서, 서, 서, 설마⋯ 뭐, 뭐, 뭐, 뭔가⋯ 자, 자, 자, 잘못⋯ 모, 모, 모, 못! 혹시 제가 무슨 약속을 하고 잊어버린 건⋯⋯."

"검둘치, 정일훈 씨 아니세요?"

"마, 마, 마, 맞는, 데, 데, 데, 데."

"제가 세에취예요, 일훈 씨!"

정일훈은 대답도 못 하고 넋이 나간 인간처럼 차은희를 보고 있을 뿐이었다.

다른 사제들도 정신을 놓고 가만히 있었다.

'말도 안 돼.'

'불가능해.'

'세상에 왜 이런 일이!'

'그녀는 오크 세에취였는데⋯⋯.'

'잠깐. 〈로열 로드〉에서는 외모를 바꿀 수 있잖아. 우리는 그냥 똑같이 했지만, 그녀의 경우에는 외모를 바꾸었던 거야. 왜

진작 이걸 생각지 못했지?'

〈로열 로드〉에 익숙하지 않은 그들은 이제야 비로소 자각한 것이다.

"……."

"……."

"……."

도장 안에는 기나긴 침묵이 흘렀다.

정일훈을 포함한 사범들 넷과 관장 안현도는 아무 말이 없었다. 수련생들도 한마디도 하지 않았다. 그저 멍하니 차은희를 바라보고 있을 뿐이었다.

'일훈이 저놈에게 저런 재주가 있었다니.'

안현도는 정일훈에게 검의 재능이 있음을 알고 발굴해 냈을 때보다도 더 놀랐다.

'저토록 예쁜 여자가 대사형의 여자 친구라니.'

'아니야. 이건 현실이 아닐 거야. 꿈이라면 빨리 깨어나자.'

안현도와 사범들, 수련생들은 차은희가 싸 온 김밥도 먹지 않았다. 아니, 먹고 싶은 기분 자체가 들지 않았다.

얼굴이 예쁜 것은 그렇다고 치자. 그런데 처음에 억지로 김밥 하나를 입에 넣었더니, 맛까지 있었다.

'크윽! 귀엽고 앙증맞게 말아 놓은 이 김밥 좀 봐.'

'요리까지 잘하다니.'

'나는 평생 라면만 끓여 줘도 되는데.'

안현도와 사범, 수련생들은 안타까운 마음에 돌멩이를 씹는 것처럼 김밥을 먹기 어려웠다. 음식을 두고 망설이는 것은 태어나서 처음이리라.

한참 만에야, 그나마 나이가 많은 안현도가 길게 한숨을 내쉬었다.

"후우우! 그래, 네가 세에취라고?"

차은희는 공손하게 대답했다.

"네, 어르신."

그녀는 화사한 베이지색 블라우스에, 무릎까지 내려오는 귀여운 치마를 입었다. 몸 전체의 볼륨이나 라인이 일품이었다. 한창때 숙녀로서의 매력을 한껏 발산한다.

화령, 정효린과 견줄 정도의 미모는 아니지만 일반인 중에서는 굉장히 예쁜 편이다.

안현도가 고개를 끄덕였다.

"그래. 우리 일훈이를 잘 부탁한다."

그 말만을 남겨 놓고 조용히 일어나서 관장실로 향했다.

깔끔한 태도.

하지만 실제로는 배가 아파서 빨리 자리를 뜬 것이었다.

남은 차은희는 다른 사범들의 집중적인 관심 대상이 되었다.

최종범이 말문을 텄다.

"형수님, 궁금한 게 있는데 여쭤봐도 될까요?"

순간 정일훈은 팔불출처럼 새어 나오는 웃음을 참지 못했다.

"후흐흐."

형수님이라는 말! 이토록 즐겁게 들릴 줄 몰랐다.

차은희는 박속처럼 하얀 이를 드러내며 부드럽게 웃었다.

"네, 물어보세요."

최종범은 조심스럽게 물었다.

"저기… 학교는 어디까지 나오셨는지요?"

"그게요…….'"

차은희가 대답을 하려는데 정일훈이 얼굴을 굳히고는 꾸짖었다.

"종범아, 이놈! 학교가 뭐가 중요하냐."

정일훈은 고등학교 중퇴였다.

다른 사범들이나 수련생들도 중학교 중퇴나, 고등학교 중퇴가 대다수다. 가방끈이 긴 바닥은 아닌 것이다.

고등학교를 졸업하면 소위 엘리트로 분류될 정도였다.

최종범은 그래서 무심코 질문을 던져 본 것이었는데, 정일훈은 다르게 생각했다.

'그녀도 고등학교 때 사고를 쳐서 졸업을 못 했다면 창피해할 거야.'

사나이다운 깊은 배려.

정일훈이 그녀의 마음을 사로잡은 이유였다.

그런데 차은희가 미소를 머금고 대답했다.

"괜찮아요. 대답을 못 할 이유도 없는걸요. 저 하버드 나왔는데요."

"…예?"

최종범은 당황했다.

"하버드라면 번화가에 있는 재수 학원 이름인가요?"

"미국 보스턴에 있는 대학인데요."

"커헉!"

단말마의 비명, 그 후에 이어진 깊은 침묵.

사범들과 수련생들이 아무리 무식하다고 해도, 하버드 대학이 어떤 곳인지는 알았다.

이번엔 마상범이 물었다.

"실례지만 지금 하시는 일이……?"

"병원에 있어요."

"아, 간호사시군요."

"아뇨. 의사예요."

"의, 의사요?"

"네. 정신과 박사인데요."

마상범은 눈앞이 아찔했다.

정일훈에게 여자 친구가 생긴 것은, 30대 중반이 얼마 남지 않은 사범들에게는 숨이 턱턱 막히는 일이었다.

수련생들도 절박했다.

"안 돼. 우리도 하릴없이 나이만 먹고 있는데……."

"20대 후반, 30대가 코앞인데. 저토록 어여쁘고 똑똑하신 형수님이라니."

미래가 한층 어두컴컴해졌다.

먹구름이 깊게 내리깔리고, 천둥 벼락이 떨어진다.

'이대로는 안 돼.'

'낭비할 시간이 없다.'

사범들과 수련생들이 벌떡 일어났다.

"〈로열 로드〉에 접속해야 해!"

"어서 접속해야지."

"오크 마을! 오크 마을부터 가야겠다."

그들에게 크나큰 목표가 생긴 셈이었다.

그 순간, 이미 안현도는 관장실에서 캡슐로 들어가 접속해 있었다. 모라타에서 되살아나자마자 맹렬히 오크 마을을 향해 뛰는 중이었다.

⁂

KMC미디어의 영상실에는 긴박함이 흘렀다.

"두 번째 방어선 돌파!"

"세 번째 방어선과 충돌합니다."

"창병 일곱 도륙, 멈추지 않습니다."

"브롬바 왕국 기사 사망! 레벨 360 정도로 추정."

강 부장은 방송 스케줄을 확인하느라고 잠깐 화면을 보시 못했다.

"몇 분 만에 죽였지?"

영상실의 직원들이 잠시 머뭇거리다가 대답했다.

"거의 순식간에… 1분도 지나지 않았습니다."

"말을 탄 상태로 말이야? 레벨 360대의 기사가 얼마나 강한지 알 텐데. 뭔가 착오가 생긴 것 아닌가?"

"말을 멈추지도 않았습니다. 한 방향으로 그대로 달려가면서 마상 결투를 벌였는데… 짧은 순간에 열 번이 넘는 칼질을 했습니다."

"그게 가능해? 말을 탄 채 검을 휘두르면 균형이 흐트러지기 마련이잖아."

"저도 잘……. 저라면 당연히 못했겠지요. 그런데 그는 했습니다."

"괴물이로군."

찬탄밖에 나오지 않는 전투의 연속!

처음 위드는 공주를 뒤에 태우고 백마를 탄 채 적진으로 향했다.

궁수 부대가 쏘아 낸 화살 공격을 놀라운 속도로 과감하게 돌파했다. 화살이 땅에 떨어지기도 전에 속력을 내어 탄착 지점을 넘어 버린 것이다.

마법사들의 일제 마법 공격도 말의 절묘한 방향 전환으로 피했다.

폭발하는 화염과 얼음 조각, 벼락의 폭풍!

스켈레톤 나이트의 믿음직한 승마 스킬을 발휘하여, 백마와 함께 돌파했다.

그리고 창병들과 궁병들이 있는 진영의 옆구리를 강타했다.

위드가 두 발로만 말을 조절하며, 어느새 빼앗은 창과 검을 휘두를 때마다 어김없이 창병들이 목숨을 잃었다.

저항할 수 없는 돌격!

기사는 말을 타고 돌격하면 기본 공격력이 훨씬 커진다.

최소 2배에서 3배.

심지어는 말의 속력에 따라서 최대 공격력이 7배 이상 차이가 난다.

방패로 막으면 방패가 부서질 정도고, 철판 갑옷이라고 해도 우그러지고 박살이 나 버린다.

일반 보병으로는 질주하는 기사를 막을 수 없었다.

지상에서도 안정적인 공격력과 매우 뛰어난 방어력 그리고 강한 생명력을 가지고 있지만, 말을 탄 기사야말로 이 직업의 진면목을 보여 주는 것이다.

위드는 무섭게 속력이 붙은 질주 상태의 돌격으로 방어선을 그냥 꿰뚫었다.

말은 엄청난 속도를 내고 있지만, 그 위에 있는 위드의 움직임은 현란하기 이를 데 없었다. 손 아래에서 검이 춤을 추는 것만 같았다.

가공할 힘과 속도.

혼자서 적진의 한복판으로 뛰어들어서 검을 휘둘러 보병들을 베어 버리고 통과한다.

상대 또한 어엿한 기사인데도 대번에 싸워서 이겨 버리기도 했다.

죽음을 거부할 수 있는 힘에 의해 부활한 상태라고 해도 대단하다는 말밖에는 나오지 않았다.

강 부장이 의혹에 찬 목소리로 물었다.

"원래… 기사의 직업을 경험해 봤나?"

"그럴지도 모르겠습니다."

"본인은 조각사라던데."

"부업일지도 모르죠."

단순한 추측이지만, 방송사에서는 충분히 일리가 있다고 판단했다.

사실상 웬만한 것들은 영상으로 볼 수 있기 때문에 캐릭터에 대한 정보는 세세하게 캐묻지 않는다. 알려 주지도 않는 것이 원칙.

위드가 어떻게 살아났는지도 알지 못하는 실정이었다.

아이템이나 스킬, 캐릭터의 정보는 자신만의 중요한 비결이라고 봐도 되기 때문에 방송 계약을 했다고 해서 알려 달라 하는 것은 무리한 요구였다.

"주변이 온통 전쟁터야."

"나도 저렇게 구해 주는 기사가 있다면……."

"낭만이야, 낭만. 기사님과 함께 백마를 타고 짜릿함을 즐길 수 있다니."

여자 작가들도 전투에 푹 빠졌다.

고향으로 돌아가고 싶어 하는 순진무구한 공주! 의뢰를 맡긴 기사와 함께 백마를 타고 있다.

로맨스 소설에나 나올 법한, 꿈에 그리던 낭만적인 이야기가 아니던가.

물론 그 기사는 잘생긴 미남 청년이 아니라 살점 하나 붙어 있지 않은 해골 기사였지만 말이다.

"저 가슴에 푹 안겨 보고 싶잖아."

"〈로열 로드〉에서 기사들은 정말 든든하고 멋있는 거 같아."

강 부장은 위드의 전투를 보는 한편, 영상실 내부를 진두지휘했다.

"상황이 어떻게 변할지 모른다. 연출부 직원들은 영상 절대 놓치지 마!"

"넷!"

"분석실 직원들! 오늘 일감에 따라서 올해 인센티브가 정해질 수도 있어. 졸지 마. 졸려도 자면 안 돼."

"이 전투가 끝날 때까지는 절대 안 자겠습니다, 부장님."

"다른 직원들도 특이 사항이나 못 보던 것을 발견하면 꼭 말하도록 해."

영상실에서는 스크린 모니터가 여러 각도에서 수십 개나 분주하게 돌아가고 있었다.

팔랑카 전투.

베르사 대륙의 역사 속에 있는 전투의 재현이다.

오래된 과거의 전투들은 역사서에 기록된 문장 외에는 알 수 없다. 하지만 지금은 그 가장 치열했던 전투의 현장을 다시 볼 수 있었다.

"희귀 로브 발견! 정체는 파악하지 못했으나 마법 방어력이 매우 뛰어납니다."

"자이언트류의 소수 종족들도 있습니다. 이백 개체가 넘는 걸로 압니다."

"특기는?"

"괴력을 발휘할 수 있고… 무기나 마법 종류는 사용하지 않습니다."

"좋아. 일단 참고하고……. 아직까지 미발견 종족으로 기록해 두지. 스킬 쪽은 정리됐어?"

"지금 하고 있습니다. 마법사들 쪽에서 최소한 57개 이상의 새로운… 아니, 아직 발견하지 못했던 마법들이 나왔습니다."

수백 년 전의 마법사들이 사용하는 마법, 기사나 전사 들의 스킬들을 팔랑카 전투에서 눈으로 볼 수 있었다.

현재에는 실전되어 전해지지 않는 직업과 마법 들도 상당수였다.

그 마법들의 효과와 위력을 밝혀낼 수 있었다.

실전된 마법을 복구하고 또 새로운 마법을 개발하기 위해서 불철주야 노력하는 마법사들에게는 가뭄의 단비와도 같을 것이다.

마법사들은 2차 승급을 마친 이후부터는 본인의 특성에 맞는 수련을 통해 자신만의 마법을 창조하거나 정보들을 모아 고대의 마법을 복원할 수 있다.

이런 마법적인 자료나 아이템, 직업, 종족 등은 모두가 귀한 자료였다.

모험가들에게는 더 특별하다.

정보를 입수해서 희귀한 퀘스트를 찾아다니는 이들이라면 팔랑카 전투로 인해 특별한 의뢰를 받을 가능성도 높다.

소수 종족, 당시에 전쟁에 참여했던 왕국 중 아직 명맥을 잇고 있는 곳도 있으니까.

그들에게 팔랑카 전투에 대해서 말을 한다면 반응할 가능성이 있다.

"대박이다."

"정보의 양도 어마어마하고, 이 전투의 규모를 봐."

"시청률은 따 놓은 거나 다름이 없겠구나."

"적어도 1달은 이 팔랑카 전투가 논란이 될걸."

분석실 직원들이 기쁨에 차서 소리쳤다.

위드가 토둠에 가고 난 이후로 잔잔한 것들만 보여 줘서 얼마나 실망을 했던가!

하지만 역시 위드는 사건을 몰고 다님이 분명했다.

남들은 억지로 하려고 해도 힘든 퀘스트들과 생고생을 도맡아서 하고 있으니 말이다.

'수베인 왕국. 내가 있는 헤로타이 성에서 금방인 곳인데… 무슨 의뢰를 받을 수 있지 않을까?'

강 부장조차도 몸이 근질근질해서 참기가 어려웠다.

몇 분이 지났다.

"위드. 위드는 뭘 하고 있지?"

분석실 직원들이 급하게 작성한 자료를 읽고 있던 강 부장이 고개를 들지 않은 채로 물었다.

"……."

하지만 한참을 기다려도 아무런 대답이 없었다.

영상실에 있는 수백 명이 넘는 사람들 중에서 한 사람도 강 부장의 말에 대답하지 않았다. 다른 부서의 직원이 대답하기 어렵다고 해도, 강 부장이 지휘하고 있는 직원들만 50명이 넘는다.

영상실은 어느새 조용해져 있었다.

"다들 왜 대답이 없어?"

강 부장이 고개를 들었다.

과연 이번에는 또 얼마나 엄청난 것을 보여 줄 것인가.

강 부장이 직접 전면의 스크린으로 시선을 올렸다.

위드가 하늘을 날고 있었다.

자세히 보니 놀랍게도 드레이크 위였다.

"뭐, 뭐야. 어떻게 된 거지?"

직원들 대신에 오동만이 대답했다.

"그게… 드레이크들의 심한 공격을 받았습니다. 공중에서 불을 쏘고 발톱으로 할퀴어서, 이를 피하기 위해 상당히 고전했습니다."

화살이나 마법을 기마술로 피하는 것만 해도 굉장했다. 그런데 드레이크가 불을 쏘며 추격해 온다면 여간 짜증이 나지 않았을 것이다.

멀쩡한 평야라고 해도 따돌리기 어려운 마당에, 지상에는 몬스터와 적 병사 들이 가득했다.

"그런데?"

"그러다가 어느 순간, 뛰어올라서 드레이크 위에 올라탄 것이죠."

인간에게 길들여진 드레이크가 아니었으니 그 후에 매섭게 저항했다. 불을 뿜어내고, 공중에서 몸을 뒤집으면서 위드를 떼어 내려고 드레이크는 최선을 다했다.

동료 드레이크들도 그 광경을 보았다.

그들은 동족을 돕기 위해 주둥이에서 불을 뿜었다.

위드는 그럴 때마다 타고 있는 드레이크의 반대편으로 전광석화처럼 움직이면서 근처에 있는 다른 놈들을 공격했다.

공중전!

드레이크 무리와 함께 하늘에서 숨이 넘어갈 듯한 전투를 하고 있었던 것이다.

─후와와와와와!

위드가 터트리는 고함 소리가 쩌렁쩌렁 울릴 정도였다.

드레이크가 한 번 날갯짓을 할 때마다 공중으로 긴박하게 솟구친다.

드레이크 무리와 싸우는 것을 구경하는 사람도 정신이 하나도 없었다.

"커어억!"

"너무 멋있다!"

"이거야말로 시청률 20%는… 아니, 30%는 충분할 거야."

"대박이다, 대박! 올해에는 상여금까지 제대로 받을 수 있겠구나."

대지 위에는 역사적인 팔랑카 전투가 벌어지고 있다.

수십만의 인간들과 타 종족들이 세상의 패권을 놓고 다툰다.

그곳의 하늘에서 드레이크들과 공중전을 벌이는 것이다.

태양이 따갑게 비추고, 구름들도 옆에서 흘러가고 있다.

드레이크들의 엄청난 속도와 불규칙적인 움직임, 그에 대항해서 싸우고 있는 해골 기사 위드!

침을 삼키는 것조차 잊어버릴 정도로 흥분이 되었다.

강 부장이 중얼거렸다.

"이거 진짜 그림이다. 공주를 지키기 위해서 저렇게 영웅적으로 싸우는 기사라니……."

이야기가 좋았다.

너무나도 낭만적이라서 웬만한 감수성을 지닌 사람들이라면 모두 빠져들 수밖에 없으리라.

그때 직원 한 사람이 갑자기 박수를 쳤다.

"앗!"

"왜, 무슨 일인데? 뭐라도 발견했어?"

"그게… 그러니까……."

"그러니까 뭐!"

"공주가 죽었는데요."

"뭐, 뭐?"

"그러니까… 아래쪽의 화면을 보세요. 방치되어서 죽었습니다. 백마랑 같이요."

"……."

완전하게 전투에 몰입해 버린 위드는 공주와 백마의 안위 따위는 안중에도 없었던 것!

혼자서 드레이크에 올라타고 나서 기사답게 호쾌하게 싸우다 보니 정작 공주는 몬스터들에 의해 죽어 버린 후였다.

여성 작가들은 좌절했다.

"레미 공주우!"

"아악! 우리 공주가 죽다니!"

공주에게 완벽하게 감정이입을 하고 있던 그녀들로서는 하늘이 무너지는 것만 같은 충격 그 자체!

영상실에 모여 있던 직원들도 낙담하긴 마찬가지였다.

위드에 대한 기대 심리가 워낙에 높다 보니 공주를 살리지 못한 게 안타까웠다.

"내 상여금."

"내 휴가……."

"진급도……."

직원들은 않는 소리를 하면서도 희망을 가졌다.

이 팔랑카 전투가, 위드의 전투가 방송되었을 때에 시청자들에게 어떤 반향을 일으킬지는 알 수 없다.

지금은 전신 위드의 활약을 바로 앞에서 볼 수 있다는 점에서 KMC미디어에 근무하는 보람을 느꼈다.

역사적인 전투

그날 밤, 이현은 여느 때처럼 저녁을 차렸다.

매콤한 사천 탕수육.

평소에는 요리 시간이 제법 걸려서 준비하기가 어렵다.

"기름도 많이 들어서 못 했던 요리지."

튀김은 설거지도 귀찮지만 기름을 많이 쓴다. 소모되는 기름이 아까워서 집에서는 하기 힘든 음식이다. 자린고비인 이현이라고 해도 이미 썼던 기름은 웬만하면 재활용하지 않았다.

"동생 몸이라도 축나면 안 되니까."

자신이 먹기 위한 음식이었으면 간단히 짜파게티를 끓이는 정도로 충분했지만 동생을 위해서 최고의 탕수육을 만들었다.

이현은 그렇게 저녁 식사를 마치고, 다크 게이머 연합의 홈페이지에 접속했다.

> ─ 승냥이 검 삽니다.

오늘도 많은 글들이 올라와 있었다.

이현은 아이템의 시세부터 살폈다.

"시간이 넉넉하니 제대로 알아 놔야겠어."

어차피 24시간 동안 접속하지 못하니 여유는 있었다.

이현도 버티지 못하고 끝내는 두 번째 목숨을 잃어버리고 만 것이다.

⌘

팔랑키 전투는 말 그대로 죽음의 관문이었다.

끝도 없는 적들의 대열.

드레이크와 싸우면서 상상도 할 수 없을 만큼 높은 곳에 올라갔지만, 아래로 보이는 시야 전체에 적들이 있었다.

과거 오크들을 부려서 전쟁을 한 적도 있지만, 그 오크들을 능가하는 숫자가 서로 전쟁을 벌이고 있다.

하늘도 사정은 마찬가지라서, 잠자리를 닮은 초대형 몬스터들이 날아다녔다.

드레이크를 타고 지역을 벗어나려고 했지만 그것도 불가능. 공중 몬스터들끼리도 전쟁을 벌이고 있었기 때문이다.

몬스터들끼리는 서로 사이가 안 좋은 경우가 많다. 영역 다툼을 하거나, 천적 관계의 몬스터들이 싸움을 벌인다.

위드가 타고 있던 드레이크도 그런 싸움에 휘말렸다. 그리고 불행히도 위드와 전투를 하며 생긴 상처로 인해 오래 버티지 못했다.

하늘에서 뚝 떨어지는 느낌, 해골 기사의 뼈다귀가 박살이 나서 흩어질 정도의 큰 충격이었다.

생명력과 전투력에 크나큰 손실을 입은 상태.

목표로 했던 드레이크를 사냥하기는 했지만, 복수심에 차오른 다른 드레이크들이 계속 불을 뿜으며 괴롭혔다.

하늘을 향해 검을 휘둘러 봐도 무의미한 행동이었다.

드레이크들은 한번 당했기 때문에 경계심을 갖고 지상 가까이로는 내려오지도 않았다.

위드는 작전을 바꾸어 큰 소리로 휘파람을 불었다.

휘이이익!

훈련된 명마라면 어디서든 휘파람 소리를 듣고 돌아올 것이 분명하다. 달리는 백마에 올라타 그림처럼 몬스터들 사이를 뚫고 나갈 작정이었다.

"……."

그런데 시간이 지나도 반응이 없었다.

공주가 죽고, 백마도 이미 죽어 버린 후였던 것이다.

반경 10킬로미터 정도가 완벽하게 온통 적으로, 빠져나갈 구멍이 없었다.

"레미 공주를 호위하던 해골 기사다."

"음험한 말로 레미 공주를 유혹하여 도주시키려던 추악한 원

흥! 브롬바 왕국 기사단의 명예를 걸고 베어 버려라!"

"돌격하라. 돌격!"

기사단의 위력은 무지막지한 정도였다.

몬스터든 마법이든, 베어 버리고 돌격했다.

위드로서는 말을 잃어버린 후라서 도망치지도 못하고, 싸워 이길 자신도 없었다.

뼈마디는 공중에서 추락할 때 심하게 금이 가고 부서져 버렸다. 가만히 있더라도 생명력이 질질 새어 나갈 정도.

하지만 위드는 태연하게 제자리에 서서 브롬바 왕국 기사단의 견적부터 뽑았다.

위드의 해골 안광이 번뜩였다.

'검. 기사들이 착용하는 검이겠지. 적어도 레벨 270 이상. 화살을 비롯한 투척 무기를 방어하며, 상처를 회복시켜 주는 신성력이 있었던 것 같아.'

감정을 해야만 알 수 있는 것은 아니다.

기사들이 다른 몬스터와 싸우는 광경을 관찰하면서, 무기의 대략적인 정보도 파악했다.

전장 전체를 관조하는 폭넓은 시야.

거대한 팔랑카 전장에서 명검이나 방어구 들의 위치를 정확히 포착했다.

'그래도 당장은, 정면에서 싸우는 건 무리야.'

몸이 멀쩡하더라도 자신을 갖기 힘든데, 신성력이 있는 무기를 상대하자니 언데드로서는 더욱 꺼림칙했다.

죽음을 거부할 수 있는 힘으로 되살아나면 언데드의 장점을 얻지만 약점도 생긴다.

위드는 인근에서 돌을 던지고 있는 사이클롭스들 사이로 뛰어들었다.

"캬오오!"

"쿠와아아앙!"

사이클롭스들은 귀찮은 벌레라도 본 듯이 괴성을 지르며 바윗덩어리들을 주워 맨바닥으로 힘껏 내던졌다.

과아아아앙!

위드의 지척에 바윗덩어리들이 작렬할 때마다 지진이라도 난 것처럼 땅이 울린다.

"죽여!"

"브롬바 왕국 기사들은 패배를 모른다!"

기사단장이 선두에 서서 위드를 잡기 위해 사이클롭스들을 향해 돌진했다.

"이, 이, 인간들."

"맛도 없는 인간들이!"

"건방진 놈들."

사이클롭스들은 방향을 바꿔 기사단을 향해 바위를 던졌다.

바위들이 기사단을 덮치면서 엄청난 피해가 생기는 것이 위드의 눈에도 똑똑히 보였다.

기사들의 돌격은 일반 보병, 같은 기사라고 하더라도 제자리에 서서 막을 수 없다. 그러나 활처럼 원거리 투척 무기에는 비교적 약했다.

투구의 틈으로 화살이 들어올 수도 있고, 무엇보다 말이 죽는 것이다.

사이클롭스들이 내던진 바위는 말뿐만 아니라 기사조차도 박살을 내 놓을 정도였으니, 짧은 순간 엄청난 피해가 일어났다. 하지만 기사단은 브롬바 왕국의 깃발을 더욱 높이 추어올렸다.

"전부 쓸어버려라!"

"왕국의 명예를 위하여!"

불을 향해 달려드는 불나방처럼, 그들은 자신들의 명예와 긍지를 지키기 위해 10배나 되는 거인들을 향해 용감하게 덤벼들었다.

기사들의 전력을 다한 돌진. 말이 쓰러지도록 달려서, 들고 있던 창을 힘껏 내지른다.

"크어어어!"

사이클롭스들이 발에 상처를 입고 넘어졌다.

기사들은 창을 내리꽂고 검을 휘두르면서 사이클롭스를 베었다.

남은 사이클롭스들은 바위를 몽둥이처럼 휘두르면서 저항했다. 말들이 뒤엉키고 쓰러지고, 난전도 이런 난전이 없었다.

'지금이 기회다.'

위드는 사이클롭스들의 뒤에서 튀어나와, 질주를 멈춘 기사들을 상대했다.

사이클롭스들의 바위를 피하는 것은 의외로 쉬운 편.

눈이 하나라서 그런지 정확도가 많이 떨어지고, 사각지대도 존재했다.

투척을 위해서는 집채만 한 바위를 일단 머리 위로 들어 올려야 한다. 미리 경계하고 방향만 잡을 수 있다면 피하는 것도 불가능하지 않다.

단지 무시무시한 파공음을 내며 날아다니는 바위에 맞으면 그대로 사망이라는 위험 때문에, 정상적인 인간이라면 오금이 저려 엄두를 내지 못할 뿐!

"나는 브롬바 왕국의 실버 나이트인……."

"난 스켈레톤 나이트 위드다."

위드는 짧게 인사를 나누고 기사와 승부를 벌였다.

사이클롭스들이 바위를 던지고 있어서 아주 짧은 틈밖에 싸울 시간이 없다.

그런 찰나의 시간을 이용하여 기사를 제압하고, 다른 기사들이 도와주기 위해서 오면 쏟아지는 바위들의 틈으로 몸을 날려 도망쳤다.

멀쩡한 사이클롭스들이 있는 곳으로 더욱 깊숙하게 브롬바 왕국 기사들을 유인했다.

재해라고 해도 부족하지 않을 큰 혼란을 유도하고, 그 안에서 전투를 하고 있는 것이다.

사이클롭스가 있는 장소로 마폰 왕국의 기사들까지 뛰어들었다.

"브롬바 왕국의 졸개들을 쳐라!"

"외눈박이 괴물의 목을 자르자!"

"우와아!"

대혼전이 벌어지고 있었다.

앙숙인 브롬바 왕국과 마폰 왕국의 싸움터에 인간들의 다른 왕국도 끼어들었다.

자연스럽게 몬스터들의 주의도 이쪽을 향하고, 사이클롭스들은 발을 구르다가 열이 뻗치는지 머리 위로 바위를 던졌다. 하늘로 솟구치던 바위들이 떨어지면 인간의 몸은 그냥 박살 나고, 사이클롭스들도 자신들이 던진 바위에 맞아 쓰러졌다.

위드는 대혼전이 벌어진 틈을 타서 정면충돌을 피하고 기사들과 일대일 승부를 벌였다.

그렇게 17명이나 되는 기사들을 죽이고 나서야 무릎을 꿇었다. 생명력이 겨우 30도 남지 않았을 때였다.

"우워어."

"피해라!"

쉽게 위드의 목숨을 취할 수 있는데도, 브롬바 왕국의 병사들이나 마폰 왕국의 병사들은 물러서기에 바빴다.

그들은 연방 하늘을 보면서 물러나고 있었다.

위드도 하늘을 올려다보았다.

그러자 작은 점이 급속도로 커지는 것이 보였다.

적어도 직경이 10미터는 넘을 듯한 바위가 그가 있는 자리를 향해 떨어지는 중이었다.

'승냥이 떼에게 먹히느니 마지막은 화려한 게 좋지.'

위드는 검을 땅에 꽂은 채로 가만히 기다렸다.

콰아아앙!

역사상 가장 치열했던 전투 중의 하나인 팔랑카에서 뚜렷한 족적을 남긴 것이다.

탐욕과 시기심이 절정에 달했던 시절.

　인간들은 밀과 철을 확보하기 위한 확장 전쟁을 그치지 않았다.

　이종족들 역시 처음에는 인간들에게 저항하기 위해서 뭉쳤으나, 그 의도는 변질되었다. 욕망을 추구하는 인간들의 영향을 받아서, 자기 종족의 이득을 위한 싸움을 벌이게 된 것이다.

　인간들이 영역 다툼을 하며 스스로 힘을 갉아먹는 사이, 번식력이 뛰어난 몬스터들은 대륙 전체로 독버섯처럼 퍼졌다.

　(베르사 대륙의 역사서, 《팔랑카 전투》 원본)

　당시만 하더라도 몬스터들의 지능은 상당히 뛰어난 편이라서 조악하나마 언어를 사용할 수 있었으며, 대규모의 집단 활동을 했다고 한다. 그리고 그들은 작센 평야에서, 대륙의 주도권을 놓고 결전을 벌였다.

　최후의 승자는 인간이 아닌 몬스터들이 되었다.

　하지만 그 위험한 전장에서 살아남은 소수의 패잔병이 퍼트린 해골 기사의 활약 이야기가 잔잔하게 회자되었다.

　그는 이스란 왕국의 레미 공주의 부탁을 받아 그녀를 구출하려고 했다고 한다. 그는 대단히 용맹하였고, 놀라운 마상 전투 능력을 갖추었다. 하지만 다른 공중을 나는 몬스터들에게 한눈팔린 사이에 애마와 공주를 잃어버리고 말았다. 분노에 찬 기사는 공주에 대한 애통한 마음을 다하기 위하여 싸우다가 그 자리에서 최후를 맞았다고 한다.

지리적으로 작센 평야는 브롬바 왕국에 위치해 있었다. 기름진 광대한 평야. 베르사 대륙의 가장 넓은 곡창지대다. 하지만 브롬바 왕국이 몰락하면서 영토가 갈가리 찢겨 나가고, 브레만 왕국에 속하게 되었다. 당시 100만이 넘는 인간과 이종족, 몬스터 들의 사체들을 따로 모아서 거대한 지하 무덤에 매장하였다고 한다.

그 후 수십 세대를 거치면서도 밀을 얻기 위한 싸움은 끊이지 않았고, 소유 왕국은 계속 바뀌었다. 작센이라는 평야도 사라지고, 인간들이 건설한 성벽과 요새들로 인하여 지형조차 바뀌었다.

현재는 몬스터들이 연합하여 스스로 불렀던 이름을 딴 팔랑카 전투로 더 많이 알려지게 되었다.

(새롭게 복원된 내용. 팔랑카 전투의 비사. 오래된 언어로, 언어학과 고고학을 상급까지 익힌 모험가만이 해독할 수 있음.)

— 베르사 대륙의 역사서, 《팔랑카 전투》의 기록에서

이현은 끊임없이 불평했다.

"그놈의 스켈레톤 나이트로 되살아나지만 않았어도……."

여전히 스켈레톤 나이트로 되살아난 것은 심히 유감이었다.

언데드라고 해서 다 엇비슷한 수준은 아니다.

근원의 스켈레톤은 보스급이었다. 물리적인 능력도 괜찮은 편이지만, 무엇보다 마법 능력이 탁월하다.

강력한 흑마법!

네크로맨서 스킬들을 활용하면서 시원하게 싸울 수 있다.

시체들을 이용해 듀라한과 데스 나이트, 스켈레톤의 망자들을 일으켜 싸웠을 때의 짜릿함!

그에 비해 스켈레톤 나이트는 마법에 무지한 해골 기사였다. 햇빛에도 약하고, 신성 마법에도 크게 취약점을 드러낸다.

대낮에는 사냥당하기 쉬운 언데드.

팔랑카 전투도 대낮에 벌어져서 조금 약화되었다.

〈마법의 대륙〉 시절이라면 기사도 환영이었다. 강대한 힘으로 모든 적들을 부숴 버리던 시절이었으니 기사라고 해도 나쁠게 없었다.

하지만 역시 전장에서의 대량 살상을 위해서는 네크로맨서만 한 직업이 없다.

"네크로맨서 마법만 쓸 수 있었어도……."

이현은 아쉬움을 감추지 않았다.

네크로맨서 마법을 사용할 수 있는 언데드로 태어났다면 정말 화려하게 팔랑카 전투를 뒤집어 놓았으리라. 대규모 전장이야말로 네크로맨서들에게는 자신의 집 앞마당처럼 반가운 곳이니까.

사이클롭스를 부활시키고, 좀비와 구울 들을 일으킨다. 해골 병사나 기사 들도 일으키는 게 불가능하지만은 않았다.

마침 성자의 지팡이나 네크로맨서 마법서까지 있었으니 금상첨화였다.

"하기야. 언데드의 종류도 한둘이 아니라서 네크로맨서 스킬을 사용할 수 없는 다른 것으로 부활할 수도 있지. 유령체나 짐승류로 부활할 수도 있었을 테니. 위험성이 너무 큰 기술이야."

본인의 선택에 따라 되살아나는 게 아니라서 운에 맡겨야 한다는 점이 불안한 스킬.

이현은 이제 마음을 비우고 아이템의 시세를 검색했다.

베르사 대륙에서 부활을 하고 나면 이번에 획득해서 사용하지 않을 무기류와 방어구들은 팔아 버릴 셈이었다.

"경매로 올려놓는 편이 좋겠지."

이현은 시세를 확인한 다음, 아이템 거래 사이트로 가서 경매 물품들을 등록했다.

> • 브롬바 왕국 기사의 검. 경매 시작 가격 1,000원.
> • 마폰 왕국 기사의 검. 경매 시작 가격 1,000원.
> • 영예로운 기사의 갑옷. 경매 시작 가격 1,000원.
> • 축복의 장갑. 경매 시작 가격 1,000원.
> • 전쟁의 갑옷. 경매 시작 가격 1,000원.
> • 사이클롭스의 투구. 경매 시작 가격 1,000원.

팔랑카 전투에서 획득한 아이템을 내놓은 것이다.

토둠에서 얻은 아이템들은 거의 재료나 잡템들이 많았다.

페가수스나 유니콘. 신수들과 싸웠으므로 부득이하게 벌어진 일이었다.

모라타에서 직접 아이템을 제조해서 팔아야 제값을 받을 수 있고, 바가지도 씌울 수 있다. 하지만 완성품인 갑옷이나 검 등은 경매 사이트를 통하는 편이 더 쉽게 구매자를 찾을 수 있었으므로 등록을 한 것이다.

뱀파이어의 창고에서 획득한 콜드림의 애검은 레벨 제한만 440이다. 만약 팔기로 한다면 기대만큼의 높은 가격은 받을 수 없을지도 몰랐다.

사람들끼리 실컷 경쟁이 붙어야 가격이 오르므로, 직접 사용하면서 적당한 가격이 매겨질 때까지 기다리는 편이 나으리라.

"물론 당장 팔 생각은 없지만… 그리고 보니 파스크란의 창도 있었지."

뱀파이어의 보물 창고에서 발견했지만 고르지 않은 창!

분명 다크 게이머 연합에서 누군가 구한다고 요청하는 글을 봤다.

이현은 호기심을 이기지 못하고 그 글을 찾아 글쓴이에게 쪽지를 보냈다.

> 예전에 파스크란의 창을 구한다고 하신 분이죠?
> 얼마에 사실 예정이었습니까?

이현이 할 일은 그것으로 끝이 났다.

정말 오랜만에 하루를 편안하게 쉴 수 있어서 실감이 안 날 정도였다.

"거의 100일 정도 만의 휴식이로군."

다크 게이머에게 주5일 근무제 따위란 당연히 없다. 남들이 놀고 쉴 때 더 열심히 사냥하고 스킬들을 키워 놔야 했다.

이현은 컴퓨터를 끄기 전에 다크 게이머 연합의 홈페이지에 정보 글을 하나 올렸다.

북부 몬스터에 대한 정보들.

서윤과 함께 죽음의 계곡을 찾기 위해 북부를 횡단하면서 썼던 기행기. 획득할 수 있는 음식 재료나 이동 경로, 몬스터들의 서식지 등등에 대한 정보들.

더 많은 수익을 얻고 더 많은 몬스터를 사냥하기 위해 주로 혼자 다니는 다크 게이머들에게는 더할 나위 없이 소중한 정보이리라.

받은 만큼은 베푼다.

다크 게이머 연합에서 얻은 정보의 대가로, 이현도 스스로 알고 있는 것들을 약간씩은 풀었다.

현재 정보 등급은 C.

이현은 스스로 작성한 글의 조회 수가 올라가는 것을 보고 부엌으로 향했다.

"쉬는 날에 김치나 담가 둬야겠군."

김치를 담그고 일찍 잘 생각에 움직임이 빨라졌다.

"소금은 역시 일반 천일염을 써야지. 비싸다고 좋은 게 아니라니까."

〈로열 로드〉의 홈페이지에는 오늘도 수백만 명의 유저들이 접속했다. 그들은 실시간으로 명예의 전당에 올라오는 동영상을 시청하고 있었다.

> ─ 빛의탑 길드가 잔혹한 우롤바가 있는 동굴로 들어갔다.
> ─ 조금만 있으면 우롤바가 나올 거야.

긴장이 흘렀다.

빛의탑은 인원수가 3만 명이 넘는 거대 길드.

최고 수준의 고레벨 유저는 없지만, 인원수에 걸맞게 큰 세력을 가졌다.

그들이 차지하고 있는 영토 안에 우롤바의 레어가 있었다.

잔혹한 우롤바.

대표적인 보스급 몬스터로, 베르사 대륙의 시간으로 1개월에 한 번씩 되살아나는 마수 조련사다.

본 드래곤의 브레스에 비할 정도는 아니어도, 그가 휘두르는 전기 채찍에 스치면 몸이 마비되고 체력이 고갈된다. 함께 등장하는 마수들도 매우 일사불란하게 움직이기에, 여간해서는 사냥하기 어렵다.

이 우롤바를 빛의탑 길드가 대규모의 인원을 동원해서 습격하기로 한 것이다.

"베르사 대륙의 정의를 세우기 위하여 우리는 이 자리에 왔다. 비겁한 몬스터 우롤바여, 숨어 있지 말고 떳떳하게 나타나라. 나 헤르트는 너를 처단하기 위해 이 자리에 왔다!"

길드 마스터 헤르트가 거대한 동굴 안에서 당당하게 외쳤다. 그러자 우롤바가 등장했다.

그리고 당연하게 벌어진 전투!

빛의탑 길드는 이번 전투를 위하여 아이템을 새로 맞추고, 전투의 신 티르에게 막대한 제물을 바치고 축복을 받았다.

'길드의 영광을 드높일 이 기회를 놓치면 안 된다.'

지금까지 우롤바를 사냥한 길드는 여섯도 되지 않는다. 헤르메스 길드를 비롯한 명문 길드들만이 사냥에 성공했다.

빛의탑 길드도 그 반열에 오르기 위하여 투자를 아끼지 않은 것이다.

'우롤바가 가진 보물. 채찍을 갖고 말 테다.'

전사들은 스탯에 대한 욕심도 컸다.

조각사의 직업을 가진 위드는 걸작이나 명작, 대작을 만들면 스탯이 오른다. 하지만 조각사만이 특별 스탯을 획득할 수 있는 것은 아니었다.

전사들의 경우에는 위험을 무릅쓰고 보스급 몬스터 사냥에 성공하면 명성과 함께 가끔씩 스탯을 얻었다.

그렇다고 매번 성공할 수 있는 것도 아니다.

목숨을 걸고 싸워야 되는 끔찍한 놈들이 대상이었다.

잔혹한 우롤바는 충분히 그 대상이 될 수 있다.

전사가 아닌 모험가나 도굴꾼의 경우에는 위치가 파악되지 않은, 즉 한 번도 털린 적이 없는 유명인의 무덤이나 던전을 파헤쳤을 때 스탯들이 오른다는 소문이었다.

성직자들은 빈사 상태에 빠져 있는 이들을 치료함으로써 신앙심이 높아지고, 수도승은 마물들을 구원해 주면서 신앙 스탯을 얻는다.

비슷한 예술 계열의 직업인 화가는 그림을 그려 스탯을 받을 수 있다. 건축가도 놀라운 건축물을 세우면 스탯을 받는다고 한다. 대장장이들은 당연히 명품 무기나 방어구를 제작하면 스탯을 얻었다.

조각사나 다른 생산 계열의 장점은, 추가 스탯을 얻을 때에 목숨을 걸지 않아도 된다는 것이다.

적어도 건축이나 조각을 하다가 혹은 그림을 그리다가 생명이 위험해지지는 않으니까.

하지만 전사들은 위험한 보스 몬스터를 사냥했을 때에 얻는 스탯이 더 많고, 전리품과 명성까지 얻을 수 있으니 강한 몬스터와 싸울수록 투지가 샘솟았다.

"이야합!"

"우롤바를 쳐라."

"채찍을 휘두르지 못하도록 접근전을 펼쳐!"

"접근전만이 우리 살길이다!"

전사들이 우롤바를 향해 돌진했다.

그러는 사이에 동굴 내의 마수들이 등장했다.

바위 속에 사는 록 웜들이 성직자와 마법사 들을 덮쳤다.

"살려 줘."

"우리부터 도와줘!"

난리가 났지만, 우롤바와 싸우고 있는 전사들은 돌아오지 않았다.

빛의탑 길드는 규모는 컸지만 실질적으로 이끌어 주는 유저가 부족한 탓에 2,000명이나 되는 길드원들의 손발이 맞지 않았다.

명예의 전당을 통해 유저들이 보고 있었는데도 그렇게 우롤바와 마수들 앞에서 패퇴했다.

마지막에 서로 살겠다고 던전을 빠져나갈 때의 모습이 압권이었다.

> ― 시간만 낭비했네.
> ― 괜히 눈만 버린 것 같네요.
> ― 아무리 보스급 몬스터를 사냥하는 게 처음이라지만 빛의탑 길드는 너무 쉽게 무너진 것 같네요.

사람들은 실망감을 감추지 않았다.

그러던 차에 어떤 유저가 아이템 경매 사이트를 다녀오고 나서 게시판에 글을 올렸다.

> 위드! 위드기 다시 나타났습니다.
> 그의 경매 사이트 계정으로 가 보세요!

위드가 브롬바 왕국과 마폰 왕국 기사의 무기들, 사이클롭스의 투구를 팔고 있다는 사실이 확 퍼졌다.

> ― 도대체 무슨 일이!
> ― 위드가 또 어디서 뭘 하고 있었던 걸까요?

위드에 대해서라면 미친 듯이 환호하는 팬들이 구름처럼 몰려들었다.

본 드래곤을 이기고 나서 한동안은 위드에 대한 소식이 들려오지 않았다. 신비롭게 모습을 감추고 활동을 하니 그만큼 사람들의 호기심을 자극하기 마련이다.

그러던 차에 다시금 자신의 경매 계정에 물품들을 등록한 것이다.

> — 무기들의 성능이 상당히 뛰어난 편입니다.
> — 경매 가격이 벌써 50만 원 돌파.
> — 역시 위드네요. 세상에, 사이클롭스를 사냥하다니……! 혼자서 한 걸까요? 동료가 있었을 것도 같은데요.
> — 위드는 거의 혼자서 다니는 걸로 압니다. 사이클롭스가 강한 몬스터라고 해도, 본 드래곤마저도 사냥한 위드에게는 당연히 적수가 안 되는 게 정상입니다.
> — 크으! 그 사냥 동영상을 봐야 하는 건데. 일점 공격술에, 폭풍처럼 휩쓸어 버리던 위드의 전투가 머릿속에서 떠나질 않아요.
> — 그런데 브롬바 왕국이 어디죠?
> — 저는 마폰 왕국도 전혀 모르겠어요.
> — 북부에 있는 신생 왕국일까요?

사람들은 브롬바와 마폰이 중앙 대륙의 어디에 존재하는 왕국인지 의문에 빠져들었다. 심지어는 북부에 있는 소국일 거라 추측하는 이들도 적지 않았다.

하지만 북부에는 아직 왕국 자체가 생기지 않았으니, 반박하는 글들이 줄을 이었다.

그러던 차에 누군가가 답을 찾아냈다.

> — 브롬바 왕국, 마폰 왕국. 수백 년 전에 존재했던 고대 왕국들입니다.
> — 정말인가요? 믿을 수 없어요.
> — 틀림없는 사실입니다. 베르사 대륙의 역사서에 수록되어 있습니다.

어떤 유저가 베르사 대륙의 역사서를 통째로 인용해서 올려

났다. 그래서 사람들은 브룸바 왕국과 마폰 왕국에 대해 알게 되었다.

모든 사람들이 위드처럼 역사서를 통째로 외우고 다니지는 않았던 것이다.

— 어떻게 고대 왕국의 무기를…….
— 과연 이번에는 무슨 모험을 했을까요? 고대 왕국의 유물 발굴? 고대의 던전 탐험?
— 크으! 보고 싶다. 보고 싶어.

사람들의 호기심은 극에 달했다.

몸이 달아서 정말 아무도 말릴 수가 없을 지경이 되었다.

그래서 막무가내로 KMC미디어의 홈페이지로 달려갔다.

— 위드가 모험을 한 게 사실인가요?
— 고대 왕국에 간 건가요?
— 위드의 모험을 방송하실 계획이 있습니까? 만약 그렇다면 내일 꼭 해 주세요.
— KMC미디어의 능력을 믿습니다. 채널 고정하고 기다릴 테니 특별 편성이라도 해서 보내 주세요.

생떼를 쓰면서 시청자 의견 게시판에 도배를 하는 무리!

KMC미디어 직원들의 발등에 불이 떨어진 격이었다.

"야근이다, 야근!"

"저녁 도시락 주문해. 이것들 다 편집하기 전에는 집에도 못 갈 거야."

직원들은 눈물을 머금고 업무에 빠져야 했다.

위드의 모험은 특성상, 분량이 짧게 끝나는 경우가 거의 없다. 팔랑카 전투만 따로 뽑아 만든다고 해도 최소 몇 시간 분량은 나올 것이다.

레미 공주와의 만남, 백마를 타고 난 후의 돌격, 공중전, 사이클롭스와 기사단의 전투까지!

빠뜨릴 수 없는 명장면들이 많다.

게다가 역사적인 팔랑카 전투다. 위드의 모험만을 방송하는 게 아니라, 전투 중에 나온 스킬이나 아이템, 몬스터에 대한 정보들도 즉석에서 제공해야만 한다.

때문에 방송국의 모든 팀들이 분주하게 일하고 있었다.

최종 편집본이 나오기 전에 진행 팀에서도 만반의 준비를 했다. 작가들은 영상을 보며 방송에 쓸 대본을 실시간으로 작성하고, 진행자들은 전투에 대한 정보들을 암기하느라 밤을 꼬박 새웠다.

시청자들의 열화와 같은 반응에 방송 예정일을 단축하려다 보니 벌어진 일.

신혜민은 방송 중에 읽어야 할 대본을 확인하고 있었다.

"고결하고, 모험심 가득한 전신 위드의 전투! 숨 쉴 수 없는 격정과 가슴 벅차오르는 환희 그리고 공주와의 로맨스가 있는 팔랑카 전투를 시청자 여러분께 소개합니다."

꼬꼬댁, 꼬꼬!

양념반프라이드반!

이현을 배반하고 서윤에게 간 닭은 아무것도 먹지 않았다.

병원의 간호사들이 쌀이나 좁쌀, 깨, 닭 사료까지 구해다 주었지만 헛수고였다.

"너 왜 안 먹니?"

"이러다가 굶어 죽어."

서윤의 병실에서는 간호사들이 걱정스러운 눈빛으로 닭을 보고 있었다.

정확히는 서윤을 걱정하는 것이었다.

여리고 착한 서윤이, 기르던 닭이 죽기라도 한다면 마음의 상처를 크게 받게 될 테니.

양념반프라이드반은 힘없이 드러누워 있을 뿐이다.

"……."

서윤은 애처롭게 닭을 쓰나듬었나.

자신이 해 줄 수 있는 것이 이것밖에 되지 않음을 안타까워하면서.

'주인에게 돌아가고 싶니?'

서윤의 눈빛이 서글퍼졌다.

양념반프라이드반을 데려온 것이 실수인 것만 같았다.

누구에게도 사랑받지 못했던 자신!

그녀는 닭에게조차도 믿음과 사랑을 받지 못하는 것이다.

'이현. 그 사람에게 데려다줘야 해.'

서윤이 결심을 하고, 양념반프라이드반을 들어 올리려고 할 때였다.

무엇을 느낀 것인지 닭이 홰를 치며 강하게 저항했다.

절대로 가고 싶지 않다는 몸짓!

간호사들은 그것을 보면서 적지 않게 감동했다.

"닭도 영물인가 보다. 느끼고 생각하는 게 사람들 못지않네."

"집을 그리워하지만, 그래도 새 주인의 마음을 헤아리다니 정말 착한 닭이잖아. 먹이만 조금 먹어 준다면 좋을 텐데……."

서윤과 간호사들의 애절한 바람을 아는지 모르는지, 양념반 프라이드반은 가만히 잠만 자려고 했다.

그러던 와중에 다른 간호사가 병실의 문을 열고 들어섰다.

서윤이 먹을 밥을 식판에 담아 온 것.

반찬은 비타민이 풍부한 채소류와 삼겹살이었다.

꼬꼬댁!

그 순간, 양념반프라이드반이 깃털을 휘날리며 식판으로 날아올랐다. 그러고는 삼겹살을 쪼아 먹기 시작했다.

또도도도도도독.

식판을 뚫어 버릴 것만 같은 맹렬한 기세.

"……!"

엄청난 양을 먹고 나서, 닭은 평온하게 잠이 들었다.

'닭이 삼겹살을 먹는다는 이야기를 들어 보기는 했지만…….'

'닭도 별거 없구나. 돼지랑 똑같아!'

간호사들은 깨달음을 얻었다.

서윤도 깊은 생각에 빠졌다.

'난 사랑을 받으려고만 했지, 내가 먼저 다가서려는 노력을 한 적은 없었던 것 같아.'

유일하게 편안함을 느낄 수 있는 상대가 이현이었다.

〈로열 로드〉에서는 그가 해 준 음식을 먹기만 했다. MT에서도 그가 해 준 음식을 먹었다. 그런데 고맙다는 말도 못 했다.

'내가 그에게 해 준 건 아무것도 없구나.'

서윤은 고개를 끄덕였다.

이제부터라도 조금씩 바꾸어 가고 싶었다.

'다음에… 요리를 해 줘야지.'

학교에서 점심시간에 어디서 밥을 먹는지는 알고 있었다.

'내가 직접… 도시락을 싸 가야지. 음식을 만들어 주고 싶어.'

서윤은 요리 메뉴를 정하느라 상념에 빠졌다.

"얘들아, 밥 먹자."

이혜연은 마당으로 나왔다.

이현이 키우고 있는 닭들의 밥을 주는 건 얼마 전부터 그녀의 몫이 되었다. 닭이 예쁘다고 직접 밥을 주고 싶다고 하니, 이현도 오빠로서 거절하지 못한 것이다.

이혜연은 기쁘게 밥 주는 일을 했다.

"오늘 밥은 갈비란다."

꼬꼬댁!

첫째인 삶은달걀이, 살점이 조금 달라붙어 있는 갈비를 쪼아 먹는다.

둘째부터 계란프라이, 어미닭, 백숙, 프라이드, 양념 그리고 새로 교체된 양념반프라이드반도 남은 갈비를 쪼았다.

알에서 깨어난 지 얼마 안 된 병아리들!

병아리들은 어미가 주는 벌레를 먹고 성장했지만, 벌써 머리가 커졌다고 갈비 근처에서 기웃거리고 있었다.

"참 화목한 광경이네."

이혜연은 행복을 느꼈다.

닭들과 병아리들이 사이좋게 갈비 근처에 모여 있다. 이 얼마나 앙증맞은 광경인가.

닭들이 먹은 후에도 뼈는 상당량이 남았다.

음식을 버릴 수 없기에, 이혜연은 멀리 앉아 기다리고 있던 동물을 하나 더 불렀다.

"보신아, 이리 온."

왈왈!

닭들이 먹고 남은 갈비뼈는 개의 몫이었다.

개의 이름은 몸보신!

동네에서 어슬렁거리는 새끼 개를 먹으려고 데려왔는데, 정이 많이 들어 잡아먹지 못했다.

"많이 배고팠지."

이혜연은 몸보신의 머리를 쓰다듬어 주었다.

먹을 때는 개도 안 건드리는 법이라고 하지만, 몸보신은 괜찮았다.

멍멍!

오히려 더 만져 달라는 듯이, 뜯어 먹던 갈비뼈도 내려놓고 발라당 누워 애교를 부렸다.

보통 영특한 개가 아니라서 새들을 잡기도 하고, 배설물도 알아서 처리했다.

그럴 때마다 이혜연은 환한 미소를 지었다.

"우리 보신이 착하기도 하지."

소녀와 개.

평화롭기 그지없는 광경이었다.

하지만 몸보신은 잊지 않았다.

그가 새끼였을 무렵, 친히 이름을 지어 주며 번들거리던 이혜연의 눈빛을!

위드의 귀환

모라타의 붉은방패 용병 길드의 벽에 벽보들이 빼곡하게 나붙었다.

"뭐야, 무슨 일인데?"

"어디 괜찮은 의뢰라도 떴나?"

이제 막 사냥을 마치고 돌아온 모험가들이 벽보 근처로 몰려들었다.

현상수배자: 검치

목에 걸린 현상금: 550골드

죄목: 타락. 살인. 도주.

용모: 제법 나이가 많음. 바바리안과 비슷한 체격. 냄새가
심한 흑색 갑옷을 착용한 것으로 알려짐.

무력: 헬로드 나이트와 호각으로 싸울 수 있을 정도. 힘과
기술이 뛰어남.

특기 사항: 뱀파이어들을 위해 인간들을 살육함.

마지막으로 목격된 장소: 모라타 남쪽 입구.

현상수배자: 검둘치

목에 걸린 현상금: 548골드

죄목: 타락. 살인. 도주.

용모: 매우 불쾌한 웃음을 멈추지 않음. 대단한 근육질의
　　　몸. 냄새가 심한 흑색 갑옷을 착용한 것으로 알려짐.

무력: 바이킹 다섯과 싸워서 승리를 거머쥠.

특기 사항: 뱀파이어들을 위해 인간들을 살육함.

마지막으로 목격된 장소: 모라타 남쪽 입구.

현상수배자: 검삼치

　…….

　검치에서부터 검둘치, 검삼치… 그런 식으로 검오백오치까지 올라와 있었다.

　용모의 묘사는 사실 그리 중요하지 않았다. 살인자의 경우에는 이름이 붉은색으로 노출되기 때문이다.

　뱀파이어의 의뢰를 수행하며 악인이 되어 버린 대가였다.

　"어제부터 나타나서 우르르 사라졌어요."

　"남쪽으로 매우 급하게 떠나가던데."

　그들의 행적을 목격한 무리는 상당히 많았다.

　실제로 이름이 붉은 그들을 잡아 보려는 시도도 벌어졌다.

현상금도 두둑하고 명성과 공적치, 용병 등급을 올리는 데 도움이 된다. 운이 좋다면 장비를 빼앗을 수도 있으니, 대뜸 덤벼든 것이었다.

"아, 뭐야."
"우리는 그런 사람 아닙니다."
"앗! 여자다!"
"크윽! 여자들까지 나를 죽이려고 하다니."

그러나 검치 들은 아무렇지도 않은 반응을 보이면서 재빨리 도망쳤다. 무슨 급한 일이 있는지, 남쪽을 향해 미친 듯이 달려가는 모습에 감히 쫓을 엄두도 내지 못했다.

검치보다 레벨이 높은 사람은 모라타에도 많았다. 1~2명이라면 포위해서 잡을 수도 있겠지만, 갑자기 다수가 나타나는 바람에 주춤거리는 사이에 빠져나가고 만 것이다.

그때였다.

모라타의 서문으로 이름이 붉게 표시된 살인자 1명이 들어섰다.

"살인자 주제에 마을로 들어오려고 하다니 겁도 없군."
"미친 거 아냐?"

모라타에는 군대가 없다. 대신에 프레야 교단의 성기사들이 주둔하면서 지켜 주고 있었다.

"젠장, 내가 죽여야 되는데! 명성을 올릴 기회인데 말이야."

프레야의 성기사들이 용서해 줄 리가 없다.

모라타를 오가는 상인과 모험가 들은 그 대책 없이 다가오는 이를 지켜보고만 있었다.

잠시 후면 성기사들에 의하여 비참하게 때려잡히고 말리라.

프레야의 성기사들이 근처에 준동하는 몬스터들을 어떻게 때려잡는지를 봐 왔기 때문에 누구나 그렇게 예상했다.

하지만 성기사들은 칼을 뽑아 들기는 했으되 높이 추어올려 귀족 혹은 대신관에게나 하는 예를 취했다.

"모든 조화가 여신님의 뜻대로."

방문자도 가볍게 예를 취했다.

"모든 조화가 여신님의 뜻대로."

그러고는 성기사들의 제지를 조금도 받지 않고 마을 입구를 통과해 버리는 것이었다.

모라타에 들어온 이는 위드였다.

뱀파이어 왕국 토둠의 여행을 마치고, 중급 수련관을 통과한 후, 다시 베르사 대륙으로 돌아왔다.

위드가 길을 걸을 때마다 사람들이 앞다투어 비켜났다.

"뭔데?"

"무슨 일이야?"

"살인자야. 살인자가 마을에 들어왔어."

"어떻게? 아무리 치안이 허술한 모라타라고는 하지만, 프레야의 성기사들이 있잖아!"

"글쎄. 눈으로 보고도 믿기 어려운 일이지만, 저 봐. 마을을 돌아다니는데도 성기사들이 전혀 저지하지 않잖아."

군중심리란 무서운 것이라서, 마을 입구에서부터 비켜나기 시작한 사람들은 중앙 광장까지 길을 터 주었다.

그리고 다들 금세 위드의 뒤를 따라왔다. 살인자의 표시를 하고 마을로 들어와 당당하게 걷고 있는 인물에게 흥미와 호기심을 느낀 것이다.

위드는 중앙 광장을 서서히 둘러보았다.

'토둠으로 떠난 사이에 제법 많은 발전이 있었군.'

26만 골드의 대규모 투자!

넓어진 길에는 번듯한 청석들이 깔렸다. 가격이 비싸지는 않아도 마차가 이동하기 편리해서, 마을 규모에서는 흔치 않은 길이다.

술집, 대장간, 교역소, 여관, 방직소 등의 건물들이 완공되었고, 프레야 교단의 신앙소도 멀리 보였다. 용병 길드와 자경대도 만들어져서 사람들로 붐비고 있다.

북부의 다른 마을이나 성에서는 볼 수 없는 광경이리라.

'사람들이 정말 많이 늘어났어.'

위드가 토둠으로 떠나기 전에도 꽤 많은 여행자들이 모라타를 방문했다. 하지만 〈빛의 탑〉이 입소문으로 퍼지고, 북부 탐험의 거점이 되고 난 후에는 사람들이 항상 넘쳐 났다.

위드가 시작했던 로자임 왕국의 수도만큼 사람이 많지는 않아도 활기가 충만했다.

도전 정신과 모험심으로 가득한 사람들이 있고, 새로운 땅을 개척한다는 기분 때문에라도 활력으로 가득한 것이다.

졸졸졸.

강물을 끌어와서 만든 수로도 개설되어 있었다. 수로의 중간에는 아치형의 예술적인 다리가 만들어지고, 조각품, 미술품도 굉장히 많다.

모라타는 영주인 위드가 조각사라는 이유 그리고 장로가 예술에 적극적인 투자를한 덕분에 문화 활동이 끊이지 않았다.

위드는 예술품들을 보면서 흡족했다.

'역시 싼값에 장식하기에는 예술품만 한 게 없지.'

헐값 취급을 받는 예술품들!

예술인들이야말로 저렴한 인부들이 아니던가.

각종 조각상, 그림, 건축물 들 앞에서 포즈를 취하면서 관광을 즐기는 여행자들을 보며 만족스러웠다.

저들이 뿌리고 간 돈이 모라타의 경제를 활성화시키고, 결국은 위드의 뒷주머니로 들어올 것을 알기에.

모라타의 주민 1명, 여행객 1명이 다 돈으로 보이니 기분이 나쁠 수가 없다.

마치 신생아 탄생을 보며 기뻐하는 국세청 직원의 마음이랄까! 사채업자들이 처음 돈 빌리러 온 손님에게 친절한 것과 마찬가지이리라.

위드는 많은 사람들이 몰린 광장의 빈자리에 주저앉았다.

"다양한 종류의 제작 물품 팝니다. 재봉, 대장일, 조각품 그리고 미약하지만 미술품도 의뢰가 있으면 만들어 드려요. 자! 골라, 골라! 제가 가지고 있는 재료들을 사용해 뭐든 주문받고, 제작해 드립니다."

살인자의 표식을 하고 아이템을 제작하는 위드!

유저들의 뒤통수를 치는 격이었다.

"뭐야, 저건?"

"한가락 하는 줄 알았더니… 겨우 재봉사에, 대장장이에, 조각사였어?"

"상상도 안 되는, 조합도 엉터리인 잡캐잖아!"

유저들은 경악을 금치 못했다.

위드가 살인자면서도 모라타의 대로를 누빌 때에는 상당히 의식이 되었다.

'말로만 듣던 랭커다!'

'굉장히 강할 거야.'

베르사 대륙이 넓다 보니 레벨 순위 1만 위권의 유저라고 해도 만나기가 어렵다.

중앙 대륙이라고 해도 대도시, 큰 성에만 사람이 있는 게 아니라 오히려 던전과 사냥터에 가까운 촌락이나 광산 마을에도 많기 때문이다.

두려움에 떨면서도 뒤를 따라왔는데, 실제로는 전혀 걱정할 필요가 없었다는 사실에 힘이 빠졌다.

이 상황의 단초는 모두 성기사들이 제공했다. 그들이 정중하게 길을 열어 줌으로써, 감히 덤벼들 엄두도 낼 수 없게 만든 것이다.

만약에 일반 유저들이 공격을 했다면 위드로서도 정말 감당하기 어려운 사태가 벌어질 뻔했다.

사실 모라타에 있는 유저들 중에 초보는 없다.

위드보다 더 레벨이 높은 사람이 반드시 없으리란 법도 없고, 또한 그들은 절대적인 다수였다. 누구라도 먼저 칼만 뽑아 든다면 엄청난 사태로 비화될 수 있었다.

하지만 먼저 기선을 제압하고 엉뚱한 행동을 벌여서 공격할 분위기나 틈을 안 줬다.

실상 위드는 이런 쪽의 경험이 매우 많았다.

〈마법의 대륙〉 시절, 눈에 조금만 거슬려도 다 죽여 버렸다.

그에게 바가지를 씌우려던 상인도 죽였다. 사냥터를 독점하려던 악덕 영주도 예외는 없다.

심지어는 던전 구석에 숨어 '닭살스러운' 대화를 나누던 커플도 용서하지 않았다.

그리고 도전자들은 다시 일어설 엄두도 내지 못하도록 철저히 짓밟았다.

악명도 웬만큼 날려 본 것이 아니었으니 나름대로 경험이 있는 것이다.

'특히 내가 전신 위드라는 사실이 걸려서는 절대로 안 돼.'

〈마법의 대륙〉에서부터 쌓아 온 위드의 명성은 거대했다.

베르사 대륙에서도 방송국들을 통해 퍼진 이름값이 엄청난 수준이라서 모험가들, 일반 유저들의 추앙을 받는다.

그로 인해 많은 이들의 표적이 되어 있었다.

전신 위드를 죽인 자.

얼마나 큰 영광이겠는가.

〈마법의 대륙〉 시절부터 원한을 품고 있는 사람뿐 아니라 그보다 훨씬 더 많은 베르사 대륙의 고레벨 유저들이 칼을 갈고 있다고 봐야 한다.

위드가 가지고 있는 명예를 가로채고 싶은 이들은 널려 있을 테니 발각되어선 안 된다.

설상가상으로 정보 길드, 암살자 길드, 다크 게이머 길드 등에 위드의 위치나 정체를 밝혀 달라는 의뢰도 굉장히 많이 들어왔다.

내일이라도 정체가 발각되기만 한다면, 랭커들만 수백 명의 도전을 받게 될 것이다.

거대 명문 길드들도 그를 짓밟기 위해서 경쟁적으로 나서리라. 철저한 힘의 논리로, 위드를 죽여서 자신의 길드의 영향력을 높이려는 생각에서다.

모험에 신화나 전설 따위는 존재하지 않는다며 길드의 힘을 극대화하기에, 위드는 좋은 먹잇감이었다.

불패의 승부사, 전쟁의 신이라는 수식어 뒤에는 살얼음판을 걷는 위험이 존재했다.

남들에게는 〈로열 로드〉가 즐기는 대상이지만, 그에게는 생계의 문제였다.

'이래서 등 따뜻하고 배부른 놈들은 안 돼. 다 먹고살 만하니까 나처럼 약한 놈들을 괴롭히는 거지. 이렇게 착하고 순박하고 얌전하게 사는 사람이 어디 있다고.'

그때 여자아이 하나가 번쩍 손을 들었다.

"저기요."

"네?"

"저는 옷을 한 벌 새로 맞추고 싶은데… 요즘 유행하는, 몸에

딱 맞는 로브로요. 마법 방어력도 높으면 좋겠어요."

여자아이는 반신반의하면서도 주문을 하고 있었다.

위드는 주섬주섬 배낭을 열어 소유하고 있는 재료 아이템들을 보았다.

이미 가지고 있는 재료 아이템들의 종류와 수량 정도는 외우고 있지만, 만의 하나를 생각해서 다시 한 번 확인한 것이다.

"페가수스, 유니콘의 가죽이 있군요. 그리고 뱀파이어의 특제 가죽도 있습니다. 참고로, 직접 재료를 가져오시면 수선료가 조금 더 붙습니다."

"특제 가죽요?"

"예. 뱀파이어의 망토로 썼던 가죽인데요. 다시 해체해서 이것을 옷으로 만들어 드릴 수 있습니다. 치마는 방어력에 손실을 입히지 않을 정도로 짧게, 허리는 몸에 맞춰서 딱 붙게 만들어 드리면 되겠죠?"

재봉 스킬이 중급 2레벨쯤 되었을 때 얻은 스킬, 원재료 추출! 완성품을 가지고 다시금 재봉을 하여 새로운 아이템을 만들어 낼 수 있다.

예전의 아이템보다 아주 좋은 물품을 만들어 내기는 어려워도, 좀 더 다양하고 필요한 물건을 만들 수 있다는 점에서는 적지 않은 장점이었다.

위드는 미리 못을 박았다.

"가격은 재료 아이템의 시세에 따릅니다. 그리고 공임은 시간당 10골드입니다."

위드가 제시한 가격은 사람들의 거부감을 일으키기에 충분했다.

군중의 뒤쪽에서 어떤 사내가 퉁명스럽게 불만을 표시했다.

"10골드라면 너무 비싸잖아. 더 적은 금액을 받는 재봉사들이 널려 있는데, 완전 도둑놈이군."

비아냥거리는 말투였지만 다른 사람들의 호응을 샀다.

"맞아. 저러니까 살인자가 되었지."

"그러게. 염치도 없네. 저런 바가지요금을 받다니."

솜씨 있는 재봉사라면 1시간에 10골드를 받는 건 결코 많은 가격이 아니다.

전투형 직업일 경우, 같은 시간에 사냥을 해서 더 많은 돈을 벌 수 있다.

하지만 생산직 직업들의 과당경쟁 그리고 납품 단가 하락으로 인하여 제 가격을 받는 사람이 드물었다.

위드의 주변에 모여들었던 사람들은 흥미를 잃고 하나씩 흩어지려고 했다.

그때 위드가 말했다.

"재봉 스킬 중급, 대장장이 스킬 중급 그리고 손재주 스킬 고급에 올라 있습니다. 어떤 물품이든, 최고의 내구력을 가진 물건으로 만들어 드립니다. 믿고 맡겨 보세요."

그러자 사람들의 반응이 달라졌다.

"대장장이 중급, 재봉 중급, 손재주 고급? 그런 유저가 베르사 대륙에 있었던가?"

"불가능한 일이야. 말도 안 되는 조합이잖아."

"동굴에서 생산 스킬만 키운 사람인가?"

"입고 있는 장비를 보면 그래도 레벨은 조금 되어 보이는데. 장인 계열의 직업 중에 손재주 스킬 레벨 고급에 오른 유저가 있을 리가……."

"그런 수준의 장인이 알려지지 않았을 리 없지. 사기꾼일 거야, 사기꾼."

"근데 이름이 위드잖아. 설마 그… 조각사 위드?"

위드의 이름은 붉은색으로 숨김없이 드러나 있었다. 살인자는 자신의 이름을 숨기지 못하고 그대로 노출되기 때문이다.

"조각사 위드라면 이 모라타의 영주이고, 백작의 작위를 가지고 있는 그 유명한 유저?"

"조각 스킬이 한참 전에 중급을 넘어섰다는 유저잖아. 뱀파이어 왕국 토둠으로 여행을 떠났다던……."

"이제 돌아왔나 봐."

"모라타의 영주가 돌아왔다!"

조각사 위드는 베르사 대륙 전역에서 상당한 인지도를 가졌다. 적어도 모라타에서는 특이하게도 영주가 조각사였으니 누구나 알고 있었다.

"어쩐지… 프레야의 기사들이 죽이지 않는다고 했어."

"그러니까 주민들도 살인자를 보고도 우호적이구나."

위드와 모라타의 주민들은 매우 돈독한 사이였다.

베르사 대륙에서 명성은 곧 힘!

모든 의문이 풀린 유저들이 열화와 같이 달려들었다.

"저 로브 만들어 주세요!"

조금 전의 그 여자 유저를 비롯하여 많은 사람들이 주문을 이어 갔다.

"저도요. 저는 부츠를 만들어 주세요. 옵션 부여도 가능한가요? 최대한 가벼운 부츠로요."

"저는 상의를 만들어 주셨으면 좋겠는데요. 워리어입니다. 갑옷 안에 입을 수 있는, 착용감 좋은 상의를 제작해 주세요."

재봉 스킬이 중급에 오른 유저는 여전히 희귀했고, 모라타까지 원정을 온 재봉사도 없었다. 그 때문에 유저들은 대부분의 아이템은 사냥을 통해 얻거나 필요한 것들을 물물교환한다.

대장장이, 재봉 스킬 중급에 오른 유저가 나타나자 서로 자신이 가진 고급 재료들을 갖고 몰려들었다.

더군다나 손재주 스킬이 고급이라니 상상도 가지 않았다.

"저는 검요."

"생명을 지켜 주는 방패도 필요한데 만드실 수 있어요?"

유저들이 주문하는 물품들은 매우 다양했고, 위드는 토둠에서 구했던 재료 아이템들을 이용하여 신나게 물품들을 팔아먹었다.

"저기, 그런데… 조각사라고 알고 있는데요."

한 남성 유저가 다가왔다.

"맞습니다만."

위드는 망치를 두들기면서 대답했다. 때마침 저녁이라서 손님이 그다지 많지 않았던 것. 그래도 아침이나 낮에 주문받은 물품들을 만드느라 쉴 틈은 없었다.

"기념으로 여자 친구에게 줄 꽃 한 송이를 조각해 주실 수 있겠습니까?"

"……."

한창 돈을 벌고 있는지라, 위드는 별로 내키지 않았다.

"지금 주문이 밀려서, 내일 저녁에나 끝낼 수 있을지……."

불편한 기색을 눈치챘는지 남성 유저가 재료 아이템을 하나 내밀었다.

"순철입니다. 수고비로 이걸 드리려고 하는데요."

순철!

일반적인 철보다도 훨씬 고강도의 철 한 덩어리.

위드는 덥석, 그의 손을 잡았다.

"바로 만들어 드리겠습니다!"

"……."

조각사야말로 팁으로 먹고사는 직업이 아니던가.

일반적인 수고비가 워낙 싸다 보니 이렇게 팁을 주는 주문은 거절할 수 없다.

'좀 서두르면 되겠지. 조각술이야 워낙 익숙하니까.'

평상시처럼 나무를 구해서 꽃을 조각하려고 했다.

꽃은 예전에도 조각한 적이 많아서 눈을 감고도 만들어 낼 수 있을 정도였다.

그런데 조각술을 펼치자마자 알 수 없는 존재들이 속삭이는 소리가 들렸다.

─저를 조각해 주세요.

─우리를 조각해!

─인간 조각사, 넌 할 수 있을 거야.

─어서 날 조각하란 말이다!

조각술 스킬이 고급 5레벨에 올랐을 때부터 들리던 미지의 목소리들이 어김없이 나타난 것이다.

그들은 이제 말소리만 전하지 않았다.

—우리를 구원해 줄 수 없다면…….

—우리에게 삶을 가르쳐 줄 수 없다면…….

—미련한 조각사에게는 차라리 죽음이 나으리라.

위드의 몸이 갑자기 불타올랐다. 몸 전체에 불이 붙어서 활활 타오르는 것이었다.

> 불의 저주를 받았습니다.
> 지속적인 화염 대미지를 입습니다. 착용하고 있는 모든 물품의 내구력이 빠르게 저하됩니다.

위드의 몸이 불타면서 생명력이 1초에 300이 넘게 빠져나가기 시작했다. 만들고 있던 나무 조각품도, 금세 불이 붙어서 타 버렸다.

"스톤 스킨!"

위드가 반사적으로 보호 스킬을 사용하니 생명력의 감소 속도가 65%나 줄어들었다.

"우와! 저 사람 좀 봐."

"멋있다."

"어떻게 한 거야?"

모라타 광장이 다시 소란스러워졌다.

한밤중의 모라타, 광장 한복판에서 벌어진 일이었다. 위드라는 좋은 구경거리가 생긴 것!

"밝다."

"불이 참 예쁘네."

위드를 보면서 불구경하는 유저들이 적지 않았다. 그러나 마음씨 좋은 성직자들도 당연히 있었다.

성직자들은 무언가 안 좋은 일이 벌어진 것을 눈치채고 일제히 치료와 저주 해제를 위한 신성 마법을 펼쳤다.

"큐어!"

"리커버리!"

"라운드 힐."

여러 신성 마법들이 수십 차례나 위드를 치료했다.

"아이언 프로텍트."

"홀리 실드."

보호 마법들도 겹쳐 사용되면서, 위드의 몸에서 불길이 사라졌다.

위드는 낙담했다.

"이제 정말 별일을 다 겪는구나."

조각사가 되어서 겪은 파란만장한 행보!

조각술의 길이 이토록 다채로울 줄이야 누가 알았으랴.

다시금 나무를 조각할 때에는 얼음의 저주가 걸렸다. 몸이 얼어붙어서 느려지는 가운데에도 꽃을 무사히 깎아 냈다.

"고, 고맙습니다."

주문을 했던 이는 황급히 사라졌다.

위드의 머리 위에서는 비가 내리고 있었다. 넓은 지역을 다 놔두고 이곳에만 먹구름이 끼고 천둥이 내리쳤다.

쿠르릉, 콰광!

광장에 있던 다른 유저들이 멀리 벗어났다.

"저 사람 주변에서만 이상한 일이 벌어지잖아."

"저주 캐릭터인가 봐."

"쉿. 가까이 다가가지 마. 저주 옮을라."

위드가 시험 삼아 조각술을 펼칠 때마다 불에 타거나 독에 걸리거나 빗물이 떨어지거나 땅이 흔들리는 일이 벌어졌다.

그래도 성직자들의 도움으로 무사히 저주에서 풀려날 수는 있었다.

❧

재봉 스킬의 숙련도가 0.1% 상승하였습니다.

위드는 조각품의 의뢰를 당분간 포기하고, 대장일과 재봉 관련 물품들만 주문을 받았다.

스킬의 숙련도와 돈, 물품을 제작하며 쌓는 명성까지!

꼼꼼하게 작업한 것들은 일반 물품보다 더 훌륭한 성능을 가지고 있어서 추가금도 어렵지 않게 받아 낼 수 있었다.

마판조차 인정한 위드의 말발이 아니던가!

잡캐의 진수를 한 단계 높여 주는 건 뛰어난 입담이 있어서였다.

"이건 한 벌의 옷에 불과합니다만, 떨이로 파는 그런 흔한 옷이 아니죠. 세도나 님이라고 하셨나요? 세도나 님을 위하여 특별히 제작한 맞춤옷입니다. 가슴과 허리, 엉덩이에 걸쳐서 우아하게 떨어지는 라인은 기본이고, 방어력과 내구력은 기본으로 갖췄죠. 고급스러운 유니콘 가죽은, 웬만해서는 흠집도 나지 않습니다. 세도나 님의 생명을 최소한 열 번은 구해 줄 물건입니다."

"가격은요?"

"가격은… 사실 이런 건 부르는 게 값이지만, 저를 믿고 기다려 주셨으니까 성의껏 주시면 됩니다."

사람을 봐 가면서 가격을 불렀다.

기분이 들떠 있고 좋은 사람은 약간의 돈 정도야 기꺼이 지불할 마음이 생기는 법이다. 구체적인 가격을 제시하기보다는 서비스를 통해서 더 많은 수익을 얻는다.

돈에 민감한 이들에게는 지정해 둔 가격을 못 박고 확실히 그만큼 받았다.

위드는 유저들이 가진 고급 재료를 사용하고, 토둠에서 가져온 재료 아이템들을 팔며 정신없이 돈을 벌어들였다.

비교적 물품이 풍족한 중앙 대륙과 달리 아직 모라타에서는 가죽이나 철광석 등의 가격이 더 비쌌다. 가지고 있는 재료의 가격을 여기에 맞춰서 판매하니 위드의 호주머니에 돈이 쏙쏙 들어온다.

조각품과는 다르게 즉석에서 사람들의 호응을 받으며 돈과 함께 스킬 숙련도까지 얻는다.

무한 감동!

'역시 난 예술인이 아니라 단순 일용직 노가다나 기술자가 어

울리는 게 아닐까.'

적성에 대한 진지한 고민을 하면서도 위드는 손놀림을 쉬지 않았고, 돈 계산도 틀리지 않았다.

갑옷을 만들면서도 다음 차례의 물품 주문, 필요한 재료의 양 계산, 재료 가격 산정, 고객에게 덤터기를 씌우는 것까지 일련의 활동이 척척 진행되는데, 경이로울 정도였다.

위드가 만들어 낸 갑옷이나 옷 들은 그 성능으로 인해 입소문을 퍼트리며 더 큰 호응을 이끌어 냈다.

"이것 봐. 내구도가 장난이 아니야."

"얼마나 꼼꼼하게 작업을 했기에 로브의 내구력이 갑옷 수준이지?"

싸구려 원단으로도 대충 입을 만한 옷을 만들어 내는 능력.

모라타의 영주 위드가 만들어 주는 제작 물품이니, 웃돈을 얹어 주면서라도 사람들이 모인다.

위드는 그런 식으로 재료 아이템들을 처분하고 재봉 스킬을 한 단계, 대장장이 스킬을 한 단계 올릴 수 있었다.

단순히 재료 아이템을 파는 것으로 얻을 수 있는 수익보다 훨씬 높은 가격을 받으면서 자그마치 34만 골드라는 어마어마한 수익을 거뒀다.

개인으로서 물건을 처분해서 얻을 수 있는 금액이 아니었다.

검치 들에게 본 드래곤의 뼈로 만든 장비를 지급하고 그들의 물품들까지 대신 받았기 때문에 벌어들인, 정말로 엄청난 금액! 니플하임 제국의 보물을 팔았을 때보다도 더 많은 돈을 벌수 있었다.

더구나 위드의 인기는 최정상을 달렸다.

"저기요, 저 로자임 왕국에서 풀죽 먹으러 왔어요!"

"혹시 피라미드 같은 거 또 제작하지 않으시나요? 피라미드 제작에 참여하면서 국가 공헌도랑 명성 정말 많이 올릴 수 있었는데…….."

"난이도 B급이 아니라 C급이라도 괜찮아요. 풀죽 한 그릇만 주시면 뼈가 부서져라 일할게요."

로자임 왕국에서부터 위드에 대해 호감을 갖고 있는 유저들이 상당히 많았다.

그들을 볼 때마다 위드는 매우 흡족한 기분이 들었다.

위드가 장사를 마쳤을 때, 프레야의 성기사단이 알베론과 함께 다가왔다.

알베론은 조용히 성호를 그었다.

"위드 님, 그간 많은 죄업을 쌓으셨군요."

위드는 솔직히 말했다.

"예. 뱀파이어들을 구원해 주기 위해서 그렇게 되었습니다."

퀘스트를 함께할 때는 반말도 서슴지 않으며 부려 먹던 알베론이지만, 아쉬운 게 있으니 자연스럽게 존댓말이 나왔다.

알베론은 안타까운 표정을 지었다.

"어쩌다 그렇게……. 저는 알고 있습니다. 이게 다 위드 님께서 인정이 넘치시는 탓이 아닙니까?"

"……."

"틀림없이 간악한 뱀파이어들이 위드 님의 착한 심성을 파악하고 애걸복걸하였겠지요. 섭리로부터 벗어난 그들을 위해서도 노력을 하셨다니, 위드 님의 자비로움이란 정녕 끝이 없으시군요."

"……."

위드는 프레야 교단과 알베론에 대한 친밀도만큼은 최상을 유지하고 있었다.

교단에 대한 공적치도 대단히 높다.

모라타 마을에 신앙소도 세우게 했는데, 이 또한 교단의 공헌도에 매우 기여했으리라.

이 정도로 가까운 사이에서는 웬만하면 편을 들어 주기 때문에 위드를 믿는 것이다.

때로는 옳고 그름보다는 친밀도나 영향력이 더 크게 작용하는 경우가 있었다.

"제가 위드 님을 위해서 기도해 드리겠습니다. 자비로우신 프레야 여신님께서 위드 님을 용서해 주실 거라고 믿습니다."

하지만 위드는 껄끄러웠다.

'기도라니! 먹고 죽을 돈도 없는데 기부를 해야 하나?'

살인자 상태를 벗어나는 가장 빠른 방법은 교단에 기부를 하는 것.

악명이 줄어들어야만 퀘스트도 받을 수 있다. 살인자 상태에서는 주민들조차도 피해서, 대화나 상거래 자체가 어려웠기 때문이다.

다른 유저들로부터 공격받을 수도 있으니 살인자 상태를 벗어나는 것이 급선무.

위드가 열흘 정도는 굶은 것처럼 궁색한 표정을 지었다.

"알베론 님 마음은 알겠습니다. 하지만 제가 가진 것이 많지 않습니다. 당장 오늘 저녁거리를 걱정해야 할 처지라서……."

"프레야 여신께서는 굶주린 이들을 배불리 먹이라고 하셨습니다. 모라타 지방은 정말로 많은 발전을 하고 있습니다. 위드 님께서 정말 훌륭하게 선정을 펼치시다 보니 가진 것이 많지 않겠지요."

"……."

기부금의 할인이나 절충을 바라고 던진 말이었는데, 알베론은 순진하게 그대로 믿어 주었다.

'모라타의 발전이라……. 훌륭한 선정?'

위드는 토둠에 가 있는 동안에도 단편적인 정보 정도는 얻고 있었다. 〈베르사 대륙 이야기〉나 다크 게이머 연합의 정보망을 통해 모라타가 상당히 좋아졌다는 정도의 글을 몇 번 읽었다.

'구체적으로 얼마나 좋아졌는지, 마을 장로를 민니 뵈야겠군.'

위드의 머릿속에 그러한 생각들이 스쳐 지나갈 때, 알베론은 무릎을 꿇고 눈을 감았다.

위드를 위하여 기도하려는 것이리라.

그의 주변이 신성력으로 가득해졌다.

"여기 여신님을 대신하여 뱀파이어들을 위해 싸운 이가 있나 이다. 비록 그의 행동이 인간의 기준으로는 악행에 가까웠다고 는 하나, 그들 역시 여신의 번영과 풍요로움을 사랑하는 이들 이니……."

차기 교황 후보라는 말이 손색이 없을 정도의 신앙심과 신성 력이었다!

띠링!

악명은 여러모로 쓸모가 있다.

NPC 주민들을 협박해서 잘 주지 않는 퀘스트를 얻어 낼 수도 있고, 상점에서 강제로 가격을 깎는 것도 가능했다. 으슥한 곳에서 만난 상인 NPC들을 털 때, 악명만 높으면 싸움 없이도 고스란히 상품들을 헌납받을 수 있다.

부하들을 다루는 통솔력에도 영향을 준다.

그런데 그 악명이 프레야 교단의 기도로 인해 구원받음으로써 저하된 것이다. 구원의 기도의 부작용이었다.

기도를 마친 알베론이 손을 내밀었다.

"위드 님, 그럼 식사를 하러 가시지요. 식당에 만찬을 차려 놓으라고 지시하였습니다."

위드는 대답했다.

"고맙다, 알베론."

받을 것은 받았으니 가볍게 바뀌는 말투.

프레야 교단에서는 고구마나 감자 따위로 가볍게 식사를 때우지 않는다. 적어도 세 가지 이상의 메인 요리와 후식, 샐러드에 와인 등을 곁들여 먹었다.

위드가 그렇게 알베론의 손에 이끌려서 사라지자, 뒤늦게 유저들은 탄성을 질렀다.

"아! 그러고 보니 물어볼 것이 한둘이 아니었는데⋯ 〈빛의 탑〉에서부터 어떻게 모라타의 영주가 되었는지 등등 말이야."

"프레야 교단과의 관계도 장난이 아닌 것 같고."

"역시 돈 때문이 아닐까? 백작이고, 모라타에 엄청난 투자를 하고 있잖아."

"굉장한 갑부라서 돈을 펑펑 쓰는 덕에 교단과 절친한 관계가 되었을 거야."

"로자임 왕국에서부터 돈독이라면 엄청났다고 하던데."

위드는 프레야 교단에서 느긋하게 만찬을 즐겼다. 음식들은 신선하고 풍족했다.

모라타가 춥고 황량했던 시절에 직접 만든 요리로 주민들과 축제를 벌인 적이 있다. 그때에는 찐 감자 하나가 없을 정도로 배를 곯았지만, 현재는 비할 바가 아닐 정도로 식량이 풍족해졌다.

마을 장로가 식량 확충을 위한 개간 사업에 가장 공을 들인 덕분이었다.

'모라타가 정말 발전하긴 했구나.'

중앙 대륙이었다면 아무렇지도 않게 여겼을 부분이지만, 모라타에서는 감동이었다.

주민들과 유저들이 어우러져 행복하게 사는 마을!

상업이 발전할수록 다 세금이 늘어나는 것이니 기쁘지 않을 수 없다.

포만감의 한계치까지 꾸역꾸역 음식을 먹고 있을 때 알베론이 얘기했다.

"위드 님, 프레야 교단에서 오래전부터 어디 계신지 찾고 있었습니다."

"무슨 일로?"

"실은 몬스터 소탕 때문인데……."

북부의 얼음이 녹고 나서, 추위로 인해 위축되어 있던 몬스터들이 점점 풀려났다.

긴 잠에서 깨어난 것처럼 활개를 치는 몬스터들로 인하여 북부의 탐험은 정체 상태에 있었다.

기껏 개발해 놓은 마을이 약탈당해서 풀뿌리 하나 남지 않는 경우도 허다했고, 상인들은 대규모로 뭉치지 않고서는 이동하지 않으려고 들었다는 알베론의 이야기였다.

위드는 불안해서 물었다.

"모라타는 괜찮겠지?"

모라타의 영주일 뿐만 아니라, 피 같은 돈도 투자했으니 초조하기 짝이 없었다.

"프레야의 믿음직스러운 성기사들이 지키고 있으니 괜찮으리라 봅니다."

알베론의 말은 다행히도 그를 안심시켜 주었다.

모라타에는 성기사들만이 아니라 모험가들, 용병들도 굉장히 많았다.

개척의 요충지라고 할 수 있는 모라타가 가지고 있는 유저들의 무력도 상당한 편이다. 만의 하나 이곳이 몬스터들에게 점령당한다면, 사실상 북부는 몬스터들의 수중에 떨어지게 되는 셈이다.

"그래서 위드 님께 부탁드릴 것이 있습니다. 소므렌 자유도시에서의 프레야 교단 성기사단과 사제들의 증원을 허락해 주셨으면 합니다."

위드에게는 나쁠 것이 조금도 없는 제안이었다.

"몬스터로 인해 이곳 북부가 불안하다면, 치안을 지키기 위해 성기사들이 더 많이 와서 수고해 주겠다는데 나에게는 고마운 일이지."

"그리고……."

알베론이 슬쩍 말끝을 흐렸다.

"추가로 어려운 의뢰를 하나 드려야겠습니다. 대신관님께서 꼭 위드 님께 청해 달라고 하신 일입니다."

"뭔데?"

위드는 돈 얘기만 아니라면 웬만한 제안은 들어주고 싶었다.

프레야 교단에서 받은 퀘스트들은 모두 어렵지만 질 좋은 것들이었다. 진혈의 뱀파이어, 불사의 군단과의 전쟁은 모두 2차 연계 퀘스트들로 이어졌다.

짭짤한 소득을 올렸으니 피할 리 만무한 것이다.

프레야 교단의 의뢰는 쌓아 놓은 공헌도를 포기할 생각이 없는 한 반드시 받아들여야 했다.

"이곳 모라타는 문화와 예술로 유명합니다. 그런데 프레야 여신님을 상징하는 조각물만은 없는 것 같습니다. 여신님을 모시는 사제로서 섭섭한 일이 아닐 수 없습니다. 그래서 대신관님께서는 위드 님이 프레야 여신님을 위한 초거대 조각상을 만들어 주었으면 하십니다."

띠링!

프레야 교단의 여신상

베르사 대륙 북부에 프레야 교단의 상징물이 될 여신상을 만들어라. 프레야 교단은 다른 교단과의 미묘한 상징물 경쟁에서 절대 지고 싶지 않을 것이다. 교단의 여신상을 제작한다면 대륙 전체에 조각사로서 위대한 이름을 떨칠 수 있으리라. 여신상을 제작하기 위해 인부들을 구성할 수 있다. 작업 비용으로 다이아몬드가 주어진다.

난이도: 종교 퀘스트.

보상: 완성된 여신상은 신도들의 믿음의 대상이 될 것이기에 평소보다 3배의 효과를 갖는다. 참여한 이들의 스킬 숙련도 및 명성 획득, 성공 물품에 대한 보상도 3배가 된다. 실패한다면 프레야 교단의 신뢰도 하락한다.

제한: 몬스터들은 프레야 교단의 상징물을 매우 싫어하기 때문에 완공되기 전에 부수려고 할 것이다. 절대 파괴되어서는 안 된다.

번영의 상징, 모라타

위드는 물론 퀘스트를 받아들이기로 했다.

몸이 정상적인 상태는 아니지만, 프레야 교단의 의뢰를 거부할 수는 없다. 무엇보다 일단 거부하더라도 억지로 떠맡길 테니 어쨌든 받고 본 것이다.

보상에 눈이 먼 것도 사실이었다.

최고의 조각품을 만들고 얻는 명성과 보상들은 A급 퀘스트 못지않다.

고급 5레벨에 오른 조각술과 손재주 스킬들을 활용할 기회!

특히 종교적인 대형 상징물이 있으면 계절이 바뀔 때마다 신에게 기도를 통해 청원을 올릴 수 있다. 곡물의 생산량을 조금 더 늘리거나, 몬스터들의 습격을 감소시키도록 기원을 하는 것이다.

뒤처져 있는 모라타가 발전을 하기 위해서는 신성 조각품이 필요하다.

그래도 생색을 낼 기회를 놓치지는 않았다.

"어려운 일인 것 같지만… 알베론 너의 부탁을 차마 거절할 수 없구나."

> 퀘스트를 수락하였습니다.

> 프레야 교단의 의뢰를 수행하게 되어 살인자 상태가 해제됩니다.
> 의뢰에 성공하면 악명이 30 줄어듭니다.

"죄송합니다, 위드 님. 어려운 부탁을 드리면서 저희 교단에서 내놓을 물건이란 게 이런 것밖에 없군요."

알베론이 미안해하며 다이아몬드를 내놓았다.

착수금 조로 제공되는 보석.

다이아몬드의 크기는 동전보다도 컸다.

순간 위드는 돈 많은 프레야 교단의 의뢰를 받은 것을 감사히 여겼다.

'보석 상인에게 넘겨도 13만 골드는 받겠군. 보석 중에 가장 고가로 팔아먹을 수 있는 다이아몬드다. 여신상 따위는 가볍게 끝내 줘야겠군.'

대형 조각상을 만들 때에는 적어도 일주일에서 길게는 3달도 걸린다. 하지만 주변에 도움을 줄 사람이 많다면 그 기간은 훨씬 단축될 수 있다.

"사형들은 모두 오크 마을로 간다고 했고……."

검치 들은 오크 마을로 뛰어가느라 정신이 없었다. 귓속말을 보내도 응답이 없다.

"페일 님에게 도와 달라고 해야겠군."

위드는 페일에게 귓속말을 보내기로 했다.

— 페일 님.
— 네, 위드 님!
— 지금 어디 계세요?
— 여전히 토둠입니다.

페일과 몇몇은 자잘한 퀘스트들을 몇 개 하기 위해 남아 있었다.

어차피 영웅의 탑에 오를 자격이 없는 이들이라서, 죽음을 경험할 때까지 뱀파이어들의 의뢰를 수행하는 모양이었다.

— 모라타로는 언제 돌아오세요?
— 글쎄요. 위드 님이 불러만 주신다면 언제든 가야죠. 근데 무슨 일이라도 있어요?
— 그게…….

위드는 슬쩍 말끝을 흐렸다.

대뜸 조각품을 만들기 위해서라고 말해 버리면 빨리 오지 않을 수도 있다. 피라미드를 만들면서도 여간 고생을 시킨 것이 아니었으니까.

— 괜찮은 퀘스트가 있어서요. 아시죠, 예전에 제가 프레야 교단에서 진혈의 뱀파이어나 불사의 군단 퀘스트 한 거요.

꿀꺽!

— 그런데요?

위드는 미소를 지었다.

"일단 몇 명은 섭외되었군."

하지만 조각품을 만들기 위해서는 더 많은 이들의 도움이 필요했다.

"왕성한 일꾼들의 활력이야말로 조각품을 단기간에 완성시키기 위해 필수적인 요건이라고 할 수 있지."

몬스터들의 습격이 어느 정도일지는 모르나, 일단 심각할 것이라고 가정하면 여유를 부릴 수 없다.

최대한 빨리 만들어야 하고, 이 부분에서만큼 위드는 의욕이 넘쳤다.

그가 누구이던가!

무려 한국인이다.

택시를 타도 총알이고, 버스는 말할 것도 없다.

승객이 타기도 전에 문을 닫고, 내리기도 전에 이미 출발하고 있는 버스.

기어 변속을 밥 먹듯이 하면서 목적지를 향해 급하게 치닫는 훌륭한 교통 문화.

건설업 쪽에서는, 규제만 풀리면 몇만 채의 아파트 따위는 금세 만들어 버린다.

멀쩡하던 백화점이 무너지고 다리가 끊어지는 부작용도 있었지만, 발전 속도는 타의 추종을 불허한다.

경제 동물이라는 유태인과 일본인을 유일하게 무시할 수 있는 민족!

한국적인 정서에서 느긋하게, 쉬엄쉬엄하는 일 따위는 있을 수 없는 것이다.

"위치는 모라타의 남쪽 입구로 해야겠군. 중앙 대륙에서 온 방문객들이 가장 먼저 볼 수 있도록!"

위드는 다시 인부들을 구하기 위해 광장으로 돌아왔다.

"골라, 골라. 빈대떡이 싸요!"

"방어구 팝니다. 명장 올슨의 작품! 명장 올슨이 누구냐구요? 바로 접니다. 강철에 대해서 완벽하게 이해하고 있는 대장장이죠."

"루베린이 어디 있는지 아시는 분! 안내해 주시거나, 같이 가서 푸른 딱정벌레 잡으실 분 없나요? 사례금이라도 드려요."

광장은 좌판을 펼치고 물건을 사고팔거나 동료를 구하는 이들, 혹은 지형이나 퀘스트에 대한 정보를 얻기 위해서 질문을 하는 이들로 소란스러웠다.

바쁘게 움직이는 발걸음과 얼굴에 활기가 가득하다. 중앙 대륙에 비해 물품은 다소 부족해도, 모험과 삶의 활력이 있었다.

생산직 직업들도 살판이 났다.

모라타의 주변에서는 몬스터들이 씨가 마를 일이 없다.

머리가 푸른 비늘로 덮여 있는 물고기 몬스터. 두 발로 걸어 다니는 악어 몬스터. 날이 따뜻해지고 비가 내리면 신종 몬스터들이 기어 나온다.

"구이. 구이!"

"꽈꽈꽈."

장인들이 신종 몬스터들의 재료로 무기나 방어구를 만들면 불티나게 팔렸다.

"만드는 대로 다 돈이고 숙련도구나."

"여기야말로 천국이다."

장인들은 아끼지 않고 솜씨를 발휘했다.

미샤는 그들로부터 봉을 구입한 봉술가였다.

"아, 기분 좋아."

가슴이 콩닥거리고 뛰었다. 설레는 기분을 감출 수 없었다.

최신 봉을 구입하고, 첫 사냥을 나갈 때의 기분!

동료들로부터 칭찬을 받고, 몬스터들을 힘껏 때려잡을 수 있으리라.

봉은 검보다 길고, 방어에도 용이한 편이다. 창을 쓸 때에도 80%의 숙련도가 공유되었기에 무기를 폭넓게 사용할 수 있다.

그렇게 중앙 광장을 떠나려고 할 때, 위드를 발견했다.

"앗!"

여고생이 변태를 만난 것처럼 반갑게 소리를 지르는 그녀!

"모라타 영주다!"

미샤의 말은 자신들의 일에 몰두해 있던 사람들의 이목을 끌어오기에 충분했다.

"조각사 위드."

"모라타의 영주가 돌아왔다."

"뭐야, 지금은 살인자가 아니잖아. 살인자 표시가 사라졌어. 이름도 보이지 않고."

위드가 잠시나마 군중의 눈에 띄지 않았던 것은 붉은색 표시가 사라졌기 때문이다.

"야, 야, 말 가려서 해! 상대는 모라타 백작이야."

"모라타 백작! 맞아, 내가 그걸 잊고 있었네."

"귀족이나 길드 마스터에게 말 한마디 잘못했다가 죽은 이들이 하나둘이 아니야."

"목소리 낮춰. 조심해야지."

피라미드와 〈빛의 탑〉을 만든, 모라타의 백작 위드!

모라타에서 장사와 사냥을 하는 사람들이라면 위드의 눈치를 보지 않을 수가 없다. 영주의 눈에 거슬리면 군대를 동원해서라도 징벌할 수 있기 때문이다.

물론 모라타의 경우에는 기껏해야 주민들밖에 없지만.

위드는 광장을 돌아보며 뿌듯했다.

모라타가 이렇게 발전하고, 사람들이 낳이 빙문한다는 것은 그만큼 살기 좋은 마을이라는 뜻이니까.

위드만큼 주민들이나 유저들을 사랑하는 영주도 없을 것이었다.

'사랑하는 내 세금 줄들.'

유저들이나 주민들이 모두 돈으로 보였으니까.

지금은 한낮이라서 유저들로 엄청나게 북적거린다. 상거래를 하는 이들로 인해 시장처럼 소란스러웠다.

"난세가 깊어질수록 통치자의 훌륭함이 드러나는 법입니다. 저 모라타의 백작 위드의 선정 아래에 모여 주신 여러분을 환영합니다."

광장에 모여 있던 유저들의 반응은 쌀쌀맞기 그지없었다.

"쳇, 선정은 무슨 선정. 늙은 장로 할아버지가 혼자서 다 하더만. 어디서 놀다 이제야 나타나서 말이야."

"아까 물건 팔아먹을 때 바가지는 잘도 씌우더니."

"정가에 파는 줄 알았는데 고무줄 가격이었어. 가격 비교해 보니깐 눈탱이 맞은 친구들이 한둘이 아니더라니까. 그러면서 뭐랬더라, 이건 특가니까 절대 다른 사람에게 말하지 말라고?"

유저들의 수군거림과 동요가 커지고 있었다.

짧은 기간 이토록 불신의 대상이 된 영주가 또 있었을까!

위드는 정치인들의 고난을 십분 이해할 수 있었다.

'역시 좀 더 야비하고 교활해야 했는데. 너무 쉽게 속여 먹으려고 했어. 역시 정직하게 사는 사람만 손해를 보는 거지.'

그러면서 소란을 잠재우기 위해 사자후를 터트렸다.

"커, 허, 허, 험! 에… 모라타에서 종교 퀘스트. 프레야 교단의 초거대 여신상을 함께 만들 조력자를 구합니다. 인원수 무제한, 숙식 제공! 평생 가치 있을 일에 참여하세요."

인부들이 많이 모일수록 위드의 입장에서는 좋다.

그러나 유저들은 콧방귀만 뀌고 있을 뿐이었다.

장사를 하기에 바쁘고, 생산, 사냥을 하느라 여념이 없다. 과연 한가하게 여신상이나 제작하고 있을 것인가!

게다가 조각술 퀘스트에 참여해 본 적이 없으니 그 보상이 얼마나 되는지도 몰랐다.

"저요. 제가 할게요!"

그때 멀리서부터 뛰어오는 초보자 무리!

관광객인 줄 알았는데 로자임 왕국에서 피라미드를 만든 적이 있는 유저들이었다.

그들로부터 이야기를 들었던 유저들도 함께 달려왔다.

"풀죽 한 그릇이면 돼요!"

"이번엔 뭘 만드실 건가요?"

"저 기억하세요? 레몬이에요!"

아직 10대 중후반으로 보이는 귀여운 소녀.

위드는 그녀를 향해 기억에 남을 썩은 미소를 보여 줬다.

"아아, 당연히 기억하지요. 피라미드를 만들 때 석재를 서른아홉 번이나 옮긴 레몬 님. 그래서 제가 풀죽도 곱빼기로 쑤어 드렸죠."

"넷, 맞아요!"

위드는 인부들과 반가운 해후를 나누었다.

<hr />

모라타의 대형 공사!

첫 삽을 뜨는 일부터 굉장히 순조롭게 진행되었다.

로자임 왕국에서 피라미드 제작에 참여한 경험이 있는 20명이 있었다.

필요한 절대적인 숫자에서 보면 있으나 마나 한 인원이었지만, 이들이 바람잡이 역할을 톡톡하게 해냈다.

"빨리 하고 풀죽 먹어야지."

"아자! 이번에도 뭔가를 만들겠구나."

콧노래를 부르며 즐거워하는 그들은, 반신반의하면서도 새로운 경험을 해 보겠다고 조각품 제작에 참여하기로 한 300명을 당황시켰다.

"이런 게 뭐가 좋다고 난리지?"

"여긴 로자임 왕국도 아니잖아."

로자임 왕국은 여전히 신생 왕국으로 분류된다.

초보들의 비율도 매우 높은 편이라서, 퀘스트 공유에 열광적인 것도 당연한 일.

북부는 발전도가 뒤떨어져서 아직 신규 유저들이 시작하지는 못했다. 관광을 위해 명망 높은 모험가의 대규모 인솔을 따라오는 경우는 있지만 그 숫자는 많지 않았다.

그럼에도 새로운 도전을 즐기는 300명이 모라타 백작 위드의 퀘스트, 프레야 교단의 퀘스트를 함께할 수 있는 기회에 혹해 참여했다.

그렇게 초기 공사로 모라타 남쪽 입구 근처의 땅을 조성하고 있을 때부터 엄청난 인부들이 모여들었다.

"에라, 성문 나가 봐야 죽기밖에 더하겠어? 난 여기서 일이나 할래."

"모라타에 와서 장비들을 너무 맞췄더니 돈이 간당간당하고, 그렇다고 따로 의뢰를 받기에는 지금은 위험부담이 너무 크고… 나도 뭐든 한번 만들어 볼까?"

"율하야, 같이할래? 좋은 기념이 될 것도 같아."

"응. 해 보자."

이런 식의 대화를 나눈 이들이 인부들로 참여하겠다는 의사를 밝혀 왔다.

로자임 왕국 출신들의 자랑도 한몫을 했다.

"로자임 왕국에 있는 피라미드! 그거 직접 보신 분들 없죠? 거기에 가로 56번, 세로 19번 돌은 제가 옮긴 겁니다."

베르사 대륙의 불가사의에 등록될 거라는 소문도 어디선가 파다하게 퍼졌다.

선술집에서 술을 먹고 있는 남자와 여자!

"화령 님, 들으셨어요?"

"네? 뭘요?"

"전에 조각사 위드가 만들었던 조각품들이 글쎄, 보통이 아니었다지 뭡니까."

"불가사의 조각품들요? 이번에도 불가사의가 된다면 참 좋겠어요."

"조각사 위드의 작품이니 틀림없이 그렇게 되겠죠."

"그런데 제피 님."

"네?"

"실은 이건 비밀인데요."

"뭔데요? 우리 사이에······."

"알려지면 절대로 안 되거든요."

이때 여성의 목소리는 매우 작게 들렸다.

"괜찮습니다. 아무한테도 말하지 않을 테니 저한테만 알려주세요."

혼잡하던 선술집 안이었지만 다들 남자와 여자의 대화를 듣고 있었다. 만취한 술꾼들이 아닌 이상 그 내용에 관심이 쏠려서 귀를 기울이지 않을 수 없었던 것이다.

선술집 안이 순식간에 조용해졌다.

"이번에 만드는 물품이, 프레야 교단의 의뢰를 받은 것이잖아요."

"그렇다고 하죠."

"일반적으로 교단의 제작 의뢰는 아무에게나 주지 않아요. 교단에서 신용하는 사람에게만 부여하는 건데요. 이번 여신상 제작에 동참한다면 어떻게 될까요?"

"꿀꺽! 설마 화령 님께서 말씀하시는 내용이……."

"맞아요. 우선 프레야 교단의 공헌도가 크게 높아지지 않겠어요? 평소보다 3배라는데. 그리고 교단의 상징물인 여신상의 제작에 참여한 대가로 평생 동안 대륙 어디의 프레야 교단을 가더라도 무료 축복이나 치료, 성직자 알선 등을 해 줄지도 모른다더군요."

"프레야 교단의 친구가 되는 것이군요. 친구."

"그런 거죠. 공헌도가 생기면 다음에 프레야 교단의 퀘스트를 받을 때도 유리할 거구요."

"그래도 이 정도면 보상이 너무 크다는 생각이 드는데……."

"교단이잖아요. 성직자들에게 신앙심보다 중요한 게 뭐가 있겠어요? 몬스터 몇 마리 더 잡는 것? 아니에요. 자신들의 여신상을 제작해 준 사람이라면 어떤 부탁도 들어줄지 모르고, 의뢰들도 많이 내주겠죠. 그리고 무엇보다도 흔치 않은 기회잖아요. 사냥이야 언제든지 할 수 있어요. 던전? 내일 들어가도 무너지지 않아요! 하지만 이런 여신상을 만드는 데 참여할 수 있는 기회가 어디 흔한가요?"

끄덕끄덕.

선술집 안에 있는 유저들이 저절로 수긍할 수밖에 없을 정도로 논리 정연한 말이었다.

'그렇긴 해. 조금 힘들고 귀찮은 일이지만, 공헌도를 위해서라면 해 두는 편이 좋지 않을까?'

'어떤 보상이 있을지도 모르고……. 어쨌든 3배라니까, 조각술 퀘스트라고 해도 그런대로 괜찮은 보상을 받을 수 있겠지.'

'기념도 될 거야. 자랑거리는 확실히 될 거고. 몬스터야 레벨이 높아지면 뭐든 잡을 수 있겠지만, 조각품을 같이 만들 기회는 진짜 드물긴 할걸. 지금까지 누가 하는 걸 본 적도 없으니까 말이야.'

'화령이라고 했나? 정말 예쁘다. 저렇게 아름다운 여자들은 조각품을 좋아하는구나. 역시 소각품을 만들어 보는 경험도 중요하겠어!'

선술집에 있던 이들이 친구와 가족, 길드원 들에게 귓속말을 보내는 사이에, 남자와 여자는 조용히 사라졌다. 그리고 이번에는 무기 상점으로 가서 똑같은 이야기를 나누는 것이었다.

페일과 메이런 조, 로뮤나와 수르카 조, 마판과 이리엔 조도 비슷한 활동을 했다.

정보 조작!

여론이 형성되고, 군중 사이에 꼭 해야 할 일이라는 공감대가 퍼지면 그때부터는 빠지는 사람이 바보가 되는 것이다.

모라타의 이목은 금세 남쪽 입구에 만드는 조각품을 향해 쏠렸다.

〈로열 로드〉의 게시판, 명예의 전당의 동영상, 방송국에서 취재까지 나오면서는 인부들이 자청해서 몰려들었다.

위드는 일인당 10골드씩을 받아 챙겼지만 그럼에도 새로 등록하는 인부들은 늘어만 갔다.

고레벨 유저들의 동참으로 작업 능률은 최고의 수준이었다.

마법사의 손짓 한 번에 땅이 파헤쳐지고, 전사들은 다섯 포대가 넘는 흙더미들을 등에 지고 한꺼번에 옮겼다.

위드는 그저 풀죽을 쑤어서 팔면 되었다.

"풀죽 좀 드시고 하세요."

"캬아! 좋다."

"맛있게 잘 먹었습니다. 한 그릇만 더 부탁드려요."

"얼마든지요."

인부들은 감사의 말도 잊지 않았다.

갈증 나고 힘들 때 빨리 마시고 체력도 회복할 수 있는 풀죽이야말로 꿀맛!

위드는 그렇게 엄청난 속도의 작업을 벌이고 있었다.

우선 광대한 지역의 흙을 통째로 파냈다.

"흙은 건축에 필수 불가결한 재료지. 건축가 길드 쪽에 팔아먹으면 큰돈이 되겠어."

사리사욕을 위한 작업 계획!

뒷돈을 위해서 엄청난 대규모 토목공사를 벌이는 것이다.

광대한 호수를 만들고, 중앙에는 마차 다섯 대가 일렬로 늘어서서 움직일 수 있는 길도 냈다.

"조각품은 자연과의 조화가 중요합니다. 그러므로 물이 많아야 이 조각품은 효과를 볼 수 있는 것이죠."

베르사 대륙에서 가장 뛰어난 조각사가 그렇다는데 토를 달 수 있는 이는 아무도 없었다. 평소 조각술에 관심도 없던 사람들이 대다수였으니 시키는 일만 묵묵히 했다.

"뭐, 그의 말에 일리가 있긴 해."

"조각술 스킬이 적어도 고급은 된 사람의 말인데, 맞겠지!"

의심을 하는 이들도 있었지만 조각사가 좋은 작품을 만들고 싶어 하는 열정 정도로 알아서 스스로 넘어갔다.

실제로 조각품의 수준이 높을수록 그들이 받을 수 있는 보상도 클 테니까.

베르사 대륙에서 가장 뛰어난 조각사가 만드는 작품이라기에 믿고 모여든 유저들도 적지 않았던 것이다.

그런 반응에 위드는 회심의 미소를 지었다.

"똑똑한 놈들을 속이기가 더 쉽다니까."

머리는 좋아도 세상의 때가 묻지 않은 이들!

그들을 부려 가면서 아낌없이 땅을 파고 길을 냈다. 그러면서 부차원적인 소득으로 해자와 운하를 설치한 것과 같은 효과를 누릴 수 있게 되었다.

이제 모라타를 공격하기 위해서는 좁아진 길을 통과하거나, 호수를 수영으로 건너야 했다.

방어선을 좁힐 수도 있을뿐더러, 헤엄을 치는 동안에는 화살과 마법 공격에 무방비!

평소에는 운하로 쓰면서 놀잇배들을 띄워 관광자원으로 개발도 가능하다.

벌써부터 제피가 부업을 위해 계획까지 짰다.

"물고기들을 잡아 와서 여기에 풀어야지. 그리고 낚시터를 만들면 잘될 거야."

모라타 마을 바로 옆의 낚시터라면 잘될 수밖에 없다.

낚시에 관심이 없던 학생, 일반인 들의 참여도 적극적으로 이끌어 낼 수 있으리라.

위드는 무려 10킬로가 넘는 지역의 땅을 파내려고 했지만, 사분의 일을 파헤치고 나서 그만두었다.

노가다에는 한계가 없다. 인부들도 충분했지만, 손해가 너무 크다는 판단이었다.

"이 작업에 사람들이 심하게 몰리고 있어. 모라타의 경제활동을 위해서도 그만둬야겠군."

사람들이 사냥을 안 하다 보니 원활한 세금 징수에 차질이 있을 것 같아, 호수의 크기는 이쯤에서 그쳤다.

이제는 중앙부에 본격적인 호수 공원, 제대로 된 조각상을 만들 차례!

벽돌들도 충분하게 쌓아 놔서 재료 걱정은 안 해도 되었다.

위드는 자신 있게 조각칼을 쥐고 나섰지만, 정작 힘겨운 문제는 지금부터였다.

—나를 조각해 줘.

―제발.

―어서 나를 표현해 봐라. 네가 조각사라면 그 하찮은 재주를 발휘해. 크하하하하핫!

―우리를 외면하는 이유가 뭐지? 너까지 외면하면 우리는 영원히 세상에 나설 수가 없게 될 거야.

―왜 프레야는 조각하면서 우리는…….

영문도 알 수 없는 내용의 속삭임들이 귀를 간질였다.

"대체 뭘 조각해 달란 건지 얘기를 하라니까!"

참다못한 위드가 버럭 고함을 치니, 근처에 있던 유저들이 돌아봤다.

"왜 저러는 거야?"

"성질 참 안 좋네."

"냅 둬. 예술가들이 다 저런 식이지."

"뭔가를 창조하기 위한 조각사의 고뇌일 거야."

다행히 그런 식으로 이해하고 넘어가 줬다.

당사자인 위드는 정말로 미치고 환장할 지경이었다.

―나를 조각해라, 나를!

―조각하지 않을 거야? 네게는 굉장한 영광이 될 텐데…….

―무지한 조각사여, 우리를 구원해 줘.

무엇을 조각해야 하는지도 말하지 않으면서, 끊임없이 자신을 조각해 달라고 떼만 쓰고 있다.

수백 번이나 저주가 걸리는데, 물론 보호 스킬을 쓰면 목숨이 위험한 건 아니었다. 나중에 성직자들에게 저주 해제를 받으면 되지만, 정상적으로 조각술을 펼칠 수 없는 고통은 컸다.

남에게 하소연을 할 수도 없는 것이, 오로지 위드에게만 들리는 소리인 것이다.

'분명 조각술의 비기 아니면 무슨 퀘스트인 것 같기는 한데.'

남다른 눈치를 갖고 있는 위드였지만 도무지 감을 잡기가 어려웠다.

토둠에서부터 들려오던 목소리. 조각술 스킬이 고급 5단계가 되었을 때부터였으니 무언가 상관관계가 있으리라 짐작은 된다.

하지만 뭘 어떻게 해야 할지는 알 수 없다.

여신상을 만드는 도중에 차분히 시간을 들여서 남자와 여자의 조각상을 만들어 보았다.

―아니야. 이건 아니야.

―어떻게 우리를 이따위 초라한 몰골로…….

―대단히 재능 없는 조각사였군.

정체를 알 수 없는 목소리들은 분노를 드러내거나 실망을 할 뿐이었다.

위드는 빨리 이 수수께끼를 해결해야 한다고 느꼈다.

'조각술을 펼칠 때마다 저주에 걸린다면 오랫동안 집중하기가 어렵다.'

사냥을 할 때에도, 쉬는 시간 동안 조각술로 사소한 조각물이라도 만들어 왔다.

원치 않은 직업으로 조각사가 되었지만 누구보다 열심히, 많은 시간을 들여서 조각품을 만든다고 할 수 있다.

걸작, 명작, 대작 조각품도 만들었지만, 수많은 평범한 조각들이 쌓아 온 숙련도가 밑바탕이 되어 왔기 때문이다.

—크커커커커. 미련한 놈.

—영광을 알지 못하는 조각사가 우리를 조각하기란 너무 무리겠지.

저주에 걸린 위드의 고뇌는 나날이 깊어만 갔다.

그러는 사이에도 만들고자 하는 프레야 여신상은, 힘겹게 진행은 되고 있었다.

위드는 스톤 스킨으로 피부를 돌처럼 딱딱하게 만들어 이겨 내면서 조각을 하는 수밖에 없었다.

몸이 천근만근 무거웠다.

따닥!

결국 저주로 인해 체력이 감소하며 정이 엇나가, 만들고 있던 여신상에 흠집을 내 버리고 말았다.

'큰일이다.'

위드의 등에 식은땀이 흘렀다.

여신상이 실패한다면, 퀘스트를 망치게 된다.

조각사로서의 명성 하락은 물론이고 프레야 교단과의 친밀도, 아울러 작업에 동참한 많은 유저들의 원성까지 사게 될 것이다.

이만저만 곤란한 일이 아니었지만, 위드의 실수는 그 이후로도 계속되었다.

통증!

체력이 저하되고, 저주로 인해 몸이 얼어붙을 때마다 연거푸 자잘한 실수들이 일어났다.

'대작까지는 바라지도 않는다. 제발 실패만 하지 마라.'

위드는 그럴수록 조각품에 더 집중할 수밖에 없게 되었다.

❧

모라타 근방에 검은 먹구름이 끼었다.

해가 뜨지 않는 밤이나 어두운 곳에서는 몬스터들의 힘이 강화되니, 불길한 조짐이었다.

"무슨 일이 벌어지려고 하는 거지?"

"몰라. 뭔가 일어나려고 하는 것 같아."

눈치 빠른 유저들은 심상치 않은 기운을 느꼈다. 그리고 사건이 벌어졌다.

"이 땅은 우리의 영역."

"인간들이 믿는 존재가 침범할 곳이 아니다."

가슴에 털이 수북하게 난 야수 몬스터들, 마법 사용도 가능한 고블린, 달이 뜨면 변신하는 늑대 인간들. 동굴 등에 숨어사는 도둑 집단들이나 약탈자들이 구름처럼 모라타로 몰려왔다. 북부의 몬스터들이 많이 늘었다는데, 그 말을 증명이라도 하듯 적어도 수십만에 달하는 몬스터들이 모라타를 침공한 것이다.

"몬스터 군단이다."

"우리 마을을 목표로 하고 있어."

성벽에 올라 있는 사람들의 등줄기로 식은땀이 흘렀다.

공성전을 구경해 본 적은 몇 번 있다. 그러나 대부분은 방송

채널에서 틀어 주는 것을 본 정도에 지나지 않았다.

그런데 직접 그 당사자가 되어서, 성벽 너머로 엄청난 숫자의 몬스터가 몰려오는 것을 보니 기가 질렸다.

"모라타의 치안 병력이 이 마을을 지킬 수 있을까?"

"틀렸어. 군대도 없는 마을이 무슨."

프레야의 성기사단과 사제단이 있다고는 하나, 감당하기에는 저들의 숫자가 너무 많아 보였다.

"저런 몬스터들이 갑자기 왜 이곳으로 쳐들어온 거지? 서로 관계가 나쁜 종족들도 같이 온 것을 보면, 무언가 이유가 있을 텐데……."

"여신상! 여신상을 만들고 있기 때문이 아닐까?"

별걱정 없이 여신상 제작에 참여한 유저들은 비로소 의뢰의 위험도를 알아차렸다.

"이게 진짜 위험한 퀘스트였구나."

겁이 덜컥 났지만 호랑이 등에 올라탄 형국이다. 중간에 포기하기에는 그동안의 노력이 아깝고, 피하려고 해도 피할 곳이 없다.

페일을 포함한 궁수들이 성벽에 달라붙었다.

"꼭 살아남아요."

페일은 연인인 메이런의 손을 잡아 주었다.

"네. 페일 님도요."

로뮤나는 마법 공격을 위해 궁수들의 근처에 머물렀다.

이리엔은 전투에 참가하는 유저들에게 축복을 걸어 주느라 바빴다.

수르카는 성문 근처의 요격 부대에 포함됐다.

프레야 교단의 싸움 그리고 모라타 마을을 지키기 위한 유저들의 궐기!

"몬스터들 따위에게 물러설 수는 없습니다. 싸웁시다! 싸워서 승리를 쟁취합시다!"

"북부의 개척 마을! 이곳마저 몬스터들에 의해 함락당해 버린다면 우리는 북부를 잃고 다시금 중앙 대륙까지 밀려나야 될 것입니다."

기사들이 말을 탄 채로 고함을 치며 독려하고 있었다.

그리고 몬스터 대군이 밀려왔다. 하지만 그들이 노리는 곳은 취약한 모라타의 성벽이 아닌 여신상이었다.

풍덩. 풍덩.

몬스터들이 여신상을 부수기 위하여 호수로 뛰어들었다.

조경용으로, 흙을 팔아먹기 위하여 넓게 파 놓은 호수.

그 안에 뛰어들어서 헤엄을 쳐서 건너려고 했다.

어푸, 어푸!

꼬르르륵.

인간보다 몸이 무거운 몬스터들은 호수를 건너는 데에 상당한 시간을 필요로 했다.

몬스터들이 삼분의 일 정도를 지났을 무렵이었다. 궁수들이 전진 배치되어 마음껏 화살을 쏘았다.

"목표물들은 느리다. 그리고 물속에 있다."

"쏴라!"

자욱하게 뒤덮은 화살 공격.

마법 부대도 활발하게 움직였다.

마법사들의 공격력은 직접 무기를 들고 싸우는 전사들의 5~6배. 광역 마법을 사용할 경우에는 30배 이상도 차이가 난다. 물론 높은 스킬의 마법을 준비하기 위해서는 그만한 시간을 필요로 한다는 단점도 존재했다.

"지옥의 밑바닥에서 꺼지지 않고 타오르는 고통의 불길. 헬 플레임!"

물 위로 삐져나온 몬스터들의 머리 위를 불길이 뒤덮었다.

호수의 물에 있는 몬스터들은 반대편 마을에 있는 인간들을 공격할 길이 없지만, 이쪽은 마음껏 마법을 펼칠 수 있는 것이다. 마법사들은 명상과 공격 마법을 반복하면서 그 위력을 과시했다.

근접형 전투 캐릭터들만 할 일이 없었다.

"젠장."

"우리도 물속에 뛰어들까?"

호수 속에서의 수중전!

몬스터들 중에는 수중에서도 제법 싸울 줄 아는 눈도마뱀들이 있었다.

갑옷이 무거운 기사나 전사로서는 무리.

결국 그들은 익숙하지 않은 활을 들었다.

"다 쏴 버리자. 어떤 놈이든 맞겠지."

호수를 목표로 화살들을 날렸다.

몬스터들은 다가오는 족족 몰살당했고, 화살 더미와 마법들이 호수에 작렬하면서 엄청나게 화려한 효과를 더했다.

"이거 신나네."

"재밌다."

이렇게 신나는 경험을 해 보는 일도 많지 않았던 것.

몬스터들의 일부가 여신상 주변에 상륙했지만, 기사들이 철통처럼 호위를 하고 있어서 삽시간에 격퇴되었다.

몬스터 대군은 많은 희생을 남기고 물러갔다가, 밤낮을 가리지 않고 재차 침략하기를 반복했다.

그사이에 위드가 어렵게 만드는 조각품도 점점 높이를 더해가서 엉덩이와 허리가 만들어지고, 이제 가슴과 어깨 부위도 다 만들어 가는 중이었다.

형태를 대충 만든 후부터는 세밀한 조각의 영역이다.

"달빛 조각술!"

은은한 빛을 담아 조각을 한다.

조각술이 고급 5레벨에 이른 후부터는 눈을 뜨고도 조각할 수 있을 정도로 빛이 약해졌다.

점점 형태가 갖추어지고 있는 여신상의 곡선은 부드러워지고 유려함은 더해졌다.

몬스터들의 침공으로 인하여 시간을 끌 수 없으니, 위드는 한밤중에도 조각을 멈추지 않았다.

밧줄에 매달려서 조각을 할 때면, 완성되어 가는 여신상의 주변에 빛무리가 가득했다. 지상의 달빛과 별빛을 모아서 조각품에 부여하는 것처럼 몽환적인 광경이었다.

"조각술이 이토록 아름답다니."

"정말 낭만적이야."

남자와 여자, 커플 유저들은 구경하기 좋은 자리에 앉아서 위드가 펼치는 조각술을 구경했다.

여신상은 왼손에 돈 봉투를 들고 있었으며, 오른손은 하늘 높이 치켜들었다.

횃불을 들고 있는 여신상!

자유의 프레야 여신상이었다.

"우와! 대단하다."

여신상의 형태가 점점 구체화될수록 참여한 이들도, 구경하던 이들도 입을 쩌억 벌렸다.

높이가 160미터에 이르는 여신상은 머리에 큼지막한 보석의 형태가 새겨진 왕관을 썼고, 몸에는 모피를 두르고 있었다.

위드는 치장으로 고급 시계나 보석 반지, 목걸이, 귀걸이를 조각하는 것도 빼먹지 않았다. 그야말로 부유함의 상징이라고 할 수 있는데, 물건들마다 브랜드까지 넣었다.

오르골광장상인연합회

수요상인회

상인마판

모라타뿐만이 아니라, 베르사 대륙 전체에서 활약하는 상인 협회들에서 광고료를 받고 이름을 넣어 준 것이다.

여기서 받은 광고 수익만 하더라도 프레야 교단의 의뢰 비용인 다이아몬드값을 훌쩍 넘을 정도였다.

아무리 고통스럽고, 저주가 끊이지 않고 이어진다고 해도 챙길 것은 챙겨야 한다.

조각술에서 다시 하나의 돈벌이 방법을 찾은 위드!

여신상에 양말과 구두까지도 신겨서 악착같이 돈을 챙겼다.

그렇게 마지막에 완성된 여신상의 얼굴은 현실에서의 화령의 실제 얼굴이었다. 서구적인 얼굴에, 고급스러운 느낌이 잘 맞아 미리 허락을 받고 만든 것이다.

위드가 그녀의 얼굴을 조각하고 싶다고 말했을 때 화령의 얼굴은 잘 익은 복숭앗빛이 되었다.

"위드 님도 참……."

그녀는 위드가 참으로 둔감한 사내라고 생각했었다. 먹고사느라 바빠서 연애 감정 따위는 사치라 여기고, 고민거리나 속마음을 잘 털어놓지도 않았기 때문이다. 속 깊은 이야기를 나누기도 어려웠으니, 이벤트나 로맨스 따위를 기대하기는 불가능한 남자였다.

'전부 착각이었구나.'

화령은 그날 한숨도 못 잤다.

모라타에 있는 거대 여신상.

엄청난 사람들을 동원해서 조각상을 만드는 이유가 바로 그녀의 얼굴을 조각하기 위함이었다니!

"지상 최고의 이벤트잖아요."

일의 선후 관계는 생략된 것이었지만 화령에게는 매우 감격스러운 순간이었다.

그렇게 프레야 교단의 여신상이 만들어졌다.

띠링!

프레야 여신상 퀘스트 완료

미의 여신 프레야. 프레야 교단의 의뢰로 모라타에 세워진 조각상은 두터운 신
앙심의 표본이 될 것이며, 이 지방을 더욱 비옥하게 만들 것이 틀림없다. 프레
야 교단에서는 여신상을 기념하기 위해 매년 순례자들을 보내올 것이다.

여신상의 효과: 주변 일대의 농작물 수확량 45% 증가. 상업 발달 속도 3% 가
　　　　　 속. 산업 발달 속도 2% 가속. 가뭄과 홍수, 돌풍 피해 경감. 주
　　　　　 민들의 신앙심 증가 속도가 2배가 된다. 주민들의 행복도 증가.
　　　　　 주민들이 자진해서 납부하는 세금이 12% 늘어난다. 모라타 지
　　　　　 방에서 프레야 교단의 성기사들과 사제들의 신성력이 30% 향
　　　　　 상된다.

딸의 조각품

이현은 다크 게이머 연합의 홈페이지에 접속했다.

다행히 여신상의 조각은 성공적으로 끝났다. 명예의 전당에도 관련 동영상들이 올라와서 선풍적인 인기를 끄는 모양이지만, 동영상을 보고 있을 여유는 없었다.

매일 바뀌는 아이템의 시세도 확인하지 않고 정보 게시판부터 들어갔다.

"이대로는 도저히 참을 수 없어."

미지의 존재들의 생떼!

귀가 간지러울 뿐 아니라 집중력도 저하시킨다. 조각술을 펼칠 때 체력 회복의 속도마저 느려지는 것을 발견하고는 더 기다릴 수 없었다.

"조각술에 그 비밀이 숨어 있을 거야."

문제는 알지만, 그것을 어떻게 해결해야 하는지에 대한 답이 없었다. 그리하여 정보들을 찾기 위해 다크 게이머 연합에 온 것이다.

이현의 정보 공개 등급은 어느새 B로 조정되어, 더 많은 자료들을 볼 수 있었다.

• 귀금속 시세 변동 예정 자료
• 우토 왕국 가말 마을의 철광석 시세 폭락 예정

상인들의 정보들부터 떴다.

다크 게이머 연합에는 정말 많은 직업들이 있었다.

남들처럼 평범하게 사냥꾼이나 전사를 해서는 큰돈을 벌기 어려운 경우가 있다. 본인이 전투가 적성이 아니라고 한다면 그리고 매번 홀로 고독하게 던전에서 사냥하는 것을 좋아하지 않는다면, 차라리 비전투 계열 직업을 택하는 편이 낫다.

그래서 상인은 다크 게이머들 가운데 상당수가 택하는 직업이었다.

공예, 세공, 천 짜기 등의 직업 스킬을 보조로 키운다면 상당히 짭짤한 직업이 될 수도 있다. 재료들을 모아서 스킬을 활용해 상점에 고스란히 팔 수 있기 때문이다.

유저들로부터 구매한 잡템을 팔아도 되지만, 그런 식으로 자본을 모아 가면서 대규모로 시세 차익을 이용한 거래를 한다.

상인이야말로 자본금에 따라서 일확천금을 벌 수도 있고, 상회를 조직하여 용병들을 고용하면 나름대로 무력도 갖출 수 있다. 그때에는 용병 길드나 청부 길드 등의 결성까지도 가능하였으니 다크 게이머들 중에 상인이 꽤 많은 것이다.

상인이야말로 가장 정보 교류가 빈번하고, 다크 게이머들 가운데 인맥도 넓은 직업이다.

> — 조르빈 백작이 용병 모집. 보수 후한 편. 위험도 높음.
> — 케말 산맥 몬스터 준동. 던전 발견 가능성 매우 높음. 모험가 우튼. 지원 바람.
> — 메다 왕국의 수도에서 NPC 시곤이 급하게 레벨 300대 레어급 이상 방패 찾음. 퀘스트 용도로 보임.

"이런 것들은 아니야."

이현은 실시간으로 올라오는 정보들의 더 아래 내용들을 살폈다.

> — 창술의 비전. 토르 왕국의 창술가 트리안이 전수해 줌. 레벨 250에, 스킬 레벨 중급 이상의 창술가들만이 가 볼 것.
> — 회계 스킬을 키워 주는 방법. 열두 가지 이상의 보석들을 분류하여 보석 감정 스킬의 숙련도를 5% 올림. 그 후에 그 보석들을 자작 이상의 귀족 NPC에게 시세의 15% 이상으로 팔면 스킬 숙련도를 매우 많이 얻을 수 있음. 보석 거래자로서 명성도 얻음.
> — 검사의 특징 있는 무기, 샤벨. 매우 폭이 짧은 무기로…….

여러 직업들의 정보가 올라와 있고, 조각사에 대한 정보들도 약간은 등록되어 있었다.

> • 조각술과 손재주의 관계에 대한 보고서
> • 손재주의 상승 작용에 대한 고찰
> • 베르사 대륙에 분포한 조각품들의 특성과 효과

역시 기초적인 정보들뿐이었다.

이현이 찾는, 조각술과 관련된 미지의 존재들에 대한 정보는 보이지 않았다.

"역시……."

이현은 고개를 끄덕였다.

만약에 다크 게이머 연합에 조각술 스킬에 대한 정보가 있었더라면 오히려 실망을 금치 못했으리라.

"그건 나보다 뛰어난 조각사가 있다는 뜻일 테니까."

안도감을 느끼는 한편, 이현은 더 많은 정보들을 검색했다.

비록 직접 관련된 정보는 없다고 하더라도 단서를 찾는 데 도움이 될 만한 정보들.

- 각 왕국별 대장장이 기술 격차
- 해결되지 않은 장인 퀘스트들
- 유랑 NPC들의 특성
- 전설의 대장장이 왕국
- 예술의 발원지

이현은 정보들을 세심하게 머릿속에 저장했다.

다크 게이머 연합에서 대략적인 정보들을 입수하고 나면 스스로 해결해야 할 문제가 된다.

그다음에는 도서관이든 조각사 길드든, 어디든 쫓아다니면서 미지의 존재들이 조각해 달라고 하는 이유를 알아내야 할 것이다.

어쩌면 이현만이 해결할 수 있을지도 모를 문제, 조각술의 끊어진 흔적을 이어야만 한다.

"다시 〈로열 로드〉에 접속해야겠군."

그러기 전에 쪽지함을 확인했다. 지난번에 파스크란의 창을 찾던 사람에게 쪽지를 보낸 적이 있으니까.

> 제목: 파스크란의 창을 가지고 계신가요?
> 보낸 이: 하우프만

답장이 와 있었다.

"제법 빨리 보냈군."

이현은 내용을 열어 봤다.

> 가지고 계시면 제발 저에게 팔아 주세요.
> 돈은 달라는 대로 드리겠습니다.
> 지금 가진 돈이 1,500만 원 정도 됩니다.
> 파실 의향만 있다면 그 이상도 충분히 협의가 가능하고요.
> 매우 급하기 때문에 빠른 답장 부탁드립니다.

"커헉! 1,500만 원!"

이현의 심장이 쿵쾅거리고 뛰었다.

30억 9,000만 원이나 되는 거금에 계정을 판 경험이 있다. 그때는 오히려 너무 비싼 가격에 팔려서 현실성이 없었다. 금세 다시 빼앗기기도 했지만.

하지만 1,500만 원은 현실이다.

빳빳한 100만 원짜리 지폐 묶음이 무려 열다섯 뭉치나 된다.

"이 돈을 저축해 놓으면, 금리 7%짜리 상품에 넣는다면, 매년 100만 원이 넘는 이자가…… 이런 대박을 놓치다니!"

이현은 너무나도 슬펐다.

어른들은 흔히 돈이 인생의 전부가 아니라는 말을 한다. 이현도 그 말에는 적극 공감했다.

'돈이 인생의 전부는 아니야. 그래, 대략 98%쯤 되지. 나머지 2%는 인정이나 배려, 친구, 약속, 이런 걸 거야.'

200원 더 비싼 소금을 샀던 아픈 기억을 간직하고 매일 반성하는 이현이다. 그런데 1,500만 원이나 되는 돈을 그냥 지나쳐 버리고 말았다니!

이현은 그날 밤잠을 이루지 못했다.

"아이고, 내 돈! 아, 안 돼! 1,500만 원!"

<hr />

프레야 여신상은 금세 〈빛의 탑〉과 함께 모라타의 2대 명물이 되었다.

"이게 프레야 여신상이구나."

"대륙 전체를 뒤져 봐도 이런 조각상은 흔치 않을걸. 각 교단에서 세운 조각물들은 있지만, 유저가 만든 것으로는 최초일 거야."

"성직자들이 받는 혜택이 상당하다더군."

"〈빛의 탑〉으로 인해서 전투 계열 직업들도 모라타 근처를 떠나려고 하지 않는다고 들었어."

"다른 곳에 더 좋은 사냥터가 있다고 하더라도, 〈빛의 탑〉의 효과가 있으니 굳이 멀리 가려고 하지 않는 거지. 가는 동안 시간의 소모도 있고 말이야."

"그럼. 효율로만 따진다면 모라타 근처에서 사냥을 하는 편이 제일 나으니까. 파티 동료들도 금방 구할 수 있잖아."

유저들은 프레야 여신상을 올려다보며 감탄하고 있었다.

모라타로 올 때는 완전히 낙후된 지역을 생각했다. 그런데 선술집이나 대장간을 비롯해서, 꼭 필요한 건물들이 빠짐없이 갖추어져 있었다.

상인과 장인 들도 최소한의 공급 역할을 해 준다.

무엇보다, 여신상의 아름다움이 발군이었다.

여신상에서 30미터 떨어진 곳에는 건축가 파보가 만든 여신의 계단이 있다. 나선형으로 된 계단을 밟고 올라가면 여신상을 더 가까운 곳에서 관찰할 수 있었다.

물론 관람료를 내야 했지만, 관광객들은 줄을 이었다.

높은 계단 위에서 경치를 보고, 따로 사진이나 동영상으로 갈무리해서 기념으로 가지기 위함이었다.

"〈빛의 탑〉도 그렇고, 위드라는 조각사… 생각했던 것보다 더 대단한 것 같네."

"조각술만이 아니라 다른 스킬들도 상당한 수준까지 올렸다고 하니, 그쪽 분야에서는 가장 부각되는 존재라고 할 수 있지. 명문 길드에서도 가입 제의가 끊이지 않을걸."

"그래도 앞으로는 힘들지 않을까? 다른 유저들도 조각술을 익히게 될 테니까 말이야."

그 말을 들은 다른 유저들은 콧방귀를 뀔 뿐이었다.

"알고 봤더니 조각술이 굉장한 노가다 직업이래. 누가 위드만큼 노가다를 할 수 있겠어."

"그건 그래."

"조각사라고 해도 한계는 있으니까. 어떤 직업이든 마찬가지지만 말이야."

워리어들은 거칠고 끈질기지만, 최전방에서 싸우는 탓에 자주 죽는다.

기사들은 명예를 잃어버리면 약해진다.

궁수들은 근접한 적에게는 치명적인 약점을 보인다.

마법사들은 뛰어난 공격력을 가졌지만, 방어력이 형편없다. 스쳐도 죽는다.

상인들은 권력과 돈은 있어도 스스로를 지킬 힘이 모자라다.

용병들은 어떤 조건에서도 생존 능력이 높지만, 갈수록 위험한 청부들이 기다리고 있기에 장비를 맞추다 보면 금세 가난해진다.

모험가들은 모험을 즐겨야 한다. 미궁에서 열흘쯤 헤매고 나서도 길을 찾으려고 드는 탐구 정신도 필요하다. 성공하면 명예와 돈을 얻지만, 아무것도 없는 던전에서 고생민 하고 끝나는 허탈한 경우도 많다.

그 외의 다른 직업들도 각각 장점과 단점을 가지고 있었다.

조각사의 경우에는 엄청난 조각물들을 만들 수 있다.

한 지역을 발전시킬 수도 있는 불가사의, 명작, 대작 조각품!

분명 엄청난 효과를 가지고는 있지만 한계도 있다.

보통의 노력으로는 조각품들을 찍어 내듯이 대작들을 만들지 못한다. 위드가 만든 프레야 여신상도 다른 이들의 도움이 없었다면 완성하기까지 족히 수개월의 시간이 걸렸으리라.

작품을 성공시키기 위해서는 다른 모든 것들을 버리고 매진해야 한다. 도중에 집중력을 잃어버리면 절대로 성공할 수 없는 직업이었다.

⁓⁓⁓

위드가 여신상으로 다가갔다.

다시 접속했을 때에는 한밤중이라서, 마을 너머 보이는 〈빛의 탑〉이 각 경계면들을 통해 중앙의 탑으로 달빛을 모아 주었다. 수많은 빛의 조각들이 하늘로 퍼지면서 마치 빛이 춤을 추는 듯했다.

빛의 군무.

모라타의 예술적인 아름다움이 보이는 시간이다.

밤마다 퍼지는 빛들과, 점차 발전해 가는 모라타 마을의 변화들!

여신상은 달빛 조각술로 완성되어서, 밤에도 빛을 뿜어낸다. 달빛을 받으면 더 환한 빛으로 주위를 비추는 것이다.

〈빛의 탑〉과 여신상으로 인하여 모라타의 경치는 쓸쓸하지 않았다.

위드가 보기에도 둘은 딱 어울렸다.

"나이트클럽 같군."

조명 아래에서 횃불을 들고 춤추는 여자!

위드의 감수성이 아니라면 보통 생각하기 어려운 일이다.

어쨌든 지금은 해야 할 일이 있다.

위드는 구경하는 사람들 무리를 헤치고 여신상 가까이로 다가갔다.

"뭐야?"

"여기 줄 서서 구경하는 거 안 보여?"

험악하게 항의하는 관광객도 있었지만, 위드인 것을 알고 입을 다물었다.

그는 여신상을 직접 만든 조각가이기도 하고, 모라타의 영주이므로.

그렇게 여신상의 발치 아래에 있는 제단까지 걸어갔다.

"뭘 하는 거지?"

"몰라. 자기 작품을 감상하려는 걸까?"

여신상 주변에 있던 많은 구경꾼들이 위드의 행동에 관심을 기울였다.

위드는 제단에 잘 익은 사과 1개를 올렸다.

프레야 여신에게 바치는 제물!

그러고는 고개를 숙였다.

"프레야 여신에게 모라타의 영주가 기원을 올립니다."

계절이 바뀔 때마다 할 수 있는 기원!

여신상이 수백 가지 상서로운 빛무리에 휩싸였다.

위드가 조각술을 펼칠 때 보여 주었던 것과는 차원이 다른 빛무리.

여신의 치료
몸의 모든 나쁜 기운들이 정화됩니다. 생명력이 최대치로 회복됩니다. 마나가 최대치로 회복됩니다. 모든 신체적인 능력이 일주일간 상승합니다. 행운이 일주일간 기록적인 수준으로 오릅니다. 생산과 재배에 관여하는 능력이 일시적으로 향상됩니다. 신앙심이 10 오릅니다.

모든 나쁜 상태를 원상태로 돌리는 여신의 치료!

기원을 바라면서 이 자리에 있는 사람들에게 부가적으로 나타난 효과였다.

위드도 미리 알았더라면 친한 사람들을 데려왔겠지만, 기원을 해 본 사람이 아직 1명도 없다.

기원은 아무나 할 수 있는 것이 아니고, 상징물이 있는 지역의 지배자만 계절에 따라 단 한 번 할 수 있다. 다른 종교적인 상징물들이 있는 장소는 수도나 자유도시라서, 명문 길드의 수장이라고 해도 할 수 없었다. 기원이 있다는 사실만 성직자나 사제 들을 통해서 알려졌을 뿐.

그러니까 위드가 최초였다.

"무슨 일이 벌어지는 거야?"

"더 가까이 가 보자."

유저들은 여신상 가까이로 접근하려고 했지만, 보이지 않는 어떤 힘이 밀어내는 듯이 위드가 있는 제단으로 다가갈 수 없었다.

—모라타의 주인이여, 나에게 바라는 것을 말하라.

여신상의 뒤쪽에, 빛으로 이루어진 환영이 생겨났다.

프레야 여신의 재림!

위드는 고개를 들어 그 환영을 보았다.

'엄청난 미모를 가지고 있겠지.'

풍요와 아름다움을 주관하는 프레야 여신이다. 남자들의 눈을 멀게 만들 정도의 미모를 가지고 있으리라.

그러나 위드의 기대에도 불구하고 정확한 얼굴을 볼 수는 없었다. 다만 예상과는 다르게 조금 통통한 인상이었다.

위드는 자신의 소망을 얘기했다.

"조각술에 대해서 알고 싶습니다."

위드가 바라는 것은 풍년이나 광산의 혜택, 상업의 더 빠른 발전 같은 게 아니었다. 물론 그런 것도 무척이나 이루고 싶지만, 당장 다급한 것은 조각술이었다.

"제가 알지 못하는 그 어떤 존재들을 조각하는 법에 대하여 알고 싶습니다."

인근은 온통 유저들로 인해 소란스러웠고, 뒤늦게 프레야 여신이 나타난 것을 알게 됨으로써 모라타 마을에서도 유저들이 구름처럼 몰려들었다.

"저기요!"

"잠깐만!"

"지금 무슨 일이 벌어지고 있는 거예욧!"

프레야 여신이 대답하는 목소리는 위드에게만 들렸다.

—그들은… 태초부터 있었지만 형태를 갖추지 못한 존재들. 조각술을 사랑하는 자여, 그대가 가야 할 길은 작은 이들의 왕국. 고집 세고 섬세한 그들이 커다란 자부심을 느끼는 장소에 길이 있을 것이다.

주변이 점점 어두워졌다.

여신상으로부터 일어났던 신성한 빛이 사라지면서 벌어지는 일이었다.

그 빛이 사라졌을 때, 프레야 여신은 떠나고 없었다.

위드도 사람들의 틈에 섞여서 그 자리를 피했다.

'키 작은 이들의 왕국이라. 자부심을 느끼는 장소.'

가야 할 목적지가 생겼다.

위드는 그 전에 마을 장로부터 만나 보기로 했다.

모라타의 흑색 거성!

어느덧 새벽이 지나 날이 환하게 밝았다.

영주 성이 되어 어느 정도 보수가 이루어진 곳으로 다가갔다. 유저들로 인해서 늘 붐비는 장소였지만, 지금은 여신상에서의 이변 때문인지 사람들을 구경하기 어려웠다.

위드를 본 주민 자경대원들이 알은체를 했다.

"영주님, 성에 들어가시려는 겁니까?"

"그렇다."

"성에 영주님의 귀환을 알리겠습니다."

자경대원들은 밧줄을 잡아당겨 위에 매달려 있는 종을 치려고 했다.

"되었다. 괜히 바쁘게 일하고 있는 이들을 불편하게 만들고 싶지 않다."

"하오나 영주님께서 돌아오셨는데……."

"허허허, 괜찮대도."

위드의 입꼬리가 슬며시 올라갔다.

쥐꼬리만 한 권력에서 느끼는 행복함!

이래서 권력은 일단 잡으면 놓기 싫어지는 것이 아니겠는가.

"마을 잔치라도 해야 되는 거 아닙니까?"

"응?"

"소나 돼지라도 1마리 잡아서, 푸짐하게 먹어야 되는 게 아닌지."

"……."

위드는 할 말을 잃었다.

모라타의 교육 수준은 실로 한심한 상태!

정식 병사도 아닌 자경대원에게 규율이나 충성심 따위가 있을 리 없었다. 위드에 대한 친밀도는 최상이지만, 그래서 이런 정도의 반응을 보일 수밖에 없는 것이다.

교육 수준이 낮으면 기술과 상업의 발달도 조금은 느려지고, 주민들 중에서 기사나 마법사 등이 탄생하기 어렵다. 종교에 대한 믿음만큼은 빠르게 전파되지만, 대신에 치안의 악화도 순식간이다.

다른 어떤 마을 중에는 주민들이 가장 신호하는 직종이 도적떼나 산적이라고도 하니 말 다한 셈이다.

마을이나 성, 대도시 등을 발전시키는 것은 그만큼 어려운 일이었다.

"크흠! 내 나중에 신경 쓰도록 하겠다. 돼지…는 좀 무리고, 토끼라도 잡도록 하지."

"고맙습니다, 영주님."

위드는 헛기침과 함께 영주 성으로 들어갔다.

과거 토리도가 이끄는 진혈의 뱀파이어들이 차지하고 있을 때 들어와 봤던 장소다.

부서진 가구들이나 주민들의 석상, 거미줄이 쳐 있던 장소가 깔끔하게 치워졌다.

"의뢰를 받으러 왔습니다."

"여기 상단 등록하러 왔어요."

여신상의 소문을 듣지 못한 것인지, 영주 성 안은 상인과 용병 들로 북적였다.

모험가들은 자신의 발견물을 보고하느라 정신이 없다.

기초적인 보수가 끝난 다음에 주민들과 모험가들을 위한 장소들이 생겨났다. 마을 관리, 몬스터 토벌, 이주, 상단 등록, 의뢰, 세율 책정, 발견물 보고 등의 업무가 가능했다.

영주 성의 유지비는 더 많이 들었지만, 통치를 위해서는 필요했다.

모험가의 발견물만 하더라도, 보고가 될 때마다 주변 지역에 대한 정보력이 향상된다. 그리고 지역 장악도가 올라서, 인근 지역들에 대한 정치력 행사가 가능했다.

위드는 영주 성을 천천히 둘러보았다.

많은 유저들이 있었지만 2층은 아직 치워지지 않은 상태였다. 1층에도 빈방들이 많았지만, 2층은 아예 폐쇄 상태로 영주의 집무실 정도만 대충 마련되어 있었다.

'성의 보수가 덜 된 모양이군.'

위드는 1층의 의뢰 접수창구로 발길을 돌렸다. 한참을 기다린 후에야 순서가 돌아왔다.

"영주님이 아니십니까?"

위드는 크게 헛기침을 했다.

"커험!"

"현재 남아 있는 의뢰들은 몬스터 토벌과 지금 떠나는 상단 들의 호위 그리고 광산 개발을 위한 의뢰가 있습니다. 농작물 보호도 있긴 한데, 백작님께서 하실 일은 아닌 것 같습니다."

접수창구에 있는 직원은 알아서 설설 기었다.

위드는 영주의 특권으로 모라타 성에서 진행하는 의뢰는 뭐 든지 골라서 할 수 있다.

상단의 호위는 먼 거리를 이동할 때 편하고 좋다. 마차를 타 고 움직이면 훨씬 편하고, 번거로운 일도 줄어든다.

광산 개발은 광부들과 파티를 결성해야 했다. 그들을 보호하 면서 갱도를 파 내려간다. 보석, 미스릴, 금, 은, 철, 구리 등의 광물을 발견하면 대박!

광산이 개발되면 적지만 이윤을 분배받을 수도 있어서 대박 을 꿈꾸는 이들이 참여하곤 했다.

농작물 보호는 멧돼지나 참새, 고라니 등을 막는 역할을 하 는 것인데, 초보들이나 받는 퀘스트.

위드는 의뢰를 받는 대신에 접수창구의 직원에게 물었다.

"장로는 어디에 있지?"

"장로님은 프레야의 기사님들과 함께 성벽 밖 마을들을 순찰 하고 있습니다."

"순찰?"

"예. 이주민들이 대규모로 발생해서요. 성벽 밖에 소규모 마 을들이 많이 생겼습니다."

"언제쯤 돌아오는데?"

"마침 오늘이 돌아온다고 한 날짜입니다. 여기서 기다리시겠습니까? 제가 음식을 좀 내오겠습니다."

위드는 가만히 앉아서 기다릴 마음이 없었다.

모라타 성에서 내놓는 음식도 결국은 그의 호주머니에서 돈이 나가는 셈이었으니, 그냥 다시 거리로 나왔다.

위드는 은밀하게 모라타의 새로 지어진 건물들을 방문했다.

술집!

"캬아! 좋다."

"북부에 오고 나서 이렇게 끝내주는 술맛을 보는 것은 기대하지 않았는데 말이야."

"모라타에서는 술을 마음껏 마실 수 있어서 좋군."

술꾼들, 관광객들이 많았다.

용병과 모험가 들도 술집에서 간단한 요기와 함께 술잔을 기울이고 있었다.

순박한 모라타의 시골 처녀들이 술과 안주들을 테이블까지 나르는 게 보였다.

'훌륭해.'

위드는 고개를 끄덕였다.

술집은 모라타가 발전하는 데 있어 필수적인 건물이었다.

시장이나 교역소, 여행 안내소만이 필요한 게 아니다. 술에 붙는 세금이 60% 정도라서, 술집에서 얻는 이윤과 세금의 수입이 엄청났다.

위드는 영주만의 명령어를 사용했다.

"술집 건물 관리 창!"

모험가의 휴식처(술집)

모라타 광장에 인접해 있는 유일한 술집. 건축된 지 얼마 되지 않아 깨끗하다. 넓은 내부 공간, 500개가 넘는 좌석에, 술과 안주들을 적당한 가격으로 이용할 수 있다.

판매 상품: 기본 안주류 일체. 과일을 발효시킨 술. 발효된 주류액을 끓여서 만든 술. 맥주.

고용인: 주방장 제나, 미아 외 주민 10명.

유지, 관리 비용: 600골드.

매일 방문하는 손님: 평균 7,200명.

최근 일주일간 순이익: 2,642골드 43실버 56쿠퍼.

모라타에 있는 유일한 술집.

북부 전체를 뒤져 유일한 술집이라고 봐도 된다.

중앙 대륙의 항구도시에서 주로 마시는 아콰비트, 럼주 등의 주류는 판매하지 않고 대중적인 발효주와 증류주, 맥주 정도만을 판매했다. 그럼에도 독점 영업으로 인해 대호황을 누리고 있었다.

술집 내부에 좌석이 부족해 손님들이 기다리다가 돌아가는 일이 빈번하게 발생할 정도였다.

다음으로 위드는 여관으로 향했다.

여관에도 많은 사람들이 들락거리고 있다.

모라타의 마을 규모에는 가당치 않을 정도로 큰 여관. 객실의 숫자가 무려 300개나 되는데도 방을 구하기 어려웠다.

덕분에 웃돈을 주고 방을 판매할 정도였다.

여관에서 잠을 자게 되면 피로가 완전히 회복되고, 신체적인 능력이 활성화된다. 여관에서의 하룻밤 후에는 며칠간 피로 회복 속도가 빨라지고 음식의 맛이 좋아지니 서로 여관을 이용하려고 했다.

여관에서도 일주일의 순이익이 4,000골드가 넘게 나왔다.

음식도 판매하기 때문에 가능한 수치.

여관의 음식은 술집과는 달리 소화가 편하고, 포만감을 올려 주는 것들이 많았다.

"나중에는 레스토랑도 차려야겠군. 그러면 더 많은 돈을 벌 수 있을 거야."

건물이 하나씩 올라갈 때마다 영주의 즐거움을 알 수 있을 것 같았다.

주민과 유저 들이 이용하면서 영지를 발전시키고, 강대한 세력을 일구어 낸다.

모험과 퀘스트도 베르사 대륙의 흥미로운 요소라고 할 수 있지만, 영주들은 더 특별한 만족감을 느꼈다.

베르사 대륙의 일부를 통치한다는 자부심!

마을과 성을 직접 경영하며 자신의 것 같은 애착을 갖게 되는 것이다.

위드는 그다음으로 농가와 곡물 창고로 향했다.

모라타의 인근 지역에서는 땅이 개간되어 밀이 자라나는 중이었다. 곡물 창고에도 밀 포대들이 가득 쌓여 있고, 농가에서는 농부들이 일을 한다.

식량을 수확하면 마을 내 식료품의 물가가 안정적으로 조절

되고, 남는 식량은 상인들의 마차에 실려 북부의 다른 개척지 마을로 비싼 값에 팔려 나간다.

프레야 교단 신앙소의 효과로 올해는 대풍년이었다.

곡물 창고
수확한 곡물을 저장할 수 있는 창고. 밀과 보리가 비축되어 있다.
비축량: 밀 32,000톤. 보리 19,000톤.

모라타의 농경지는 총 197,000평!

식량난을 타개하기 위해 적극적으로 농경지 확대 정책을 편 덕분이다.

얼음이 두껍게 덮여 있던 땅들이 녹으면서, 비옥한 토양이 만들어졌다. 모라타의 주민들과 새로 유입된 방랑민들이 농사를 지으면서 농경지는 점점 늘어나는 추세였다.

"보리빵 100만 개라도 금세 만들겠어."

격세지감이 느껴질 정도였다.

하지만 그렇다고 문제가 없는 것은 아니었다.

모라타로 이주한 주민들과 유저들이 지나치게 늘었다.

성벽으로 보호받는 모라타 마을의 주택 숫자는 5,400호!

현재 모라타의 총주민은 6만이 넘는다. 이 중에서 모라타에 주민으로 등록한 유저는 100명이 안 되었다.

순수한 주민들로만 보면 많은 숫자다.

그러나 원래부터 모라타에 살던 주민들을 제외한 53,000여 명은 모두 농부였다. 밀 농사를 지으면서 마을 밖에 지푸라기로 허름한 집을 지어서 살고 있다.

모라타 성벽 너머 광대한 개간 지역에 빈민촌이 형성되고 있는 셈이었다.

"주택 관리 창."

몬스터들이 출현하면 프레야의 기사들이 부지런히 나가서 요격을 해 준 덕분에 초가집에 사는 주민들은 무사했다.

그러나 북부는 아직도 혼란스럽기 짝이 없기에, 그런 몬스터 무리가 대대적으로 진격이라도 한다면 취약하기 이를 데 없다.

"지역 정보 창!"

띠링!

않을 것이다. 프레야 교단의 영향을 받아 적당한 향락과 풍요로움을 좋아하며, 근면한 특징을 보인다. 주민들은 최근 자주 발생하는 몬스터의 습격에 대해 우려하고 있지만, 프레야 여신상의 완성으로 위안을 얻게 되었다. 오래전에 벌어졌던 축제를 추억하는 주민들이 많다. 다수의 조각품들이 주민들의 삶을 행복하게 해 주고 있다. 예술가들에 대한 끝없는 신뢰와 지원이 마을의 품격을 높여 주었다. 주민들은 다른 마을들보다 많은 예술품에 대해 긍지를 가지게 되었으며, 더욱 다양한 문화시설을 바라고 있다.

군사력: 22   경제력: 260   문화: 570
기술력: 190   종교 영향력: 83   지역 정치: 6
도시 발전도: 97   위생: 36   치안: 72%
인근 지역에 대한 영향력: 13%
구舊니플하임 제국의 영향력: 2%(영향력은 군사, 경제, 문화, 기술, 종교,
                              인구, 의뢰 등의 분야와 관련이 깊음)
특산품: 가죽과 천.
영토 전체 인구: 61,689
1달 세금 수입: 27,860골드.
마을 운영비 지출 내역: 군사력 2%, 경제 발전 34%, 문화 투자 비용 12%,
                        의뢰 및 몬스터 토벌 15%, 마을 보수 22%, 프레야
                        교단에 헌납 15%

다소의 문제는 있어도, 모라타는 과거와 비교할 수 없을 정도로 성장했다.

'문화 투자 비용? 이게 무슨 일이지? 난 이런 투자를 한 적이 없는데.'

위드가 남쪽 마을 입구 주변에서 이유에 대해 곰곰이 생각에 잠기려는 참이었다. 큰 체격에, 수염이 더부룩하게 난 산적 같은 남자가 다가왔다.

"혹시 직업이 조각사가 맞습니까?"

남자의 물음에, 위드는 반사적으로 그의 전신을 훑어봤다.

미스릴 부츠!

반면에 가죽옷과 망토는 여행복으로 허름했고, 먼지가 두껍게 쌓여 있다.

'번잡함이 싫어서 다른 사람이 알아볼 수 없도록 마을로 들어오면서 옷을 갈아입은 고레벨 유저다.'

부츠까지는 여간해서는 잘 안 살피기 때문에 안 갈아 신는 경우도 많다. 미스릴 부츠에 이동속도 옵션이 붙어 있다면 적어도 현금 기준으로 300만 원이 넘는 고가의 아이템!

위드는 짧은 순간 계산을 끝내고 신중하게 대답했다.

"맞습니다만."

마음속에 걸리는 게 몇 있으니 불안하기는 했다. 그럼에도 선뜻 대답한 것은, 상대가 조각사냐고 물었기 때문이다. 직업이 조각사가 맞느냐고 물었다면, 조각과 관련된 용무가 있을 가능성이 컸다.

위드가 하루 이틀 눈칫밥으로 먹고산 것이 아니었다.

'내가 언제 바가지를 씌운 적이 있던가? 불량품을 조각해 준 적이 있었을까? 그것도 아니라면, 무슨 일로 나를 찾아왔지?'

꺼림칙해하는 위드의 속내도 모르는 채 산적 같은 사내는 안도의 한숨을 내쉬었다.

"겨우 찾은 것 같군요. 모라타 마을 전체를 뒤졌습니다. 여신상을 조각하는 동영상을 명예의 전당에서 보고 알아본 것입니다. 부탁드릴 게 있습니다. 조각사 위드 님이 맞으시다면, 조각품을 깎아 주셨으면 합니다."

위드가 미안한 듯 고개를 저었다.

"저를 찾아 주신 것은 고맙지만 지금은 조각품을 만들지 않습니다."

상대의 수준이라면 몇 골드 정도는 뜯어낼 수 있겠지만, 지금은 정상적인 조각술을 펼치기에 어려움이 있어서 거절했다.

그러자 산적 같은 남자는 솥뚜껑 같은 손으로 덥석 위드의 팔목을 붙잡으며 애원했다.

"꼭 부탁드립니다. 제 딸을 조각해 주십시오."

"따님요?"

위드의 눈썹이 찌푸려졌다.

많은 사물을 대상으로 조각품을 만들었지만, 가족을 조각해 달라는 경우가 가장 어려웠다.

'너무 예쁘게 해도 마음에 안 들어 하고, 실물보다 못생겼으면 난리가 나지.'

고슴도치도 자기 새끼는 예뻐한다지 않는가.

아이를 위해 맛있는 음식을 요리해 주거나, 예쁜 옷을 만들어 바가지를 씌우는 편이 편했다.

"예, 그렇습니다. 딸…을 조각해 주십시오."

산적 같은 남자에게서는 간절함이 묻어 나오고 있었다.

"알겠습니다."

별로 내키지는 않았지만, 위드는 조각을 해 주기로 했다. 이유는 몰라도 절박해 보이고, 또한 마을 장로가 아직 오지 않았으니까.

그러자 구경하던 유저들은 혀를 끌끌 찼다.

"저 아저씨 안됐군."

"저 조각사가 보통 돈을 밝히는 게 아닌데."

"잘못하면 완전히 홀라당 벗겨 먹히겠어."

모라타에 있는 유저들 중에는 고수들도 많다. 그들도 위드처럼 부츠만 보고도 남자가 상당한 고레벨 유저라는 사실을 알아차렸다.

'저주야 알베론에게 해제시켜 달라고 하면 되겠지.'

위드는 마음을 굳히고 나서 말했다.

"그럼 따님을 이곳으로 데려오시지요."

그러자 남자가 무겁게 고개를 저었다.

"불가능합니다."

"그럼 그림이라도……."

"없습니다."

"그러시다면, 우선 어떻게 생겼는지부터 말씀해 주시지요."

위드는 넉넉하게 굵은 나무토막을 하나 꺼냈다. 설명을 들으면서 즉석에서 떠오르는 구체적인 형상대로 조각품을 만들어 주려는 것이었다.

마을에서 수백 번도 넘게 사람들의 조각품을 주문받고 깎아 준 경험이 없다면 불가능한 시도!

너무 세밀하게만 하지 않는다면 조각품의 특성상 대충 넘어갈 수 있다.

'눈, 코, 입만 잘 붙어 있어도 둔한 사람은 못 알아봐.'

소형 목조 조각술의 비애라고도 할 수 있다.

어차피 남자도 설명만으로는 충분히 알려 주지 못할 테니 서로 조금씩은 양보하면 될 일.

'어려운 시도라고 바가지나 듬뿍 씌워 줘야겠군.'

그런데 산적은 생김새를 이야기하는 대신에 설명을 했다.

"그 애의 엄마는 참 아름답습니다. 눈빛이 정말 맑고, 착한… 저에게는 너무도 과분한 아내이지요."

"……."

"그녀와 제가 결혼한 지 5년이 되었을 때였습니다. 좀 늦었지만 기다리던 임신도 했고, 출산 예정일도 받아 놓았지요. 그런데……."

"그런데요?"

"병원에 가서 검진을 해 본 결과 그녀가 병에 걸렸다는 걸 알게 되었습니다."

남자는 눈물을 뚝뚝 흘렸다.

"수술을 해서 병은 고쳤지만 아이를 포기해야만 했습니다. 그때의 충격으로 그녀는 나시는 애를 가질 수 없는 몸이 되어 버렸습니다."

"……."

"조각해 주십시오. 그때 그녀가 가졌을 아이를. 우리의 딸을. 세상에서 가장 사랑스럽고 행복했어야 할 제 딸의 모습을… 조각해 달란 말입니다. 으허허허헝!"

남자는 목 놓아서 울었다.

거리의 한복판이라 근처에서 듣고 있던 유저들의 눈시울도 시큰해졌다.

"제, 제, 젠장!"

"난 사냥이나 가야겠다."

"망할 몬스터들. 다 죽여 버릴 거야."

사냥터로 가서 만만한 몬스터들에게 화풀이를 하려는 속셈이었다.

위드의 얼굴은 창백하게 굳어 있었다.

"제 조각품을… 혼자 간직하시겠습니까? 아니면 아내 되시는 분께도 보여 드리려고 합니까?"

"보여 줄 겁니다."

"그분도 〈로열 로드〉를……."

남자는 옷소매로 눈물을 닦았다.

"예. 하고 있습니다. 그리고 제가 조각사님의 명성을 듣고 온 것입니다. 그렇다고 저희를… 너무 이상하게 보진 마십시오. 저희는 미친 게 아닙니다. 단지 우리의 딸을, 이 세상에서 가장 사랑하는 딸을 한 번이라도 보고, 작별의 인사라도 나누고 싶습니다. 그래야만 마음 편히 잊을 수 있을 것 같기에……. 딸의 얼굴이라도 처음이자 마지막으로 보고 싶은 겁니다. 이게 미련하고 멍청한 짓이라는 건 압니다. 알지만, 그래도……."

산적 같은 남자가 다시 말했다.

"딸을 조각해 주시는 대가로 얼마를 드리면 됩니까? 원하시는 액수를 드릴 테니, 제발 제 딸을 빨리 조각해 주십시오."

다시 닭똥 같은 눈물을 흘리며 애원하는 남자.

위드는 한숨을 쉬며 답했다.

"지금은 조각품을 깎지 못할 것 같습니다."

"돈, 돈이 부족해서입니까? 다른 사람들의 10배… 아니, 20배라도 내겠습니다."

"그런 뜻이 아닙니다. 저도 준비가 덜 되어 있고, 나무토막은 따님을 조각하기에 적합한 재료가 아닌 것 같습니다."

"그런……."

위드는 얼음 조각상을 만든 적이 있다. 얼음은, 날카롭고 예쁘지만 너무 차가웠다.

가슴까지 시리던 그 느낌.

그때 조각품의 재료가 조각 전체의 분위기를 좌우한다는 사실을 깨달았다.

"생명을 잃은 나무토막은 따뜻함도 느낄 수 없고 딱딱하게 굳어 있을 것입니다. 딱 한 번만 보겠다고 하시지만, 가족입니다. 그런 가족을… 나무토막에 조각할 수는 없습니다."

위드는 단호하게 말을 이어 나갔다.

"차갑지 않고, 생명의 온기를 느낄 수 있는… 굳어 있지 않은 재료. 두 분이 정말로 사랑하는 따님을 조각하는 일입니다. 그러니 저도 준비가 필요합니다. 그리고 최선을 다하겠지만, 언제 완성된다고 약속도 드리지 못합니다."

남자는 크게 한숨을 쉬었다.

기대했던 것과는 다소 다른 상황이지만, 위드가 이 순간을 모면하기 위해서 말하는 게 아니라는 것쯤은 느낌으로 알 수 있었다.

진심으로 남자와 그의 아내가 낳았을 딸을 조각해 주려는 것이다.

"고맙습니다. 저는 리튼 왕국의 셸지움에서 아내와 함께 기다리겠습니다. 제 이름은 만돌입니다."

"만돌 님, 따님의 조각품이 완성되면 제가 셀지움으로 가져 가도록 하겠습니다."

"오지 않으시더라도… 원망하진 않겠습니다. 그런데 조각품의 가격이… 얼마지요?"

만돌은 살짝 긴장한 채로 물었다.

그러자 위드가 나직이 웃으며 답했다.

"1쿠퍼입니다."

악독한 모라타 영주

북부의 알려지지 않은 던전 텐바인.

낫을 들고 설치는 유령 몬스터들을 돌파하며 전진하는 일단의 무리가 있었다.

"함정 해체 완료!"

"30미터 전방의 몬스터 무리. 25개체가량."

"성직자는 축복을. 진격 방어구 세트를 갖춘 전사들이 앞장선다."

피의 전사 데이몬드가 이끄는 대지의약탈자 길드.

한창 잘나갈 때에는 중앙 대륙에서 50위권 내에 드는 세력을 가지기도 했다.

3개의 성을 점령하고, 고율의 세금을 책정했다.

유저들의 원성이 자자했지만, 압도적인 무력으로 짓눌렀다. 반항하는 자들은 처단하기도 했다.

그뿐만이 아니다.

다른 길드나 왕국 소속의 유저들이 대지의약탈자 길드의 땅으로 오면 닥치는 대로 살육을 벌였다.

"죽여 버려. 다시는 우리의 땅에 발붙일 수 없도록!"

장비나 돈을 빼앗으면서 성장한, 이른바 무법자 길드였다.

무력을 바탕으로 승승장구했지만, 결국은 주변 길드의 연합 공격에 패망!

중앙 대륙을 떠나서 떠돌이 신세가 되었다.

그러다가 북부 대륙까지 흘러들어 온 것이다.

"뚫자. 이번에야말로 보스 몬스터 데스 로드를 잡아야 해."

데이몬드는 의욕이 솟구쳤다.

소유하고 있는 성이나 마을이 없다 보니 편한 부분도 있었다. 다른 길드들과의 동맹 관계 유지, 길드원들의 성장에 개의치 않고 오직 자신들을 위한 사냥과 퀘스트에만 집중하는 게 그들의 방식!

대지의약탈자 길드가 한창 성장세에 있을 때의 권력, 노른자위 성과 마을 들을 차지하고 있던 시기의 영향력과는 비할 수 없어도 나름대로 여전히 〈로열 로드〉를 즐기고 있었다.

"수반, 시선을 집중시켜. 마빈, 공격해!"

바바리안 워리어 수반이 양손 도끼를 매섭게 휘둘렀다.

몬스터들이 그에게 몰려들 때였다.

도둑 마빈이 그림자에서 튀어나와 몬스터의 등에 독을 바른 단검을 휘둘렀다.

대지의약탈자는, 인원은 다른 길드보다 많지 않지만 협력 관계가 굉장히 뛰어났다.

데이몬드가 이끄는 대지의약탈자 길드 전투원들은 던전 텐바인의 끝에 이르러서, 데스 로드까지 사냥했다.

그러고 나서 보상으로 얻은 문구.

모든 이들이 나를 두려워하게 만들리라.
죽음의 길을 걷고 싶다면 인간들의 기억에서 사라진 신전을 찾아라.

데이몬드는 머리를 싸매고 조사에 들어갔다.

"두려움을 만든다. 사라진 신전. 이게 대체 뭐지?"

약탈과 살인을 즐겼지만, 데이몬드의 눈치는 둔한 편이 아니었다. 사소해 보이지만 무척 중요한 듯한 이 문구를 허투루 넘길 리가 없다.

"이건 베르사 대륙의 역사서를 보더라도 별로 도움이 될 것 같진 않군. 인간들의 기억에서 사라졌다라······."

수반도 흥미로운 기색이었다.

"독특하네. 어딜 가 보라거나 뭘 처리해 달라는 구체적인 설명이 아니잖아."

"역시 그 사라진 신전을 찾아보는 편이 좋겠어. 아니면 더 많은 단서들을 모아야 돼."

데이몬드는 자신을 따르는 동료들과 함께 은밀하게 던전의 숨겨진 방들을 뒤져서 정보들을 찾았다.

다른 이들은 무심코 넘겨 버렸을지도 모르는 글귀들을 더 모으게 될지도 모른다.

오오! 이 세상이 암흑으로 뒤덮였다.

제국은 파멸하고, 베르사 대륙의 영광도 올해로써 끝날지도 모른다.

죽음의 손길로부터 벗어날 수 있는 것은 아무것도 없을지니, 죽음의 교도와 추종자 들이 갈수록 늘어 가리라.

인근의 마을 주민들로부터는 이상한 전설들을 들었다.

"나의 할아버지의 할아버지, 그보다도 훨씬 할아버지 때부터 전해 내려오는 이야기인데, 니플하임 제국의 초창기 시절에는 무슨 이유에서인지 사람들이 함부로 과거에 대해 말을 하지 못했다고 해."

"니플하임 제국의 유적지에는 유난히 파괴된 성들의 흔적이 많아. 왜 그러한 흔적들이 많이 생겼을까? 몬스터의 침공정도로는 요새나 성이 무너질 일은 없었을 텐데."

그렇게 점점 실마리를 찾아갔다.

어떤 할아버지는 자신의 집안에서 전해 내려오던 책자를 보여 줬다.

죽음의 길을 이끄는 자.

강대한 힘을 갖기 위한 인간들의 욕심과 탐욕은 어디까지인가.

이루어져서는 안 될 주술, 펼쳐서는 안 될 마법, 전염병과 죽음, 몬스터를 지배하는 금단의 사제들!

죽음의 길을 걷는 자의 행보에 따라 대륙 전체에 암흑이 드리워지리라.

제국력 ××년 ××일

그들이 다가오고 있다.

성과 마을은 공황 상태에 빠졌다. 가족을 데리고 도망쳤던 영주는 썩은 시체가 되어 돌아오고, 병사들은 알 수 없는 전염병에 의해 살점이 문드러지고 있다.

제국력 ××년 ××일

식량이 떨어졌다. 200년간 바닥을 드러낸 적이 없던 우물이 메말랐다. 쥐들이 들끓고 있다.

제국력 ××년 ××일

드디어 그들이 모습을 드러냈다.

병사들도, 기사들도 성벽에서 싸우려고 했다. 전의는 없었지만 살아남기 위해 최후의 발버둥이라도 치려고 했다.

그렇다, 내가 보기에는 발버둥이었다.

그들의 군대는…….

(중략)

지금 이 글을 쓰고 있는 순간 성벽이 무너졌다.

적들의 신성 마법에 의해 성벽 전체가 산산조각이 났다.

돌무더기에 깔린 병사들과 기사들의 비명이 우리의 힘을 빼앗고 있다.

띠링!

죽음의 사제

피와 시신, 죽음으로 힘을 얻는 사제의 전설. 인간들의 기억에서 사라진 신전을 찾아서 죽음의 사제의 비밀을 파헤쳐라. 탐욕스러운 자에게는 그에 걸맞은 큰 힘이 주어지게 될 것이다. 지혜롭고 용기 있는 자는 영광과 명예를 얻을 수 있으리라. 탐욕에 사로잡혀 죽음의 사제들의 힘을 잇는 길을 택한다면, 인간과 모든 종족들에게 두려움과 증오의 대상이 되리라. 사라진 신전의 지도는 죽음의 사제가 데리고 있던 몬스터들이 각기 나누어 가졌다.

난이도: S

보상: 죽음의 교단의 추종자들.

제한: 명성, 레벨 제한 없음. 다른 이들이 신전을 찾기 전에 먼저 발견해야 한다.

"난이도 S급!"

데이몬드는 탄성을 내질렀다.

실질적으로 난이도 B급까지가 일반적인 퀘스트다.

난이도 A급부터는 막대한 보상이나 힘이 주어지고, 베르사 대륙의 균형에 영향을 주는 의뢰였다.

따라서 얻기도 어려울뿐더러, 길드의 사활을 걸고 해결해야 하는 것.

전신 위드가 최초로 불사의 군단 퀘스트를 해결하고 나서 여론의 엄청난 관심을 받은 것도 그러한 이유에서였다.

길드의 정령술사 임페리얼도 감정적으로 고무되었다.

"난이도 S급의 퀘스트라니, 무조건 받아들입시다."

마녀 나르도는 신중했다.

"현재 우리의 전력으로 하기에는 무리일 것 같아요. 여긴 중앙 대륙이 아니잖아요."

중앙 대륙에서도 대지의약탈자 길드는 고립되어 있었지만, 전투가 벌어질 때면 협력하는 이들도 적지 않았다.

전리품을 좋아하는 싸움꾼들!

용병이나 군대의 도움도 받을 수 있었다.

어쨌든 대지의약탈자 길드 단독으로는 성공하기 어렵다는 판단이 섰다.

"그러니까 퀘스트를 더 받아들여야지. 데스 로드 같은 몬스터가 부하였다면, 그만큼 굉장한 퀘스트라는 뜻이잖아. 우리끼리만 해결한다면 엄청나게 큰 보상을 받을 거야."

"몇 마리의 보스 몬스터를 잡아야 될지 모르는 판에… 본 드래곤 같은 몬스터라도 하나 있다면 우리는 전멸이에요."

"전멸? 전멸이 무서워?"

"그런 건 아니지만……."

"모험을 즐기기로 했으니까, 더 이상 피하지 말자고."

동료들의 의견은 퀘스트를 받아들이는 쪽으로 기울어지고 있었다.

성과 마을을 운영하기도 했지만, 도전과 싸움을 즐기는 순수 무투 계열 길드답게 호전성을 버릴 수 없었다.

데이몬드의 야망이 꿈틀거렸다.

'모든 것을 다 버리려고 했다.'

중앙 대륙에 있던 성을 빼앗기고, 수치심에 대지의약탈자 깃발도 공식적으로 걸 수 없게 되었다. 베르사 대륙에 영향력을 가졌던 화려한 시절은 영영 지난날의 추억으로만 남겨 두려고 했다.

　'나에게 기회가 온 것 같아.'

　모든 것을 원점으로 돌릴 수 있는 기회!

　죽음의 사제 퀘스트를 통하여 다시금 정점에 설 수 있을 것이다.

　데이몬드는 강하게 주먹을 움켜쥐었다.

　"나는 죽음의 사제, 그의 힘을 잇고 싶다. 내 뜻을 거스르는 놈들은 쓸어버리고, 베르사 대륙을 내 손에 넣고 싶다!"

> 퀘스트를 수락하였습니다.

～⚜～

　해가 중천에 떠오르고 난 뒤에야 위드는 영주 성에서 마을 장로를 만날 수 있었다.

　"늙은 저에게 이 많은 일을 맡기고 대체 어디로 놀러 가셨다가 이제야 오셨단 말입니까."

　마을 장로는 위드를 보자마자 푸념부터 늘어놓았다.

　"모라타에 사람들이 갑자기 밀려들어서… 주민들은 늘어 가고 있고 해야 할 일은 산더미이고……."

　그렇게 이어지는 잔소리를, 위드는 가만히 들어 주었다.

위드만의 독보적인 처세술!

이럴 때는 괜히 변명을 늘어놓을 필요가 없다.

'무슨 말이든 해라.'

한 귀로 듣고 한 귀로 흘릴 뿐!

한참 잔소리를 하고 난 뒤에야 마을 장로는 마음을 가라앉히고 말했다.

"모라타의 내정과 치안을 다스려야 합니다. 성도 어느 정도 보수가 되었으니, 이제 영주님께서 직접 우리 모라타에 필요한 것들을 만들어 주시지요. 현재 우리 모라타 지방의 자금은 39,845골드가 남아 있습니다."

띠링!

> 영주의 내정 모드를 사용하겠습니까?

영주 성의 보수로 가능하게 된 내정 모드!

위드는 수락했다.

"하겠다."

> 화면이 영주의 내정 모드로 전환됩니다.

위드는 영주 성의 비어 있는 방에서 마을 장로와 이야기를 나누고 있었다.

그런데 갑자기 시야가 바뀌었다.

모라타 지방이 한눈에 내려다보였다.

하늘에 떠서 아래를 내려다보는 것처럼, 모라타 전체가 보이는 것이었다.

"음, 무엇부터 해야 될까."

위드는 묵묵히 모라타를 내려다보았다.

거리에서 사람들이 움직이는 모습, 건물이나 성벽의 풍경까지도 또렷이 보인다.

원하면 시점이 바뀌어서 가까이 내려갈 수도 있고, 사람들의 목소리를 듣는 것도 가능했다.

영주에게만 가능한 내정 모드!

군사력: 22	경제력: 260	문화: 570
기술력: 190	도시 발전도: 97	위생: 36
치안: 72%		
현재 소유 자금: 39,845골드.		

메시지 창이 떠서 현재 모라타의 상황을 알려 주었다.

건축, 상업, 군사, 세율 변경 등이 현재 위드가 쓸 수 있는 명령어였다.

"모라타에 부족한 건물들부터 지어야겠지."

위드는 건축 가능한 건물들부터 검색했다.

그러자 이번에는 눈앞에 삼백 가지도 넘는 건물의 이름과 형상이 떠올랐다. 영주 성의 보수와, 주민들의 숫자에 따라 직접 지을 수 있는 건물들의 종류가 늘어난 것이었다.

위드는 우선 가장 위에 있는 화려한 궁전을 보고 설명을 열어 읽었다.

모라타는 어떤 왕국에도 속하지 않는다.

군이 말하자면 구凸니플하임 제국의 영역에 있지만, 제국이 몰락한 이후로는 각 마을들이 독자적으로 살아남았다. 그러므로 왕국과의 마찰은 신경 안 써도 된다.

하지만 위드는 가볍게 고개를 저었다.

'이런 것은 필요 없지.'

초기 발전 상태에 있는 마을에, 거창한 영주의 궁 따위는 필요하지 않다는 양심적인 이유 때문이 아니었다. 돈이 아까워서 거리에 가로수 한 그루 못 심을 판국에 무슨 얼어 죽을 영주의 궁이란 말인가.

영주로서 검소한 생활을 하며 모범을 보이려는 의도 따위는 정말 추호도 없었다.

"뭐 이런 것들만 있어."

위드는 영주 직속 편의 시설들은 대충 다 넘겼다. 꼭 필요한 건물들만을 우선해서 지을 참이었다.

⁕

모험가의 휴식처.

모라타의 유일한 술집인 이곳에서는 사람들이 줄을 서서 빈자리가 나기를 기다리고 있었다.

페일과 메이런도 마판 등 다른 동료들과 함께 음식과 술을 먹기 위해서 왔다. 하지만 빈자리가 나지 않아 1시간째 기다리는 중이었다.

"에휴. 오늘 내로 자리에 앉을 수나 있을까요?"

"낮인데도 사람이 가득하네요."

불평을 하면서도 자리를 뜨지 못했다.

모험가의 휴식처를 나가면, 모라타에서는 술을 마실 수 없기 때문!

북부에서 사냥을 하던 파티들도 모라타로 귀환하면 가장 먼저 향하는 곳이 술집이었다.

야자수, 과실주, 맥주 등을 마시면서 피로를 싹 지워 버리고 동료들과 회포를 풀고 있는 파티들이 많았다.

"언제쯤 자리가 날까."

제피가 한숨 섞인 어조로 푸념을 했다.

이럴 바에야 차라리 실력을 발휘해서, 여성들만 앉아 있는 자리에 가서 합석을 하는 건 어떨지에 대한 진지한 고민에 들어갈 즈음!

갑자기 술집의 지붕이 뜯겨 나갔다.

사방의 벽은 아예 통째로 사라졌다.

"뭐, 뭐야?"

"무슨 일이지?"

음식을 먹고 술에 취해 있던 유저들은 벼락을 맞은 듯이 화들짝 놀랐다.

갑작스러운 일에 당연한 반응.

술집은 완전히 해체된 이후에 벽면과 기둥, 천장이 확장된 형태로 다시 만들어졌다.

좌석만 무려 2,000개!

초대형 술집으로 개조된 것이다.

그제야 유저들은 이해했다.

"영주다."

"모라타의 영주가 내정을 하고 있는 거야!"

⁂

위드는 비어 있는 땅을 이용하여 술집과 여관을 확장하고, 대형 식당을 지었다.

구획별로 정리되어 있는 땅에는 아직도 수백 개가 넘는 건축물들을 세울 수 있었다.

술집의 개조에 12,000골드, 여관은 9,300골드, 대형 식당의 건축에는 16,000골드가 들어갔다.

모라타의 상황을 알리는 창도 변동이 있었다.

술집의 확장으로 경제력이 +2, 치안이 −1%가 되었습니다.

여관의 확장으로 경제력이 +1, 위생이 +3이 되었습니다.

여유가 있는 대형 식당의 건설로 문화가 +3, 경제력이 +2가 되었습니다.
향후 3개월간 마을의 생산력이 1% 증대됩니다.

군사력: 22	경제력: 265	문화: 573
기술력: 190	도시 발전도: 98	위생: 39
치안: 71%		
현재 소유 자금: 2,545골드.		

상황별 변동 보면서 즉각 즉각 수정할 수 있다.

군사력이나 경제력 등의 포인트는 현재 모라타의 실정을 드러내 주는 자료였다.

위생 등이 심하게 낮으면 주민들의 유입이 더디어진다. 치안이 낮을 때는 범죄 발생률이 증가하고, 상업의 발전에 문제가 있다.

"그다음으로는……."

위드의 시선이 중앙 광장으로 향했다.

그리고 100골드짜리 노점상이 5개나 생겨났다.

간단한 군것질거리를 판매하는 노점상들!

상업에는 미미한 영향밖에 없지만, 수입을 향상시켜 주는 중요한 역할을 할 것이다.

중앙 광장은 마치 폭동이라도 일어날 분위기였다.

"영주님, 검사 길드를 만들어 주세요!"

"모험용품점을……."

"개인 창고와 주택을 건설해 주셨으면 합니다."

"여행자 조합이 모라타에 꼭 있어야 돼요!"

평소에 필요로 하던 것을 저마다 말하는 사람들.

두 손을 추어올리고 먹이를 달라고 꽥꽥대는 어린 새처럼 고함을 질러 댄다.

그만큼 평소에 원하는 것들이 많았던 것이리라.

영주가 건설을 하지 않는다 해도, 주민들이나 건축가들이 스스로 필요한 건물을 지을 수 있다. 하지만 베르사 대륙에는 건축가의 숫자도 드물뿐더러, 상점이나 주택을 지었을 경우 분양까지 해야 되기 때문에 쉽지 않다.

영주가 나서서 원하는 건물들을 짓고, 그에 따라서 마을과 성, 도시가 발전하는 것이 일반적으로 이루어지는 일이었다.

마법사가 영주로 있는 성에는 유독 마법 길드 계열이나 마법 용품점이 많았다. 정령술사가 지배하는 성은 나무와 물이 풍성하게, 자연 친화적으로 꾸며졌다.

영주의 선택에 따른 발전!

위드도 유저들의 애타는 바람을 들으면서 선택을 해야 했다.

그런데 마을에 남아 있는 자금은 2,045골드.

위드는 소유하고 있던 개인 자금을 100골드만 남기고 통째로 마을에 투자했다.

지금까지 꿍쳐 놨던 막대한 돈을 모라타의 소유 자금으로 넣고, 건축에 들어간 것이다.

판자촌!

폭발적으로 인구가 증가한 모라타 마을에는 새로운 집들이 필요했다.

언덕과 산의 나무가 깎여 나가고 일제히 판잣집으로 변했다.

판잣집은 주택 1호당 30실버밖에 하지 않았다.

"꿈을 키우는 데에는 역시 판자촌이지!"

위드는 3,000골드를 투자하여 1만 가구나 되는 판자촌을 만들었다.

모라타의 유저들을 경악하게 만든 변화였다.

"켁!"

"이 미친 영주!"

"판잣집만 엄청나게 짓고 있어!"

중앙 광장에서도 판자촌이 보였다.

인근에 있는 산의 정상 부근까지 판잣집이 빼곡하게 지어질 정도였다.

위드가 그다음에 택한 건물은 상품거래소였다.

교역소와 비슷한 역할을 하지만, 한 번에 대규모 상거래가 가능하다.

모라타의 물건들을 다른 곳으로 수출하고, 마을의 부족한 물자들을 효과적으로 보충할 수 있는 건물!

상인들을 위한 물품 창고와, 넓은 마차 대기소까지 있었다.

이 건물은 상인들의 열렬한 환영을 받았다.

"모라타 영주가 뭘 조금 아는군."

"상인들을 무시하면 절대 큰 도시로 성장할 수 없지."

상인들을 위하여 조합도 만들어 주었다.

대형 일감이나, 조달해야 할 물건들이 있을 때에 여러 상인들이 의뢰를 나누어서 할 수 있도록 하는 조합!

상인 길드의 초석이 되는 건물이다.

모라타 중앙 광장 부근의 공터에 건물들이 생겨났다.

무기 상점, 방어구 상점, 여행자 상점, 모험가 상점, 지도 제작소, 과일 상점, 식료품 상점까지 만들어졌다.

휑하니 비어 있던 모라타의 거리에 연속적으로 건물이 지어지니 유저들은 환호했다.

"만세!"

"이제야 조금 편해지겠군."

북부의 다른 경쟁 마을이 변변치 못한 시점이었다.

몇몇 유명 길드에서 장악한 마을들이 있긴 하지만, 인지도 면에서나 유저들의 숫자에서나 비교할 바가 아니다. 모라타에서 조금 더 편하게 물품들을 구입할 수 있게 되어서 모두 기뻐했다.

그런데 위드의 건축은 이걸로 끝이 아니었다.

쿠우웅!

땅을 울리는 큰 소리와 함께 대장간 옆 공터에 자재들이 쌓였다.

"뭐, 뭐지?"

"뭘 만들려고 하는 거야?"

무기와 방어구를 제조하는 장소인 만큼, 대장간도 꽤나 넓은 면적을 자랑했다. 그런 대장간의 5배가 넘는 규모의 공터에 건물이 지어지고 있었다.

큰 굴뚝이 있는 대형 건물.

건물이 완성되자마자, 대장장이가 호기심을 이기지 못해 발 빠르게 움직였다.

그는 안으로 들어가서 한 바퀴 훑어보더니 밖으로 뛰쳐나와 외쳤다.

"대형 화로다!"

"철광석에서 고순도의 철을 뽑아낼 수 있는 화로!"

대형 화로가 없으면 숙련된 대장장이들만 철을 추출할 수 있고, 그 시간도 오래 걸린다. 그 때문에 다른 무기와 방어구를 녹여서 원하는 걸 만드는 경우도 많다.

하지만 이제는 사냥 등을 통해 철광석을 구해 오면 금세 대형 화로에서 순도 높은 철을 얻을 수가 있게 되었다.

철의 공급이 원활해지면 대장장이들이 만드는 무기의 질이 향상되고, 공급할 수 있는 수량도 많아진다.

대장장이들이 간절히 바라던 일!

5만 골드가 넘는 건물이지만, 위드는 돈을 아끼지 않았다.

더 많은 대장장이들과 귀금속 세공사들도 밀려들어 올 테니 무기 및 방어구 생산 증가, 세금 수입의 확대는 두말할 필요도 없는 것!

유저들은 알지 못했지만, 모라타 마을 밖에서도 건축 사업은 이루어지고 있었다.

과거 니플하임 제국 시절의 철광산, 구리 광산, 은 광산 들!

폐광으로 방치되어 있던 그 광산들이 위드로 인해 변모하는 중이었다.

갱도가 다시 정비되고, 마을 주민의 일부가 곡괭이를 들고 이동했다. 폐광에 서식하고 있는 몬스터들을 사냥하기 위해 주민들 사이에는 프레야 교단의 성기사들도 포함되어 있었다.

"그렇게 모라타를 방치해 두더니, 영주가 드디어 정신을 차렸군."

"이제야 좀 발전이 되는 것 같네."

유저들은 싱글벙글 웃는 얼굴이었다.

변화는 그것으로 그치지 않았다.

쿠우웅!

이번엔 또 다른 공터에 자재들이 쌓였다.

무성하게 자란 잡초들이 깨끗하게 밀리고 길드가 세워졌다.

재봉사 길드!

모라타의 고급 직물과 가죽을 이용하기 위해 멀리서 원정 온 재봉사들이 많다. 기술을 숙련시키고, 또 여러 가지 도움을 줄 수 있는 길드가 세워졌다.

농부 길드와 프레야 교단의 제단도 건설되었다.

제단이 있으면 제물을 바침으로써 상태 이상이나 저주 등을 해소할 수도 있고, 일시적으로 행운을 올리는 효과 또한 있다.

프레야 교단의 성직자들도 좋아하지만, 유저 성직자나 사제들, 모험가들이 열렬히 바라는 건물이었다.

"제단까지! 정말 괜찮네."

"모라타에서 사냥하기를 잘했어."

검사 길드도 만들어졌다.

"영주가 돈 좀 쓰는데."

도둑 길드도 세워졌다.

"이 미친 영주, 대체 꿍쳐 놓은 돈이 얼마였던 거야!"

마을 안에 있는 유저들은 크게 환호했다.

자신이 소유하고 있는 마을은 아니지만, 모험을 위해 주로 머무르는 곳이 발달할수록 그들에게는 편했으니까.

워리어 길드가 세워졌을 때에는 말도 나오지 않았다.

음유시인 길드, 궁수 길드, 암살자 길드, 권사 길드, 무투가 길드.

마법사 계열의 길드들은 개당 4만 골드나 되기에 짓지 않았다. 하지만 이제 기본적인 전투 계열의 길드들은 거의 다 지어진 셈.

위드가 숨겨 두었다가 마을에 투자한 금액은 엄청났다.

토둠에서 벌어 온 재료 아이템을 가지고 재봉과 대장장이 스킬을 활용해서 번 돈 34만 골드.

여신상을 만드는 대가로 받은 다이아몬드의 감정 가격이 145,000골드가 나왔다.

둘을 합치면 485,000골드나 되었다.

여신상을 만들 때도 참여비나 풀죽값, 각 상회들의 이름을 넣어 주면서 받아먹은 돈이 15만 골드가 훨씬 넘었다. 그런데 여신상 제작비로 16만 골드나 되는 돈을 소모해 버렸으니 출혈이 막대했다.

그럼에도 사냥을 하며 번 돈이나, 예전에 가지고 있던 것을 합쳐 50만 골드가 넘는 돈을 가지고 있었던 것이다.

띠링!

모라타 지방의 신도시 개발

구舊니플하임 제국의 영역에서 두각을 드러내고 있는 모라타! 슬슬 꽃피우려는 문화와 굳건한 신앙의 온상지. 경제적으로는 낙후된 장소에 엄청난 자금이 투입되었다. 모라타의 주민들은 프레야 여신의 가르침대로 자신들의 삶을 풍요롭게 만들기 위하여 노력하고 있다.

*2개월간 생산력 45% 증가. 마을 영역 확장과 개발로 도시화 진행, 이주민 유입 증가.

주민들의 숫자가 빠르게 늘어나며, 유입된 인구가 직업을 갖게 될 때까지는 치안의 하락과 이주민 지원 자금이 지출된다. 주민들의 증가에 따라 식량이 더 많이 필요해지지만, 마을의 영역 또한 더욱 확장된다. 영주 성이 개량되면 모라타 마을뿐 아니라 다른 지방에도 외교를 통해 정치적인 지도력을 행사할 수 있을 것이다.

군사력: 22   경제력: 297   문화: 579
기술력: 196   도시 발전도: 108   위생: 42
치안: 68%

현재 소유 자금: 79,014골드.

위드는 아직 내정 모드를 풀지 않았다.

꼭 지어야 할 건물들이 아직도 정말 많이 남았다.

"지을 수 있는 광산이 12개나 되는데……."

광산 1개를 개발하는 데에는 5만 골드나 소모되었다.

모라타에 있는 12개의 광산을 개발할 돈도 없지만, 몽땅 개발되면 광석값이 폭락해 버릴 가능성이 높다.

주민들이 그만큼 광산 분야에 근무할수록 위생이 하락하고, 다른 분야의 일을 못 하게 되므로 생산량도 줄어든다.

주민은 물자 생산과 경제력, 군사력의 원천이 되는 중요한 자원이다.

미스릴이나 마나석 등의 광산이 있다면야 무조건 캐내야겠지만, 그런 고급 자원은 아쉽게도 모라타에 없거나 혹은 발견되지 않았던 것이다.

"그래도 상아가 있어서 다행이야."

위드는 모라타 지방을 관찰하면서 서북부의 초원 지대에서 대규모의 코끼리 떼를 찾아냈다. 이 코끼리들을 사냥하도록 허가하면 양질의 상아를 구하는 게 가능했다.

살아 있는 보석이라고 할 수 있는 상아.

"아껴서 잡아야겠군."

이제 병사들을 키워야 할 시점이다.

프레야 교단의 보호가 7개월이 남았지만, 병사들이 성장하는 데에는 시간이 필요하다.

"병사들을 100명 그리고 기사를 10명 정도 모집해야겠어."

모병소와 훈련장을 지어 병사들을 모집하고 기초적인 훈련을 받을 수 있도록 했다.

제대로 된 시설이 없어 기사 양성은 불가능하므로, 방랑 기사들을 고용하도록 지시했다.

위드의 군대가 만들어진 것.

단순 길드의 수장은 유저들로 이루어진 집단의 수장이다. 하지만 마을이나 성의 영주들은 다르다. 마을의 운영자금을 이용하여 군대를 가질 수 있었다.

모라타 마을의 유저들이 개발에 환호성을 터트리고 있을 때였다. 중앙 광장에 빛과 함께 유저들이 등장했다.

"아!"

"몸이… 어떻게 이런 식으로 움직이지?"

"이게 〈로열 로드〉구나!"

완전한 초보자들.

신규 유저들이 모라타에서부터 시작할 수 있게 된 것이다.

"여기가 북부?"

"와! 북부의 마을들은 이렇게 생겼구나."

신규 유저들이 빛과 함께 끊임없이 생성되고 있었다.

북부에 오로지 하나의 새로운 시작점.

모라타 마을을 보고 고르는 이들이 기하급수적으로 많았던 덕분이다.

"우와아아!"

"초보들이다."

북적거리는 와중에도, 외로움과 적적함을 느끼던 일반 유저들도 더욱 기뻐했다.

초보 유저들이라고는 해도 그들의 가치는 매우 컸다.

초보들은 여우, 사슴, 토끼 등을 사냥하면서 고기와 가죽을 구해 마을에서 거래를 한다.

고레벨 유저들은 고기나 가죽을 위해서 사냥을 하진 않지만, 초보들에게는 돈과 무기를 얻기 위한 유용한 재료들이었다.

이들이 조달하는 물량은 막대한 식량과 무기 및 방어구의 재료가 된다.

떨어진 나뭇조각이나 굴러다니는 광석들, 싸구려 약초들을 팔면서 마을을 발전시키는 원동력 역할을 한다.

상인이나 생산직들 또한 기초적인 재료들을 제때 구하기 쉽고, 물품을 만들었을 때 팔기 편하니 좋았다.

전투 계열 직업도 당장 초보들에게 도움받을 것은 없지만, 평소 헐값으로 상점에 팔아 버리던 잡다한 무기나 방어구도 초보들에게는 유용하게 쓰이니 팔기가 편했다.

성직이나 사제, 기사 계열은 약한 이들을 도우며 명예와 신앙, 헌신을 높일 수 있으니 초보 유저들을 크게 반겼다.

⟡

강진철은 〈로열 로드〉의 게시판을 보면서 크게 고뇌했다.

"이것이 과연 옳은 길일까? 이대로 놔두어도 정말 괜찮은 것일까?"

그는 베르사 대륙에서는 마판이라는 이름으로 불리면서, 상업적으로는 다소의 성공을 거두고 있었다.

그런 그가 심한 양심의 가책을 느꼈다.

"모라타에 초보 유저들까지 오고 있다니……."

그가 보고 있는 게시판에는 많은 글들이 올라오는 중이었다.

— 북부의 개척 마을 탄생 안내.
— 초보자분들, 모라타에서 시작하세요.
— 모라타 마을의 기본적인 지도 및 건축물 자료, 기초 퀘스트 정보입니다.
— 풍성한 사냥터. 위험하기는 하지만 그만큼 모험을 즐길 기회가 있는 모라타의 사냥터 정보들을 알려 드립니다.

모라타에 대한 정보들이 게시판에 쌓여 간다.

반응도 뜨거웠다.

┗ 이번에 막 〈로열 로드〉를 시작하려고 하는데, 모라타가 정말 그렇게 좋나요?
┗ 모라타에서 캐릭터를 만들어야겠어요. 전 전사로 키울 생각입니다. 같이 하실 분.
┗ 저요!
┗ 프레야의 여신관의 특성은 어떤가요?
┗ 모라타에 가면 풀죽을 무료로 준다던데…….

질문과 답변들이 실시간으로 이루어지는 와중이었다. 그만큼 모라타가 사람들의 관심의 핵심에 선 것이다.

북부 전체를 아우르는 교역, 사냥, 의뢰의 중심지!

아직은 발전이 미미한 마을이라고는 하나, 이런 모라타에서 시작하고 싶어 하는 사람들이 많았다.

강진철은 한탄했다.

"불쌍한 사람들이 계속 밀려오고 있어."

위드가 세운 대장간이나 술집, 교역소 등은 물가가 저렴하게 운영되었다.

대장간에는 주민 대장장이들이 고용되어 일정한 물건들을 만들어 낸다. 고급품들을 많이 만들어 내면 스스로 기술력이 올라서, 점점 좋은 물건들을 만들 수 있다.

이런 식으로 영주가 직접 세운 건물의 수익은 고스란히 위드의 몫이 된다.

술집도 그럭저럭 바가지요금이라고 할 수는 없었고, 여관도 나름 쓸 만했다.

빈곤한 초보 유저들이 안심하고 환영하면서 모라타에서 시작하는 중요한 동기인 것이다.

하지만 언제든 폭풍처럼 몰아치게 될 착취의 미래!

"이대로 둘 수는 없어!"

강진철은 크게 결심을 했다.

모라타가 발전하면 그도 나쁜 일이 아니다. 상인으로서 여기저기 투자를 해 두었으니 소득이 더욱 늘어날 것이다.

본인의 불이익을 감수할 각오를 하고 글을 올렸다.

제목: 초보 여러분, 절대로 모라타에서 시작하지 마세요.

여러분은 크게 잘못 알고 계십니다.

모라타는 실로 악의 소굴이라고 해도 무방합니다. 마을의 경계를 조금만 벗어나도 몬스터들이 넘쳐 나서, 초보자분들에게는 너무 위험합니다.

〈빛의 탑〉이나 여신상?

이런 것도 너무 기대하지 마세요. 매일 똑같은 조각상들을 보면 금세 질리게 될 겁니다.

그리고 지금은 모든 물가가 보통이거나 조금 저렴한 편이라고 할 수 있지만, 나중에 영주가 대폭 세금을 올리게 될 테니 절대 모라타에 오지 마세요.

"이제 되었겠지."

애타는 마음을 담아서 작성한 글이었지만 금세 악성 댓글들이 달렸다.

> ㄴ 이런 식으로 남들은 하지 말라고 하고, 본인만 모라타에서 쾌적하게 사냥하려고?
> ㄴ 이 글 쓴 인간, 틀림없이 엄청난 세금을 물리는 중앙 대륙의 영주일 겁니다.
> ㄴ 영주는 무슨! 작은 마을의 촌장이나 되겠죠!
> ㄴ 완전 초보자 물 먹이려고 작정한 듯. 〈로열 로드〉를 조금만 아는 사람이라면 모라타가 초보자들에게 얼마나 유리한 시작 지점인지 알 텐데 말입니다.
> ㄴ 제가 말해 드릴까요? 널린 조각품들, 사냥터, 고레벨 유저들, 누구도 받지 못한 퀘스트! 모라타야말로 희망이고 천국입니다!
> ㄴ 꺼져!

"크흑."

강진철은 벌렁거리는 가슴을 부여잡았다.

실시간으로 도배되는 악성 댓글들을 보면서 상처를 받을 수밖에 없었다.

그런데 매우 신기한 일들이 벌어지는 중이었다.

강진철 말고 다른 이들도, 모라타에서 시작하거나 혹은 모라타로 오는 것을 만류하는 글을 가끔씩 올리는 것이었다. 위드에 대해서 조금이라도 알고 있지 않다면 올리지 못할 글들!

하지만 그런 글들은 나오기가 무섭게 악성 댓글들에 밀려 버렸다.

비난에 질려 스스로 삭제해 버리거나, 글쓴이만 나쁜 사람으로 매도되는 것이다.

"아아."

강진철은 눈치챘다.

그뿐만이 아니라 페일과 메이런 등, 양심이 남아 있는 사람들도 나섰지만 대세를 거스를 수 없었다.

도저히 흐름을 뒤바꾸진 못했다.

모라타로 달려드는 유저들의 행렬!

거대한 악이 정의를 이기고 있었다.

세상은 악념이 지배하는 것이다.

그리고 그 악독함의 정점에 서 있는 위드!

드워프 왕국

"…수업은 이것으로 마치겠습니다."

교수가 인사를 하고 나가자, 강의실에는 맥이 풀린 학생들만 남았다.

"휴우."

"겨우 끝났네."

가상현실 기술에 대한 쪽지 시험이 있는 날이었다. 일주일 전부터 시험공부에 시달린 학생들이 책상 위에 엎어졌다.

이현은 지친 기색 하나 없이 멀쩡한 표정이었다. 그리고 남들이 알면 경악할 만한 생각을 했다.

'기초적인 내용들이라 참 편하군.'

예전에 독학으로 깨쳤던 내용들을 다시 배우려고 하니 학비가 아까워질 지경이다.

죽기 살기로 가상현실의 원리와 발전 가능성, 현실에서의 운동신경 반영에 대해 공부했다. 그 밑천이 남아 있어서 벼락치기를 하지 않고도 답안을 쉽게 적어 낸 것이다.

이미 베르사 대륙의 수많은 역사와 영웅, 마을의 위치, 아이템, 마법과 기술 등을 외웠는데, 이에 비하면 쪽지 시험은 눈 감고도 쓸 수 있을 수준.

"시험도 끝났는데 우리 〈로열 로드〉나 하러 갈래?"

민소라가 놀고 싶었는지 먼저 제안을 했다.

최상준도 기껍게 받아들였다.

"캡슐방에 가자는 생각이면 난 찬성이야. 단골 캡슐방이 있는데, 그곳으로 갈까?"

〈로열 로드〉를 할 수 있는 캡슐방이 대중적으로 퍼져 있다. 대학가에도 많이 있으니 그곳에서 시간을 보내자는 이야기.

이유정이 말했다.

"그보다 우리 '모험과 가상현실' 수업 과제도 해야 되잖아."

"윽! 시험이 끝났다고 좋아했더니 과제가 남아 있었구나."

〈로열 로드〉 내에서 실제 던전을 탐험하라는 과제였다.

7명씩 팀을 이루어서 하는 탐험의 기한은 2개월!

중간시험을 대체하는 것으로, 학생들의 캐릭터들이 베르사 대륙의 각 지역에 흩어져 있을 테니 모이는 시간까지 넉넉하게 감안을 해 준 것이다.

이현은 C조였다.

"어쨌든 일단 캡슐방부터 가자. 나머지는 나중에 정하도록 하고."

최상준의 의견에 학교 친구들이 가방을 챙겨서 일어날 준비를 했다.

"난 바쁜 일이 있어서⋯⋯."

이현은 그 자리를 빠지려고 했지만, 민소라가 잡고 놓아주지를 않았다.

"오빠도 우리랑 같은 조잖아요. 그리고 한 번도 같이 캡슐방에 간 적이 없는데, 오늘은 꼭 같이 가요."

"맞아요. 같은 조라면 손발이 맞아야 편하죠. 오늘은 같이 캡슐방이라도 가요."

이현은 캡슐방이 지옥처럼 가기 싫었다.

비싼 〈로열 로드〉를 하면서 돈까지 내야 하는 장소!

집에서 얼마든 접속할 수 있는데 캡슐방에서 〈로열 로드〉를 하는 사람들이 이해가 안 되었다.

⚜

대학교 앞이라 쉬는 시간을 틈타서 놀러 온 학생들로 캡슐방은 북적이고 있었다.

"자리 주세요. 7명이에요."

"오늘도 오셨네요. 〈로열 로드〉 하실 거죠?"

카운터의 아르바이트생이 묻자, 최상준은 가볍게 고개를 끄덕였다.

"예. 제가 늘 쓰던 캡슐 자리 있죠?"

"지금 비어 있습니다. 그쪽으로 안내해 드릴까요?"

"예."

수업이 빌 때마다, 때로는 수업마저 땡땡이치고 〈로열 로드〉

에 빠져 있었다는 증거였다.

민소라의 눈이 가늘게 뜨였다.

'출석도 나쁘고, 이러니 만날 시험 점수가 엉망이지.'

친구들은 한심하다는 듯이 최상준을 보았지만, 이현의 생각은 달랐다.

'부럽다.'

단골 캡슐방!

캡슐방의 요금은 1시간에 5,000원이나 된다.

캡슐 자체의 가격이 너무나도 비쌌으므로 그 정도는 받아야 수지타산이 맞았다.

그런 캡슐방의 단골이 될 수 있다니, 용돈으로 얼마나 많은 돈을 써야 한단 말인가.

'역시 가진 놈들은 달라.'

두둑한 배짱과 포부에 감탄했다.

캡슐방에는 특별한 용도의 캡슐들이 있다. 캡슐방 내에 있는 메인 스크린으로 자신의 플레이 영상을 띄울 수 있는 것이다.

흑사자 길드의 최상준은 곧잘 자신의 영상들을 공개했고, 그 덕에 캡슐방에서 모르는 사람이 없을 정도였다.

"우오오오!"

"새로운 갑옷이다."

최상준이 접속하고, 그 영상이 화면에 나오자 감탄사들이 줄을 이었다.

"물의 정령 갑옷. 레벨 제한 280에 시세만 140만 원이 넘는 물건이라니……."

일반적으로 상위 유저들이 많이 착용하는 갑옷이라 알아보는 사람들도 많았다.

이유정과 민소라도 잠시 부러운 눈길을 보냈다.

'상준이가 있으니 던전 탐험 과제는 쉽게 해결할 수 있겠지.'

'다행이다. 우리는 느긋하게 준비해도 될 것 같아.'

이유정은 레벨 200대의 검사였지만, 민소라는 전투에 별로 도움이 안 되는 인챈터인 탓에 불안했다. 대신에 든든한 최상준을 보면서 안도한 것이다.

이현에게도 아르바이트생이 다가왔다.

"〈로열 로드〉 하실 거죠?"

이현은 잠시 고민하다가 고개를 끄덕였다.

"예. 캡슐로 안내해 주세요."

돈이 나가는 것은 아깝지만, 여기까지 와서 돌아가는 것도 미련한 짓. 돈이야 쓰는 이상으로 벌면 되니 〈로열 로드〉를 하기로 한 것이다.

이유정과 민소라도 바로 옆의 캡슐이었다.

"그럼 오빠, 나중에 봐요."

"즐거운 〈로열 로드〉 하세요."

캡슐방에 온 이상 시간이 돈!

이현은 가볍게 고개를 끄덕여 준 후에 캡슐로 들어갔다.

위드가 접속했을 때에 모라타는 정신이 하나도 없었다.

초보자들로 이루어진 대규모의 무리가 사냥 파티를 구하고 퀘스트를 하기 위해 뭉치는 중이었다.

"레벨 1, 무직들 모입시다."

누군가 손을 들면, 그곳으로 십수 명이 우르르 쏠린다.

"토끼 잡으실 분!"

이번엔 초보자들이 100명도 넘게 모였다.

남녀노소 가릴 것이 없었다.

향후 상인을 꿈꾸는 듯, 전사의 복장을 하고 있지 않은 이들도 뭉쳐서 당당히 성문을 넘었다.

"야영을 하기 위해서는 모닥불을 피워야 될 텐데… 부싯돌이 있는 분?"

"우리의 전력이면 늑대도 잡을 수 있을 겁니다."

초보자들이라고 해도 모이니 무시무시하다.

100명이 넘는 초보자 패거리!

하나도 아니고 10개가 넘는 파티를 구성한 초보자들이 신바람을 내며 마을 앞에서 사냥을 한다.

위드가 영주로서 내정을 시작한 지도 현실의 시간으로 어느덧 일주일이 넘게 지났다.

바로 드워프 왕국을 향해 떠날 작정이었지만, 그동안 병사들을 훈련시키느라 조금 늦었던 것이다.

"벤, 스탐, 유프레."

"넷, 영주님!"

병사들이 절도 있게 위드를 향해 경례를 올린다.

"너희가 다른 병사들을 잘 이끌어야 한다."

"알겠습니다, 영주님!"

"영주님의 명령을 따르겠습니다."

병사들의 눈빛은 굳건했고, 신뢰감을 줄 수 있을 정도였다.

위드는 베르사 대륙의 시간으로 4주일간, 이 병사들과 함께 사냥을 다녔다.

사냥이라고 해도 변변한 것은 아니었다. 마을 앞에서 여우나 토끼 들을 잡다가 늑대를 잡고, 나중에는 쉬운 던전들을 함께 다닌 정도에 불과했다.

코볼트, 로그, 사자, 스켈레톤, 구울 들이 있는 기본적인 던전. 그곳에서 위드는 절대적인 지휘 능력을 발휘했다.

"선량한 주민들을 위하여 일단 검을 뽑고 난 후에는 망설이지 마라."

"넷!"

"달려라. 육체를 쉬게 만들지 마! 몬스터들을 많이 사냥해야 마을이 안전해질 수 있음을 명심해야 된다."

위드는 쉬지 않는 사냥으로 병사들을 이끌고 다녔다.

과거처럼 붕대를 감아 주고 요리를 해다 바치면서 병사들의 신뢰를 얻는 방법을 쓸 필요는 없다.

"코볼트는 이렇게 베어 버리는 것이다."

위드가 조각 검술을 사용해 날카롭게 허리를 베어 버렸을 때, 코볼트는 그대로 회색빛으로 변했다.

레벨 300이 넘으면서 하는 힘자랑!

"우와!"

"과연 영주님이시다!"

"저만하면 기사 중의 기사라고 할 만하지."

현실적으로 막 징집된 병사들의 레벨은 10밖에 안 되었다.

병사들의 성향 자체가 영주에게 충성하고 강한 무력을 존경하였으니, 신뢰를 얻는 데에는 충분하다고 할 수 있다.

"무기가 상한 것 같군. 검 관리를 그렇게밖에 못하나?"

위드가 한마디씩 던지자, 병사들은 죄스러운 표정으로 고개를 숙였다.

"죄송합니다."

"이리 줘 봐라."

그렇게 가끔 검을 한 번씩 수리해 주고, 죽기 직전의 병사들에게만 붕대를 넉넉하게 감아 주었다.

그러자 병사들의 눈빛이 바뀌었다.

초롱초롱!

'우리의 영주님은 못하는 게 없으시다.'

'마을의 치안을 지키기 위해 병사가 된 것은 훌륭한 판단이었어.'

충성심이 금세 100까지 오른다.

벤, 스탐, 유프레는 성장이 빠른 편으로, 첫 주에 레벨이 30대가 되어 십부장의 자리에 올랐다.

위드의 쾌속 사냥 방법.

이동하는 경로도 단축시키고, 휴식 시간도 줄였다.

창병, 검병, 방패병, 궁수 들의 조합을 이용해 사냥 속도까지 단축시킴으로써 이룬 결과였다.

두 번째 주.

위드는 병사들을 이끌고 던전의 더욱 깊은 곳까지 들어갔다.

밤에 야영을 할 때도 몰려드는 몬스터들.

그래 봐야 위드에게는 식후의 간식거리도 되지 않았지만, 병사들은 살기 위해 필사적이었다.

"막앗!"

"스켈레톤이 너무 세다."

"지금까지 우리가 싸워 본 몬스터와는 차원이 전혀 다른 놈들이야!"

병사들이 외치는 소리를 들으면서 위드는 유유자적 재봉을 했다. 마판이 가져다준 천을 이어 옷을 만드는 부업을 하는 것이었다.

그럼에도 신경은 병사들로부터 완전히 거두지 않아, 위험한 순간에는 즉각 개입했다.

필요할 때는 검을 들고 뛰어들었지만, 그게 아니라면 지휘만 했다.

"검병, 창병, 후방으로. 휴식을 취하라. 방패병, 진형을 형성하고 적을 밀어낸다. 궁병, 은을 도금한 화살을 쏘아라!"

위드는 병사들 하나하나까지 신경을 써서 죽지 않게 애썼다. 싸우기 전에는 위험하기 짝이 없는 승부였지만 간신히 이겨 내도록 만들었다.

〈빛의 탑〉의 효과와 프레야 교단의 사제들의 축복까지 받아 평상시보다 훨씬 강해진 후의 사냥이라 성장이 더 빠르다.

"돌진! 쉴 틈이 없다. 싸워라. 적들을 다 죽인 이후에 1분간 쉰다."

위드는 사자후까지 써 가면서 병사들을 다그쳤다.

병사들이 강해질수록 훈련의 강도도 덩달아 높아졌다.

그런 식으로 4주가 지났을 때에는, 어디에 내놓아도 부족하지 않을 어엿한 병사들이 되었다.

벤과 스탐, 유프레는 레벨 60이 넘어, 전투에 대해서 이해하고 스스로 판단할 수 있게 되었다.

백부장으로 승격하게 된 것이다.

"모라타를 지키기 위해서는 더 많은 병사들이 필요하다. 앞으로 너희가 병사들의 모범이 되어 주길 바란다."

"넷!"

4주간의 훈련이 끝나고 나서 위드는 일장 연설을 했다.

군기가 바짝 든 병사들. 혹독한 지옥 훈련을 거치고 나니 전투를 조금쯤은 할 줄 알게 된 병사들이다.

덤으로 얻은 효과도 있었다.

숙련된 교관의 권위
모라타 영주 위드로부터 직접 훈련받은 병사들은 그의 위엄과 지도력에 무조건적인 충성을 바치게 된다. 통솔의 효과가 영구적으로 3% 오른다.

"동료들의 목숨을 소중히 여겨라. 동료들이 있기에 너희가 그리고 마을이 안전한 것이다."

"넷! 영주님의 말씀을 따르겠습니다."

위드는 그 후로 1,000명의 병사들을 추가로 뽑도록 지시했다. 모라타의 면적이 워낙 넓으니 더 많은 병사들을 필요로 했던 것이다.

상업에만 적극적으로 투자하면서 빠르게 경제를 발전시켰지만, 이제 군사력에도 투자할 때가 되었다.

모라타의 영토가 로자임 왕국의 절반 정도는 되었으니 병사들이 많아야 했다.

치안을 유지시키는 것도 영주의 중요한 업무 중 하나다.

기술을 개발하고 주택을 늘리고, 농작물과 산업 생산량을 증대시키기 위한 과감한 투자들이 조금 줄어들게 된다.

그래도 세금은 날로 늘어날 테고, 그러다 보면 나중에 세율을 조정해서 한꺼번에 착취를 하는 악덕 영주의 꿈이 가까워져 가는 것이다.

위드는 지난 4주간 모라타에서 있었던 추억을 뒤로한 채 마을에서 멀리 떨어진 언덕으로 이동했다.

"와일아, 와둘아, 와삼아!"

그가 조각을 해서 생명을 불어넣은 와이번들을 부르는 것이었다.

저 멀리 모라타의 산들 너머로 6개의 점들이 생겨났다. 그 점들은 거대한 날개를 펼치고 빠른 속도로 다가왔다. 와일이의 등에는 금빛으로 번쩍거리는 금인이도 타고 있었다.

위드는 그들의 위풍당당한 자태를 보며 감격했다.

"모두 무사했구나!"

금고에 넣어 둔 돈이 멀쩡한 것을 보며 안도하는 모습!

와이번들은 지상에 내려서자마자 뒤뚱거리며 다가와 친근하게 몸을 비볐다.

"주인, 반갑다."

"너무너무 보고 싶었다."

토둠에 있는 동안 위드의 통솔력과 카리스마는 큰 성장을 하지 않았다.

하지만 와이번들에게는 부모와도 같은 존재!

생명을 부여한 부모와 다름이 없다 보니 친근감을 표시하는 것이다.

"그런데 너희 다… 살이 좀 찐 것 같다."

꺄룩?

와이번들이 두 눈을 깜빡이며 고개를 갸우뚱했다.

무슨 말을 하는 건지 영문을 알 수 없다는 태도.

실제로 한때는 날기도 힘들 정도로 살이 찌고 게을러졌었다. 지상에서 주로 활동하면서 먹잇감을 사냥했다.

그러다 북부의 추위가 물러가면서 몬스터들이 대규모로 활동하게 되자, 와이번들도 위기의식을 느꼈다.

'먹잇감들이 만만치 않다.'

'여기서 살아남아야 해.'

와이번들은 본래의 성향대로 하늘로 날아올랐다.

본연의 특기인 공중전을 펼치고, 금인이는 화살을 쏘았다.

북부의 몬스터들이 강해지면서부터, 그들도 자신들의 영역을 지키기 위하여 싸웠다.

모라타 일대의 영역!

매일 몬스터들을 사냥하면서 살아온 것이다.

최초로 생명을 부여받을 때는 323 정도의 레벨을 갖고 태어났다.

불사의 군단과의 전투, 북부 원정, 본 드래곤과의 전투!

위드가 경험한 대부분의 전투들을 함께하면서 레벨도 360대가 되도록 성장했다.

날개에는 윤기가 흐르고, 등은 넓적하게 벌어졌다. 몸은 상처투성이였지만 늠름하기 짝이 없었다.

"뭐, 그래도 심하게 찐 편은 아니로군. 내가 없는 동안 많이 힘들었겠구나."

위드는 와이번들의 몸에 새겨진 상처들에 오래된 중고 붕대를 정성스럽게 감아 주었다.

꺅꺅꺅!

와이번들이 경망스럽게 고맙다고 몸을 비벼 댔다.

북부의 추위를 참아 내기 위해 늑대 가죽으로 만들어 주었던 옷들은 누더기가 되어 버렸다.

하지만 다른 비행 몬스터들이 아무런 방어구를 걸치지 않은 것에 비해서, 늑대 가죽 옷이라도 걸친 효과는 상당했다. 규모가 다른 공중 몬스터들과의 영역 싸움에서 승리를 거머쥘 수 있도록 상당한 도움을 주었다.

위드는 늑대 가죽들을 수거하면서 유통기한이 상당히 지난 말고기도 던져 줬다.

"정말 고생이 많았구나. 많이 먹어라."

위드의 귀환을 반가워하던 와이번들로서는 환희의 극치!

돌아오자마자 구박하고 때릴 줄 알았는데, 너무나도 잘해 주는 것이다.

'주인도 이제는 인간 됐구나.'

'알고 보니 그렇게 막돼먹은 주인은 아니었어.'

와이번들의 친밀도가 대폭 상승했음이 느껴졌다.

와삼이는 뒤돌아서서 등을 내밀었다.

"주인, 혹시 타고 싶다면 내 등에 타라. 어디 가 보고 싶은 곳은 없나?"

"갈 곳이 있었는데 마침 잘됐군."

위드가 냉큼 와삼이의 등에 올라탔다.

"목표는 남쪽. 이제 즐거운 여행 시간이다!"

와이번들이 날갯짓을 할 때마다 위드는 하늘로 높이 올라갔다. 해가 저물고 난 뒤의 하늘. 별들이 빛을 뿌리는 밤하늘을 난다.

쿠르릉, 콰과광! 쾅쾅!

먹구름이 잔뜩 끼어 있는 지역에서는 뇌성벽력과 함께 비가 떨어지기도 했다.

차가운 빗방울들이 위드와 와이번들의 몸을 흠뻑 적셨다.

그 빗방울들은 하염없이 아래로 향해서, 불을 밝히고 있는 이름 모를 마을과 성으로 떨어진다.

무성한 잡초들이 바람에 몸을 누이고, 빗물이 강물 위로 떨어져 파문을 일으킨다.

불어난 강물이 이리저리 범람하는 장소에는 낚시꾼들이 있었다.

전사나 사냥꾼 파티, 모험가 들이 넓은 평원에서 바쁘게 뛰어다니는 것도 보였다.

한 땀, 한 땀.

위드는 와이번의 등에 앉아 바느질을 했다.

찢어진 늑대 가죽을 재활용하여 와이번들의 누더기 옷을 새로 만들어 주기 위함이었다.

대자연의 장관 속에서, 멋진 풍경에서 노가다를 할 때의 낭만! 위드만이 이해할 수 있는 감정이었다.

'조급하게 서두르지 않고 차근차근 노가다를 하며 개수를 채워 나갈 때의 기쁨! 10대에 인형 눈알을 붙이면서 깨달은 즐거움이지. 이렇게 높은 하늘에서는 가슴이 뻥 뚫린 것처럼 느껴지는군. 이럴 때의 노가다란, 정말 시간 가는 줄을 모르겠다니까.'

천부적으로 타고난 기질이 후천적으로 완성되어, 이제는 노가다를 만끽하고 즐기는 단계!

"저곳이 무바인 성이로군."

위드가 와이번의 등에서 벌떡 일어났다.

지상에, 뾰족한 첨탑 아래 엄청난 성벽을 가진 성이 나타난 것이다.

영주 크레센드가 이끄는 블랙서펜트 길드가 차지하고 있는 성! 한 왕국의 수도는 아니지만 엄청나게 많은 유저들이 모여 있는 대도시였다.

유저들의 숫자로는 로자임 왕국의 세라보그 성도 비할 바가 아니며, 소므렌 자유도시 정도만이 무바인 성과 비견되리라.

"주인, 저곳이 목적지인가?"

와삼이가 힘들게 날개를 파닥거리면서 물었다.

위드는 고개를 저었다.

"아냐. 우리의 목적지는 조금 더 가야 돼."

"알았다, 주인."

와삼이는 날갯짓을 계속했다.

무바인 성도 지나치고, 그다음에도 마을과 성 들이 여러 개가 나타났다. 하지만 위드는 목적지이니 내려가자는 말을 하지 않았다.

'조각술의 비밀이야. 프레야 여신의 신탁을 따라서 가 보려면, 인간들의 마을에서 시간을 보내지 말고 바로 그곳으로 가는 편이 맞겠지.'

공연히 헛수고를 하고 싶은 생각은 없으니 처음부터 제대로 된 곳을 가 볼 작정이었다.

그렇게 3시간 정도를 더 날았다.

무바인 성을 지나치고 5시간쯤 흐른 뒤였다.

"히, 힘들다, 주인. 대체 언제 도착하는가."

"조금만 참아."

"어, 얼마나 남았는지라도……."

"거의 다 왔어."

와삼이는 죽을힘을 다해 날갯짓을 했다.

날개 끝이 부르르 떨리는 것이, 탈진이 얼마 남지 않았음을 알려 주고 있었다.

최초로 날개에서 힘이 빠져 추락사한 와이번이 될 수도 있으리라.

2시간이 더 흐르고 나자 결국 와삼이가 애원했다.

"주인, 쉬었다 가자!"

"앞으로 금방이야."

1시간 정도가 더 지났다.

"내, 내가 정말 지쳐서… 다른 형제에게 갈아타면 안 될까, 주인?"

다른 와이번들은 멀찌감치 떨어져서 날고 있었다. 와삼이가 지쳐 갈 무렵부터, 이런 상황을 미리 염두에 두고 거리를 둔 것이다.

와이번들의 지능도 이런 쪽에서는 상당히 뛰어났다.

말이나 와이번이나, 순간 가속력이 대단히 빠른 편에 속하지만 지구력은 그리 좋지 못하다. 그런데 전력에 가까이 날면서 위드를 계속 태우고 있으니 매우 힘겨워하는 것이다.

하지만 위드가 와이번의 사정을 알아 줄 리 만무했다.

"귀찮아. 조금만 더 가면 도착하는데 왜 번거롭게 그런 짓을 왜 해?"

오만 정이 다 떨어져 나가는 말투!

위드가 부모와 같은 존재만 아니었더라면 진작 배신했을 것이다.

아이들이 어긋나는 데에는 다 이유가 있었던 것!

그럼에도 와삼이는 조금 더 참기로 하고 얌전하게 다시 한번 물었다.

"주인, 얼마나 남았나?"

"이제 조금만 더 가면 돼."

"……."

위드의 무관심한 말은 잔인했다.

조금만 더 가면 된다는 것은 무바인 성의 상공에 있을 무렵부터 했던 말이 아닌가.

그로부터 4시간을 더 날았다.

지상에는 산과 산맥 들이 어마어마하게 많았다.

울창한 숲과 나무들도 많고, 산 중턱에는 갱도들이 뚫려 있고 드워프들이 오가는 것도 어렵지 않게 보였다.

하늘에서 내려다보는 푸른 산의 경치도 절경이라고 할 수 있었지만, 와삼이의 눈알은 노랗게 변한 뒤였다.

그제야 위드가 태연하게 말했다.

"음, 이제 2시간만 더 가면 되겠군."

"……."

⁂

다른 왕국이 큰 강이나 평야를 끼고 있는 것과는 달리, 특이하게도 토르 왕국은 3개의 산맥에 걸쳐 있다.

노른 산맥, 울타 산맥, 사이고른 산맥.

600년간 드워프들에 의해 성장한 왕국이었다.

그들이 지배하는 왕국의 특산품은 대단했다.

금, 은, 백금, 호박, 사파이어, 비취, 다이아몬드, 공작석, 장미수정, 자수정, 루비, 오팔 등 셀 수 없이 많은 보석들. 철, 구리, 청동을 비롯하여 미스릴 등의 광물들.

그리고 이 모든 것들을 드워프들이 제련하고 세공하여 만드는 물품들이 토르의 특산품이다.

드워프들의 손재주는 타고난 바가 있고, 풍부한 금속류들로 인하여 무기와 방어구를 만드는 대장장이들이 많다. 그렇게 드워프들이 만들어 낸 물품들은 어디에서도 비싼 가격에 팔 수 있는 것은 물론이고, 추가적인 교역 경험치까지 준다.

그런 이유로 상인들은 토르 왕국에 끊이지 않고 방문하고 있었다.

하지만 토르 왕국의 드워프들은 조금도 행복을 느끼지 못했다. 그들만이 가지고 있는 고민거리 탓이다.

드워프 아트핸드

　토르 왕국의 어느 야산에 와이번을 타고 내려서는 사내가 있었다.

　그의 정체는 다름 아닌 위드!

　위드는 와이번들을 하늘로 올려 보내고 난 후에 조각칼을 들었다.

　"좀 작은 바위를 찾아야겠군."

　오크 카리취를 조각할 때에는 크기가 커야 했지만, 이번엔 그럴 필요가 없다.

　그런데 근처에서는 마땅한 바위를 구하기 어려웠다.

　무성하게 자란 수풀과 울창한 나무들로 인하여 바위들이 깊이 파묻혀 드러나지 않은 산이었다.

　"그냥 나무로 해야겠어."

　위드는 나무의 윗부분과 가지들을 쳐 내어 통나무로 만들었다. 조각술을 펼치기 위한 재료를 준비한 것이다.

그런 후부터는 세밀하게 조각칼을 움직였다.

먼저 전체적인 구도를 만들기 위하여 머리와 몸통, 다리의 비율부터 정했다.

"지금보다 30% 정도씩 작게 만들면 되겠지."

위드는 허리를 굽히고 쪼그려 앉은 채로 작업을 해야 했다.

굵고 통통한 무다리를 조각하고, 허리가 없이 엉덩이에서 가슴까지 일자로 올라오는 몸매로 만들었다.

"통나무가 얇은 감이 있는데……."

근처에서 가장 굵은 나무를 재료로 했음에도 약간은 모자란 감이 있다.

위드는 어쩔 수 없이 두 손을 들고 벌을 받고 있는 형상으로 조각해야 했다. 팔도 짧고 굵게 만들고, 나머지 부위는 머리를 조각하기로 했다.

"드워프. 드워프의 특성을 살려야지."

고집스럽고, 굴복할 줄 모르는 드워프.

몬스터와의 싸움에서는 물러서지 않는 호쾌함을 가지고 있어서, 직업으로는 주로 전사나 워리어를 택한다.

종족의 특성상 힘이 센 편이라, 체구는 작아도 무시하지 못할 수준이다.

동시에 타고난 손재주를 가진 장인들이며, 투박한 손에서 빚어내는 작품들은 아름답기 짝이 없다.

드워프들은 대인 관계가 그렇게 원만한 편은 아니다.

평생을 하나의 목표에 매진하는 경우도 많기에 자신들의 작업실에서 잘 나오지 않는 편.

그래서 굉장한 작품들을 만들 수 있지만, 다른 종족들과는 잘 어울리지 못했다.

양질의 광석이나 보석, 미스릴 등을 유별나게 밝히고, 장비나 재료 들에 대한 욕심이 유별난 종족이다.

불과 쇳물을 사랑하고 꾸밈이 없는 순수한 종족.

위드는 땅딸막한 드워프의 형상을 조각했다.

고집스러운 입매와 축 처진 눈은 여지없이 상대방을 깔보고 있다.

가슴까지 내려오는 수염은 풍성하고 길었다.

한 가닥, 한 가닥이 살아 있는 것처럼 보이는 수염.

조각술이 경지에 오르지 않았다면 할 수 없을 만한 세밀한 묘사였다.

여기에 짧고 굵은 팔과 다리.

위드는 스스로 만든 조각품을 보며 만족했다.

"이 정도면 꽤 괜찮은 드워프가 아닐까?"

오크 카리취를 만들었을 때처럼 적어도 한밤에 쳐다보기 무서울 정도는 아니다.

"이 정도면 나쁘지 않겠지. 조각 변신술!"

> 조각 변신술을 사용합니다.
> 조각술에 대한 무한한 애정은, 그 조각품과 조각사를 서로 닮게 만듭니다!

조각술의 비기를 사용함에 따라 위드의 몸이 변했다.

키가 작아지고, 다리가 두꺼워졌다. 몸통이 가늘어지고 팔은 두툼해졌다. 머리가 커지고 수염이 길게 자랐다. 눈가의 거친 주름들은 나이를 알 수 없게 만들었다.

> 몸의 형태가 작아지면서 현재 착용하고 있는 장비들의 상당수를 쓸 수 없게
> 되었습니다. 판금 갑옷이나 중갑옷을 입을 수 있습니다. 종족이나 형태에 따
> 라 필요한 장비를 새로 구하십시오.
> 조각 변신술의 영향으로 인내력과 힘, 행운이 소폭 증가합니다. 손재주 스킬
> 의 효과가 5% 늘어납니다. 예술이 대폭 상승합니다. 조각 변신술이 풀릴 때
> 까지 유효합니다.

"커허허험!"

위드는 드워프답게 길게 헛기침을 해 보았다. 그리고 목표로
한 드워프 마을이 있는 방향으로 걷기 시작했다.

다리가 짧은 드워프인 탓에 무게중심을 잡기는 매우 쉬웠지
만, 걸을 때마다 이동하는 거리는 한숨이 나올 지경이었다.

위드는 그럼에도 부지런히 걸음을 옮기면서 생각에 잠겼다.

"드워프 이름은 뭐로 하지?"

머릿속에 여러 이름들이 스쳐 지나갔다.

오크 카리취처럼 강렬한 인상을 남기는 이름이 필요했다.

"아트핸드. 그래, 섬세한 예술의 세계를 표현할 수 있는 이름
일 거야."

이현이 캡슐에서 나왔을 때, 학교 친구들은 휴게실에서 음료
수를 마시며 방송을 보고 있었다.

〈베르사 대륙의 영웅들〉.

CTS미디어에서 만든 정보 프로그램이었다.

새로운 소식들을 신속하게 알려 주고, 성이나 마을 들의 초보들을 위한 정보 소개, 심도 있는 분석을 위주로 내용이 구성되었다.

진행자가 개그맨 출신으로 재치와 유머까지 있어서, 상당한 시청률을 올리기도 했다.

"오빠, 끝났어요?"

민소라가 친근하게 묻자, 이현은 고개를 끄덕였다.

"그래."

"사냥은 많이 하셨어요?"

"아니. 어딜 좀 가느라 사냥은 전혀 못 했어."

"어디로 갔는데요?"

최상준이 갑자기 호기심이 동한 듯이 물었다.

"토르 왕국."

"토르 왕국이라면… 그, 드워프 왕국요?"

최상준은 조금 놀라서 반문했다.

다른 학교 친구들 또한 무척 궁금한 듯 저마다 떠들어 댔다.

"드워프 왕국은 저도 꼭 가 보고 싶었는데."

"토르 왕국은 어떤 모습이에요?"

하지만 이현은 딱히 대답해 줄 게 없었다.

"나도 이제 토르 왕국 근처에 도착했을 뿐이라서, 마을에는 아직 들어가 보지 못했어."

"아, 그러시구나."

이유정이 고개를 끄덕였다.

베르사 대륙이 워낙 넓다 보니, 왕국 간의 이동을 위해서는 하루나 이틀로는 턱도 없을 정도였다. 말이나 마차를 타더라도 산을 넘어야 하고, 구불구불한 길을 가다 보면 상당한 시간이 걸린다.

그러므로 아직 토르 왕국의 안에 들어가진 못한 것으로 알고 넘어간 것이다.

박순조가 걱정스러운 듯이 말했다.

"토르 왕국에는 저도 가 본 적이 있습니다. 그런데 형, 직업이 상인이었던가요?"

"왜?"

"전투 계열 직업들은 토르 왕국에 잘 안 가요. 마법이나 정령 계열도 그렇고요. 드워프들의 텃세가 심한 편이거든요. 그래도 상인이라면 토르 왕국의 물건들을 가져다가 팔면 이득이 크게 남으니까 괜찮을 거예요."

이현은 잠시 머뭇거리다가 대답했다.

"난 조각사인데."

"……."

"……."

직업만 알려 주면, 그 즉시 사람들의 입을 다물게 하는 효과가 있었다.

덧붙여 측은하고 불쌍하다는 눈빛까지!

다들 그러고 보니 처음 만나 이야기할 때 조각사라는 말을 들은 것도 같았다.

민소라가 애써 용기를 주려는 듯이 말했다.

"기운 내세요. 그래도 요즘 조각사 중에 유명한 사람도 있잖아요. 아마 오빠도 들어 보셨을 거예요, 위드라고."

"……."

"어, 못 들어 보셨어요? 진짜 굉장한 조각품들을 많이 남기고, 뱀파이어의 세계도 여행한 유저라고 해요."

그러자 이유정이 웃으며 말했다.

"소라야, 그 위드는 조각을 위해 타고난 사람이라잖아. 생의 혼을 불태워서 예술을 펴트리려는 사람이라던데. 그래서 〈로열 로드〉에서도 굳이 조각사를 택한 것 아니겠어? 그 사람은 한 지방의 영주이기도 하고. 아무튼 그런 사람과 비교하는 게 오빠한테는 더 실례일 거야."

"크흠."

이현은 괜히 헛기침을 했다.

상대들이 그렇게까지 이야기를 하니 당사자라고 밝히기가 민망하다.

위드로서 뱀파이어 땅을 탐험한 것은 방송에도 나왔지만, 이현은 얼굴이나 장비들을 약간씩 다르게 해서 알아보기 어렵게 만들었다.

다크 게이머의 정체 그리고 혹시라도 전신 위드와의 연관성을 찾아내 버린다면 수많은 도전자들로 인해 그 후의 모험은 거의 불가능해질 가능성이 컸기 때문이다.

최상준이 간단히 말했다.

"조각사면 토르 왕국에 가서 할 게 많겠네요. 광물도 많을 거고 그럭저럭 의뢰들도 있을 테니, 열심히 해 보세요."

던전 탐험에는 그리 도움이 안 될 것 같지만, 은연중에 경계하고 있던 이현이 조각사라니 마음을 놓은 최상준이었다.

'던전 탐험은 내가 이끌면 되겠군.'

최상준이 그렇게 흐뭇하게 웃고 있을 때, 광고가 끝나고 〈베르사 대륙의 영웅들〉이 이어졌다.

이현은 별로 관심이 없었지만, 자신과 관련이 있는 내용이 나오니 저절로 방송을 보게 되었다.

—대진 씨, 북부의 변화에 대해서 이야기해 보려면 모라타를 빼놓을 수 없잖아요.

—네. 유담비 씨가 정확하게 짚어 주셨습니다. 눈이 녹은 이후로 많은 모험가들이 북부로 향했습니다만, 아직은 시기상조라는 의견이 대다수였습니다. 알려지지 않은 땅에 정착하기란 매우 어려운 까닭입니다.

—몬스터들의 활동이 활발해지면서 북부는 더욱 위험한 지역이 되었다고 들었어요.

—바로 그렇습니다. 그런데 모라타에 사람들이 모이고 급속도로 발전을 하게 되면서 어느 정도 정착할 수 있는 기반이 조성되었습니다. 필드의 몬스터들도 언젠가는 토벌될 것이고, 점점 사람들이 늘어나면 북부에도 전면적인 개발의 시대가 올 것으로 예상됩니다.

—네. 1부에서는 북부와 모라타에 대한 이야기를 나누어 보았습니다. 그럼 2부에서는 어떤 내용을 다루게 되나요?

방송의 1부에서는 북부에 대한 정보들을 알려 주었다.

모라타를 중점으로 이야기해 주고, 유저들의 동향이나 사냥터들을 소개하는 자리였다.

이현은 이를 긍정적으로 생각했다.

'좋은 말들을 많이 했어야 할 텐데. 방송을 통해서 더 많은 사람들이 북부로 오면 내 수입도 더 늘어나겠지.'

시청자들이 모라타로 와서 돈을 쓰면 그만큼 이현의 수입이 늘어나는 셈이었다.

—그럼 2부에서는 갓 들어온 따끈따끈한 뉴스들을 시청자 여러분께 안내해 드리겠습니다. 대진 씨!

—네, 담비 씨.

—전신 위드의 새로운 모험이 공개되어서 게시판이 뜨겁게 달궈지고 있다는데요.

—최근 역사적인 팔랑카 전투에서의 대기록이 명예의 전당에 올랐습니다. 간추린 명장면들을 직접 보시죠.

방송의 화면은 다시 바뀌어서 위드가 해골의 모습으로 등장했다.

온통 적들이 아우성을 치는 전장에서 공주의 의뢰를 받아들이는 모습과 백마를 타고 질주하는 모습 등이 편집된 장면으로 나왔다.

"어쩜……."

"가슴이 너무 두근거려."

민소라와 이유정은 두 손을 꼭 움켜쥐더니 방송 화면에서 눈을 돌릴 줄을 몰랐다.

이현이 보기에도 제법 멋들어진 장면들이었다.

KMC미디어에서 최초로 방송된 팔랑카 전투는, 금주의 시청률 1위에 올랐다. 닷새 후 명예의 전당에 팔랑카 전투의 원본 동영상을 올렸을 때에도 조회 수 1위, 추천 수 1위, 댓글 수까지 1위를 했다.

명실공히 최고의 인기였다. 그리고 이는 무성한 추측들을 양산했다.

─전신 위드가 올린 영상을 보면 알 수 없는 점들이 참 많은데요, 그로 인해서 논쟁이 벌어졌다고 들었어요.

─배경이 되는 장소가 팔랑카 전투라는 것은 국가들의 상징물이나 병사들의 외침으로 미루어 보아 확실합니다. 하지만 어떻게 이런 전투에 뛰어들 수 있게 되었는지는 매우 의구심을 자아내고 있습니다.

─구체적으로 어떤 의구심일까요?

─퀘스트에 대한 것들이겠죠. 연계 퀘스트가 확실한 것으로 보이는 이 전투가 과연 끝일지, 아니면 그 후로 다시 이어질지에 대한 의문들이 굉장히 많이 남습니다.

KMC미디어는 팔랑카 전투 내에서 각 왕국 간의 역학 관계, 몬스터 무리의 우호도 조사, 그 외에 마법과 스킬 등에 대한 정보들을 방송에 내보냈다.

사전에 충분히 방송을 한 후에 이현에게 원본을 명예의 전당에 공개해도 좋다고 허락했다.

그러나 원본도 팔랑카 전투의 도입 부분에서부터였다.

중급 수련관을 통과해서 기사의 책을 꺼내 드는 부분까지는 삭제되어 있었다.

이 부분까지 공개된다면 〈로열 로드〉에 일대 파장이 일어날 것은 모두가 짐작할 수 있는 사실.

알려진 다른 탑의 소유권을 두고 일대 전쟁이 일어날 것이며, 모두가 수련관을 통과하기 위해 몰두하는 상황이 벌어질 수도 있었다.

모험은 스스로 빠져드는 자들의 것.

지나친 정보 공개로 인해 수련관마다 사람들이 줄을 지어 기다리는 상황은 〈로열 로드〉의 즐거움을 이어 나가기 위해서도 옳지 않았다.

아직 끝나지 않은 이현의 모험을 위해서도 비밀을 유지할 필요가 있었으니, 방송사에서도 비밀을 엄수한 것이다.

—전신 위드의 들쑥날쑥한 전투 능력에 대해서 역시 말이 많다고 들었어요.

—불사의 군단 전쟁. 그때에는 탁월한 지휘 능력을 보여 주었습니다. 오크와 다크 엘프 들을 원활하게 다루었죠. 큰 고함을 지르는 지휘 스킬과, 굉장히 높은 것으로 짐작되는 통솔력, 카리스마. 당시에는 아마도 성기사의 직업을 갖고 있지 않았을까 추측됩니다.

—통솔력이나 지휘 스킬들을 키우기 위해서는 기사들의 직업이 가장 좋으니까요.

—진혈의 뱀파이어들을 잡았을 때까지만 해도 프레야의 성기사로 소문이 나 있었으니까, 가능성이 높다고 봅니다. 허나 한참 뒤 본 드래곤과 싸울 때에는 네크로맨서 마법들을 사용했고, 놀라운 전투 능력도 보여 주었습니다.

—그런데 이번에는 네크로맨서 마법은 사용하지 않은 걸로 알아요.

—그 때문에 이 논란이 벌어지게 된 것이라고 봅니다. 어떤 이유에서 네크로맨서 마법을 사용할 수 없었거나, 혹은 일부러 사용하지 않았을 수도 있겠는데요.

—힘을… 일부러 공개하지 않았다는 건가요?

유담비가 눈을 크게 떴다.

대체 얼마나 호쾌하고 자신감이 넘치기에, 마법을 쓰지 않고 육박전만으로 싸운단 말인가.

이현이 네크로맨서 마법을 사용하지 못해 어찌나 아쉬워했는지를 알지 못하기에 지을 수 있는 표정이었다.

최대진은 그런 유담비의 표정이 너무 예뻐서 잠시 한눈을 팔다가 서둘러 말했다.

─흠흠, 그럴 가능성도 배제할 수는 없습니다. 그러나 그러기에는 너무 치열한 전장이었고…….

─그래도 전신 위드라면 일부러 마법을 사용하지 않았을 수도 있지 않을까요?"

유담비도 어쩔 수 없는 위드의 팬이었다.

〈로열 로드〉를 하면서, 그토록 흥분되고 가슴이 뜨거워지게 만드는 사람은 많지 않았다.

길드의 마스터들이나 랭커들. 그들은 방송에 나오면 스스로를 자랑하기 바빴다.

성주나 영주 들은 말할 것도 없었다.

길드원만이 아니라 NPC 병사들을 실질적으로 거느릴 수 있는 그들의 힘은 보통의 유저들을 훨씬 넘어선다. 간계와 매수, 비열한 협박, 중상모략 등을 일삼는 경우도 많고, 초보나 약한 유저들은 사람 취급도 안 하는 게 다반사였다.

좋은 영주들도 있지만, 베르사 대륙이 넓다 보니 그렇게 스스로를 내세우는 영주들이 훨씬 더 많았다.

그런 사람들만 주로 대하다가 모험가들을 보면 존경심과 부러움이 들었다.

보물이나 약속의 증표를 찾기 위하여 끊임없이 도전하는 사람들!

위드는 〈마법의 대륙〉 시절부터 전쟁의 신으로 유명했지만, 불가능하다고 알려졌던 퀘스트들도 참 많이 해결했다.

남들이 경험하지 못할 의뢰와 사냥을 하는 모험가의 상징과도 같은 존재인 것이다.

—현재로써는 짐작만 할 뿐입니다. 육체적인 전투 능력은 지난번보다 조금 더 탁월해진 것 같고, 경악을 금치 못할 반사 신경이나 순간 판단력, 과감성, 전투의 정확도 등은 여전합니다. 하늘에서도 균형감 있게 싸우는 모습들을 보면 현실에서도 무술인이 아닐지 의심스럽기도 하지요. 그런데 몇몇 유저들은 꽤나 신빙성 높은 의견을 제시하고 있습니다.

—어떤 의견일까요?

—특정한 조건이 갖추어졌을 때에 전신 위드가 몬스터, 그것도 언데드로 등장할 수 있다는 것인데요. 본 드래곤을 사냥할 때와 이번 팔랑카 전투의 모습이 외관상 큰 차이가 있었다는 점에서 설득력을 얻고 퍼지고 있습니다.

—저도 해골의 모습으로 돌아다니는 유저를 본 적은 없는 것 같아요.

—상식적으로 그럴 수가 없겠죠. 해골의 형태로 마을에 들어오거나 하면 금세 소문이 나거나 알려졌을 것입니다.

죽음을 거부할 수 있는 힘은 네크로맨서의 상위 전직, 블러드 네크로맨서의 직업 스킬이다.

네크로맨서가 된 사람들은 아직 별로 없고, 네크로맨서 자체가 마법사의 2차 전직이다. 즉, 3차 전직을 해야 블러드 네크로맨서가 될 수 있으니 아직까지는 각종 추측들만 무성했다.

이때쯤 이현은 슬슬 자리를 일어서려고 했다. 그런데 공교롭게도 남은 방송 내용도 그와 연관된 것이었다.

—이번에는 베르사 대륙에서 벌어지고 있는 칼라모르와 하벤 왕국 사이의 전쟁에 대한 소식이 되겠습니다. 파괴의 기사 콜드림. 그리고 그가 이끄는 무자비한 군대가 또다시 일을 저질렀다고 하죠?

—네. 칼라모르 왕국의 대진격에 속수무책으로 무너지고 있던 하벤 왕국은 이번에 시스타인 요새를 잃어버림으로써 막다른 골목에 몰리게 되었습니다.

—시스타인 요새 공방전. 어떻게 된 일인지 보고 싶은데요. 동영상이 준비가 되어 있을까요?

—방금 입수한 따끈따끈한 동영상이 당연히 준비되어 있습니다. 콜드림이 이끄는 칼라모르 군대의 위력과 기사들의 활약상이 나와 있는 동영상입니다. 시청자분들도 같이 보시죠.

방송의 화면은 시스타인 공방전으로 바뀌었다.

푸히히힝!

말들이 거친 숨을 내뱉으면서 내달린다.

—쳐라! 부숴라! 하벤 왕국의 주춧돌 하나도 남기지 말고 모조리 쓸어버려라!

—칼라모르 왕국의 영광을 위해!

—명예와 승리 그리고 폐하를 위해 검을 들자!

하늘은 금방이라도 굵은 빗줄기를 쏟아 낼 것처럼 회색빛이었다.

사다리와 밧줄이 걸리고, 칼라모르 왕국의 병사들이 시스타인 요새의 성벽을 장악했다.

발석기와 충차 들이 동원되어 성문을 두들기고, 후방에서는 궁수 부대와 마법사 부대까지 공격 마법을 퍼부었다.

시스타인 요새가 애처로워 보일 정도로 어마어마한 화력이 집중되었다. 벽돌 하나 남겨 놓지 않을 작정으로 공격을 퍼붓는 것 같았다.

―용기를 다해 싸우자!

―왕국의 미래를 위해서 여기서 죽자!

하벤 왕국의 병사들이 분전을 펼치고는 있었지만, 누가 봐도 이미 승산이 없는 싸움이었다.

잘 훈련된 칼라모르 왕국군은 점점 세력을 키워서 군세가 이미 15만에 이르렀다. 하벤 왕국의 주민들과 항복한 병사들을 노예군으로 삼아 선두에 내보냈던 것.

노예군의 징집이나 무작위 약탈.

기사들을 투입한 적진 교란, 유격전, 섬멸전, 포위 공격.

그리고 전투가 개시되면 단 1명의 투항자도 받아들이지 않는 잔혹함까지.

파괴의 기사.

전쟁을 위하여 태어난 인물.

총사령관 콜드림의 평가도 전투를 이김으로써 갈수록 높아지는 중이었다.

"아! 완전 대단해."

최상준이 감탄한 듯 말했다.

칼라모르 군대의 일사불란한 움직임 앞에 시스타인 요새가 무력화되는 것이 보였다.

"대체 통솔력이 몇이기에 저렇게 많은 병사들을 완벽하게 다룰 수 있지?"

칼라모르 왕국 병사들 개개인의 위력도 강했지만, 콜드림의 지휘 능력도 발군이었다.

지금의 상황은 금방 이루어진 게 아니었다.

콜드림은 먼저 주변 성채들을 쳐서 원군이 오지 못하도록 만들었다.

시스타인 요새의 주둔군만 2만이었으니, 원군이 온다면 성채의 특성상 그보다 3~4배쯤 많은 군사를 막아 내는 것도 불가능은 아니다. 적어도 상당히 많은 시일을 지연시킬 수 있으리라.

그래서 콜드림은 먼저 주변의 성채들부터 쳐서, 하벤 왕국의 수도로 가는 길을 활짝 열어 놓았다. 때문에 하벤 왕국의 군대는 사분오열되어 자신들의 거점부터 지켜야 했다.

하벤 왕국의 병력 또한 그리 적은 편이 아니었지만, 그것을 쓰지 못하도록 만든 것. 전쟁이 벌어지면 보통 공격하는 쪽이 훨씬 불리하지만, 오히려 적들을 집 안에 숨어 나오지 못하게 한 것이다.

처음 칼라모르 왕국이 선전포고를 했을 때, 하벤 왕국의 유저들은 즐거워했다.

'선전포고? 공헌도를 올릴 좋은 기회잖아.'

'국가 간 전쟁. 재밌겠다. 나도 참여해야지.'

승리를 의심치 않고 참여한 유저들은 하벤 왕국군과 함께 방어전에 나섰다.

그러나 칼라모르 왕국은 기사의 나라였다.

하벤 왕국의 유저들은 평원에서 펼쳐지는 대규모 기사대의 돌격 앞에 소름이 돋았다.

9,000여 마리의 말에 타고 있는 기사와 기병 들이 창을 높이 들었다.

그리고 먼지구름을 일으키며 전력으로 돌진한다.

그냥 서 있는데도 땅이 흔들리고, 그에 더해 고막을 찢을 듯한 함성!

"뭐, 뭐야, 이건."

"일단 피하고 보자. 앞에 있으면 무조건 죽을 것 같아."

"하지만 병사들이……."

"바보야! 네가 죽고 난 후에 병사들이 무슨 의미가 있어?"

뭐든 부숴 버릴 것 같은 그 기세에 선두에 있던 유저들은 당황해서 전장을 이탈했고, 그것은 하벤 왕국군의 사기를 나락으로 떨어뜨렸다.

백부장, 천부장, 심지어는 하벤 왕국의 기사로 있던 이들까지 칼라모르 군대의 돌격 앞에 몸을 뒤로 뺐다.

지휘하던 부대가 제대로 싸워 보지 못하고 궤멸당한 것은 당연했다.

칼라모르 왕국의 기사들 사이에도 유저가 섞여 있었지만, 그들은 그러한 광경을 보며 더욱 힘을 얻었다. 그들은 공격을 하는 입장이었다. 무너진 적진을 유린하면 될 뿐이었다.

이윽고 기사들이 적진을 정신없이 휘저었다.

본대가 철저히 유린되고 있는 사이에 콜드림이 지휘하는 궁수 부대들은 전장을 멀찍이 우회해서 화살을 쏘았다.

포위한 채로 쏘아 대는 화살들은 제대로 된 지휘를 받지 못하던 하벤 왕국군을 더욱 혼란에 빠뜨렸다.

평원에서 칼라모르의 기사들을 막아 낼 수 있다고 믿었던 것은 굉장한 착각이었다.

칼라모르 왕국군은 그야말로 대승을 거두었고, 하벤 왕국의 대는 참패를 당했다.

기사들의 추격을 뿌리치고 도주하기도 쉽지 않아서, 궤멸에 가까운 타격을 입었다.

마지막에 마법사들이 모든 마나를 태워서 항전하고, 최후까지 싸운 이들이 있었지만 전쟁에 미치는 영향은 극히 적었다.

전격적으로 움직이는 이동속도, 한 부분에 공격을 집중해서 진영을 무너뜨리는 지휘 능력.

휘하 기사들과 함께 무자비하게 돌격하는 콜드림은 하벤 왕국 유저들의 넋이 나가게 할 정도였다.

그 후로 하벤 왕국은 변변한 공격을 하지 못하고 방어에만 급급한 형국이었다.

약탈을 통해 몇 달은 버틸 수 있는 물자까지 확보한 이후로, 콜드림은 전장의 사신이라고 불렸다.

지금 벌어지는 시스타인 전투도, 먼저 발석기의 공격이 며칠에 걸쳐서 이어졌던 것이다.

최상준이 화면에서 시선을 떼지 못한 채 말했다.

"칼라모르 왕국은 기사들이 굉장히 강하구나. 역시, 괜히 기사의 왕국이 아니네. 칼라모르 왕국군에 지원하는 유저들도 굉장히 많다고 하니……."

이유정과 민소라도 화면에서 눈을 떼지 않고 가만히 고개를 끄덕였다.

심정적으로는 이미 칼라모르 왕국을 응원해 주고 있었다.

하벤 왕국에는 유별나게 명문 길드들이 많았다. 길드들의 사냥터 독점과 과도한 세금으로 인하여 피해를 받지 않은 사람이 드물 지경이었다.

그처럼 억울한 일을 당한 사람들에게는 콜드림의 통쾌한 공격이 대리 만족까지 주었다.

하벤 왕국의 일반 유저들조차도 별로 잃을 것이 없다면서 전쟁에 참여하지 않았다. 사실 모병을 하더라도 지원하는 유저들이 거의 없는 형국이었다.

칼라모르 왕국군이 하벤 왕국군을 압도적으로 제압하는 동영상이 이미 천지 사방으로 퍼졌다.

그런 방송들의 영향도 현재로써는 무시 못 할 정도였다.

전쟁의 흐름이 칼라모르 왕국으로 넘어간 데에는 그러한 근본적인 이유도 존재했다.

이현은 흐뭇했다.

'역시 저놈을 살려 주기를 잘했군.'

뱀파이어에게 붙잡혀 있는 녀석을 살려 주었더니 파괴의 기사라면서 추앙을 받고 있다.

칼라모르 왕국의 공헌도나 콜드림과의 친밀도를 떠올릴수록 뿌듯할 뿐이었다.

시스타인 요새의 외성 벽이 결국 칼라모르 왕국군의 진격을 막지 못하고 점령되었다.

내성 벽에서는 협소한 공간 탓에 공성 병기를 활용하기 어려웠고, 마법사 부대 또한 휴식을 취해야 한다.

ㅡ병사들이여, 진군하라!

콜드림은 지체 없이 인해전술로 길을 뚫는 방법을 택했다.

불리한 전장에서 칼라모르 왕국의 병사들이 일제히 돌격을 했다.

ㅡ살려 줘!

ㅡ안으로 들어가야 돼.

하벤 왕국군은 사기가 떨어질 대로 떨어져 있었다. 서로 내성으로 들어가기 위해 엉키고 엉킨 난장판.

그 뒤를 칼라모르 왕국의 병사들이 바싹 추격하면서 승리를 굳혔다.

그러고 나서 기사들의 대대적인 진입!

전투로 피로한 기사들이었지만, 다 이긴 전쟁을 굳히는 것은 그리 어렵지 않았다.

시스타인 요새에서 하벤 왕국의 깃발이 내려지고 칼라모르 왕국의 깃발이 올라갈 때에는 뜨거운 함성이 터져 나왔다.

ㅡ이번 전투로 시스타인 요새가 무너지면서 하벤 왕국으로서는 더 이상

물러설 곳이 사라지게 되었습니다. 이제부터 앞으로 전쟁의 양상은 어떻게 될까요?

─말씀하신 그대로입니다. 물러설 곳이 없어졌으므로 하벤 왕국의 유력 길드들이 참전하게 되리라 봅니다. 개입을 꺼리던 성주들도 더는 버티지 못하게 되어, 진정한 전쟁은 지금부터라고 할 수 있습니다.

❧

"어떤 던전을 탐험할지 그리고 무슨 모험을 할지를 정해야 돼요."

방송을 다 보고 나서 이유정이 또박또박 정확한 어조로 이야기했다.

장학금을 노리는 그녀로서는 중간시험을 대체하는 과제를 성공적으로 수행하고 싶었다.

"그럼 모두 각자의 직업과 레벨부터 말해 보는 게 어떨까요? 먼저 저부터 말할게요. 검사이고 데일 왕국에 있어요. 레벨은 237이에요."

다음 소개는 민소라였다.

"전 유정이랑 같이 있고, 인챈터. 레벨은 144인데… 지난번보다 많이 안 늘었어요."

민소라는 낮은 레벨이 부끄러운 듯 혀를 살짝 내밀었다.

신입생 설명회 당시에 서로 인사를 나눌 때에도 140이었는데 그동안 레벨이 그다지 오르지 않은 탓이었다.

"검사 297. 흑사자 길드에 소속되어 있고, 현재 위치는 흑사자 길드의 영토인 네할레스 성."

최상준이 자신 있게 스스로를 소개했다.

어디에서도 인정을 받을 수 있는 레벨과 영향력이었다.

박순조도 어색하게 자신을 밝혔다.

"도둑이고 레벨은 355. 지금 있는 장소는 수나 왕의 무덤인데……."

수나 왕의 무덤!

함정이 많고 고대 미라들이 출몰하여, 고레벨 유저가 아니고는 함부로 들어가지 못하는 곳이었다. 무덤의 넓은 면적 탓에, 대회랑을 지나면 왕이나 왕비의 방들을 포함하여 아직 발굴하지 못한 부분이 많았다.

"수나 왕의 무덤이라니!"

"레벨도 저번보다 훨씬 더 높아졌잖아."

"거길 혼자 탐험해?"

"주력 스킬로 함정 해체와 기습을 전문적으로 키워서 그럭저럭 버틸 만하거든."

박순조가 관심을 끌고 있을 때에 이현은 슬그머니 자신을 소개했다.

"조각사. 레벨은… 뭐 그냥 그렇고. 현재 있는 장소는 토르 왕국."

거짓말을 한 건 아니었다.

다크 게이머로서 밑천이라고 할 수 있는 레벨이나 특성, 스킬 들을 그대로 공개할 수 없었을 뿐.

"아, 그렇구나."

이유정은 더 캐묻지 않고 넘어갔다.

원래 조각사라는 것을 알고 있었으니 따로 캐물을 필요도 없었다.

무시하지 않은 것은, 인챈터로서 레벨이 낮은 민소라의 영향도 있었다.

"이현 오빠."

"응?"

"과제 매번 안 하시는 거 알지만, 이번에는 꼭 같이해 주셔야 돼요. 어쨌든 2명을 더 모아서 7명이 다 함께 참여하지 않으면 제대로 성적을 얻기 어렵거든요."

"그래."

이현은 쉽게 고개를 끄덕였다.

보통의 과제들이야 안 하더라도 학점을 이수하는 데 큰 지장은 없었다. 이현의 목표는 그저 기본적인 학점만 받아서 졸업하는 것이었으니까.

대학생들 상당수가 그렇듯이 놀고먹기 위한 게 아니라, 일을 하느라 시간이 없을 뿐이었다.

'하지만 〈로열 로드〉라면 이야기가 다르지.'

〈로열 로드〉는 직장(?)이다.

생계를 꾸려 나가는 터전 같은 곳이니 던전을 탐험하는 일에도 최선을 다해야 했다.

이현이 수락을 했음에도 고민거리는 남아 있었다.

민소라가 미간을 찌푸렸다.

"그런데 우리, 직업들이 너무… 던전 탐험에는 어울리지 않는 것 아닐까?"

인챈터와 조각사, 검사 둘에 도둑 1명도 있지만 레벨 차이가 심하게 났다.

조합도 맞지 않을뿐더러, 손발을 맞춰 본 경험이 전혀 없는 것이다.

"나머지 2명은 어떻게든 성직자나, 최소한 샤먼 정도는 영입을 해야겠어."

"응. 그러지 않으면 던전 탐험은 정말 힘들 거야."

"다른 조들은 미공개 던전들을 탐험하겠다고 벼르고 있는데, 우리도 그나마 유명한 던전을 탐험해야 학점을 받을 수 있을 테니까."

"던전의 난이도는 꼭 높지 않더라도, 조합이나 협력에 따라서 그 이상의 힘도 낼 수 있잖아."

"하지만 남은 사람들 중에 성직자나 샤먼이 과연 있을까? 그리고 이번 과제가 끝나고 나면 축제인데……."

"우리 과는 무슨 준비를 하는데?"

"구체적인 건 모르겠지만 학회 차원에서 대대적으로 준비를 하는 것도 같더라."

한국 대학교의 축제는 규모나 다양성 면에서 큰 인기를 누렸다. 타 학교 학생들을 비롯해 일반인들도 많이 오고, 가수와 연주가 들도 와서 소규모 콘서트를 벌인다.

학생들이 개최하는 주점과 발표회 등은 축제의 백미였다.

이현은 생각했다.

'이놈의 대학교는 귀찮은 일들이 끊이지가 않는군!'

MT를 다녀왔더니 과제들이 첩첩이 쌓이고, 그것을 해결하는 일도 까마득한데 그다음에는 축제가 열린다.

　　'따지고 보면 인생도 〈로열 로드〉의 연계 퀘스트나 다를 바가 없어.'

　　이현은 극히 우울해졌다.

　　금쪽같은 시간을 축제나 학교 과제에 써야 하다니!

　　축제에 오는 예쁜 여성들이나 댄스파티, 콘서트 등으로 다른 학교 학생들은 한국 대학교를 부러워했다.

　　실컷 내뿜는 젊음의 활력.

　　하지만 이현에게는 귀찮은 일에 불과했다.

　　'빨리 끝났으면 좋겠군.'

　　축제는 자그마치 닷새에 걸쳐서 진행되고, 그사이에 할 것들을 준비하자면 한참 전부터 바쁘다. 이현이 빠져나갈 구석을 이리저리 찾아보았지만 발견하기가 쉽지 않은 까닭이었다.

악룡 케이베른

　드워프 마을 아이언핸드.

　토르 왕국에서도 명장 드워프들이 많이 살기로 유명한 마을
로, 인근 광산에서는 순도 높은 철들이 대량생산된다.

　작고 앙증맞은 드워프 주택들, 주택가에도 듬성듬성 있는 대
장간들은 이곳이 장인들의 마을임을 쉽게 알 수 있게 만들어
주었다.

　드워프들을 위한 상가 지역도 있어서 키 작은 드워프들이 다
수 이용하고 있다.

　보통 다른 마을은 중앙 광장이나 시장 근처에서 상거래가 빈
번하게 이루어지지만, 아이언핸드에서는 마을 입구 근처에서
부터 상인들이 진을 치고 있는 진귀한 모습을 볼 수 있었다.

　인간, 엘프, 묘인족 할 것 없이 마차를 끌고 온 상인들이 드
워프를 붙잡고 호객 행위를 하는 것이다.

　"로엔 상단의 상인 미트라입니다. 혹시 만들고 계신 무기나

방어구가 있다면 저에게 팔아 주실 수 있을까요?"

"세공 물품 대량으로 가져왔습니다. 조금만 손봐 주시면 사례비를……."

"뭐 필요하신 물건 있으면 저렴하게 공급해 드립니다. 토르 왕국의 철이나 구리는 비싸지만, 좀 더 저렴한 노이드 왕국의 3등급 철은 어떠세요?"

"가격 비싸게 쳐드립니다. 얼마까지 알아보고 오셨어요?"

상인들의 집요한 호객 행위!

지나다니는 드워프들을 붙잡고 절대로 놓아주지 않을 기세였다.

아이언핸드는 무기와 방어구 생산의 중심지로서, 이곳에서 구한 물품은 베르사 대륙 어디에서도 비싸게 팔아먹을 수 있다. 일부러 이곳까지 찾아온 상인들로서는 혈안이 되어 드워프들을 붙잡을 수밖에 없는 것.

"좀 놓아주세요."

"저는 드워프 전사인데……."

수염을 곱게 기른 순진한 드워프들이 고생을 겪고 있었다.

사실 이런 면 때문에라도 드워프들은 아이언핸드에 잘 오려고 하지 않는다. 순박하게 대장장이 스킬들을 성장시키면서 살아온 장인들에게는, 상인들의 가격 후려치기 및 사기에 가까운 상행위가 고깝게 보이는 것이다.

그런 아이언핸드에 위드도 걸어왔다.

멀리서부터 상인들이 진을 치고 있는 것을 보며 위드는 몸에 비해 상대적으로 큰 머리를 끄덕였다.

'제대로 찾아왔군. 상인들이 저렇게 많다니, 과연 드워프 마을이야.'

모라타에 오는 상인들이 좀 더 많은 돈을 노리고 먼 거리를 오는 행상이라면, 이들은 대량으로 구매해서 대량으로 파는 거상들이다.

물품 중개업으로만 돈을 모으고 왕국이나 마을의 발전에는 그다지 도움을 주지 않는다고 해서 상인 업계에서는 그들을 천시하고 있었다. 호객 행위를 비롯해 가격도 손님을 봐 가면서 제멋대로 책정하는 등, 그리 질이 좋다고 할 수는 없는 부류다.

그들 상인들이 멀리서 다가오는 드워프, 위드를 보았다.

'먹잇감이다.'

'저 드워프는 내 거야.'

굶주린 상인들이 우르르 집단으로 위드를 향해 달려왔다.

"물건 사거나 팝니다."

"뭐든 거래해 드릴게요."

"가지고 있는 물품 저렴하게 팔고 가세요. 멀리서부터 왔습니다. 제발요!"

"다른 사람들보다 무조건 더 높은 가격 제시합니다. 팔 거 있으면 뭐든 파세요."

상인들이 집단으로 뭉쳐서 떼를 쓰기 시작하면 웬만한 드워프는 빠져나오지 못한다.

대체로 아이언핸드 마을에 오는 드워프는 장인들이라서 전투 레벨도 낮거니와, 사람들에게 둘러싸이면 심리적으로 위축되는 탓이었다.

위드는 바람처럼 내달렸다.

낮은 키를 최대한 이용하여 상인들의 다리 사이를 빠져나가고, 절묘한 방향 전환 등으로 상인들의 손을 피했다.

"앗!"

"빠져나갔다."

허탕을 친 상인들은 망연자실하게 서 있었다.

이렇게 쉽게 자신들의 포위망을 벗어나다니. 악질 상인들의 경력에 오점을 남길 만한 일이었다.

진정한 거상들은 미동도 하지 않은 채로 마을 입구에 그대로 앉아 있었다.

그리고 위드가 마을 입구를 통과할 때에 넌지시 한마디씩을 건넸다.

"나보다 비싸게 사 주는 사람 이 세상에 없을걸."

"가진 건 돈밖에……."

나름대로 영업 전략에 따라 다른 상인들과 차별화를 꾀하고 있는 것이다.

위드는 그들마저도 지나서 아이언핸드 마을로 들어갔다.

드워프 대장장이는 타고난 손재주 덕에 무기나 방어구를 잘 만든다.

전사라고 할지라도 간단한 물품, 횃불이나 화살 등은 어렵지 않게 만들어 쓸 수 있다.

전투에서 죽을 때까지 싸우는 고집불통 드워프 전사들의 수도 적지 않지만, 아무래도 드워프들은 거의 모두가 장인의 길을 택한다고 해도 과언이 아니었다.

손재주와 예술성, 생산 스킬 등의 축복을 받고 태어나는 드워프의 특성 때문이다.

드워프 종족을 택할 때부터 이런 장점들을 고려했기에 장인의 숫자가 굉장히 많았다.

불과 철을 다루는 데 가장 능숙한 종족.

초반부터 내구력 높은 물품들을 만들어 내고, 생산 스킬들을 섭렵하며 존중받는 장인이 된다.

인간 대장장이는 거의 모든 무기를 만들 수 있다. 하지만 전문성은 그만큼 떨어진다.

활은 엘프 대장장이가 만든 것을 최고로 쳤다.

하지만 엘프들은 정령술과 마법, 궁술에 능통한 종족이다. 엘프 대장장이들은 많지 않고, 그들이 만드는 활은 특수한 재질의 나무를 쓰기에 거래가 빈번하게 이루어질 정도는 아니다.

드워프들이야말로 대장장이를 위한 꿈의 종족이라고 할 수 있지만, 그들의 삶은 그리 부유하지 못했다.

"휴우. 이번 달에 밀린 철광석값을 겨우 갚았어."

"자네도 그런가? 난 요즘 철광석값이 올라서 죽겠네."

"대장장이 스킬은 마음대로 늘어나지 않고, 중간상인들은 가격 후려치기에 바쁘고… 이것 참 힘들군."

주점에는 푸념하는 드워프들이 많았다.

위드는 낮은 탁자와 의자에 앉아 우유를 시키고 그들의 이야기를 듣고 있었다.

'세상 누구나 다 자기가 힘들다고 생각하지.'

예술가보다 평안한 삶을 사는 드워프들도 신세 한탄을 한다. 하지만 드워프들이 경제적으로 쪼들릴 수밖에 없는 사연도 있었다.

"이번에 악룡 케이베른이 세금을 더 올린다는군."

"석 달 전에 올렸는데 또?"

"레어를 금으로 장식하고 싶다는 이유야."

"어휴! 그놈의 요구는 끝도 없군. 그래, 이번에는 어떤 몬스터들이 요구를 하러 왔나?"

"무슨 상관이야. 그놈 휘하에 있는 몬스터 군단이 어디 한둘인가?"

"그래도 어떤 놈이든 오긴 왔을 것 아닌가."

"듣기로는 미노타우로스 가드들이 왔다더군."

악룡 케이베른.

토르 왕국을 비롯해 인근 산맥들을 자신의 영역으로 가지고 있는 드래곤이다.

보석에 대한 탐욕이 이만저만이 아니라서, 드워프들은 생존을 위하여 끝없이 공물들을 바쳐야 한다.

인간 마을들은 몬스터의 침입을 받거나 다른 왕국의 공격에 의해 피해를 받는 경우도 있다. 모라타만 하더라도 몬스터들의 침입으로부터 그리 안전한 편은 아니다.

반면 드워프 마을들은 드래곤에 의해 지배되는 몬스터들로 인해 이러한 침입으로부터는 상대적으로 안전한 편이었지만,

생산물들 특히 보석이나 금을 바쳐야 되었다.

다만 무조건 나쁘다고만 볼 수 없는 것이, 가끔은 드래곤이 휘하 몬스터들을 부려서 새로운 광산들을 개발할 수 있도록 배려해 주기도 한다. 물론 이런 광산에서 나온 미스릴이나 철광석 들은 절반 이상을 상납해야만 했다.

또한 드워프 전사들은 산맥에 있는 몬스터들을 사냥할 수 있었는데, 이런 경우에도 드래곤은 드워프들에게 징벌을 내리지 않았다.

드래곤이 보기에 드워프들은 귀찮은 일을 도맡아하며 어떤 일이든 시킬 수 있는 일꾼일 뿐이고, 몬스터들은 자기 영역에서 사는 벌레일 뿐이다. 구태여 간섭할 까닭이 조금도 없는 것이다.

토르 왕국에는 5마리의 드래곤이 사는 것으로 알려져 있는데, 그중 케이베른이 가장 보물을 밝히는 놈이었다.

드래곤이라는 상전들만 아니었더라도 토르 왕국은 진작 발전을 거듭해서 최고의 국가가 되었겠지만, 그렇게 되지 못한 것이다.

토르 왕국이 주기적으로 용병들을 모아 드래곤 퇴치에 열을 올리고 있지만 전혀 소득도 없고, 현재로써는 그런 용병 일에 참여하는 이도 드물었다.

❧

위드는 우유와 빵으로 간단히 식사를 마치고 주점을 나섰다.

'그래도 아직 드워프들은 살 만하군.'

드워프들의 앓는 소리는 엄살로밖에 들리지 않았다.

고기와 맥주를 시켜 놓고 시간을 보내는 주제에 무슨 빈곤 타령인가!

드워프 마을들의 세금이 높은 편이기는 해도, 그런대로 버틸 만은 했다.

대륙 최고의 양질의 철광석들을 바탕으로 무기 등을 만들고 스킬들을 점점 성장시키니, 유명한 드워프 장인들에게는 주문이 끝도 없이 이어진다.

토르 왕국을 떠나서 다른 왕국에 간 드워프들은 떼돈을 벌고 있고, 심지어는 무기와 방어구 판 돈으로 영주도 하고 있었다.

물품을 공급해서 고레벨 유저들과 인맥을 쌓고, 길드들을 만듦으로 인해 세력을 확대한다.

베르사 대륙에는 야망을 가진 대장장이들도 상당히 많았다.

위드는 조각사 길드로 들어갔다.

토르 왕국의 조각사 길드는 일반 드워프들도 많이 이용하는 편이었다.

조각술이 손재주를 가장 빠르게 성장시켜 주었으니 기본적으로 어느 정도 수준까지는 익히는 편이었다.

조각사 길드 안에도 드워프들이 많았지만, 아무도 위드에게 신경 쓰지 않았다. 조각 변신술로 완벽하게 드워프로 모습을 바꿔서 위장하고 있는 덕분이었다.

"쯧쯧. 자네는 아직 멀었군. 더 배우고 오게."

드워프 교관은 까칠한 태도로 일관하면서 드워프들을 다루고 있었다.

"자네는 무기를 만들 시간에 조금이라도 예술에 대해 고민을 해 보는 게 어떤가? 강한 무기라고 하더라도 예술이 없으면 명품이 되지 못하는 법이야."

"혼을 불어넣는 무기에 대해 배우기 위해서 조각사 길드에 왔다고? 대장장이 길드에서 제대로 가르쳐 준 모양이군. 하지만 너무 일러. 적어도 제대로 무기부터 만들고 나서 오도록 해. 결함투성이의 물건에 어떻게 혼을 불어넣을 수 있단 말인가."

"무능한 드워프들 같으니."

교관의 말에 드워프들은 꼼짝도 하지 못했다.

'대체 얼마나 더 노가다를 하란 말이야.'

'지겹다, 지겨워. 이놈의 생산의 길.'

한탄을 하면서도 공손하게 고개를 숙이고 물러났다.

더 좋은 물품을 만들고, 대장장이 스킬의 경지가 높아질수록 주변에서 인정을 받는다.

드워프는 불만이 있더라도 참을 수밖에 없었다.

어떤 무기를 만들든 대장장이 스킬의 빠른 향상을 위해서는 손재주가 꼭 필요하다. 그런 손재주를 위해서는 조각술을 익히는 게 가장 좋고, 또 조각술이 조금쯤은 다른 물품을 만드는 데 도움도 되니 참을 수밖에 없었다.

위드는 차례를 기다려서 드워프 교관에게 말했다.

"손으로 빚어내고 표현하는 예술의 길. 그 예술의 길에 새로운 가르침을 청하기 위해서 왔습니다."

"뭐라고?"

드워프 교관은 믿을 수 없는 말을 들은 듯한 표정이었다. 주름투성이의 얼굴에 경련이 일어나고, 수염을 만지작거리는 것도 잊은 태도였다.

"자네 방금 뭐라고 했나."

"새로운 가르침의 길을 청하기 위해서 왔다고 말했습니다."

웅성웅성.

"방금 저 드워프가 뭐라고 말한 거야?"

"새로운 가르침이라니, 그게 도대체 무슨 뜻이지?"

"조각술의 레벨이 얼마인데 저런 말을 하는 거지?"

드워프들조차도 믿을 수 없어 했다. 그런 말을 하는 유저를 아직 본 적이 없기 때문이다.

조각술 스킬이 발전함에 따라서 당연히 익힐 수 있는 상위 스킬들!

지금까지는 필요하지 않다고 여겨서 굳이 배우지 않았지만, 드워프 마을의 조각사 길드에 온 이상 배우기로 작정했다. 드워프들의 길드에서는 스킬을 익히는 비용이 다른 곳들에 비해 삼분의 일밖에 되지 않는다는 혜택 때문이었다.

드워프 교관은 전시되어 있던 조각용 엘프목이 있는 쪽으로 위드를 안내했다.

"자질이 충분한 조각사임을 증명할 기회를 주지. 그럼… 솜씨나 발휘해 보게."

"주제가 무엇입니까?"

"뭐든 괜찮지만, 마음을 움직일 수 있는 조각품이면 좋겠군."

위드에게 이미 엘프목은 익숙했다.

'조각 상점에서 파는 고가의 조각 재료. 나무 중에서는 최상급이지.'

나무로는 정말 지겹도록 조각품을 만들었다.

보존성에 있어서는 좋지 않지만 빠르게 만들 수 있고, 표현에 있어서도 나쁘지 않다.

나뭇결이나 나이테가 생생하게 살아 있는 통으로 된 나무들. 조각품을 만들면 일정한 방향으로 흐르는 무늬들이 대단히 아름답다.

이런 명품 나무들은 조각 재료로서도 굉장히 고가라서 수십 골드를 넘기도 한다.

드워프 교관이 제시한 시험에 나온 엘프목은 그러한 최상급 나무인 것이다.

"엘프목은 잘 깎이지도 않잖아. 저런 나무로 즉석에서 조각품을 만들라니, 정말 어려운 시험인데……."

"실패하면 어떻게 되는 거지?"

조각사 길드의 드워프들은 자신들의 일도 중단하고 위드의 행동만을 주시했다.

위드는 묵묵히 엘프목을 보다가 의자를 밑에 깔았다. 드워프가 되고 나서 키가 작아진 탓에 원활한 조각술을 펼치기 위해서는 키 높이 의자가 필수였다.

위드는 자하브의 조각칼을 꺼내 과감하게 엘프목에 꽂았다.

푸욱!

조각술 시험을 보고 있음을 감안하면, 드워프들에게는 경악을 금치 못할 정도로 과감한 행동!

조각칼이 엘프목에 깊게 박혔다.

그런 상태에서 위드는 대각선으로 쭈욱 그어 버렸다. 자하브의 조각칼은 마치 두부 자르듯이 엘프목을 갈랐다.

위드가 조각칼을 움직일 때마다 여지없이 엘프목이 통째로 그어지고 베어진다.

"이게 조각술?"

"조각칼을 검처럼 다루다니 어떻게 이런 일이……."

"보통 조각칼이 아닐 거야."

도구에도 놀랐지만 과단성 있는 솜씨에 더 크게 놀랐다.

무슨 조각칼을 찌르고, 베고, 휘두르면서 나무를 사정없이 토막 내어 버리는가.

그럼에도 불구하고 나무가 점점 어떠한 형태를 갖추어 나가는 게 놀라웠다.

마구잡이로 베어 내는 것 같지만 실수가 없다. 여러 번 손을 거쳐서 만들어질 것들이, 한 번에 뚝딱 이루어진다.

조각칼의 사용에 있어서 달인이 되지 않으면 이루지 못할 경지. 본인의 힘과 검술에 대한 확신이 없으면 불가능한 난이도의 조각술.

구경하는 드워프들이 많음에도 당황이나 긴장 따위가 전혀 없다는 점 또한 놀라웠다.

이 순간 시험에 임하는 위드의 마음은 간단했다.

'어차피 돈도 안 되는 거, 대충 하자!'

시험도 아슬아슬하게 통과할 것 같은 사람에게나 초조한 법이었다.

'저주를 받기 전에 빨리 끝내 버려야지.'

미지의 존재들이 자신부터 만들어 달라고 귓가에 떠들기 시작했다. 오랫동안 놔두면 어떤 저주에 걸리게 될지 알 수 없으니, 속도가 생명이었다.

위드는 조각품을 만들 때마다 매번 신경이 예민해졌었다.

'성공 못하면 돈 날린다. 이거 하나 만들어 봐야 몇 쿠퍼일 텐데, 밥값이라도 하려면……'

절박하게 조각하던 초보 시절.

상황이 나아진 지금도, 여신상 정도의 거창한 것들을 만들면서 담력을 길렀다.

드워프 마을에서 조각술 시험을 보는 정도 따위는 위드에게 어떤 감흥도 줄 수 없었다.

'마음을 움직일 수 있는 조각품.'

위드는 무엇을 만들어야 할지 생각했다.

몇 초 고민하지도 않았다.

이곳은 드워프 마을이다.

드워프들의 마음을 움직일 수 있는 조각품은 시작부터 정해져 있다.

"드래곤이다."

"저 넓적한 날개와 풍만한 엉덩이 그리고 굵은 다리는… 악룡 케이베른이잖아!"

나무의 크기 한계로 인해 실물보다야 훨씬 작게 조각되고 있었다.

하지만 전체적인 구도가 정해진 다음에는 위드의 조각칼이 빠르게 세밀하게 움직이면서 나무들을 깎아 냈다.

탐욕스럽게 벌린 주둥이.

인간의 성대 구조라면 윗입술과 아랫입술을 그처럼 동그랗게 말고 말할 수 있는 단어는 하나였다.

돈!

짧은 팔에는 보석들을 가득 쥐고 있고, 눈썹과 수염은 자연스럽게 옆으로 뻗었다.

막 땅을 박차고 날개를 펴 날아오르려는 악룡 케이베른.

"저 드래곤을 여기서 또 보다니."

"저놈의 드래곤만 없었더라도 우리가 좀 먹고살 만했을 텐데 말이야."

드워프들은 악룡 케이베른을 보면서 화도 나고 짜증도 일어났다.

조각품이란 입체적인 표현의 예술.

이름만 들어도 분노가 솟구치는 대상을 눈으로 보고 있으니 그 기분이 훨씬 배가되었다.

드워프 교관이 말했다.

"시험은 합격했다. 이렇게 빠른 시간에 조각품을 완성할 줄은 정말 몰랐군. 본인의 조각술 실력을 너무 과신하는 게 아니라면 좋겠다."

까칠한 드워프 교관이 이 정도의 말을 하는 것은 최고의 극찬에 가깝다고 할 수 있다.

그래도 자만심이 있는 조각사로 보는 것은 안 좋은 현상.

 위드는 슬그머니 변명을 늘어놓았다.

 "주제가 주제인 만큼 성의 있게 조각하고 싶지 않았습니다."

 "이해한다. 나보다도 뛰어난 조각술을 가지고 있는 것 같고, 세공의 정밀함에 있어서는 충분한 자격이 있다. 우리 드워프 사회에서는 금기시되어 있는 악룡 케이베른을 이런 식으로 조각할 줄은 몰랐다."

 "저는 도마뱀 1마리를 조각했을 뿐입니다."

 드워프 교관이 흡족한 듯이 웃었다.

 "마음에 아주 쏙 드는 녀석이로군."

 그러자 구경하고 있던 드워프들의 안면 근육이 경직되었다.

 만날 욕설이나 퍼붓고, 무능하다고 조롱하던 교관과 몇 마디의 말로 친해질 수 있다니!

 "조각술 교관과 친해진 유저가 등장했다!"

 "저런 아첨 신공은 어디서 배운 것이지?"

 위드의 함께 욕하며 친해지기 기술을 처음 본 드워프들에게는 하늘이 무너질 만한 일이었다.

 '우리가 세상을 너무 어렵게 살았구나.'

 '말 한마디로 천 냥 빚을 갚는다더니, 저 간교한 혓바닥으로 인생을 거저먹지 않는가.'

 아무튼 교관은 친밀도의 영향으로 인해 20%나 더 할인된 가격으로 조각술을 전수해 주었다.

 "조각품은 마음을 움직일 수 있다네. 마음을 닫아걸고 있는 이나 대화를 원하지 않는 이들도, 조각품을 보고 진심을 알 수 있을 거야."

띠링!

조각 언어술을 습득하였습니다.

"조각품들은 불멸이 아니라네. 세월이 흐를수록 손상되기 마련이지. 손상된 작품들을 복원하면 후인들에게 더 많은 행복이될 거야. 조각 복원술을 배우고 나면 의뢰 등을 받으면서 조각품의 심오한 세계에 대해 배울 기회가 많을 걸세. 아쉽게도 이미 그 수준은 넘어 버린 것 같지만."

조각 복원술을 습득하였습니다.

위드는 금방 새로 얻은 스킬들의 정보를 바로 확인해 보기로했다.

"스킬 정보 창. 조각 언어술, 조각 복원술!"

조각 언어술 1 (0%)
대화가 통하지 않는 몬스터들이나 인간, 이종족들에게 조각품으로 말을 걸 수 있다. 훌륭한 작품이라면 그들의 적의를 누그러뜨리고 호의를 이끌어 낼 수 있을 것이다. 스킬의 레벨이 오를수록 명성이나 종족의 제한을 벗어나 대화할 수 있다. 조각 언어술이 중급에 이르면 모험가의 특수 감정 스킬을 습득하게 된다.

조각 복원술 1 (0%)
스킬 레벨에 따라 파손된 조각품을 원래의 모습으로 복원할 수 있다.

이미 커다란 명성과 아부 신공을 가진 위드에게 그리 필요한 스킬은 아니었지만, 우선은 배워 두었다.

여기까지가 위드가 원래 배우려고 하던 부분이었다.

미지의 존재들이 스스로를 조각해 달라고 아우성을 쳐 대서, 프레야 여신의 신탁까지 받아 드워프 왕국까지 왔다.

그들을 조각하는 방법. 조각술의 비기일지도 모른다는 의혹의 냄새가 풍긴다.

이것은 그리 쉽게 찾을 수 있으리라 여기지 않았다.

그런데 교관은 뜻밖의 말을 했다.

"자네는 조각술이 무엇이라고 생각하는가? 어떤 꿈을 가지고 조각사가 되었는가?"

위드는 이 순간 쉽게 대답하지 못하고 갈등했다.

'돈, 명예, 권력, 힘. 뭘 말해야 되지?'

순간적으로 갈등이 스쳐 지나가는데, 대답이 중요한 것이 아니었는지 교관이 기다리지 않고 말을 이었다.

"조각사의 꿈은 역시 조각품에 대한 열망이겠지. 더 좋은 조각품을 만들어서 세인에게 보여 주고 싶은 순수한 마음. 그것이야말로 조각사들의 낭만이 아니겠는가?"

"……."

"아무튼 자네 정도라면… 조각사로서 스스로의 길을 선택해야 할 때가 되었네."

"스스로의 길?"

"조각술이란 다른 분야에 비해서 고상하고 난해한 예술의 분야야."

위드도 인정하는 바였다.

돈이라고는 지지리도 나올 구석이 없는 예술. 조각술.

"조각술에 평생을 바치기란… 정말로 쉽지 않다네. 자네가 이룩한 경지가 대단하기는 하나 조각술의 정점을 바라보기에는 아직도 한없이 미약한 수준."

조각술이 고급에 이른 이후로 스킬 숙련도가 매우 더디게 늘기는 했다. 갈수록 스킬 숙련도는 줄어들뿐더러, 연관 스킬인 조각 검술, 조각품에 생명 부여, 조각 변신술은 낮은 수준에 머무르고 있었다.

"조각술에 모든 것을 바치기란 어려운 일이지. 이제 그만 그 뜻을 꺾는다면 지금까지 고생한 보람을 얻을 수 있을 것이야."

"보람요?"

"그렇네. 조각술을 익힌 공로로 예술 분야의 명사가 되어 귀족으로 성장할 수도 있는 것이지. 원한다면 인간 왕국의 귀족이 될 수도 있을 게야."

위드는 이미 백작이고 영주였으므로 그리 가치 있는 제안은 아니었다.

"아니면 지금까지 얻은 조각술을 다른 분야로 활용하는 수도 있어. 혹은 좀 더 쉬운 방법을 택할 수도 있지. 일종의 편법이 되겠고, 정작 조각술의 끝을 볼 수는 없게 될 테지만 그동안의 고생을 쉽게 할 수 있을 것이야."

"……."

"조각술이란 어렵지 않은, 누구나 즐길 수 있는 예술이지. 편히 즐긴다고 해서 누가 자네를 욕하겠는가? 이제 그 무거운 짐을 덜어 줄 수도 있을 거라네."

띠링!

위드는 오랫동안 갈등하지 않았다.

'매번 이런 식이군.'

조각사를 택하고 나서 직업을 바꿀 기회가 몇 번 있었다.

하지만 그럴 때마다 위드의 선택은 그대로 조각사의 길을 가
는 것이었다.

근본적으로 조각술이 점점 좋아졌다는 사실을 부인할 수 없
었다.

세공 솜씨가 대단히 뛰어난 사람이 있다면, 그 사람은 항상 훌륭한 조각품을 만들어야 한다. 그러나 세세한 곳까지 표현된 조각품이라고 해도 감동을 주지는 않는다.

실력은 모자라도 좋다.

어린아이가 동심으로 만든 조각품. 서툴고 조악한 솜씨라도 정성껏 만든 것들은 느낌이 다르다.

신기하게도 기쁜 마음을 가지고 만든 조각품들은 다른 사람에게도 미소를 짓게 하고 기쁨을 전해 준다.

유쾌함, 보람으로 만든 조각품들. 애정이 담긴 조각품을 깎을 때마다 스스로에게 충실하게 되었다.

'여동생의 웃는 얼굴, 할머니의 자애로운 눈빛을 조각하면서… 그때가 제일 행복했던 것 같아.'

위드 본인이 즐김으로써 그리고 정성을 기울이면서 얻게 되는 순수한 희열!

서윤이 웃는 모습을 조각했다. 살인자로서 그녀가 무섭게 느껴졌을 때, 그녀가 웃었으면 하는 바람을 가지고 만든 것이 진정한 조각품의 시초라고 할 수 있다.

빙설의 폭풍으로 추위에 얼어 죽을 것만 같을 때, 오히려 그것을 극복하고자 빙룡 조각상을 완성했다.

조각술은 위드의 모험을 함께해 온 동반자였다.

고통 속에서 꿈을 꾸었다.

이루어지지 않는 꿈이 조각술을 통해 현실이 되어 버린다. 조각 검술을 펼치고, 생명을 부여하고, 다른 이로 변신을 한다.

조각술이 고생으로 느껴지지 않는 이유도 그것이었다.

조각사의 감정이 사람들에게 그대로 비춰질 리가 없건만, 그럼에도 조각품에 묻어나는 모양이었다.

실패가 두려워서 주로 시간이 많이 걸리는 거대 조각상 위주로 하고 있었지만, 조각술이 좋다는 것만은 부인할 수 없었다.

마음을 다해서 만드는 조각품들.

위드가 어려웠던 시절을 추억으로 되새기면서, 미래를 위해 펼치는 꿈의 조각술이다.

'뭐, 치사하고 더러워서, 지금까지 저질러 놓은 것도 아깝고……. 뭘 하더라도 더 잘할 수 있겠지만 귀찮으니까 그냥 선택해 준다.'

위드가 말했다.

"영원한 조각사의 길을 가겠습니다."

⌒ 〜✿〜 ⌒

> ― 오빠, 이건 어떻게 하는 거예요?
> ― 그게…….

제피는 혼자 토둠에 남은 유린이 귓속말로 던지는 질문에 대답을 해 주고 있었다.

그녀가 모르는 것들을 대답해 주다 보니, 어느새 접속하면 인사도 나누고 귓속말도 하는 사이가 되었다.

'검치 형님들이 아는 날에는 최소한 사망이다.'

그래서 유린이 오빠라고 말할 때마다 심장이 덜컥 내려앉는 기분!

하지만 또 거절할 수가 없어서, 친절하게 대답은 해 주고 있었다. 그러던 차에 유린이 불쑥 물었다.

> ― 오빠는 집이 어디예요?
> ― 강북이야. 평창동.
> ― 평창동이 어딘데요?
> ― 북한산 아래인데… 설명하자니 좀 어려워.
> ― 아, 오빠도 어렵게 사는구나. 수돗물은 잘 나와요? 거긴 마을버스도 안 다니죠?
> ― …….
> ― 나중에 제가 김밥에 떡볶이라도 사 드릴 테니 기운 내세요.

웬만한 졸부들은 명함도 못 내미는 동네 평창동이 산동네 취급을 받았다.

> ― 오빠는 학교 졸업하면 무슨 일을 하고 싶어요?
> ― 무슨 일이라니?
> ― 하고 싶은 일이 있을 거 아니에요.
> ― 하고 싶은 일이라…… 별로 생각 안 해 봤어. 그냥 부모님 가업을 잇지 않을까? 지금까지 그쪽으로 공부도 많이 해 왔고.
> ― 그렇구나. 가업이 뭔데요?
> ― 오성…….

제피는 사실대로 말해야 될지 머뭇거렸다.

〈로열 로드〉를 하면서 누구에게도 자신의 집안에 대해 말한 적이 없는 탓이다.

> ― 혹시 오성 전자예요?
> ― 응? 으응.

오성 전자는 연간 매출액이나 순이익에서 세계적인 기록을 세우고 있는 전자 회사로, 오성 그룹의 중심 계열사였다.

'오성 전자도 우리 계열사 중 하나니까 틀린 말은 아니지.'

유린이 갑자기 밝아진 목소리로 물었다.

> ─ 오성 전자는 컴퓨터, 휴대폰, 생활 주방 가전 등등 취급하죠?
> ─ 그, 그럴걸.
> ─ 훗! 잘됐네요.

수많은 여성들을 섭렵한 제피의 눈치는 비상한 편이었다.

'반응이 좀 이상하긴 한데.'

놀람과 감탄이 아니라, 제대로 잘 걸렸다는 태도.

유린의 귓속말이 들려왔다.

> ─ 오늘 밤에 우리 집에 좀 올래요? 우리 오빠한테는 말하지 말고……. 오빠는 오늘 노장에서 좀 늦어요.

최지훈은 무수한 심마를 겪고, 초췌해진 얼굴로 이혜연이 사는 동네까지 차를 운전해서 왔다.

"이게 무슨 일일까."

여자가 집으로 초대했으니 환영할 만한 일이었지만, 상대가 이혜연이라면 사정이 달라진다.

대화로 친해지는 것도 목숨을 걸고 하는 판국에, 밤에 집에 초대받은 것을 걸리기라도 한다면······.

"죽음이지, 죽음. 변명의 여지도 없을 거야."

최지훈은 망상에 사로잡히며 억지로 발걸음을 떼었다.

이혜연이 상세하게 위치를 알려 준 덕에 어렵지 않게 찾아갈 수 있었다.

도로나 상가와는 거리가 조금 떨어져 있는 한적한 곳에 위치한 조그만 단독주택. 마당에는 흐드러지게 꽃이 피어 있고, 구석에는 장독들이 보였다.

"과연."

최지훈은 미소를 지었다.

"이런 단아한 가풍의 집에서 성장한 여자라면, 살림은 정말 잘할 거야."

하지만 그는 조금도 몰랐다.

이현은 이혜연이 부엌에 들어오려고 할 때마다 결사적으로 말렸다.

"부엌일은 나중에 결혼하고 나서 해도 돼. 그때에도 김치나 밑반찬은 계속 가져다줄 테니, 넌 손에 물도 묻히지 마."

그렇다고 설거지나 빨래도 완전히 안 하는 건 아니었지만, 대부분의 살림이 이현의 몫이었다.

집도 이현이 구했다.

신문 배달을 하면서 단련된 다년간의 지리 감각. 터가 좋고 햇빛이 오래도록 드는, 양지바르고 조용한 동네를 택해서 매입한 것이다.

딩동.

최지훈이 벨을 누르자, 이윽고 정문이 열렸다.

"실례합니다."

여자 집을 처음 방문해 보는 것도 아닌데 슬며시 가슴이 떨렸다. 두 팔에는 과일 상자와 꽃을 들고 있었는데, 선물이라고 뭐든 사 온 것이었다.

멍멍!

마당에 들어가자마자 개가 짖으며 달려왔다.

"헉!"

최지훈은 엉거주춤 뒤로 물러섰다.

"무슨 개가 송아지만 하잖아."

얼마나 잘 먹었는지 토실토실 살이 오른 큰 개가 꼬리를 흔들며 달려와서 긴절히 몸을 비벼 대었다.

과도한 친근감의 표시.

손님이라는 걸 깨닫고 하는 행동이었다.

"어서 와요."

이혜연은 흰 티에 추리닝 바지의 수수한 차림으로 나왔다. 그때까지도 몸보신은 최지훈에게 친근한 척을 하고 있었다.

"보신아, 가서 쉬어."

하지만 이혜연의 말이 떨어지자마자 꼬리를 한차례 흔들더니 구석의 개집으로 재빨리 물러가는 것이 아닌가!

최지훈은 정신 없는 와중에도 꽃과 과일 바구니를 내밀었다.

"빈손으로 오기가 뭐해서 사 왔어."

"네, 고마워요."

이혜연은 과일 바구니를 받더니 최지훈을 안으로 안내했다.

"꽃은?"

"대충 거기 우산꽂이에……."

"……."

이혜연은 갈치조림에 밑반찬들로 식사를 대접했다.

"많이 드세요."

급하게 오느라 저녁도 걸렀는데 한 상 차려 주니, 최지훈은 숟가락부터 들었다.

"염치 불구하고 잘 먹을게."

집에서 먹던 것과는 달랐다. 소채들을 비롯해서, 위에 부담이 가지 않도록 담백하게 버무려진 밑반찬들.

정갈한 요리는 최지훈의 입맛에 꼭 맞았다.

"맛있다. 정말 맛있어."

빈말이 아니라 최지훈은 밥 한 공기를 다 비웠다. 레스토랑에서 먹는 풀코스 요리보다도 훨씬 맛있었다.

최지훈은 밥을 먹자마자 빈 공기를 들고 일어났다.

"얻어먹었으니 내가 치울게."

"아니에요. 손님이시잖아요. 그릇은 제가 치울 테니 제 방에 가 계세요. 금방 갈게요."

"바, 방에?"

"네. 쉬고 계세요."

최지훈은 끌리듯이 이혜연이 가리키는 방문을 열고 안으로 들어갔다.

갓 스무 살이 된 풋풋한 아가씨의 방.

핑크색의 벽지에, 연예인 사진들로 도배되어 있으리라고 생각했다. 하지만 책장에는 과학 관련 원서들과 의학 책들이 많은 와중에, 추리소설들도 몇몇 눈에 띄었다.

《세계를 멸망시킬 10대 기술적 진보》, 《인체 해부학》, 《연쇄 살인마의 초대》……

"좋은 책들을 읽는구나."

제목들이 원어로 쓰인 덕분(?)에, 최지훈은 읽지 못하고 무심코 넘길 수 있었다.

"곧 그녀가 올 텐데… 오면 뭘 하고 놀지?"

이혜연과 한 방에, 그것도 그녀의 방에 있다 보니 야릇한 분위기로 흘러가지는 않을지 두려웠다.

'하지만… 그녀라면 내가 정착할 수도 있지 않을까. 적어도 다른 여자들이 눈에 들어오지는 않을 것 같은데.'

이혜연의 방에서는 상쾌한 향기가 났다.

바로 조금 전까지 공부를 하고 있었던 듯, 책상에는 책과 노트가 펴져 있었다.

잠시 후, 그녀가 드라이버와 망치 등이 들어 있는 공구함을 들고 왔다.

"많이 기다렸죠? 텔레비전이 잘 안 나와요. 고쳐 주세요."

"응?"

"텔레비전 좀 수리해 주세요. 집이 오성 전자라면서요."

"집이 오성… 전자라고 해서 텔레비전을 수리할 수 있는 건 아니지. 그럼 집이 한국 자동차면 자동차를 만들 줄 알게?"

최지훈은 난감했지만, 일단은 공구들을 이용해 텔레비전을 분해해 보았다. 그리고 다행히 회로의 이상 부위를 찾아내 납땜하는 것으로 고칠 수 있었다.

"아! 이제 화면이 나온다."

최지훈은 긴장으로 이마에 흥건한 식은땀을 닦았다.

오래된 구형 텔레비전이었지만 어릴 때 취미 삼아 분해해 본 적이 있었다.

'그 경험이 이렇게 도움이 될 줄이야.'

최지훈은 입가에 미소를 머금었다.

'이제 오붓하게 대화를 나눌 수 있겠구나.'

스스로가 미덥게 느껴지고 있을 찰나, 이혜연이 천진하기 이를 데 없는 밝고 환한 웃음을 지었다.

"정말 고쳐졌네. 신기해요."

최지훈은 조금 과장스러운 몸짓으로 자기 가슴을 두들겼다.

"이런 것쯤이야 금방이지. 앞으로도 이런 일 있으면 언제든 나만 불러."

"정말 그래도 돼요?"

"그럼."

"실은 고장 난 게 더 있는데."

"……."

"가져와도 돼요? 아니면 피곤하신데 다음에……."

"아냐. 가져와."

이혜연은 정말로 가져왔다.

가스레인지, 오븐, 공기청정기, 가습기, 진공청소기, 휴대폰, 노트북, 프린터, 컴퓨터, 모니터, 카세트, 전화기, 선풍기, 밥솥, 비데까지!

"이, 이게 전부야?"

"아니요. 더 있는데요. 주방 냉장고가 잘 안 돼요."

"……."

"못 고치시겠어요? 다시 창고로 가져다 놓을까요?"

최지훈은 강하게 고개를 저었다.

"아냐. 해 볼게."

먼저 쉬운 전화기부터 손을 대었다.

오래된 부품들이 낡아서 사용할 수 없게 된 경우도 있지만, 간단한 고장들도 많았다. 수리 기간이 끝나면 작은 고장이라도 알아보지 않고 버리고 새로 장만해 버리기 때문이다.

"이 물건들은 다 어디서 났어?"

"원래 집에서 쓰던 물건들도 있고요, 오빠가 가져온 물건도 많아요. 신문 배달을 하면서 주워 온 거요."

"그렇구나."

수리하는 게 어렵기는 하지만, 최지훈은 옆에 있는 이혜연과 편하게 대화를 나눌 수 있었다.

드워프 마을 아이언핸드

"저기요, 조각술 스킬이 몇이세요? 중급은 확실히 넘으신 것 같은데, 중급 6레벨 정도 되나요?"

"제가 아끼던 철광석 하나 드릴 테니, 어떤 식으로 조각품을 만드셨는지 비결이라도 좀 알려 주시면 안 되나요?"

드워프들이 짧은 다리를 붙잡고 애원하는 특이한 광경이 벌어지고 있었다. 위드가 조각사 길드에서 영원한 조각사의 길을 걷게 되면서 벌어진 현상이었다.

띠링!

영원한 조각사의 길을 걷게 되었습니다.
조각술에 대한 진지한 마음가짐을 갖게 되어 일부 스탯에 변화가 생깁니다.
웅장한 예술성과 높은 기량을 성취하는 데 다소 도움이 될 것입니다.
조각사의 세계에 정식으로 발을 들여놓았습니다. 귀족들과 왕족들이 그대의 이름을 조각사 길드 등을 통해서 듣게 될 것이고 다른 조각사들은 불타는 경쟁심을 갖게 됩니다.

무한한 상상력과 발상의 전환, 창조성을 가진다면 조각술의 새로운 경지를 개척할 수 있을 것입니다.

조각술에 대한 열정으로 예술 스탯이 100 증가합니다.

매력이 50 늘었습니다.

조각술과 관련 스킬들의 효과가 20% 증가합니다.
특정 영구 소모 스킬들은 레벨과 스탯 소모량이 20% 감소합니다.

얻을 수 있는 다른 혜택들을 포기하고 택한 조각사의 길.

위드는 이미 조각술 분야에서는 유저들의 중심에 서 있다.

군중의 관심을 받으면서 만든 조각품이 세상을 놀라게 만들수 있을 테니 굉장한 영광과 명예가 따라오는 길이었다.

드워프 교관이 말했다.

"조각술의 심오한 세계는 평생을 바치더라도 끝을 보기 어려운 것이라네. 모험과 사냥에 빠진 사람들은 우리 조각술을 업신여기지만, 선조인 드워프 조각사 켄델레브는 모험을 무척 즐겼다고 하지. 그의 이야기를 들어 보았는가?"

주변에서 조각술을 성장시킨 비결을 알려 달라고 떼를 쓰던 드워프들이 잠잠해졌다.

드워프 교관이 무언가 정보를 이야기하는 것 같으니 유심히 듣는 것이었다.

'드워프 조각사 켄델레브?'

'아무도 해결하지 못했다던 퀘스트에 나오는 그 드워프의 이름이잖아.'

'헌데 시작하는 설명이 그때와는 좀 다른데.'

'어서 못 들어 봤다고 해!'

드워프들이 교관의 말을 더 들어 보기 위해 내심 안달을 내고 있을 때였다.

위드의 입에서 반사적으로 튀어나오는 추임새.

"그랬군요. 도전을 즐기는 우리 드워프에게는 참으로 바람직한 자세입니다. 드워프 조각사라면 탄탄한 다리로 어디든 걸어 다닐 수 있죠."

"암, 그렇지. 체력이 약한 인간 따위나 말을 타고 이동하는 게지."

"여행의 멋과 낭만은 역시 도보입니다. 직접 걸을 때에만 경험할 수 있는 감동이 있는 법이죠."

"역시 자네는 뭔가를 아는군."

구경하던 드워프들은 좀 짜증이 났다.

'무슨 교관과 이렇게 화기애애하게 대화를 나눠.'

'언제까지 수다만 떨려는 거야.'

드워프 교관이 다시 정색을 했다.

"아무튼 혼자 다니기를 좋아하는 드워프였지만, 누구도 그분을 해치지 못하였지. 엘프들에게도 극도의 존경을 받은 유일한 드워프라고 할 수 있네. 거만한 엘프들은 우리 드워프들을 존경할 줄 모르지만, 그분에 대해서만큼 예외였지."

"매우 훌륭한 조각사였던 것 같습니다. 엘프들은 웬만해서는 조각사를 싫어할 텐데요."

엘프의 종족적인 특징이었다.

그들은 나무나 바위, 혹은 점토 등을 이용해서 만드는 조각품을 경멸했다. 모든 사물들은 자연 그 자체로 완전한데 인위적으로 조각한다는 것을 마땅치 않아 했다.

조각을 위해 나무들의 생명을 빼앗기 때문에라도, 엘프들은 조각사를 굉장히 싫어했다.

그런 이유로 엘프들의 숲에는 조각사 길드조차도 없었다.

"나의 할아버지의 할아버지 때부터 내려오는 이야기지. 그분의 조각술은 가히 신의 경지에 다다랐다고 할 수 있으나, 아쉽게도 지금까지 남겨진 작품들이 없어."

자하브의 조각품은 로자임 왕국에서 탄압을 받아 대부분 파괴되었다. 하지만 예술품 수집가들의 창고나 다른 왕국의 왕성 등에는 상당수 보관되고 있었다.

교단의 신전이나 전사의 탑, 마법사의 탑에도 흔히 거장들의 조각품들이 보존되어 있는데, 드워프 조각사 켄델레브는 아예 자신의 작품을 후대에 전하지 않았다는 뜻이다.

"지금은 그래서 드워프들 사이에서만 그분의 실력을 짐작하고 있을 뿐이지. 교만한 엘프들은 자신들을 놀라게 만들었던 우리 선조에 대한 이야기를 아예 하지 않고……."

"제자나 가족도 없습니까?"

위드는 어떻게든 켄델레브의 후인이라도 보고 싶었다.

"없다네. 혼자 다니기를 너무 좋아해서 결혼도 하지 않고 쓸쓸하게 지냈다는군. 마지막에 그분이 지내시던 곳이 어디였는지도 알려져 있지 않아. 다만 우리 드워프들은 자신이 만든 작품을 매우 사랑하지."

"그렇지요."

드워프는 자신이 만든 무기나 방어구, 예술품 들에 대한 자부심이 굉장한 종족이었다.

"평생 만든 조각품을 아무도 볼 수 없게 파괴해 버렸다고는 믿지 않아. 추측일 뿐이나 아주 찾기 힘든 곳에… 우리 드워프들 중에서조차도 뛰어난 장인이 아니라면 들어가지 못하는 그런 곳 어디엔가 자신의 거처를 만들어 놓지 않았을까 하는 생각도 드는군. 안목이 남다른 조각사라면 그곳을 발견할지도 모르지."

위드는 고개를 끄덕였다.

"그럴지도 모르겠군요."

"혹시라도 그분의 흔적을 발견하게 되거든 꼭 나에게도 알려주게. 오만한 엘프들과 인간들의 콧대를 눌러 주고 싶어서 그러네."

띠링!

조각술 교관 조르비드의 부탁

드워프 조각사 길드에 오래전부터 내려오는 믿을 수 없는 이야기. 드워프들에게도 불과 물, 밝음과 어둠을 조각할 수 있는 조각사가 있었다고 한다. 하지만 인간들은 그 말을 믿지 않았다.

"드워프들은 질이 뛰어난 무기를 만들 수 있는 종족이긴 하지. 하지만 높은 기량이 있다고 해도 예술에 대해서는 무지한 어린아이와 같아. 키도 작은 그들이 조각품에 대해서 알면 얼마나 알겠나? 하하하!"

엘프들이 했던 모욕적인 언사도 숲에 메아리쳤다.

"드워프들은 자연이 주는 신비함과 아름다움에 대해서 배울 필요가 있어요."

모든 드워프들에게 굴욕적인 말이었지만, 항변할 수 없었다. 드워프들의 자긍심을 되찾기 위하여, 드워프 조각사 켄델레브의 흔적을 찾아라.

난이도: 드워프 종족 조각사 퀘스트.

보상: 드워프들의 영광.

제한: 드워프, 조각사 한정. 실패할 경우 드워프 마을에서 인간이나 엘프와 같은 대우를 받게 된다.

옆에서 듣고 있던 다른 드워프들이 극구 만류했다.

"이 교관 또 이 퀘스트 내놓네."

"받지 마세요. 조각술을 이제 막 익힌 드워프들에게도 막 내주는 저급 퀘스트예요. 일단 받고 나면 포기도 어렵고요, 절대 성공하지 못하는 퀘스트예요. 장담해요."

"제가 이 퀘스트 받아 봤는데, 켄델레브에 대해서는 아무도 몰라요. 이틀이나 고생하다가 내던진 퀘스트예요. 하락한 명성이랑 친밀도 다시 올리느라 얼마나 고생했는데요."

드워프들은 처음 보는 드워프에게 주는 의뢰라면서 절대 하지 말라고 만류하고 있었다. 하지만 그들도 상당히 의아하기는 했다.

'그때 나한테 늘어놓던 의뢰 설명과 조금 다른데…….'

솔직히 많은 차이가 있었다.

다짜고짜 켄델레브에 대해서 궁금하지 않냐면서, 본인이 궁금하다고, 알아봐 달라고 강압적으로 의뢰를 한다.

종족 퀘스트. 성공하면 상당한 추가적인 보상이 있을 것 같아 받아들였지만, 땅을 치고 후회한 드워프가 한둘이 아니다.

하지만 그때와는 다르게 위드에게는 무언가 상세하고 친절한 설명을 해 주는 것이었다. 명성과 친밀도, 조각술의 수준에 따라 교관의 대우가 달라진다는 것을 극명히 보여 주는 예다.

그리고 위드는 말했다.

"우리 드워프들에게도 위대한 조각사가 있었다는 사실을 저는 믿습니다. 엘프들의 높은 콧대를 뭉개 주기 위해서라도 반드시 찾아보겠습니다."

> 퀘스트를 수락하였습니다.

"고맙네. 꼭 찾기를 바라겠네."

교관이 감사의 뜻으로 조각용 엘프목을 선물해 주었다.

"아! 정말 퀘스트를 받아들였어."

"그렇게 말렸는데… 님, 늦기 전에 지금이라도 취소하세요."

옆에 있던 드워프들이 더 극성이었다.

솔직히 뭔가 불안하기는 했다.

본인이 받았던 퀘스트가 실패할 무렵만 해도, 아무도 깨지 못할 퀘스트라고 여겼다. 그런데 위드가 받으니 왠지 모르게 성공할지도 모른다는 불안감이 든 것이다.

"교관님, 저도 그 켄델레브란 조각사에 대해서 믿습니다. 저도 찾아보고 싶습니다."

"저도…….."

"자네들은 예전에 이미 실패하지 않았나? 하지만 이런 좋은 일에는 많은 드워프들이 참여할수록 좋겠지."

눈치 빠른 드워프들은 혹시나 모를 불이익을 감수하고 교관으로부터 같은 의뢰를 받아 냈다.

그 틈을 타서 위드는 조용히 조각사 길드 밖으로 나왔다.

드워프 마을 아이언핸드는 험준한 산봉우리를 따라 만들어졌다. 대장간이나 집 들이 경사지게 지어지고, 광장은 계단 형태를 이루고 있다. 평평한 지형이 아예 없는 건 아니지만 좁아서 비싼 자릿세를 내야 했다.

어느 마을에서도 필요하지 않은 물품들을 팔고, 동료를 구하기 위해서는 광장만큼 좋은 장소가 없었다.

위드는 그 광장의 구석에 자리를 잡고 조각품을 깎았다.

사각사각.

"저 드워프가 조각술이 뛰어나다던데, 정말일까?"

"두고 보면 알겠지. 아무도 깨지 못했던 켄델레브의 퀘스트도 자신 있게 받아들였대."

"잘 지켜봐야겠어."

위드를 감시하는 드워프들도 있었다. 켄델레브의 퀘스트에 대해 진한 아쉬움을 갖고 있던 유저들. 퀘스트를 해결하기 위해 위드를 따라다닐 작정이었다.

위드는 자리를 뜨지 않은 채로 조각품만 만들었다.

둥그런 나무토막을 빙글빙글 돌리며 마치 사과 껍질 깎듯이 잘라 내는 신묘한 기술!

드워프가 되고 난 지금도 미지의 존재들이 귓가에 속삭이고 있었다.

─지금까지 무시해서 미안해. 어서 나를 조각해 줘.

─나를 봐. 나를 보고 조각하란 말이야. 조각사란 원래 그런 존재잖아.

─약해. 나약해. 힘을 갖고 싶지 않아?

조각술의 비기를 써서 드워프로 변신한 때문인지, 유혹의 말을 속삭이는 그들의 태도에 정중함이 깃들었다.

조각사 길드에서 실력을 보여 줄 때부터 저주를 걸거나 하지는 않았으니, 마음 놓고 조각을 했다.

"자, 자! 날이면 날마다 오는 것이 아닙니다. 조각품을 만들어 드립니다. 줄을 서세요, 줄을!"

그러면서 어린 드워프들을 상대로 기념품을 팔아먹었다.

손재주가 뛰어난 드워프들은 장인의 직업을 주로 택하지만, 워리어나 전사가 되는 이들도 많다. 드워프라는 종족 자체에 매력을 느낀 경우였다. 또 체구가 작으면 전투 시에 유리함도 상당히 컸다.

그런 드워프들에게 조각품을 팔아먹고, 물건을 사고팔기 위해 찾아온 상인들, 관광객들에게도 조각품을 판매한다.

"1쿠퍼만 더 주시면 안 돼요?"

"열심히 만든 조각품인데……. 1개만 더 깎아 주세요. 싸게 모실게요."

"특별 할인 행사합니다. 지금 조각품을 깎는 분에게는 30% 할인! 선착순 5명까지만 받습니다."

영업을 위한 각종 멘트들에, 감시하던 드워프들의 자존심이 붕괴되어 갔다.

지켜보던 드워프들의 절반이 떨어져 나갔다.

감시자들을 떨어뜨리기 위해 벌인 일이었지만, 위드는 정말로 의욕이 넘치고 있었다. 다른 마을이나 왕국에서 조각품을 깎아서 팔던 것과는, 고객들의 반응이 차원이 달랐다.

"드워프가 만드는 것이니 뭔가 다르겠죠. 1골드 드릴게요."

"고맙습니다. 참 예쁘네요."

"드워프 마을에 온 기념품이라고 일부러 이렇게 만들어 주신 거예요? 고맙습니다."

드워프의 장인 정신을 존중하여, 웬만해서는 부르는 값을 그대로 쳐준다. 인간들의 마을에서 잡상인 취급을 받던 때와는 달랐다.

손님들의 외모를 드워프의 형태로 익살스럽게 변형해 만들어 주는 조각품도, 절정의 인기로 날개 돋친 듯이 팔려 나갔다.

그리고 그 어떤 것보다 우선해서 간혹 만들어지는 걸작들!

띠링!

걸작! 〈드워프 소년〉을 완성하였습니다!

모자를 눌러쓰고 있는 유쾌한 드워프 어린이. 동심을 찾아보기 힘든 외모를 가지고 있지만, 덜 자란 수염은 아직 나이가 많지 않음을 짐작하게 한다. 자세히 본다면 조각사의 심도 깊은 예술성이 어딘가에서 발견될 수도 있을 것이다.

예술적 가치: 자질 있는 조각사의 작품. 73.

옵션: 행운 7 상승.

지금까지 완성한 걸작의 숫자: 34

> 조각술 스킬의 숙련도가 향상되었습니다.

> 명성이 1 올랐습니다.

자잘한 물품들을 조각했을 때에는 걸작이 잘 나오지 않았다. 스스로 생각하기에도 매우 잘했다 싶을 때에도, 가뭄에 콩 나듯이 나올 정도였다.

그런데 영원한 조각사의 길을 걷기로 한 이후로는 걸작들이 상당히 빈번하게 나왔다.

'스킬의 효과가 늘어난 덕분이겠지.'

위드를 흡족하게 만들어 주는 요소였다. 조각술만이 아니라 연관 스킬들의 효과도 20%나 늘어날 테니까.

조각 검술은 위력이 20% 늘어나고, 조각 변신술은 종족의 특성이 강화되었다.

아까워서 차마 사용하지도 못하던 조각품에 생명 부여는, 스킬을 사용할 때마다 줄어들던 소모량이 20% 감소했다. 앞으로는 생명을 부여할 때마다 예술 스탯이 6개, 레벨은 1개 그리고 경험치의 60%가 줄어들도록 변했다.

이제는 좀 더 적극적으로 조각술 관련 스킬들을 활용할 수 있게 되었다는 뜻.

걸작이 나올 때마다 위드는 고개를 절레절레 저었다.

"이건 실패작이로군요."

"네? 제가 보기엔 충분히 괜찮은 것 같은데요."

"아닙니다. 이건 버려야겠습니다."

위드는 걸작들을 배낭에 조심해서 넣었다.

"그냥 주셔도 되는데……."

"조각사의 자긍심을 걸고, 제 마음에 들지 않는 조각품을 판매할 수는 없는 노릇이지요. 손님께서는 조금만 더 기다려 주셨으면 합니다."

"정 그러시다면… 더 예쁜 조각품으로 만들어 주세요."

위드는 그런 식으로 걸작들을 따로 모았다.

고깃집에서 아르바이트를 할 때부터 배운 기본적인 처세술!

"아저씨, 여기 사이다 한 병 주세요!"

사이다 회사에서 병뚜껑에 한 병 더 이벤트를 한 때가 있다.

손님들이 주문한 사이다를 따 주며 자연스레 뚜껑을 옷소매에 갈무리하던 완숙도 높은 경지를, 이미 10대 중반에 불법 아르바이트를 히면서 터득한 위드였다.

그렇게 걸작들을 45개가량 모았을 무렵에는 돈도 1,200골드나 벌 수 있었다.

다른 장인들에 비하면 푼돈이었지만, 모든 자산을 모라타에 투자하고 나서 빈털터리 신세였으니 이마저도 귀한 셈!

위드는 밤새 조각품을 만들었다.

아침이 되면 드워프해방단체 소속의 드워프들이 광장을 돌았다.

"하루치 세금을 납부하게!"

광장에서 상업 행위를 하려면 세금을 내야 되고, 세금을 내지 않으면 강제로 쫓겨난다.

아이언핸드 마을을 지배하고 있는 길드는 드워프해방단체!

드워프해방단체가 지배하는 마을들의 세율은 다른 곳보다 높은 편이라서, 무려 35%나 되었다.

살인적인 고세율!

단체의 이름과 걸맞지 않게 횡포를 부린다는 평가가 대다수였다.

'이름을 바꾸면 좋겠군. 드워프착취단체가 더 나을 텐데.'

드워프해방단체를 포함하여 8개 정도의 길드들이 토르 왕국의 중소 마을들을 다스리고 있다.

악룡 케이베른에게 매달 생산품들을 상납하는 데다가 또 길드들이 뜯어 가서, 어지간한 드워프들은 부유하지 못했다.

대장장이 스킬이 중급에 이른 드워프들은 두 눈을 부라리면서 세금을 깎아 주지 않으면 다른 곳으로 가 버린다고 엄포라도 놓았다. 하지만 그 정도의 영향력도 안 되는 이들은 울며 겨자 먹기로 달라는 세금을 그대로 내야만 했다.

드워프해방단체는 위드에게도 다가왔다.

"아트핸드, 너도 세금을 내야지."

"어르신들, 하루 벌어 하루 먹고사는 처지의 가난한 드워프입니다."

"다른 조각사들도 다 세금을 내고 있다. 그리고 듣기로는, 꽤나 잘 버는 축에 속한다던데."

"제가 조각술에만 매진하면서 손님들이 다소 있는 것은 사실입니다. 그래도 다른 이들이 저를 질투하여 중상모략하고 있는 거지요. 조각사가 벌어 봐야 얼마나 벌겠습니까?"

"그래도 규율은 규율이지. 20골드 내라."

"15골드만 받아 주세요."

"20골드. 한 푼도 못 깎아 주니, 싫으면 마을을 떠나."

워리어 드워프들의 협박 속에 위드는 20골드를 납부해야 했다. 다른 무기 장인들이 수백 골드씩 세금을 내는 것에 비한다면 적은 편이지만.

이런 수입들이 모여, 드워프해방단체의 수익은 엄청났다.

악룡 케이베른의 비호 속에 몬스터들이나 다른 왕국의 침입이 없으니 군대를 유지할 이유도 존재하지 않았다. 드워프 세력끼리 충돌은 가끔 벌어졌지만, 심한 수준으로 확대되지 않고 금방 사그라졌다.

드워프들은 기본적으로 공성전이 어려운 종족이었다.

지형이 험한 산에 마을이나 도시 들이 지어져 있어서 수비하는 측이 압도적으로 유리하고, 마법사나 궁수의 직업을 택할 수 없다 보니 공격할 마땅한 수단이 없다.

드워프들은 왕국에 실망했다.

그들에게는 고향이지만, 어느 정도 실력을 쌓으면 베르사 대륙 전체로 흩어지게 되는 이유였다.

⁂

"아! 참 예쁜 조각품이네요. 최근 만드신 것들 중에서 제일 좋아요."

"무슨 소리야, 핀. 어제 만든 황동상이 더 위엄 있었는데. 드워프 꼬마의 심란한 상태라는 조각품이 얼마나 괜찮았나."

"여자들이 보기에는 오늘 만드신 조각품이 더 마음에 든다니까요."

위드가 만든 조각품을 가지고 옥신각신 싸우는 두 사람이 있었다. 드워프 대장장이의 직업을 가지고 있는 헤르만. 그는 조각품을 만드는 위드를 보자마자 말했다.

"자네는 대장장이 기술도 뛰어날 것 같아 보이는구만."

위드는 되묻지 않을 수 없었다.

"어떻게 그런 생각을 하셨습니까?"

"탁 보면 알지. 자네는 원래 이곳 토박이 드워프가 아니지?"

"예."

"이곳 드워프들끼리는 서로 안면 정도는 트고 지내는 경우가 많아. 다른 이들의 눈에는 다 똑같아 보이는 드워프더라도, 자세히 보면 조금씩 다르다네."

수염의 길이, 모발의 색깔, 재킷의 형태, 머리의 크기까지도 드워프들의 취향에 따라 차이가 있었다. 다른 인간이 보기에는 구분하기 어려워도, 같은 드워프라면 알아보기 쉬운 법이다.

헤르만이 수염을 가볍게 쓸면서 얘기했다.

"토르 왕국의 조각사 드워프들은 내가 어느 정도 아는 편인데, 그들 중에 자네와 같은 이는 없었어."

"조각사를 알고 계시는군요."

"특이할 것도 없는 일이지. 조각술이야말로 손재주의 기본이 되는 스킬이 아닌가?"

"……."

"조각술을 경지에 이르도록 수련했다면 다른 스킬들을 배우지 않았을 까닭이 없지. 대성하기는 어려워도, 일정 수준까지는 쉽게 익힐 수 있을 테니까 말이야."

"그런 드워프가 많나 봅니다."

"조각술을 익힌 드워프라면 거의 대부분 그런 꿈을 꾼다고 봐도 되겠지. 하지만 솔직히 그 숫자가 많진 않을 거야. 조각술 하나만 익히기도 벅찬 마당에 다른 스킬들까지 어찌 익히겠는가? 하지만 자네 정도라면 가능할 것도 같군."

"어째서 저를 그렇게 높이 쳐주시는지요?"

"자네가 이 자리에서 빵 부스러기를 먹으며 조각품을 만든지 몇 시간째인지 아는가?"

위드는 시간에 대해서는 의식하지 않았다.

"벌써 22시간째야. 침착성과 끈기 그리고 범상치 않아 보이는 조각술 스킬을 가지고 있다면 틀림없이 다른 스킬들도 익히고 있을 거라고 짐작했을 뿐이네."

드워프 중에는 유난히 나이 많은 유저들이 많다.

생산, 제조 등의 특정한 분야에 매진한다는 것은 혈기가 왕성한 젊은 청년들에게는 심심하고 지루한 까닭이다.

헤르만도 40대 중반의 지긋한 나이를 가진 유저였다.

아들과 딸은 다른 왕국에서 군인, 정원사의 직업을 가지고 있다가 서너 달에 한 번씩 들른다고 한다. 헤르만은 자식들이 오면 만들어 놓은 무기와 방어구 들을 손봐 주는 재미로 살고 있다는 것이었다.

헤르만과 함께 있는 여성 유저의 이름은 핀.

귀여운 이름을 가지고 있는 그녀의 종족은 요정족!

파리 크기의 페어리들과는 달리, 성인 인간과 비슷한 몸을 가지고 있는 요정 종족이었다. 직업도 정령술사였는데, 드워프 마을에 여행을 왔다가 정착했다. 핀이 익히고 있는 정령술의 특징 때문이었다.

대지 계열의 정령술이 토르 왕국에서는 효과가 배가된다. 정령술을 골고루 익히기 위해, 취약한 대지 계열 정령술을 중급 이상까지 올리고 싶다면서 머무르고 있는 것이다.

위드는 아이언핸드 마을의 광장에서 조각품을 만들면서 두 유저 외에도 다수의 드워프 주민들과 친분을 나눴다.

"아트핸드, 주문한 자개장은 끝났나?"

"예. 여기 만들었습니다."

위드는 미리 만들어 두었던 자개장을 건넸다.

순수한 조각품이라고 하기에는 무리가 있지만 간단한 가구들, 손이 많이 가는 가구들은 만들 수 있었다.

목공, 철공, 각종 절단, 세공, 붙임 등 조각술은 손으로 하는 모든 작업의 기본과 같은 기술이었으니, 실용적인 면도 은근히 뛰어나다.

자개장은 꼼꼼하고 쓰기 편해야 된다. 그러면서 예술적인 면이 필요해 쉽게 만들지 못했다.

"좋아, 아트핸드! 어려운 부탁이었을 텐데 제대로 마음에 들어. 과연 우리 드워프 일족답게 꼼꼼하게 마무리해 주었군."

드워프가 값을 치르고 자개장을 받아 떠났다.

위드도 이런 거래는 만족이었다. 재료비가 많이 드는 자개장 같은 의뢰는 제법 돈이 남으니까.

"아트핸드, 부탁했던 검집 세공은 어찌 됐어?"

"여기, 다 해 놓았습니다."

"고마워. 다음에 또 부탁하지."

드워프들은 계속 찾아왔다.

"아저씨, 제가 떨어뜨려서 깨진 학 조각상은 다 고쳐 놨어요? 엄마한테 들키면 큰일 나요."

"고급 접착제를 이용해서 목 부분을 원래대로 붙였단다."

"전혀 티가 안 나는 거죠?"

"그럼."

위드는 드워프 주민들이 부탁하는 모든 의뢰를 해치우고 있었다.

가끔 특별한 조각품을 만들어 달라는 경우도 있었지만, 대부분은 사소한 의뢰들이 주를 이루었다. 드워프들은 크게 원하는 예술품이 있다면 스스로 만드는 종족이지 남에게 부탁을 하지 않는 것이다.

드워프 주민들이 요청하는 의뢰들은 명성이나 친밀도, 보상이 그리 크지는 않았다.

가끔 까다로운 조각품 제작 의뢰에만 신경을 집중하면 어렵지 않게 성공할 수 있는 수준!

그때 붉은 조끼를 입고 있는 주정뱅이 드워프가 거리를 걸으며 무언가를 찾고 있었다.

"어디 있지? 어디에 가면 구할 수 있을까. 아저씨와의 약속

시간까지 얼마 남지 않았는데 말이야."

그 모습을 발견한 위드는 눈을 빛냈다.

'길었던 기다림의 시간을 끝낼 때가 되었군.'

드워프 조각사 켄델레브에 대해서는 마을의 어떤 드워프도 알지 못했다. 토르 왕국의 다른 마을로 가더라도 상황은 크게 다르지 않을 것이다.

먼저 퀘스트를 받아 놓은 이들이 조사를 해 보지 않았을 리가 만무했던 것.

—그들은… 태초부터 있었지만 형태를 갖추지 못한 존재들. 조각술을 사랑하는 자여, 그대가 가야 할 길은 작은 이들의 왕국. 고집 세고 섬세한 그들이 커다란 자부심을 느끼는 장소에 길이 있을 것이다.

그러한 이유 때문이 아니더라도, 프레야 여신의 기원으로 얻은 정보를 확인하기 위해 가 봐야 할 장소가 있었다.

위드는 주정뱅이 드워프를 향해 말했다.

"혹시 좋은 철광석을 찾고 계십니까?"

"맞아! 맞아! 어떻게 알고 있지? 아냐. 그건 중요한 문제가 아니고, 아무튼! 혹시 쓸 만한 철광석을 가지고 있다면 나에게 좀 팔겠는가? 어려운 부탁인 것은 나도 알아. 다른 드워프에게는 감히 이런 부탁을 안 할 거야. 자넨 곤경에 빠진 이들의 청을 거절하지 않는다니까 해 보는 소릴세."

띠링!

위드에게는 드워프들의 의뢰를 수락하면서 보상으로 받은 철광석이 있었다. 드워프 주민들이 돈이 아니라 광석이나 단검 등을 주었던 것이다.

"제가 철광석을 구해 드리겠습니다."

"그래 주겠나? 정말 고맙네."

퀘스트를 수락하였습니다.

"그럼 시간이 급한데 말이야, 언제까지 철광석을 구해다 줄 수 있겠나? 난 약속을 중요하게 생각하는 드워프야. 자네도 약 속에 늦지 않게 철저하게 지켜 줘야 되거든."

"마침 제가 지금 가지고 있는 철광석이 있으니, 바로 드리겠 습니다."

위드는 배낭을 뒤적여서 2등급 철광석 20개를 골라 건네주 었다.

"이, 이렇게 고마울 데가! 이거라면 대장간 노블핸드 어르신 과의 약속을 지킬 수 있겠구만!"

띠링!

데인핸드가 물었다.

"그래, 철광석의 가격으로는 얼마나 주면 되겠나? 시세보다 20실버쯤 더 쳐주면 되겠지?"

2등급 철광석 1개의 시세는 1골드 30실버.

상인이 흥정을 통해 넘기는 금액은 이보다 높을 수도 있지만, 위드에게는 괜찮은 가격이었다.

그러나 위드는 터무니없다는 듯이 강하게 고개를 저었다.

"저는 급한 사정을 이용해서 돈을 요구하는 파렴치한 드워프가 아닙니다. 원래 시세인 1골드 30실버만 주시죠."

"그럼 그렇게 할까? 실은 선술집에 밀린 맥줏값을 내야 하는 처지이긴 해."

데인핸드는 수염을 쓰다듬으며 만족스러워했다.

"자네, 참으로 마음에 드는 드워프로군. 철광석을 20개나 가지고 다니는 걸 보니 철을 아주 좋아하는 모양이야. 그리고 무리한 요구도 하지 않고 제 가격을 받으려고 하다니, 매우 양심적인 드워프군."

위드는 철광석의 가격으로 26골드만 받았다. 그러자 데인핸드가 선심 쓰듯 말했다.

"혹시 노블핸드 어르신의 대장간을 구경해 보고 싶지 않나?"

위드는 전혀 모르는 드워프처럼 반문했다.

"누구의 대장간요?"

"원래 아저씨는 친한 드워프가 아니라면 대장간에 누가 들어오는 것을 무척 싫어하시지만, 내 부탁이라면 거절하진 않을 거야. 난 선술집에 가야 해서 바쁘니, 대장간에 이 철광석도 가져다주면 좋겠어."

다시금 나타난 난이도 F급 퀘스트!

철광석 20개를 드워프 노블핸드의 대장간까지 가져다주는 간단한 의뢰였다.

위드는 의뢰를 받고 나서 자리에서 일어났다.

헤르만과 농담을 하며 놀고 있던 핀이 고개를 돌려 물었다.

"퀘스트를 하러 가시는 거예요?"

"네."

"성공하시길 빌어요."

헤르만도 손을 흔들었다.

"수고하게."

"그럼 다음에 뵙겠습니다."

위드는 가볍게 고개를 숙여 보인 후에 발걸음을 옮겼다.

⚜

"가네요. 다시 이곳으로 돌아오지는 않겠죠?"

"목적했던 바를 이루었으니까. 역시 데인핸드의 의뢰를 기다리고 있었군."

그가 멀리 떠나는 것을 보며 핀과 헤르만은 아쉬운 눈길을 보냈다.

헤르만이 광장의 다른 사람들에게는 들리지 않을 정도로 낮은 음성으로 말했다.

"쿠르소로 가기 위한 여덟 가지 방법. 가장 쉬운 방법은 데인 핸드의 의뢰를 잡는 거지만, 상당한 끈기가 필요하지."

"그는 어떻게 알게 되었을까요?"

"어딘가 정보통이 있지 않았겠나. 아무튼, 더 이상 우리도 이곳에 있을 필요는 없겠어."

헤르만과 핀이 자리를 털고 일어났다.

광장의 다른 드워프들은 잠시 그들을 눈여겨보다가 이내 시선을 돌렸다.

"다시 쿠르소로 돌아가는 건가요?"

"그래야지. 우리도 해야 할 일이 있으니까."

"먼저 가서 기다리다가 놀라게 해 주는 것도 재밌을 거예요."

"어린 아가씨가 그에게 빠진 모양이로군."

"숙녀를 놀리지 말아욋! 그리고 그런 거 아니란 말이에요."

핀은 고개를 저으며 강하게 부정했다.

고개를 흔들 때마다 요정족 특유의 초록빛 더듬이가 머리카락 사이에서 잠깐씩 보였다.

헤르만이 너털웃음을 지었다.

"껄껄! 이상한 매력이 있지? 평범해 보이면서 무심하고, 괜히 시선을 잡아끄는 그러한 매력 말이야."

"그래요. 솔직히 신경이 쓰이기는 해요. 드워프를 남자로 느껴 보기는 처음이거든요. 그런데 아직 사랑이나 애정 같은 감정은 아니라고 생각해요. 그리고……."

"그리고, 뭐?"

"그리고 말해 두지만, 조각품을 만들 때의 손 움직임은 충분히 매력적이에요."

"껄껄껄!"

헤르만은 유쾌하게 웃음을 지었다.

쿠르소

드워프의 대장간에도 등급이 있다.

실력이 낮은 축에 드는 드워프들은 마을의 아래쪽에 대장간을 차렸다.

물론 그들의 솜씨도 인간이나 다른 종족들보다는 훨씬 뛰어난 편. 파손이 심한 무기나 방어구의 수리 따위는 금세 해치워 버린다. 대장간에서 직접 생산한 물품들의 품질도 나쁘지 않아, 상인들의 손에 의해 베르사 대륙 전역으로 팔려 나갔다.

노블핸드의 대장간은 아이언핸드 마을에서도 가장 위쪽에 있었다. 그만큼 존중받는 드워프 장인이라는 뜻이다.

위드가 대장간으로 찾아갔을 때, 드워프 노블핸드는 땀을 뻘뻘 흘리면서 도끼의 날을 세우는 중이었다.

"무슨 일인가, 어린 드워프!"

"데인핸드를 대신해서 철광석 20개를 가져왔습니다."

"그 녀석이 이번에는 웬일로 약속을 지키는군. 혹시라도 내가 풀무질하는 것을 보고 싶다면, 구석에서 조용히 지켜봐도 괜찮아.”

퀘스트에 성공하고 나서도 30분 정도를 기다렸다가 노블핸드의 의뢰도 받았다.

철광석에서 철을 추출할 시간이 없다면서, 알아서 녹여 철괴로 만들어 오라는 의뢰!

굳이 지정된 대장간에서 주문해야 하는 것이 아니기에 위드는 철광석에서 직접 순도 높은 철을 뽑아냈다. 대장장이 스킬 초급 3레벨만 되어도 충분히 할 수 있는 일이다.

“급했는데 일을 빨리 잘 처리해 줘서 고맙군. 그리고…….”

노블핸드는 철괴를 보더니 크게 놀랐다.

“어떤 드워프가 이 철괴를 만들었지?”

“무슨 문제라도 있습니까?”

“적당한 무게 배분에 크기가 일정하고 순도도 높군. 이런 실력의 대장장이라면 100개의 검을 만들더라도 일정한 품질을 유지할 수 있겠어.”

노블핸드는 위드가 만든 철괴를 크게 칭찬했다.

검을 100개 만든다고 하면, 아무래도 몇 개는 의도치 않은 실패작이 나오기 마련이다. 미세한 재료량의 차이, 불의 온도, 두드리는 강도에 따라서 말이다.

나무 조각품의 경우에는 철보다 훨씬 적은 질량을 가지고 황금 비율을 맞춰야 하며, 조각의 세밀도도 훨씬 높다. 위드는 나무 조각품으로 단련된 덕분에 그리고 손재주 덕에, 철괴의 일정함을 유지하는 것은 어려운 일이 아니었다.

노블핸드가 정색을 하고 말했다.

"그런데 양이 40그램씩 모자란 것 같은데… 20개의 철광석에서 이 정도의 철밖에는 추출되지 않았나?"

"……."

"뭐, 이 정도 차이는 크게 중요하지 않으니 넘어가지. 혹시 자네도 모두가 놀랄 만한 엄청난 무기를 가지고 싶지 않나?"

다크 게이머 길드의 정보를 읽었을 때 여기서의 대답은 '그렇다.'였다.

"세상을 경악하게 만들 무기를 갖고 싶습니다. 드워프들이 만든 무기만이 그에 걸맞은 자격이 있다고 생각합니다."

노블핸드는 만족스러운 듯이 웃으며 수염을 쓰다듬었다.

"그래. 우리 드워프들만이 광물을, 보석 들을 다룰 능력이 있지. 인간들의 실력은 절대 우리를 쫓아오지 못해."

드워프들의 끝을 모르는 자부심!

불을 다루는 일에서만큼은 최고로 정평이 나 있었으니 근거 없는 자만심은 아니었다.

"드워프의 무기라……. 자네는 얼마나 되는 무기를 구매하기를 원하나?"

여기서도 가격은 그리 상관없었다.

비싸게 부른다고 해서 사야만 하는 것도 아니고, 일정 수준 이상의 가격만 부르면 된다.

위드는 당당하게 말했다.

"5,000억 골드짜리 무기를 사고 싶습니다."

그러자 노블핸드는 버럭 짜증을 냈다.

"5,000억 골드! 우리 드워프들이 가진 돈을 다 합쳐도 그렇게는 안 되지. 허황된 꿈을 가지고 있는 줄 몰랐군. 썩 내 대장간에서 나가게!"

이대로 물러나면 그간의 고생은 모두 헛일이 된다.

위드는 급히 자신의 말을 보완했다.

"드워프들의 무기라면 그만한 가치가 있다는 말입니다. 제가 가진 돈은 2만 골드 정도입니다."

실제로 가진 돈은 2,600골드밖에 없다.

잡템이나 필요하지 않은 장비들도 다 팔아서, 그야말로 거지 신세!

"2만 골드나 있다고?"

"예."

"드워프들이 만든 무기를 사기 위해서 가져온 돈인가?"

"맞습니다."

"그렇다면 내가 도와줄 수 있는 일이 있겠군. 드워프들은 모두 부유해 보이지만, 사실 꼭 그렇지는 않아. 늘 뭔가를 만들면서 성공과 실패를 반복하는 까닭에 돈이 별로 없다네. 언제나 비싼 재료비에 허덕이니 적자야, 적자."

상인들이 드워프 왕국에 올 때 비싸게 팔 수 있는 것은 두 종류다.

재료 아이템과 맥주.

드워프들은 그들이 만들려고 하는 물품의 재료에 대해서는 돈을 아끼지 않아, 시세가 비싼 편이다.

그러나 다른 사치품들은 거의 사지 않는다.

드워프들의 여윳돈이 그리 많지 않았고, 또 어떤 장식품이라고 해도 어울리지 않는 외모 때문이었다.

귀걸이를 주렁주렁 달고 있는 드워프나 코를 뚫은 드워프가 어디 상상이나 되는가.

사실 1명도 없었던 것은 아니지만, 그들은 드워프 사회에서 전부 매장당했다.

"자네가 가진 2만 골드라면 내가 아는 드워프들에게 큰 도움이 될 거야. 그들이 만든 물품들이야말로 진짜 최고라고 할 수 있어. 소개장을 써 줄 테니 이것을 가지고 동쪽 네인핸드 마을로 가게. 그리고 가장 오래된 폐광을 찾으면, 진짜 뛰어난 드워프들이 사는 곳을 볼 수 있을 거네."

띠링!

드워프 노블핸드의 소개장을 획득하였습니다.

위드가 필요로 하던 물건은 바로 이 소개장이었다.

다크 게이머 연합의 정보를 뒤져서 접근할 수 있는 방법을 간신히 알아낸 장소.

재주가 뛰어난 드워프들이 모여 있으며, 고급 대장장이 스킬까지 배울 수 있는 곳.

빛 한 점 없는 오래된 폐광을 걸어 들어가면, 지하 호수와 함께 드워프들의 도시가 나타난다.

돌과 철, 금으로 세워진, 드워프 장인들이 사는 도시였다.

그곳에 들어갈 수 있는 모든 준비가 끝난 것이다.

위드는 어렵지 않게 네인핸드 마을로 가서, 가장 오래된 폐광을 수소문해 들어갔다.

폐광은 끝을 모르도록 깊은 지하로 연결되어 있었다.

저벅저벅.

횃불이 흔들릴 때마다 위드의 그림자가 격하게 춤을 추었다.

주변만 간신히 밝히는 횃불에 의존한 채로 지하로 내려가는 것은 원초적인 두려움을 자아낸다.

30분 정도 걸어가니 폐광은 천연 동굴과 연결되어 있었는데, 이때부터 나타나는 종유석이며 정적을 깨고 떨어지는 물방울 소리 등이 공포감을 가중시켰다.

〈로열 로드〉의 대중화가 이루어진 이후로 공포 영화의 관객 수가 크게 줄어들었다.

베르사 대륙을 모험하다 보면 인적이 뜸한 지역이 많고, 함정이나 몬스터 들로 이루어진 던전을 탐험하다 보면 온갖 일들을 경험하게 된다. 그 때문에 공포 영화를 보는 사람들이 줄어든 것이다.

실제로는 초등학생들조차도 공포 영화의 소재들에 대해 놀라지 않게 된 이유가 컸지만.

"좀비다!"

"레벨 30은 되겠네. 전염병 특성은 없을 거야."

"축복 한 방 받고 싸우면 금방 없애 버릴 텐데."

좀비에게 도망치는 주인공들을 보며 이런 말들을 할 여유가 생긴 것이다.

위드는 어두운 동굴을 내려가면서도 공포감에 빠져들지 않았다.

"뭐라도 1마리 튀어나오면 심심하지 않을 텐데."

몬스터나 함정이 없다는 사실을 알고 있었으므로 긴장감도 없다.

벽에는 드워프들이 한 낙서들이 있었는데, 대부분은 의미 없는 글귀들이었다.

철광석 5개와 은광석 1개로 만들 수 있는 물건은?

베인 마을의 드워프들은 위대한 발견을 했다. 그것은…
나도 모른다. 베인 마을의 드워프들은 알고 있을까?

절대 뒤를 돌아보지 마라. 뒤를 돌아보게 되면…….

괜한 심란하게 만들어서 공포감을 자아내는 낙서들이었다.

드워프들의 성격은 낙천적으로, 익살스럽고 장난을 좋아한다. 불을 좋아하고 어둠을 싫어하는 탓에 이렇게 낙서들을 즐겼다.

이러한 낙서들의 연관 관계를 조사해 본 모험가도 몇몇 있지만, 전부 손을 들었다. 드워프들이 만든 탄광에는 어김없이 낙서들이 있었지만, 그 방대한 양에도 불구하고 아무 소득이 없었던 탓이다.

그렇게 어두운 동굴 속에서 걷는 것이 익숙해질 무렵 점차 길이 밝아져 왔다.

드디어 목적지에 가까워진 것이다.

위드의 발걸음도 저절로 빨라졌다. 그리고 마침내 동굴의 끝에 도달하는 순간, 볼 수 있었다.

콰콰콰콰!

거대한 공동이 있었다.

지하 수로에서 모여 온 물길들이 호수로 떨어지고 있다. 수면에서는 신비로운 은빛 알갱이들이 반딧불처럼 돌아다닌다.

호수의 옆에는 돌과 흙으로 지어진 아기자기한 집들이 마을을 이루었다.

드워프들이 사는 집.

수로를 통해 호수의 물을 집들마다 끌어오고 있었다.

은빛 알갱이들이 흐르는 물길이 드워프들의 마을을 굉장히 아름답게 보이게 한다.

대장간들은 끊임없이 흰 연기를 뿜어내는 중이었다.

어떤 집들은 금이나 은, 귀한 미스릴과 보석 들로 만들어져 있다.

다분히 과장을 좋아하는 드워프들이었지만, 인간들처럼 화려함을 추구하진 않는다.

금은보화로 지어진 집들은 선술집이었다.

광물들을 이용해서 술집을 만들어야 맥주 맛이 제대로 난다고 하였던가.

드워프 장인들이 모여 있는 도시 쿠르소다운 모습이었다.

죽음의 사제 퀘스트.

〈로열 로드〉 최초의 S급 퀘스트를 위해 데이몬드는 〈로열 로드〉의 게시판에 선포했다.

> 우리 대지의약탈자 길드는 북부의 보스 몬스터들을 사냥한다.
> 그 어떤 직업도 가리지 않는다.
> 함께 도전할 전사들을 구한다.
> 사냥이 성공했을 때에는 획득 전리품을 한 가지만 제외하고 골고루 나누어 주겠다.

유저들은 시큰둥하게 반응했다.

"대지의약탈자 길드라면 이미 한물갔잖아."

"성도 마을도 다 빼앗기더니… 북부에 가서 사냥을 하고 있었군."

"과연 성공이나 할 수 있을까."

사냥에 참여하기로 한 유저들은 적었다.

북부 전체가 깨어난 몬스터와 마물 들로 뒤덮이기라도 한 것 같은 상황이라서, 멀리 원정을 가기에는 무리라는 판단.

그러나 위험을 무릅쓰고 모험을 하고 있는 소규모 탐험대로부터 소식들은 들어오고 있었다.

"엘드라 호수의 동쪽에 히드라들이 사는 통곡의 늪이 있습니다. 다른 히드라보다 유난히 크고 머리가 많은 녀석이 있는

데… 자세한 것은 저도 잘 모르겠습니다."

보스 몬스터의 제보가 들어왔다.

데이몬드는 길드원들을 이끌고 엘드라 호수로 향했다.

근처의 조그만 개척 마을에서 제보자를 만나 정말로 만 골드를 주었다. 그러고는 통곡의 늪으로 갔다.

히드라는 몸집이 6미터가 넘을 만큼 컸다. 움직이는 속도는 느리지만 여러 개의 머리를 가지고 있고, 각 머리들이 강한 독을 쏘아 낸다. 갑옷과 방패의 내구력을 순식간에 낮춰 버릴 정도의 산성 독!

히드라들이 사는 땅도 발이 깊숙하게 빠져드는 늪이라, 사냥하기 여간 어려운 것이 아니다.

"가자."

데이몬드와 워리어 수반이 앞장섰다.

히드라들을 뚫고, 이튿날에는 제보가 들어왔던 보스 몬스터를 발견했다.

7개의 머리를 가지고 있으며, 각 머리들은 저주와 독을 쉬지 않고 사용했다. 머리를 휘두르기도 하고 집어삼키기도 한다.

대지의약탈자 길드는 25명이 넘는 피해를 입고 겨우 사냥에 성공했다. 그리고 그것을 명예의 전당에 생생하게 올렸다.

"보스급 몬스터를 사냥하긴 한 모양이네."

"북부에서는 히드라를 잡은 것이 최초인가?"

대지의약탈자 길드에 조금 관심이 모였다.

다음 제보들은 더 많이 들어왔다.

데이몬드는 그중에 가까운 곳을 골랐다.

"어떤 성의 잔해가 남아 있는 장소입니다. 크고 꾸물거리는 지렁이들이 있었는데… 무심코 들어갔다가 탐험대가 전멸했습니다."

지렁이라고 무시할 게 아니었다.

공격을 해도 꿈틀꿈틀 피해 버리는 데다가, 희귀하게도 언데드였다.

언데드 지렁이!

"보스급 몬스터의 이름은 라바! 녹색의 몸을 가졌고 머리는 인간처럼 생겼습니다."

대지의약탈자 길드는 다수의 피해를 입었지만 라바를 사냥할 수 있었다.

북부의 보스 몬스터들이 몇이나 될지, 아직 누구도 알 수 없는 상황. 대지의약탈자 길드는 무모한 도전으로 점점 주목을 끌었다.

쿠르소는 과연 드워프 대장장이들의 천국이라 불릴 만했다.

뚱땅뚱땅.

거리에서도 망치를 들고 뭔가를 두들기는 드워프들을 어렵지 않게 볼 수 있었다. 광물들이 여기저기 널려 있고, 완성된 물품들도 쌓여 있었다.

아이언핸드나 다른 마을에 비하면 드워프들의 숫자도 많지 않고 한적한 편이지만, 열기는 뜨거웠다.

"엑버린이 이번에 제조한 창을 알고 있어?"

"알지. 기본 공격력만 90이 넘는 창이 나왔다지 않나."

"거기에 정령의 화염 구슬, 바람의 구슬을 넣어 불의 회오리 효과를 넣었다더군."

"그럼 공격력이 얼마나 추가되는 거야?"

"무려 23이나 돼. 매번 적용되는 건 아니더라도, 굉장한 무기지."

"엑버린의 위신이 크게 세워졌겠군. 그만한 무기를, 그것도 활용성이 좋은 창을 만들었으니까."

"그래서 나도 창을 만들려고. 처음으로 공격력 100이 넘는 창을 만들어 보겠어."

드워프들은 두런두런 이야기를 나누면서 제조에 푹 빠져 있었다.

그들은 위드가 지나가는데도 개의치 않고 말을 이었다.

"파비오 어르신은 여전히 방어구를 만들고 계시다던데."

"그분이야말로 방어구 제작에는 거장이라고 할 만하니까. 돈을 얼마든지 쓸 수 있다면, 검보다는 방어구를 만드는 편이 나을 거야."

"젠장. 나도 돈만 있다면 이러고 있지는 않을 텐데."

"그런 말은 하지도 말게. 파비오 어르신도 다 당신 능력으로 돈을 벌어들이신 것 아니겠나? 질투할 일이 아니야."

"누가 그걸 모르나."

위드도 파비오에 대해서라면 귀에 못이 박이도록 들었다.

토르의 드워프 대장장이 파비오는 굉장히 유명한 유저였다.

위드가 천공의 도시 라비아스에서 데스 나이트와 싸울 무렵부터 방어구 강화로 이미 이름을 날리고 있었다.

파비오의 손만 거쳐 가면 방어구들이 묵은 때를 벗겨 낸 듯이 빛을 발한다고 했다.

명장의 손 파비오.

그에게 의뢰를 부탁하기 위해 베르사 대륙의 소위 랭커들, 명문 길드들이 돈 보따리를 싸 들고 모여들었다.

방어구를 강화하게 되면 무게가 다소 늘어나지만, 튼튼한 갑옷을 마다할 사람은 없다. 레벨이 높아질수록 죽었을 때의 피해가 너무 크기 때문이다.

위드처럼 집요하게 인내력과 맷집을 키우려고 하는 사람은 거의 없는 현실이었다.

사람들은 명검만큼이나 명품 갑옷들을 선호했고, 그렇게 비싼 갑옷들을 강화하는 데 돈도 아끼지 않았다.

파비오는 그 시절에 막대한 재산을 모았다.

대장장이로서 거부를 이룬 입지전적인 인물이었다.

CTS미디어에서 한때 위드와 함께 8명의 유저들에 대한 방송을 했는데, 그때 함께 선정되었던 유저이기도 하다.

그 후 중급 대장장이 유저들이 많이 등장했다.

미스릴 광산들이 개발되고 유저들의 레벨이 높아지면서 더 좋은 대장장이 재료들이 등장한 덕분에, 대장장이 스킬을 올리기가 조금이나마 쉬워졌다.

방어구 강화를 택한 유저들이 점차 늘어날 무렵, 파비오는 베르사 대륙에서 모습을 감췄다. 어디에 있는지 궁금하던 차였는데, 쿠르소에서 대장장이 스킬을 연마하고 있었던 모양이다.

위드의 발걸음이 거의 멈춰졌다.

길가에 있는 다른 드워프들이 만드는 물품들 그리고 완성된 물품들의 수준이 어느 정도인지를 구경하기 위해서였다.

드워프들은 자신의 물건만을 만들 뿐, 남이 구경하든 말든 신경도 쓰지 않았다.

자신들이 만든 물건을 살 테면 사고, 사지 않을 거면 가라는 식이었다.

"헤르만 어르신은 요즘 무슨 일을 하고 계시지? 한동안 안 보였는데."

"모르겠어. 다시 돌아오셨는데, 지금은 아마도 검을 만들고 계시지 않을까?"

"쯧쯧. 헤르만 어르신은 너무 신중한 게 흠이야. 한때 그분의 솜씨를 따라갈 대장장이가 거의 없지 않았나."

"옛날에는 그랬지. 한 4개월, 5개월 전만 하더라도 우리 장인들 사이에서 헤르만 어르신의 실력은 첫손가락에 꼽힐 정도였지."

"검 한 자루를 만들더라도 심혈을 기울인 명품만 고집하셨으니까. 그렇게 일주일, 1달씩 걸려서 만들면 뭐 해. 사는 사람은 알아주지도 않는데."

"그건… 그래."

"그리고 경매 등을 통해 비싼 값에 팔지도 않으니 뒤처지는 수밖에 없지. 대장장이도 결국은 돈이야, 돈."

위드는 얼마 전까지 헤르만과 함께 있었다.

베르사 대륙에 동명이인이 한둘이 아니지만, 드워프 대장장이 그리고 쿠르소와 가까운 마을인 아이언핸드에서 만난 헤르만이라면 다른 드워프일 가능성이 거의 없었다.

'어쩌면 이곳에서 또 만나게 될지도 모르겠군.'

위드는 인연에 대해서는 크게 집착하지 않았다.

페일 들과 참 많은 사냥터를 같이 다닌 것은 사실이다. 하지만 다크 게이머로서 그는 위험한 의뢰들을 거부할 수 없다.

잠을 자고 학교에 갈 때를 제외하고는 거의 모든 시간을 〈로열 로드〉에 투자하는 상황이라, 다른 사람과 함께 다니기는 어렵다.

'인연이 있다면 보겠지.'

위드는 쿠르소의 행정청으로 향했다.

행정청은 드워프 왕국 쿠르소를 실질적으로 다스리는 기관이다.

다른 왕국들의 나랏일이 국왕이나 귀족들의 뜻에 따라 결정된다면, 행정청은 특이한 의사 결정 방식을 가졌다.

드워프 장로들의 협의에 따라 모든 정책들이 결정되고, 장로들은 매해의 첫 주에 뽑힌다.

무력이 강한 드워프 3명, 솜씨가 뛰어난 드워프 7명으로 총 10명의 장로가 선출되어 행정청을 이끌어 간다.

물론 성년도 넘기지 못한 너무 어린 드워프들은 일단 장로가 될 자격이 없다.

장로가 되는 문은 누구에게나 열려 있다고 할 수 있지만, 유저가 장로가 된 경우는 아직 없었다.

행정청에는 각기 1명씩의 장로가 번갈아 가며 근무하고 있었다.

"새로 쿠르소에 온 드워프로군. 등록을 원하나?"

"예. 원합니다."

"직업이 무엇인가?"

"조각사입니다."

쿠르소는 악룡 케이베른에게 세금을 바치지 않는다. 드워프 해방단체처럼 무력으로 지배하는 길드도 없었다. 그렇기에 아직은 드워프들의 규칙에 따라 운영되고 있었다.

쿠르소에 들어오는 것은 자유!

하지만 한 번이라도 밖으로 나가기 위해서는 조건이 있다.

최소한 민망하지 않을 수준에 이른 작품을 만들어야 하며, 그것을 바쳐야 한다.

조각사에게는 조각품이 될 것이다.

더 좋은 물건이 있으면 대체해도 되지만, 더 나쁜 물건으로 바꿀 수는 없다. 마지막에 완전히 떠날 때에도 최소한 한 가지는 남겨 놔야 한다.

쿠르소에서 활동하기 위한 최소한의 조건이었다.

세금만 꼬박꼬박 바치면 되는 다른 왕국들과는 다른 특별한 제한이다.

드워프 장로가 위드를 향해 물었다.

"이름이 무엇인가?"

"아트핸드입니다."

"좋은 이름이군."

이것으로 등록 절차는 전부 끝났다. 쿠르소를 떠나기 전까지 하나의 조각품만 만들어 주면 될 뿐이다.

하지만 위드는 행정청을 나가지 않았다.

"질문드릴 것이 있습니다."

"말해 보게. 쿠르소의 안내를 원하는 건가? 아니면… 하고 있는 일이 없다면 내 부탁을 들어주겠는가?"

드워프 장로의 의뢰!

하지만 위드에게는 매력적이지 않은 제안이었다.

위드의 명성이 엄청나다고는 해도, 드워프로 종족을 바꾼 이상 전부 그대로 적용되지는 않았다.

드워프 종족의 특성에 맞춰서 예술품으로 쌓은 명성은 남아 있었지만, 모험을 통해 얻은 명성은 일시적인 제한을 받았다.

그럼에도 막대한 명성을 가지고 있기는 하다.

하지만 쿠르소는 다른 왕국과 교류가 빈번하지 않은 편.

베르사 대륙이나 북부에서 쌓은 명성은 당연히 쿠르소에까지 알려지지 않았다.

위드의 명성이 높다고 해도, 당장 이곳에서는 수준 낮은 의뢰들밖에는 받지 못했다.

"안내나 의뢰는 필요하지 않습니다. 혹시 드워프 조각사 켄델레브에 대하여 알고 계십니까?"

토르 왕국에서 찾을 수 없다면 쿠르소에서는 찾을 수 있을지도 모른다는 게 위드의 생각!

위드가 던진 질문에 드워프 장로는 고개를 끄덕였다.

"우리 드워프들 중에서 가장 뛰어난 조각사였지. 그분의 조각품들은 생동감과 신비로움으로 가득 찼었다고 해. 나도 선조들로부터 들은 이야기에 불과하지만 말이네."

켄델레브에 대한 단서를 발견할 수 있었다. 적어도 켄델레브가 실존했던 드워프라는 사실만큼은 확인된 셈이다.

위드는 희망을 갖고 물었다.

"그분의 제자나, 그분이 남긴 조각품을 어디에 가서 찾을 수 있을까요?"

"그것만은 나도 알지 못하네. 그분은 따로 조각품을 남기지 않은 것으로 아는데……. 뭐, 인연이 있다면 발견할 수도 있겠지. 그러고 보니 켄델레브에 대해서 물어보는 드워프들이 참 많았군."

"저 외에도 다른 드워프가 물어본 적이 있습니까?"

"적어도 스물은 넘었을 걸세."

위드처럼 쿠르소에 와서 켄델레브에 대해 질문을 한 드워프가 스물이 넘는다. 그럼에도 그들도 모두 의뢰를 실패했다는 뜻이었다.

'쿠르소에 있었다는 단서는 사실이다. 이 사실이 소문이 안 난 이유는, 자기는 포기하더라도 다른 드워프에게 기회를 주지 않을 생각에서일 거야.'

본인 스스로는 도저히 켄델레브의 흔적을 발견하지 못했다. 하지만 다른 드워프는 발견할지도 모르기에 자신의 발견을 공개하지 않고 숨긴 것이리라.

위드는 다른 질문을 했다.

"미지의 존재들, 저에게 말을 하는 이들을 조각하려면 어떻게 해야 합니까?"

드워프 장로는 멀뚱멀뚱 쳐다보고만 있을 뿐이었다.

"그런 일이 있었는가?"

"……."

"쿠르소에서는 필요한 게 있다면 직접 찾아봐야 돼. 원하는 게 있다면 스스로 얻어야 할 걸세."

결국 이것도 쉽게 얻을 수는 없다는 말이었다.

위드가 얻고자 하는 답은 어쩌면 아무도 가르쳐 주지 못할지도 모른다.

'미지의 존재들. 그들 자체가 누구인지도 모르고, 또 누군가 이미 그들을 조각했다면 나에게 조각해 달라고 떼를 쓸 필요도 없겠지.'

조각술이 경지에 이르면서 단 1명만이 얻을 수 있는 기술!

조급해하지는 않았지만 쉽게 얻기 힘들 것임은 짐작하고 있었다.

조각술 의뢰의 비밀

위드는 행정청을 나와서 쿠르소를 제대로 살펴보기로 했다.

거리에는 드워프 장인들이 쉬지 않고 무언가를 만들고 있었고, 대장간들이 많았다.

파비오의 대장간, 엑버린의 대장간, 밤비의 대장간.

이름이 있는 대장간들은 아마도 스스로 돈을 모아서 지었거나, 자격을 갖춰 입주한 것이리라.

다른 왕국에서도 국가에 대한 공헌도를 채우거나 기사가 되면, 자기만의 별장이나 주택을 가질 수 있다.

'쿠르소에서는 대장장이 실력을 바탕으로 평가하겠지.'

재봉이나 다른 세공 기술이 없는 것은 아니었다. 하지만 드워프들은 광물을 바탕으로 새로운 것을 만들어 내는 것을 워낙에 좋아하다 보니 대장장이 기술을 최고로 쳤다.

"난 드워프 힌스다. 시간이 부족해서 그러는데, 혹시 나와 같이 창 100개 만들기에 도전할 사람 있나? 대장장이 공방의 의뢰다.”

쿠르소에도 필요에 따라 동료를 모으는 이들이 있었다.

“무튼 상회의 의뢰다. 갑옷을 20개 만들어 줘야 하는데 요구 조건이 까다로운 편이다. 대장장이 스킬 초급 8레벨 이상의 제련 전문가를 찾는다. 재료는 지급되며 보수는 300골드. 스킬 성장에 관심이 많은 드워프만!”

“8번 갱도에 몬스터들이 나타나서 채광에 어려움이 많습니다. 이들을 퇴치하시고 8번 갱도에 평화를 되찾아 주실 분. 보수는 1인당 20골드씩입니다.”

“1개의 보호구라도 제대로 만들어야 된다. 방어구 상점 주인의 의뢰인데, 방어력 30 이상의 방패를 만들어서 납품하는 거다. 같이할 드워프?”

인간들의 성이나 마을 들에서는 사냥이나 퀘스트를 위해 동료를 구하거나 물건들을 사고파는 게 주를 이루었다. 하지만 이곳에서는 물품들을 함께 제작하거나, 필요한 재료를 구해 달라는 요청들이 상당히 많은 편이다.

혼자 하기 힘든 의뢰의 경우에는 함께할 동료를 구하는 편이 훨씬 낫다.

덕분에 각종 제작 의뢰들이 활발하게 이루어지고, 실력이 떨어지는 드워프라고 해도 할 일이 무척 많았다.

쿠르소! 고대 드워프 왕국의 이름을 딴, 드워프 장인들의 영광스러운 도시!

드워프들의 집은 입구가 좁고 작았지만, 천장은 인간이 들어가서 서 있어도 괜찮을 정도로 높다.

무기점이나 여러 상점들은 물론이고, 다양한 수십 개의 상점들이 보였다.

가장 많은 것은 대장간이었고 그다음은 선술집으로, 드워프들이 술을 마시고 있다.

"이번에 만든 무기가 말이야, 내 취향대로 아주 잘 뽑혔어. 오크들의 머리를 쳐 내기에 아주 적합해."

"대장장이라면 역시 쿠르소에서 살아야지."

"우리가 베르사 대륙의 대장장이 기술을 선도하고 있으니 자부심을 가져도 될 거야."

드워프 유저들의 왁자지껄한 대화도 들려왔다.

위드처럼 폐광이나 다른 뒷길로 들어온 사람들도 많은지, 인간이나 엘프, 요정 들도 상당했다.

"흐에에엥! 왜 이렇게 가격이 비싸요."

유저로 보이는 엘프 미녀가 울상을 지었다. 매우 마음에 드는 활을 발견한 모양이다.

물건을 판매하는 드워프는 강직하게 말했다.

"엘프 따위에게는 비싸게 팔 수밖에 없다고. 사기 싫으면 사지 마!"

"후엥, 사고는 싶은데……."

"그럼 어서 돈을 내놔!"

"어떻게 하지. 르미야, 돈 좀 없어?"

"응. 1,500골드나 모자라. 조금만 깎아 주면 좋겠는데. 절대 안 깎아 주잖아."

까칠한 드워프들!

동족인 드워프들에게와 달리 엘프나 인간에게는 그리 호의
적이지 않았다.

동료들로 보이는 미녀 엘프 5명이 상점 앞에 있었는데, 1골
드도 깎지 못한 모양이었다.

위드는 흥정을 하고 있는 엘프와 드워프의 옆으로 슬그머니
다가갔다.

엘프 여자를 도와주고 싶은 마음은 추호도 없었다. 그저 쿠
르소의 상점에서 판매되는 활의 성능이 과연 어느 정도인지 궁
금했던 것이다.

중앙 대륙의 그 어떤 상점보다도 쿠르소에서 거래되는 물건
의 성능이 높다고 알려져 있으니 흥미가 상당했다.

위드는 엘프 여성이 원하는 활을 가리켰다.

"이 물건을 좀 보고 싶습니다."

"제가 먼저 보고 있던 상품인데요."

엘프 여성이 발끈했지만, 위드는 얼굴빛 하나 변하지 않고
물었다.

"사실 겁니까?"

"도, 돈이 모자라서……."

"그럼 제가 좀 봐도 되겠죠?"

"그런……."

엘프 여성은 어쩔 수 없이 고개를 끄덕였지만, 동료들의 시
선은 날카로웠다.

위드를 잡아먹을 듯한 눈빛!

드워프 주인이 선뜻 활을 건넸다.

"우리 가게의 활을 동족이 써 준다면 더 고맙지."

위드는 드워프로부터 활을 받아 세심하게 살폈다.

"감정!"

드워프 우노반의 전투용 속궁

활 제작 장인 우노반이 사냥을 위하여 만든 활. 빠른 조준과 정확도, 연사 속도에 최적화가 이루어져 있는 강력한 무기.

내구력: 40/40

공격력: 65

사정거리: 14

제한: 레벨 280. 민첩 730. 궁수 혹은 중급 이상의 전사 이용 가능.

옵션: 연사 속도 +20%. 관통 대미지 향상. 속사 시 정확도 상승. 강철 화살, 불
화살, 독화살 사용 가능.

'나쁘지 않군.'

일반적인 감정을 통해 얻을 수 있는 정보는 여기까지였나. 하지만 중급 대장장이 스킬을 가지고 있는 위드는 무기의 더욱 상세한 정보를 보는 게 가능했다.

---

*제작 무기

대장장이 스킬이 중급에 오른 이에게만 보이는 무기의 특성. 강철 화살을 마흔 다섯 발 이상 연속해서 사용하면 시위가 늘어져 정확도와 사정거리가 20% 감소한다. 화살 공격력의 평균적인 차이는 23%가량.

장인 우노반이 대중적으로 만든 무기들 중 하나로, 활의 중심이 완전하게 조율되지 않아 100미터당 15센티 정도 명중 오차가 발생할 수 있다. 그러나 기본에 충실하게 만들어져, 길이 들수록 빛을 발한다. 솜씨가 나은 대장장이가 조율해 준다면 활의 특성상 최대 사정거리, 공격력이 약간씩 늘어날 수 있다.

위드는 활을 잠시 만지작거리다가 돌려주었다.

"이 무기가 얼마라고요?"

드워프가 대답했다.

"12,500골드요."

"흠."

"살 거요, 말 거요?"

위드는 한 걸음 물러섰다.

"안 살 겁니다."

하이엘프 예리카의 활을 가지고 있는 그였다.

쓰지도 않을 물건을 살펴본 것은 그저 무기의 시세가 어느 정도나 되는지, 드워프들의 무기들을 살펴보기 위해서였을 뿐. 직접 구매할 마음은 추호도 없다.

드워프가 혀를 찼다.

"아쉽군. 하기야 우리 드워프들에게 활이란 그리 필요하지 않은 무기이긴 하지."

엘프 여성들은 안도의 한숨을 내쉬었다.

마음에 드는 무기였는데 위드가 사지 않겠다고 하니 그들에게 다시 기회가 찾아온 셈이다.

그런 그들에게 위드가 말했다.

"저 활 사지 마세요."

"네?"

엘프 여성들이 큰 눈을 동그랗게 떴다.

엘프의 특성상 미녀가 많다. 엘프 남성도 그렇지만, 피부가 깨끗하고 몸매는 늘씬하다. 특히 눈이 크고 귀가 뾰족한 초록

빛 머리칼의 엘프 여성들은, 남자가 보면 예쁠 수밖에 없다.

"싸구려입니다."

"넷? 그게 무슨……."

"어린 드워프 친구! 그게 무슨 말인가!"

상점의 드워프가 발끈하는 것은 당연했다. 그러나 위드는 별로 대수롭지 않다는 듯이 말했다.

"세심하게 정성을 들여서 만들지는 않은 무기더군요. 드워프들이 아닌 엘프들이나 쓰라고 만든 건가 싶을 정도로……. 무게중심도 안 좋고, 평균 공격력도 내구성도 평균 이하입니다."

엘프들이 보기에는 충분히 좋은 무기였다.

그런데 드워프 주인은 얼굴이 붉게 달아오른 채로 한마디도 하지 못하는 것이었다.

"어라?"

"자존심 강한 드워프가 화를 안 내네?"

위드가 말을 이었다.

"연사 속도가 빠르다고 해도, 중심조차도 제대로 조율이 안 된 무기를 만 골드도 넘게 받아먹는 것은 완전히 바가지죠. 정말 저 활을 사고 싶다면, 멀리 있는 목표물을 꼭 한번 쏴 보고 사세요."

말을 마친 위드는 더 이상의 용건이 없었으므로 빠르게 걸어서 그 상점에서 멀어졌다.

몇 마디의 조언이라도 해 준 것은 여동생과 비슷한 또래였기 때문.

드워프는 수치를 느끼는지 새빨갛게 얼굴을 붉히고 있었다.

드워프들은 기본적으로 손재주를 가지고 있는 장인이다. 위드가 말한 내용이 틀림없음을 알고, 반박하지도 못했다.

"엘프들, 살 텐가 말 텐가."

좀 전에 무기를 원하던 엘프가 살짝 긴장한 채로 물었다.

"가격은 얼마에 해 주실 건데요?"

"12,500골드."

"무게중심이 안 좋다던데……."

"그럼 사지 말든가."

깐깐한 드워프는 다시 오만하게 팔짱을 끼었다.

엘프 여성은 위드가 도움을 주었다는 사실을 깨닫고, 멀리 떨어지려고 하는 그를 지목하고 급히 친구 신청을 했다.

"친구 등록!"

> 친구 등록이 거절되었습니다.

여성 엘프의 입장에서, 남자가 친구 등록을 거절한 건 처음이었다.

전장에서, 혹은 퀘스트에서도 최고의 인기를 구가하던 엘프가 아니던가. 특유의 빠른 발놀림과 궁술로 인하여 제 역할은 톡톡히 해냈다. 그리고 예쁜 얼굴과 몸매로 인해 늘 남자들의 배려를 받아 왔다.

사실, 현실에서의 외모는 평범하고 책에 푹 파묻혀서 살 것 같은 모범생이지만, 〈로열 로드〉에서는 인기가 많았다.

여성 엘프는 자존심도 버리고 재차 신청했다.

"친구 등록!"

"친구 등록!"

세 번에 걸친 시도 끝에야 친구가 될 수 있었다.

'위드? 그 사람의 이름이 위드였구나.'

엘프 이델이 뭐라고 귓속말을 보내려고 하는 찰나, 예상이나 하고 있다는 듯이 무뚝뚝한 말이 먼저 들어왔다.

— 드워프들의 실력과 정성을……

이델은 귓속말을 그대로 따라 했다.

"드워프들의 실력과 정성을 의심하는 건 아니지만요, 이 활은 우리 못난 엘프들이 사용하기에는 너무 비싸요. 드워프님들은 이 정도의 활은 쉽게 만드실 수 있는 걸로 아는데요."

"12,000골드."

흥정이라곤 불가능하다고 소문이 난 깐깐한 드워프와 흥정이 되고 있었다. 아부가 통하는 대상이었던 것이다.

— 평균 공격력…….

이델은 눈치를 보며 조심스럽게 말했다.

"평균 공격력이 일정하지 않다는데요. 활은 공격력이 일정하지 못하면 큰일이에요. 나쁜 오크들이 다가오기 전에 사냥을 해야 되잖아요."

오크들은 드워프에게나 엘프에게나 공통적인 숙적이었다. 군이 따지자면 드워프 쪽이 훨씬 오크들을 혐오한다.

"11,000골드. 더 이상은 곤란해."

"내구성이 나쁘다는 이야기도……."

"10,500골드."

이 정도 가격이면 이델이 가진 돈으로 충분히 살 수 있다.

"이델이 흥정에 재능이 있었잖아."

동료 엘프들은 환호를 지르고 싶은 것을 꾹 눌러 참았다. 아직은 이델이 활을 구입하기 전이었기 때문이다.

이델은 확인하듯이 한 번 더 물어보았다.

"그게요… 멀리 있는 목표물을 한번 쏴 보고 구매해도 될까요? 드워프님이 만든 무기라면 틀림없겠지만, 얼마나 좋은 활인지 사용해 보고 결정하고 싶어요. 그런데 만약 목표물에서 조금이라도 빗나간다면, 깎아 주실 거죠?"

드워프의 안색이 처음으로 창백하게 변했다.

"9,000골드만 주게. 다소 흠이 있는 활이긴 하지만 9,000골드에 산다면 나쁜 거래는 아닐 것이야."

그렇게 이델이 최종적으로 구매한 금액은 9,000골드였다.

활을 쏘면 약간의 오차가 생기고, 공격력이 일정하지 않다는 것은 큰 단점! 하지만 궁술 스킬로 결점을 보완할 수 있다.

레벨에 비해서 강한 공격력과 속사의 기능이 있는 활을 이 정도의 가격에 구입한 것은 굉장한 일이었다. 인간이라면 엘프들에게도 우호적이지만, 친밀도가 열악한 드워프를 상대로는 대박이라고도 할 수 있었다.

이델은 위드에게 감사의 귓속말을 보내려고 했다.

— 정말 고마워요. 덕분에 활을 구입할 수······.

수신이 거부되었습니다.

⟡

쿠르소 왕국의 의뢰들은 대부분이 드워프 종족 그리고 대장 장이에 대한 것이었다.

조각술에 대한 것은 가뭄에 콩 나듯이 드물었고, 수준도 높 다고는 할 수 없는 형편이었다.

"헐헐, 맥줏값이 떨어져서 사 마실 수가 없어. 이건 참 아쉬 운 일인데 드워프 체면에 구걸을 할 수도 없고. 마침 술집 여주 인이 조각품을 좋아한다더군. 목조품이라도 하나 만들어 주지 않겠어? 대신 내가 쓰던 곡괭이를 주지. 어디에 팔 수도 없는 물건이지만, 그럭저럭 사용할 수는 있을 거야."

띠링!

드워프 광부의 부탁
조각품과 곡괭이를 바꾸자는 요청. 들어준다면 곡괭이를 얻을 수 있다.
난이도: F
보상: 곡괭이.
제한: 조각사 한정.

"바로 조각품을 만들어 드리겠습니다."

"조각사라고? 조각사라……. 나도 어렸을 때에는 꽤 대단한 조각품들을 많이 보고 다녔는데… 뭐어? 전혀 그래 보이지 않는다고?"

"아닙니다. 드워프들이야말로 훌륭한 예술가이고, 섬세한 장인이죠."

"그렇고말고! 드워프들이 예술에 관심이 없다고 말하는 건 인간들의 오만이지. 오크 놈들과는 달리 지성을 가진 우리는 아름답고 강인한 것을 사랑하니까. 우리 쿠르소에도, 전투에 나가면 물러설 줄 모르던 드워프 전사들이 참 많았어. 그 추억을 집에 간직하고 싶군. 자랑스러운 드워프 전사의 조각품을 하나 만들어 주게."

띠링!

드워프 전사의 용맹함

드워프들은 자신들에게 무엇이든 벨 수 있는 검과 브레스도 막을 수 있는 갑옷이 있다면 악룡 케이베른조차도 잡을 수 있다고 호언장담한다. 그것이 대장장이 스킬을 발전시키게 된 원동력일지는 모르지만, 실제로 가능성은 거의 없는 일! 그럼에도 드워프들은 상대가 드래곤이 아닌 이상 싸우기 전에 겁부터 먹고 물러서는 법을 모른다. 용감한 드워프 전사를 조각하라.

난이도: E

보상: 드워프가 심심풀이로 대충 만들어 본 무기 세트.

제한: 조각사 한정. 청동 조각품을 만들어야 한다.

"바로 시작하겠습니다."

퀘스트를 수락하였습니다.

난이도 F급의 의뢰들도 가리지 않고 받았다.

이른바 잡퀘스트 해결사!

조각술의 비기가 어딘가에는 있을 거란 희망을 갖고 있는 것이었다.

그렇게 조각술과 관련된 의뢰들은 닥치는 대로 해결했다.

'쿠르소는 좁은 곳이야.'

거주하는 드워프들도 천 명이 넘지 않는다.

비어 있는 건물도 많고, 규모에 비해서 한적한 동네였다.

인간이나 엘프 여행객들마저 없다면 정말로 적적한 곳이 되리라.

'계속 조각술 의뢰들을 하다 보면, 언젠가는 미지의 존재를 조각하라는 의뢰도 들어오겠지.'

적어도 단서쯤은 찾을 수 있으리라고 생각했다.

그런데 수십 개의 의뢰들을 해결해도, 특별한 의뢰는 나타나지 않았다.

의뢰의 수준이 아이언핸드 마을보다 전체적으로 좀 더 높은 편이기는 했지만, 그래도 D급을 넘지 않는다.

연계 퀘스트조차도 드물었고, 기껏해야 조각사를 원하는 다른 드워프를 소개시켜 주는 정도였다.

순간 위드의 머릿속을 스쳐 지나가는 무서운 생각!

'설마 조각술 퀘스트는 이게 한계인가?'

전투 계열 직업들은 모험을 할 수 있다.

모험가의 경우에는 말할 필요도 없다. 유적 발굴, 동식물 실태 조사, 몬스터 생포.

흥미로운 의뢰들이 끝을 모르게 이어진다.

성직자들도 교단에서 내려오는 특수한 수행들을 경험하는 게 가능했다.

하지만 조각사에게는 어쩌면 그런 퀘스트란 게 애초에 불가능할지도 모른다는 생각이 들었다.

'맞아. 로자임 왕국에서 왕의 무덤을 만들었던 퀘스트도 그랬지.'

난이도 B급의 조각술 의뢰!

다른 의뢰들의 난이도가 그 정도라면 굉장한 모험을 경험해야 했고, 또 베르사 대륙에 일정한 영향도 주었다. 하지만 왕의 무덤을 만드는 일은, 어렵기는 했어도 본질은 절대적으로 노가다였다.

'노가다로 충분히 할 수 있는 일. 그리고 보면 프레야의 여신상도 별다를 바는 없지.'

위드는 노가다에 능숙했고, 또 일이 생길 때마다 긍정적으로 환영하며 받아들였다.

다른 까다로운 조각품 의뢰들은 겁부터 나는 것이 사실이었으니까.

수만 골드의 보석들을 주면서 이것으로 세기에 남을 만한 목걸이를 만들라는 의뢰를 던진다면 얼마나 부담스럽겠는가?

위드는 단순한 노가다라도 반갑게 받아들였고, 조각술의 상당 부분도 그렇게 성장시켰다.

하지만 그러면서 조각술에 대해 진지하게 고민을 해 보지는 않은 것 같았다.

'조각술로 받을 수 있는 의뢰들. 그것은 어쩌면 이렇게 한심한 수준일지도 모른다.'

거대 조각상들을 특기처럼 만들었으나, 그게 조각술 의뢰의 한계인지도 모른다.

모험을 하고, 전투를 하고, 동료들을 구하는 이런 일들은 조각사와는 어울리지 않는 것!

골방에서 끝없이 조각품만 만들어야 될지도 모른다.

재봉사나 대장장이도 사실 그 형편이 그렇게 다르다고는 할 수 없지만, 어쨌든 간에 조각사로서는 모험을 하지 못할지도 모른다는 의혹이 들었다.

'아니. 젠장! 이건 사실일 거야. 조각술로 모험을 하다니, 있을 수가 없는 일이잖아?'

위드는 절망에 빠져들었다.

❧

데이몬드와 대지의약탈자 길드는 점점 더 큰 주목을 받고 있었다.

그들이 사람들의 관심사로 부각된 것은 하베린의 협곡에서 킹 그리핀을 사냥했을 때다.

죽이는 게 불가능이라 여겨지던 킹 그리핀!

그리고 북부의 숱한 모험가들을 대지의 고혼으로 만들었던 노란 그리핀 무리.

공중을 날아다니며, 민첩하고 영리한 탓에 그리핀 무리와 싸우는 것은 자살행위라는 인식이 널리 퍼져 있었다. 하베린의 협곡은 많은 모험가들을 절망에 빠뜨린 장소였다.

데이몬드와 대지의약탈자 길드는 그런 하베린의 협곡에 진입했다.

영악한 그리핀들은 침입자들을 향해 바위를 굴려 떨어뜨리고, 나무들을 공중에서 내던지는 것으로 가벼운 인사를 했다. 그러면서도 전면 공격은 가하지 않았다.

'더 들어올 테면 들어와 봐라. 너희는 절대로 살아 나가지 못할 것이다.'

두려움을 느낄 정도로, 주위를 에워싼 채로 밤마다 기습을 가해 쉬지도 못하게 만들었다.

협곡의 입구에서 삼분의 일 정도. 되돌아 나가기에는 너무 깊숙하게 들어왔을 무렵부터에서야 그리핀의 공격이 본격적으로 변했다.

그러자 대지의약탈자 길드에서 사망자들이 속출했다. 실패라는 단어가 떠오르려고 할 즈음이었다.

다른 길드들은 너도나도 대지의약탈자 길드가 무모하다고 비웃었다.

"미치지 않고서야 하베린의 협곡에 도전해서는 안 되지."

명문 길드들은 대지의약탈자 길드보다도 훨씬 큰 무력을 가졌다. 그럼에도 하베린의 협곡처럼 위험한 지역은 감히 공략하려고 들지 않았다.

패배했을 때의 추락 때문이었다.

명문 길드들의 움직임에 대해서는 베르사 대륙의 유저들이 이목을 집중시키고 있다. 자칫 실패라도 한다면 평판이 크게 하락한다.

더군다나 성공하더라도, 주축 유저들이 많이 사망하게 되면 크나큰 손실을 입는다.

길드 차원에서 무력을 행사하기 위해서는 신중해질 수밖에 없는 것이다.

그래서 그들은 겁도 없이 하베린의 협곡에 들어간 대지의약탈자 길드를 조소했다.

"그런 식으로 길드를 운영하니 망해서 북부의 떠돌이 신세가 되었지."

하지만 데이몬드와 대지의약탈자 길드는 희생자들에도 불구하고 꿋꿋하게 나아갔다.

그러자 안달이 난 것은 그리핀 떼였다.

그리핀들은 공중 몬스터이기 때문에 화살과 마법이 아니면 잘 죽지 않는다.

하지만 그들에게도 안식처는 있었다.

하베린의 협곡 중앙부에 있는 그리핀의 둥지!

그 둥지에는 아직 날개를 펴고 하늘을 나는 법을 모르는 새끼 그리핀들이 있다.

데이몬드가 이끄는 대지의약탈자 길드는 그 둥지에까지 다다라서 그리핀 떼와 치열한 혈전을 벌여, 믿기지 않는 승리를 거두었다.

킹 그리핀을 사냥하고, 새끼 그리핀 35마리까지 포획한 것이
었다.

그리핀은, 길들이는 데 성공한다면 탑승용으로 쓸 수도 있어
서 가치가 대단했다.

하베린 전투의 동영상은 실시간으로 명예의 전당을 통해 시
청할 수 있었다.

데이몬드도 그 전투에서 목숨을 잃었지만, 마지막까지 킹 그
리핀과 싸우던 투사로 시청자들에게 각인되었다.

시청자들은 대지의약탈자 길드가 보여 준 무모함에 완전히
매료되었다.

∘⟶⟨✴⟩⟵∘

조각술 의뢰의 가치에 대한 위드의 고민은 깊어지고 있었다.

"그래도 어쩔 수 없지. 배운 게 도둑질이라고⋯⋯."

조각술을 발전시키기 위해서는 다른 방법이 없다. 묵묵히 의
뢰들을 수행할 뿐!

"수고했네."

"아니, 뭘요."

의뢰를 맡겼던 드워프들이 와도 위드는 퉁명스럽게 대답할
뿐이었다.

"오! 정말 대단한 작품이군."

"발로 깎았습니다."

"표면을 이토록 매끈하게 다듬을 수 있다니… 그리고 이 조각품의 겉에 흐르는 선을 보게. 이 선의 흐름이 보여 주는 절정의 미라니!"

"신경 써서 만들었으니까 잔말 말고 돈이나 주십쇼."

까칠함의 극치!

환심을 사 봐야 조각술 의뢰에 그리 큰 대가는 없다. 미리 정해진 보상을 받을 뿐이다.

물론 의뢰보다 좋은 조각품이 나왔을 때에는 대가가 좀 더 커지기도 했다. 하지만 말 몇 마디 해 준다고 해서 보상이 커지진 않았다.

드워프들은 위드의 까칠함에도 부드럽게 웃었다.

"조각사라면 이 정도의 자부심은 가져야지."

"아, 글쎄! 일 다 봤으면 이제 가라니까요."

"멋진 성격을 가진 조각사로군. 다음에 맡길 일이 있으면 또 오겠네."

"다음에는 돈 되는 조각 의뢰 좀 해 주세요."

위드가 짜증을 부려도 드워프들은 흡족한 듯이 조각품을 가지고 떠났다.

웬만한 조각품 의뢰들도 거의 한 번씩은 해 본 상태!

베르사 대륙에서야 무덤이니 여신상이니 만들 것도 많았다. 하지만 드워프 장인들의 도시인 쿠르소에는 없는 것이 없었다.

유적, 기념관, 박물관 등등.

다양한 작품들과 실력이 출중한 드워프 장인이 많아서, 오히려 조각품 의뢰는 심한 가뭄이었다.

"정말 실속도 없군."

위드는 그러면서도 조각품을 깎았다.

―우리를 조각해 달라니까.

―조각사여, 왜 어긋난 길을 가고 있는가.

미지의 존재들이 떠드는 것도 익숙해지는 참이었다.

위드는 조각 재료점, 조각 상점 그리고 길거리만 일정하게 오가고 있었다.

그러던 어느 날, 조각 상점의 주인이 심각한 얼굴을 하고 박쥐를 닮은 조각품을 내밀었다.

"아트핸드, 이것 좀 봐 주게."

"왜요."

"이 석조품을 감정해 주지 않겠는가?"

위드는 건들거리며 반문했다.

"귀찮은데. 원래 조각사는 이런 일 잘 안 한다는 거 알고는 계시나요?"

"알지. 그러니 이처럼 부탁하는 게 아니겠는가. 내, 보상은 섭섭하지 않게 함세."

"그러면 내가 만든 조각품이라도 비싸게 사 주시나요?"

"1할을 더 쳐주지. 자네가 만든 조각품은 인기가 높아서 금방 팔리거든. 그렇다고 다른 조각품보다 아주 비싼 가격으로 팔리는 것은 아니지만……."

조각품도 상거래에 따라 시세가 오르고 내렸다.

만약 상인들이 대거 쿠르소로 와서 조각품을 사재기한다면 가격은 오른다.

실제로 토르나 쿠르소의 무기와 방어구 가격은 인기에 비례해서 비쌌다.

시장경제에 따라 가격이 맞춰지고 있기에, 아무리 위드의 조각품이라고 해도 특별히 높은 가격은 받지 못했다. 정성을 기울여서, 특별한 재료와 주제로 만든 작품이 아니라 일반적으로 만드는 조각품의 한계였다.

"1할이라. 어디 한번 보죠."

위드는 박쥐 조각상을 세밀하게 살폈다.

"특별한 것은 없어 보이는데……."

조각품을 많이 만들다 보니, 눈썰미도 굉장히 늘었다.

질이 그리 좋지 못한 암석으로 만든 박쥐 조각상은 실력이 뛰어난 조각사의 작품도 아닌 것 같았다.

'표현도 세밀하지 못하고, 투박한 칼자국도 많잖아. 영 별로로군.'

위드였다면 실패작으로 여겼을 작품이다.

조각술이란 투자한 시간만큼 실수가 줄어드는 법인데, 이 조각상은 실수가 잦았다.

"자세히 보면 알겠지. 감정!"

띠링!

이름 모를 박쥐 조각품
날개로 몸을 가리고 있는 박쥐의 조각상. 샤스펜 동굴의 흡혈박쥐와 비슷한 모양을 하고 있다.
예술적 가치: 3

위드는 조각품을 주인에게 넘겨주려고 했다.

"별거 아니군요. 가치도 없고, 그냥 막 만든 것 같은데요."

"그런가? 실망이로군. 호수의 급류에서 발견된 조각품이라 기대를 많이 했는데."

하지만 그 순간, 위드는 석조품의 눈을 보았다.

오싹!

섬뜩함이 살아 있는 흡혈박쥐의 눈!

박쥐의 눈은 퇴화했다고 하지만, 안구는 남아 있었다. 놀랍게도 붉은 동공이 움직이고 있는 것처럼 보였다.

눈은 돌이 아니라 고급 보석인 루비로 만들어져 있었다.

위드는 침을 꼴깍 삼키며 다시 석조품을 살폈다. 루비를 손끝으로 만져 보고, 빛에 비추어 보며 관찰했다.

'다듬지 않아 원석에 가까운 루비… 조금만 건드린다면 수천 골드는 쉽게 받을 수 있겠어. 박쥐 조각품 따위에 넣을 물건은 아무리 봐도 아닌데.'

그때 나타난 메시지!

샤스펜의 흡혈박쥐 석조품에 대한 흔적을 발견하였습니다.

위드는 다시 감정했다.

"감정!"

샤스펜의 흡혈박쥐
드워프 장인 구돌프의 작품. 샤스펜 동굴에서 마지막으로 완성되었다.
예술적 가치: 245

쿠르소 왕국.

호수 너머의 동굴 밀집 지역.

개미굴처럼 복잡한 동굴들로 인하여 길잡이 없이 간다면 길을 잃기 십상이다.

드워프들은 타고난 감각 그리고 광맥의 흔적을 읽는 기술로 인하여 지하에서도 길을 잃지 않을 수 있다. 하지만 복잡한 동굴 길은 지도가 있더라도 헤매기 일쑤라서, 보통 용기 있는 드워프가 아니면 깊이 들어가지 않는다.

드워프 청년 구돌프는 그 동굴로 신중하게 걸음을 옮겼다.

'이번에야말로… 보석 광산을 찾아내야 돼.'

구돌프는 장인으로서도 이름이 높았지만, 그보다는 지하 광맥을 잘 파악했다.

"그녀에게 예쁜 브로치를 선물해야지."

그는 연인에게 직접 캐낸 보석으로 만든 브로치를 선물하며 청혼을 할 작정이었다.

구돌프의 걸음은 샤스펜 동굴로 향했다.

"루비 광맥의 흐름이 이쪽으로 이어지고 있어."

샤스펜 동굴은 드워프들도 오지 않는 곳이다.

하지만 사랑에 눈이 먼 구돌프는 조심조심 동굴의 깊은 곳으로 들어갔다.

어둡고, 좁은 동굴!

종유석들을 지나고, 잠들어 있는 흡혈박쥐들을 지나쳤다.

목숨을 걸고 보석을 캐기 위하여 전진하는 것이다.

그리고 동굴의 깊은 곳에서, 결국 광맥의 흔적을 발견했다.

"여기다!"

구돌프는 환호하면서 곡괭이를 내리쳤다.

붉고 투명한 최상급 루비 원석이 있는 보석 광산의 발견!

"이거라면 그녀를 위해 브로치를 만들어 주기 충분해!"

구돌프는 희열에 빠졌다.

하지만 루비를 캐내느라 벌인 곡괭이질 소리에 샤스펜 동굴의 흡혈박쥐들이 모두 깨어났다.

흡혈박쥐들은 날갯짓을 하며 날아와서 구돌프의 온몸에 이빨을 박았다.

"아, 안 돼! 드워프 살려!"

구돌프는 몸에 박쥐들을 매단 채로 동굴 속의 깊은 곳을 향해 달아났다. 어딘지 살필 겨를도 없이 무작정 도망을 친 것이었다.

도달한 곳은 뜨거운 용암이 끓어오르는 지대!

박쥐들은 열기에 도망을 쳤지만, 구돌프에게는 남아 있는 생명의 힘이 없었다.

혈관의 메마른 피는 의식을 깜박깜박 놓게 만들었고, 걸어서 동굴을 빠져나갈 힘도 없다.

돌아 나갈 길이라고 해 봐야 샤스펜뿐인데, 흡혈박쥐가 기다리고 있을 것이다.

"돌아갈 곳이 없어……."

구돌프는 가지고 있는 루비 원석들을 다듬어서 보석 브로치를 만들었다.

연인인 드워프 제나에게 바칠, 청혼을 위한 물품.

작은 바위를 다듬어 샤스펜의 흡혈박쥐를 만들고, 눈에는 남은 루비를 박았다.

"누군가 발견해 주기를……."

구돌프는 자신의 목숨이 얼마 남지 않았음을 느꼈다. 그래서 가지고 있던 상자에 옷으로 감싼 석조품을 넣어 급류에 흘려보냈다.

이 물길이 흐르고 흐르면 쿠르소에 닿으리라는 간절한 염원을 담아서!

흡혈박쥐 조각품이 든 상자가 지하 급류를 타고 흘러갔다.

쿠르르르르.

우당탕탕!

강물처럼 깊고 유속이 원만한 곳도 있었고, 틈도 없이 꽉 막힌 미로 같은 통로를 거세게 지나치기도 했다.

지하의 땅과 종유석에 부딪칠 때마다 상자는 조금씩 파손되었다.

그때마다 조각품도 따라서 충격을 받았지만, 구돌프의 옷으로 감싸인 덕분에 다행히 무사할 수 있었다.

그리고 마침내 구돌프의 염원대로 쿠르소의 호수에까지 이르렀다.

벌써 1달이 넘은 후였지만, 무사히 쿠르소까지 흘러와서 드워프들에게 발견되었다.

그렇게 조각 상점까지 흘러들어 온 것이다.

위드는 감정을 하는 순간, 샤스펜 동굴의 흡혈박쥐 조각품에 대한 유래 등을 볼 수 있었다.

띠링!

> 조각품의 추억 스킬을 터득하였습니다.
> 조각품에 숨겨진 과거를 읽을 수 있습니다.

띠링!

> **구돌프의 꿈**
> 드워프 장인 구돌프는 마지막 희망을 조각품에 담았다. 흡혈박쥐들에 대한 그의 복수를 이루어 주고, 연인 제나에게 구돌프가 남긴 브로치를 선물해 주자. 그 대가로 구돌프가 발견한 루비 광산을 얻을 수 있을 것이다.
> 난이도: B
> 보상: 샤스펜의 루비 광산.
> 제한: 샤스펜의 흡혈박쥐에 대한 정확한 감정. 중급 조각술 이상을 습득해야만
> 　　　한다.

위드는 머릿속을 해머로 두들긴 것만 같은 둔중한 충격을 받았다.

언제나 사람들에게 무시당하고 조롱거리가 되었던 조각술!

하지만 각고의 노력 끝에 완성되었던 조각품만큼은 그를 배신한 적이 없었다.

"난 조각사. 조각사였어."

다른 사람의 평가가 어떻든 간에 연연할 필요가 없었다.

필요에 의해 수준 낮은 의뢰들을 구걸하듯이 받아 낼 필요도 없다.

조각술에 대한 의뢰는 조각품에 숨겨져 있었다.

조각품을 통해 무엇이든 할 수 있는 직업!

그것이야말로 조각사였다.

전율의 지휘관

위드는 샤스펜의 흡혈박쥐 조각상을 구입하기로 했다.

상점 주인은 헐값에 넘겨주었다. 루비값도 되지 않는 가격이었다.

"3골드만 내게. 그리고 구돌프의 염원을 이루어 주기 바라네."

위드가 조각품에 얽힌 이야기를 해 준 덕분이었다. 상점 주인의 호의는 그것으로 그치지 않았다.

"자네의 조각술이 이 정도일 줄은 몰랐군. 앞으로는 자네가 만든 조각품을 2배의 가격에 구입하겠네."

2배라고 해도 그리 높은 가격은 아니었다.

하지만 어차피 같은 재료비를 들인다면 위드의 마진은 상당히 많이 남는다.

조각품만 만들어도 먹고살 정도가 되는 것이다.

"그렇게 비싼 가격에 구입을 하셔도 괜찮겠습니까?"

위드가 정중하게 물었다.

도도하고 까칠하게 굴던 태도는, 주인이 2배나 되는 가격에 사겠다고 하는 순간에 재빨리 벗어던졌다.

"2배도 싼 가격이지. 아트핸드, 자네 정도의 예술가가 만든 작품을 싸구려로 취급하는 것은 나 스스로 용서가 안 돼!"

"저는 별 볼일 없는 조각사에 불과합니다. 마음은 고맙지만 말씀은 거둬 주시지요."

위드가 겸양의 말을 했다.

겸손은 언제나 미덕이다. 물론, 그렇다고 해서 상점 주인이 정말로 말을 취소한다면 최소한 사흘 정도는 욕을 퍼부어 줄 용의가 있었지만.

"내 예술가의 그런 마음을 어찌 모르겠는가."

"……."

"예술가는 스스로를 낮게 평가하는 버릇이 있지. 나는 가게 주인으로서 소신과 긍지를 갖고 자네의 조각품을 적당한 가격에 구입하려고 하는 것이라네. 고맙네. 내 상점에 자네의 조각품을 판매해 줘서 말이야."

위드는 그렇게 샤스펜의 흡혈박쥐 조각품을 구입했다. 그러자 새로운 의뢰를 공유하게 되었다.

띠링!

샤스펜 동굴의 흡혈박쥐
드워프 장인 구돌프의 생명을 빼앗은 흡혈박쥐들에게 복수하라. 드워프 전사들은 의무적으로 이 싸움에 참여해야 한다. 구돌프의 뜻을 이어받은 드워프는 절대로 죽어서는 안 된다.

난이도: B
보상: 드워프의 영광.
제한: 드워프들의 의무적인 참전. 종족 강제 퀘스트.

위드가 받은 의뢰와는 달랐다.

그리고 쿠르소에 있는 모든 드워프들에게 퀘스트 창과 메시지 창이 동시에 떴다.

구돌프의 조각품을 가지고 있는 드워프에게 가서, 샤스펜 동굴의 흡혈박쥐를 퇴치하는 데 도움을 주십시오.
어떠한 도움이라도 주어야 하며, 의뢰에 참여하지 않으면 쿠르소에서 강제로 추방됩니다. 그리고 모든 드워프들을 적으로 돌리게 될 것입니다.

드워프들은 종족에 대한 자부심이 엄청났다.

동족에 대한 복수를 하지 않을 경우, 드워프 취급도 해 주지 않는다.

"참여하겠습니다."

"샤스펜 동굴의 흡혈박쥐를 퇴치하겠습니다."

드워프 전사들은 서둘러 의뢰를 받아들이겠다는 맹세를 했다. 그리고 외쳤다.

"구돌프의 조각품을 가지고 계신 분 찾습니다!"

"어떤 분입니까?"

"여기 드워프 전사 파티가 있습니다. 이끌어 주세요."

쿠르소가 떠들썩해지고 있었다.

위드를 찾는 고함 소리가 사방에서 터지고 있는 것이다.

샤스펜 동굴의 정벌!

드워프 전사와 워리어 들은 급한 일도 내던지고 달려왔다.

넘쳐 나는 드워프 대장장이들은 사용할 무기와 방어구 들을 빌려줬다.

"잘 쓰고 돌려주게."

"꼭 퀘스트를 성공하게나."

쿠르소의 드워프들은 호의적인 반응을 보였다.

다른 도시와는 다르게 쿠르소는 유저들의 숫자가 많지 않다. 드워프 대장장이거나 전사로서 동질감이 있다 보니, 남의 일처럼 여기지 않았다.

"종족 퀘스트라……. 인간이나 다른 종족에 비해서는 많은 편이긴 하지만, 신기한 일이로군. 어떻게 받았나?"

"드워프 조각사라니 놀라운걸!"

헤르만도 만날 수 있었다.

그는 무기를 잔뜩 들고 핀과 함께 달려왔다.

"내가 만들었던 무기들일세. 대부분 실패작들이지만, 필요한 만큼 빌려 가게나."

그의 기준에서는 실패작이라지만, 다른 드워프 장인들이 만든 것보다 훨씬 좋았다.

"이렇게 쿠르소에서 다시 만났는데 인사할 시간도 없이 떠나게 되는군."

"다음에 또 시간이 있겠지요."

"그래야지. 아무튼 대단하네. 조각사에게도 이런 퀘스트가 있을 줄이야."

위드는 다른 드워프 장인들도 만났다.

엑버린이나 밤비 등 쿠르소의 5대 유명 장인들. 헤르만도 그중 1명이었다.

파비오는 대리인인 딸을 통해 방어구들을 전해 줬다.

조각사인 위드의 레벨이 낮더라도 입을 수 있을 정도로 직업의 제한이 없는 초보용에서부터 레벨 200대까지, 골고루 가져왔다.

"입을 수 있는 물건을 가져가라고 하셨어요."

전투용이 아닌 순수한 방어를 위한 특수 보호구!

레벨 제한이 낮고, 힘이 없어도 착용이 가능하지만 무게가 심하게 무거웠다. 민첩이 거의 좌절할 정도로 하락해서, 살찐 하마처럼 행동해야 했다.

든든한 방어력과 마법 저항력만 믿고 생존을 해야 하는 셈.

위드는 고개를 저었다.

"제게는 필요하지 않을 겁니다."

"네?"

"죽지 않을 테니까요."

사실 죽으면 대형 사고다.

조각 변신술이 풀리는 것은 물론이고, 죽음을 거부할 수 있는 힘에 의해 되살아날 테니까!

그 광경을 다른 드워프 전사들이 보게 되면 난리가 날 것이었다.

하지만 위드는 죽지 않을 자신이 있었다.

'드워프 구돌프가 남긴 자산 덕분이지.'

구돌프를 통해 샤스펜 동굴의 지형과 흡혈박쥐들의 공격 수법 등을 파악했다.

위험할 일은 조금도 없었다.

"진군."

위드는 샤스펜 동굴에 들어서자마자 제집처럼 성큼성큼 걸어갔다.

이에 드워프 워리어들은 경악을 금치 못했다.

"아트핸드, 정신 나간 거 아냐?"

"상한 맥주라도 몇 통 마신 건가?"

드워프들은 걱정부터 됐다.

의뢰를 성공시키기 위해서는 위드가 반드시 살아야 한다.

그들의 임무는 위드의 지휘 아래 싸우는 것!

그런데 대장이 이런 철부지였으니 가슴이 졸아드는 것만 같았다.

하지만 위드는 흡혈박쥐들이 있는 장소를 정확하게 알고 있었다.

텅 빈 동굴 속을 걸어가는 드워프 무리.

놈들의 서식지가 500미터쯤 남았을 때 위드가 손을 들었다.

"여깁니다."

"응? 무슨 말인가."

드워프 전사 빈델이 물었다.

그는 네 가지 이상의 무기를 다룰 줄 알고 각종 공격술에 통달한, 드워프족 내에서도 최상위 전사였다.

"이곳에서 전투를 하겠습니다."

"무슨 말인가. 여기에는 몬스터가 없는데?"

위드는 명쾌하게 답했다.

"당연히 데려와서 싸워야죠."

드워프 전사들의 얼굴이 찌푸려지는 것은 한순간이었다.

"미련하군. 전투는 우리가 전문가이니, 지금부터는 우리가 맡지."

"자넨 그냥 안전한 곳에서 쉬고나 있어."

"흡혈박쥐는 이동속도가 빨라서 유인이 안 된다는 것도 모르고, 쯧쯧! 더구나 우린 전사들이라 활도 가져오지 않았어."

드워프들이었기에 이곳에 이르기까지 위드를 존중해 주었다고 할 수 있다. 그런 드워프들의 신뢰가 무너지고 있었다.

모든 몬스터들을 다 유인해서 싸울 수만 있다면 얼마나 좋겠는가!

하지만 그게 어려운 몬스터도 많았고, 사냥은 단순하지 않았다. 적어도 수십 가지의 변수들이 있기에 경험이 중요했다.

드워프들이 위드를 무시한 채로 지나치려고 할 때였다.

위드가 조각칼을 꺼내서 자신의 팔뚝을 그었다.

"그게 무슨 짓인가!"

빈델이 소리 질렀다.

자신을 비롯한 다른 드워프들이 말을 들어 주지 않자 자살을 시도하려는 것으로 착각!

어쨌든 간에 위드가 죽어 버리면 의뢰는 실패하고, 강제 퀘스트로 참전한 쿠르소의 드워프들에게는 엄청난 피해가 돌아간다.

드워프들이 놀라고 있을 때, 위드가 나직하게 말했다.

"드워프 부대 전투준비!"

"응?"

"아직도 그 소리야?"

위드는 답답하다는 듯이 빠르게 설명했다.

"샤스펜 동굴 흡혈박쥐의 인지 범위는 사방 200미터. 그러나 피 냄새를 맡았을 때에는 반경 600미터까지 먹이를 인식."

"……."

"동굴의 구불구불한 경로에 따라서 그 길이가 달라지긴 하지만, 이곳에서 놈들이 있는 곳까지는 거의 직선 경로. 천장이 낮고 종유석들로 인하여 놈들이 속도를 낼 수 없으니 지금이 기회입니다. 드워프 군단 전투준비!"

위드의 단호함에 드워프들은 일단 무기들을 꺼내서 전투태세를 갖췄다.

'방금 도대체 무슨 소리를 들은 거야?'

'흡혈박쥐들이 여기까지 온다고 한 것 같은데…….'

촤라라라라락!

어둠을 뚫고 흡혈박쥐 떼가 날아들었다.

"진짜로 왔다."

"적이다!"

드워프들은 미리 준비하고 있었던 탓에 해머를 내려치고 도끼를 휘두르는 등 격렬하게 저항했다.

하지만 불규칙적인 날갯짓에, 게다가 어두운 동굴에서 기습을 가하는 흡혈박쥐들의 속성상 놈들이 달라붙는 것을 완전히 봉쇄하지는 못했다.

성직자들의 신성 마법이 있다면 쉽게 떨쳐 낼 수 있겠지만, 아쉽게도 그런 지원을 바랄 수는 없는 처지라서 기초 체력으로 버텼다.

전사와 워리어 들이라서 기본적인 체력과 생명력이 높은 데다, 든든하게 갖춰 입은 방어구를 믿고 흡혈박쥐 떼와 싸우는 것이었다.

그때 위드가 사자후를 터트렸다.

"진형 변경, 5열종대로!"

콰과과과광!

동굴 안에서 굉음처럼 울리는 사자후!

> 사기가 276 올랐습니다.
> 모든 혼란 상태에서 회복됩니다. 행운이 6 상승합니다.

각자 파티를 맺고 싸우던 드워프들에게 동시에 떠오른 메시지 창이었다.

파티에서는 사기 수치도 중요하다. 사기가 낮으면 공격력이나 마법 효과가 잘 발휘되지 않는다.

그런 사기가 2배가 넘게 늘어난 것은 물론이고, 박쥐들의 공격으로 인한 혼란 상태 회복, 덤으로 행운까지 증가!

"5열종대로!"

위드의 사자후가 반복적으로 터지고 있었다.

효과가 중첩되어서 쌓이는 것은 아니지만, 어마어마한 소음이었다.

좁은 동굴에서 같은 말이 메아리치는 것이다.

"5열종대로!"

"5명씩 서자. 어서!"

드워프들은 정신없는 전투의 와중에도 동료들과 함께 5명씩 늘어섰다.

이유가 무엇인지, 어째서 위드의 명령에 따라야 하는지조차 모르는 상태에서 벌어진 일.

경험 많은 고위 드워프 전사들도 놀라고 있는 와중에 벌어진 사태였다.

"방금 우리가 들은 건 기사들이 사용한다는 집단 지휘 스킬 아닌가?"

"스킬의 효과가… 이렇게 사기를 상승시켜 주는 스킬은 들어본 적이 없는데."

좁은 동굴에서 5명씩 서서 싸우기는 하지만, 드워프 전사들은 금세 깨달았다.

'큰 효과는 없다.'

5열종대로 늘어섰다고 해서 별다르게 전투가 쉬워지지는 않았다.

애초에 드워프들의 전투 경험도 무시할 수 없을 정도라서,

느슨하게 풀어져 있는 와중에도 적당한 숫자로 뭉쳐 있었다.

4명, 6명 등 약간씩 차이는 있었어도 동굴의 간격에 스스로 맞춰서 싸우고 있었던 것이다.

아무튼 진형을 갖추었을 무렵에 위드의 사자후가 다시금 터졌다.

"선두 열 3보 전진. 둘째 열 현 위치 고수!"

선두 열은 본인들을 뜻하는 말인 줄 알고, 흡혈박쥐들을 제치고 세 걸음 나아갔다.

그러자 공간이 생겼다.

흡혈박쥐들은 뒤로 돌아와서 선두 열의 드워프들을 노리려고 했다.

"둘째 열은 선두 열을 엄호하라!"

둘째 열에 있던 드워프들은 무기를 휘둘러서 흡혈박쥐 떼를 내리쳤다.

전사나 워리어 들이 전투 시에 가장 우선시하는 것이 바로 동료들의 안전!

동족을 아끼는 드워프들의 속성상 쉽게 따를 수 있는 명령이었다.

"선두 열 다시 3보 전진, 둘째 열 3보 전진, 셋째 열 현 위치 고수!"

같은 상황이 다시 반복되면서 드워프들은 깨달았다.

무작위로 몇 명씩 뭉쳐 동굴에 있던 흡혈박쥐들을 상대하다 보면 진형이 엉클어질 수밖에 없다. 밀착한 동료들로 인하여 무기를 제대로 휘두르며 싸울 수도 없고, 배후 공격도 겁이 나서 사방을 경계해야 했다.

상처 입은 흡혈박쥐들은 도주해서 회복되면 돌아왔기에 거의 줄어들지도 않았다.

하지만 위드의 말에 맞춰서 진형을 잡으니 흡혈박쥐와 싸우기에 훨씬 편하다.

자신의 앞과 위만 경계하면 되었고, 뭉쳐서 날아오던 흡혈박쥐들은 6열, 7열을 거치면서 분쇄되었다.

어두운 동굴과, 고통을 주지 않는 흡혈박쥐의 속성상 몸에 달라붙어 있으면 잘 알기도 어려웠는데, 뒷열에서 알아서 떼어 주니 걱정도 덜었다.

'이길 수 있겠다.'

'충분히 이긴다.'

드워프들의 눈이 초롱초롱 빛날 때, 다시금 위드의 사자후가 터졌다.

"모든 열, 속보로 전진. 돌파!"

드워프들의 짧은 발이 급하게 움직였다.

따다다다닥!

진형 전체가 일정한 속도로 움직이면서 흡혈박쥐 떼와 싸워 나갔다.

드워프들의 등줄기에 전율이 흘렀다.

이런 전투는 경험해 본 적조차 없다!

5명이나 6명이 하나의 파티로서 단단히 결속하기도 어려운 것이 일반적이었다. 그런데 자신을 비롯해 100명도 넘는 드워프들이 일제히 행동을 맞춰서 싸우고 있다.

집단 진형을 갖춰서 흡혈박쥐 떼와 싸우는 스스로의 모습에 엄청난 쾌감이 느껴졌다.

몸이 흥분으로 달아오르고 전투가 즐거워지고 있었다.

절묘하게 터지는 위드의 지휘.

"가속!"

속도를 더하라는 말.

가속, 가속, 가속!

드워프들은 뒤처지지 않기 위해 혼잣말처럼 되뇌면서 무기를 휘두르며 달렸다.

흡혈박쥐들이 드워프들의 무리와 부딪치면 선두 열에서 한 대 맞고 튕겨 나와서 세 번째 열, 다섯 번째 열, 운이 좋다면 여덟 번째 열에서도 한 대씩 맞고 죽는다.

사기가 치솟을 대로 치솟은 드워프들은 제 몸을 사리지 않고 공격을 퍼부었고, 위드는 이를 부추겼다.

"가속하라!"

"가속!"

"가속!"

"가속! 가속!"

드워프들이 일제히 복창하면서 달렸다.

전투를 하면서 이만큼 신난 적이 있던가!

좁고 어두운 동굴에서 이렇게 싸울 줄은 몰랐다. 제 힘보다도 훨씬 잘 싸웠다.

"선두 열에서부터 셋째 열까지, 동굴의 좌우로 붙는다. 네번째 열은 무시하고 전진. 선두 그룹은, 본진이 지나가고 난 뒤에

후방에 붙는다!"

진형의 선두 쪽에 있던 드워프들은 은근히 걱정도 되던 참이었다.

흡혈박쥐 떼와 전면에서 싸우느라 체력 손실도 크고 생명력도 많이 감소했다. 하지만 앓는 소리를 내기 싫어서, 신바람이 난 전투를 계속 이어 보고 싶어서 버티는 데까지 버틸 작정을 했다.

선두 열이 무너져 버리면 진형 전체에 타격을 줄 수 있기 때문에 책임감으로 손발을 움직였다.

한데 위드는 선두에 있던 드워프들의 심정을 헤아리기라도 한 듯이, 막 걱정이 커지고 있을 무렵에 교체를 해 준다.

선두에서 싸우다가 동굴의 좌우로 달라붙은 드워프들과, 그들을 지나치는 드워프들이 눈빛을 교환했다.

'잘했어.'

'수고했다.'

신뢰감이 듬뿍 담긴 눈빛!

모든 드워프들의 마음을 하나로 결속시켜 주고 있었다.

"전력 돌파!"

선두가 바뀌자 위드의 명령도 변화했다.

그때부터 드워프들은 힘껏 달리면서 흡혈박쥐 떼를 소탕해 나갔다.

샤스펜 동굴의 박쥐들은 군집을 하는 탓에 규모가 엄청났다.

'그냥 싸웠다면 고전했겠군.'

'진형을 바꾸는 것만으로 전사와 워리어 들로 이루어진 우리

가 이런 식으로 싸울 수 있다니.'

드워프들에게 이번에 깨달은 사실은 충격적으로 다가왔다.

선두를 다섯 번로 교체했을 무렵, 흡혈박쥐 떼를 완전 돌파했다.

드워프들은 여전히 힘이 남아돌았다.

최초 선두에 섰던 드워프들 외에는 빠른 교체를 통해 힘을 비축해 두었기 때문이다.

위드가 명령했다.

"전원, 뒤로돌아."

드워프들이 척척 뒤로 돌아섰다.

물론 위드는 철저하게 호위한 상태다.

위드의 명령이 어떤 식의 효과를 거두는지를 확인하였기에 보호해 주려는 마음이 절로 커진 탓이다.

"돌진!"

방금 지나쳤던 흡혈박쥐들을 내버려두고 갈 수 없었다.

지나온 길을 깨끗하게 정리하고, 잡템들을 줍기 위해서 조금 전의 전진을 거꾸로 반복했다.

드워프 빈델이 위드를 향해 물었다.

"잡템은 어떤 식으로 분배할까?"

원래 그들이 경험했던 파티라면 잡템은 알아서 줍는 게 관례였다. 전투 중에도 떨어진 잡템에 욕심을 내다 보니 사냥이 어지러워지고, 파티가 깨지는 경우도 잦았다.

이렇게 많은 드워프들이 있을 때에는 그런 점들도 간과할 수 없다.

선두에 서는 드워프들이 자연스럽게 욕심을 부리게 될 테니 위드에게는 어떤 생각이 있는지 물어보는 것이었다.

"잡템은 본인이 알아서 줍습니다. 단 스스로 감당하지 못할 만큼 주워서 다른 이들보다 이동속도가 느려지거나 전투에 피해를 줄 경우에는 그 자리에서 강제 방출 조치를 합니다."

"……."

"조금 전과 같은 싸움은 이 동굴이 끝나기 전까지 신물이 나도록 이어질 겁니다. 그러니 전투력을 보전하면서도 이동속도가 느려지지 않도록 그때그때 적당량만 줍는 편이 이로울 것입니다."

그 말에 드워프들은 고개를 끄덕였다.

부질없는 욕심을 부려서 동료들로부터 매장당하느니, 잡템은 적당히 취하는 편이 낫다.

앞으로도 이런 전투는 셀 수 없이 이어질 테고, 기회는 많을 것이기 때문.

샤스펜 동굴의 흡혈박쥐 사냥!

드워프 전사와 워리어 들의 전투 경험이 쌓이면서부터는 효율이 더욱 높아졌다.

"가속! 가속! 가속!"

"전진, 돌격!"

"다 부숴 버린다!"

드워프들은 미친바람처럼 동굴 안을 휩쓸었다.

흡혈박쥐들의 주요 서식지!

인간들은 물론이고 드워프들조차 움츠러드는 좁고 어두운 동굴에서, 지형적인 불리함 따위는 역으로 바꾸어 놓은 듯이 설쳤다.

지금까지는 경험해 본 적도 없으며, 상상해 본 적도 없는 전투다.

일부 드워프들은 공공연하게 떠들었다.

"야, 이 전투가 〈로열 로드〉의 게시판에 올라가면 난리가 나겠지."

"아마 전부 뒤집어질걸."

쿠르소의 드워프 전사, 워리어 들은 수준이 높아서, 명예의 전당에 등록된 유저도 있다. 그런 유저들도 동영상을 올려야겠다며 벼르고 있었다.

위드에게는 상관없는 일이었다.

함께하는 의뢰라서 동영상까지 독점할 수는 없다. 더구나 위드의 계정으로는 공개해서는 안 될 입장이었다.

드워프의 모습으로 다른 이들을 이끌고 있는 것을 보여 주었다가는 직업과 조각 변신술의 비밀까지도 만천하에 공개하는 꼴이다!

위드는 실속만을 챙겼다.

"흠, 박쥐의 눈물이라… 마법사에게는 중요한 시약이 되는 것이로군."

무게가 거의 나가지 않는, 극소량으로 가격이 비싼 잡템들만 골라 주웠다.

남들에게는 잡템 때문에 사냥에 차질을 주면 방출해 버린다는 엄포를 놓았다.

위드의 지배력과 권위를 한층 높여 준 발언!

드워프들은 위드의 눈치를 보아야 했다.

하지만 그는 조각사로서 전투에 참여하지 않아도 되고, 또다른 드워프들의 인식도 호의적이다.

'조각사가 주워 봐야 얼마나 줍겠어?'

'전투에서 큰 공로를 세우고, 사실 이 의뢰도 저 드워프 덕분인데……. 소득이 너무 적은 거 같아서 불쌍하군.'

오히려 동정심까지 가졌다.

샤샤샤샤샤샥!

위드가 호주머니로, 배낭으로 챙기는 잡템의 양이 상상 이상으로 어마어마하다는 사실을 모르는 채!

전적으로 인식의 차이였다.

평소 많이 챙길 것 같은 드워프는, 잡템을 줍는 광경을 서너 번만 보여 줘도 굉장히 욕심을 낸 것 같다.

하지만 위드는 잡템 따위는 한눈으로 살폈다.

또르륵.

눈동자가 자연스럽게 구르면서 싸구려 잡템들이 있는 쪽으로는 시선도 돌리지 않았다.

다른 드워프들이 줍도록 느긋하게 시간을 배려하면서, 본인은 드워프들의 신경이 무디어졌을 때 충분히 그리고 비싼 물품들로만 골라 가졌다.

그러는 와중에도 전투의 속도는 떨어지지 않아, 이내 샤스펜 동굴의 끝에 이를 수 있었다.

"여기다!"

드워프의 시신을 발견한 선두에서 고함을 질렀다.

위드는 흡혈박쥐에게 피를 흡수당해 말라붙은 미라처럼 된 시체와, 구돌프가 최후로 만든 루비 브로치를 찾아냈다.

띠링!

> 구돌프의 루비 브로치를 습득하였습니다.

위드가 뒤로 돌아서서 말했다.

"됐습니다. 이제 쿠르소로 돌아가죠!"

드워프 전사, 워리어 들이 의뢰에 성공한 것이다.

쿠르소로 돌아온 위드는 제나라는 드워프를 찾아서 루비 브로치를 건네주었다.

위드가 책임자로서 나선 그 일을 다른 드워프들도 따라와서 구경하고 있었다.

"무척 안타깝게 되었습니다. 구돌프는… 당신을 가장 사랑했고, 마지막으로 이것을 남겼습니다."

"흐흑!"

여성 드워프 제나는 루비 브로치를 받고 오열했다.

"구돌프, 당신이 죽었다니……."

띠링!

구돌프의 꿈 퀘스트 완료
드워프 장인 구돌프의 염원이 이루어졌다. 흡혈박쥐에 대한 복수가 끝나고, 연인 제나를 위해 만든 보석 브로치가 전해졌으니 그는 편히 눈을 감을 수 있을 것이다.

명성이 120 올랐습니다.

쿠르소 드워프들과의 우호도가 10이 되었습니다.

드워프 제나의 호감도와 신뢰가 최상이 되었습니다.

레벨이 올랐습니다.

레벨이 올랐습니다.

다른 드워프들에게도 의뢰의 성공을 알리는 메시지 창이 제각각 떴다.

위드는 거기에는 신경을 쓰지 않고 제나를 안타까운 눈으로 보았다.

'남겨진 사람이 얼마나 고통스러운지는… 경험해 보지 않으면 모르지.'

부모님들이 돌아가시고 겪었던 설움들.

자식들을 놓고 떠나야 하는 부모님들도 편히 돌아가시지 못했을 것이다.

제나가 눈물을 훔치며 일어났다.

"이러고 있을 게 아니군요. 제가 울고만 있는다면 구돌프도 좋아하지 않을 거예요."

"그럼?"

"이 보석 브로치는 그가 저에게 청혼을 한 증거. 저는 구돌프의 아내로서 평생을 살아가겠습니다."

드워프 여자들도 강인한 면이 있었다.

제나는 웃으며 말했다.

"발견한 샤스펜 동굴의 루비 광산은 아마도 구돌프가 당신에게 주는 선물일 거예요. 광산을 개발해서 예쁜 루비들을 많이 캐시길 빌겠어요."

띠링!

> 샤스펜 동굴의 루비 광산 개발권을 획득하였습니다.

루비 광산의 개발권 획득!

위드는 행정청에 광산을 등록했다.

샤스펜 동굴의 아트핸드 루비 광산!

쿠르소 행정청 차원에서 광부들과 전사들을 모집해서, 이제 샤스펜 동굴의 루비들을 캐내게 될 것이다.

인건비와 안전을 위해 용병을 고용하는 대가로 채굴한 루비의 6할을 바쳐야 되지만, 그러고도 막대한 이익이 남았다.

점점 치안이 확립되면서부터는 용병의 고용비도 줄어들 테니 순이익은 갈수록 커질 것이다.

"수고 많았네."

"단기간에 가장 빨리한 의뢰로 기억에 남을 거야. 다음에도 일이 있거든, 보수는 덜 받아도 좋으니 언제든 불러 주게."

전투에 참여했던 드워프들도 대단히 만족스러워하며 하나둘 흩어졌다.

데스핸드와의 싸움

위드의 조각술 의뢰에 불이 붙었다.

〈소녀의 눈물〉상!

길거리에 있는 때 묻은 조각상이었다.

"감정!"

아버지는 매일 도끼만 만드셨어요.
어머니는 매일 재봉만 하셨죠.
저와 제 동생과는 아무도 놀아 주지 않았어요.
놀아 줄 사람이 어디에 없을까요.

난이도는 E급!

위드는 그 드워프를 찾아냈다. 하지만 조각상이 만들어진 지 아주 오래되어서, 이미 나이를 한참 먹은 아줌마 드워프!

그녀는 재봉을 하던 와중이었다.

"실례합니다. 놀아 드려도 될까요?"

위드가 그녀를 불러냈다. 어린 드워프들이 좋아하는 사과 맛 맥주를 사 주고 30분간 놀아 주었다.

"어릴 때의 꿈을 이런 식으로 이루는군요. 제가 만든 옷인데… 드리겠어요."

드워프 수제 푸른 로브 획득!

레벨 130의 제한이 있는 마법사 전용 복장이었다. 제한은 낮지만, 마법사의 로브라는 게 중요했다.

마법사들은 방어력을 크게 의식하지 않는다. 가장 강대한 공격력을 가지고 있기에, 마나 회복 속도와 파괴력에 중점을 둔다.

사실 아무리 좋은 로브를 껴입더라도 열악한 생명력과 방어력은 어쩔 수가 없기에 자포자기한 셈이 크기도 했지만.

드워프 수제 푸른 로브는 마나의 저장 효과와 빠른 주문의 옵션이 있어서 무려 7,000골드가 넘는 가격에 팔린다.

마법사들에게는 지팡이만이 아니라 로브, 부츠까지도 공격 무기가 될 수 있다는 점 때문에 가격이 높았다.

조각상 의뢰의 보상이 엄청났던 것이다.

"조각술은, 진정 예술의 꽃이라고 할 수 있다!"

위드는 조각술을 아낌없이 찬양했다.

"어서 오게, 아트핸드!"

"안녕하세요, 경비병 어르신. 집에 좀 들어가 봐도 될까요?"

"자네라면 언제든 환영이지!"

드워프 경비병의 집에도 방문했다.

위드는 아부와 돈 안 드는 선물을 기반으로 한 친화력으로 경비병과도 친해질 수 있었다.

경비병의 집에는 조각품이 있었다.

쿠르소 드워프들의 특성은 인간과는 차이가 있다.

조각품이나 그림 등의 예술품을 사랑하기 때문에, 집집마다 1~2개씩의 조각품은 꼭 보관하고 있다. 아무 의미 없이 그냥 만들어진 조각품도 적지 않지만, 특별한 의뢰나 어떤 단서가 되는 것도 많았다.

"훌륭한 조각품 같습니다."

"암. 우리 선조가 보관해 오고 있던 것이네."

"좀 세밀하게 봐도 될까요?"

"자네처럼 능력이 있는 조각사가 봐 주겠다면 영광이지."

"감사합니다. 감정!"

추악한 요물이 우리 쿠르소에 살고 있다는 사실을 아는 드워프들은 많지 않을 것이다.

'요물이라…….'

왠지 난이도가 제법 될 것 같았다.

그 요물은 모습을 바꾸어 가면서 순진한 드워프들을 농락한다.

요물의 정체는 시시각각 변하기에 어떤 드워프라고 단정 지을 수 없다. 하지만 그 요물이 우리 드워프들을 조롱하는 형태는 비슷하다.

어떤 유능한 드워프가 괜찮은 물건을 만들어 내면, 그 요물이 접근한다. 매우 실력이 없는 드워프의 행세를 하다가, 순식간에 재주를 익혀 더 좋은 물건을 만들어 내 버리는 것이다.

손재주를 삶의 목표로 삼는 드워프들에게는 얼마나 잔인한 일인가!

위드는 충분히 심하다고 생각했다.

'내 입장에서도 용서할 수 없지.'

본인이 1골드를 벌 때 옆에서 2골드, 3골드를 벌어들인다면 그것은 회복할 수 없는 정신적인 충격!

그 요물에게 복수해야 한다. 드워프의 땅에 발을 붙이지 못하도록 해야 한다. 하지만 우리 드워프들은 무력을 앞세워서 요물을 처단해서는 안 된다. 그래서는 우리 종족의 긍지가 되살아나지 않는다.

그 요물을 발견해서 똑같은 방식으로, 실력으로 당당히 겨루어 제압하는 것이 옳다. 다행히 그 요물이 여러 방면에서 탁월한 것은 아니기에 충분히 승산이 있을 것이다.

이번 난이도는 C급!

"제법 짭짤한 보상이 기대되는군."

요물과 싸워 이기는 게 아니라, 재주로 겨루어야 된다는 점.

위드는 요물의 가능성이 높은 드워프를 금방 찾아냈다.

드워프 유저들이 물건을 생산하면, 그 옆에서 더 뛰어난 물건을 만드는 드워프가 있었다.

그의 이름은 데스핸드!

"클클클."

호쾌한 드워프답지 않게 음소를 터트리며 무언가를 만든다.

어떤 의뢰를 줄지 모른다면서 쿠르소에서는 이미 유명한 드워프였다.

'맥주도 안 마신다니 틀림없겠지.'

위드는 하루를 따라다녀 보고 확신했다.

맥주를 마시지 않는 드워프는 정상이 아니다!

일부러 옆에서 대놓고 마셔 댔는데도 전혀 관심을 보이지 않았으니 제대로 찾은 듯싶었다.

"에휴, 어디 이런 검으로 수박이나 자르겠나."

"크윽……."

데스핸드의 옆에서 또다시 좌절하는 드워프가 있었다.

그는 모아 둔 돈을 다 써서 최상급 뼈를 구했다. 몬스터의 뼈로 만든 검!

오우거의 다리뼈를 이용해 제법 괜찮은 검을 만들고 나서 기쁨의 환호성을 터트렸다.

"아싸! 드디어 오우거 소드가 완성됐다!"

다른 드워프들과 함께 기쁨을 나누기도 전, 데스핸드가 다가왔다.

"허, 참! 정말 어렵군. 어떻게 뼈로 검을 만들지?"

그는 가지고 있던 오크의 뼈를 이용해 검을 만들었지만 몇 번이나 실패작만 나왔다.

'설마.'

오우거의 뼈로 검을 만든 드워프는 데스핸드에게 관심을 집중시켰다.

'아니겠지. 이번에는 아닐 거야.'

철은 검을 만들기에 가장 편한 재료다.

녹여서 두들기면 형태를 조정하기도 좋고, 검날도 재질의 강함에 힘입어서 완성하기 편하다. 만들어진 검은 숫돌로만 갈아도 그 예기를 금방 되찾는다.

이에 반해 뼈 검은 만드는 과정에서 일체의 실수도 용납하지 않으며, 재료 자체의 특성도 민감하게 받아들인다.

대장장이 스킬이 높은 드워프라고 해도, 재료의 숙련도가 따라 주지 않으면 못 만드는 검.

데스핸드는 실패작을 몇 번 만들더니 오우거의 뼈를 꺼냈다.

"이건 비장의, 아껴 두던 건데……."

그리고 뚝딱뚝딱 금세 오우거 뼈 검을 만드는 것이 아닌가!

훨씬 더 좋고, 모양도 멋들어진 검이었다.

그러나 데스핸드는 자신의 검을 바닥에 내던지더니 질근질근 밟았다.

"에잇, 실패작이야! 이런 검으로는 수박도 자르지 못해. 사과도 못 자를 거야. 바나나도 베지 못할 실패작!"

"크흐흐흑!"

오늘도 데스핸드의 희생양이 비통하게 울부짖고 있었다.

위드는 데스핸드의 옆에 아주 보란 듯이 자리를 잡았다.

"뭘 만들어야 될까. 에휴. 재능이 없다 보니 뭐든 만들기가 어렵군."

초보 조각사의 냄새를 물씬 풍겼다. 그리고 초보용 조각칼을 꺼내 무려 10시간에 걸쳐서 다람쥐를 조각했다.

꼬리를 조각하는 데 4시간, 머리를 조각하는 데 2시간, 몸통은 대충 만들었는데도 꽤 시간이 흘렀고, 다리는 아예 없었다.

다람쥐인데 앙증맞은 볼은 어디 갔는지, 오소리나 족제비에 가깝다. 크기가 거의 멧돼지급이었으니 도무지 다람쥐라고는 볼 수조차 없다.

> 조각품의 실패로 인해 명성이 23 감소하였습니다.

"클클클."

데스핸드가 완성된 다람쥐를 보며 비웃었다.

누가 보더라도 이 다람쥐는 실패작이었으니까!

위드는 다시금 의욕을 다지며 초보 조각칼을 쥐었다.

"괜찮아. 실패란 더 나은 작품을 위해 반드시 필요한 과정이니까!"

이번에는 황소를 조각하려고 했다.

온순하며, 일을 잘하는 소.

다람쥐보다도 훨씬 공을 들여서 조각을 했지만, 이번에도 도저히 눈뜨고 못 봐 줄 정도였다.

4개의 다리는 굵기와 길이가 서로 달랐고, 꼬리는 1센티가 될까 말까다!

머리는 금이 가서, 그저 붙어 있다고 해도 다행일 수준!

어디에서도 황소임을 알아볼 수 있는 증표가 없었다.

우당탕!

그나마 만들어진 조각품마저도 빈약한 다리가 하중을 이기지 못한 채 무너져서 박살이 났다.

처참한 광경이었다.

갈수록 퇴보하는 조각사라니!

> 조각품의 실패로 인해 명성이 39 감소하였습니다.

"클클클클! 크히히히힛!"

데스핸드의 웃음이 더욱 짙어졌다.

남의 불행을 보며 좋아하는 성격의 그에게는 위드가 너무 재미있었다.

"저런 조각사라면 굳이 내가 나설 필요도 없겠지만……."

데스핸드는 그래도 위드를 내버려두고 싶지 않았다.

"다시는 조각술을 펼치지 못하게 박살을 내 줘야겠지!"

위드와 데스핸드의 조각술 승부!

좁은 쿠르소에서 소식은 금방 퍼졌다.

데스핸드는 지금까지 모든 드워프들을 실력으로 조롱했다. 하지만 이번만큼은 조각술을 겨루는 것이다. 승부를 예측하기가 힘들었다.

선술집에서 맥주를 마시는 드워프들에게는 단연 위드가 화제였다.

"냉정하게 말해서 누가 이길까?"

"데스핸드겠지."

"아니야. 나는 아트핸드가 잘 해낼 거라고 믿어. 데스핸드의 코를 납작하게 만들어 주면 좋겠는데!"

샤스펜 동굴에 들어갔던 전사 드워프들은 위드의 편이었다.

"기술이 어디 그리 쉬운 줄 아는가? 불리한 전투에서도 역전은 가능하지만, 손재주는 거짓말을 안 해."

"그래도 아트핸드라면 가능할 거야."

"내기할까?"

"좋아! 지는 쪽이 오늘의 술값을 포함해 100일간 술 사기다."

"얼마든지. 여기 맥주 두 통 추가!"

호기를 부리며 내기를 거는 모습도 종종 볼 수 있었다.

⟡

데스핸드가 만들기로 한 것은 발게스트의 유령 기사였다.

거대한 전투마를 타고 전장을 누빈다는 악독한 몬스터 기사!

발게스트의 기사가 등장하면 몬스터들도 공포에 떤다. 절대적인 위압감을 가지고 있는 고위 몬스터.

"클클클."

데스핸드는 상당히 빠르게 발게스트의 기사를 완성해 갔다. 크기가 상당했기에 점토를 구워서 만들고 있었다.

"아, 조각술은 정말 어려워."

엄살을 부리는 데스핸드.

위드가 들으라는 듯이 일부러 앓는 소리를 했다.

처음 말의 다리를 만들 때만 하더라도 위드가 만든 황소처럼 두께와 길이 들이 달랐다. 하지만 마음에 들지 않는지 간단한 수선을 했다.

달빛 조각사

몸통을 함께 만들면서 오히려 앞발을 치켜든 채로 포효하고 있는 형상으로까지 변화를 시켰다.

데스핸드가 얄밉게 입가를 실룩였다.

"이러려고 했던 게 아닌데… 내가 운이 좋군."

말이 가진 섬세한 근육들의 형태가 갖춰지고, 웅장한 발게스트의 유령마가 되었다.

체인 메일과 철퇴 그리고 그 위에 덧입은 찢어진 옷까지, 발게스트의 기사가 완벽하게 표현되었다.

"어휴, 이 정도밖에 만들지 못하다니……. 나같이 무능한 조각사가 있을까. 나처럼 못난 조각사는 죽어야 돼. 죽어 마땅하고말고."

데스핸드는 슬퍼서 끅끅대며 울었다.

걸작! 발게스트의 친위 기사 조각상

몰락한 발게스트 공국의 유령 기사. 전장에서 포효하는 형상의 조각품. 질이 떨어지는 점토로 완성되었고, 그 위에는 검은 물감을 칠했다.

예술적 가치: 416

옵션: 전투마의 이동속도 7% 향상. 기사들의 스킬이 한 단계씩 올라간다.

"아이고, 난 다시는 조각품을 만들지 말아야겠구나. 이런 미천한 실력으로 어찌 조각품을 만들 자격이 있을까."

데스핸드가 대놓고 앓는 소리를 하고 있었다.

구경을 나온 드워프들이 혀를 찼다.

"또 불쌍한 희생자가 등장하겠군."

"그러게. 이번에는 정말 잔인한데. 저런 말까지 들으면 조각품을 만들 수조차 없잖아."

자존심의 밑바닥까지 밟아 버리는 데스핸드의 수작!

"하지만 이번엔 상대가 아트핸드이니 뭔가 다르지 않을까?"

"그냥은 물러서지 않을 거야. 확실해."

드워프들은 위드의 실력을 정확히 짐작하지는 못했다. 하지만 조각술로 난이도 B급의 의뢰를 받을 정도였으니, 아무리 운이 좋더라도 기본 실력이 상당할 거라 예상할 뿐이다.

위드는 초보용 조각칼을 추어올렸다.

"……."

드워프들과 데스핸드가 그의 움직임을 주목하고 있었다.

하지만 위드는 조각칼을 든 채로 잠시 고민하다가 그대로 다시 손을 내렸다.

순간 터지는 한숨 소리들.

"아!"

"역시 포기인가?"

드워프들이 안타까워할 때였다.

"조각칼 따위는 필요 없겠지."

위드가 아무렇지도 않게 말을 하더니 빈손을 추어올렸다.

조각칼도 없고, 심지어는 조각을 할 재료도 없다. 미친 사람처럼 허공에 손을 대고 움직였다.

그러자 마법처럼 나타나는 은은한 빛!

위드가 조용히 되뇌었다.

"이것이 달빛 조각술이지."

조각품을 깎는 것은 오히려 쉽고 편하다. 조각품에 빛을 어리게 만들어서, 예술적인 가치를 높인다.

하지만 진정한 달빛 조각술은 빛 그 자체로 조각을 하는 것이다.

위드의 열 손가락에서 실타래처럼 빛줄기들이 풀려 나왔다.

"으악! 저건 뭐야."

"마법 같은데… 드워프가 마법을 써?"

드워프들이 모여들었다.

무대에서 노래하는 가수처럼, 빛의 조각술을 다루는 위드가 현재의 주인공이었다.

데스핸드조차도 기겁한 얼굴로 위드를 보고 있었다.

가느다란 빛줄기들이 색색의 아름다움을 내뿜는다.

어떠한 빛깔로도 재현해 내기 어려운 빛 그 자체의 오묘한 색채.

위드의 손이 허공에서 춤을 추었다.

'뭉친다. 묶는다. 퍼트린다. 흘린다. 확장시킨다. 실수 따위는… 없어야 한다.'

위드의 집중력이 고도로 확장되었다.

달빛 조각술을 제대로 시현하는 것은 최초.

실수를 용납하지 않을뿐더러, 오랫동안 느긋하게 살피면서 조각하는 것도 불가능하다.

목조나 석조를 다루는 것과 차원이 다른 고난이도의 조각술.

빛의 조각술이다.

손가락에 힘을 줄 때마다 더 강한 색채의 빛이 흘러나오면서 소량의 마나가 소모되었다.

달빛 조각술의 미묘한 조율.

빛의 색깔조차도 조절이 된다.

부분별로 다른 색들을 적용한다면 엄청난 작품이 될지도 모른다.

피라미드를 능가하는 규모에, 수만 가지 색채로 만든 조각품! 상상도 하지 못할 굉장한 작품이 될 것이지만 자칫하다가는 조잡해지기 쉽다.

몇 날 며칠에 걸쳐서 집중력을 최고로 유지해야 할 테고, 아직은 마나도 그만큼 받쳐 주지 못한다.

조각사의 상위 스킬인 달빛 조각술!

숙련도에 따라서 마나를 소모하는데, 현재로써는 마나의 소모 속도가 만만치 않았고, 색상을 바꾸는 데에도 일정량이 필요했다.

'내 실력이 아직 그 정도는 아니야.'

위드는 한 가지 색으로 만들 작정이었다.

선명한 붉은색이 먼저 피어올랐다.

'붉은색. 아니야. 너무 과감하고 화려해.'

붉은빛으로는 어울리는 조각품이 한정되어 있다.

그다음에 위드의 손가락에서 흘러나온 색깔은 노란색.

마찬가지로 조각을 하기에는 까다로운 색깔이다.

초록색, 주황색, 파란색, 검은색, 보라색.

색들이 변해 가고 있었다.

그 어떤 색도, 색감이 너무나도 좋았다.

홀린 듯이 바라볼 수밖에 없는 맑고 뛰어난 색감!

위드는 괜히 어린 시절이 한스러웠다.

'젠장! 눈으로 보고 있으면서도 무슨 색인지 알 수가 없어.'

가난으로 초등학교 때부터 미술 시간에 8색 크레파스만을 사용했던 후유증!

둔감한 색감으로 인해 특정한 색을 고르기 어려웠다.

색들은 계속 변하고 있었다.

마흔여덟 가지의 색도 아니고, 예순 가지의 색도 아니다.

색도, 채도, 명도가 서로 다른 수만 가지 색의 은근한 변화.

위드는 마음으로 색을 정하기로 했다.

'제일 예쁜 색이 아니라 내 마음이 끌리는 색으로 정하자.'

너무 많은 색이 있고, 빠르게 변화한다.

어떤 색을 고르더라도 아쉬움은 남겠지만 마음이 와닿는 쪽으로 정하기로 했다.

'됐다. 이거야.'

위드가 최종적으로 결정한 것은 밝은 은색과 고급스러운 푸른색이 서로 뒤섞인 빛이었다.

은빛에 푸른 광채가 함께 흐르는 빛.

8색 크레파스를 썼던 위드의 색상 감각으로는 설명할 수도 없는 실버 블루!

빛으로 표현되기에 더더욱 고귀하고 아름다운 색깔이었다.

파앗!

지금까지 위드에게서 흘러나왔던 빛들이 일제히 사라졌다.

수백 가지가 넘는 빛의 색들이 커다란 공처럼 뭉쳐 있었는데 순식간에 없어지고, 위드의 손에서 은푸른빛이 나왔다.

달빛 조각품의 시작이었다.

'무엇을 만들어야 할까.'

위드의 고민은 빛을 보는 순간에 사라졌다.

조각술은 재료를 다루는 기술이다. 재료에 따라서 만들 수 있는 작품도 제약을 받는다.

당연히 달빛 조각술로 조각을 하기로 마음먹으면서 몇 가지 염두에 둔 것이 있었다.

'서윤. 충분히 많이 우려먹었지만 빛으로 만든다면 정말 여신처럼 아름답지 않을까?'

하지만 실제 빛으로 사람을 빚어내기란 정말로 어려운 일이다. 조형미를 갖추기도 어렵고, 피부를 표현하는 것도 굉장한 난이도. 언젠가 도전해 볼 만한 과제이지만, 아직까지는 무리라고 여겨졌다.

'빙룡이나 와이번도 괜찮겠지.'

이미 만들어 봤던 조각품을 빛으로 만드는 것도 나름 신선한 시도일 것이다.

그러나 흘러나오는 오묘한 빛을 보는 순간, 위드는 마음을 정했다.

'이 빛에 어울리는 조각품을 만들자.'

빛은 가벼워 보이고, 밝으며, 자유롭다.

정해 놓은, 이미 익숙한 조각품보다는 주제도 마음이 끌리는 대로 정하기로 했다.

위드의 손이 허공을 누볐다.

빛들이 엉키고 흔들리면서 질서를 잡아 간다.

조각물을 깎는 것이 아니라, 빛으로 만드는 조각품!

세심하고 섬세한 작업이 필요했다.

10개의 손가락이 악기를 만지는 것처럼 예민해졌다.

힘의 강도와 시간에 따라 빛의 굵기나 색감, 길이 등이 변하기 때문에, 집중력과 감각이 극한에 이르지 못한다면 시도도 못 할 조각술이었다.

완전히 집중한 모습으로 빛의 조각품을 만드는 위드의 모습은 엄청난 카리스마. 빛과 함께하며, 빛을 어루만지며, 빛을 발산하는 조각사의 극치!

위드는 천둥 벼락이 옆에 떨어지더라도 모를 만큼, 빛과 형태를 갖추어 가는 조각품에만 전념하고 있었다.

마침내 은푸른색으로 빛나는 2장의 날개가 완성되었다!

> 만든 조각품의 이름을 정해 주십시오.

위드는 작품을 보며 즉흥적으로 떠오르는 대로 말했다.

"빛의 날개."

다른 이들이 지금 조각품에 이름을 짓고 있다는 사실을 알았다면 가슴을 치며 크게 안타까워할 일이었다.

빛으로 만들어진 환상적인 날개.

이것에 그저 빛의 날개라고 이름을 붙이다니!

하지만 위드는 뿌듯한 미소를 짓고 있었다.

'역시 나의 작명 센스는 정말 최고야.'

〈빛의 날개〉가 맞습니까?

"맞아."
띠링!

조각술 스킬의 숙련도가 향상되었습니다.

손재주 스킬의 숙련도가 향상되었습니다.

달빛 조각 대작! 〈빛의 날개〉를 완성하였습니다!
베르사 대륙에서 오랫동안 실전되었던 빛의 조각품! 소수의 조각술 마스터들과 그들의 제자들만이 알고 있었다는, 빛을 다루는 조각술. 역사에 전설로나 기록되어 있던 조각술이 복원되어 작품으로 만들어졌다. 역사적인 가치를 가지고 있으며, 조각술의 기념비가 되어 마땅할 작품. 두 쌍의 날개가 완벽한 대칭을 이루지 않음은 아쉬운 부분이다.
예술적 가치: 역사적인 조각사의 길을 걷고 있는 이의 작품. 17,900
옵션: 〈빛의 날개〉를 본 이들은 생명력과 마나 회복 속도가 하루 동안 15% 증가한다. 전 스탯 25 상승. 어둠의 마법에 대한 내성 35% 상승. 눈멀기 마법에 대해 면역. 조각품이 있는 마을이나 도시 전체는 밤에도 치안의 하락 폭이 감소한다. 밤에 강화되는 몬스터들의 힘을 3% 억제한다. 빛의 사제들의 신앙심과 스킬의 효과가 15% 증가한다. 다른 조각품과 중복해서 적용되지 않는다.
지금까지 완성한 달빛 대작의 숫자: 2

조각품에 대한 이해의 스킬 레벨이 1 상승하였습니다.

명성이 332 올랐습니다.

예술 스탯이 30 상승하였습니다.

지혜가 2 상승하였습니다.

매력이 7 상승하였습니다.

〈빛의 날개〉가 조각품의 역사에 이름을 남기게 되었습니다.
재능 있는 조각사들이 이 조각품을 본다면 조각술을 수련하는 데 약간의 도움이 될 것입니다.

달빛 대작 조각품을 만든 대가로 전 스탯이 4씩 추가로 상승합니다.

압도하는 엄청난 작품!

달빛 조각술을 응용한 작품을 몇 번 만든 적은 있지만, 이번에야말로 진정한 달빛 조각품이라고 할 수 있다.

역사적인 가치가 엄청난 덕분에, 위드가 만들었던 그 어떤 작품보다 예술적 가치도 뛰어났다.

공중에 떠 있는 채로 펄럭거리고 있는 한 쌍의 우아한 빛의 날개.

위드는 땅을 치며 한탄했다.

"실패작이야, 실패작."

"……."

얼이 빠져 있던 드워프들의 정신이 번쩍 들었다.

그들은 위드를 욕하고 비난하고 싶었다.

'제정신이냐, 이 미친 드워프야!'

'이런 작품을 만들어 놓고 실패작이라니, 누굴 놀리냐!'

전설로만 전해 오던, 사실 이곳에 있는 어떤 드워프도 몰랐던, 빛을 이용한 조각품.

그런 조각품을 만들어 놓고 안타까워하고 있다니!

"나처럼 재능 없는 조각사는 죽어야 돼. 흑흑. 어떻게 이런 형편없는 조각품을 만들 수 있단 말인가."

"……."

"너무 건성으로 만든 탓이야. 조금만 더 공들여서 만들걸."

위드도 사실 〈빛의 날개〉를 조각하기가 지금까지의 어떤 조각품보다도 힘겨웠다.

빛의 강도와 색을 균일하게 맞추기 위해서 손끝의 감각을 일정하게 유지해야 했다. 머뭇거리거나 망설여서도 안 된다. 과감하게 움직이면서도 순간순간의 판단을 정확히 해야 한다.

〈빛의 날개〉를 조각하는 4시간여 정도가 어떻게 흘렀는지도 모를 지경.

위드의 이마와 등줄기에도 식은땀이 흥건했다.

"데스핸드."

"…응? 나, 나를 불렀는가?"

멍하니 〈빛의 날개〉를 보고 있던 데스핸드가 당황하며 되물었다. 거의 넋이 나간 얼굴이었다.

위드는 다짜고짜 사과부터 했다.

"죄송합니다."

"뭐, 뭐? 왜 나에게 사과를……."

"당신의 말이 맞았습니다. 저처럼 무능한 조각사는 작품을 만들면 안 되는 거였습니다."

"……."

"조잡한 실력으로 이처럼 형편없는 실패작을 만들다니, 부끄러워서 살 수가 없네요."

"……."

〈빛의 날개〉에도 약간의 결함은 있었다.

한 쌍의 날개를 만드는 것이기에 양쪽이 동일해야 하는데, 먼저 만들어 놓은 다른 부분을 살필 겨를이 없어 좌우의 날개가 조금은 달랐다.

이처럼 미세한 결함이 있었지만, 직접 만든 위드가 아니라 다른 사람이 잠깐 구경하는 정도로는 알아채기 어려운 작은 차이였다.

사실 완벽한 조각품이 드물기도 하고, 빛으로 만든 첫 작품임을 감안하면 대성공에 가까웠다.

실제로 위드는 명작 정도만 나와도 성공이라고 생각했다.

"수치스럽고, 창피합니다. 쥐구멍이라도 있으면 들어가고 싶은 심정이에요. 저같이 무능한 조각사는 그냥 죽어야 돼요."

데스핸드가 했던 말들을 똑같이 되돌려 주는 위드였다.

"조각술을 제가 더럽힌 것 같아서 말이죠. 앞으로 저처럼 쓸모없는 조각사는 다시는 조각을 하지 않아야 될 것 같은데, 데스핸드, 당신의 생각은 어떻습니까?"

"나, 난······."

쿠르소에서 악명을 떨치던 데스핸드가 수세에 몰려 당황하고 있었다.

〈빛의 날개〉에 놀라던 드워프들이 정신을 차렸다.

위드와 데스핸드의 조각술 승부!

위드가 승리를 거둔 것이다.

'아트핸드가 이겼다.'

'드디어 데스핸드가 패배했다!'

데스핸드는 위드와 다른 드워프들이 보는 앞에서 항복 선언을 했다.

"졌다. 못난 실력으로 오만하게 굴어서 미안하다."

띠링!

> 쿠르소의 요물을 퇴치하였습니다.

경비병의 조각품에 숨어 있던 의뢰의 해결!

"드워프 중에도 재주 있는 자가 있었군. 언젠가 너의 실력을 누를 수 있는 날 다시 돌아오겠다."

데스핸드는 품에서 15센티 크기의 조각상을 꺼내서 위드에게 주었다.

> 죽음의 상을 획득하였습니다.

"다시 만날 날까지 이 조각품을 잘 간직해 주기 바란다."

데스핸드는 쓸쓸히 돌아서서 떠났다.

"뭐야, 겨우 조각품 1개 주고 끝이야?"

"이렇게 허탈한 전개라니……."

구경하던 드워프들도 어깨에 힘이 빠졌다.

발게스트의 친위 기사 조각상도 묘사가 탁월한, 대단한 작품이었다. 아울러 〈빛의 날개〉를 만드는 광경은 평생 잊지 못할 기억이 될 것 같았다.

그러나 데스핸드의 명성이나 실력, 행동에 비해서 겨우 이걸로 끝이라니!

대륙의 꿈

유니콘.

몬스터나 신수의 이름과 같기도 했지만, 보통 사람들은 주식 회사 유니콘을 먼저 떠올린다.

〈로열 로드〉를 만들고, 운영하는 회사의 전신!

새로운 세상의 창조로 인해 지구의 돈을 긁어모으고 있다고 해도 과언이 아닌 회사였다. 캡슐과 휴대용 소형 컴퓨터를 기 반으로 한 막강한 제조 산업체를 거느리고 있었다.

〈로열 로드〉의 운영 비용을 포함하면 천문학적인 순수익이 매달 창출된다.

여기에 첨단 통신망 구축과 캐릭터 사업, 영상 문화 부문, 여 행, 레저 분야에 이르기까지 유니콘의 발자취는 넓게 퍼졌다.

새로운 세상의 창조, 미지의 신대륙을 만듦으로써 그 막대한 파급효과를 통해 급성장하는 주식회사 유니콘.

여전히 핵심은 〈로열 로드〉였다.

모든 산업의 기반이 되는 〈로열 로드〉의 운영과 신규 유저 창출은 가장 중점이 되는 부분이라고 할 수 있다.

유니콘 사에서는 본사의 핵심 인재들이 모인 중요 회의가 벌어지는 중이었다.

중장기 홍보 전략을 맡고 있는 프로젝트 팀의 장윤수 팀장이 회의를 이끌었다.

"김 부장님, 원활한 회의 진행을 위해서 먼저 약간의 정보 공개가 필요할 것 같습니다. 현재 유저들의 성장 속도는 어느 정도입니까?"

김한서 부장은 잠시 자료를 뒤적여 보더니 손수건을 꺼내 이마의 땀을 닦았다. 그리고 날카로운 눈빛으로 회의실을 돌아보았다.

"네, 여신 베르사를 담당하고 있는 김한서 부장입니다."

여신 베르사.

베르사 대륙을 관리하는 인공지능의 이름.

김한서 부장을 포함한 17인의 천재 과학자들이 동참해서 만든 인공 자아였다.

대륙이 만들어질 당시에는 여신 베르사에 의해 모든 것이 결정되었다.

〈로열 로드〉의 실질적인 창조주 역할을 한 절대 자아!

지금은 스스로의 규칙을 가지고 대륙이 변하는 것을 지켜보고 휴식을 취할 뿐이었다. 오직 김한서 부장이 있는 시스템관리 부서에서만 여신 베르사에 의한 유저 리포트들을 받아 볼 수 있다.

"아시겠지만, 지금부터 제가 발표하는 내용들은 회사의 극비 자료들이니 어떠한 경우에도 외부 유출을 금지합니다. 사내에서도 상급자는 물론이고, 부하 직원에게 지나가는 말로라도 해서는 안 됩니다. 이 점부터 확실히 해 주셔야 될 것 같습니다."

회의실에 들어오면서 각 분야의 담당자들은 이미 비밀 엄수 선서를 했다.

회의에 참여한 이들이 가볍게 고개를 끄덕였다.

회의에서 거론되는 자료들은 자칫, 베르사 대륙 전체의 판도를 뒤집어 놓을 수도 있는 엄청난 것들이다. 이런 정보들이 공개되면 어떤 소란이 벌어질지 모를 사람들이 아니었다.

"그럼 말씀드리겠습니다. 현재 유저들의 성장 속도는 가장 앞서 있는 바드레이가 447, 나머지 유저들은 430을 조금 하회하는 정도입니다."

"레벨 400이 넘는 유저들의 숫자는요?"

"정확히 890명입니다. 현재까지는 우리의 예상 수치 아래에 있습니다."

한국을 비롯해 전 세계의 유저들을 대상으로 하는 게임 〈로열 로드〉.

하지만 주도적으로 성장하는 것은 아무래도 한국 유저들이 대부분일 수밖에 없다.

어떤 게임을 하더라도 끝장을 보려고 하는 유저들.

그들로 인하여 세계 게임의 역사가 몇 번이나 바뀌었다.

홍보부와 운영 전담 부서에서는 이런 유저들의 성향을 고려하지 않을 수 없었다.

회의를 참관하고 있던, 대외 협력 부분의 수인혜 대리가 손을 들었다.

"질문이 있어요. 미국이나 중국, 일본 등 한국이 아닌 다른 국가의 유저들은 어느 정도의 수준에 이르렀나요?"

"아직은 미흡한 수준입니다. 그들은 초창기에 〈로열 로드〉가 자리를 잡을 때 외면했던 탓에 그 세력이 약하고, 변방의 섬이나 마을 들에서 성장하고 있습니다."

〈로열 로드〉에 대해 미국이나 중국은 핏대를 세웠다. 유니콘 사에서 개발된 가상현실을 믿지 못하겠다는 것이었다.

완벽한 이론을 정립하고 실제 구현을 했음에도 불구하고, 그들 국가의 언론들은 부정적인 내용들만을 발표했다.

최초의 가상현실. 아직은 이르다
한국의 기업, 기술적으로 불가능한 발표
국내 과학자들, 일고의 가치도 없다며 평가절하
과학은 사기가 아니다

〈로열 로드〉에는 전 세계의 유저들이 가입할 수 있었지만, 그들 국가의 유저들의 유입이 늦은 이유였다.

뒤늦게 다른 국가의 유저들도 들어왔지만 주도적인 세력화는 이루지 못했다. 중앙 대륙의 작은 국가나 섬에 모여서 플레이하거나, 혹은 자동 통역 프로그램에 힘입어서 국가를 밝히지 않았다.

〈로열 로드〉 내에서는 모든 언어가 동일하게 통할 수 있었으므로, 국가는 큰 의미가 될 수 없었다.

전략운영실의 손일강 실장이 살짝 웃었다.

"그것은 참 다행이지요. 적어도 황제가 될 수 있는 유저가 외국에서 나올 가능성은 없을 테니까요."

"아마도 그렇겠지요."

장윤수 팀장도 입가에 미소를 띠었다.

〈로열 로드〉.

베르사 대륙을 최초로 일통한 황제에게는 상금으로 1달 매출액의 10%를 준다.

대륙에서 가장 큰 모험인, 모든 자들의 지배자가 되는 꿈을 이룬 이에게 주어지는 과감한 특전.

언론에서는 이 상금의 어마어마함에만 초점을 맞췄다.

하지만 돈이 아닌, 다른 특전도 있었다.

유니콘 주식의 5%.

참여한 과학자와 연구원, 기존 주주 들의 반발이 있었지만, 시스템 부서와 전략운영실에서 밀어붙여서 통과된 포상이다.

황제가 된 이는 절대 권력을 가질 수밖에 없다. 베르사 대륙에 인간이나 다른 종족들이 이룬 모든 것을 붕괴시킬 수도 있고, 혹은 만들어 갈 수도 있다.

베르사 대륙에 기반한 첨단 경제 기업, 주식회사 유니콘을 좌지우지할 수도 있는 영향력을 갖게 되는 것이다.

여신 베르사조차도 율법에 따라 정상적인 방법으로 성장한 지배자는 건드리지 못한다.

무수히 많은 사람들이 살고 있는 가상현실 세상의 황제.

그것은 외부에서 알고 있는 것보다도 훨씬 엄청난 일이었다.

〈로열 로드〉에 대한 새로운 홍보 전략, 신규 기술에 대한 지원, 사업 파트너들에 대한 논의들이 오전의 회의에서 거론되었다. 하지만 회의의 당사자들에게는 바드레이와 다른 랭커들, 길드의 수장들에 대한 생각이 떠나지 않았다.

계속 이어진 오후 회의에서는 미루어 놓았던 각종 안건들이 본격적으로 거론되었다.

"전략운영실에서 말씀드리겠습니다. 최근에 호드 왕국의 주민 NPC들이 깜찍한 외모로 인기를 끌고 있습니다. 캐릭터사업부에 공문을 보냈는데 찾아보셨지요."

"네. 관련 캐릭터 생산을 서두르고 있습니다."

"여행에서 트로체 마차를 이용하는 유저들이 많이 늘어나고 있습니다. 저렴한 가격에 빠른 속도, 안전함에 대해 호평이 자자합니다. 리조트에 설치한다면 어떨까요?"

"리조트 내 이동 수단으로요? 산악 탐험이나 스키, 골프장에서 이용한다면 괜찮겠군요. 고려해 보겠습니다."

가벼운 아이디어 회의.

샌드위치를 먹으면서 각 부서의 수장들끼리 간단히 나누는 대화였다.

식사가 금방 끝나고, 장윤수 팀장이 다시 분위기를 잡았다.

"그럼 이제 대외적인 〈로열 로드〉의 세력 균형을 살펴봐야 될 것 같습니다."

손일강 실장이 일어났다. 그리고 중앙의 전면 스크린을 작동시켰다.

각 길드의 영역과 성, 마을 들이 표시된 전체 지도였다.

"대륙별로 보자면 중앙 대륙의 힘이 66, 동부가 10, 서부가 8, 남부가 13, 북부가 3 정도 됩니다."

장윤수 팀장은 스크린을 보다가 깃발들의 개수가 많은 곳을 지적했다.

"동부가 생각 외로 크군요. 마을을 차지하고 있는 길드도 많고, 유저들의 수치도 대단합니다."

"네. 신규 유저들을 기반으로 한 로자임 왕국도 급성장하고 있지만, 절망의 평원 너머 오크들의 성장세가 두드러지고 있는 탓입니다."

종족들을 아우르는 큰 시야에서의 세력 균형이었으니, 오크들의 등장도 포함되었다.

"남부는 전통적인 공국 세력에서 모험을 즐기는 이들이, 서부는 부족별로 소소한 분쟁이 심하여 유저들의 숫자는 적어도 강한 전사들이 태동하고 있습니다. 현 시점에서 주목해야 될 것은 중앙 대륙입니다."

손일강 실장이 베르사 대륙의 중심부를 가리켰다.

칼라모르 왕국과 하벤 왕국 등, 중앙 대륙의 전통적인 강국들이 밀집한 지역이었다.

"정치와 경제, 인구, 추후 발전의 여지를 놓고 볼 때에 그 어떤 지역보다도 압도적인 성장세를 거두고 있습니다. 주목해야 될 유저들은 대략 149명 정도입니다."

장윤수 팀장이 가벼운 어조로 물었다.

"우리가 주목해야 될 유저는 어떤 식으로 결정하셨습니까?"

"네, 인지도나 레벨, 영향력 등을 바탕으로 결정했습니다."

"대체로 길드의 수장이거나 귀족, 성주 들이 많겠군요."

장윤수 팀장조차도 회의실에 들어오기 전에는 자료를 받아 보지 못했다. 물론 회의실을 나갈 때에도 관련 자료를 가지고 갈 수 없다. 그렇기에 나누어진 회의 자료들을 보면서 묻는 것이었다.

"그렇습니다. 독자적으로 활동하면서도 눈에 띄는 유저들이 몇 명 포함되어 있기는 하지만 그 영향력은 제한적입니다. 먼저 대륙의 명문 길드들이 가진 힘에 대한 자료들을 살펴보겠습니다."

회의에 참가한 중역들은 잠시 149명의 정보가 담긴 서류철을 살폈다. 회의실에는 조용히 서류 넘기는 소리만이 들렸다.

이 정보는 게임 방송사에서 공개하는 것과는 차원이 다르다. 전략운영실과 시스템 부서에서 철저하게 모은 정보들이라 신뢰도가 매우 높았다.

서류의 내용을 보면 국가별, 성별로 길드들이 절묘하게 균형을 이루고 있다.

국가 내에 최강 길드가 있으면, 조금 뒤떨어지는 5~6개의 길드들이 동맹을 맺고 적대적인 태도를 취했다. 혹은 한 국가에서 10여 개 이상의 비슷한 규모의 길드들이 다툼을 벌이고 있는 경우도 있었다.

베르사 대륙이 넓고, 많은 유저들이 있기 때문에 벌어지는 자연스러운 현상이다.

균형이 뒤틀어질 때마다 약한 쪽은 패망하고, 잡아먹은 쪽은 조금 더 커졌다. 하지만 더 많은 적들의 견제가 시작된다.

균형이 조금 틀어질 만한 전쟁들이 벌어지고는 있지만, 아직까지 대륙의 판도를 뒤바꿀 정도로 영향을 주지는 못했다.

본사 기획부의 하윤지 과장이 서류를 읽던 도중에 의아한 듯이 말했다.

"바드레이와 헤르메스 길드의 무력이 제가 알고 있는 것과는 많이 다르네요. 이것은 무엇을 기반으로 평가한 것인가요?"

"매우 중요한 부분을 질문하셨습니다."

회의실의 시선들이 손일강 실장을 향해 모였다.

회의 자체가 극비를 다루는 것이었다.

지금까지 유니콘 본사에서도 유저들의 전반적인 활동 동향이나 퀘스트 진행도 등만을 포괄적으로 보여 주는 자료들만을 공유해 왔다. 하지만 이번에는 소수의 핵심 인재들에게만 열람되는 특급 정보들이었다.

그 정보에는 헤르메스 길드가 군사력, 재정, 영토, 기술과 생산력, 모든 부분에서 하벤 왕국 내의 다른 명문 길드들을 5배 이상 압도하는 것으로 나와 있었다.

"바드레이는 굉장한 유저입니다. 〈로열 로드〉의 오픈 초기부터 선두권으로 뛰어올랐고, 헤르메스 길드를 창설했습니다. 길드를 만들고 운영하면서 잠시 뒤처진 감은 있지만, 다시금 최고 레벨의 유저로 등극하였습니다. 여러분은 바드레이의 레벨이 447이라는 사실도 이번에 처음 아셨을 것입니다."

회의실에 있는 사람들이 무겁게 고개를 끄덕였다.

바드레이는 물론이고, 레벨 400대의 유저가 이렇게 많은 줄도 몰랐다.

방송국이나 유저들은 바드레이의 레벨이 410 정도라고 추측했다.

하지만 실제로는 그것을 훨씬 상회했고, 경쟁자인 다른 유저들도 마찬가지다. 바드레이 정도만큼은 안 되더라도, 일반 유저들에게는 좌절할 정도의 격차였다.

회의실의 사람들도 그 자료들을 보며 은근히 경악하고 있던 와중이었다.

"선두권에 있는 유저들은 정말 대단합니다. 개인적인 무력, 레벨만이 아니라 스킬의 운용 능력, 실전 전투 감각을 기반으로 한 응용력 등이 일반 유저들의 수준을 훨씬 넘습니다."

소위 랭커들의 동영상이 유행을 타는 이유도, 그들이 특별하기 때문이다. 조선 시대, 고려 시대의 검객들을 연상시키는 빠르고 정확한 전투.

월등한 개인 기량을 갖추고 새로운 방식으로 몬스터를 사냥한다.

그들이 던전이나 몬스터들의 성채를 부수는 광경은, 잘 만들어진 판타지 액션 영화를 보는 그 이상이었다.

어느 암살자 유저는, 바이마르 왕국의 유명한 몬스터들의 성에 단신으로 들어가서 매일 밤마다 열 이상의 목숨을 취했다.

몬스터들에게 공포를 느끼게 해서 성채를 해산시키고, 자신의 깃발을 성의 가장 높은 곳에 걸었다. 새로운 성주의 탄생이었고, 그 동영상을 통해서 많은 휘하 세력을 만들었다.

즉흥적으로 벌어진 일이 아니라, 미리부터 준비를 해 두고 한순간에 터트렸다고밖에는 볼 수 없었다.

"하지만 그들의 진정한 무서움은 다른 곳에 있습니다. 독자적으로 모험이나 전투를 즐기는 유저도 있지만, 거의 대부분은 길드나 마을 들을 점령하고 다스리고 있습니다. 그러면서 자기 세력의 힘을 키우기 위해 정치적인 모략이나 합종연횡도 서슴지 않습니다. 특히 헤르메스 길드의 경우에는 세력을 확대하는 데 수단과 방법을 가리지 않는 편입니다. 하벤 왕국의 패권을 두고 경쟁하는 반헤르메스연합 길드. 이번 조사를 하던 도중에 알게 된 사실인데, 그들 중에서도 헤르메스 길드와 깊은 연관을 가진 길드가 3~4개 정도 되었습니다."

"……."

친목을 기반으로 한 길드가 아닌, 패권을 위한 길드.

가상현실 베르사 대륙의 가치는 엄청난 것이라서 그 권력을 쥐려고 하는 유저들이 많았다.

중역들이 이마를 감싸 쥐었다.

"정말 대단한 인간들이 많군."

"소름이 돋을 정도야. 어떻게 이렇게까지 할 수 있는 거지?"

김한서 부장이 말했다.

"너무 놀라실 것 없습니다. 이 정도는 〈로열 로드〉를 오픈하면서부터 예상을 했던 부분입니다."

"……."

"가상현실, 그 안의 패권을 장악하려는 의도가 생길 거라 모두 짐작하지 않았습니까?"

예상은 했지만, 그들의 사고를 넘는 유저들의 행동에 당황되었다.

화면에는 몇몇 상위권 유저들의 전투가 보였는데, 혀를 내두를 정도였다. 진짜 판타지 대륙에서 몬스터들과 싸움을 하고 있는 것처럼 박진감이 넘친다. 타의 추종을 불허하는 스킬 운용 능력, 담대함, 칼날 같은 날카로움.

그저 게임을 좀 잘하는 유저인 줄로만 알았는데, 실제로는 베르사 대륙을 지배하고자 하는 재능 있는 야심가들의 활약!

그들은 스스로가 만들어 놓은 〈로열 로드〉에 대해 전율을 느꼈다.

"새로운 세상입니다. 그렇게 〈로열 로드〉를 봐야 됩니다. 그리고 그 〈로열 로드〉의 지배자는 어떤 식으로든 우리와 깊은 연관을 가질 수밖에 없으므로 주의 깊게 지켜봐야 됩니다. 그것이 이 회의의 목적입니다."

김한서 부장의 말에 회의실의 인재들이 고개를 끄덕였다.

손일강 실장이 다시 말했다.

"바드레이를 비롯해 다른 상위권 유저들도, 방송사나 언론 매체에 자신들의 정보를 다 밝히지 않습니다. 지금 알려진 사실을 바탕으로 본다면, 다른 유저들이 경계심을 갖지 않도록 적은 정보들을 제한적으로 보여 주는 선전전까지 펼치고 있습니다."

장윤수 팀장이 신음했다.

"홍보부에 섭외하고 싶을 정도의 인물들이로군요."

바드레이에 대한 세간의 평가는, 길드의 몰아주기를 바탕으로 쉽게 성장한 유저.

이런 사실조차도 조작된 것이라니.

회의실에 모인 사람들은 갈증을 느끼고 있었다.

"우리가 주목해야 될 정도로, 어느 정도의 개인 기량을 갖추고 있으며 일만 이상의 유저들을 좌지우지할 수 있는 사람은 149명 정도입니다. 하지만 그들 중에서도 레벨이나 길드의 무력 등을 기준으로 나눠 본다면, 13명 정도의 유저들이 정말 뛰어납니다. 질풍의 로암이나 사자성의 군트 등, 매우 강하고 교활한 유저들입니다. 앞으로도 많은 난관이나 변화가 기다리고 있겠지만, 현재로써는 위의 149명 중에 황제가 되는 유저가 나올 가능성이 70% 이상이라고 분석하고 있습니다."

회의는 밤늦게까지 계속되었다.

베르사 대륙의 힘의 역학 관계, 길드들의 영향력에 대한 토의가 끊이지 않았다.

일부 유저들의 경악할 정도의 활약상은, 회의에 참여한 사람들의 마음을 심란하게 만들었다.

회의가 다 끝나고, 장윤수 팀장과 손일강 실장 그리고 시스템부의 김한서 부장이 남았다.

"휴! 다 끝났군요. 손 실장님, 수고하셨습니다."

"아닙니다. 진행하느라 장 팀장님이 고생하셨지요."

서로 덕담을 나누고 가볍게 커피를 나누었다.

그러던 와중에, 장윤수 팀장이 갑자기 생각났다는 듯이 질문했다.

"손 실장님, 그런데 말입니다."

"네?"

"제가 개인적으로 관심을 가지고 있는 유저가 있어서 그런데요, 그 사람에 대한 평가 자료는 올라와 있지 않더군요."

"그럴 리가 없는데요. 황제가 될지도 모를 만한 유저에 대해서는 모두 보고를 마쳤습니다만……. 그 사람의 이름이 무엇인데요?"

"위드입니다."

"위드라면 불사의 군단과의 전쟁에서 승리를 거머쥐었던 유저군요."

손일강 실장은 장윤수 팀장과 함께 그 동영상을 보았다. 언데드들의 동향에 대해 같이 이야기를 나눈 적도 있다.

"위드는… 개인 레벨이나 영향력 면에서, 조사 대상에 포함되지 않았습니다."

"역시 그렇군요."

장윤수 팀장이 아쉬워했다. 그런데 김한서 부장이 웃으며 말했다.

"설혹 149인에 포함되었더라도, 가장 형편없는 가능성을 가졌을 겁니다."

"네? 왜죠?"

김한서 부장은 평온하지만 신랄한 어조로 답했다.

"목표가 없기 때문이지요."

장윤수 팀장은 이해가 안 된다는 듯이 반문했다.

"목표가 없다니요. 세상을 놀라게 만드는 퀘스트를 하고 있는데요. 그리고 그 위드가 언제 〈로열 로드〉를 시작했는지 아십니까?"

하지만 손일강 실장도 김한서 부장과 같은 편에 섰다.

"저도 그 위드에 대해서는 크게 기대를 갖지 않습니다."

"……."

"실은 그에 대해서는 우리 전략운영실도 상당히 관심 있게 지켜보고 있었습니다. 조사해 본 바로는 최근에 역사적인 팔랑카 전투도 경험하고, 뱀파이어 왕국에도 다녀온 것 같더군요."

김한서 부장이 고개를 끄덕였다.

"나도 관심이 있었지요. 나 또한 〈마법의 대륙〉을 했던 유저니까."

위드의 퀘스트들은 시스템부의 과학자들도 모두 보았다.

손일강 실장이 이어서 말했다.

"하지만 그것뿐입니다. 세상을 떠들썩하게 하는 퀘스트들은 할지 몰라도… 그게 전부입니다. 그가 경험한 퀘스트들이나 행동, 스킬, 전투 시의 능력들을 기반으로 본다면, 그와 모라타의 영주는 동일 인물일 것입니다."

"네? 전신 위드가 모라타의 영주… 아니, 조각사라고요?"

"99% 이상 신뢰해도 될 자료입니다."

장윤수 팀장은 유례가 없을 정도로 당황했다.

위드가 조각사라는 사실은 정말 꿈에도 생각지 못했으니까.

조각사로서 1년도 안 되는 시점에 명예의 전당에 오르고 불사의 군단 퀘스트를 했다는 것이 상식적으로 말이 되는지조차 의문이 들었다.

"맞을 겁니다. 전투형 직업을 가지고 있다고 여기기에는 그가 보여 주는 기본적인 방어력, 마법적인 능력이 모두 너무 취약합니다. 그것을 개인의 전투에 대한 감각과 기량으로 극복하고 있는 거지요."

장윤수 팀장은 도저히 믿기지가 않았다. 하지만 김한서 부장은 고개를 끄덕여서 사실임을 알려 주었다. 믿지 않을 도리가 없었다.

김한서 부장은 유니콘 사에서도 모든 정보들을 열람할 수 있는 거의 유일한 인물이기 때문이다.

"조각사라는 직업, 그것 때문에 기대를 갖지 않으시는 기로군요."

"틀렸습니다."

뜻밖에 김한서 부장은 직업도 그 이유가 아니라고 했다.

"우리 시스템부에도 그를 좋아하는 동료들이 많습니다. 전신 위드. 전설적인 다크 게이머. 보시다시피 몇 개의 큰 퀘스트를 맡아서 개인 기량을 뽐내기도 했지요. 저도 관심 있게 지켜보고 있었지만, 지금은 실망했습니다."

"왜지요?"

"그는… 어떤 면에서 본다면 온실 속에서 자라 왔다고 할 수 있습니다."

"……."

"자신과 아는 몇몇의 사람들과만 사냥과 퀘스트를 하고, 세상에 나서지 않았습니다. 따뜻한 온실에서 쉽게 취할 수 있는 과실들을 먹으면서, 욕심도 없이 그렇게 살고 있습니다. 다크 게이머들이 대부분 저지르는 잘못이지요. 애초에 왜 베르사 대륙에 무엇이든 할 수 있는 자유를 주었습니까?"

장윤수 팀장은 〈로열 로드〉의 초창기 기획을 떠올리면서 답했다.

"유저들은 베르사 대륙의 주민이니까요? 그리고 법이나 질서도 그 주민들이 스스로 정해야 하기 때문에……."

"맞습니다. 우리는 유저들을 돈을 버는 수단으로만 생각하지 않습니다. 어떠한 대가를 지불하더라도 야심을 가진 이들, 자신의 야망을 펼치고 싶어 하는 이들을 막지 않습니다."

〈로열 로드〉는 지배자, 통일 제국의 황제가 되는 길을 열어 놓았다. 현실에서는 불가능한 진짜 꿈을 꾸어 보라고, 자유를 주었다.

하지만 상당수의 다크 게이머들은 아이템을 팔거나 의뢰에 동참해 주는 용병 역할로 짭짤한 돈을 벌어들인다. 그에 만족하고, 더 이상을 바라지 않는다.

"아이템을 판매하는 것만이 아니라 방송이나 명예의 전당을 통해서도 돈을 벌고 있을 겁니다. 아마도 그런 수입들이 꽤나 짭짤하겠지요. 다크 게이머로서는 꽤 성공했다고 볼 수도 있을 것입니다."

김한서 부장은 이현을 알고 있는 것처럼 이야기했다.

퀘스트나 인지도, 사냥의 기록만 보더라도, 어지간한 대기업 과장급 이상의 수입을 거두고 있을 것임을 짐작할 수 있었기 때문이다.

"하지만 비밀은… 언제까지나 지켜지지는 않을 겁니다. 제가 먼저 공개하지 않았던 이유도, 사실은 그 비밀을 지켜 주기 위한 생각이 있었습니다만, 전략운영실에서 알아낼 정도라면 다른 이들도 알아내게 될 것이기 때문입니다."

온실에서 스스로를 감추고 있는 위드이지만, 결국은 정체가 드러날 수밖에 없다는 것이다. 멀지 않은 시기에.

장윤수 팀장이 옹호하듯이 말했다.

"그래도 조각사로서 이 정도까지 하다니 놀랍지 않습니까?"

김한서 부장은 신랄한 반응을 보였다.

"조각사로서 대단하다……. 그게 무슨 의미가 있는 건지 모르겠습니다. 우리가, 혹은 그의 적들이 동정심이라도 가져야 됩니까?"

"그건 아니지만……."

"모라타가 많이 커진 것으로 알고 있습니다. 맞습니까?"

"네. 북부의 거점 도시로 성장하고 있죠. 북부의 모험을 주도하고 있고, 최근 엄청난 규모의 자금 투자도 이루어졌습니다."

"프레야 교단의 보호가 끝나면, 그리고 북부에 유저들이 더 많아지면 욕심을 갖는 이들이 생기겠죠. 모라타로 침공할 적들이, 영주가 조각사인지 아닌지에 대해 관심이라도 가질까요?"

"……."

"전쟁의 신이라는 광오한 명성. 그 명성을 지키기 위해서는 그만한 노력을 해야 됩니다. 명성이 주는 달콤함만을 맛보다가는 추락하게 될 날이 금방입니다."

장윤수 팀장도 더 이상은 뭐라 두둔해 주기 어려운 분위기.

김한서 부장이 정점을 찍었다.

"베르사 대륙을 여행하면서 스스로가 원하는 게 있으리라고 봅니다. 지키려고만 하고 도전하려 들지 않으면 무엇도 얻지 못합니다. 꿈을 꾸지 않으면 짓밟혀서 죽을 겁니다. 아니면 이도 저도 아닌 유저가 되어 버리거나……. 베르사 대륙은 무능한 자에게는 기회를 열어 주지 않습니다."

김한서 부장이 이렇게 열변을 토하는 것은 처음 보았다.

장윤수 팀장이 위축될 정도였다.

유니콘의 핵심 중역, 과학자로서의 역량, 탁월한 두뇌.

전 분야에 걸쳐서 석학 소리를 듣는 김한서 부장이었으니 그의 말에는 절대적인 신뢰가 실렸다.

손일강 실장이 무심코, 분위기를 밝게 만들기 위해 질문을 던졌다.

"만약에… 그 위드가 정말로 베르사 대륙에 뜻을 둔다면 어떻게 될 것 같습니까?"

평범하게, 어떤 의도도 가지지 않고 내던져 본 질문이었다.

김한서 부장은 눈을 감고 오랫동안 침묵했다.

길어진 회의로 졸고 있는 것은 아닌지 의심될 무렵, 그가 눈을 뜨고 말했다.

"베르사 대륙이 그의 손에 떨어질지도……."

"……."

"그가 꿈꾸기 시작한다면 모든 상황을 바꾸어 놓을 것입니다. 숨겨진 재능이 빛을 발하고, 그 거대한 명성이 움직이면 전신 위드의 꿈이… 베르사 대륙에서도 재현될지도 모르지요."

⁂

데이몬드는 북부의 보스급 몬스터들을 사냥하고, 죽음의 교단으로 가는 지도 조각들을 모았다.

대지의약탈자 길드는 이 지도 조각들을 모으기 위해 어떤 피해도 감수했다.

"죽어도 좋아. 마지막 희망이 여기에 걸려 있다. 그동안 모은 돈을 전부 쓰더라도 성공해야 돼!"

모두가 무모한 도전이라고 비웃었다.

보스 몬스터들이 위험한 까닭은, 그들이 상하기노 하지만 습성이나 공격 패턴을 알지 못한다는 점이 컸다.

정보의 부재는 더 큰 피해를 낳는 법!

사냥에 실패한 몬스터에게는 몇 번이고 도전하면서, 열 번이나 죽는 길드원까지 나왔다.

하지만 그들의 투혼에 반한 북부의 유저들이 힘을 모아서 사냥에 성공할 수 있었다.

"대지의약탈자 길드 만세!"

"최고의 사냥 길드가 탄생했다."

"보스급 몬스터만 전문적으로 사냥하는 전사들의 길드다!"

12마리의 보스급 몬스터를 사냥한 대지의약탈자 길드를 추앙하는 목소리도 커졌다.

하지만 데이몬드와 그의 길드는 미련 없이 몸을 숨겼다. 목적으로 했던 7개의 지도 조각을 다 모은 직후였다.

북부의 보스 몬스터들을 최초로 사냥한 영광도, 그들에게는 어떤 감흥도 주지 못했다. 몇 번씩이나 목숨을 잃었기 때문에, 그런 시시한 영광에는 눈길도 안 갔다.

데이몬드와 대지의약탈자 길드는 음침한 지하실로 주저 없이 들어갔다.

"대장."

"왜?"

"하필 지하실인 이유가 뭐예요?"

나르도의 물음에 데이몬드는 느긋하게 답했다.

"그래야 무언가 음험한 일을 꾸미는 이들답잖아."

"쳇! 너무 분위기를 탄다니까."

나르도의 핀잔에도 데이몬드는 싱긋 웃을 뿐이었다. 그리고 품에서 지도 조각들을 꺼냈다.

"그럼… 이제 맞춰 본다."

긴장이 역력한 목소리.

데이몬드는 퍼즐을 맞추듯이 7개의 지도 조각들의 위치를 일일이 맞췄다.

화르르륵!

지도에 갑자기 불이 붙었다.

"아!"

그리고 데이몬드와 길드원들의 몸이 경직되었다.

불에서 어떤 영상들이 흐르고 있었기 때문이다.

황폐화된 대지를 지나서, 몬스터의 뼈들이 수북하게 쌓여 있는 장소를 지난다.

산과 들, 간신히 발을 디딜 수 있는 절벽들을 통과해, 안개의 숲을 넘는다.

말라붙어 죽은 나무들이 이정표였다.

숲을 넘으면 죽음의 교단이 나타난다.

수백 년의 세월 동안 닫혀 있던 장소, 그곳의 육중한 문이 보이는 것으로 영상은 끝났다.

지도는 다 타 버린 재만 남겨 놓고 사라졌다.

데이몬드가 이글거리는 눈을 들었다.

"모두 똑똑히 보았겠지?"

"제대로 기억하고 있어."

"지금 우리는 이곳으로 간다."

데이몬드와 대지의약탈자 길드는 곧바로 출발했다.

모라타에서 그리 멀지 않은 장소였다.

빠른 말을 타고 남쪽으로 사흘을 간 다음, 서쪽의 황무지를 건넌다.

황무지는 던전들만 드문드문 있을 뿐이라, 여행자들이 거의 오지 않는 장소였다.

"데리암의 황무지. 여기를 거쳐야 될 줄이야."

"우리가 사냥했던 보스 몬스터가 있던 장소잖아."

"녀석이 숨어 있는 장소를 찾느라 무진 고생을 했던 기억이 나는군."

북부 원정대 그리고 모험가들은 상당수의 장소들을 탐험했다. 하지만 황무지나 안개의 숲들처럼, 대충 훑고 지나간 것이 대부분이다.

베르사 대륙의 면적이 너무도 광활하여, 정확한 위치를 알지 못한다면 던전도 그냥 지나가 버리기 쉬웠다.

황무지를 최초로 탐험한 모험가라고 해도, 그곳의 던전 몇 개를 보았을 뿐 그 전체를 둘러볼 수는 없는 것이었다.

영상에 나왔던 장소를 찾기 위해 대지의약탈자 길드는 황무지를 건너고 절벽들을 지났다.

안개의 숲에서는 말라비틀어진 나무들을 찾으면서 겨우 길을 가늠할 수 있었다.

모든 난관을 지나서 드디어 죽음의 교단 신전.

말을 닮은 기괴한 마수가 낫을 들고 있는 조각이 새겨져 있는 신전에 도착했다.

베르사 대륙의 역사에 남을 위대한 발견이었다.

데이몬드는 긴 세월에도 먼지만 두껍게 쌓이고 파손되지 않은 신전의 웅장함을 보았다.

"문에는 뭐라고 쓰인 것이지?"

길드의 마법사가 대신 해석을 해 주었다.

"고대어로 지옥의 문이라고 되어 있습니다."

"문을 열지 말란 뜻인가."

데이몬드는 짧은 순간, 고심에 빠져들었다.

석조 신전의 내부로 통하는 문을 열게 되면 어떤 일이 벌어질지, 순수한 공포심이 앞섰던 것이다.

조금의 틈새도 없이 아귀가 맞게 막혀 있는 문을 보고 있자니, 열어서는 안 될 것 같은 기분이 들었다.

"하지만 여기까지 와서 포기할 수는 없지."

데이몬드는 이를 악물었다.

죽음의 교단의 위치를 찾은 것으로 퀘스트가 끝난 게 아니었기 때문이다.

"이 길의 끝에 무엇이 있든지, 나는 가 본다."

데이몬드는 철문을 활짝 열었다.

그러자 무수히 많은 마물들이 그들을 반겼다. 상상 속에서나 나올 법한 끔찍한 몬스터들!

그들이 이곳에 오기 위해서 사냥했던 보스급 몬스터들도 있었다.

"데, 데이몬드! 조심해."

겁을 모르던 워리어 수반마저 말소리가 떨려 나왔다.

나르도가 마물들을 관찰했다.

"공격…하지 않네요?"

"응?"

"우리를 보고도 가만히 있잖아요."

나르도가 움직일 때마다 수천에 이르는 마물들의 눈동자만 또르륵 굴러간다.

공격적인 의사를 표시하지도 않고, 묵묵히 자리를 지키고만 있었다.

마물들은 좌우로 도열해 있고, 중앙에는 충분히 사람이 지나갈 수 있는 통로가 있었다.

언제라도 주둥이를 내밀어서 잡아먹을 수도 있을 것 같았지만, 나르도를 물지 않았다.

"이 길로 가 봐요."

"그래. 가 봐야겠지."

데이몬드와 대지의약탈자 길드는 묵직한 발걸음을 떼었다.

S급 난이도 퀘스트의 단서가 되는 지도를 모으기 위해 노력할 때에는 아무것도 보이지 않았다. 죽음의 신전을 찾아오면서부터 조금씩 실감이 나더니, 지금 그 부담감이 한꺼번에 밀려오고 있었다.

데이몬드는 어깨를 펴고 걸었다.

'목숨이야… 이미 버린 셈이지.'

마물들이 어느 정도 많아야 저항할 의지라도 생기는 법이다.

죽음의 교단에 모여 있는 마물들.

이름도 없고, 생김새도 제멋대로인 몬스터들에게 그들은 한 끼 식삿거리밖에는 안 될 테니 차라리 마음을 비웠다.

'여기까지 온 마당에, 죽기밖에 더하겠어?'

데이몬드는 마물의 길을 걸어서 제단에 이르렀다.

입구에서 보았던 말을 닮은 마물의 조각상이 실감 나게 자리를 잡고 있었고, 제단에는 알 수 없는 상징물들과 고대어로 적힌 문구들이 보였다.

원통하게 죽은 자들은 살아 있는 곳을 그리워한다.

숭고한 부활의 힘은 엠비뉴 교단의 열한 번째 권능.

죽은 자들이 많아질수록 엠비뉴 교단의 신도들이 늘어

난다.

사제의 의무. 많은 이들을 죽이는 것. 많은 이들을 살리
는 것……

뜻을 이해하기 힘든 문구들이다.

데이몬드는 의문에 대해서는 깊이 파고들지 않았다.

"엠비뉴 교단? 처음 들어 보는 곳인데. 알아야 할 글귀들이
라면 언젠가는 알게 되겠지."

죽음의 교단에 와 있으니 신기한 것들이 너무나도 많았다.
닫혀 있는 방들이나 장식물, 쌓여 있는 물건들.

고생 끝에 낙이 온다는 말처럼, 돌아다녀 볼 곳이 많았다.

하지만 데이몬드와 그의 길드원들은 경거망동하지 않았다.

"죽음의 교단은 찾았으니, 사제에 대해 알아볼 때야. 먼저 사
제실로 가자."

데이몬드를 따라서, 길드원들이 싸울 준비를 하고 움직였다.

부활의 사제실

죽음의 교단인 줄 알고 왔는데, 뜻밖에도 전혀 반대인 부활
이라는 낱말이 나왔다.

"다른 사제실은 없지?"

"없어. 안 보여. 사제실이라고는 이것뿐인데."

"그럼 이 사제실로 들어간다. 모두 경계심을 늦추지 마."

거미줄과 먼지로 가득 찬 사제실의 문을 밀고 들어갔다.

사제실에는 살아 있는 인간은 없고, 미라가 되어 말라붙은 시체만 남아 있었다.

그리고 그 앞에 놓여 있는 한 권의 책.

《부활의 경전》.

금빛 수실로 장식된 책이다.

데이몬드는 그 책을 향해 손을 뻗었다.

그들이 맡은 의뢰는 죽음의 교단, 그 사제들이 가진 비밀을 파헤치는 것.

시체를 조사하고, 이 사제실에 있는 물건들을 통해 다른 어떤 일을 해야 될 것 같았지만, 욕심을 이기지 못하고 사제의 물건에 손을 댄 것이다.

"감정!"

부활의 마법서

엠비뉴 교단 열한 번째 지파의 경전. 기초적인 부활에서부터 전염병, 불멸의 삶까지에 관한 마법이 수록되어 있다. 흑마법 중에서도 가장 사악하고 이단시되는 마법으로, 부활에 대해 다루었다. 죽은 자들을 다시 일으켜서 언데드로 만드는 것이 네크로맨서 마법이라면, 큰 희생을 바탕으로 죽은 자들을 지옥에서 데려온다. 이는 완전한 부활이 아니다. 지옥의 몬스터와 죽은 자들을 강제로 깨워서 지배하는 사악한 계약에 가깝다. 학문을 기반으로 탄생한 언데드 마법과는 차원이 다른 금서! 부활의 교단의 존립 기반이 되는 책이다.

내구력: 58/60

제한: 부활의 사제로 전직이 가능하다. 전직해야만 사용할 수 있다. 마법을 사용할 때마다 살아 있는 생명을 취해야 한다.

옵션: 모든 마법에 대한 저항력 +50. 모든 스탯 +10. 마나 회복 속도가 25% 빨라진다. 불멸의 삶 마법을 펼치고 있을 때에는 생명력이 감소하지 않는다. 부활한 이들을 조종할 수 있다.

엠비뉴 교단.

알려지지 않은 열한 번째의 지파로서, 죽은 자들을 일으키고 지배하기 위해 끝없이 살아 있는 생명을 취하려고 하는 곳.

죽음의 교단으로 세상에 알려진 것도 무리는 아니리라.

띠링!

부활의 사제가 될 수 있다.

교단에 있는 마물들, 추종자들을 휘하 세력으로 거두게 되면 대지의약탈자 길드의 전력은 대번에 상위권이 된다.

동맹 길드나 돈을 주고 모집한 용병, 쉽게 자리를 바꾸는 뜨내기 길드원이 아닌 무조건 복종하는 마물들.

부활의 마법도 사용이 가능했다.

하지만 그 대가로, 한 번이라도 죽게 되면 그것으로 데이몬드는 영원한 죽음을 겪게 된다.

짧고 굵은 강자의 길.

〈로열 로드〉에 있는 모든 이들이 데이몬드를 주목하게 하느냐, 아니면 계속 퀘스트를 진행하기 위해서 사제의 비밀을 파헤쳐야 하느냐의 갈림길에 서 있었다.

"부활의 사제가 되고 싶다."

데이몬드는 전직을 택했다.

데이몬드와 대지의약탈자 길드는 부활의 교단이 가진 재산과 마물들을 접수했다. 보물들이 산더미처럼 쌓여 있는 것은 아니지만 성구나 저주 아이템 들은 다수 있었다.

길드원들도 본래의 직업을 버리고 부활의 사제가 되었다.

"우리에게는 마지막 유희가 되는 셈이로군."

데이몬드가 희미하게 웃었다.

부활의 사제, 그 권능과 힘을 발휘하기 위해서는 끊임없이 누군가를 죽여야 한다.

죽음의 희생물을 바탕으로 죽은 이들을 부활시킬 수 있다는 것, 이는 곧 베르사 대륙을 혼란과 파탄에 빠뜨리게 될 거란 의미였다.

하지만 이제는 돌아갈 수 없다.

부활의 사제가 된 수반이 웃었다.

"시원하게 한바탕해 보는 거지요."

나르도는 마녀복을 벗어 던지고 입은 사제복이 어색한 듯이 몸을 뒤틀며 말했다.

"꼭 일찍 죽으라는 법도 없잖아요. 오랫동안 살아서… 아니, 반드시 살아서 우리의 깃발을 휘날려야죠."

데이몬드가 고개를 끄덕였다.

"그것도 나쁘지 않은 생각이야."

죽음의 사제들이 가진 비밀을 파헤치라는 퀘스트는 취소되었다. 대신, 베르사 대륙에 부활의 교단의 이름을 퍼트리라는 퀘스트가 발생했다.

어린 드워프 아이들을 위한 물놀이

빛의 조각품을 만들고 데스핸드를 제압한 위드!

보상은 겨우 죽음의 상 하나였지만, 실망하지 않았다.

"팔아먹으면 비쌀 것 같아!"

모든 물품이 돈으로 연결되었다. 무기나 방어구, 보석이 아니더라도 비싼 값만 받을 수 있으면 만족.

표현의 정밀도로 보나 재질인 흑옥으로 보나, 범상치 않은 물건이었다.

말을 닮은 마수가 묘사된 조각상은, 굳이 이름이 아니더라도 풍기는 느낌만으로도 죽음을 연상시킬 수 있을 정도다.

"어쨌든 급한 건 이게 아니지."

위드는 야밤에, 드워프들이 잘 돌아다니지 않는 시간에 자신이 조각한 〈빛의 날개〉가 있는 곳으로 갔다.

은푸른색의 오묘하고 황홀한 광채, 바람이 불 때마다 움직이는 우아한 날갯짓.

빛의 조각술이 만든 작품이었다.

이것을 본 5대 드워프 대장장이들조차도 감동을 받고 의욕을 불태웠다고 한다.

드워프 왕국에서의 이름인 아트핸드를 유명하게 만든 작품인 것이다.

위드는 두 손을 넓게 펼쳐서 〈빛의 날개〉를 어루만졌다. 빛이 손을 뒤덮으면서 신비로운 광경이 벌어졌다.

"여동생에게 보여 주었다면 참 예뻐할 텐데……. 어쨌든 수금은 해야지. 나의 소중한 조각품이여, 숭고한 예술혼으로 만들어진 너에게 내 생명을 나누어 주노니, 이제 그 오랜 잠에서 깨어나 나와 함께하라. 조각품에 생명 부여!"

빛의 조각품을 아깝게도 쿠르소의 관상용으로 놔둘 수는 없었다.

완전히 자신의 것으로 만들기 위해 생명을 부여해 버리는 것이었다.

생명을 부여하기에 마땅한 형태가 아닙니다.
불완전한 형체를 하고 있기에 스스로 활동하지는 못하지만, 자신의 의지에 따라서 다른 생명체에 기생하게 할 수 있습니다. 생명을 부여하겠습니까?

"생명을 부여한다."

조각품에 생명을 부여하였습니다.
조각품의 능력은 현재 설정된 예술 스탯 1,196에 따라 레벨에 맞춰 406으로 변환됩니다. 대작 조각품의 효과로 인해서 20%의 레벨이 추가되어 487

로 늘어납니다. 하늘을 날 수 있기 때문에 레벨의 10%가 페널티로 줄어듭니다. 빛으로 만들어진 특수한 재질이기 때문에 레벨의 10%가 더해집니다. 생명력이 적지만, 빠른 속도를 가지고 있습니다.

생명체에 세 가지의 속성이 부여됩니다. 조각품의 모양과 수준에 따라 부여되는 속성의 수준과 능력치가 다릅니다. 불의 속성(100%), 신앙의 속성(100%), 빛의 속성(100%).

*불은 어떠한 것에도 굴복하지 않습니다. 매우 강한 투지를 가졌으며, 높은 방어력과 마법 방어 능력을 갖추었습니다. 불의 힘을 이용해 적을 태울 수 있습니다.

*모든 저주 마법에 대해 면역을 갖습니다. 흑마법에 대해 강한 저항력이 생깁니다. 약간의 신성 마법을 사용할 수 있습니다.

*빛의 대작이었던 조각품이기에 특수한 능력이 부여됩니다. 전장에 있는 모든 저주 마법들을 강제로 해제합니다. 언데드나 나쁜 속성을 가진 몬스터들의 힘을 약화시킵니다.

마나가 5,000 사용되었습니다.

스킬의 효율이 증가해서 생명을 부여할 때 소모되는 레벨과 스탯의 양이 20% 감소합니다. 예술 스탯이 6, 영구적으로 줄어듭니다. 줄어든 스탯은 조각품이나 다른 예술과 관련된 활동을 통해 보충할 수 있습니다.

레벨이 1 하락합니다. 레벨 하락에 따라서 보유하고 있는 스탯이 5 줄어듭니다. 줄어든 스탯은 레벨을 올리게 되면 다시 부여할 수 있습니다.

생명이 부여된 조각품을 소중히 다루어 주십시오. 목숨을 잃으면 다시 생명을 부여해야 합니다. 완전히 파괴되었을 때는 되살릴 수 없습니다.

빛의 날개가 위드의 등 뒤로 와서 달라붙었다. 몸통이나 다른 육체를 가지고 있지 않기 때문에 기생하기로 한 것이다.

위드의 등에서 수십 미터나 되는 거대한 빛의 날개가 펼쳐진다. 실체를 가진 날개가 아니라, 빛으로 이루어진 날개였다.

아무런 소리도 없이 빛이 발산되면서 날개가 펼쳐진다.

위드가 빛의 전사라도 된 것처럼 보이는 장엄한 날갯짓이 시작되었다.

위드의 몸이 두둥실 공중으로 떠올랐다.

"그만 내려 줘."

분위기를 깨는 한마디.

빛의 날개가 더 넓게 펼쳐졌다.

은푸른색이 확장되면서 거리를 고귀한 빛으로 물들였다.

자신이 가진 힘을 보여 주어서 주인을 만족시키려는 기특한 행동!

위드가 이마를 찌푸렸다.

"불 꺼."

"……."

"내려가기나 해. 이미 많이 날아 봤거든."

"……."

빛의 날개가 15센티 규모로 작게 축소되면서 위드의 몸이 가볍게 바닥에 내려섰다.

"주인님, 저의 이름을 정해 주세요."

빛의 날개로부터 공손한 목소리가 전해졌다.

광오한 말투의 빙룡이나 성질 사나운 와이번들과는 달리, 빛의 날개는 순수하고 착한 소녀 같은 음성이었다.

"네 이름은……."

위드는 즉흥적으로 떠오르는 이름을 붙였다.

"빛날이로 하자."

"……."

이곳에 와이번이나 금인이, 빙룡이 있었다면 동료가 생겼다며 동병상련의 아픔을 함께했을 것이다.

위드는 죽음의 상은 일단 방치해 두기로 했다.

"이 조각상에도 어떤 비밀이 숨겨져 있을 것 같은데……."

감정을 해 보지 않아도 느낄 수 있었다.

만들어진 수준과 데스핸드의 연계 퀘스트!

심상치 않은 의뢰가 기다리고 있을 것이 틀림없다.

"귀찮은 건 나중으로 미뤄 둬야지."

위드는 일단 미루어 두기로 했다.

쿠르소에는 다른 조각품도 많이 있을뿐더러, 급한 것은 켄델 레브의 흔적을 찾는 것!

어릴 때 잃어버린 드워프 형제 찾기

단서는 어린 모습이었을 때의 조각상.

어린 시절의 조각상을 보고, 다 성장한 드워프를 찾아야 하는 의뢰였다. 드워프들은 어릴 때의 모습을 거의 간직하고 있지 않기 때문에 어렵다면 정말 어려운 의뢰다.

위드는 쿠르소의 동굴에 기거하는 동생 드워프를 찾아냈다.

"맞아요. 제 이름이 노만인데요. 어떻게 저를 알아보실 수 있었죠?"

"너처럼 무식하게 생긴 드워프는 많지 않거든. 어릴 때나 지금이나 마찬가지야."

"우에에엥!"

아이처럼 울음을 터트리는 드워프 노만!

정체를 알기 힘든 광물로 만든 조각품

조각품의 재질을 분석하고, 그 광물이 매장되어 있는 동굴을 발견하는 의뢰였다.

대장장이와 광부 드워프들을 동원해서 의뢰를 해결했다.

그 덕에 트위터라는 새로운 광산을 개발하고 위드의 이름으로 등록할 수 있었다.

루비 광산에 이어 광산이 개발되면서 장기적으로 얻을 수 있는 수익!

10여 개의 의뢰들을 더 수행했지만, 켄델레브의 흔적은 발견되지 않았다.

모든 조각품이 특별한 기억을 가지고 있는 것은 아니라서, 허탕을 치는 경우도 잦았다.

쿠르소에 있는 조각품들을 모두 감정하고 나서도 켄델레브의 흔적을 찾을 수는 없었다.

"역시 쉬운 의뢰는 아니었어."

드워프 교관 조르비드의 의뢰를 받았던 다른 드워프들이 모두 멍청이는 아니었던 것.

"역시 난 되는 일도 없고……."

하지만 아이언핸드 마을로 가서 퀘스트를 포기하기에는 아쉬움이 남아, 열흘간만 더 쿠르소에 머무르기로 했다.

“아트핸드, 자네는 참 열심히 하는구만.”

위드의 옆에는 헤르만이 와 있었다.

핀과 함께, 아침부터 저녁까지 조각품을 깎는 위드를 구경하기 위해 온 것이다.

헤르만과 핀뿐만이 아니라, 그의 주변에는 무려 50명이 넘는 드워프들이 있다.

조각술 퀘스트를 하면서 친해진 드워프들. 그리고 위드가 빛의 조각품을 만드는 것을 구경하기 위해 기다리는 드워프들이었다.

하지만 위드는 빛의 조각품을 만들지 않았다.

‘완전한 조각술이 아니야.’

〈빛의 날개〉는 대작으로 나왔지만, 본인 스스로 판단하기에는 너무 미흡했다.

역사적인 작품!

조각품들의 특성상, 특별한 가치가 부여될 때에는 예술적인 가치가 크다. 하지만 매번 그런 효과가 발생되지는 않았다.

항상 최초가 되기 위해 노력은 하지만, 뭐든지 앞서 나갈 수는 없는 법!

〈빛의 날개〉를 만들면서 자잘한 실수가 수도 없이 일어났고, 또 생각해 볼 여지도 있었다.

‘빛을 다룬다. 빛으로 만든다. 빛의 특성을 이용한다. 빛의 성질을 보다 잘 이해하지 않으면 안 돼.’

조각술의 기본은 재료를 파악하는 것이다.

위드는 달빛 조각술을 발휘해서 빛을 가지고 놀았다. 그러다 마나가 고갈되면 평범한 나무 조각상을 깎으며 휴식을 취했다.

빵 부스러기를 주워 먹으며 하는 모든 일과가 조각술이었다.

"……."

위드는 헤르만의 말에 대꾸도 하지 않았다.

노인을 공경하는 법을 알고 있는 위드였지만, 그것도 어느 정도다. 일주일이 넘도록 옆에 달라붙어서 이것저것 캐묻고 있으니 귀찮았던 탓.

위드가 대답을 하지 않더라도 개의치 않고, 헤르만은 핀과 이야기를 나누었다.

"이런 끈기를 가지고 있는 남자라면 뭘 해도 성공할 거야. 핀아, 너도 착실한 남자를 만나야 된다."

"그럼요. 하지만 이렇게 착실한 남자를 어디서 만날 수 있겠어요?"

"가까이 있는데 굳이 멀리서 찾을 이유가 있겠느냐?"

"어머. 할아버지도 참."

둘이 나누는 대화에 스트레스가 심하게 쌓이고 있었다.

헤르만이 자리를 비우고 없을 때라도, 다른 드워프들이 말을 걸었다.

드워프들과는 퀘스트로 그리고 같은 장인이라는 이유로 상당히 많은 교류가 이루어졌다. 그들이 만든 무기나 방어구에 조각사로서 전문적인 세공을 담당해 주었으니까.

쿠르소의 드워프들이 만든 거의 모든 물품들이 위드를 거쳐

갔다.

대장장이 스킬의 완성을 놓고 겨루는 드워프들의 경쟁이나 수준을, 위드만큼 잘 아는 사람도 없을 것이다.

'파비오의 방어구들은 엄청난 성능을 자랑한다. 다른 특성들은 유니크급의 아이템에는 미치지 못하지만, 방어력만큼은 최상급이야.'

위드도 탐이 날 정도로 파비오의 방어구들은 뛰어났다.

'질좋은 재료, 명성만큼 확실한 실력. 실수가 거의 없는 작품들을 만드는 거지.'

재료를 아끼거나 잔재주를 부리지 않고, 정공법으로 승부를 한다.

'이 정도라면… 고급 대장장이 스킬을 익혔다고 봐야 된다.'

위드는 파비오가 만든 가장 뛰어난 작품, 칠색 보갑을 보며 확신했다.

"감정!"

칠색 보갑

몬스터들이 가장 싫어할 만한, 드워프의 작품. 비밀스러운 일곱 가지의 재료들이 함께 섞여 만들어졌다. 몸 전체를 덮는 풀 플레이트 갑옷으로 극상의 아름다움을 자랑하며, 지위가 낮은 기사는 착용할 수 없을 것 같다. 만들어진 지 얼마 되지 않아 아직 사용된 적이 없고, 완벽한 상태로 보존되어 있다.

내구력: 150/150

방어력: 159

제한: 기사, 전사 전용. 레벨 350.

옵션: 물리 방어력 30%. 마법 저항력 20%. 민첩 -50. 기품 +80. 매력 +60. 지휘 스킬 강화. 약한 공격을 일정한 확률로 피해 없이 튕겨 낸다.

방어력만큼은 인정!

위드처럼 손재주가 뛰어난 것은 아니기에 상대적으로 내구력은 적지만, 일정 수준 이상의 내구력만 있다면 수리해 가면서 쓰니 문제가 될 일은 아니다.

'어떤 재료로 만든 것인지 알 수 있다면 좋을 텐데.'

위드의 대장장이 스킬이 파비오보다 낮기 때문에 재료의 양과 이름을 파악할 수는 없었다. 미스릴이나 흑철처럼 사용해 본 재료들은 대충 알겠지만, 그 이상은 무리다.

대장장이의 상징과도 같은 파비오에게는 온갖 고급 재료들이 모이고, 그것들을 잘 활용해서 방어구를 만들고 있었다.

'파비오 다음으로는, 엑버린이나 헤르만 어르신이 경쟁자라고 할 수 있지.'

창과 검을 만드는 2명의 대장장이.

그들의 실력도 파비오보다 크게 떨어지는 것은 아니다.

대장장이들끼리는 경쟁이 치열하고 자존심들이 강해서, 본인의 실력을 공개하지 않았다.

하지만 작품들을 본다면, 이 둘의 실력도 고급 대장장이 스킬에 올랐을 것 같았다.

'이 세 사람이 고급 대장장이 스킬에 올랐다면, 만나 본 적이 없는 둘을 포함해 5대 장인들 모두가 고급 대장장이 스킬을 익혔을 가능성이 높겠군.'

엑버린의 창은 세공을 해 주면서 보았고, 헤르만의 검은 그가 구경이나 하라고 보여 주었다.

미완성의 검이었지만, 헤르만이 검에 갖는 열정을 충분히 알 수 있었다. 좋은 재질의 철을 담금질하여 한 자루, 한 자루를 완성시킨다.

헤르만은 검이 좋아서, 검을 만들기 위해 대장장이가 된 경우였다.

파비오나 엑버린이 대장장이 스킬의 마스터를 위해 경쟁을 하고 있다면, 헤르만은 더 좋은 검을 만들기 위해 도전한다.

대장장이들끼리도 성격에 따라 분명한 차이가 있었다.

'최초의 대장장이 마스터는… 아무래도 파비오가 되겠어.'

베르사 대륙에서 첫손가락에 꼽히는 대장장이로, 권력도 상당하다.

그가 만들어서 제공하는 방어구들을 보면 최상위 랭커들과도 안면이 있는 것 같았다.

고레벨 유저들과 친분을 나누면서 그들이 획득한 재료들을 사용하고, 그들에게 방어구들을 만들어 주거나 개량해 준다.

파비오의 야심을 본다면 확실히 그가 가장 먼저 대장장이 마스터가 될 듯하다.

'다른 드워프들, 특히 헤르만의 실력도 대단하지.'

위드는 그렇게 쿠르소에 있는 모든 드워프들과 교류를 하고 있었다.

조각술 퀘스트를 맛본 워리어와 전사 들은 친구 등록을 하고, 일거리가 없는지 수시로 질문을 해 온다. 대장장이 드워프들은 조각사의 전문성 때문에라도 위드와 친해지기 위해 노력했다.

가끔 주먹밥을 싸 오는 드워프들도 있으니, 적어도 쿠르소에서 굶어 죽을 일은 없으리라.

위드는 빛의 조각술에 익숙해지는 데 시간을 쏟았다.

조각술 스킬의 향상이 얼마 남지도 않았을뿐더러, 빛을 다루는 데 점점 능숙해지고 있었다.

빛을 이용해 만들어 보고 싶은 조각품들, 생명을 부여하고 싶은 것들이 있었기에 더욱 조각술에 매진했다.

레벨과 예술 스탯의 감소를 감안한다면 조각품 만드는 것을 그만둘 수가 없다.

위드가 조각품을 만드는 마지막 날, 오늘도 주변에는 드워프들로 가득했다.

"조각사도 노력을 하는데, 나도 검이나 만들어야겠군."

위드로 인하여 다른 드워프들도 대장장이 스킬 연마에 한층 박차를 가했다.

"아름답군."

오늘도 핀과 헤르만이 옆에 붙어서 위드가 만드는 조각품을 보았다.

기본적으로 조각품을 만드는 것은 익숙했다. 수백 일을 만들었을 텐데 손에 익지 않았다면 거짓말일 것이다.

조각술 스킬 레벨, 손재주 등의 효과로 위드가 만드는 나무 조각품들은 결이 자연스러웠다. 가장 많이 다루어 본 나무는, 위드의 손을 거치면 살아 있는 것처럼 생기를 더해 갔다.

"자네는 예술이 뭐라고 생각하나?"

헤르만이 불쑥 묻는 말에 위드는 무심코 대답했다.

"돈이 안 되는 기술이죠."

"화가들은 엄청난 부자인 경우도 많은데. 뉴스를 보면 수백 억짜리 그림들도 많잖나."

"그거야 보통 그 그림을 만들고 화가가 죽은 후의 가격이잖 습니까."

작품이 수백억, 혹은 수천억에 팔리면 뭐 하겠는가!

당사자는 죽고 난 이후의 일인데.

위드가 퉁명스럽게 말했다.

"그 그림을 그리는 동안 얼마나 배가 고팠을지는 그 화가만 이 알 수 있을 겁니다. 가족들까지 굶겼다면 정말 무책임한 일 인 거죠."

"하지만 그런 굶주림이 있었기에 세기에 남을 역작들이 만들 어진 것 아닐까?"

"그림이든 조각품이든, 오늘 저녁에 먹을 수 있는 한 끼의 식 사만 못하죠."

말이 잘 안 통한다고 생각하는 듯, 헤르만은 입맛을 다셨다.

"사람들이 생각하는 기준은 다 다른 것이니……. 그래도 일 생을 살면서 남과 다른 무언가를 한다는 데에 가치가 있지 않 겠나."

"저는 잘 모르겠습니다."

"나는 이 나이가 되니 이제야 알 수 있을 것 같아. 먹고사는 문제가 전부가 아니라 평생을 살면서 단 하나라도 진정으로 해 보고 싶은 일이 있고, 또 그 일을 한다면 정말 성공한 인생이라는 것을……."

헤르만의 말에는 깊이가 있었지만, 위드는 별로 공감하지 못했다.

그럴 수밖에 없는 것이, 불과 10분 전까지만 하더라도 어묵을 가져와서 맛있는 탕을 만들어 달라고 귀찮게 했으니까.

뭔가 있을 듯한 저 말도, 핀과 함께 어묵 꼬치를 먹으면서 늘 어놓는 것 아닌가.

'어묵의 재료가 좋았으니 당연히 맛있겠지.'

그때 위드의 조각칼이 딱 멈췄다.

"조각술 교관 조르비드의 부탁 퀘스트 정보 확인."

조각술 교관 조르비드의 부탁

드워프 조각사 길드에 오래전부터 내려오는 믿을 수 없는 이야기. 드워프들에게도 불과 물, 밝음과 어둠을 조각할 수 있는 조각사가 있었다고 한다. 하지만 인간들은 그 말을 믿지 않았다.

"드워프들은 질이 뛰어난 무기를 만들 수 있는 종족이긴 하지. 하지만 높은 기량이 있다고 해도 예술에 대해서는 무지한 어린아이와 같아. 키도 작은 그들이 조각품에 대해서 알면 얼마나 알겠나? 하하하!"

엘프들이 했던 모욕적인 언사도 숲에 메아리쳤다.

"드워프들은 자연이 주는 신비함과 아름다움에 대해서 배울 필요가 있어요."

모든 드워프들에게 굴욕적인 말이었지만, 항변할 수 없었다. 드워프들의 자긍심을 되찾기 위하여, 드워프 조각사 켄델레브의 흔적을 찾아라.

난이도: 드워프 종족 조각사 퀘스트.

보상: 드워프들의 영광.

제한: 드워프, 조각사 한정. 실패할 경우 드워프 마을에서 인간이나 엘프와 같은 대우를 받게 된다.

불과 물, 밝음과 어둠을 조각했다는 켄델레브!

퀘스트 설명에 단서가 숨어 있었다.

'조각술의 기본은 재료다. 그렇다면 불과 물을 조각하려면 무슨 재료가 필요할까?'

당연히 불이 필요하고, 물이 필요할 것이다. 밝음과 어둠을 조각할 때에도, 재료가 있어야 한다.

위드는 자리에서 벌떡 일어나서 호숫가를 향해 달렸다.

짧은 다리로 엉덩이를 실룩거리면서 부리나케 뛰는 모습에, 헤르만과 핀은 영문도 모르면서 따라나섰다.

"무슨 일일까요?"

"가 보면 알겠지."

구경거리가 생겼다는 생각에 주변의 드워프들도 하던 일을 멈추고 위드를 따라 호수로 향했다.

"갑자기 왜 저러지?"

"조각품을 만들기 지겨워서 저러는 거 아니야?"

위드는 물고기가 유영하는 모습이 훤히 보이는 호수에서 잠시 심호흡을 했다.

'내 추측이 사실일지 아닐지는 모른다. 하지만 켄델레브는 조각사였어. 조각사가 조각을 하지 않는다는 건 말도 안 돼. 그가 만든 조각품은 쿠르소에 숨어 있는데, 다만 사람들이 발견하지 못했던 것뿐일 것이다.'

위드는 호수로 몸을 던졌다.

풍덩! 물보라를 일으키면서 호수 깊이 잠수해서 들어갔다. 다른 드워프들은 따라서 들어갈 엄두도 내지 못하였다.

"누구 수영할 줄 아는 드워프?"

"드워프가 수영을 어떻게 해."

드워프들은 체형 탓에 맥주병이었던 것이다.

위드는 호수의 밑바닥까지 가라앉아 손으로 옆을 더듬었다.

맑고 투명한 호수로 인해 대지에 있는 드워프들도 위드가 이상한 행동을 하는 광경을 볼 수 있었다.

"물에 빠진 드워프 같진 않은데."

"뭔가를 찾아서 헤매는 것 같아."

위드가 더듬거릴 때마다 잉어나 숭어 등이 아슬아슬하게 손길을 빠져나갔다. 조금만 추적하면 물고기들을 잡을 수도 있었지만, 관심을 두지 않고 호수의 물을 더듬기만 했다.

'어딘가 있을 것이다. 쿠르소에 있다면 찾을 수 있다.'

숨이 가빠 오고 있었지만, 위드는 양팔을 넓게 펼친 채로 정신없이 호수의 바닥을 걸어 다녔다. 드워프의 팔다리가 짧다는 사실이 이토록 원망스러웠던 순간이 없었다.

'숨이 막혀.'

인내력을 바탕으로 참고 있었지만, 슬슬 한계가 다가왔다.

피잉!

갑자기 호수로 무언가가 쏘아졌다.

엘프의 화살 그리고 그 주변에 가득 담겨 있는 공기.

예전에 활을 구매할 때 위드에게 신세를 졌던 이델이 활을 쏜 것이다. 요정족인 핀이 바람의 정령을 불러서 신선한 공기를 담아 주었다.

위드는 그 화살로 걸어가서 숨을 들이마셨다.

"어서 나오세요!"

이델이 물 위에서 소리를 질렀지만, 위드에게는 들리지 않았다. 그래도 뜻은 대충 이해할 수 있었던 터라, 고개를 젓고 계속해서 호수 밑바닥을 걸어 다녔다.

이델은 몇 번이나 화살을 쏘아서 공기를 보충해 주었다.

그러나 위드가 점점 호수의 깊은 곳을 향해 걸어가자, 화살의 힘이 그곳까지 미치지 못하게 되었다.

'조각품이 있을 장소라면 아마도 호수의 가장 깊은 곳.'

위드는 걸음을 멈추지 않았다.

되돌아 나올 방법이 없다고 하더라도, 죽음을 거부할 수 있는 힘에 의해서 이곳에서 언데드가 되어 버릴 각오까지 했다.

조각사인 이상, 쿠르소에 있다면 분명히 이곳일 것이라는 확신이 들었기 때문!

다시 올라올 수도 없을 것 같은 호수의 깊은 곳에서, 위드의 손에 무언가가 닿았다.

딱딱한 물체가 아니라, 달라진 물의 흐름이었다.

> 켄델레브의 〈물의 조각상〉을 발견하였습니다.

> 발견으로 인해 명성이 200 오릅니다.

> 켄델레브의 〈물의 조각상〉을 복원하겠습니까?
> 20,000 이상의 마나가 필요하며, 예술 스탯 500이 넘는 예술 계열의 직업만이 복원할 수 있습니다.

위드는 수락했다.

꾸륵꾸륵…….

"보, 보보복, 워원."

입을 벌릴 때마다 호수 물이 들어와서 발음은 엉망이었지만
뜻은 표시했다.

그 순간, 호수의 물들이 움직였다.

중력을 무시한 것처럼 공중으로 떠올랐다.

별이 떠오른다. 새들이 재잘거리면서 날아오른다.

나비들이 날개를 펄럭이고, 꼬마 드워프들은 짧은 다리로 춤
을 춘다.

호수의 물방울들이 조각품이 되어 쿠르소를 수놓았다.

"우와!"

"호수가 조각품으로 변했어!"

위드가 있는 곳에서부터 새로운 물의 길이 보였다.

수십 개의 물줄기들이 공중으로 솟구쳐서 흩어지고, 다시 모
여서 급류가 되어 흐른다. 폭포처럼 떨어지고 시냇물처럼 졸졸
거렸다.

그 물길에는, 물로 만들어진 배가 유유히 흐르고 있었다.

돛대와 선원들은 물론이고, 솟구치는 돌고래들도 물로 만들
어져 있었다.

아름답고 평온하고 행복하며, 기쁨으로 가득한 느낌이었다.
물의 아름다움을 가장 잘 표현한 작품!

드워프가 만든 조각품을 복원하면서 조각술 스킬 숙련도가 향상되었습니다.

예술과 카리스마, 매력, 행운 스탯이 10씩 올랐습니다. 명성이 50 증가하였습니다.

켄델레브의 〈어린아이들을 위한 물놀이〉를 감상하였습니다.
드워프 조각사 켄델레브가 만든 작품, 물의 성질에 대한 성찰과 조각사의 동심 어린 순수한 시각이 돋보이는 작품으로, 감성이 충만해져서 지혜와 지식이 3씩 영구적으로 오릅니다.
켄델레브의 〈어린아이들을 위한 물놀이〉는, 직접 사용해야 효과를 제대로 만끽할 수 있습니다.

위드는 망설이지 않고 물줄기에 몸을 던졌다.

분수처럼 힘차게 솟구치는 물이 몸을 높이 띄웠다. 그리고 미끄럼틀을 타는 것처럼 물을 타고 미끄러졌다.

물배들을 지나치고, 물의 섬을 통과했다.

익살스러운 돌고래들이 뛰어올라서 위드의 얼굴에 부딪쳐, 물벼락을 안겨 주었다.

〈어린아이들을 위한 물놀이〉를 즐기고 있습니다.
생명력과 마나, 체력이 급속도로 회복됩니다. 체력의 최대치가 증가합니다.
수계 마법이나 물의 정령술 스킬들을 익히고 있다면, 관련 친화력이 향상됩니다.

“재밌겠다!”

“우리도 가자!”

드워프들, 엘프들, 요정도 물의 미끄럼틀을 탔다.

“끼야호!”

“신난다!”

쿠르소 전체를 뒤덮듯이 도도하게 흐르는 물의 미끄럼틀.

대장간들을 아슬아슬하게 스쳐 지나가고, 시계탑 밑의 네모난 공간을 빠르게 통과했다.

"만세!"

"즐거워서 죽겠다!"

미친 드워프 모양 고래고래 소리를 지르면서 모두가 즐기고 있었다.

얼굴과 몸을 흠뻑 적셔 주는 시원한 물길. 급류에서 몸을 뒤집고, 수상스키를 타는 것처럼 일어나서 묘기를 부리고, 물의 상어와 경쟁하듯이 입을 크게 벌려 본다.

동화적인 분위기의 상상력이 발휘된 작품.

물놀이를 즐기면서 휩쓸려 가다 보면 선명하게 피어나는 무지개!

> 켄델레브의 〈기적의 무지개〉를 감상하였습니다.
> 눅눅한 동굴에서 광석을 캐내거나 대장간의 화로를 보며 일과를 보내는 드워프들은 무지개를 볼 기회가 많지 않습니다. 비 오는 날이면 동네 주점에 앉아 맥주를 들이마시는 드워프가 되는 건 지극히 자연스러운 일. 빗물이 수염을 타고 흐르는 것을 싫어하는 드워프들에게, 무지개란 드물게 발견할 수 있는 신비로운 선물이 될 것입니다.
> 생명력의 최대치가 하루 동안 증가합니다. 영구적으로 행운이 6 늘어납니다. 1달간 비가 오는 날, 관찰력과 시야가 확장됩니다.

"아, 예뻐!"

손에 닿을 것처럼 가까워 보이지만 닿을 수 없는 무지개.

눈을 뜨고 있어도 아무것도 보이지 않고 들리지도 않는 어둠도 통과했다.

켄델레브의 〈휴식의 오후〉를 감상하였습니다.
잠을 사랑한 조각사 켄델레브! 그는 드워프 조각사로서는 드물게 게으른 편
으로, 아침잠도 많고 맥주라도 마신 다음 날이면 저녁이 되어야 일어났습니
다. 휴식이야말로 재충전을 위하여 필요한 것. 켄델레브에게는 그 무엇과도
바꿀 수 없는 꿀맛이었던 것입니다.
생명력과 마나, 체력의 회복 속도가 하루 동안 35% 증가합니다. 하지만 연
속해서 사흘 이상 〈휴식의 오후〉를 감상하게 되면, 하루 동안 회복 속도가
50% 감소합니다. 마법사들의 마법 캐스팅 속도가 증가하며, 메모라이즈를
통해 대기시켜 놓는 마법의 개수가 40% 늘어납니다.

빛과 어둠의 조화.

빠르게 스쳐 지나가는 거북이와 달팽이.

물이 청량하게 흐르는 소리.

유유히 떠가는 구름도 형상을 가지고 있었다.

위드가 켄델레브의 조각품을 발견한 것이다.

정령 창조

데이몬드와 대지의약탈자 길드는 접수한 마물을 분류했다.

거의 드래곤의 몸집에 육박하는 초대형 마물이 50! 중형 이상의 마물은 수천이 넘고, 소형 마물은 수만 이상이었다.

"일단 실험부터 해 봐요."

나르도의 의견에 데이몬드는 긍정했다.

"우리가 가진 힘이 얼마나 되는지 알아볼 필요가 있겠지."

마물들의 외관상으로는 끝내줄 것 같았지만, 실제 전투에서의 증명이 필요했다.

마물들을 모두 이끌고 부활의 교단을 나와 황무지에서 실험을 진행했다.

그 불행한 상대는 우연히 지나가던 맨티코어 떼였다.

대형 사자를 닮은 맨티코어는 매우 빠르고 공격력이 강해, 대지의약탈자 길드도 사력을 다해야 한다. 과거였다면 약간의 피해를 거두고 승리할 수 있었을 테지만, 퀘스트를 하며 약화된 지금은 장담할 수 없는 적.

"저놈들을 공격해."

데이몬드의 명령에, 초대형 마물들이 대지를 쿵쾅쿵쾅 울리며 진격했다.

그들이 앞서 나갈 때마다 땅이 움푹움푹 파였다. 마물들은 엄청난 체중으로 맨티코어들을 향해 돌진, 온통 짓밟고 뭉개 버렸다.

앞발에 걷어차인 맨티코어들이 허망하게 허공을 날자, 다른 마물들이 뿔로 되치거나 내려찍었다.

맨티코어들이 물고 할퀴는 힘은 마물들에게 거의 피해도 주지 못하는 모습.

맨티코어가 죽을 때마다 데이몬드와 길드원들에게는 부활의 힘이 차올랐다.

> 적의 생명을 거둠으로써 부활 에너지가 35 습득되었습니다.

> 엠비뉴 교단에 대한 충성도가 늘었습니다.
> 엠비뉴 교단의 공헌도가 증가합니다.

> 미천한 하급 신도의 지위를 획득했습니다.

마물들이 사냥에 성공할 때마다 부활 에너지를 받을 수 있었던 것이다.

알 수 없는 엠비뉴 교단에 대한 수치들도 늘어 갔다.

부활의 권능을 사용할 때마다 불어나는 데이몬드의 군대!

나르도가 박수를 쳤다.

"이 정도라면 성벽도 부술 수 있겠어요."

공성용 무기가 따로 없었다.

초대형 마물들을 앞세운다면, 그 엄청난 힘을 발휘한다면 못할 것이 없다.

부활의 군대가 가진 힘의 실체를 보며, 데이몬드와 대지의약탈자 길드는 전율이 일었다.

중형 마물, 소형 마물 들의 능력도 압권이었다.

부활의 권능을 사용하면서, 원통하게 죽은 병사들이나 기사들을 되살릴 수 있었다. 되살아난 이들은 원래의 이성을 잃어버린 채, 포악하고 잔인하게 적들과 싸울 뿐이었다.

"이제 우리가 어디로 가야 할지 선택해야 될 때다."

데이몬드가 뼈로 만든 지팡이와 투구를 쓰고 말했다. 부활의 군대를 가지고 황무지에서 사냥을 하며 얻은 상급 아이템들!

"일단 이곳부터 뜨지."

수반이 자신의 의견을 밝혔다.

"이젠 인간들, 아니면 엘프들이 지배하는 왕국을 점령해 볼때라고 봐."

부활의 군대는 더욱 커져 있었고, 황무지에서는 마땅한 사냥터를 구하기도 어렵다. 중형 마물들만 동원하더라도 순식간에 상황이 정리되어 버리니 몬스터 떼를 찾아다니기가 힘들 지경이었다.

대지의약탈자 길드 또한 본래 전투와 약탈을 기반으로 하기에 호전적인 성격을 가지고 있다. 인적이 뜸한 황무지에서는 좀이 쑤셔서 견딜 수가 없었다.

"슬슬 움직여야 할 때이긴 하지."

마빈도 동감이었다. 이런 힘을 가지고도 사용하지 않는다면 그것은 죄악이라는 생각마저 들었다.

베르사 대륙에 있는 웬만한 왕국보다도 강한 힘.

세상을 혼돈으로 어지럽힐지도 모르지만, 당사자로서는 그 때문에 걱정을 하거나 참을 수 없었다.

나르도가 물었다.

"여기서 가장 가까운 마을이 어디죠?"

"이 황무지에도 소규모 개척 마을들은 있었지."

부활의 군대를 끌고 다니면서 작은 사냥꾼, 혹은 화전민 마을들을 지나친 적이 있다.

"하지만 너무 작아서 일부러 찾아갈 필요는 없어. 지나가다가 보이면 휩쓸어 버리면 되는 거고, 목적지로는 사람들이 제법 모여 있는 모라타가 좋지 않을까?"

마빈이 모라타를 추천했다.

가장 가까우면서 사람들이 밀집한 마을!

하지만 수반은 다른 생각을 가지고 있었다.

"모라타에는 프레야 교단이 있어. 모험가들의 수준도 높은 편이고. 처음부터 그런 곳을 공격한다면 상당한 피해를 입을 텐데."

"약간의 피해 정도야 감수해야지. 마물들이 죽더라도 다시 되살리면 되잖아."

"그건 나도 동감이야. 하지만 모라타의 주변에는 마땅히 점령할 만한 왕국이나 다른 마을이 없지 않아?"

"그야 그렇지만……."

"모라타를 점령하고 나서 북부의 자잘한 마을들을 쓸어버리는 동안, 중앙 대륙의 왕국들은 우리에 대해 준비를 할 수 있게 돼. 아직 사람들이 우리에 대해 알지 못할 때, 그때 중앙 대륙을 치고 빠르게 힘을 확장시켜야 돼."

나르도도 수반의 의견에 공감이 가는 눈치였다.

"이길 수밖에 없는 작은 전투들, 그걸 하면서 시간을 끌면 나중에 불리해질 수도 있어요. 처음부터 싸울 장소가 많은 중앙 대륙으로 가는 편이 더 낫지 않을까요?"

근처의 마을부터 차근차근 공격하자는 쪽과 모라타로 곧바로 향하자는 의견이 대립되었다.

데이몬드가 상황을 정리했다.

"중앙 대륙으로 간다. 우리의 땅을 빼앗고 형제들을 죽인 놈들에 대한 복수가 가장 먼저야. 힘은 충분하니, 시간을 끌 필요가 없지. 이곳에서 대지의약탈자 길드의 이름은 버린다. 부활의 교단의 이름으로 진군하기로 한다."

부활의 교단 사제들은 데이몬드의 결정을 따르기로 했다.

전투 계열 길드로서, 일단 결정이 내려지면 다른 군말들이 나오지 않는다.

부활의 교단은 마물들과 함께 남하했다.

"마물들이 침공한다!"

"끔찍할 정도의 몬스터들이 쳐들어오고 있다."

사냥을 떠났던 유저들이 잇소르 왕국의 북문을 향해 헐레벌떡 뛰어왔다.

"무슨 일이야?"

"몬스터들이 공격을 한다고?"

상황을 알아보기 위해, 유저들이 성벽 근처로 몰려들었다.

웬만한 몬스터들이야 두꺼운 성벽을 뚫지 못하니 화살과 마법의 밥이 되기 쉽다.

"사냥 파티들이 몬스터 떼를 건드려 놓고 성으로 귀환한 모양이지?"

"어떤 몬스터이기에 저렇게 놀라서 도망쳐 오는 거야?"

사람들이 느긋하게 지켜보는 사이, 북문을 통해 들어온 유저들은 다급했다.

"모두 피난 준비를 하세요!"

"잇소르 왕국을 떠나야 삽니다. 어서요!"

"몬스터 군단이 쳐들어오고 있습니다!"

비명처럼 외치는 그들의 음성에서 무언가 다급함을 느끼고, 꾸벅꾸벅 졸며 장사를 하던 상인들과 광장에서 이야기를 나누던 전사들이 일어났다.

그들은 도망치는 대신에 무슨 일이 일어났는지 살피기 위해 성벽으로 향했다.

"후회해도 난 모릅니다!"

"분명히 피난을 가라고 했어요."

북문을 통해 들어온 유저들은 곧바로 남문으로 빠져나갔다. 그들과 친분이 있는 유저들도, 반신반의하면서도 함께 따라나섰다.

그때 잇소르 왕국의 기사들과 병사들이 집결되어서 북문의 성벽 위로 포진했다. 웬만해서는 잘 나오지 않는 마법사들도 지팡이를 들고 전투준비를 갖췄다.

유저들은 그제야 매우 심각한 상황이 벌어졌다는 것을 알 수 있었다.

잇소르 왕국을 떠나서 피난을 가야 할지를 고민할 무렵, 북쪽에서 어마어마한 마물의 떼가 다가왔다.

크기가 하나의 성채만 한 초대형 마물들.

수만의 마물 군단을 이끌고 부활의 교단이 등장한 것이다.

마물들을 성문 너머에 질서 정연하게 집결시킨 후, 데이몬드가 말을 탄 채 앞으로 나왔다.

"내 이름은 데이몬드다!"

데이몬드는 성벽을 향해 큰 소리로 외쳤다.

거리가 수십 미터 떨어져 있었지만 유저들은 똑똑히 들을 수 있었다.

"데이몬드라면, 유저야?"

"북부에서 보스 몬스터들을 사냥했다던 그 유명한 유저인 것 같은데……."

"지금 몬스터 군단을 거느리고 나타나다니, 무슨 퀘스트를 한 걸까?"

의구심과 함께 데이몬드의 다음 말을 기다렸다. 몬스터 군단을 이끌고 온 만큼, 잇소르 왕국에 상당량의 재물을 달라고 하거나 아니면 항복을 권고할 것으로 짐작하면서.

"너희 잇소르 왕국에 전쟁을 선포한다. 싸우고 싶지 않은 사람은 10분의 여유를 준다. 성문을 나와서 남쪽으로 도망쳐라. 이 경고를 무시한 자들은 죽을 것이다."

하지만 데이몬드의 말을 듣고는 경악하지 않을 수 없었다.

과감하다 못해 광오하기 짝이 없는 발언!

데이몬드가 이끌고 있는 몬스터 군단을 보면서, 유저들은 조용히 잇소르 왕국을 떠났다. 그러나 그냥 가지는 않고, 인근의 언덕 등에 올라서 잇소르 왕국과의 전투를 지켜보았다.

데이몬드와 부활의 교단은 구경꾼을 내버려두었던 것이다.

"10분의 시간이 지났다. 이제 성에 남아 있는 모든 이들은 우리의 적이다."

데이몬드와 부활의 사제들이 마법을 발휘하니, 성이 회색 연기에 휩싸였다. 전염병이 창궐하면서 병사들과 기사들의 얼굴이 녹색으로 물들었다. 허약해져서 갑옷의 무게도 버티지 못하고 성벽 위를 나뒹구는 이들!

"어스 드래곤, 돌격!"

나르도가 이름 붙인 초대형 마물들이 묵직한 걸음을 떼었다.

성채만 한 마물들이 뒤뚱거리면서 한 걸음씩 어색하게 움직이더니, 금세 가속도가 붙어서 무섭기 짝이 없는 속도로 성벽에 부딪쳤다.

크콰쾅!

성벽의 일부가 무너졌다.

초대형 마물들이 연방 성벽을 때려 부수고, 중형 마물들이 성문을 공격했다. 뛰어서 성벽을 타고 오르거나, 초대형 마물들을 통해 성벽으로 진입하기도 했다.

잇소르 왕국의 병사들이 활을 쏘고 마법을 뿌렸지만, 마물들은 적중당하더라도 금세 다시 일어났다. 부활의 사제들이 생명력을 지속적으로 보충해 주고 있기 때문이다.

초대형 마물들에 의해 성벽이 완전히 파괴되고, 내성까지 박살이 났다. 성 전체가 기울어져서 우지끈 무너지는 광경은, 구경하던 유저들에게 잊을 수 없는 공포를 안겨 주었다.

데이몬드와 부활의 교단은 화끈하게, 성안에 1명의 생존자도 남기지 않았다.

허망하게 무너진 잇소르 왕국에, 부활의 군대는 너욱 깅성해졌다.

전투 경험을 통해 성장하는 마물들.

생명력을 취해서 일반 병사들과 기사들까지 부활시켰다.

데이몬드의 부활의 군대가 결국 잇소르 왕국을 장악하게 된 것이다.

베르사 대륙에 엄청난 바람이 불었다.

쿠르소의 드워프들은 때아닌 물장난을 벌이고 있었다.

"낄낄낄!"

"물놀이를 하며 마시는 맥주는 더욱 일품이야."

남녀노소를 따지지 않고 물놀이를 즐기고, 물의 미끄럼틀을 타며 맥주를 마시는 게 금세 유행이 되었다.

헤르만과 핀은 위드를 축하해 주었다.

"켄델레브의 조각품! 드워프 조각사 길드 교관이 주는 종족 퀘스트 아닌가. 그것을 내가 아는 사람이 발견할 줄이야. 정말 놀라운 일이군."

"축하드려요. 오랫동안 해결되지 않은 의뢰를 깨셨잖아요."

드워프들에게는 믿기 어려운 전설이던 켄델레브의 흔적이 발견된 건 대단한 일이었다.

위드의 퀘스트 창에도 변화가 생겨서, 조각사 길드의 교관인 조르비드에게 보고하면 보상을 받을 수 있다고 변했다.

헤르만을 비롯한 드워프들이 부러워하는 것도 이상할 일이 아니다.

위드가 본인의 생각으로는 겸손을 떨며 말했다.

"뭘요. 그냥 하다 보니 찾은 건데요."

"……."

"쿠르소는 다 뒤져 보았으니, 대충 있을 만한 장소가 그곳뿐이지 않았습니까?"

"……."

"제가 특별하거나 잘한 게 아니라, 다른 드워프들의 의지와 노력이 부족했던 것뿐입니다."

정이 뚝 떨어지는 말투!

위드는 남의 칭찬이 어색했기에 나름대로는 대충 농담으로 넘기려고 했다.

'절대 칭찬을 받아선 안 돼!'

미성년자로 취업을 했을 무렵, 일을 못할 때에는 만날 욕을 먹었다. 밥보다도 욕을 더 많이 먹던 시절.

하지만 노력으로 부족한 체력을 극복하고, 기술을 익혀서 다른 사람들만큼 일을 해내었다. 벽돌도 몇 장씩 더 나르고, 인형 눈도 더 붙이고, 신문도 잘 배달했다.

"자네 이쪽 분야에 자질이 있었군."

"꼭 필요한 인재였어."

사장들의 칭찬이 늘어 갈수록 그가 해야 할 일의 분량도 증가했다.

호프집의 아르바이트를 할 때가 압권이었다.

"정말 뛰어나! 완벽한 맛의 배합이야! 앞으로 이쪽 일은 이현, 네가 다 하도록 해."

칭찬이란 들을 때는 귀가 즐겁지만, 곧 온몸이 피로해진다는 사실을 알고 있는 위드였다.

헤르만의 경우에는 그런 의도로 말한 것은 아니겠지만, 위드는 본능적으로 대응했다.

그리고 일부러 속이는 것도 아니다.

모든 발견들은 이루어지기까지가 어려운 법이지, 막상 찾고 나면 당연하게 느껴지기 일쑤였으니.

"조각사로서 완성된 작품만을 찾으려고 하면 안 되는 거였죠. 어떤 조각품이든 만들어진 재료와 장소, 특성 들을 이해하면 되는 것이었습니다."

"재료와 특성의 이해……. 검을 완성시키는 게 아니라, 그 과정에 몰입을 한다?"

평범한 말이지만 헤르만은 무언가 힌트를 얻은 듯이 생각에 빠졌다.

핀이 한참 망설이다가 조심스럽게 물었다.

"퀘스트도 성공하셨으니 이제 쿠르소를 떠나실 거예요?"

조각술 퀘스트를 대부분 해낸 것은 그녀도 알고 있었고, 켄델레브의 흔적까지도 발견했다.

사실 위드가 할 수 있는 의뢰는 폭넓고 다양했다.

모험이나 전투 계열의 의뢰들. 재봉, 대장일 등의 생산 의뢰들. 조각술을 바탕으로 한 예술 계열의 의뢰들! 잡캐답게 받을 수 있는 의뢰들이 널려 있다.

보통의 드워프들은 위드를 보면 금세 부탁부터 했다.

"동쪽 탄광 지역에 레드 웜들이 엄청나게 들끓고 있어. 놈들을 해결해 주게나."

레드 웜은 레벨 300대 후반의 몬스터.

위드의 레벨로 사냥이 불가능한 것은 아니지만, 땅속을 파고

들기 때문에 마법이 아니면 잡기 힘든 몬스터였다. 위협을 느끼면 해독이 어려운 독을 뿜어내기도 했다.

"무쇠도 가를 수 있는 검, 방패로도 막지 못하는 전설의 검이 우리 왕국 어딘가에 숨겨져 있다는 소문이야. 믿기나? 이걸 찾아 줬으면 좋겠어."

전설의 검 퀘스트.

난이도 A급으로, 쿠르소에서 해결한 사람이 없는 대표적인 퀘스트였다. 단서들이 적어서, 드워프 주민 모두와의 친밀도를 최상으로 만들어야 한다는 유력한 가설이 있다.

아부가 일상이라고 할 수 있는 위드로서는 도전해 볼 만한 의뢰였지만 포기할 수밖에 없는 것이, 의뢰의 중간 단계에 고급 대장장이 스킬이 필요했다.

"드워프들의 생명을 연장시킬 수 있는 열매가 쿠르소 남쪽 호수 늪지에 있다는데 성공한 사람이 아무도 없지. 자네가 한번 해 볼 텐가?"

난이도 B급의 의뢰.

성직자와 파티를 이루어야 하며, 늪 속의 던전을 헤매서 열매를 찾아야 한다.

이런 난이도 A급, 혹은 B급의 의뢰들이 마구 쏟아졌다. 그야말로 퀘스트의 홍수라고 할 수 있었다.

위드는 핀의 질문에 간단히 대답했다.

"떠나야 되겠죠."

"역시……."

"하지만 아직은 때가 아닙니다. 이곳에 온 목적. 그것을 얻을 수 있을 것 같거든요."

켄델레브의 수준은, 확실하진 않지만 조각술 마스터는 아닌 것 같았다.

"조각술 마스터라면, 그의 흔적을 찾았으니 조각술의 비기를 남겨 놓았어야 하겠지."

하지만 그 덕분에 무엇을 조각해야 할지를 알았다.

켄델레브는 대단한 친화력을 가진 조각사였을 것으로 짐작이 되었다. 물을 조각품으로 빚어낼 수 있다는 것은, 물의 성질을 완전히 익히고 있으며 제 몸처럼 다룰 수 있다는 뜻과도 같다.

조각사의 비밀!

사물과의 친화력을 극상으로 올리면 그 어떤 것도 조각할 수 있다는 것.

위드가 빛을 다루는 달빛 조각술을 익혔듯이, 특수한 조각술은 어디에나 있다. 조각을 하고 싶어 하는 조각사의 마음이 원천이고 원동력이 된다.

늘 자신을 조각해 달라며 떼를 쓰는 미지의 존재들도 이제는 조각할 자신이 생겼다.

—무능한 조각사여, 그 둔한 손을 써서 나를 조각해 다오.

—나를 조각하지 않는 이유가 무엇이냐. 뭐든 들어줄 테니 나를 만들어 줘!

'그들을 이해하면 돼. 그들이 주는 느낌대로 그들을 만들어 주면 되는 거야.'

물방울이 반짝이고 예쁜 이유는, 특색을 살렸기 때문이다.

바람은 자유로웠고, 무지개는 환상적이었다.

꿈속에서처럼 아련하게 보이는 무지개의 특징들이, 켄델레브의 조각품에는 살아 있었다.

어른들마저 동심에 빠질 수밖에 없게 만드는 풍부한 감성!

위드는 두 손에 조각칼을 들었다.

'내가 그들이 된다. 그들이 주는 느낌을 받아들이고, 마음이 이끄는 대로 만들어 주자.'

—조각사여, 나를 만들어 주겠는가?

정중하고 중후한 목소리. 예의를 잃지 않으면서 따뜻한 격려를 해 주는 목소리.

위드는 느낌에 몸을 맡기기로 했다.

인간, 몬스터, 혹은 제멋대로 생겨서 이름조차 붙이기 힘든 마수. 어떤 구분도 하지 않고 목소리에 충실했다.

목소리는 많은 정보들을 담고 있다. 현재의 감정과 성격, 어울리는 육체, 전체적인 성향이 고스란히 드러난다.

'정이 살아 있는 눈, 평균 이상의 큰 손, 넓고 건장한 어깨와 몸. 늠름한 느낌으로. 그리고 따뜻함을 빼놓아서는 안 되지.'

무엇을 만들어야 할지 미리 고민하지 않고, 감정의 흐름에 따라 조각품을 만들어 나갔다.

　다리가 길고, 팔도 길고, 모든 것이 인간보다는 조금씩 길다. 하지만 몬스터처럼 흉측하지 않고, 자애로운 아저씨라는 생각이 드는 조각품이었다.

　"이게 내가 만든 당신의 조각품이다."

　띠링!

정령 창조 조각술을 습득하였습니다.

정령 창조 조각술

조각사가 새로운 정령의 몸을 창조하는 조각술. 베르사 대륙에 존재하는, 셀 수 없이 많은 정령들. 하지만 그들 중에서 형체를 가지고 있거나 이름이 지어진 정령은 극히 소수에 불과하다. 정령들의 형체를 조각해 주면, 그 정령들은 앞으로 그 몸으로 베르사 대륙을 돌아다니게 된다. 정령에게 이름을 붙여 줄 수 있으며, 정령의 아버지가 되어 그들을 전투나 생활에 동원할 수 있다. 이때 소모되는 마나의 양은 미세한 정도로, 처음부터 중급 정령 이상을 소환할 수 있다. 정령의 완성된 육체에 대한 만족도에 따라 상급 정령이나 정령왕을 소환할 수도 있다. 차후 소환되는 정령의 질과 숫자는 조각술 스킬과 친밀도 등에 좌우된다. 조각술 스킬을 마스터하면 종족 창조 조각술을 습득할 수 있다.

제한: 고급 조각술을 익힌 상태.

스킬 요구량: 예술 스탯 200(영구 소모).

* 주의 사항

정령들은 처음 탄생한 날 가장 많은 것을 배우게 된다. 정령들의 성격은 그들을 창조한 조각사에 달려 있다. 상극인 정령들을 동시에 소환하면 서로 싸우게 된다. 질 나쁜 정령들을 다수 만들었을 때에는 악명 등이 오를 수 있다. 완성된 육체를 가진 정령족의 정령왕이 소멸당하면, 새로운 정령왕이 탄생할 때까지 정령들 전체의 힘이 약화된다. 스킬을 마스터하면 몬스터와 유사 인간 종족, 인간을 만들 수 있지만, 모든 스탯이 20씩 감소한다.

조각 검술, 조각품에 생명 부여, 조각 변신술에 이은 새로운 조각술의 비기를 획득한 것이다.

정령 창조 조각술.

세상에 존재하는 정령들을 구체화시키고 형체를 정의해 주는 조각사의 비기!

위드가 나무로 깎아 놓은 조각품의 옆에, 지면의 흙들이 일어나서 똑같은 형상이 되었다. 흙으로 된 덩어리가 정중하게 입을 열었다.

"조각사여, 나의 몸을 만들어 주었으니 이제는 이름을 정해 다오."

위드는 심사숙고해서 대답했다.

"흙꾼이로 하자."

"알겠다."

아무래도 대지 계열의 정령인 듯 보였다. 그래서 먼저 떠오른 이름은 땅꾼이었다.

하지만 그렇게 하면 속이 빤히 들여다보일 것 같아 나름 머리를 써서 흙꾼이라고 바꿨다.

'역시 나의 섬세한 작명 센스를 따라갈 사람은 없지.'

위드가 물었다.

"몸은 마음에 드는가?"

"활동하기에는 불편할 것 같지만 마음에 드는구나."

이것도 조각품의 일종이라고 할 수 있을 것이다. 혹시나 싶은 마음에 위드는 감정을 시도해 보았다.

"감정."

흙꾼이

땅의 정령. 재능을 과시하는 조각사에 의하여 탄생하였다. 온순하고 믿음직스러운 성격을 가졌다. 하지만 걸맞지 않은 몸을 가지고 있어서 능력의 발휘가 35%까지로 제한되어 있다. 중급 정령까지 활동 가능. 정령술사의 소환 등을 통한 지상계의 활동에 따라서, 더 많은 정령들이 힘을 발휘할 수 있다.
특기: 지진. 땅 파기. 파묻기. 수맥 찾기. 농작물의 성장 촉진.

첫 시도라서 그런지 정령들의 특징을 살리지 못하고 무난한 수준으로 만들어 버렸다.

―이 더러운 조각사 놈아! 네놈이 감히, 나부터 조각해 주지 않고 다른 녀석부터 만들어 준 것이냐! 화가 난다. 다 태워 버릴 거야.

위드는 실패를 거울삼아서 다시 조각칼을 들었다.

'정령이다. 꼭 인간과 비슷할 필요가 없어.'

타오르는 불을 만들었다. 불의 육체에 길쭉한 팔과 다리를 만들었다.

> 새로운 정령을 창조하였습니다.
> 예술 스탯이 160 소모됩니다.

> 조각술 스킬의 숙련도가 향상되었습니다.

> 손재주 스킬의 숙련도가 향상되었습니다.

> 명성이 260 올랐습니다.

> 매력이 60 올랐습니다.

위드의 조각품에 불이 붙었다.

나무들이 잔해만 남고 금세 타 버리고, 그곳에는 동일한 형태의 불길이 남았다.

"마음에 든다, 이 몸. 아주 흡족하다. 조각사야, 내 이름을 말해라!"

불의 정령이 좋아하고 있었다.

위드는 어울리는 이름을 정했다.

"화돌이가 어떨까."

"화돌이라니! 진짜 마음에 드는 이름이군."

"감정!"

"흙꾼이 소환, 화돌이 소환!"

위드의 눈이 번뜩이면서, 전신의 마나가 썰물처럼 빠져나갔다. 땅이 들썩이며 일어나고, 거센 불길이 일어난다. 그러면서 흙꾼이와 화돌이가 수백씩 소환되었다.

중급 정령, 상급 정령. 고급 조각술 스킬이 보여 주는 위력!

여간한 정령술사들은 자신이 부릴 수 있는 최대한의 정령을 대여섯 이상 소환하지 않는다. 정령들의 숫자가 많아지면 지휘하기 어렵기 때문이다.

"아, 세상에 나올 수 있다니! 이 꿈만 같은 일이 사실이란 말이야?"

"이거 봐. 이게 우리의 몸이야. 실체도 있고, 마음대로 움직일 수도 있어."

탄생한 지 얼마 안 된 정령들은 순수함 그 자체였다. 몸을 보며 감탄하고, 발로 바닥을 구르기도 했다.

흙꾼이가 그럴 때마다 땅이 미약하게 흔들리고, 화돌이의 경우에는 불길이 심하게 일어났다.

그렇게 탄생에 대해 기뻐하면서도 금세 위드에게 주목했다.

본능적으로 자신을 만들어 준 주인이라는 사실을 알고 깊은 친밀도를 갖게 된 것이다.

위드의 카리스마와 통솔력이 발동되었다. 그리고 사자후!

"커헝! 내가 너희를 만들어 준 주인이다. 너희에게 생명을 주었으니 나에게 충성을 다하라."

처음 만든 흙꾼이와 화돌이는 특별한 자아를 가지고 있었다. 정령들의 대표자 격이었기 때문. 하지만 다른 일반 정령들은 허리를 숙이며 복명했다.

"주인을 따라서 땅의 힘을 일으키겠습니다."

"주인을 위협하는 적들을 반드시 태울 것입니다."

도열해 있는 정령들의 충성 맹세!

위드가 사이비 교주처럼 두 팔을 번쩍 쳐들었다.

"나를 믿고 따르라!"

"예, 주인님!"

"믿느냐. 믿는 자에게 복이 올 것이다."

"주인님을 믿습니다."

"내가 누구냐!"

"전지전능하시며, 우리를 창조해 주신 주인님입니다."

"끝없이 정진하는 조각사이며, 불가능을 가능하게 만드는 영웅적인 조각사이십니다."

흙꾼이와 화돌이 들이 경쟁하듯이 아부를 했다. 위드에 의해 탄생한 정령들인지라, 안 좋은 것부터 배운 모양이었다.

"나의 머리는?"

"전 대륙에서 가장 똑똑하십니다."

"천재입니다."

"내가 한 살 때 걸음마로 100미터를 0.1초 만에 주파하고, 두 살 때는 날개가 있어서 하늘을 날아다녔다."

"오오오오!"

위드의 망토 뒤에서 〈빛의 날개〉가 확장되어 활짝 펼쳐졌다.

영롱하며, 찬연한 광채! 단지 거짓말을 위해 동원되는, 생명까지 부여한 달빛 대작 조각품!

주인을 절대적으로 신뢰하는 정령들을 보며 위드의 가슴이 들끓었다.

"내 얼굴은 세상에서 가장 잘생겼다. 나보다 잘생긴 인간은 이 세상에 없을걸! 내가 미소 짓는 얼굴을 보면 그 어떤 여자라고 해도 넘어오지 않고는 못 배긴다."

흙꾼이의 표정이 떫은 감을 씹은 것처럼 변했다.

"그건 좀……."

위드는 반사적으로 화돌이를 보았다. 화돌이는 괜히 멀쩡한 풀뿌리를 말려 죽이고 있었다.

"오냐오냐 들어 주었더니 진짜 한도 끝도 없네."

"그러게. 우리가 이런 꼴까지 당하면서 꼭 몸을 가져야 했던 거야?"

"그냥 정령 상태로만 존재하는 것도 나쁘지는 않았던 것 같은데……."

화돌이들이 작게 소곤거리고 있었다.

위드가 크게 헛기침을 했다.

"크허허험! 안타까운 일이군. 어렵게 만든 정령들이 이 세상에 만족하지 못하다니! 조각 파괴술로 그냥 다 부숴 버리고 없던 일로 할까?"

목숨의 위협을 느낀 흙꾼이와 화돌이 들이 두 팔을 번쩍 들었다.

"위드 님 만세!"

"주인님이여, 영원하라!"

기쁨의 시간도 잠시, 두 팔을 든 상태로 흙꾼이와 화돌이 들의 몸이 흐릿해지더니 사라져 갔다. 위드가 가진 마나가 모두 소진되어서 더 이상 몸을 구성하지 못하고 역소환되는 것이다.

"언제든 불러 주십시오, 주인님!"

"좀 더 세상을 경험하고 싶습니다."

"저를 잊지 말아 주세요."

흙꾼이들과 화돌이들이 사라지면서 외치는 소리가 아련하게 남았다.

모든 흙꾼이와 화돌이가 역소환되고 난 후, 위드는 잠시 명상을 하며 마나를 보충했다.

정령 창조 조각술.

조각술의 비기를 스스로 찾아서 습득하기 위해 노력했던 일들이 주마등처럼 스쳐 지나갔다.

조각을 하며 저주까지 받았던 지난 세월들!

마나가 가득 차자 위드는 다시 자리에서 일어났다.

"흙꾼이 소환. 화돌이 소환!"

땅과 불이 일어나며, 다시금 소환된 흙꾼이와 화돌이!

위드가 두 팔을 번쩍 들었다.

"위드 만세!"

"만세!"

철저한 세뇌 작업이 하루 종일 진행되었다.

존경심을 품지 않고는 못 배겨 나갈 치밀한 세뇌 작업!

"내가 누구냐!"

"절대 불멸하며, 하찮은 우리를 불쌍하게 여기어 육체를 만들어 주신 창조자입니다."

"나의 말은?"

"이 땅에서 소멸되더라도 지켜야 할 절대적인 명령입니다."

"하찮은 이 몸뚱어리가 창조주의 명령을 수행하다 소멸되는 것은 더없는 영광일 것입니다."

그다음 날, 흙꾼이들이 야심차게 동원된 장소는 위드의 소유인 루비 광산이었다.

"조심해서 캐내라. 조그만 흠집이라도 생겨선 안 돼!"

정령술사들은 정령들을 친구처럼 대하며, 존중해 준다. 귀엽고 깜찍한 정령들과 친하게 지내면서 베르사 대륙을 모험한다.

하지만 위드에게는 해당되지 않는 일.

위드의 정령들은 일용직 노동자처럼 루비를 캐내는 일에 부려지고 있었다.

어두운 게이머들의 대화

 이현은 다크 게이머 연합 길드의 채팅 방에 접속했다. 정보 공개와 질문란의 답변, 아이템 판매 등으로 등급이 올라서 채팅에 참여할 수 있었다.

 보통 채팅이라면 시간을 때우는 용도로 하는 경우가 많지만, 다크 게이머들끼리는 다르다. 활동하는 왕국, 직업, 의뢰 등의 분류를 통해 실시간으로 필요한 정보들을 교류했다.

 게시판을 통해 등급만 허용된다면 누구든 볼 수 있는 이야기가 아니라, 소수의 다크 게이머들끼리만 채팅을 통해 대화를 나누는 것이다. 채팅을 통해 들은 이야기의 비밀을 엄수해 주는 것은 기본이었다.

> 후니: 어서 오세요, 현 님.
> 현: 또 뵙네요.
> 후니: 네. 반갑습니다.
> 사악마인: 처음 뵙겠습니다, 현 님.

채팅 방에는 7명 정도의 유저들이 있었다.

잠수를 타고 있는 듯한 유저들을 빼면, 실제로는 후니와 사악마인 정도만 채팅에 참여했다.

> 후니: 현 님은 밤늦게, 그것도 잠깐씩만 접속하시던데, 요즘엔 무슨 일을 하고 계세요?
> 현: 그냥… 직업 스킬들을 익히고 있습니다.
> 후니: 직업 스킬이라. 아주 중요한 거죠. 보통 채팅 방에 접속해 놓으시고 말씀이 없던데, 아이템 시세 등을 확인하시죠?
> 현: 예.
> 사악마인: 저도 자주 그러는 편인데요.
> 후니: 아마도 다크 게이머들은 다들 그러겠죠. 우리만큼 바쁜 직업도 없으니까요.

다크 게이머로서 매일의 아이템 시세, 의뢰, 사냥터를 확인하는 건 굉장히 중요한 일이다. 돈을 벌기 위해서는 노력뿐만 아니라, 정보 그 자체가 중요했으니까.

남들보다 앞서 나가야만 하는 다크 게이머들은 모험도 순수하게 즐길 수만은 없었다.

> 후니: 저는 다크 게이머 경력 7년 차입니다. 두 분은 몇 년이나 되셨어요?
> 사악마인: 전 햇수로 3년째입니다. 실제 기간으로는 2년 정도 됩니다.
> 후니: 제가 선배가 되는 셈이군요. 별 의미는 없지만. 2년이라면 〈로열 로드〉부터 다크 게이머로 활동을 하셨나 봐요?
> 사악마인: 맞습니다. 〈로열 로드〉가 막 오픈했을 때부터 시작했습니다. 남들보다 좀 빨리 성장한 덕분에, 초창기부터 돈을 모을 수 있었습니다.
> 후니: 부럽군요. 현 님은요?
> 현: 다크 게이머의 길로 본격적으로 뛰어든 것은 1년 정도 되었습니다.
> 후니: 굉장하군요!

사악마인: 정말이에요? 이 등급의 채팅 방에 오실 정도라면 보통 레벨은 아닐 텐데……. 레벨만이 아니라 공개하는 정보의 질이나 답변의 수준도 중요하게 보거든요.

후니: 1년이라니 진짜 놀랍습니다. 비결을 말씀해 주실 수 있을까요?

현: 그냥 열심히 했습니다. 다크 게이머로서 돈을 번 것은 그보다 훨씬 전부터이고, 미리 준비도 했고요.

사악마인: 역시 그러셨군요. 〈로열 로드〉를 제대로 하기 위해서는, 그냥은 어렵죠.

소룡이: 안녕하세요. 제가 잠수를 타고 있던 사이 재밌는 대화를 나누고 계셨군요. 저는 다크 게이머 6년 차입니다.

잠수했던 유저들이 깨어나면서 채팅 방이 잠시 소란스러워졌다. 인사를 나누고, 이야기들을 나누느라 글들이 빨리 올라갔다. 그래 봐야 10분도 지나지 않아서 다시 잠잠해졌지만.

다시 필요한 정보를 찾거나 휴식을 취하기 위해 컴퓨터를 켜 놓고 나간 것이다.

이현도 잠깐 다른 정보들을 보다가 채팅 방으로 돌아오니, 후니와 사악마인만 대화를 나누고 있었다.

후니: 현 님, 자리에 계시나요?

현: 예.

후니: 제가 퀘스트를 수행 중인데, 두 분께 상의하고 싶은 것이 있습니다.

사악마인: 어떤 퀘스트인데요?

후니: 먼저, 퀘스트의 상세한 내용은 말씀드리지 못하는 것을 이해해 주세요.

사악마인: 당연한 거죠.

현: 이해합니다.

후니: 이해해 주시니 감사합니다. 사실은 제가 조금 특수한 퀘스트를 수행하고 있어서요.

사악마인: 위험한 퀘스트인가요?

후니: 그런 편이라고 할 수 있습니다. 난이도가 높기도 하지만… 퀘스트의
　　　진행 도중에 되살아나지 못하게 되었습니다.

사악마인: 되살아나지 못한다는 말씀은 이해가 안 가는데요. 무슨 뜻이죠?

현: 〈로열 로드〉에서 캐릭터가 완전히 사망했다는 말씀이신가요?

후니: 예, 맞습니다.

　캐릭터의 완전한 죽음.

　금단의 마법을 익히거나, 혹은 어떤 사건을 위해 영혼을 바
쳤을 때에 이루어지는 일.

　다크 게이머라면 이런 의뢰는 받아들이지 않는 게 정석이다.
풀기 힘든 저주는 시간이 지나면 어떻게든 해결할 수 있지만,
캐릭터가 사라지면 완전히 처음부터 시작해야 하기 때문이다.

　이현이 초창기에 달빛 조각사로 전직을 하고 나서 불만이 상
당했지만 전직이나 다시 키우는 것을 포기했던 이유도, 그만큼
어렵기 때문이었다.

현: 어쩌다 그런 의뢰를 하게 되셨습니까?

후니: 제가 운영하는 길드가 있었습니다. 그 길드 차원에서 하던 퀘스트였거
　　　든요.

사악마인: 길드를 운영한다면 상당히 뛰어난 캐릭터일 텐데 아깝군요.

후니: 예. 지금은 조금 후회스럽기도 합니다. 친구들과 동료들 때문에 너무
　　　무리한 일을 시작한 것이 아닌지……. 하지만 그 의뢰를 통해서 얻을
　　　수 있을 보상이 상당하기도 합니다.

사악마인: 다크 게이머로서, 처음부터 다시 시작할 수 있을 정도로요?

후니: 의뢰의 진행도를 봐야겠지만, 지금으로써는 충분히 도전해 볼 가치가
　　　있다고 생각합니다. 퀘스트를 성공하지 못하더라도 나름 큰 보상을 기
　　　대할 수 있기 때문에 시작했으니까요.

행간에서, 후니라는 다크 게이머가 자신의 상황에 대해 억지로 긍정적인 시각을 가지려고 노력하는 것이 느껴졌다.

다크 게이머에게 캐릭터의 상실이란, 실직과도 같은 일!

고용 보험이나 실직 연금 등도 기대할 수 없는 신세임을 감안한다면 불안할 수밖에 없다.

이현도 만약 위드라는 캐릭터가 영구 삭제될지도 모른다면 그 불안감은 이루 말할 수도 없으리라.

'본전도 못 뽑았는데!'

노가다를 한 것이 아까워서라도 그런 의뢰는 받아들이지 못할 것 같았다.

무엇보다도 극심한 불안감에 시달릴 수밖에 없다. 할머니의 병원비나 생활비 등은 실시간으로 다가오는 위협이었으니.

여웃돈을 다소 모아 놓았다고는 하나, 그럼에도 안심이 되지 않는 게 다크 게이머들 대부분의 신세였다.

사냥을 하다가 죽으면 레벨과 스킬 숙련도가 떨어지고, 그러한 일들이 반복되면 다크 게이머에게는 헤아리기 힘든 타격이 되었으므로.

이현은 키보드를 두들기던 손가락을 멈췄다.

짐작이었지만, 보통 그런 종류의 퀘스트라면, 퀘스트에 성공
했을 때 캐릭터가 삭제된다는 것은 말도 안 된다. 누구도 그런
퀘스트를 받으려고 하지 않을 것이기 때문이다.

하지만 후니라는 다크 게이머는 죽음까지도 고려하고 있는
모양이었다.

'정말 어려운 퀘스트를 받아들인 것 같군.'

성공하기가 낙타가 바늘구멍을 통과하는 것보다도 훨씬 어
려운 의뢰이리라 짐작되었다.

후니: 현 님은 제 동생벌이군요.
현: 예, 형님. 말씀 편하게 놓으세요.
후니: 그래도 될까? 그럼 사악마인 님의 나이는 어떻게 되십니까?
사악마인: 형님들! 제 나이는 열다섯 살입니다. 제가 막내니까 두 분 형님들
이 귀엽게 봐 주세요.
후니: ……..
현: ……..
후니: 마인아.
사악마인: 넵!
후니: 벌써 11시다. 일찍 자야지.
사악마인: 아! 시간이 벌써 이렇게 지났네요. 엄마 돌아올 시간인데……. 공
     부하는 척하다가 자야겠습니다. 안녕히 계세요.

사악마인 님이 퇴장하였습니다.

현: ……..
후니: ……..

이현의 학교생활도 바쁘게 돌아갔다. 시험은 대충 때운다고
쳐도, 과제가 계속 나왔다.

〈로열 로드〉에서의 모험 과제.

그것들을 위해 최상준과 박순조 등이 던전에 대한 정보들을
모으고, 준비를 착착 진행시키고 있다고 한다.

"형은 그냥 적당할 때 오셔서 조각품이나 보여 주시면 돼요."

최상준이 호기롭게 말했다.

어쨌든 과제는 팀을 이루어서 하는 것이었으니 이현도 동참
해야 되지만, 조각사에게 기대할 것은 그리 많지 않았다.

조각품을 보여 주고, 조원들이 감동하는 정도를 연출해 준다면 교수에게 점수를 따기에 적절하리라는 계산.

'조각사가 포함된 조에서 어려운 던전을 탐험한다면 대성공이라고 볼 수 있지.'

최상준은 던전 탐험을, 자신을 돋보이게 만드는 장으로 만들 작정이었다. 흑사자 길드의 고위 서열에 있는 친형에게 아이템도 빌리고, 레벨도 몰아주기로 올리고 있었다.

그에게 신경이 쓰이는 존재는 도둑으로 고레벨인 박순조!

'던전에서 도둑이 할 일은 생각보다 많지 않아. 나를 도와줄 도둑이 1명쯤 포함된 것도 나쁘지 않지. 그래, 반가운 일이야.'

도둑이 할 수 있는 일이라고 해 봐야 함정 해체나 문 열기 정도이리라 여겼다.

던전 탐험을 위한 점심시간의 회의도 이현을 빼고 진행했다.

민소라가 학교 식당의 샌드위치를 먹으며 말했다.

"근데 우리, 나머지 조원 2명은 누구로 할 거야? 축제가 다가와서 들떠 있고 정신없는데, 미리 정하고 준비해야 되잖아."

그녀가 포함된 C조의 현 인원은 5명! 2명이 더 필요하다.

최상준도 은근히 새로운 조원에 관심을 쏟고 있었다.

그가 최대한 돋보이려면, 너무 뛰어난 조원은 안 된다. 하지만 현실적으로 어느 정도 필요한 조원을 데려오고 싶었다.

'성직자나 샤먼이 있으면 좋을 텐데……. 아직 조가 정해지지 않은 사람이 누가 있더라? 다른 조에서 빼 와야 되나?'

최상준이 여러모로 머리를 굴리고 있을 때였다. MT에서 같은 조였던 주은희와 홍선예가 그들이 있는 곳으로 다가왔다.

"저기, 우리도 조를 안 정했는데, 같이하면 안 될까?"

최상준이 반색을 하고 물었다.

"직업과 레벨이 어떻게 돼?"

"원소술사. 레벨 266. 현재 위치는 데일 왕국이야."

"난 레인저, 레벨 285. 위치는 네칸 성. 은희랑 같이 사냥하고 있어."

마법사 계열의 원소술사와 레인저는 최상준이 원하는 성직자나 샤먼과는 거리가 한참이나 멀었다.

"우리와 같이하자!"

그럼에도 최상준은 얼굴에서 미소를 지우지 않았다.

여자라면 언제든 환영이었다. 특히 주은희와 홍선예는 예쁜 얼굴과 몸매로 과 내에 눈독을 들이는 남자들이 많았다.

'은희는 정말 너무 예뻐.'

최상준의 이상형이 은희였으니 거부할 까닭이 없는 것이다.

주은희가 보조개가 파일 정도로 활짝 웃었다.

"정말? 고마워, 상준아."

"으응."

이유정이 한심하다는 듯이 최상준을 보다가 얘기했다.

"우리도 지금 데일 왕국인데. 네칸 성이면 하루 거리밖에 안 되겠네."

"유정이 넌 레벨이 얼마인데?"

"검사 237. 여기 소라는 인챈터로, 144야."

"그, 그랬어?"

주은희와 홍선예는 당황한 기색이 역력했다.

검사는 레벨이 너무 낮고, 인챈터는 던전 탐험에 쓸모가 많지 않은 직업이었으니까.

그녀들이 꺼림칙해하는 기색을 느낀 민소라가 물었다.

"정말 우리와 같은 조를 해도 괜찮겠어?"

"응. 뭐, 괜찮을 거야. 근데 있잖아……."

홍선예가 살짝 얼굴을 붉히며 물었다.

"이현 오빠는 왜 없어? 이현 오빠도 너희 조 아니야?"

"오빠는 회의에 참석 안 해."

"응? 왜?"

"바쁘다고 해서. 그리고 조각사라서 탐험에는 필요 없거든."

"……."

"너희, 우리랑 같은 조 하기로 한 거 맞지?"

"마, 맞아."

어쩌다 보니 거절하지 못하고 합류하게 되었다. 하지만 서로의 직업과 레벨을 알게 된 이후로 다들 느끼고 있었다.

'최악이구나…….'

'내가 이런 조에 끼다니…….'

'망쳤다.'

'나중에 재수강해야지.'

이현은 점심시간마다 도시락을 먹으러 잔디 광장으로 갔다.

'오늘도 있구나.'

빨간색의 여자 도시락.

열흘쯤 전부터 그가 식사를 하는 장소에 도시락이 놓여 있었다. 당연히 이현은 그 도시락에 손을 대지 않았다. 남의 도시락이니까, 주인이 찾아올지도 모르니까.

하지만 다음 날에도 도시락이 같은 자리에 놓여 있었다. 이번에는 흰 손수건에 싸인 노란색의 도시락으로, 쪽지까지 남겨져 있었다.

먹어 주세요.

굉장히 세련되고 예쁜 필체.

이현은 도시락을 보며 중얼거렸다.

"누군지 몰라도 부럽다."

연애의 꽃이라고 할 수 있는 도시락!

"자고로 어떤 선물이든 먹을 것만큼 좋은 게 없지. 저런 여자친구를 둔 남자는 얼마나 좋을까. 밥값도 공짜로 굳고."

이현은 쓸쓸하게 웃으며 자신이 싸 온 도시락을 먹었다. 당연히 누군가 다른 남자가 와서 그 도시락을 먹을 것이라고 생각하면서.

단 한 번도 연애를 해 본 적이 없는 그였기에 자신에게 온 도시락이라고는 생각할 수가 없었던 것이다.

하지만 그다음 날······.

이현, 이 도시락을 먹어 주세요.

쪽지에는 좀 더 길고 자세한 문장이 그림처럼 아름답게 쓰여 있었다. 긴장해서인지 꾹꾹 눌러쓴 글씨였는데, 이현은 이를 의식하지도 못했다.

"내 도시락이었어?"

넙죽 도시락을 열어 보았다.

도시락 안에 가득 들어 있는 것은 김밥!

"하필 김밥이라니."

이현은 푸념을 했다.

학교에 올 때마다 매번 그가 싸 오는 음식이 김밥 아니던가. 편의와 시간 절약을 위해 김밥을 싸 오지만, 뭔가 다른 음식을 먹어 보고 싶은 마음이 없는 건 아니었다.

"김밥도 뭐, 맛만 있으면 되지."

이현은 김밥을 1개 먹어 보았다.

입안에서 이루어지는 감동적인 맛의 조화.

이루 형용할 수 없는 맛!

단무지, 게맛살, 시금치로만 맛을 내는 그의 김밥과는 재료부터가 차원이 달랐다.

김밥의 옆구리에 살짝 비치는 것은 철갑상어의 알에, 바닷가재의 오동통한 다리 살!

요리에 해박한 이현이지만 이런 재료는 본 적도 없었다.

"동태알이 신선하군. 그리고 도대체 어디 게맛살인데 이렇게 맛이 좋은 거야?"

최고의 럭셔리 김밥!

이현은 맛있게 김밥을 먹고 나서, 빈 도시락에다 쪽지를 남졌다.

다음에 또…….

약간의 기대감을 품고 남겨 둔 쪽지였다.
그다음 날 잔디 광장으로 가니, 또다시 도시락이 있었다.

맛있게 드셔 주셔서 고맙습니다.
오늘도 드셔 주세요.

이현은 도시락 뚜껑을 열었다.
이번에도 모양은 김밥이었지만, 상어 지느러미에 장어, 연어
가 속 재료였다. 후식으로 신선한 과일 샐러드까지 준비되어
있었다.
"맛있다."
그날부터 이현은 도시락 없이 학교에 다녔다. 도시락을 싸
오지 않더라도, 음식이 늘 그를 기다리고 있었기 때문이다.

서윤은 이현이 도시락을 먹는 것을 멀리서 지켜보았다.
그가 기뻐하면서 김밥을 먹을 때마다, 먹지 않아도 배가 부
르는 기분이었다.
'친구…….'

세상에 단 하나밖에 없는 소중한 존재.

서윤은 그가 먹어 주는 것만으로도 고마웠다.

부족한 요리 실력 탓에, 처음 시도에는 김밥의 옆구리가 터져서 재료들이 다 튀어나왔다. 김밥을 맛있게 싸기 위해 특급 호텔 주방장들에게 배운 솜씨였다.

서윤은 이현이 맛있게 먹는 것을 보며 얼굴을 붉혔다. 부끄러움을 타고 있는 여신의 모습이었다.

위드는 소모된 예술 스탯을 보충하기 위해 쿠르소에서 노가다를 개시했다.

'예술 스탯을 가장 빨리 올릴 수 있는 방법은 세공품이다.'

조각품은 성공만 하면 다량의 예술 스탯을 얻을 수 있다. 정석이라고 할 수 있는 방법이지만, 그 성공 확률이 만만치 않다.

위드의 상상력과 표현할 수 있는 기술에 한계가 있었기에, 매번 조각품을 성공시키기도 어려운 일.

그에 비하면 보석 세공품들은 예술 스탯을 1이나 2씩 올리는 노가다를 하기에 좋았다. 10개를 해야 하나가 오르는 비효율적인 일이지만, 위드의 적성에는 딱 맞았다.

"노가다는 거짓말을 안 하는 법이야. 노가다만큼 고마운 것이 없지."

덤으로 켄델레브의 〈어린아이들을 위한 물놀이〉의 동영상이 〈로열 로드〉의 게시판을 통해 공개되었다. 드워프 유저들이 경쟁적으로 빠르게 동영상을 올린 것이다.

쿠르소는 그간 드워프들 사이에서도 모르는 사람이 적지 않을 정도로 비밀스럽게 존재해 왔다. 하지만 물놀이를 즐기는 드워프들의 영상 공개로 인하여 그 비밀의 베일이 벗겨졌다.

사람들의 관심사가 되면서, 쿠르소에 들어가는 방법도 적나라하게 공개되고 말았다.

"여기야!"

"와! 드워프 왕국이다."

인간과 엘프 들도 더 많이 찾아오고, 쿠르소의 유저 숫자가 5배가 넘게 증가했다.

새로 들어오는 드워프들이 가지고 있는 조각품!

지상에서 이래저래 의뢰 등을 통해 획득했던 조각품들이 위드의 손에 전해졌다.

"아트핸드 님, 조각품을 감정해 주신다고 들었어요."

"으흠. 아무 물건이나 해 주지는 않는데……. 특별히 시간이 남는 편이니 감정을 해 주지."

"고맙습니다!"

최고의 장인들이 모인 쿠르소에서도 가장 뛰어난 조각사 드워프 아트핸드.

샤스펜 동굴의 전투, 데스핸드와의 승부!

쿠르소에서 벌어졌던 조각술 퀘스트들이 선술집에서 떠드는 드워프 전사, 워리어 들의 수다를 통해 전설이 되어 신입들에게까지 전해졌다. 아트핸드의 행세를 하고 있는 위드에게 조각품들이 모이는 것이다.

"감정."

작품을 감상하여 예술 스탯이 1 올랐습니다.

감정을 통해서 획득하는 예술 스탯! 그림이나 명검, 전설적인 방어구 들에서도 예술 스탯을 조금씩 얻을 수 있었다.

'예술 스탯은 다른 스탯과는 조금 다른 것 같군.'

조각품을 만들거나 스킬을 사용하면 예술 스탯이 소모된다. 하지만 다시 올릴 때에는 복원력이 있어서 좀 더 쉽게 오르는 느낌이었다.

조각품의 감정으로도 여간해서는 예술 스탯을 획득하기 어렵지만, 정령 창조 조각술을 쓴 이후로는 스탯이 2배쯤 잘 올랐다. 좋은 원단을 구해 재봉을 해도 예술 스탯이 오르고, 대장장이로 무언가를 만들어도 예술 스탯이 생겼다.

'그렇다고 해도 자주 쓸 수 있는 방법은 아니지만.'

복원력은 말 그대로 회복이 빠르다는 것뿐! 예술 스탯을 소모해 버리기만 한다면, 더 높은 수준에 다다를 수 없다.

위드는 예술 스탯을 보충하기 위해서 쿠르소에 남아 드워프들을 정말 많이 만났다.

"아트핸드, 맥주 한잔하겠나? 내가 사지."

"혹시 가입하신 길드가 있으세요?"

조각사를 영입하기 위하여 접근하는 길드들.

위드는 매번 거부했다.

하루는 그 광경을 지켜보던 헤르만이 은근한 어조로 말했다.

"길드에 가입하는 것도 좋을 것이네. 생산직들은, 아! 자네는 생산직은 아니로군. 아무튼 우리처럼 장인의 직업을 가진 이들은, 길드를 끼고 있는 것이 편해."

"저도 알고는 있습니다."

"그럼 길드에 가입하지 않는 특별한 이유라도 있는 건가?"

다크 게이머라는 사실이 못내 걸렸다. 〈마법의 대륙〉을 할 때에도 혼자서만 활동을 했으니 길드의 울타리 안에 들어간다는 게 부담스럽기도 했다.

헤르만이 눈을 끔뻑이며 웃었다.

"말하기 힘든 사정이라도 있는 모양이군. 하지만 길드라고 해서 모두에게 자신의 이야기를 솔직하게 밝혀야만 하는 건 아니라네."

"……."

"알리고 싶지 않은 것은 말하지 않아도 되고, 편한 대로 활동하면 되지. 길드가 마음에 들지 않는다면, 탈퇴해 버리면 되지 않겠는가?"

"그야 그렇지만……."

"내 나이쯤 되면 젊어서 많은 일을 해 보지 못한 게 가장 아쉬워. 후회도 저질러 보고 나서 할 수 있는 게 아니겠나? 너무 걱정만 하고 사는 것도 젊은이에게 바람직한 자세는 아니야."

위드는 결정했다.

'활동하기 편한 길드가 있다면 가입을 해 보는 것도 나쁘지는 않겠군.'

여러모로 외톨이가 될지도 모르지만, 길드라는 것 자체를 배척할 필요는 없겠다 싶었다.

그의 사형들인 검치 들도 길드를 만들어서 활동하고 있지 않던가. 로자임 왕국에서 길드를 만든 이후로는 거의 유명무실해져서 본인들조차 잊고 있는 모양이지만.

'굳이 사형들의 길드에 가입할 필요는 없겠지.'

검치를 비롯한 사형들과는 가깝게 지내고, 또 매일 얼굴을 보는 사이였다. 친구 등록도 되어 있어서 자주 이야기를 나누니, 검치 들의 길드에 가입하는 것은 의미가 없다.

위드가 흔들리는 기색을 눈치챈 것인지, 헤르만이 넌지시 운을 뗐다.

"혹시 황야의여행자라는 길드를 들어 보았는가?"

"들어 보지 못했습니다."

"내가 활동하고 있는 길드네. 말없이 사냥만 하는 이들도 많고, 모험만 하는 이들도 많고……. 제멋대로인 인간들이 모여서 만든 길드지."

"인원은 얼마나 되지요?"

"대략 스물다섯쯤? 접속률은 상당히 높은 편이야. 연령층은 나처럼 늙은이도 있고, 20대나 30대, 40대가 많지. 따로 소속된 왕국도 없고, 입단식이나 번거롭게 하는 일들이 없어서 편할 게야. 우리 길드에 가입하지 않겠나?"

"만약 불편해지면요?"

"그때는 탈퇴하면 되지."

위드에게도 헤르만의 제안은 괜찮게 느껴졌다.

'조각사라고 이것저것 요구하지 않겠군.'

위드를 영입하려는 대부분의 길드는, 그가 조각사라는 사실을 알고 접근한다.

길드를 위한 조각품. 목적을 가지고 길드에 초대를 한다.

헤르만의 길드는 그럴 일은 없을 것 같았다.

"좋습니다. 가입하려면 어떻게 해야 되죠?"

"내가 초대하면 되네. 길드에서 1년 이상 활동한 회원에게는 추천권이 있지."

띠링!

> 헤르만 님이 황야의여행자 길드에 초대하였습니다.

> **황야의여행자 길드**
> 소속 인원: 25   길드장: 공석   성향: 선
> 적대 길드: 없음   적대 왕국: 없음
> 세부적인 길드 정보는 가입한 후, 일정한 시간이 지나야만 볼 수 있습니다.
> 초대를 수락하겠습니까?

전쟁 중이거나 적대하는 곳이 있다면 가입하기 꺼려지지만, 무난한 길드라면 손해 볼 것이 없다.

"가입하겠습니다."

띠링!

황야의여행자 길드에 가입하였습니다.

그러자 위드의 메시지 창에 새로운 글들이 떴다.

사비나: 신입 회원이네. 가입하신 거 환영해요!
핀: 어서 오세요.
에드윈: 반갑습니다.

신입 회원에 대한 환영의 인사들!

접속해 있는 길드원 목록을 보니, 위드를 포함한 26명 중 24명이나 접속해 있었다. 접속률은 정말 엄청나다고 할 수 있을 정도였으나, 그럼에도 인사를 하는 사람은 3명뿐.

위드: 안녕하세요. 위드입니다. 길드 회원분들, 반갑습니다.
헤르만: 다른 사람들은 사냥이나 의뢰로 바쁜 모양이구만. 우리 길드는 길드 메시지 창을 아예 꺼 놓고 활동하는 사람도 많다네. 그래서 필요한 게 있다면 직접 친구 등록을 해서 말을 걸어야 될 거야.
위드: 참고하겠습니다.
핀: 그런데 헤르만 할아버지, 아트핸드 님도 가입한다고 하지 않으셨어요?
헤르만: 무슨 소릴 하는 거지? 지금 가입한 사람이 아트핸드인데.
핀: 그럴 리가요. 지금 가입하신 분은 위드 님인데요. 확인해 보세요, 할아버지.
헤르만: 내가 틀렸을 리가 없다. 아트핸드에게 직접 손을 올리고 길드에 초대를 한 것인데……. 허어, 이게 어찌 된 일이지? 정말 핀 네 말대로, 가입한 사람이 위드로구나.

위드는 가입을 하자마자, 레벨과 직업 등을 비공개로 설정해 두었다. 아직은 친하지 않은 길드. 어떤 사람들이 있는지도 모르는 길드에 함부로 공개하기가 꺼려졌던 탓이다.

하지만 이름은 그대로 보였다.

위드: 제가 그 아트핸드입니다.
헤르만: 정말 드워프 조각사 아트핸드가 맞는가?
위드: 예. 하지만 드워프는 아닙니다.
헤르만: 드워프가 아니야?
위드: 사정이 있어서, 지금은 드워프 행세를 하고 있습니다.
핀: 아트핸드 님, 반가워요. 그런데 드워프가 아니라니요? 완벽하게 키 작은
  드워프… 앗! 드워프에게 키 작다는 말은 실례죠. 죄송해요. 아무튼 헤르
  만 할아버지와 같은 종족 아니에요?
위드: 아닙니다.
핀: 그럼 원래의 종족은 뭔데요?
위드: 인간입니다.

위드의 옆에 멍하니 서 있던 헤르만의 얼굴이, 무언가를 깨
달은 듯이 굳어졌다.

위드가 만들고 있는 정밀한 세공품 그리고 조각술 퀘스트를
하던 모습, 〈빛의 날개〉를 만들었던 놀라운 사건들…….

헤르만의 뇌리에 스치는 생각이 있었다.

헤르만: 인간 그리고 조각사 위드라면 설마… 모라타의 영주?
위드: 바로 저입니다.

황야의여행자

위드가 모라타의 영주라는 사실이 알려지고 나서 길드의 채팅 창이 잠깐 소란스러워졌다.

잠수하고 있던 사람들이 2~3명 일어나서 인사하기도 하고, 핀과 헤르만은 감쪽같이 몰랐다면서 놀라워했다.

"하기야. 자네처럼 조각술의 경지가 높은 사람이 많지는 않겠지."

헤르만이 웃으며 말했다.

돌이켜 본다면 갑자기 뛰어난 조각사 드워프가 등장한 자체가 이상한 일이었다. 드워프 장인들의 세계는 협소한 편이라서, 이런 정도의 실력자라면 금세 알려졌을 것이기 때문이다.

그런 면에서 본다면 헤르만도 굉장한 유명 인사였다.

쿠르소뿐만 아니라 베르사 대륙 전체를 뒤져도 열 손가락 안에 꼽히는 대장장이!

정성을 다한 검만을 내놓기에 제작한 물건이 많지는 않아도,

이름은 널리 퍼져 있다.

위드에 비해 조금도 뒤지지 않을 정도였다.

"얼굴이나 외모는 드워프의 신전에서 바꾼 건가?"

"결과적으로는 대충 비슷합니다."

신전에서는 일시적으로 그 종족의 모습을 하는 축복을 받을 수 있다.

하지만 그러려면 돈이 굉장히 많이 들고, 사제들을 위해 특별한 선물을 해 주어야 한다. 게다가 결정적으로 신전에 대한 공헌도가 낮다면 받을 수 없는 특수한 종류의 축복이었다.

"아무튼 재미있는 일이군."

헤르만은 웃으면서 넘겨 주었다.

황야의여행자 길드의 사람들도 세세하게 묻지는 않았다. 호기심을 충족시키기 위한 질문을 던지기보다는, 그냥 비밀을 덮어 주기로 한 것이다.

길드에서는 사적인 잡담들이 주로 오갔지만, 이번에는 위드가 놀랄 차례였다.

> 사비나: 에드윈.
> 에드윈: 네, 누님.
> 사비나: 혼자 크롤드 잡아 본 적 있어?
> 에드윈: 몇 번 있어요. 그놈들의 수액이 상처 치유제를 만드는 데 들어가거든요.

크롤드는 레벨 380대의 몬스터.

상처 치유제는 심각한 부상을 당했을 때에 바르고 쉬면 회복에 도움을 주는 약이다. 성직자의 치료 마법에 비할 바는 아니지만 매우 비싼 가격에 소량만 거래되었다.

성직자가 전투 중에 사망을 하거나 정말 큰 부상을 당할 경우를 대비해 상비약으로 하나씩 챙겨 두면 나쁘지 않다.

> 사비나: 내가 잡을 수 있을까?
> 에드윈: 쉽죠. 생명력이 약하거든요. 지금 사냥하시는 곳이 어딘데요?
> 사비나: 메아리의 동굴.
> 에드윈: 크롤드까지 가는 길이 번거로울 뿐, 사냥하기는 어렵지 않을 거예요. 안으로 쭉 들어가면 되겠네요.
> 사비나: 고마워.

헤르만의 수준을 보고 짐작할 수 있는 일이었지만, 길드원들의 레벨이 보통이 아니었다. 초보자들이나 하는 자잘한 질문도 없었다.

위드가 모라타의 영주라는 사실이 알려지고 나서도 놀라움에 잠시 화제가 되었을 뿐, 금방 묻혔다.

'여기도 보통 길드는 아닌 것 같군.'

⁂

이현은 다크 게이머 연합의 홈페이지에 접속한 후, 정보 자료실로 들어갔다. 그리고 잠시 망설이다가 황야의여행자를 입력했다.

"뭐든 확실한 게 좋으니까. 기왕이면 제대로 알고 있어야지."

그는 다크 게이머였고, 긴장의 끈을 놓고 즐길 수만은 없었다. 그래서 황야의여행자 길드에 대한 정보를 찾아보기로 한 것이다.

다크 게이머 연합에도 상세한 정보가 등록되어 있지 않은 것
을 보면, 활동이 많은 길드는 아니었다.

"그래도 나쁜 이야기는 없으니 다행이군."

이현은 다크 게이머의 의뢰 게시판에도 접속했다.

호송 의뢰, 사냥 의뢰, 적 길드와의 전투 의뢰 등으로 게시판
에 글이 넘쳐 났다.

다크 게이머를 용병으로 영입하는 비용은 매우 비쌈에도 불
구하고, 모집 종료가 상당수 떠 있었다.

보통 때 이현은 베르사 대륙의 정세 파악이나 의뢰에 대한
정보들을 습득하기 위해서 들어올 뿐이었지만, 오늘은 좀 특별
했다.

의뢰를 위한 접속!

'꼭 이렇게까지 해야 될까.'

이현은 잠시 갈등하다가 글을 쓰기 시작했다.

용병 등급 B 이상 그리고 은닉이 가능한 직업에 대한 공식 의뢰 비용은 5,000골드.

막판에 에누리를 부탁하는 것도 잊지 않았다.

"위험한 의뢰는 아니니 웬만하면 받아 줄 테지."

용병 등급을 올려놓았고, 해당 직업을 가진 다크 게이머가 아니라면 열람 불가.

최소 4,000골드의 지출이 발생하겠지만, 만돌과 그의 아내, 딸을 조각하는 일에 최선을 다해 주고 싶었다.

돈은 매우 중요하지만, 다시 모을 수도 있다.

그러나 스스로에게 떳떳하지 못하다면 그 어떤 일도 진심으로 해낼 수 없게 된다.

"무료 시식 코너에서 배를 채울지언정, 남의 식당에서 무전 취식은 하지 않는다."

사자는 아무리 배가 고파도 풀을 뜯지 않는 것과 같은 이현의 논리!

잇소르 왕국을 장악한 부활의 교단.

왕국에는 대규모 토목공사들이 벌어져서 부활의 신전 등을 건립하고 있었다.

신전들이 많아질수록 부활의 권능과, 데이몬드와 사제들이 가진 힘도 따라서 커진다. 마물들의 생명력도 왕성해지면서 부활의 군대의 힘도 더욱 커졌다.

그때를 기점으로 해서, 베르사 대륙의 각 교단에 신탁이 내려졌다.

이 땅의 북쪽에 세상을 피로 뒤덮을 존재들이 나타났다.

그들의 발걸음을 멈추어라.

일제히 내린 신탁으로 하여 성기사와 사제 들을 주축으로 잇소르 정벌군이 탄생!

"잇소르 왕국의 형제들을 구하기 위해 저희도 책무를 다하고 싶습니다."

"기사로서 명예로운 전투에 참여하고자 합니다."

각 성을 지배하고 있던 세력과 길드들이 시커먼 속셈을 가지고 여기에 동참했다. 부활의 교단이 사라지고 나면 무주공산이나 다를 바 없는 잇소르 왕국을 장악할 속셈으로 군대를 일으킨 것이다.

잇소르 1차 정벌군의 숫자는 무려 9만!

기세등등하게 잇소르 왕국을 향해 쳐들어갔지만, 예전에는 존재하지 않던 거대한 요새가 그들의 앞길을 막았다.

　데이몬드가 잇소르 왕국의 주민들을 강제로 징발해서 만든 석조 요새!

　높이가 30미터에 이르고, 궁수들이 성벽 위에 배치되어 있었다. 산악 지형을 중앙으로 관통하는 협곡을 틀어막는, 천혜의 요새였다.

　"요새를 우회하자."

　"아니야. 우회해서 돌아가면 시간이 너무 오래 걸려."

　"이렇게 많은 군대를 끌고 가는데 굳이 피할 이유가 없잖아."

　용병으로 참여한 유저들은 피해 가자는 쪽이었지만, 귀족이나 영주 들의 생각은 달랐다.

　'급조된 요새의 방어력이 높을 리가 없다.'

　'우리가 무서웠겠지. 그래서 수비를 위해 이렇게 큰 요새를 쌓았을 거야.'

　일반적으로 요새를 건축하기 위해서는 막대한 노동력과 돈이 필요하다. 공성전이 치열하게 벌어지는 요충지라고 하더라도, 성벽을 보수하거나 새로이 축성하기가 어려운 까닭이다.

　'이렇게 큰 요새를 쌓았다는 사실 자체가 우리를 두렵게 여기고 있다는 증거가 아닐까?'

　만일 데이몬드의 군대가 승리를 자신하고 있었다면, 요새를 만들 생각도 안 했을 것이다.

　상식적인 생각을 할 수밖에 없었다.

　"정면으로 가야 합니다."

"우리 의로운 정벌군의 행진이라면, 신께서도 축복을 해 주실 것입니다."

정벌군의 총회의장.

군대의 수장으로 참여한 유저들은, 각 교단의 대표와 사제들에게 분명한 의사를 밝혔다.

사실 그들의 뒤에도 정벌군들이 속속 조직되어 따르고 있다. 잇소르 왕국에서 멀리 떨어진 지역에서도 정벌군에 동참하기 위한 군대가 일어나는 중이었으니, 서두르려고 했다.

귀족들과 영주들의 뜻이 받아들여져서 요새에 대한 공성전이 결정되었다.

"발석기를 만들어라."

"화살을 충분히 비축하고, 사다리를 설치할 준비를 해. 땅굴은 어디까지 파고 있나?"

정벌군은 진지를 설치하고, 공성전에 대한 만반의 준비를 갖추었다.

승리를 의심하지는 않았지만, 잇소르 왕국을 장악한 부활의 군대에 대한 경계심까지 사라진 것은 아니었다.

그들이 이끌고 NPC 병사들도 소중한 전력이었다. 애지중지 훈련을 통해 성장시킨 병사들을 이곳에서 잃고 싶지 않았다. 높은 레벨을 가진 전사들도, 스스로를 지키기 위해 방심하지 않았다.

석조 요새는 매우 높고 두꺼워 보여서, 여간해서는 뚫기가 쉽지 않을 것 같았다.

마법사들을 보강하고, 전쟁에 대한 준비를 차곡차곡 갖추었다. 그렇게 시간이 흘러 밤이 되었다.

몬스터들의 힘이 가장 강화되는 그믐날의 새벽!

데이몬드가 이끄는 부활의 군대가 정벌군을 급습하였다.

요새의 성문이 부서지면서 대형 마물들이 튀어나왔다.

쿠우웅! 쿠우웅! 쿠우우우우웅!

마물들이 발걸음을 내디딜 때마다 심한 진동이 일어났다.

막사에서 휴식을 취하던 정벌군이 벌떡 일어났다.

"적이다!"

"놈들이 기습을 할 줄이야!"

많은 병사들을 이끌고 온 영주들의 얼굴에 곤혹스러운 기색이 흘렀다.

그들이 경험한 공성전은, 아침부터 시작해서 저녁에 끝나는 게 일반적이었다. 진짜 전쟁처럼 심야의 기습은 잘 이루어지지 않는다.

성내에서 지키고만 있으면 유리했으니, 무리할 까닭이 전혀 없다. 야습을 하려고 해도, 위험한 줄 알면서도 돌격대에 참여할 유저가 없는 탓도 크다.

본인이 죽을 가능성이 매우 높은 것을 알면서도 돌격대에 편성되고 싶어 하지 않는 것.

칼라모르 왕국과 하벤 왕국의 전쟁에서는 야습이나 보급대 습격도 빈번하게 이루어지고 있었지만, 다른 지역에서는 아직까지 진짜 전쟁을 경험한 이들이 적었다.

"모두 일어나서 막아라!"

"싸움이다! 싸울 준비를 갖춰라!"

막사들에서 유저들이 튀어나왔다.

휴식을 취하며 포커를 하거나 술을 마시면서 완전한 전투력을 갖추기는 힘든 상태.

앞으로 벌어질 전쟁에서는 술을 입에 대기 힘들 테니 마지막으로 무리를 한 것인데, 그 때문에 더 큰 피해를 입게 생겼다.

'이곳에 도착하기 전에 지나왔던 잇소르 왕국의 마을 창고에는 유독 술병들이 많이 보존되어 있었지. 다 이걸 노린 것이었던가?'

전략이라고 하기에는 너무 유치했다. 그럼에도 경계의 허점을 노리는 의외성을 갖고 있었기 때문에 먹혀들었다.

정벌군의 이동 중에 발견된 술들은 보급품으로 분류되었고, 그 술이 다 떨어지기 전에 서로 경쟁적으로 마셨다.

그 덕에 취하도록 마신 것이다.

"에잇, 잔꾀를 부리다니!"

유저들은 술에 취해서 비틀거리면서도 검을 뽑아 들었다.

어쨌든 정벌군의 절반 이상은 성기사와 사제다. 술을 마셨을 리는 만무할 테니, 그들에게 전투를 맡기고 숨어 있을 작정. 앞장서서 적들과 싸울 필요는 없다.

하지만 평소와 달리 검이 매우 무겁게 느껴졌다.

> 질병에 걸렸습니다.
> 체력과 마나가 감소합니다. 호흡이 어려워지고 기침이 발생합니다. 빨리 적절한 치료를 받지 않으면 병이 더욱 악화될 수 있습니다.

진영에 전염병이 퍼져 있었다.

막사들의 주변을 돌아다니는 쥐 떼가 옮겨 놓은 것.

"성직자, 사제님! 어디에 있습니까?"

"여기 질병을 치료해 주세요!"

유저들은 성직자와 사제 들부터 찾았다.

그러나 치료가 가능한 사제들이 있는 장소는 이미 공중에서 날아온 마물 부대의 공격을 받고 있었다.

이어진 부활의 군대의 진격.

야습이 아니라, 모든 마물들을 집결시켜서 벌이는 건곤일척의 공세.

쿠우우우웅!

"으아악!"

"적들과 싸워라. 다들 어디에 갔어!"

"도망쳐!"

"도망치지 말고 싸워라!"

그믐날의 습격은 정벌군을 거의 전멸로 몰아넣었다.

부활의 군대는 최소한의 피해로 살아 있는 목숨을 거둠으로써, 더 많은 마물들과 동료들을 얻었다.

성과 마을을 점령하고, 다른 교단의 신전을 파괴하며 싸워서 승리할 때마다 얻게 되는 힘과 권세!

잇소르 왕국을 수비하고도 남을 병력을 모은 데이몬드는 전격적으로 다시 남하를 결정했다. 과거에 대지의약탈자 길드가 다스리던 데카드 지역을 점령하기 위해서였다.

다시금 정벌군이 모집되고, 부활의 군대의 진격로에 있는 성주들은 자신의 영토에서 최대한의 병력을 모았다.

부활의 군대가 지나간 곳은 마물들의 천국이 되었다.

ᘐᘗᘐ

위드는 노가다 끝에 예술 스탯을 100까지 복구했다.

"소모된 예술 스탯을 올리는 일도 고역이로군."

과거의 시점까지는 빠르게 회복이 된다고 해도, 스탯을 올리는 게 쉬운 일은 아니었다.

덕분에 조각술 스킬 숙련도도 조금이나마 늘어서 7%가 되고, 손재주 스킬도 고급 6레벨이 되었다.

노가다의 증표라고도 할 수 있는 손재주 스킬!

위드는 정성껏 귀걸이를 세공했다.

예술 스탯이 1 올랐습니다.

조각술 스킬 숙련도가 미세하게 올랐습니다.

손재주 스킬 숙련도가 미세하게 올랐습니다.

액세서리 세공 스킬을 습득하였습니다.

액세서리 세공
반지나 목걸이, 귀걸이 등을 만드는 스킬. 스킬의 레벨이 높을수록 매력이 높고 아름다운 액세서리를 만들 수 있다.

이제 101!

위드의 볼이 푸들푸들 떨렸다.

세공사들의 전유물이던 액세서리 세공 스킬까지 습득한 것이다.

"노가다에는 불가능이 없구나."

이러다가 마법이나 주술까지 습득하는 게 아닐지 우려스러울 지경이었다.

"아무튼 마스터까지는 이제 얼마 남지 않았을 거야."

파티 채팅 창에는 길드원들이 재잘거리고 있었지만, 위드는 액세서리들을 만드는 데에 전념했다.

'만들어야 될 조각품이 정말 많군.'

머릿속에 떠오르는 조각품들은 예술 스탯을 다 복구한 이후로 아껴 두었다. 겨우 복구를 위해 조각품을 만들기는 아까웠으니까.

뼛속까지 노가다 근성으로 무장하지 않고서는 불가능한 돌아가기. 전기세가 아깝다고 25층 빌딩에 엘리베이터를 이용하지 않고 계단으로 벽돌을 나르던 현장 사무소장에게 배운 끈기였다.

그때 화령에게서 귓속말이 왔다.

— 위드 님, 뭘 하세요?
— 쿠르소에서 세공품을 만들고 있습니다.
— 세공품요?
— 네. 이제 액세서리를 만드는 스킬을 터득했거든요.

— 조각사도 세공이 가능한 건 알지만, 전문 스킬까지도 습득할 수 있는 거예요?
— 한 1,000개쯤 만드니까 되더군요. 원래 세공사나 조각사는 직업적으로 그리 크게 다르지 않은 부류니까요.
— 어쩜! 저를 위해서 그렇게까지 고생하고 계셨군요. 댄서에게 액세서리는 정말 생명과 같은 건데……. 너무 고마워요.

프레야 여신상 이후로 위드가 만드는 조각품에 대해 부쩍 관심이 깊어진 화령이었다.

말하는 모양을 보니 당연히 본인을 위해서 위드가 액세서리 세공 스킬을 익혔을 것이라고 착각하는 것 같다.

위드는 솔직하게 말했다.

— 화령 님을 위한 세공품도 만들고 있습니다.

당연히 성공적인 액세서리들은 화령을 위해 아껴 두었다. 돈 많은 그녀에게 팔아먹을 작정으로.

— 고마워요. 빨리 뵙고 싶네요.

그런 식으로 화령과 속닥이며 세공품을 만들고 있을 때였다.

쿠르소에 있는 대장장이들이 불안하게 쑥덕거리는 소리들이 들렸다.

"어제 데이몬드의 군대가 노프넴 평원까지 점령했다던데."

"베르사 대륙의 이십분의 일을 자신의 영토로 차지한 건가?"

"현재로써는 최고의 힘을 갖췄다고 해도 과언이 아니야. 잇소르 왕국 등에서 끊임없이 새로운 마물들이 탄생하고 있다니,

그의 군대가 갈수록 규모를 키워 나가고 있지 않은가."

"정말 두려운 일이로군."

위드는 액세서리를 만들며 그 이야기를 들었다.

그렇지 않아도 요 며칠 사이에 아이템 거래 가격이 폭등했다. 부활의 군대가 전면적으로 침공하면서, 베르사 대륙의 전사들이 스스로를 지키기 위해 돈을 아끼지 않은 것이다.

아이템 판매가 주 수익원인 다크 게이머들에게는 기쁜 소식이 아닐 수 없다.

하지만 연합 차원에서 크게 걱정하고 있기도 했다.

강성해지는 부활의 군대로 인하여 그들을 견제해야 한다는 논리가 점차 힘을 얻고 있다. 하지만 아직까지도 각 세력의 전쟁은 그치지 않았고, 높아진 물가를 바탕으로 다크 게이머들만 특수를 누리는 중이다.

'부활의 군대라. 쩝. 어떻게 해야 되나.'

위드는 방송을 통해서 부활의 군대를 보았다.

엄청나다고밖에는 표현이 안 될 마물들을 이끄는 군대!

한 왕국의 무력을 통째로 짓밟아 버릴 수 있을 정도로 성장한 악의 군대였다.

데이몬드는 반항하지 않는 일반 유저나 휴양을 즐기는 단순 여행객들의 안전을 보장해 주었다. 그 덕분에 부활의 군대가 점령한 지역에 대한 영상도 방송을 탈 수 있었다.

말의 형상을 하고 낫을 들고 있는 마물의 신전!

부활의 군대가 대대적으로 만드는 신전이다.

문제는 신전의 형태가 위드에게 매우 익숙하다는 점이었다.

'데스핸드가 남기고 간 조각품이 그랬는데……'

아무래도 연계 퀘스트일 거란 의심이 들었다.

데이몬드의 퀘스트에 필요한 아이템이거나, 아니면 반대로 그들을 막기 위한 퀘스트이거나. 어느 쪽이든 관련이 있을 수밖에 없으리라.

'문제는… 이 퀘스트를 받아야 되나, 말아야 되나?'

퀘스트를 받아들이면 또다시 엄청나게 힘겨운 싸움을 하게 될 수도 있다.

그래서 위드는 세공품을 만들면서도 갈등했다.

'이거 그냥 확 팔아먹어 버릴까.'

팔고 싶었다. 하지만 조각술 스킬이 높지 않다면, 적어도 고급이 아니라면 써먹지도 못할 물건일 테니 구매자를 찾을 수 없다는 점이 문제였다.

다인의 기다림

김한서 부장은 그의 스승이며, 하늘이 내린 진정한 천재 과
학자 유병준을 보고 있었다.

하얗게 센 머리칼, 핏발이 선 것처럼 충혈된 눈동자, 두꺼운
안경알… 신경질적으로 보이는 유병준이지만, 그의 두뇌는 천
재라는 수식어조차도 실례가 될 정도다.

'세상에서는 나와 17인의 과학자들이 함께 〈로열 로드〉를 만
든 것으로 알고 있지만…….'

김한서 부장은 고개를 살래살래 저었다.

외부로 알려진 것과 진실은 많은 차이가 있었다.

'실제로는 스승님께서 개념을 만들고, 선도 기술들도 개발하
셨지. 나와 다른 과학자들은 스승님께서 만들어 준 뼈대에 살
을 붙인 정도에 지나지 않아.'

김한서 부장과 다른 과학자들은 자신들이 담당한 개발 파트
들을 수행하기도 벅찬 지경이었다.

불가능하다고 일컬어지는 완벽한 가상현실 시스템은 말 그대로 신기루처럼 여겨질 때가 많았다. 실패의 악몽을 꾸며 아침에 침대에서 일어나던 것도 수십 차례.

길이 막혀 있을 때마다 유병준이 나서서 도움을 주었고, 시스템 전체를 파악하고 있는 사람도 그뿐이다.

김한서 부장을 비롯한 다른 과학자들도 일반적인 업무를 위해 여신 베르사를 다룰 수 있었지만, 권한은 제한되었다.

김한서 부장은 발소리가 들리지 않도록 조심스럽게 걸어 유병준의 앞에 섰다.

"다녀왔습니다."

"그래, 수고했다. 본사의 애들은 무슨 말을 하고 있더냐?"

"부활의 군대에 대해 매우 우려하고 있었습니다."

"클클. 그럴 테지."

"특히 전략운영실의 손일강 실장은 매일 야근을 하고 있다고 앓는 소리를 하더군요."

"클클클."

유병준은 이미 예상했다는 듯이 웃기만 했다.

"데이몬드라는 유저, 스승님이 보시기에는 어떻습니까?"

"글쎄다. 뭐, 나쁘지 않구나."

유병준은 신통치 않은 반응을 보였다.

"부활의 군대 퀘스트… 뭐, 굉장한 힘을 얻을 수 있는 의뢰이기는 했지."

시스템관리 부서에서 메인 콘솔을 다루고 있던 과학자들이 이곳의 대화에 귀를 기울였다.

명리를 초월해서, 본인의 능력을 세계에 공개하지 않고 은둔 자중하고 있는 과학자 유병준. 외부에 알려지지만 않았을 뿐, 실제로 이곳을 진두지휘하는 역할을 하고 있다.

하지만 과학자들을 진정 경악하게 만들고 소름 돋게 한 것은 여신 베르사의 위력이었다.

〈로열 로드〉가 문을 연 이후로 완전무결하게 동작하고 있는 슈퍼 인공지능.

어떤 오작동도 없으며, 인위적인 개입으로 수정을 필요로 하지도 않는다. 진정 여신이라는 수식어가 어울릴 정도로 가공할 시스템이었다.

〈로열 로드〉만이 아니라, 관련된 유니콘 본사의 행정적인 업무까지 관장한다. 그러고도 아직 여신 베르사가 가진 관리 자원은 채 20%도 사용되지 않았다.

과학자들에게는 경이로울 수밖에 없는 노릇.

이런 시스템을 1명의 과학자가 개발했다는 이야기를 들었다면 도무지 믿지 않았을 것이다.

유병준을 아는 과학자들의 평가는 이랬다.

인류 천만 명의 목숨과도 바꿀 수 없는 과학자.
〈로열 로드〉가 아닌 다른 것을 만들었다면, 세계의 기술 발전 속도를 30년은 앞당길 수 있었을 과학자.

과학자들에게는 경이로움과 함께 존경의 대상이 될 수밖에 없는 인물이었다. 유병준과 동시대의 사람이라는 사실에 자부심을 느낄 정도였다.

"탐욕 때문에 일을 그르쳤어. 잔꾀로 승승장구하고 있지만…
나중에는 더 많은 적을 만들게 될 테지."

유병준의 말을 의심하는 과학자는 없었다.

이 세기의 천재가 하는 말은 틀린 적이 없다. 그가 그렇다고
말한다면 언제든 그렇게 될 것이다.

그리고 여신 베르사를 통해 예정된 퀘스트와 숨어 있는 위협
들을 알고 있는 과학자들에게는, 부활의 군대가 진정한 위기로
느껴지지 않았다.

〈로열 로드〉는 위대한 가상현실이다.

복잡하게 적용된 기술만큼이나, 대륙에 숨어 있는 사연들,
역사들이 무수하다.

숨어서 힘을 키우고 있는 모험가들, 전사들이 어떤 수준인
지, 어떤 의뢰를 진행하고 있는지 아는 과학자들로서는 부활의
군대쯤에 긴장을 할 까닭이 없기도 했다.

너무 넓은 대륙과, 인류 사회의 집약판이라고 할 수 있는 엄
청난 유저!

과학자들은 빙긋 미소를 지었다.

자신들이 개발에 참여했지만, 〈로열 로드〉는 정말로 재미있
는 가상현실이다. 〈로열 로드〉가 문을 열고 나서 인류의 행복
도가 40% 이상 늘었다는 보고도 나왔다.

새로운 세상의 문을 열었다는 자부심을 가지고, 과학자들은
본연의 업무로 돌아갔다.

유병준은 혼잣말처럼 중얼거렸다.

"세상 사람들은 너무 쉽게 착각을 해."

그가 보는 화면에는 베르사 대륙에서 활약하는 모험가들이 잡히고 있었다.

남들이 찾지 않는 정글에서 사냥을 하며 힘을 키워 나가는 유저. 대륙에서 가장 험난한 산을 오르며 기초 체력을 단련하는 유저. 몬스터로 가득한 무인도에 상륙하여 스스로의 한계를 시험하며 강해지는 유저…….

유병준은 이런 유저들을 볼 때마다 기분이 좋아졌다.

끊임없는 한계 실험, 지구에서는 겪을 수 없을 극한상황들을 경험할 수 있었기 때문이다.

"〈로열 로드〉가 게임이라니 말이야."

〈로열 로드〉가 만들어지고 문을 열었을 때 언론 매체들은 그 기술에 열광했다.

가상현실을 실제로 구현시킨 첨단 기술!

급증하는 유저들과 기존 게임들의 몰락.

유저들에게는 신천지가 열렸다.

게임에 익숙하지 않던 일반인조차도 매료되어 버리는 게임 성으로 인하여, 〈로열 로드〉가 엔터테인먼트 사업을 평정했다는 기사들이 속속 뒤를 이었다.

현실에서는 기업의 과장, 부장 들이 중세의 성에서 손님들에게 과일을 팔고, 칼을 차고 모험을 할 수 있다는 것은 굉장한 즐거움인 것이다.

막대한 자금을 긁어모으며, 게임 업계의 차세대 주자라는 칭송을 받았다.

유병준은 그런 기사들을 볼 때마다 헛웃음이 나왔다.

"나약하고 게으른 인간들. 그들의 미래가 여기에 달린 것도 모르지."

유병준은 한심해서 견딜 수가 없을 지경이었다.

평생을 〈로열 로드〉의 연구에 바쳤다. 열과 혼을 바쳐 그가 자식처럼 만들어 놓은 기념비적인 작품이었다.

기껏 게임 하나를 만들기 위해서였다면 이미 오래전에 포기했을 것이다.

노을 해골의 종적을 뒤쫓았던 파티는 장장 이레에 걸친 추격을 벌였다.

그리고 마침내 공동묘지 근처에서 대상을 발견, 성직자의 신성 마법으로 정화할 수 있었다.

"성공이에요!"

"모두 잘하셨습니다."

성직자와 파이크맨이 특히 기뻐했다.

"특히 다인 님이 많은 도움이 되었습니다. 고맙습니다."

노을 해골을 쫓는 것은 숙련된 사냥꾼이 있더라도 어렵다. 몬스터들이 많은 산으로 들어가거나, 혹은 던전을 찾아서 내부로 숨어 버리기 때문이다.

노을 해골을 뒤따라가서 사냥을 하다 보면, 어느새 다른 곳으로 도망을 쳐 버린 뒤였다.

이동속도를 올려 주는 샤먼의 마법이 없었다면, 노을 해골을 잡기란 더욱 힘들었을 것이다.

다인은 살짝 이를 드러내며 웃었다.

"별거 아니에요. 전투에는 큰 도움도 안 되었는데요."

"아닙니다. 샤먼인데도 치료와 각종 부가 스킬의 위력은… 정말 다인 님이 없었다면 의뢰를 성공적으로 수행하기 어려웠을 겁니다."

"다인 언니는 진정한 샤먼이에요."

그녀는 파티원들의 신뢰를 단단히 받았다.

"언니, 계속 우리와 함께해요."

"같이 다음 의뢰를 하시겠습니까?"

"네, 그럴게요."

다인은 파티원과 함께 몇 달이나 자유롭게 모험을 즐겼다. 인지도도 날로 향상되었다.

샤먼 다인을 모르는 모라타의 유저들이 드물어질 무렵, 그녀는 검은 저주의 땅으로 모험을 떠났다.

모라타의 정예 모험가들이 스무 명 넘게 자발적으로 참여한 모험 원정대!

다인은 그렇게 새로운 몬스터들과 던전, 의뢰를 경험하고 모라타로 돌아왔다.

"휴우! 겨우 다시 모라타구나."

다인은 함박웃음을 지었다.

오랜만에 돌아온 모라타.

얼마나 그리웠는지 모른다.

천공의 도시 라비아스에서 고독을 만끽하던 그녀가, 북부에 새로 자리를 잡고 모라타에서 친구들을 사귀었기 때문이다.

"우선, 저주를 해결해야 되는데……."

다인이 곤혹스러운 얼굴을 했다.

검은 저주의 땅에서 원정대 전체가 저주를 받았다.

피부가 다크 엘프처럼 흑색으로 변하고, 원시 부족 같은 문양들이 생겼다.

마법이나 스킬의 효과도 절반이나 감소하는 강한 저주! 샤먼이나 성직자의 신성 마법으로도 해결되지 않는 저주였다.

"사제들부터 만나 봐야겠지."

모험 원정대의 사제들도 속수무책이었지만 그래도 희망을 걸어 볼 수 있는 것은 사제들뿐이었다.

다인은 프레야 교단으로 들어갔다.

함께 왔던 원정대를 비롯하여, 축복을 원하는 유저들로 인산인해를 이루고 있었다.

다인은 한참이나 기다려 프레야 교단의 사제를 만났다.

"제가 당한 저주를 해제하고 싶습니다."

"오래된 악령의 저주를 받으셨군요."

"네."

"들어가서는 안 될 땅에 들어간 대가. 침입자를 좋아하지 않는 곳을 탐험하면서 생긴 저주입니다. 저주를 해제하기 위해서는 겔피 나무와 백금 가루, 당근, 흰 토끼의 피가 필요할 것입니다. 그 재료들을 몸에 바르고 갈아서 마시면, 저주를 벗어날 수 있을 것입니다."

겔피 나무를 제외하면, 모으는 것은 다소 시간이 걸려도 어려운 물건은 없었다.

다인은 예상외로 쉬운 해결 방법이란 생각에 미소가 나왔다.

"감사합니다."

"별말씀을. 모든 조화가 여신님의 뜻대로."

"잡템 사고팝니다!"

"필요하신 물건이 있으면 말씀해 보세요."

프레야 교단을 나서서 광장으로 나왔더니 상인들이 줄지어 목청을 높이고 있었다. 상인들의 경쟁은 이제 베르사 대륙의 어느 곳에서나 볼 수 있는 광경이다.

다인은 모아 놓은 잡템들을 모두 처분하고, 차분히 광장을 거닐었다.

'이번에는 느긋하게 기다려 봐야지.'

모라타로 온 이유는 위드를 만나기 위해서였다.

하지만 위드는 모라타로 돌아오지 않았고, 그녀는 기다림에 지쳐 모험을 떠났다.

그랬는데 프레야의 여신상이나 여러 조각품들이 만들어지고, 성도 발전되어 있다.

모라타의 백작 위드가 돌아왔었다는 소문이 파다했다. 그리고 현재는 다시금 어딘가로 모험을 떠났는지, 만나기 어렵다고 한다.

하필이면 그녀가 없을 때 왔을 건 또 뭐란 말인가.

모라타의 발전한 거리, 없었던 건물을 보면서 다인은 외롭게 걸었다.

'프레야의 여신상이라……'

화려한 외모의 여신상을 보면서 질투심도 생겼다.

아무리 긍정적으로 보더라도 평범에서 약간 예쁜 정도인 그녀로서는 솔직히 짜증이 났다.

추억이 어려 있는 라비아스 동굴벽화가 있는 곳으로 다시 돌아가고 싶었지만, 그러면 위드를 만나기는 더 어렵게 된다.

다인이 광장을 구경하고 있을 때였다.

"저기요."

누군가 부르는 듯한 목소리에 그녀는 뒤를 돌아봤다.

키가 작고 날씬하며, 눈매가 굉장히 선해 보이는 아가씨였다. 성직자나 사제인지, 흰 로브 차림이었다.

"저를 부르셨어요?"

"네."

"무슨 일인데요?"

"저기, 초면에 죄송하지만… 샤먼의 직업을 가지고 있는 다인이라는 분 맞죠?"

"맞아요."

"휴! 겨우 찾았네요. 제 이름은 이리엔이에요."

이리엔은 말을 거는 것이 어색한지 무척 부담스러워하고 있었다. 하지만 다인을 발견해서 기쁜 듯한 표정을 숨기지는 못했다.

"저희 파티가 지금 퀘스트를 하려고 하거든요. 그런데 거리도 멀고, 여러 모험 계열 마법이 있으면 좋을 것 같아서 샤먼한 분을 초대하려고 해요."

페일이 발견한 퀘스트의 이름은, '고대 흉갑의 제조 비법'.

제조하는 방법이 기록된 책자가 북부의 땅 어딘가에 묻혀 있다고 했으니 모험가와 샤먼을 영입해서 떠나려고 했다. 그러던 차에 마침 다인이라는 유명한 샤먼이 돌아왔다는 말을 듣고 찾아온 것이다.

이리엔이 다시 긴장된 기색으로 설명했다.

"난이도는 C급이에요. 모험가 한 분은 영입이 되어서, 샤먼한 분만 모시면 되거든요. 괜찮다면 저희와 함께 모험을 하시겠어요?"

다인은 천천히 이리엔의 얼굴을 살폈다.

'착해 보이는 사람이네. 나이도 나와 비슷한 것 같고…….'

그래도 모험을 떠나는 것은 내키지 않았다.

지금은 누군가를 기다려야 할 입장이다.

위드가 모라타로 돌아오기만을 언제까지고 기다릴 수는 없겠지만, 방금 모험을 마치고 온 후라서 당분간은 휴식을 취하고 싶었다.

"죄송해요. 지금은 쉬려고…….'

다인이 막 말을 이을 때, 상점이 있는 방향에서 보석이 주렁주렁 달려 있는 화려한 드레스를 입은 여인이 걸어왔다.

그녀가 사뿐사뿐 걸을 때마다 광장에 있는 유저들의 시선들이 따라서 움직였다.

걸음걸이를 보는 것만으로도 활력과 즐거움을 줄 수 있는 느낌의 소유자.

'댄서구나.'

다른 직업도 드레스를 입을 수는 있다.

하지만 드레스를 입고 모험을 하거나 사냥을 할 수 있는 직업은 음유시인이나 댄서밖에 없다.

팔찌와 목걸이, 귀걸이 들과 춤을 추기 편한 낮은 구두.

악기를 들고 있지 않은 것을 보면 댄서라고 생각했다.

"화령 언니, 어에 있었어요?"

"식당에서 밥 먹고 있었어. 그런데 이분은?"

"다인 님이세요. 샤먼으로 유명하신…….'

"아, 그분!"

화령이 새삼스러운 얼굴로 다인을 보았다.

검은 보석 같은 피부를 가진 샤먼이라니, 무척 독특했기 때문이다.

"의뢰에 같이 가실 거냐고는 물어봤어?"

"네. 하지만 아쉽게도 같이하지는 못하실 것 같대요."

화령과 이리엔의 대화를 옆에서 듣고 있던 다인이 갑자기 끼어들었다.

"저기, 생각이 바뀌었어요."

"예?"

"방금 이야기하신 그 모험, 저도 같이하고 싶어요."

"정말요? 잘됐네요! 잘 부탁드려요."

"네. 저도 잘 부탁드릴게요."

다인은 이리엔의 제안을 받아들이기로 했다.

모라타 영주 위드가 조각한 프레야의 여신상!

여신상의 얼굴과 화령이 묘하게 닮아 있었기 때문이다.

⁂

이현은 안현도의 도장에서 매일 몸을 단련시켰다.

조금의 군더더기도 없이 갈라질 듯한 선명한 근육. 육체적인 힘과 지구력도 나날이 강해졌다.

4명의 사범들이 각기 30분씩 이현을 맡아서 지옥 훈련을 시킨다.

그 훈련을 경험하면서 이현의 몸은 무기가 되고 있었다.

"날카로운 검이라고 해도, 인간의 몸이 둔하다면 아무 짝에도 쓸모가 없어지고 만다. 제 한 몸도 다스리지 못한다면 영영 검도 쥘 수 없다. 훈련이 거칠더라도 검을 쥐기 위해서는 필요한 과정이다."

정일훈의 따끔한 훈계에 이현은 충실하게 따랐다. 불만을 가지지도 않고 지옥 훈련을 수행했다.

사범들끼리 의논을 할 정도였다.

"훈련 강도가 너무 센 거 아닙니까?"

"저러다 그만두겠다고 하지 않을까요?"

"나도 모른다. 스승님께서 시키라고 하셨으니 뭔가 생각이 있으시겠지."

"역시 그러시겠죠?"

"가끔 정말 아무 생각이 없으시긴 하지만……."

"……."

이현은 몸을 다스리면서 정신력도 강화되는 느낌을 받았다.

육체가 고되면 정신의 힘이 고양된다.

고된 훈련을 거쳐야만 생기는 의지력!

사범들과 함께 지옥 훈련을 마치고 나면 안현도가 내주는 차를 마시면서 휴식을 취했다.

"인삼차다."

"고맙습니다, 스승님."

이현은 인삼차를 후루룩 마셨다.

갈증이 나기도 했고, 몸에 좋은 차를 한 잔이라도 더 마시기 위해서였다.

안현도는 인삼차를 한 잔 더 따라 주고 나서 물었다.

"훈련이 힘들지는 않더냐?"

"할 만합니다."

"그래. 기특하구나. 그런 자세라면 더 많이 발전할 수 있겠지. 그 외에 다른 생활은 어떠냐?"

"생활이라니요?"

"너 자신의 삶 말이다. 너 자신의 생활이 어떠냐고."

이현은 잠시 생각을 해 보다가 고개를 끄덕였다.

"좋습니다."

"좋아? 무엇이 좋은데?"

"할머니는 치료를 잘 받고 계시고, 동생은 학교를 잘 다니고 있습니다. 그리고 저도…….'

이현은 잠깐 망설이다가 말했다.

"생활에 큰 불만은 없습니다."

어렵던 시절에는 먹고사는 게 가장 큰 고민이었다.

아파도 치료를 할 수 없던 시절이 있었지만, 이제는 제법 저축도 하고 있다. 〈로열 로드〉를 하면서 필요로 하던 것들을 장만하고 있으니 불만을 가질 만한 요소가 없다.

안현도가 고개를 저었다.

"그건 말 그대로 일상적인 생활일 뿐이지."

"…….'

"지금의 너의 삶에 만족하고 있느냐?"

"예."

이현은 쉽게 대답했다.

학교 수업들이 좀 귀찮고 성가시기는 했지만, 그 외에는 원하던 것들을 얻고 있으니 충분히 만족하며 살고 있다.

"지금이 딱 좋습니다. 대학교에도 다니고 있고, 여동생은 공부도 잘하고, 할머니는 건강을 되찾고 계시고…….'

안현도가 불쑥 물었다.

"그럼 네가 하고 싶은 일은 무엇이냐."

"…하고 싶은 일요?"

"어릴 때부터 가졌던 목적이라든가, 혹은 네가 하고 싶은 일이 있었을 것 아니냐."

이현은 잠시 침묵했다.

어린 시절에는 여동생을 위해서 살았다.

밤에 잠을 자면서, 내일이 오는 게 두려웠던 시절. 밥을 먹으면서는 허기가 사라지고 난 이후가 걱정되던 시절.

희망도 없고, 자포자기하면서 살았다.

가족을 부양해야 한다는 의무가 없었다면 진작 극단적인 결정을 내렸을 수도 있다.

이제 여동생도 성장해서, 장학금까지 받으면서 학교를 다니고 있다. 할머니도 큰 수술들이 다 끝나고 회복만을 기다린다.

인생의 목표가 가족들을 위해서 사는 것이었다.

막상 가족들을 보살피고 난 이후에는 무엇을 해야 할지, 생각조차 해 본 적이 없다.

이현은 한숨을 쉬며 말했다.

"저는 꿈이 없습니다."

⸻

검치 들은 절망의 평원 너머 유로키나 산맥에 있는 오크 마을에 도착했다.

돼지 얼굴을 하고 있는 오크 유저들이 바글바글했다. 번식력이 매우 좋은 편이라서 일가족을 이룬 경우도 있다.

암컷, 혹은 수컷들이 서로를 배우자로 정하고 밥 한 끼만 함께 먹어도 어디선가 새끼 오크들이 슴풍슴풍 튀어나왔다.

검오치가 머리를 감싸 쥐었다.

"망했다. 유부녀 오크들이라니……."

검삼치가 어깨를 다독여 주었다.

"괜찮습니다, 사형. 그냥 남자랑 여자랑 밥 한 끼 같이 먹은 것뿐이잖습니까. 오크들은 원래 이런다니 이해를 해야지요."

검사치도 끼어들었다.

"사형, 남자다운 대범함으로 승부하는 겁니다."

〈로열 로드〉에서는 실제 성관계도 당연히 가능했다.

인간이나 엘프 들이 집을 구하는 목적도, 사랑하는 연인과의 오붓한 시간을 보내기 위함인 경우가 상당수다.

하지만 오크들은 특수한 경우로 배우자, 혹은 친밀한 사이인 경우 저녁에 밥 한 끼만 먹어도 새끼 오크들이 나왔다.

초창기에는 당연히 너무 비현실적인, 쉬운 전개가 아니냐고 아쉬워하는 수컷 오크들이 많았다.

오크의 종족 특성상 왕성한 번식력이 특징이다. 이런 성향을 이용하여 음흉한 속셈, 본능을 충족시키고 싶은 마음이 굴뚝같았던 것이다.

하지만 그들은 금세 오크들이 밥만 먹어도 어린 새끼 오크들을 만들 수 있어야 하는 이유를 깨달았다.

'상대는 오크 암컷! 콧구멍에 손가락이 4개는 들어가겠어.'

'상대는 오크 수컷! 입을 벌리고 하품을 하면 수박도 통째로 삼키겠군.'

'뒤룩뒤룩한 옆구리 살과 배를 좀 봐. 맨정신으로는 같이 자기 힘들다.'

'다행이다.'

밥만 먹어도 된다는 사실에 극히 만족하며, 오크들은 번식을 거듭했다.

유로키나 산맥에 오크 마을들이 늘어 가고 있었다.

어른 오크들은 어린 새끼 오크들을 데리고 다니면서 성장시킨다. 오크족의 일가를 형성하고, 부족을 다스리는 오크들이 등장했다.

세에취는 오크 지휘관으로서, 유로키나 산맥에 도착하고 나서 재능이 빛을 발했다.

"오크들이여, 취취췻! 우리는 더 많이 먹어야 된다. 더 많이 가져야 된다. 싸우자. 취익!"

타당한 설명이나 이유 따위는 없다.

먹고 싸우자는 단순한 논리로 오크들을 만족시키고, 부하들을 만들었다.

오크 마을 인근에는 호기심으로 구경 온 여행객들이 다수 있었다.

"오크들은 정말 특이하게 생겼네."

"개개의 오크들은 약하지만 번식력만큼은 무서울 정도야. 용병을 구하는 게 아니라, 새끼 오크들을 쉽게 낳을 수 있고 끝없는 충성심을 바치게 되니…… 오크들은 정말 빨리 성장할 수 있을 것 같아."

"다크 엘프들과는 극히 나쁜 사이라고 하던데 괜찮을까?"

"다크 엘프들도 유저들이 선택할 수 있게 되었으니 그들끼리의 대립이 첨예하게 이루어지겠지."

"훗날 인간과의 전쟁도 이루어질 수 있겠군."

"오크와 인간의 종족 전쟁? 가능성이 없진 않을 거야. 오크들의 개체 수가 늘어서 중앙 대륙으로 나온다면 부딪칠 수밖에 없을 테지."

"오크들의 힘이 약한 지금이 기회가 아닐까?"

"오크들과 싸워서 얻을 수 있는 이득이 없잖아. 인간의 군대가 절망의 평원을 넘어서 오기에는 너무 먼 거리이고. 오크들과 싸움이 벌어지면 그 자체로 퀘스트가 될 수도 있으니 기다리고 있는 사람들도 많겠지."

구경꾼들은 마을에 들어가지는 않고 관찰하고 있었다. 오크와 인간의 사이는 썩 좋은 편이 아니라서 가까이 가기는 위험했기 때문이다.

하지만 검치 들이 스스럼없이 오크 마을에 들어가고, 암컷 오크들과 함께 퀘스트를 진행하는 광경을 보고 크게 놀랐다.

"인간이 어떻게 저럴 수가 있지? 오크들이 전혀 경계를 하지 않잖아."

"퀘스트 도중이겠지."

"내 생각에는 직업의 특색일지도. 다른 종족과의 친밀도가 높은 직업이 있다고 들었어."

구경꾼들 사이에 의견들이 대립되고 있을 때, 유력한 해답이 나왔다.

"생긴 걸 봐. 수컷 오크랑 무슨 차이가 있어?"

"……."

자세히 보니 그도 그럴듯했다.

인간 종족임에는 틀림이 없지만, 떡 벌어진 어깨나 체격 들은 오크들마저 압도하고 있다.

단순한 오크들은 그 체구만 보고도 쉽게 친해지고 있었던 것이다.

※

"차합!"

검치는 거칠게 투핸디드소드를 휘둘렀다.

오우거. 힘으로만 따지면 둘째가라면 서러울 몬스터가 상대였다.

기와 교, 검술의 최정점에 있는 검치는 쌓여 있던 분을 억누르지 못했다.

검의 움직임이 빠르고 격렬했다.

크오오오!

오우거가 극도로 분노해서 도끼를 휘둘렀다. 풍압이 얼굴을 쓸고 지나갈 정도였지만, 검치의 자연스러운 움직임을 따라오지 못했다.

"탓!"

검치가 휘두른 검이 오우거의 옆구리를 너덜너덜하게 만들어 놓았다.

그의 뛰어난 공격력으로도 오우거는 잘 죽지 않았다.

스킬을 아예 시전하지 않으니 마나는 펑펑 남아돈다. 일부러 치명적인 급소를 노리지도 않고 오우거의 전신을 난도질했다.

늦게 거둔 수제자가 낮에 했던 말이 머릿속에서 떠나지를 않았다.

"꿈이 없다고……."

검치는 자신의 젊은 시절을 떠올렸다.

'내겐 싸움뿐이었다.'

강함을 좇아서 피가 튀는 싸움터를 전전했다.

목숨을 걸어야 하는 경우도 많았고, 끔찍한 부상을 입어서 사경을 헤매기도 했다. 강자들을 꺾으면서 아주 잠깐 만족감을 느꼈지만, 더 강한 자들을 향해 도전하는 과정에 불과할 뿐이었다.

무언가에 홀린 듯이 싸움과 단련만 하다가 젊은 시절이 지나갔다. 그리고 정신을 차려 보니 검으로는 최고의 자리에 올라 있었다.

강자들을 꺾을 때마다 받았던 칭송과 상처투성이의 영광. 검으로 누구도 오를 수 없는 신기원에 오른 검치였다. 일반인 중에는 모르는 사람들도 많지만 무술인, 뒷골목 세계의 사람들은 모두가 그를 경외시하고 두려워했다.

그럼에도 검치는 마음 한구석이 허전했다. 목적을 이루고 나니 일생의 반려자도 없고, 가족들도 모두 그가 죽은 줄로만 알고 있었다.

"난 가족이 없었지."

일생을 바쳐 이루었던 목표에 대한 공허함과 허탈감!

"검으로는 최고가 되었지만, 내 주변에는 아무도 없었다."

검치가 다시 한국으로 돌아와서 가족들을 찾고 제자들을 기르는 평범한 생활로 돌아오기까지는, 많은 고독의 시간을 지나야 했다.

제자는 그와 비슷한 전철을 밟을 리가 없다.

가족들에 대한 부담감이 무겁게 어깨를 짓누르고 있기 때문이었다. 가족과 친구, 사형제 들이 함께할 것이므로 고독함을 느낄 까닭이 없으리라.

위드는 강한 의지와 판단력, 곧바로 실천에 옮기는 행동력을 가지고 있다. 뭐든 필요하다면 망설이지 않는다. 간혹 매우 소심한 경향을 보이기는 해도, 남자였다.

현재는 평생의 목표와 꿈을 찾고 있는 아이와도 같다.

"그 녀석이 부럽다."

검치의 솔직한 심정으로는 수제자가 백분 이해되었다. 이혜연처럼 예쁘고 귀여운 여동생이 있었다면 그도 가족을 떠나지 않았으리라.

"친구들은 또 어떻고."

화령이나 이리엔, 로뮤나처럼 아름답고 싹싹한 아가씨들도 주변에 있다.

검치는 회상해 보았다.

자신의 젊은 시절은 과연 어떠했던가.

"재수 없게 생긴 사내놈들밖에 없었다! 건방진 놈들을 밟아주기 위해서라도 강해져야 했어."

위드 같은 환경에 있었다면 왜 젊어서 싸움만 했겠는가!

"이런 지긋지긋한 독신 인생."

검치는 푸념을 하며 결심을 굳혔다.

"사범 녀석들에게만 맡겨 놓고 너무 내버려두었지. 이제 가르칠 때도 되었어."

진정한 지옥 훈련이 무엇인지를 보여 주리라.

위드에게 진정한 검을 가르쳐 줄 작정이었다.

축제가 다가오면서부터 한국 대학교 교정에는 밤늦게까지 남아 있는 학생들이 부쩍 많아졌다.

과마다 연극과 뮤지컬을 준비하고, 음악을 연주할 수 있는 무대가 설치되었다. 가요제, 마술 쇼, 인근 대학과의 운동회까지 추진되고 있다는 이야기가 풍문으로 퍼졌다.

이현은 도저히 이해가 안 되었다.

"텔레비전을 보면 나오는 걸 굳이 왜 해야 되는 거지?"

철저하게 메마른 감수성으로, 축제란 학교에 출석을 하지 않아도 되는 반가운 것에 불과했다. 지역 문화와 어울리고, 유명 인사들도 많이 찾아오는 한국 대학교의 축제도 이현에게는 번거로운 일일 뿐이었으니까.

하지만 과의 선배들이 나와서 으름장을 놓았다.

"이번 축제에는 다른 과에 뒤지면 안 된다. 신생 과라고 얕보이면서 살 수 없어. 모두 알겠지?"

"네!"

웃는 얼굴로 화답하는 신입생들.

이현은 혀를 찼다.

"쓸데없는 경쟁 심리야. 왜 얕보이면 안 되는 거지? 무시당하면서 사는 인생이야말로 편안한 건데. 한 학교 내에서의 반목과 편 가르기라니, 정말 말세로군."

불만이야 상당히 있었지만 번거로운 일에 끼고 싶지 않았으니 침묵을 지켰다.

'내가 아니더라도 누군가 하겠지.'

축제에 모두가 참석하라는 법은 없으니, 그냥 지나가기를 바랄 뿐이었다.

그러나 축제의 날짜는 점점 다가오고, 가상현실학과에서는 구체적인 계획들이 만들어지지 않았다.

"〈로열 로드〉의 캐릭터로 분장해서 행진하는 건 어떨까요?"

"대형 공룡을 만드는 거예요. 티라노사우루스를 영상화시켜서 축제에서 돌아다니게 하면 압권일걸요."

"잔인성에서는 비교할 수 없는 벨로시랩터들은 어때요. 수백 마리가 뛰어다니면서 인간 사냥에 나서면……."

황당무계하고 거창한 의견들만 나오다 보니 실속 있는 계획이 수립되지 않았다.

축제가 2주일 정도 남았을 때였다.

학회의 임원들은 전체 과 회의를 개최했다.

"우리도 뭔가를 해야 해."

학회장을 비롯한 학회 임원 선배들의 통일된 의견이었다. 하지만 아무 준비도 계획도 없었다.

"매번 축제마다 뭘 준비하기도 피곤하고, 이미 시간도 없는데 그냥 넘어가면 안 될까요?"

최상준이 조심스럽게 의견을 제시했다. 그러자 복학생 선배가 지나가는 투로 말했다.

"교수님들이 방학하기 전에 과 MT를 가야 될지 말아야 될지 고민 중이시라던데."

"……."

"실미도 6박 7일 코스가 상당히 구체적으로……."

"축제에 꼭 참여하고 싶습니다!"

귀찮아하던 선배들이나 신입생들의 의견도 하나가 되었다.

"문제는 뭘 하느냐인데… 운동회에는 당연히 과 이름으로 참석을 해야 되고. 우리 과에는 여자들이 많으니까 많이 나서 주면 좋겠어. 싫은 사람?"

"……."

"없구나. 그럼 전원 참석하는 걸로 해."

학회장의 말은 절대적이었다.

실미도에 가느니 축제날 조금 고생을 하는 편이 백번 낫다.

"그다음으로는 급히 가요제라도 나가 봐야 될 것 같아. 교수님들이 가요제는 꼭 챙겨 보시니까."

"가요제에는 다섯 팀 정도 연습시켜서 내보내죠."

의견이 빠르게 일치를 보고 있었다.

학생들이 즐겨야 하는 축제였지만, 보여 주기 위해서라도 뭐든 해야 했다.

학생들도 본인이 참석하는 것만 귀찮아할 뿐, 한국 대학교의 축제는 유명하고 볼 것도 많았으니 축제를 기다리고 있었다.

"그리고 주점도 열어야 될 것 같은데. 주점에서 행사 진행비를 벌어야 되거든. 주점에 참여할 사람?"

주점이라면 늦게까지 요리도 해야 하고, 잡일이 많다. 이래저래 피곤한 일이었지만 이현은 선뜻 손을 들었다.

"이현 맞지? 그래, 고맙다. 또 할 사람?"

분위기상 신입생이나 선배들이나 뭐든 최소 하나씩은 참여해야 될 것 같았다. 차라리 상대적으로 편한 주점의 일을 하는 편이 낫겠다는 판단.

'2주일 내내 연극이니 뭐니 준비하느니, 축제 기간에만 고생하는 편이 더 낫겠지.'

주점은 낮부터 문을 여니 시간도 나름 남길 수 있다.

이현을 제외하고는 자진해서 손을 드는 학생은 없었다. 주점에서 일하면 축제를 구경하기도 여러모로 힘들고 귀찮다고 여겼으니, 참여하지 않으려고 했다.

그때 모두의 예상을 깨고 손을 든 1명의 여학생이 있었다.

그저 같은 학교를 다녀 주는 것만으로도 영광인 그녀. 학교에서 매일 보고 있긴 하지만 꿈인지 현실인지 혹은 천국인지 의심스러울 정도로 아름다운 그녀.

서윤이 손을 들고 있는 것이었다.

학회장도 당황해서 존댓말을 했다.

"설마 주점 일에 참가하시려고요?"

서윤은 살짝 고개를 끄덕였다.

그러자 남학생들이 일제히 손을 들었다.

"학회장님, 저요! 저도 주점 일을 해 보고 싶습니다."

"제가 먼저 손들었습니다. 꼭 시켜만 주세요."

"선배… 아니, 형님! 저 동훈이입니다. 저 끼워 주실 거죠? 그렇죠?"

"상혁아, 내가 졸업할 때까지 술 살 테니 주점 일에만 좀 부탁한다. 정말 평생의 은인으로 모신다!"

남학생들이 눈을 희번덕거리며 참여하겠다고 나서면서, 주점의 인원은 금방 채워졌다.

드워프들의 선물

"이제 가야 할 것 같습니다."

위드가 쿠르소를 떠난다고 하자, 드워프들은 아쉬워했다. 퀘스트나 조각품으로 친해진 사이였기 때문이다.

"정말 가야 되는가?"

헤르만이 안타까운 듯이 물었다.

"이대로 쿠르소에서 계속 조각품을 만들어도 되지 않겠는가."

대장장이들은 쿠르소에 정착하면 다른 지역으로 잘 떠나지 않는다. 대장장이들을 위한 모든 시설과 재료 들이 있었으므로 밖으로 나갈 필요가 없는 것.

위드는 고개를 저었다.

"저는 조각사입니다. 조각사는 넓은 세상을 여행하고 견문을 쌓지 않으면 어렵습니다. 쿠르소에서의 목적을 달성했으니 이제는 떠나야지요."

조각술의 비기 획득!

조각사 마스터가 어딘가 숨겨졌을 목조품은 찾지 못했지만, 스스로 조각술의 비기를 깨쳤으니 이것으로 되었다.

정령들을 창조하느라 300이 넘게 소모된 예술 스탯도 노가다 끝에 전부 복구한 뒤였다.

결국 드워프의 왕국 쿠르소에는 처절한 노가다의 기억만을 남겨 두고 떠나게 되었다.

물론, 호수에 숨겨져 있던 켄델레브의 〈물의 조각상〉 등을 복원하였던 짜릿한 기억들도 있었지만.

헤르만이 씁쓸한 듯이 이야기했다.

"결국 떠날 모양이로군."

"예. 죄송합니다."

"그럼 드워프식의 환송식을 열어 줘야겠어."

"꼭 그러실 필요까지는 없는데요."

"쿠르소의 전통이네."

전통이라고 해도 위드는 부담스러워서 사양을 하려고 했다. 그런 그의 마음을 짐작이라도 한 듯이 헤르만이 설명했다.

"쿠르소에 정착한 드워프들이 모두 나와서 함께 술을 마시고 즐기는 행사지. 대장장이 기술을 연마하다 보면 밖으로 잘 나오지도 않는데, 모든 대장장이가 참석해서 환송식을 벌여 준다네. 그리고 떠나는 드워프에게 한 가지씩의 선물을 주지."

"환송식을 꼭 해야겠군요."

선물이라는 말에 위드의 마음이 돌아섰다.

어쨌든 두둑하게 배도 채우고, 선물도 받아 가면 행복한 일이 될 테니까.

헤르만이 한마디를 덧붙였다.

"아마 이 드워프식의 환송식은 자네가 마지막이 될 것 같아."

"예? 왜죠?"

"자네가 복원한 조각품이 화제가 되어서 쿠르소에 오는 드워프들이 정말 많이 늘었거든. 그리고 자네만큼 전투 계열이나 장인 계열 모두와 친한 드워프도 없었으니 말일세."

장인들 사이의 경쟁 심리.

자기보다 더 뛰어난 장인에게는 심한 질투를 느낀다. 하지만 조각사의 경우에는 장인이 아니라서 경쟁자로 여기지 않아 모두가 편하게 생각했다.

헤르만을 비롯한 쿠르소의 5대 장인들과 골고루 교분을 다질 수 있었던 것도 그러한 이유가 크게 차지했다.

"마지막 환송식이 될지도 모를 이 행사를 성대하게 치러야지. 내 아는 드워프들에게 아껴 놓았던 물건들을 확실하게 내놓으라고 하겠네."

"고맙습니다."

"여행을 떠나는 드워프에게는 필요한 것이 많을 테니 이번 기회에 제대로 장만해 보게나. 허허허."

"하하하. 그러겠습니다."

위드가 유쾌하게 웃었다.

생일 선물처럼 언젠가 되돌려 주어야 될 것도 아니고, 떠나는 환송식에 받는 선물이란 기쁘게 챙기면 그만이다.

선물을 받고, 마음에서 우러나오는 감사를 해 주면 된다.

위드는 드워프들이 뜻밖에도 낭만적인 종족이라는 생각을

했다.

'그저 조그맣고 고집불통인 종족인 줄로만 알았는데 괜찮은 전통도 있었군.'

위드가 조각품을 구상한다고 호수로 떠나자, 헤르만에게 핀이 물었다.

"할아버지."

"응?"

"근데 환송식에 대해 말씀해 주지 않으신 게 있잖아요."

"뭔데?"

"술값요."

헤르만은 빙긋 웃을 뿐이었다.

"말했다면 그가 환송식을 하려고 했겠느냐?"

"그야 그렇지만……."

"즐겁게 환송식을 하려면 모르는 편이 낫지. 우리 드워프들이 먹고 마셔 봐야 얼마나 나오겠느냐?"

헤르만은 거짓말을 하지 않았다.

한 가지 사실을 알려 주지 않았을 뿐이다.

환송식 날 마시는 술값은, 떠나는 드워프가 내는 것이 관례라는 것을.

"축하하네."

"넓은 대륙으로 가서 드워프의 꿈을 마음껏 펼치게나. 건배!"

"건배!"

"위하여!"

쿠르소의 모든 드워프들이 호숫가 옆 광장에 모여 맥주를 들이켰다.

"캬아. 좋다."

"이 맛이구나!"

호수에서는 물로 만들어진 오리 조각품이 수면에 파문을 일으키며 유유히 움직이고 있었다. 물 밑에서 대형 고래 조각품이 튀어 오르고, 무지개는 두 발을 움직이면서 여기저기 돌아다녔다.

켄델레브의 조각상들이 보여 주는 동화 같은 풍경에, 지하 왕국에서 마시는 맥주!

드워프들은 통에서 맥주를 따라 마시기 바빴다.

"쿠르소가 제일 좋은 이유에는 뭐니 뭐니 해도 맥주 맛을 빼놓을 수가 없지."

"맥주 맛 때문이라도 나는 쿠르소를 떠나지 못할 것 같아."

기분 탓도 있겠지만, 쿠르소의 맥주 맛은 실제로 기가 막힐 정도다.

맥주 장인!

드워프들이 우러러볼 수밖에 없는 존재가 쿠르소에 있어서, 그가 만들어 준 맥주는 최상의 맛을 자랑한다.

맥주를 마시고 기분 좋게 취하는 것이야말로 드워프들의 행복. 드워프들은 맥주를 좋아하는 종족적인 특성도 가졌다.

맥주를 마시면 집중력이나 여러 스탯, 스킬 들이 향상된다.

고주망태가 되어 하루를 푹 쉬고 일어나면 그다음 날에는 최상의 상태가 되어 물건을 만들 수 있었다.

철을 두들길 때마다 일어나는 긍정적인 변화들을 보면 드워프로서의 보람을 느꼈다.

"아트핸드, 이쪽으로 와!"

"자, 여기도 한 잔 해야지."

위드는 자리를 옮겨 다니며 권하는 술을 마셔 주기 바빴다. 환송식의 주인공은 어디까지나 그였으니 빠질 수가 없다.

"그때의 퀘스트는 정말 대단했는데."

"드워프들이 동굴에서 싸우는 전투법을 자네가 창조하지 않았던가."

전사나 워리어 들도 위드를 칭찬했다.

술을 마신 드워프가 곤란한 것은 예전에 했던 말을 하고 또 한다는 점!

자리마다 돌아다녀야 했으니 같은 말을 수없이 들어야 했지만 위드는 꿋꿋하게 참아 냈다.

'공짜 선물을 위해서라면 이 정도의 지루함쯤이야… 얼마든 견딜 수 있지.'

드워프들은 소검이나 가죽 배낭, 유혹의 먹이 같은 것을 선물로 주었다.

유혹의 먹이는 굉장히 좋은 향을 낼뿐더러, 몬스터들을 잠에 빠지게 만드는 효과가 있었다.

생명체의 몬스터들에게만 해당이 되고, 의심이 많은 몬스터들은 잘 먹지 않는 단점도 있다. 몸집이 큰 몬스터들은 정말 많은 먹이를 먹어야만 효력이 생기고, 이 먹이 때문에 오히려 몬스터들이 모여드는 경우도 생긴다.

하지만 그런 단점들을 감안하더라도 효과가 큰 편이라서 비싼 가격에 판매되는 요리의 종류였다.

솜씨 있는 요리사가 훌륭한 재료들을 바탕으로 만들어야 하기 때문에 수량 자체가 많지 않았다.

"이 먹이가 자네의 생명을 구해 줄 수 있었으면 좋겠군. 대륙에는 위험한 것들이 참 많으니 항상 조심하게. 그리고 드워프들이 많은 곳들만 다니도록 해."

"잘 쓰겠습니다."

"이 드워프야, 아트핸드가 초보도 아니고 굳이 그런 말을 할 필요가 있겠나. 아트핸드, 어디에 가든 멋진 조각품을 많이 만들어 주게. 이 쿠르소도 자네 덕분에 참 살기 좋은 곳이 되었어. 물의 조각품들도 있고……."

훈훈한 분위기에서 위드는 선물들을 받아서 챙겼다. 그런데 덕담을 해 주던 드워프가 갑자기 고개를 갸웃했다.

"그런데 자네가 데스핸드와의 승부에서 만들었던 날개 있지 않나. 그게 갑자기 어디로 갔지?"

"……"

"무척 신비로운 날개였는데 갑자기 사라져 버렸어. 그 날개는 어떻게 되었나?"

생명을 부여해서 따로 챙긴 빛의 날개에 대해 드워프들이 궁금해하는 것이었다.

위드는 대충 둘러대기로 했다.

"빛으로 만든 것이지 않습니까? 촛불도 오래 켜 놓으면 어떻게 되죠?"

"꺼지지."

"그런 겁니다."

"아! 그런 거였군."

"난 또 뭐라고. 껄껄!"

맥주를 마시며 의문이 풀렸다는 듯이 환하게 웃는 드워프들!

술을 마신 드워프가 상대라서 얼버무리기 더욱 좋았다.

> 취기가 올라오고 있습니다.

위드도 권하는 맥주를 받아 마시며 제법 거나하게 취했다.

"아트핸드, 우리가 주는 술도 마셔야지!"

"여기네, 여기!"

걸음걸이도 비틀거리는 정도였지만 위드는 걸어가서 맥주가 가득 담긴 잔을 받았다.

"한 번에 쭈욱 마시게."

드워프들은 끊어서 마시는 걸 싫어하는 종족.

위드는 호쾌하게 한 번에 들이마셨다.

"캬아!"

"역시 사내로군. 자, 여기 안주도 닭 다리 하나 물게."

안주를 먹으면서 다니다 보니, 엑버린의 술까지 마시게 되었다. 5대 장인 중의 하나로, 쿠르소에 처음 오자마자 이름을 들었던 명창을 만든 장인이다. 위드의 환송식을 위한 자리에는 5대 장인들도 모두 나와 있었다.

"아트핸드."

"예, 어르신."

"언젠가 난 드래곤도 잡을 수 있는 창을 만들고 말 거야. 끅."

"어르신이라면 꼭 만드실 거라고 확신합니다."

취중에도 엑버린의 기분을 맞춰 주려고 노력했다. 이것이야 말로 사회생활의 일부가 아니겠는가!

"꺼억. 취한다. 아무튼 여기 자네를 위한 창을 하나 만들어 났으니 가지고 가."

> 장인 엑버린이 만든 불렌서의 창을 획득하였습니다.

슬쩍 확인해 보니 공격력이 78이 넘는 굉장한 창이다.

"나 엑버린의 이름이 담긴 창이니, 아무에게나 주지 말게. 클클클."

"예. 그럼 한 잔 더 하시죠."

"자, 따르게!"

위드는 엑버린과 세 잔을 마셔 주고 자리를 옮겼다. 다시 선물들을 충분히 거두는 동안, 쿠르소의 환송식은 완연히 무르익었다.

"마시게, 마셔!"

"통째로 마셔 보자. 가장 드워프다움을 보여 주는 게야."

"멧돼지 통구이. 어디 갔어! 요리사, 여기 멧돼지 통구이 5마리 더!"

드워프들이 왁자지껄 떠들고 있었다.

헤르만과 핀도 몇몇 드워프와 함께 맥주를 마시던 도중에 은근히 걱정이 되었다.

"할아버지, 괜찮겠어요?"

"그러게 말이다. 이렇게 많은 드워프들이 나올 줄은 나도 몰랐는데. 이것 참."

"술값이 엄청 나오겠는데요."

"적당히 마시고 돌아갈 생각을 하지 않으니, 최고의 환송식이 될 것 같긴 하구나. 이 드워프들이 죄다 할 일이 없었던 거야, 아니면 위드가 어느새 이렇게 유명해졌던 거야?"

헤르만이 혀를 찰 정도로, 쿠르소의 드워프들 거의 전부가 이 환송식에 참여하였다.

마지막 환송식이 될지도 모른다는 사실을 드워프들도 느끼고 있었고, 위드와 약간씩이라도 관계를 가진 드워프들이 많았다. 최고의 조각사가 될지도 모르는 위드, 그와 인맥을 쌓고 싶어 나온 드워프들도 많다.

자정이 넘었는데도 환송식은 끝날 기미가 보이지 않았다.

위드는 5대 장인 중 파비오의 술잔도 받았다.

파비오는 40대 중반 정도의 나이에, 어깨가 넓고 눈매가 날카로웠다. 직접 만나는 것은 처음이라도 방송이나 동영상을 통해서 많이 접한 얼굴이었다.

가장 유명한 장인 드워프. 엄청난 재력을 가지고 있을 것으로 추측되며 대장장이 스킬도 뛰어난 드워프.

"받게."

"예, 감사합니다."

위드는 고주망태가 되기 일보 직전의 상태였다.

> 취기가 심하게 올라오고 있습니다.
> 모든 능력치가 일시적으로 감소합니다.

음주로 인해 현기증이 일어나고 손이 부들부들 떨렸지만 정신력으로 참아 냈다.

'이 정도 술기운에 져서는 안 돼.'

검치에게 배웠던 정신 수련. 거기에 비한다면 이 정도 술은 견딜 수 있다. 위드는 억지로 바른 자세를 취하며, 손이 떨리는데도 한 방울의 술도 흘리지 않고 잔에 받아 냈다.

파비오의 눈빛이 더욱 깊어졌다.

"딸아이로부터 이야기는 들었다. 퀘스트를 할 때 내가 호의로 내준 방어구를 거절하였다고."

"……."

"당돌한 녀석이라고 느꼈다. 그리고 위험천만한 퀘스트라서 실패할 것이라고 여겼는데 넌 보란 듯이 성공을 해냈다. 그리고 한동안 쿠르소에서는 네 이야기가 화제가 되었지."

"과찬이십니다."

"능력이 있다면 건방져도 괜찮다. 내가 맡긴 방어구들도 제법 훌륭하게 세공을 해 주었더군."

파비오가 맥주를 쭉 들이켜자, 위드도 따라서 마셨다. 2개의 맥주잔이 텅 비고, 둘은 서로의 잔을 채워 주었다.

"넌 보통의 드워프가 아닌 것 같아."

파비오의 말에 위드는 시선을 들었다.

둘의 눈빛이 강하게 마주쳤다.

위드의 눈동자는 술기운으로 인해 붉게 충혈되어 있었지만 깊고 선명했다.

"아까부터 네가 자리를 옮겨 다니며 술을 마시는 걸 지켜보았지. 보통의 드워프라면 그 정도 술을 마시고도 또렷한 정신을 유지하기는 어려워. 나도 드워프이니 잘 알고 있는 편이다."

"제가 술이 좀 센 편입니다."

"그럴까. 하지만 내가 보기에 넌 적어도 보통의 조각사는 아닌 것 같구나."

파비오의 눈빛이 더욱 강렬해졌다.

위드를 탐색하기 위한 눈빛이 아니었다.

사람이 나이가 들면 안목이 생기고, 기질이 상해진다. 인상에 따라서 첫 만남만으로도 그가 어떤 사람인지, 어떤 기질을 가지고 있는지 대략 짐작이 가능하다.

파비오의 기질은 투박하고 두꺼운 강철을 닮았다.

강하고, 잘 부러지지 않는다.

평범한 유저들은 파비오를 만나는 것만으로도 위축되었다.

하지만 위드는 조금도 위축되는 감이 없다.

강철을 다루고 사용하는 검의 길을 위드는 걷고 있었다.

진검을 제 몸처럼 다루며 끝없이 정진한다.

강철 같은 파비오의 느낌도, 위드 앞에서는 태풍 앞의 등불처럼 사그라졌다. 파비오는 그것을 느끼고 있었다.

'나보다 강한 성격을 가졌다. 그리고 무슨 일을 하는지 모르겠지만 나보다도 더 겁이 없는 놈이다.'

파비오는 상대가 조각사란 판단을 버리고, 그가 〈로열 로드〉

를 하면서 직접 만나서 놀란 몇 안 되는 인물인 것을 있는 그대로 인정하기로 했다.

"선물로 받고 싶은 것을 말해라."

선물을 고를 수 있는 선택권도 주기로 했다.

그가 만든 대부분의 방어구들은 위드의 손을 거쳤다. 이미 알고 있을 테니 필요한 것을 고르라는 배려!

'어느 정도의 배포를 가지고 있는지도 알 수 있을 터!'

파비오는 방어구를 만들지만, 결국 사람이 가장 중요하다는 생각을 했다.

위드는 눈을 빛냈다.

"철륜의 어깨 보호대를 주시지요."

"철륜의 어깨 보호? 그건 방어구임에도 공격적인 성향이 심한 물건인데… 아니, 그것을 떠나서 레벨 제한이나 직업 때문에 자네는 사용이 불가능할 터인데?"

파비오는 반문을 하던 도중에 스스로 답을 찾아낸 듯한 표정이었다.

"아니, 사용할 수 있는 거군."

"그렇습니다."

"알았다. 주지."

파비오는 위드에 대한 평가를 달리했다. 대장장이 스킬이 상당한 그리고 레벨도 꽤 높은 유저이리라고.

'감히 그것을 달라고 하다니 배짱도 두둑한 놈이야. 염치도 없고. 괜히 뭐든 말하라고 했어.'

속으로 구시렁거리면서 욕도 제법 했다. 철륜의 어깨 보호대는 그가 만든 방어구들 중에서도 수위에 꼽히는 작품이었기 때문이다.

위드는 선물들을 수거하면서 헤르만에게까지 이르렀다. 몸을 비틀거리면서 가누지 못했다.

"많이 취했군."

"아닙니다."

"내 맥주도 받아 주겠는가."

"얼마든지요."

위드는 맥주를 쭉 들이켰다. 그러자 헤르만은 한 쌍의 귀걸이를 꺼냈다.

"마령의 귀걸이. 마나를 증폭시켜 주는 효과가 있는 물건이라네."

상급 액세서리로, 마나를 이용한 공격의 효과를 증대시켜 주기 때문에 마법사뿐만 아니라 그 누구에게라도 무척 귀한 물건이다. 적어도 3만 골드는 하는 물건.

"감사합니다."

"아니야. 그보다, 내가 묻고 싶은 것이 있는데……."

위드의 머리가 꾸벅 아래로 떨어지다가 정신이 든 듯이 번쩍 치켜들렸다.

"무, 무엇이지요?"

평상시의 위드에게서는 볼 수 없는 늘어진 모습.

억지로 정신을 바짝 차리고 있는 것이 눈에 훤히 보였다.

헤르만의 입가에 미소가 맺혔다.

"별로 중요한 이야기를 하려는 것은 아닌데, 조각사의 사명에 대해서 어찌 생각하는가?"

"사명요?"

"나는 대장장이로서 어떤 사명을 가지고 있다네. 그 때문에 특별한 하나의 검을 만들기 위해서 노력을 하고 있는데 쉽지가 않아. 자네도 조각사인 이상 아마도 어떠한 사명을 가지고… 이런!"

헤르만은 말을 하던 도중에 혀를 찼다. 위드의 머리가 꾸벅꾸벅 숙여지더니 완전히 앞으로 고꾸라졌기 때문이다.

"이보게!"

"음냐."

위드는 깊은 잠에 빠진 듯이 정신을 차리지 못했다.

헤르만이 주변을 둘러보니 드워프들은 여전히 거나하게 맥주를 마시고 있었다. 취해서 짧은 두 팔과 두 다리를 쫙 펴고 잠든 드워프들도 많이 보였다.

'하기야 저 드워프들에게 한 잔씩 받아 마셨을 테니 말 다한 셈이지.'

헤르만은 고개를 절레절레 저었다.

"핀, 좀 도와주겠나? 그쪽을 좀 잡아 줘."

"네."

"자, 옮기자."

그리고 핀과 함께 위드를 구석에 눕혀 놓았다.

술자리는 밤새도록 이어질 것 같았고, 헤르만에게도 술잔을 들고 찾아오는 드워프들이 많았으므로 대화에 푹 빠졌다.

그러던 어느 순간, 옆을 돌아보니 무언가 허전했다.

취해서 쓰러져 잠들어 있던 위드가 감쪽같이 사라진 것!

"어라, 이 친구가 어디로 갔지?"

헤르만이 서둘러서 찾아보았다.

"누구 아트핸드를 본 드워프 없는가?"

드워프 1명이 지상으로 향하는 출구 쪽을 가리켰다.

"아까 저곳으로 나가던데요."

"이런!"

헤르만은 술기운이 확 날아갔다. 그리고 급하게 위드에게 귓
속말을 보냈다.

> — 이보게!

> — 이보게!

몇 번을 부르고 나서야 위드의 대답이 전해져 왔다.

> — 예, 헤르만 할아버지.
> — 험험! 술은 깼는가?
> — 아니요, 아직. 속이 울렁거려 죽을 것 같습니다.
> — 그렇게 많이 마셨으니 힘들겠지. 그래, 언제 돌아올 건가?
> — 시원한 바깥바람을 쐬러 지상으로 나가려고 하는데요.

위드는 대답을 하는 도중에도 탄광을 달려서 빠르게 빠져나
가고 있었다.

막대한 술값!

딱 눈치를 보아하니 드워프들은 술을 마시면서 돈을 낼 기미
가 안 보였다.

'이런 돈은 당사자가 내야 되기 마련이지.'

술을 마시면서도 경계심을 풀지 않았다.

그리고 절묘한 시기를 이용한 도주!

— 이보게, 이대로 가 버리면 어떻게 하는가?
— 왜요, 환송식은 다 끝난 걸로 아는데요.
— 그게… 술값을 내야 하지 않나.
— 뭐라고요? 그 돈을 제가 내야 하는 것이었습니까?

위드는 기가 막힌다는 투로 귓속말을 보냈다. 그리고 헤르만
이 당황할 찰나, 다시 말을 전했다.

— 진작 말씀을 해 주지 그러셨어요. 그랬으면 술값을 내고 나왔을 텐데.
— 큼. 지금이라도 돌아와서 내고 가면 어떻겠는가. 술값이… 어디 보자,
  3,500골드가 좀 넘는군.

맥주를 3,000골드 넘게 마시다니, 드워프들의 무지 막대한
주량이 아니고서야 불가능한 일.

— 장부가 한번 길을 떠났는데 어찌 돌아갈 수 있겠습니까.
— 그래도…….
— 이렇게 하면 어떨까요. 일단 헤르만 할아버지가 지불해 주시지요. 다음에
  제가 갚아 드리면 되는 거죠.
— 그, 그럴까.
— 예.
— 그렇게 하면 되겠군. 알았네. 나중에 꼭 갚아 줘야 되네.
— 걱정 마십시오. 제가 누굽니까? 하하하!
— 하, 하하.

위드는 쿠르소 왕국을 나와서 퀘스트 보고를 위해 아이언핸드 마을에 도착했다.

왕국을 나올 때에는 조각사로서 작품 1개를 의무적으로 바쳐야 했는데, 평소에 깎아서 갖고 다니던 앵무새 조각품을 내주었다.

조각사 위드의 명성에 비한다면 정말 약소한 물건!

위드가 만든 조각품으로 쿠르소에 남겠지만, 그런 명예에는 관심이 없었다.

"들었어? 부활의 군대가 드디어 페뇸프 지역까지 점령했다더군."

"허어. 정말 지독한 일이로군."

"누가 그들을 막을 수 있을까? 이대로라면 베르사 대륙을 점령하는 것도 머지않았을 것 같아."

아이언핸드 마을에 있는 드워프들의 대화가 위드에게도 들렸다.

데이몬드가 이끄는 강성한 마물의 군단이 베르사 대륙을 위협하고 있었다.

일찍이 몬스터 떼의 침공이나 가뭄, 홍수 등의 피해도 있어 왔지만, 이번 데이몬드의 침공이야말로 베르사 대륙에 가장 큰 파장을 미치고 있다.

드워프들이 속삭였다.

"왕국들이 드디어 움직이기로 했다고 해."

"연맹을 결성하여 부활의 군대를 저지하겠다더군."

"자기들의 땅까지 넘어오려고 하니 안달이 난 거겠지."

"데이몬드의 목에 60만 골드의 현상금까지 걸렸다니까 말 다한 셈이지."

다크 게이머 길드에서도 이 이야기로 화제였다.

60만 골드라면 굉장한 금액. 일확천금을 노리고 데이몬드의 암살을 추진할 만도 하다.

하지만 마물들의 이목을 속이고 잠입하기도 어렵고, 앞으로 데이몬드의 몸값이 더욱 오를 것이라고 예상하고 자제하란 이야기들도 많이 나오는 중이었다.

'어느 정도 안정적인 수입이 이어지기 위해서는 너무 급격한 혼란은 좋지 않은데…….'

위드는 조각사 길드로 들어갔다.

대륙에 이떤 위기가 찾아오든 조각사 길드는 여전했다.

"재료가 아깝군. 그런 식으로 깎는 게 아니라고 몇 번을 말해야 알아듣나!"

"자넨 드워프의 수치야, 수치!"

교관에게 갈굼당하면서 서럽게 조각술을 익히고 있는 드워프들!

그들은 문이 열리고 들어온 위드의 얼굴을 알아봤다.

"그때 의뢰를 받아 갔던 드워프잖아."

"켄델레브의 흔적을 찾아오라던 그 의뢰 말이야?"

"아무도 해결하지 못한 의뢰를 당당하게 받아 간 드워프지."

"쯧쯧. 저 드워프도 결국 하다 하다 안 되니 포기하러 온 모양이로군."

드워프들은 내심 고소해했다.

위드가 의뢰를 받을 때만 하더라도 혹시나 하는 걱정을 했는데, 저렇게 먼지투성이로 힘없이 돌아온 것을 보니 실패했으리라 여겼다.

이미 켄델레브의 조각품이 발견되어 〈로열 로드〉에 동영상까지 유포되었지만, 아무래도 이들은 소식이 깜깜한 드워프 같았다.

위드는 교관을 향해 걸어갔다.

"퀘스트의 결과를 보고하기 위해서 왔습니다."

조각술 교관 조르비드가 정중하게 물었다.

"고생이 많았네. 우리 드워프 조각사의 전설은 사실이던가?"

"그렇습니다. 드워프 종족에도 조각사는 있었고, 그의 조각품은 아름다웠습니다."

"과연! 나는 그럴 것이라고 믿고 있었지. 내게 켄델레브의 흔적을 보여 줄 수 있겠나?"

"물론입니다."

위드는 배낭을 열고 손을 넣었다.

배낭 안에 들어 있는 물건들을 뒤적거리다가 무언가를 잡았다. 그리고 두 손으로 감싼 채로 꺼냈다.

"여기, 켄델레브의 조각품입니다."

위드가 두 손을 벌리자, 갇혀 있던 물로 된 새가 날아올랐다.

새가 맑은 물소리를 내면서 조각사 길드를 빙빙 돌았다.

"아! 이것이 우리의 선조가 만들어 낸 조각품!"

조각술 교관 조르비드는 감격을 금치 못했다.

익살스러운 참새 모양을 하고 있는 조각품은, 드워프들 사이를 헤집고도 다녔다.

드워프들은 새로운 세상을 본 것같이 놀라운 표정을 지었다. 맥주를 벌컥벌컥 마실 때에도 이토록 크게 입을 벌리지는 않았으리라.

"저게 조각품이라니! 어떻게 저이게 조각품이야?"

"저건 정령이나 마법으로 만든 물건이잖아!"

"조각품은 깎거나 만들어야 되는 건데, 저건 사기야."

한편으로 드워프들은 이 새로운 조각품을 받아들이기 힘들어했다.

그들이 가진 고정관념으로는, 물로 된 새가 날아다니는데 그것이 조각품이라고 하는 것이 납득되지 않았던 것!

위드는 고개를 지었다.

'그런 생각으로는 평생 조각술을 대성하기 어려울걸.'

조각술은 입체적인 미술이다.

조각사가 만든 것이라면 그리고 눈으로 보이거나 공간을 지배할 수 있다면 무엇이든 새로운 시도가 될 수 있다.

'왜 꼭 나무나 돌을 깎아야 한다고 생각하는 건지 모르겠군.'

위드는 조각술을 무시하던 얼마 전까지의 자신의 모습을 기억하지 못한 채, 근엄한 표정을 유지했다.

드워프 교관이 손을 잡았다.

"고맙네. 이제 조각술에 대해 그 어떤 종족도 우리 드워프들을 무시할 수 없을 것이야."

띠링!

명성이 130 올랐습니다.

조각사 길드에서의 평가치가 향상됩니다.

종족 간 위신에서 드워프들에 대한 존경심이 3 승가하였습니다.

토르 왕국 드워프들과의 우호도가 82가 되었습니다.
드워프들은 만들고 있던 곡괭이 정도는 내던지고 당신의 일을 도와줄 것입
니다.

레벨이 올랐습니다.

레벨이 올랐습니다.

그리고 조각술 교관은 한 쌍의 검은색 장갑을 내밀었다.

사실 위드도 레벨이나 명성보다는 보상품을 더 크게 기대하
고 있었다.

'토르 왕국의 퀘스트가 좋은 이유지.'

엘프들은 퀘스트를 통해 주로 우호도나 정령과의 친화력이 증가한다. 인간의 경우에는 명성이나 보상, 혹은 특별한 지위나 직업을 가질 수 있다.

드워프들, 특히 토르 왕국의 경우에는 퀘스트를 통해 좋은 아이템을 주었는데, 위드의 구미에는 꼭 맞았다.

"여기 자네가 써 주었으면 하는 장갑이라네. 켄델레브 님은 아니지만, 매우 뛰어난 장인 드워프가 착용하던 장갑이야."

"감사합니다."

의뢰에 대한 보상으로 아이템을 습득하였습니다.

검은색 광택이 은은하게 흐르는 장갑.

"감정!"

숙련된 제작자의 징갑
토르 왕국의 일곱 번째 대장장이 스핀달이 만들어 사용하던 장갑. 대장장이 일을 하면서도 모험을 하며 오크들을 때려잡는 데 조금의 불편함도 없도록, 많은 시행착오를 거쳐 만들었다. 대장장이용이지만 폭넓은 용도로 쓰일 수 있다.
내구력: 45/45
방어력: 13
제한: 중급 손재주 이상. 레벨 150.
옵션: 착용 시 대장장이 스킬 +1. 조각술 스킬 +1. 손재주 스킬의 효과 +5%.
　　　공격력 7% 증가. 원거리 무기 사용 시 연사 속도 향상.

기대했던 대로 최상급 아이템이었다.

레벨 제한은 낮아도, 중급 손재주라면 아무나 착용할 수도 없는 물건.

조각술 교관이 이어서 말했다.

"켄델레브 님의 흔적이 우리 토르 왕국의 어딘가에 더 남아 있을 것으로 믿네. 그 흔적을 더 찾아보겠는가?"

띠링!

켄델레브의 숨겨진 조각품들

재능 많은 드워프 조각사의 유물은 아직도 어딘가에 남아 있으리라고 추측된다. 켄델레브가 토르 왕국에 남긴 조각품들을 추가로 찾아서 복원하라.

난이도: 드워프 종족 조각사 퀘스트.

보상: 드워프들의 영광.

제한: 드워프, 조각사 한정.

아직 끝나지 않은 켄델레브의 퀘스트!

하지만 위드는 고개를 저었다.

"저는 모험의 길을 떠나야 합니다. 드워프들의 위대함은 인간과 엘프에게 충분히 알렸을 테니, 다른 드워프에게 대신 맡기고 싶습니다."

위드에게는 해야 할 일이 있고, 조각품 찾기는 이것으로 그만두고 싶었다.

조각술 교관은 아쉬운 듯이 고개를 끄덕였다.

"그래. 이제 이 일은 다른 평범한 드워프들도 할 수 있겠지."

퀘스트를 거부하였습니다.

조각술 교관 조르비드와의 친밀도가 약간 하락합니다.

친밀도가 조금은 떨어졌지만 조각술 교관은 여전히 위드를 좋아했다.

"자네처럼 훌륭한 조각사를 보게 되어 나에게도 영광이라네. 이제 앞으로 무엇을 할 것인가?"

"그건 저도 모르겠습니다. 다만 동료들을 만나기 위하여 데일 왕국으로 가야 될 것 같습니다."

"자네가 만드는 물건에 축복이 있기를. 언제든 다시 돌아와서 우리 아이언핸드 마을을 위한 조각품을 만들어 주게."

"제 발걸음이 닿는 곳에서 본 수많은 것들, 다시 이곳으로 돌아오면 꼭 만들어 드리겠습니다."

미발견 던전

안현도는 깨끗한 헝겊으로 검을 닦았다.

철의 가장 순수한 부분까지 제련을 해서 장인의 혼으로 완성시킨 명검.

대대로 유명한 검사들이 사용해 검의 이름값은 더 커졌다.

"인간이 검을 통해 하늘로 오를 수 있게 만든다는… 검이지."

안현도는 많은 명검들을 보유하고 있지만 비연검은 함부로 꺼내지 않았다. 큰 결심을 앞두었을 때에만 비연검을 닦으며 젊을 때의 각오를 되새겼다.

"세상에 무서운 것이 없던 시절. 싸움에만 급급하여 나를 돌아보지 못했던 시절. 그때에 내게 과분한 비연검을 얻었다. 검의 날에는 의미가 없다고 하나, 결국은 사람이 중요하다는 것을 깨닫게 해 준 검이지."

안현도는 거울처럼 잘 닦인 비연검을 보았다.

관장실의 창문을 통해 비치는 푸른 하늘이, 검신에도 있었다. 구름이 떠가는 것과 햇빛이 눈이 부실 지경이다.

"검술은 검을 사용하는 법을 배우는 것이다. 검도의 끝이 그저 강한 검술이라면 어찌 배울 가치가 있겠는가?"

사람을 키우는 검.

거친 황야의 잡초가 생명력이 왕성하듯이, 인간도 결국은 단련을 거쳐야 한다.

좁은 도장이 아닌, 넓은 세상에서 배울 필요가 있다.

"진정한 공포와, 삶에 대한 욕구… 그리고 자기 자신을 검을 통해 배울 수 있을 터."

안현도는 검을 검집에 갈무리하고 관장실을 나갔다.

"율민아."

도장에서 비서 일을 해 주는 그의 조카 이름이 율민이었다.

"네, 작은아버지."

"막내 제자에게 검 보는 법을 가르쳐 줄 때가 된 모양이다."

"벌써 그렇게나 되었네요. 그럼 표를 두 장 예매해 놓을게요. 출발 일정은 언제쯤으로 잡을까요?"

"지금은 학교를 다녀야 하니… 여름쯤이 괜찮겠구나."

"준비가 모자란 듯한데… 너무 서두르는 게 아닐까요?"

"부족하면 부족한 대로 더 큰 걸 얻을 수 있겠지."

검술은 누구든 익힐 수 있다.

남보다 빠른 검을 쓰기 위해서는 반복적인 노력과 학습이 필요했다.

하지만 그런 빠른 검을 가지고 있다고 해서 승부에서 이기는 건 아니다. 더 무거운 검, 근력을 발달시킨다고 승부에서 이기는 것도 아니다.

검을 배우는 이유는 자신을 바로 보기 위함이었다.

안현도의 생각에 요즘의 젊은이들은 나약했다.

"학교에 가서 공부를 하고, 취업 준비를 하고… 그렇게 십몇 년을 보내다 보면 자신이 무엇을 좋아하는지, 무엇을 원하는지도 모르는 채로 사회에 뛰어들어 버리지."

사회에서도 자기를 돌아볼 기회는 없다.

직장에서, 가게에서 일을 하고 돈을 벌다 보면 소중한 시간들이 다 지나가 버린다.

시간은 절대 다시 되돌아오지 않는다.

시간을 거스를 수 있다면 좋겠지만, 그것은 영화에서나 나올 법한 일.

검을 통해, 자신을 발견하게 된다.

진검 승부를 하는 까닭도 여기에 있었다.

자신과 상대에 대한 관찰!

서로의 그릇을 비교하면서 더 높은 경지를 갈망하게 된다.

자신을 바로 보고, 발전에 대한 욕구를 가지고 검사들은 싸웠다.

"정말 강한 검. 왜 검을 배워야 되고, 진짜 검사가 무엇인지를… 여행을 통해 보여 줄 수 있겠지."

한국 대학교의 축제가 2주일도 남지 않게 되면서 이현의 학교생활도 바빠졌다.

"주점을 준비하는 인원. 우린 안주에 승부를 걸어야 하니 절대 소홀히 하지 마!"

주점에서 내놓을 안주를 위한 급성 요리사 과정!

이현은 요리에 대해서는 통달한 편이라서 따로 배울 필요가 없었지만, 다른 학생들을 가르쳐야 하므로 쉴 틈이 없었다.

"이현 오빠, 계란은 어떻게 깨요?"

"수세미로 사과 닦아도 되는 거죠. 맞죠?"

"그릇 씻을 때 퐁퐁 대신 세숫비누 쓰면 안 되나요?"

질문들이 나올 때마다 이현은 크게 탄식했다.

요즘에는 인스턴트 그리고 배달 음식이 너무 잘되어 있다. 공부만 하도록 길들여진 아이들은 대학교에 올 때까지 밥도 한 번 지어 보지 않은 경우가 많다.

"근데 밥은 누가 하기로 했어?"

"밥은 쿠쿠가 하잖아요."

"……."

이런 식의 대화들!

이현은 꾹 눌러 참으면서 학생들에게 요리의 기본부터 가르쳤다.

"계란 프라이를 할 때는 팬에 식용유부터 두르고 하는 거야. 식용유가 아니라 올리브유를 쓴다면 더 좋겠지."

"사과는 껍질부터 깎고, 그다음에 자르면 편해. 파인애플은 과도로 썰지 마!"

"바나나는 깎는 게 아니라 그냥 벗겨 내기만 하면……."

사실 학생들은 이현이 당황해서 설명하는 것을 즐기느라 아는 것도 일부러 물어보고 있었다.

"근데 밀가루로 밥하면 안 돼요?"

"찌개는 원래 이것저것 재료 넣고 라면 수프로 끓이는 거라던데……."

이현의 인내심이 바닥을 기었다.

그나마 요리를 빠르게 배우는 편이 서윤이었다. 부침개를 시커멓게 태우기는 했지만 요령을 알려 주니 다음 시도에는 꽤 보기 좋게 부쳤다.

서윤은 젓가락으로 그녀가 부친 김치전 한 점을 이현에게 내밀었다.

"먹어 보라고?"

이현이 불안한 듯이 물었을 때, 서윤도 비슷하게 불안한 얼굴로 고개를 끄덕였다.

김치전을 향한 이현의 눈빛이 날카로워졌다.

'재료. 밀가루, 김치, 김치국물, 계란, 파, 오징어 등 약간. 재료상으로는 이상이 없다.'

정상적인 재료를 사용해서 부친 김치전이다.

'불그스름하게 잘 구워진 걸 보면 조리 과정에서도 특별한 문제는 없었을 텐데…….'

의심들을 해결하고 나서야 비로소 서윤이 주는 김치전을 받아먹었다.

김치전이 입속으로 들어가고, 가득 퍼지는 풍부한 김치의 아로마!

'향긋하다. 역시 토종 김치의 맛이지. 동네 텃밭에서 기른 배추에 젓갈, 고춧가루 들이 잘 버무려진… 그리고 전으로 재탄생하면서 일어나는 어울림, 조화! 잘 만들어진 김치전이다.'

김치전에 대한 평가는 금방 끝났지만, 이현의 입속은 불에 덴 것처럼 뜨거웠다.

방금까지 부치던 전을 바로 떼어 주었으니 뜨겁지 않을 수가 없었다.

'역시 더 의심해 봐야 됐어.'

이현의 눈빛이 더 날카로워졌다.

살기가 폭사되는 눈빛!

그러면서도 맛에 대해서는 엄지손가락을 들어 주었다.

"맛있어. 이대로 계속 만들어."

"……."

대답은 없었지만, 서윤의 눈내가 소금이나마 웃고 있는 듯 보였다.

'웃을 줄도 알았나?'

너무 순간적으로 스쳐 가 버린 표정이었다.

하지만 짧은 찰나의 순간 보여 준 아름다움이야말로, 처음 프레야 여신을 만들었을 때에 상상했던 그 미소이리라.

서윤은 과일 샐러드도 잘 만들었고, 그릇에 담아내는 솜씨도 일품이었다.

식품영양학과의 강의실을 빌려서 하는 조리 실습은 그렇게 끝나고, 주점 오픈에 대한 계획은 따로 했다.

남자 10명, 여자 7명이 주점을 위한 정원이었다.

"천막 주점으로 해요. 비용도 그 편이 적게 들 테고요. 천막은 대형으로 5개 정도 마련하면 될 거 같은데 어떠세요."

홍선예의 말에 남자들은 일제히 고개를 끄덕였다. 축제가 하루에 끝나는 게 아니었으니 비가 오는 경우도 대비해야 했다.

"그럼 천막 5개. 설치는 축제 전날까지 끝낼 수 있겠죠?"

홍선예가 이현을 보았다.

MT에서도 보았던 온갖 재료들을 이용한 건축 능력, 그 정도라면 천막 따위는 아무것도 아니라고 생각하며.

"충분히 가능하지."

"근데 천막은 어디서 구할까요?"

"대여해 주는 곳이 따로 있을 거야."

"그럼 천막은 됐고……."

홍선예가 슥슥 도면을 그렸다.

주점을 설치할 장소와 천막의 크기 등을 즉석에서 도면으로 그려 구체화시킨 것이다.

"테이블은 20개가 들어갈 것 같은데요."

"그럼 의자는 100개 정도가 되겠군. 너무 많을까?"

"손님들이 한꺼번에 몰릴 경우도 대비를 해야죠. 타 학교 학생이나 일반인도 정말 많이 오니까 손님들은 많이 모일 거예요. 의자는 강의실에서 빌려 와도 되니 넉넉하게 맞춰 놔요."

"축제 전날 오전에 천막과 테이블, 의자까지 세팅을 다 해 놔야겠군."

"버너나 요리 재료들은……."

"재료상에 주문을 하면 트럭으로 보내 줄 거야."

홍선예와 이현이 대화를 하면서 모든 작업들이 일사천리로 진행되었다.

남자들은 머릿수만 차지할 뿐, 실제로 주점 준비는 여학생들과 이현이 도맡아서 했다.

"근데 우리 주점의 콘셉트는 뭐로 정하죠?"

홍선예가 모두에게 질문을 던졌다.

한국 대학교의 각 주점들은 자기들만의 콘셉트를 가지고 진행했다. 원활한 손님 유치를 위해 복장에서부터 차별성을 두는 것은 필수였다.

"클럽 분위기로 할까?"

"여고생 분위기는 어때. 나 교복 아직도 가지고 있는데……."

"교복은 나도 있어. 근데 살이 좀 쪄서……."

여학생들이 대화를 나눌 때마다 남학생들은 말이 없었다.

클럽에서 짧은 치마에, 맨어깨와 허리를 드러낸 옷을 입고 있는 서윤.

청순 무구한 여고생 복장을 하고 있는 서윤.

'대박이다.'

'대박이다.'

'대박이다.'

'대박이다.'

…….

남학생들이 상상의 나래를 펼치고 있었다.

"무슨 콘셉트를 잡아야 될까."

여학생들의 가장 큰 고민이었다.

다른 과 주점과의 자존심 경쟁에서 이기기 위해서라도 돋보이는 콘셉트를 짜야만 했다.

"남자들은 일단 편한 복장으로 와요. 콘셉트는 여자들끼리 좀 더 고민하고 정해 볼게요."

여학생들의 말에 남학생들은 진지하게 대답했다.

"그래. 훌륭한 콘셉트를 잡기 바라."

"너무 심각하게 고민하지 말고, 좀 전에 얘기했던 것들도 아주 괜찮아."

"아우. 축제가 오늘이었으면……."

"……."

여학생들은 따로 모여서 토론을 했다.

클럽 걸, 여고생, 회사원 복장 등. 남자들을 흥분시킬 만한 콘셉트들이 우선 고려되었지만 모두 취소되었다.

"우리가 남자들 눈요깃감이 될 순 없잖아!"

노출에 대해 부담스러워할 것이 뻔한 서윤의 입장도 고려한 것이었다.

"무슨 콘셉트를 잡아야 될까. 서빙을 하면서 사람들도 많이 보게 될 텐데 우아하면서도 고혹적인, 여성미를 살릴 수 있으면서도 절대 꿀리지 않는 거 어디 없을까?"

"5월의 축제니까, 신부가 어때."

"신부! 그거 괜찮다. 5월의 신부. 웨딩드레스에 면사포까지

쓴 학생 신부들이라면 발랄한 느낌이 날 것 같아."

"나도 찬성!"

"의견은 좋지만 드레스를 빌릴 곳이 있어?"

"천이나 원단을 사서 직접 만들어 보는 거야. 패션 잡지를 보고 대충이라도 비슷하게 만들면 되지 않을까?"

여학생들은 의기투합했다.

여자를 가장 아름답게 만들어 주는 옷이 웨딩드레스라고 하지 않던가.

결혼하기 전에 먼저 웨딩드레스를 입어 보는 기회가 되기도 했다.

"서윤 선배님, 선배님도 괜찮아요?"

"……"

서윤은 잠시 머뭇거리다가 고개를 끄덕였다.

학교 과제를 위한 던전 탐험!

축제 전날까지는 탐험을 완료해야 하므로 시간이 매우 촉박했다.

"빨리 좀 오세요."

"우린 다 모여 있었단 말이에요."

오전 수업을 마치고 조원들이 모여 있는 캡슐방으로 가자마자 원성들이 쏟아졌다.

하지만 이현에게도 변명거리는 있었다.

"차가 심하게 막혔어."

"거짓말. 걸어왔으면서."

조원들은 속지 않았다.

"학교에서 걸어서 3분 거리인데 무슨 차를 타고 와요."

"버스로 한 구간도 안 되어서 타면 더 돌아가 버리잖아요."

이현의 눈빛이 그윽하고 촉촉해졌다.

제피라는 닉네임을 쓰는 최지훈이 사형들에게 알려 준, 여자들을 달래는 비법을 사용하는 것.

이현은 손가락을 흔들며, 최대한 달콤하게 말했다.

"이 앙큼한 사슴들… 지금 내 말 못 믿고 있는 거니?"

"……."

순간 여학생들의 표정은 배 속의 무언가가 긴급하게 올라오는 것 같았다.

'아, 아기 때 마신 모유가…….'

느글거림과 느끼함!

땅콩버터에 치즈를 섞어 라면을 끓인다 해도 이 정도는 아닐 것이다.

"아, 알았어요. 일단 어서 시작이나 해요."

요즘 이래저래 잦은 안면이 있는 홍선예가 이현의 편이 되어 주었다. 마음은 아침저녁으로 볼때기를 쥐어뜯는 삼촌을 둔 조카보다도 썩어 들어가겠지만 인내심을 발휘했다.

"오빠."

캡슐에 들어가기 직전, 이유정이 말을 걸었다.

"응?"

"데일 왕국 근처에는 와 계시죠? 우리는 벌써 다 모여 있고, 탐험 연습도 많이 해 두었거든요."

이현은 문제없다는 듯이 대답했다.

"그럼. 거의 다 도착했어."

"네, 그러면 다행이에요. 먼저 접속해서 기다리고 있을게요. 빨리 오세요."

"조금만 기다리고 있어. 금방 갈게."

이현은 캡슐에 들어가서 센서들을 장착하며 생각했다.

'빨리 출발해야겠군.'

사실, 위드는 쿠르소 왕국에서 만든 액세서리와 조각품 들을 상인들에게 처분하느라 아직도 네스트 왕국의 헤롬 성에 머무르고 있었다.

데일 왕국의 네칸 성까지는 말을 타고도 닷새가 넘는 거리가 떨어져 있었던 것.

'한국 표현으로 거의 다 왔어, 이제 금방이야는 아직도 꽤 걸린다는 뜻이니까, 늦어도 이해해 주겠지.'

✦

헤롬 성!

왕국 간 접경지대에 위치하여, 중계무역을 하는 상인들로 붐비는 성이다.

세워 놓은 마차들과 물품들을 구매하는 유저들로 인하여 새벽의 시장 바닥을 연상시킬 정도로 혼란스러웠다.

흥정을 하며 값을 후려치는 유저들과, 한 푼도 깎아 주지 않으려는 상인들의 치열한 기 싸움도 벌어지고 있다.

"아니, 아무리 돈만 밝히는 상인이라지만 이럴 수가 있소? 고생 끝에 탄생시킨 내 자식 같은 세공품을 어떻게 그 가격에 살 수 있단 말이오?"

"그게 어르신, 일단 고정하고 설명을 들어 보시지요. 현재 보석 세공품들의 시세가……."

"시세라니! 내가 만든 세공품이 어떻단 말이오? 어디 조그만 흠집이라도 있소? 아니면 이 루비의 질이 떨어지기라도 한단 말인가?"

작은 드워프가 길길이 날뛰고 있었다. 당연히 그의 정체는 위드!

초보 상인들에게 완고한 드워프가 되어서 가격을 후려 올리고 있었다.

보석 세공품 외에 액세서리와 조각품, 드워프들의 선물들도 판매했다. 사실 환송식에서 받은 선물들을 팔 때는 양심의 가책이 조금은 느껴졌다.

'그래도 요즘 시대가 바뀌었지. 필요하지 않은 선물은 상품권을 받았다고 생각하면 돼.'

선물은 마음!

마음을 받았으니 족한 것이 아니겠냐면서 마음껏 바가지를 씌워서 판매하는 중이었다.

드워프가 판매하는 물건이라 신용도도 높고 품질도 좋았지만, 높은 가격을 고집한 탓에 거래가 금방 이루어지진 않았다.

"어휴, 언제 오는 거야."

"너무 늦어지는데… 그냥 포기하고 우리끼리 가 버릴까?"

"안 돼. 조원 중에서 1명이라도 빠지면 점수를 못 받는단 말이야."

네칸 성 인근의 고목 아래에서 일단의 무리가 누군가를 기다리고 있었다.

검사 둘과 도둑, 인챈터, 원소술사, 레인저로 이루어진 파티!

헤겔이 번쩍번쩍 광나도록 닦은 방패를 바닥에 내려놓았다.

"늦어지는군. 모처럼 쿠드람의 방패를 꺼내 왔는데 말이야."

쿠드람의 방패.

몸 전체를 가릴 수 있는 카이트 실드로 방어력이 70이 넘으며, 묵직한 무게로 돌격을 저지시키는 효과가 있다.

흑사자 길드원인 최상준이 형에게 애원해서 갑옷과 방패 등을 빌려 왔던 것이다.

인챈터 라미가 방패를 보며 호기심에 찬 얼굴을 했다.

"상준아… 아니, 헤겔, 그 방패는 누가 인챈트해 준 거야?"

"하벤 왕국 최고의 마법 부여자, 페리에 님이 해 줬지. 그분이 흑사자 길드의 인챈터거든."

"아, 그 유명한 사람이……."

파티원들의 시선이 쿠드람의 방패로 향했다.

네칸 성안에서도 뛰어난 장비를 갖춘 헤겔에게 이목이 집중되었다.

베르사 대륙에서 일반적으로 장비란 그 사람의 무력을 드러내는 수단이 된다. 검사의 공격력은 파티 전체를 수호하는 힘이 되기도 하고, 적들을 분쇄하는 원천이기도 하다.

뛰어난 검사를 보며 부러워하는 것은 당연했다.

"좋겠다, 헤겔."

"진짜 부러운 장비네. 갑옷도 보통 물건 아니지?"

"너희는 말해도 모를걸. 스네이크의 밴티스 갑옷 세트니까. 부츠와 어깨 보호대, 투구까지 세트 아이템이야."

"밴티스 갑옷에 대해서는 들어 본 적 없는데."

"당연하지. 유명한 물건은 아니지만, 아니! 너무 희귀해서 아는 사람들만 쓰는 갑옷이라서 더 알려지지 않았지. 하지만 그 성능은 노르만의 무구들보다 뛰어난 편이야."

"노르만의 무구보다도 좋아?"

"비교 자체가 불가능하지."

헤겔이 장비를 자랑하고 있을 때, 원소술사 셀시아가 눈을 빛냈다.

"그런 장비라면 굳이 기다릴 필요 없잖아."

"응?"

"사냥은 어차피 네가 거의 다 할 거 아니야? 그럼 우리끼리 가자."

"하지만 형이 안 오면 성적을 제대로 못 받을 텐데……."

"우리끼리 먼저 가서 탐험을 하고 있고, 나중에 합류하면 되지 않겠어?"

"그럴까?"

헤겔은 솔깃한 표정이었다. 그도 형에게 빌려 온 장비들을 빨리 사용해 보고 싶은 마음이 굴뚝같았다.

검사 벨라도 입을 열었다.

"어차피 조각사가 탐험에서 할 수 있는 일은 별로 없잖아. 그러니까 초반에는 없더라도 크게 눈에 띄진 않을 거야."

벨라마저 찬성을 하자 헤겔은 마음을 정했다.

"좋아. 그럼 우리끼리 가자."

"그런데 탐험할 던전은 어디로 정했어?"

던전에 대한 정보들을 수집하고 결정한 것은 헤겔과 나이드였다.

질문에 대한 답은 나이드가 했다.

"멀지 않은 곳이야. 프레인의 붉은 영토를 지나면 말라붙은 나무들의 숲이 나오는데, 입구가 거기에 있어."

"유명한 던전이야?"

"아니. 발견한 사람이 우리뿐일걸."

"정말?"

헤겔이 어깨를 활짝 폈다.

"그럼. 나와 나이드가 왕국 도서관의 책자들을 조사해서 찾아낸 장소란 말이지. 물론 책자를 발견한 것은 나이드이긴 했지만."

"아직 열린 적이 없는 던전이란 뜻이야?"

"아마도 우리가 처음일걸."

미공개 던전을 발견하게 되면 명성이 오를뿐더러, 2배의 경험치를 받게 된다.

"함정이 있더라도 나이드가 해체하면 되고, 전투는 내가 담당하면 돼."

인챈터 르미는 미공개 던전 탐험이란 말에 걱정이 되는 기색이었다.

"위드 오빠는? 미공개 던전이라면 기다려서 같이 가야 되는 거 아니야?"

"그럴 필요가 있을까? 던전에 대한 정보가 담겨 있는 책자를 이 고목에 숨겨 두고 가면 되지. 책자를 보고 대충 던전의 입구 근처까지 찾아오라고 하자."

"전투를 못하니까 못 올 수도 있잖아."

"그 정도는 아닐 거야. 그럼 토르 왕국까지 여행도 갈 수 없었겠지. 그럼 어서 가자."

헤겔은 땅을 파고 책을 숨겨 두었다.

《길드라스의 이상한 이야기책》을 버렸습니다.

간단한 보급 등의 준비를 마치고, 그들은 프레인의 붉은 영토로 떠났다.

⁂

헤롬 성에서 물품들을 매각하여 35,000골드나 번 자린고비 위드!

"데일 왕국으로 떠나는 마차는 하루 뒤에 출발하네."

"여행 비용은요?"

"7골드네."

운송 마차를 타고 가려고 했지만, 기다려야 될뿐더러 가격도 비쌌다.

'안 되겠군.'

위드는 헤롬 성을 나와서 인적이 드문 숲으로 들어갔다.

다람쥐처럼 작은 날짐승들이 사는 초보자의 숲!

찍찍.

도토리를 주워 먹고 있던 다람쥐들이 위드의 근처에 모였다.

근처라고 해도 인근의 나뭇가지 위에서 내려올 생각은 하지 않았다.

인간의 모습을 하고 있었다면 다가오지도 않았으리라. 속성상 살육을 즐기지는 않는 드워프였기에 이만큼이나마 다가온 것이었다.

엘프였더라면 와서 얼굴을 비벼 주었을지도 모른다. 자연의 생명체들과의 친화력을 가지고 있는 엘프들은 어디에서나 환영받는 존재니까.

그때였다.

가만히 서 있던 위드의 망토가 펄럭이더니 광채가 일어났다. 등에서 빛의 날개가 활짝 펼쳐진 것이다.

쌓여 있던 나뭇잎들이 휩쓸려 허공에 떠오르고, 밝은 빛에 다람쥐들이 눈을 가렸다.

위드는 숲에서 날개를 펼치고 솟아올랐다.

헤롬 성 인근을 도도하게 흐르는 베로나 강이 실개천처럼 보였다.

물품들을 판매할 때는 그렇게 북적대던 헤롬 성의 거리가 지금은 깨알처럼 작았다.

하늘을 나는 드워프라니, 전대미문의 일이었다.

"빛날아, 가자!"

빛의 날개가 우아하게 펄럭였다.

미처 몸을 만들어 주지 않아, 다른 이의 육체에 기생하여서 밖에 살 수 없는 빛의 날개.

날개를 본격적으로 펼치자마자 너무 빠른 속도로 움직였다. 균형을 잡기도 전에 탄환처럼 쏘아져 나갔다.

순간 이동이라고 표현해도 될 정도로 굉장한 가속!

하늘을 날고 있습니다.
빛의 날개가 낼 수 있는 최대 속도의 26%. 드워프 종족 특성으로 인하여 심한 어지러움증이 생길 수 있습니다.

말이나 마차도 잘 타지 못하는 드워프의 습성!

하늘을 날고 있었으니 그 드워프 종족의 페널티가 여지없이 작용했다. 맥주를 마시고 고주망태가 되었을 때처럼 현기증이 심해졌다.

위드는 이 사태를 해결할 수 있는 가장 간단한 방법을 알고 있었다.

조각 변신술을 해제하면 된다!

하지만 위드는 아직 드워프의 몸이 마음에 들었다. 체력이 좋고, 손재주 등에 추가적인 효과가 부여되었으니 아직까지는 해제하고 싶지 않았던 것이다.

"대충 참으면 되겠지."

위드는 천사처럼 빛의 날개를 팔락이며 서남쪽 방향을 잡고 빙글빙글 날았다.

산이나 구릉이나, 모두 높은 하늘에서 그대로 스쳐 지나가 버렸다.

가끔 절벽이나 산봉우리를 향해서 위태롭게 접근할 때도 있었다.

어지럼증, 멀미 비행으로 인한 위기!

몸에 부딪치려고 하는 독수리들을 피하기 위해 경로를 수정해야 될 정도로 압도적으로 빠른 비행이었다.

헤겔 일행은 붉은 모래의 땅을 지나서 나무들이 죽어 있는 숲을 지났다.

잎사귀 하나 없는 으스스한 느낌의 숲.

금방이라도 귀신이 나와도 이상할 것 없는 숲이었다.

베르사 대륙을 돌아다녀 본 경험이 가장 많은 도둑 나이드가 말했다.

"여기는 밤에 돌아다니면 안 돼. 밤이 되면 아주 가끔씩이지만 험악한 그롤러들이 나타나서 숲을 헤집고 다니거든."

그 말에 르미가 무섭다는 표정을 지었다.

숲 사이를 헤치며 튀어나온 그롤러들이 그녀를 향해 도끼나 죽창을 내지르는 것은 상상만 해도 두려웠다.

"마주치면 도망도 못 가겠네?"

"응. 밤에 그롤러들을 마주치면 목숨을 내놓는 수밖에 없지."

던전은 나무들 사이를 한참 헤매고 난 후에야 발견할 수 있었다. 입구는 흙과 돌로 가려져 있고, 동물들의 뼈들이 함께 묻혔다.

"들어가자."

헤겔이 먼저 입구로 들어가자, 잠시 머뭇거리던 다른 일행도 따라 들어갔다.

한국 대학교의 총학생회는 축제 준비로 여념이 없었다.

과별로 개최할 행사장 위치를 잡아 주고, 잔준비를 도와준다. 문화제까지 동시에 개최하고, 지역 주민들을 위한 이벤트도 있었다. 무대 설치에, 가수 섭외까지 도맡아 하면서 활동직으로 움직였다.

"근데 진행자는 누구를 섭외하지?"

"유재돌 어때?"

진행을 위해 태어났다는 평가를 받는 MC 유재돌. 수다를 떨면 그칠 줄을 모른다. 착한 성품에 배려심도 많아서 국민 MC라는 평가를 받았다.

"그 사람에게 연락을 해 봤는데, 〈무조건 도전〉을 찍느라 스케줄이 안 나온대요."

"그럼 강호은에게는 연락해 봤어? 작년에도 진행해 줬잖아."

레슬링 선수 출신 강호은!

집채만 한 체구를 가지고 있지만 때로는 순박함으로, 때로는 카리스마로 프로그램을 이끌어 간다.

큰형 같은 넉넉함과 힘과 열정이 있는 MC였다.

"그 사람은 3박 4일 여행을 가서요. 이번에 참석하지 못해서 아주 아쉽다던데요."

"이런… 그럼 누구를 섭외하지?"

한국 대학교의 축제에는 연극과 뮤지컬, 연주회, 콘서트 들이 함께 진행된다. 공부에 지친 학생들에게 활력과 대학 문화를 만끽하게 만드는 것은 물론이고, 지역 주민들을 위한 잔치였으니 소홀할 수 없었다.

결국 딱히 적임자를 찾지 못한 메인 쇼의 진행지는 영원한 2인자, 거성 박민수에게 돌아가기로 정해졌다.

⁂

정효린의 손가락이 피아노 건반 위에서 흐르듯이 움직이고 있었다.

맑고 서정적인 멜로디.

직접 작곡해서 새 앨범에 넣기 위한 준비 중이었다.

"노래가 느낌이 참 좋은데… 가사는 어떻게 정할 거야? 유명한 작사가를 섭외해 볼까? 저번에 같이 작업했던 김태환 선생님이 같이하고 싶어 하시던데."

연습실에서 매니저가 물었을 때, 정효린은 고개를 저었다.

"아니요. 제가 직접 쓸래요."

"그럴래? 효린 씨라면 작사에도 소질이 있으니까… 훌륭한 곡이 나올 거야."

정효린은 정작 어떤 느낌의 작사를 할지 마음을 정하지는 못한 상태였다.

'내가 부르고 싶은 곡을 작사할 거야.'

노래가 쉽게 만들어지진 않을 것 같았다.

새 앨범을 발매하고 무대를 가지려면 시간이 한참이나 남았으니, 후회가 남지 않도록 곡을 써 보려고 했다.

피아노를 연주하던 정효린이 고개를 들었다.

"매니저 오빠, 사흘 뒤부터 제 스케줄 비워 놓았죠?"

"효린 씨 부탁대로 처리는 해 놨는데, 무슨 일이라도 있어?"

"개인적인 사생활인데요."

사생활로 문제를 일으킨 적이 없던 정효린이라 매니저는 마음이 놓였다. 하지만 행선지를 묻지 않을 수는 없었다.

"어딜 가려고 하는데?"

"한국 대학교요. 제가 아는 사람이 그곳 학생이거든요. 친구들과 함께 가 보려고 해요."

<hr />

던전 크라마도의 최초 발견자가 되었습니다!

혜택: 명성 230 증가. 일주일간 경험치, 아이템 드랍률 2배. 첫 번째 사냥에서 해당 몬스터에게 나올 수 있는 것 중 가장 좋은 아이템이 떨어진다.

"아싸!"

"진짜 첫 발견이다. 이 올라가는 명성 좀 봐."

던전에 들어온 파티원들이 기쁨의 환호성을 내질렀다.

"이것으로 과제는 성공적으로 수행한 거네."

"그래, 미공개 던전을 발견한 조는 아마 우리뿐일 거야."

검사 벨라가 자신 있게 말했다.

거의 안전한 사냥터들을 위주로 해 왔더니 이러한 모험이 즐거기만 했다.

다른 조들이라고 해도, 이번 과제에 맞춰서 던전을 처음 발견하기란 쉬운 일이 아닐 것이다.

"나이드, 수고했어."

"학점 잘 받으면 밥 살게."

나이드는 현실에서의 모습처럼, 칭찬을 받는 게 겸연쩍은 듯이 얼굴을 붉혔다.

"아니야. 어쩌다 보니 운이 좋았던 것뿐이야."

헤겔도 격려를 한다면서 나이드의 어깨를 두들겨 주었다.

"고생 많았다."

"아니야. 우리가 같이한 거잖아."

새로운 던전 발견은 아이템이나 경험치를 얻기 위한 훌륭한 기회가 된다.

헤겔은 검을 뽑았다.

"그럼 모두 전투준비!"

대상은 던전의 안쪽에서 기어 다니는 흰 도마뱀을 닮은 몬스터들이었다.

"실드 차지! 모조리 밀어붙인다앗!"

헤겔이 왼손에 쿠드람의 방패를 들고 돌격했다.

검사의 장점은 최상의 공격력.

쌍검술, 대검술 등으로 공격을 극대화하여 어떤 근접 전투 직업보다도 큰 피해를 줄 수 있다.

"흔들려라. 뜨거워져라. 무너져라!"

"트리플 소드!"

"금속 강화, 화염의 축복!"

원소술사 셀시아, 검사 벨라, 인챈터 르미도 전투가 벌어지니 자기들의 몫을 다했다.

인챈터들은 물건에 특유의 힘을 영속적으로 부여할 수 있는 존재다. 사람에 적용하는 강화 마법의 효율은 성직자나 샤먼보다 못해도, 일시적으로 병장기의 힘은 몇 배나 이끌어 낼 수 있었다.

방패 돌격을 당한 크라마노임들은 부상을 입고 여기저기 밀려나거나 뒤집어졌다. 그런 상황에서 원소술사나 검사 들의 공격을 당하니 힘없이 회색빛으로 변했다.

도둑 나이드가 은신술을 펼친 채 크라마노임에게 접근했다.

"생물 정보 확인!"

도둑이나 정찰자, 암살자, 모험가 들이 사용할 수 있는 직업 스킬.

상대방의 상세한 정보를 확인할 수 있는 기술이었다.

도둑 나이드가 확인한 크라마노임들에 대한 정보는 파티원들에게 공유되었다.

띠링!

크라마노임에 대한 설명뿐만 아니라 약점으로 목 부분이 푸르스름하게 빛을 냈다.

치명적인 공격을 성공시킬 수 있는 부위들!

헤겔의 거센 공격과 벨라, 셀시아의 합공에 의해 크라마노임들이 무기력하게 회색빛으로 변했다.

지하 1층의 몬스터들은 3시간 정도의 전투로 깨끗하게 청소할 수 있었다.

인챈터 르미와 벨라의 레벨이 1개씩 오르고, 떨어진 아이템들도 상당했다.

경험치 2배 덕분에 셀시아조차도 흡족해하는 모습이었다.

"최고다."

"정말 좋은 던전이야. 우리 이번 과제, A는 문제없겠어."

⁂

위드가 데일 왕국에 도착했을 때에는 날이 저문 뒤였다.

"고목나무라… 이 근처인가?"

짙은 갈색 흙으로 땅을 헤집은 흔적이 있는 장소에서 책자를 찾아냈다.

《길드라스의 이상한 이야기책》.

위드는 책을 읽어 보았다.

나 유쾌한 방랑자 길드라스는 어제 도르네 마을에서 새로운 처자를 사귀었다. 농사꾼의 딸인 그녀는 건강미가 넘치고… 아무튼 풍차의 밤은 무척이나 아늑했으며 분위기가 좋았다.

다음 날 도르네 마을을 나와서 어딘가로 걸었는데 나는 방향을 찾을 수 없었다. 나처럼 신발이 닳도록 돌아다닌 여행자가 방향을 잃어버리다니, 있을 수 없는 일이 벌어진 것이다.

주변의 나무들이 수분이 빨린 채로 말라붙어 있었고, 돌이켜 보니 붉은 땅을 지나온 것도 같았다.

과거에 어떤 무서운 일이 벌어졌던 걸까?

하지만 고목들은 인간에게 아무런 해를 끼치지 않는 것 같았다. 나 같은 여행자도 안전하게 지나갈 수 있으니 말이다. 하. 하. 하.

길을 잃고 헤매던 와중에, 어딘가로 향하는 입구를 보았다. 나무들 사이에 꽤나 잘 숨겨져 있었지만 내 눈썰미를 피할 수는 없다.

굳이 그 안으로 들어가 보진 않았다. 난 마을부터 찾고 있었기 때문이다.

맙소사!

대체 왜 난 마을은 찾지 못하면서 위험한 곳들은 잘도 발견하는 것일까?

어서 빨리 사냥꾼의 숙소라도 찾아가고 싶다.

그곳에도 건강미 넘치는 아가씨가 있으면 좋을 텐…….

길드라스라는 여행자가 베르사 대륙을 떠돌았던 여행기의 일부였다.

음유시인들이 좋아할 이런 이야기들은 베르사 대륙에 정말 많이 돌아다닌다.

심지어는 술집에서 1시간만 죽치고 있어도 서너 번은 들을 수 있다!

나이드는 그런 정보들을 모아서 던전을 찾아낸 것이다.

《길드라스의 이상한 이야기책》은 8개의 장으로 나누어져 있었다.

　　고향을 떠나며 소꿉친구와의 뜨거운 밤

　　농사꾼 딸과 보냈던 풍차 속 하룻밤

　　동쪽 해안가에서 인어와의 흥분되었던 밤

　　여행 마차 안에서의 짧았던 밤

　　번영했던 흔적이 있는 도시의 아래에서 신기루 같은 여인과의 밤

　　노예 상인에게 잡혀서, 노예 수인족과의 짜릿한 밤

바바리안의 부락에서 체력의 한계를 느꼈던 밤

베르사 대륙의 모든 곳을 떠돌고 나서, 다시 소꿉친구와의 정겨운 밤

장들에는 가독성이 높을 것 같은 제목들이 붙어 있었다.

더군다나 표지의 밑부분에 붉은색으로 선명하게 쓰여 있다.

미성년자 구독 불가!

❧

헤겔과 나이드 들은 각자 배낭에서 빵과 과일을 꺼내어 식사를 했다.

"정말 맛없다."

"그래도 많이들 먹어. 체력을 아껴 놔야 하니까 말이지."

"이 던전은 어디까지 이어져 있을까?"

파티원들이 헤겔과 나이드에게 시선을 주었지만, 그들도 고개를 가로저을 뿐이었다.

"던전 안으로 들어온 이상 끝에 뭐가 있을지는 아무도 알 수 없어."

"나도… 도둑으로서 꽤 여러 던전을 탐험해 본 편이기는 하지만 미리 예상은 불가능해. 미안."

르미가 물었다.

"그럼 보통의 던전들은 지하 몇 층까지 있는 건데?"

"알 수 없어. 일반적으로는 지하 2층이나 3층, 이런 식으로 구분을 하지만 정확한 것은 아니거든. 심한 경우에는 지하 12층까지 있는 던전도 본 적이 있어."

"그렇게 깊은 던전이 있어?"

"지하 던전에서는 구분하기가 애매하거든. 계단을 통해서 정확하게 한 층씩 밑으로 내려가는 경우도 있지만, 갈수록 점차 지하로 연결되어 있는 던전의 경우에는 몬스터의 수준이 달라지거나 분위기가 달라졌을 때에 층을 구분하기도 해."

"그럼 던전 탐험을 하다가 죽을 수도 있는 거겠네?"

"가능은 하지."

헤겔은 르미와 나이드의 대화를 듣다가 이를 드러내며 씩 웃었다.

"하지만 이런 정도의 몬스터들이라면 내가 죽을 일은 없을 거야."

헤겔은 스스로의 방어구에 대해 큰 믿음을 가지고 있었다.

탁월한 세공 기술이 아니라면 만들 수 없는 물건으로, 수준 낮은 대장장이들은 엄두도 내지 못하는 방어구였다.

공격에 치중하느라 약간 부족해지는 검사의 방어력을 보완해 줄 수 있는 작품!

제대로 만들어진 밴티스 갑옷 세트는 한 벌의 가격이 5만 골드를 넘어선다.

무게는 무겁지만, 보통 갑옷의 방어력을 5배, 6배 초과한다. 어지간한 공격력으로는 죽지도 않는다는 뜻.

웬만한 화살이나 검 들은 튕겨 내 버릴 정도의 방어력!

검사들의 꿈이라고 할 수 있는 게 풀 플레이트 아머이다.

헤겔이 착용한 갑옷은 마법 저항력까지 갖춘 상등급의 물건이었다. 세공이나 장식, 문양도 예술품이라고 불러도 부족함이 없을 만큼 아름다웠다.

완벽에 가까운 최상품!

내구력도 거의 떨어지지 않았을 뿐만 아니라, 검사들이 사용하기에는 이보다 더 좋을 수 없는 물건이다.

지하 2층에는 성년 크라마노임들이 출현했다.

그런데 몸집만 조금 커졌을 뿐, 실제 공격력은 비슷했다.

성장을 해도 발전이 없는 몬스터!

다만 내뱉는 마비 독의 분량이 훨씬 많아져서, 성직자가 없는 파티로서는 고역이 아닐 수 없었다.

"제기랄."

헤겔이 역겨운 마비 침을 뒤집어썼다.

누런 침을 맞으면서 싸우려니 기분이 나쁠 수밖에 없다.

검사 벨라는 약해서, 성년 크라마노임에 의해 마비되면 금세 죽을 수밖에 없다.

다른 동료들은 근접 전투 계열이 아니라고 생각했으니 헤겔이 나서서 몸빵 역할을 맡는 수밖에 없었다.

"빌어먹을. 왜 이런 더러운 몬스터들이 등장하는 거야."

헤겔의 갑옷과 방패가 침으로 뒤덮였다. 장비가 더러워지는 것은 물론이고, 역한 냄새까지 올라왔다.

마법과 독 저항력이 뛰어난 액세서리들을 착용하고 있기에 여전히 활기차게 몸을 움직이고 있었지, 다른 이들이라면 전투력을 상실했을 것이다.

"멀티플 샷!"

트위터는 화살을 소나기처럼 쏘아 댔고, 다른 이들도 마나가 허용하는 한도 내에서 공격을 퍼부었다.

도둑 나이드는 현란한 스텝을 밟으면서 크라마노임들을 유인하고, 뒤치기를 가했다. 도둑다운 재빠른 움직임으로 그가 시선을 끌어 주지 않았더라면 크라마노임들은 다른 파티원들에게 달려갔을 것이다.

그럼에도 헤겔은 빠져나올 구석이 없이 크라마노임들에게 둘러싸였다.

"젠장. 이런 곳에서 선보이고 싶지 않았는데……."

헤겔이 다른 일행의 눈치를 살짝 보더니, 사용하던 장검을 검집에 넣고 둔중한 메이스를 꺼내 쥐었다.

일반적으로 메이스는 굉장히 강한 타격력을 가진 무기이다.

검사들은 검을 전문적으로 익히지만, 동시에 창술과 둔기류의 무기 스킬도 별도로 습득한다. 기사들과의 싸움에서는 갑옷의 방어력이 너무 대단한 탓에, 끝을 뾰족하게 세운 창이나 둔기류의 무기가 효율적이기 때문이다.

파열의 메이스!

현금 거래 시세 680만 원짜리 무기였다.

옵션으로는 맹렬한 진동을 퍼트릴 수 있으며, 방패로 막아도 파괴력이 고스란히 전달되어서 힘으로 밀어 칠 수 있다.

물론 짧고 무거워서 다루기는 어렵지만, 생명력이 질겨 잘죽지 않는 몬스터를 상대로 할 때에는 최고의 무기였다.

"차압!"

무기를 바꾸어 들자 헤겔의 몸에서 강한 위압감이 뿜어져 나왔다. 메이스 자체의 특성인지, 투지가 향상되고 몬스터들을 위축시켰다.

헤겔은 크라마노임들의 움직임이 둔해진 기회를 놓치지 않았다.

"어스 웨이브!"

헤겔이 메이스로 땅을 강하게 후려치자, 대지가 우르르 떨렸다. 반경 7미터 안에 있는 크라마노임들의 몸이 충격파로 인해 회색빛으로 변했다.

레벨 300이 넘는 검사가 무리해서 발휘한 광역 스킬, 그 타격력!

"섬광의 투혼!"

포위망을 돌파한 헤겔은 양 떼를 도륙하는 것처럼 날뛰면서 크라마노임들을 사냥했다.

다른 동료들의 도움도 있었지만 가장 많은 몬스터를 사냥한 주역이었다.

헤겔은 그걸로도 만족하지 못한 것 같았다.

"젠장. 어스 웨이브의 스킬 숙련도가 조금만 더 높았더라도 한 번에 절반 정도는 전투 불가로 만들어 놓았을 텐데……."

부족한 스킬 숙련도로도 벨라나 르미 들을 얼어붙게 만들기에는 충분했다.

"레벨 300대의 검사는 정말 강하구나."

"만날 방송에서만 봤지 실제로는 본 적이 없었어. 그런데 말 그대로 전투를 위해 태어난 것같이 굉장하네."

검사의 공격력에 감탄이 나올 정도였다.

잠깐의 휴식을 마치고, 지하 3층으로 향했다.

"하하하. 늙은 크라마노임들이 나온다면 정말 좋은 던전이겠는데."

헤겔이 자신 있게 앞장을 섰다.

하지만 지하 3층에서부터는 그들의 생각대로 흘러가지 않았다. 지긋지긋한 미로가 앞을 막았고, 함정들이 끊이지 않았다.

독화살이 벽에서 쏘아지는 것쯤은 애교!

땅을 밟으니 발이 푹 들어가고, 독을 가득 품은 뱀들이 습격했다. 도둑 나이드가 함정을 해체하고 뱀을 사냥했지만 시간은 많이 지체되었다.

그러한 전진도 잠시!

쿠르르르릉!

그들이 방금 지나온 통로에서 큰 바윗덩어리가 굴러오는 것이었다.

통로를 가득 메운 채, 빠져나갈 구석도 없이 굴러오는 바윗덩어리.

"뛰어!"

후방에서 굴러오는 큰 돌덩어리를 본 일행은 기겁하여 죽을힘을 다해서 던전의 안쪽으로 달렸다.

"앞에 뭐가 있을지 모르잖아!"

"바위에 깔려 죽는 것보단 낫지."

"통로가 좁아진다!"

콰과과광!

통로가 점점 좁아져서 큰 바위는 벽에 끼었다. 벽들을 상당히 파괴하면서 굴러온 바위였지만 마침내 멈춰 섰다.

"다행이다."

"이걸로 우리도 산 거야?"

기쁨을 여유롭게 나눌 사이도 없었다. 도둑 나이드는 이런 경우에 더 큰 위기가 찾아온다는 것을 경험으로 알고 있었다.

나이드가 서둘러 입을 열었다.

"저기, 애들아."

"응?"

"나쁜 소식이 세 가지가 있는데… 아주 나쁜 소식과 덜 나쁜 소식이 있어. 그리고 한 가지는 불행한 소식이거든."

셀시아가 빙긋 웃었다.

만날 반복되는 지겨운 사냥만 하다가 겪게 된 이런 던전 탐험이 그녀에게는 흥미진진했던 것이다.

"덜 나쁜 소식부터 말해 봐."

"응. 그건 우리가 돌아갈 길이 막혔다는 거야. 그리고 아주 나쁜 소식은, 지금 우리가 서 있는 곳에 어떤 함정이 있을지 모른다는 것이고."

"함정이라니?"

"방금 내가 함정 탐색 스킬을 써 봤는데… 여기 전체가 함정으로 푸른빛을 띠고 있어서, 참고로 움직이지 않는 게 좋을 것 같아."

"함정 해체는 불가능해?"

"응. 통로 전체가 함정으로 표시되어 있어. 아마도 여기는 정상적인 길이 아니라 별도로 연결된 통로일 거야. 아무래도… 바위가 굴러올 때에 방향을 잘못 선택한 것 같아."

"……."

르미의 안색이 파리하게 변했다. 그러나 포기하기 전에 희망을 갖고 물었다.

"그럼 불행한 소식은 뭔데? 지금보다도 더 나쁜 경우는 없지 않아?"

"응. 지금 우리가 있는 곳으로 오는, 도움을 줄 수 있는 유일한 사람이 위드 형이라는 거."

"……."

낙담, 절망, 좌절, 실의에 빠진 파티원들!

나이드의 늘어지는 듯한 말투에 충분히 느낄 수 있었다.

'여기서 끝이다.'

던전 탐험 과제는 그럭저럭 실패로 돌아갈 것 같았다.

미발견 던전을 찾아낸 점수는 제법 높겠지만 중간에 전부 사망한다면 결국은 실패작이 될 테니까.

과제도 과제지만 죽음으로써 잃어버리는 레벨이나 스킬 숙련도도 매우 아쉬울 수밖에 없다.

그때 헤겔이 성큼 안쪽으로 걸음을 떼었다. 가만히 쉬었더니 소진되었던 체력이 회복되었던 것이다.

"모두 뭘 하는 거야. 여기서 가만 앉아 있다가 죽을 거야?"

"헤겔! 위험할지도 몰라."

"어차피 우리에게 선택의 여지는 없잖아. 그럼 전진하는 거지. 그리고 크라마노임처럼 약한 몬스터들이 나오는 던전인데… 위험이라고 해 봐야 별것은 없을걸.”

헤겔의 발언은 묘하게 설득력이 있었다.

이대로 서 있을 바에야 안으로 움직인다. 이러나저러나 죽는 것은 마찬가지라면 서서 죽진 않겠다.

검사다운 행동이었지만, 불과 몇 발자국을 떼기도 전이었다.

“헤겔!”

“왜?”

헤겔은 뒤도 돌아보지 않고 앞으로만 걸어가고 있었다.

파티원들은 헤겔의 허리와 어깨 등에 달라붙는 거미들을 볼 수 있었다. 벽과 바닥, 천장에서 슬금슬금 기어 나온 주먹만 한 거미들이었다. 갑옷을 착용하고 있는 탓에 당사자만 느끼지 못하는 듯했다.

“저기, 너 지금 위험한데.”

“뭔데.”

“네 갑옷에…….”

“뭐라도 있어?”

헤겔이 뒤를 돌아보려고 할 때에는 이미 거미들이 거미줄을 뽑아내어 몸 전체를 꽁꽁 둘러맨 후였다.

무기를 휘두르지도 못하게 몸을 꽉 틀어쥐었다.

이른바 밀봉!

벗어나려고 발버둥을 칠 때마다 거미줄은 끊어지지 않고 오히려 점점 조여들었다.

“크에엑!”

헤겔의 입에서 비명이 터져 나왔다. 좋은 갑옷을 입고 있었던 탓에 생명력은 크게 줄어들지 않았지만, 암만 힘을 써 봐도 거미줄은 꿈쩍도 하지 않았던 것이다.

다른 파티원들도 천장과 벽, 바닥 등에서 내려온 거미줄로 인하여 모두 꽁꽁 묶였다.

통로 전체에 거미들이 가득해서 피할 공간도 없었다.

레인저 트위터의 화살은 거미들의 접근을 방해하는 데 별다른 도움이 되지 않았고, 도둑 나이드의 단검으로도 거미줄 몇 가닥을 끊어 놓는 것이 고작이었다.

"클클클."

통로의 벽에서 대형 거미를 닮은 마물이 나타났다.

엘핀 퀸 스파이더.

보스급의 마물은 파티원이 죽어 가는 것을 느긋하게 지켜보고 있었다.

"에효. 이대로 죽는구나."

"그래도 재밌는 탐험이었어."

입만은 거미줄이 감싸고 있지 않아서 그나마 대화를 나눌 수 있다는 점 정도가 위안이었다.

위드는 말라붙은 나무들의 숲을 돌아다니며 던전의 입구를 찾고 있었다.

어둠이 짙게 내린 숲에는 을씨년스러운 기운이 흘렀다.

"입구가 도대체 어디에 있다는 거야."

도둑이나 모험가라면 선행한 파티의 발자국만 보고도 쫓아갈 수 있다.

하지만 위드에게는 그런 추적 스킬이 없을 뿐만 아니라, 마른나무의 숲 중앙까지 빛의 날개를 펼치고 날아왔기 때문에 더욱 헤매고 있었다.

후욱후욱.

어디선가 생명체의 거친 숨소리가 들리자, 풀벌레들의 울음이 잦아들었다.

적막과 살기가 흐르는 숲!

쿵쿵거리면서 나무들 사이로 둔중한 무언가가 달려오고 있었다.

"침, 입, 자, 여, 죽, 으, 라!"

그롤러!

도끼를 든 몬스터들이 돌진해 왔다.

수백의 무리. 그롤러 돌격대의 출현이었다.

위드는 도망치는 대신 검을 뽑아 들었다.

"이 경험치와 아이템들! 어서 와라!"

오랜만의 사냥이라 적의 등장이 반가울 뿐이었다.

"콜 데스 나이트!"

연기와 함께 데스 나이트 반 호크까지 등장시켰다.

"주인!"

반 호크는 금방 위드의 모습을 알아보았다.

드워프의 형태를 하고 있더라도, 과거에는 오크였던 적도 있으니 놀라지 않았다. 하루 이틀 함께 사냥하면서 성장을 한 사이가 아닌 것.

"적이다. 싸워라."

"알겠다, 주인!"

반 호크가 돌아서서 대검을 휘둘렀다. 땅이 뒤집히고, 그롤러들이 밀려서 쓰러진다.

반 호크가 일단의 야만스러운 그롤러들과 싸우고 있을 때에, 나머지는 우회해서 위드를 목표로 삼았다.

"달빛 조각 검술."

말라붙은 나무들의 숲에서, 위드는 빛줄기를 뿌려 대면서 전방을 향해 달렸다.

나무들을 빠른 속도로 스치듯이 지나쳤다.

말라붙은 나무들이 장애물이 되어, 뒤쫓아 오는 그롤러들이 공격할 수 있는 숫자와 시기에는 제약이 있었다.

"침입자!"

"산 채로 씹어 먹어 주겠다."

그롤러 2마리가 교차하듯이 뛰어올랐다.

박력이 넘치는 도끼질!

막중한 체중이 실린 공격을 그대로 받아치는 것은 무모한 짓이다.

"칠성보!"

위드의 몸이 잔상을 일으키며 현란하게 움직였다.

관성의 법칙을 완벽하게 무시할 수 있는 스킬!

전력 질주를 하면서도 전혀 다른 반대 방향으로 움직일 수 있는 스킬!

처음 한 걸음 뗴었을 때에는 몸 전체가 뒤로 향했다. 다음 한 걸음에는 오른쪽으로 움직였다.

그롤러의 공격권을 완전히 벗어난 뒤에 적을 통째로 가르듯이 검을 휘두른다.

전투를 하는 게 꽤나 오랜만이지만 그쯤은 문제가 아니었다.

파바바밧!

교차하는 그롤러들을 뒤쫓으면서 난무하는 칼질!

둘의 그롤러들을 사냥했을 때에는 반 호크가 이미 다섯이나 되는 적들을 처리한 후였다.

반 호크는 제자리에 서서 불나방처럼 달려드는 그롤러들을 베어 버리고 있었다.

"칠성보!"

위드는 거침없이 스킬을 시전했다.

그롤러들의 빈틈을 공격하기 위한 빠른 스킬 사용. 잡템들을 줍는 순간에도 유용한 스킬이었다.

마나와 체력이 비할 바 없이 늘어 있었으니 스킬 사용에 주저함이 없다.

그때 르미로부터 귓속말이 왔다.

> ― 위드 오빠.
> ― 응. 무슨 일이야?

정신없이 사냥을 하고, 잡템을 수거하는 와중에도 평온한 목소리!

자동차 운전을 하면서 통화를 하는 것은 불법이다. 정신을 분산시켜서 사고 확률을 높인다는 이유에서다.

〈로열 로드〉에서도 전투 중에 귓속말을 나누는 것은 위험하기 짝이 없는 일이라 알아서 자제하는 편.

하지만 위드의 집중력은 가공할 지경이었다.

'경험치, 숙련도, 아이템!'

세 가지를 향한 맹목적인 추종은 날벼락이 떨어진다고 하여도 흔들림이 없을 정도이다.

> ― 여기 던전에 들어오셨어요?
> ― 아니. 아직.
> ― 오지 마세요. 우리 함정에 빠졌어요. 모두 죽을 날만 기다리고 있거든요.
> ― ……
> ― 오빠도 괜히 와서 죽지 말고 마을에서 쉬고 계세요.

척!

위드가 제자리에 섰다.

그리고 낮게 가라앉은 눈으로 마른나무들의 숲을 살폈다.

반 호크는 어느새 따라서 정지해 있었다.

'성질 더러운 주인이 갑자기 무슨 꼬라지를 부리려고…….'

거의 초보를 갓 벗어난 시절부터 함께해 왔던 동반자였기에 위드에 대해서 잘 알았다. 사냥을 하는 도중에는 일체의 망설임이나 흔들림이 없는 것을.

그런 위드가 멈췄다는 사실이 반 호크에게는 경악스러운 일이 아닐 수 없었다.

전의를 상실한 그롤러들 또한 두려운 눈으로 위드를 살폈다.

반 호크가 폭발적인 공격력을 바탕으로 한다면 위드는 그와
는 차원이 다르다. 도저히 뒤쫓을 수 없는 움직임, 귀신같은 몸
놀림으로 어쩔 수가 없게 만든다.

〈로열 로드〉는 사용자가 직접 전투를 수행해야 했다. 그렇기
때문에 같은 레벨과 스킬을 가지고 있더라도 전투력의 격차는
어마어마하다.

검술을 고급까지 익혔으나 어린아이가 조종하는 캐릭터와,
진짜 검사가 조종하는 캐릭터는 하늘과 땅 차이.

위드는 스킬들을 적재적소에 이용할뿐더러 솜털 하나만큼의
빈틈도 놓칠 줄을 모른다.

전투에서 보여 주는 집중력, 몰두함으로써 보여 주는 실력은
위풍당당한 느낌을 주고 있었다.

일반 유저들은 비범한 몸놀림을 보며 놀랄 뿐이지만, 몬스터
들도 충분히 느끼고 두려워한다.

투지, 카리스마 스탯은 그 효과를 더욱 더해 주어서, 지성이
떨어지는 몬스터라면 쉽게 공포감에 빠져들게 만들어 버린다.

그런 위드가 전투 중에 멈췄다.

"너희는 운이 참 좋구나. 내가 급한 일이 생겨서 그만 가 봐
야 될 것 같다."

그롤러들이 안도의 숨을 토해 냈다.

이보다 더 기쁜 일이 있을 수 있을까!

하지만 위드의 말은 끝나지 않았다.

"반 호크."

"말하라, 주인."

"한 놈도 놓치지 말고 사냥해라. 잡템 수거하는 거 절대로 잊지 말고."

"알았다, 주인."

위드는 몬스터를 방치해 둘 인물이 아니었던 것.

반 호크에게 인수인계를 하고 나서 던전의 입구를 다시금 찾았다.

다행히 그롤러들과 싸운 장소에서 그리 멀지 않은 곳에서 입구를 발견할 수 있었다.

위드는 조금의 망설임도 없이 입구로 들어갔다.

보여 주는 능력

> 아직 끝이 밝혀지지 않은 던전, 크라마도에 들어왔습니다.
> 혜택: 일주일간 경험치, 아이템 드랍율 2배(6일 11시간 남음).

던전 크라마도의 최초 발견자 메시지를 위드는 받지 못했다. 헤겔 일행이 먼저 발견한 후였기 때문이다.

하지만 그로부터 시간이 지나서 몬스터 크라마노임들은 이미 되살아나 있었다.

흰 도마뱀 같은 물컹한 존재들이 기어 다니고 있다.

"이런 던전을 발견하느라 나이드의 고생이 많았겠군."

〈로열 로드〉를 직업으로 삼고 있는 다크 게이머들도 추적과 조사를 하지만 그럼에도 중앙 대륙에서 새로운 던전을 발견하기란 쉽지 않은 일.

나이드가 눈에 보이지 않는 곳에서 엄청난 고생을 했으리란 것을 짐작할 수 있었다.

《길드라스의 이상한 이야기책》!

그 책이 없었다면 이 던전을 찾기란 어려웠으리라.

마른나무들의 숲은 좋은 사냥터도 아니었고, 밤에는 그롤러들이 정신없이 덤벼들기 때문이었다.

"역시 책이란 골고루 읽어야 돼."

문학 소설, 역사책, 위인전, 경제 서적, 이런 것들만 양서가 아닌 것이다. 특히 외국의 유명한 책들만 가치가 있다고 하는 풍토가 위드는 납득이 안 되었다.

음서!

사나이들의 가슴을 불붙게 만드는 음서야말로 은근히 배울 점이 많다.

음서만큼 집중이 잘되는 책이 또 있던가?

당연히 있을 수 없다!

책을 읽는 대로 쏙쏙 머릿속에 들어오며 그 상황이 고스란히 그려진다.

더군다나 인간의 오욕 칠정을 고스란히 담아내는 훌륭한 스토리!

음서라고 하여 다 같은 음서가 아니다.

주인공의 고뇌와 갈등, 욕망에 충실한 전개야말로 배울 점이 참 많다.

가정교육을 야한 소설로 받은 사나이!

어릴 때에는 남아 있는 페이지가 얼마 안 되는 것을 보고 원통해하는 경험을 누구나 해 보았을 것이 아닌가.

설마 교과서가 몇 페이지 남지 않았다고 슬퍼하는 학생은 없을 것이다.

책을 소중히 하는 마음가짐을 음서를 통해 배울 수 있다.

"책은 소중한 것이야."

위드는 길드라스의 이야기 책자를 보며 흐뭇해했다.

다크 게이머 연합에서도 이런 책자들은 기타로 분류해서 거래된다. 의외로 이런 책들이 백과사전보다도 훨씬 비싸게 팔렸으니, 그 가치를 무시할 수 없는 것이다.

위드의 망토 밑에서 빛의 날개가 활짝 펼쳐졌다.

막혀 있는 동굴 안에서 펼치는 날개였다.

하늘로 날아가는 것이 목적이 아닌, 고속 비행을 위한 날개.

"달빛 조각 검술."

위드는 던전 안에서 비행하며 검을 휘둘렀다.

크라마노임들과 스쳐 지나가는 아주 짧은 순간, 놈들의 허점을 베었다.

너무나도 빨리 날아가고 있었기 때문에 크라마노임이 멀리 보인다 싶으면 이미 코앞에 있었다.

몬스터들을 베기 위해 검을 휘두르고 또 휘둘렀다.

기사들이 좁은 동굴에서 말을 타지 않는 것처럼, 날개를 펼치고 고속으로 나는 것은 미쳤다고 할 만큼이나 무모한 행동이다. 회피가 불가능할뿐더러, 아차 하는 짧은 순간 벽에 몸을 부딪쳐서 큰 피해를 입을 수 있다.

숫제 이런저런 생각들을 하지 않더라도, 이렇게 좁은 곳에서 속력을 낸다는 자체가 미친 짓인 것이다.

그런데 남들이 상식으로 알고 있는 것을 위드는 당연하게 여기지 않았다.

사냥에는 고정된 방식이 있을 수 없다.

몬스터는 어떤 방식으로든 때려잡기만 하면 될 뿐!

빠르고 효과적으로 잡을 수 있기만 하면 된다.

그렇다고 하더라도 좁은 통로가 있는 던전에서 날개를 펼치고 초고속으로 비행을 하면서 몬스터를 벤다는 것은 위드도 고려해 본 적이 없는 방식이었다.

빛의 날개가 없기도 하였지만, 약한 크라마노임이라고 하더라도 보통은 이런 생각을 해내지 못한다.

반사 신경과 판단력이 입신의 경지에 올라 있더라도 검 그리고 몸을 제어하는 데 자신이 없다면 엄두도 못 낼 행동!

위드조차도 처음 생각하고 실천에 옮긴 것이었지만, 재미가 있었다.

잠깐의 실수로도 죽음에 이를 수 있다.

통로들이 일직선으로만 뻗어 있는 것이 아니라서, 가끔 방향을 전환해야 될 때에는 심장이 덜컥 내려앉는 공포였다.

벽에 부딪치면 잘 다져진 어육이 되어 버릴 수도 있으니까!

불가능을 가능하게 만들 때 피가 끓는다.

그리고 위드는 그러한 행동을 자연스럽게 여기고 있었다.

"드워프의 몸이라서 현기증이 나는군. 역시 음주와 과속이야말로 제대로지!"

죽어 보기 전에는 정신을 못 차린다는 음주, 과속 운전!

삽시간에 크라마노임들을 베어 버리고 2층으로 향하는 길을 발견했다.

위드는 급하게 르미에게 귓속말을 보냈다.

— 괜찮아? 아직 살아 있지?
— 네. 근데 뭐, 서서히 죽어 가고 있긴 해요.
— 얼마나 죽어 가고 있는데?
— 55% 정도요. 한 30분 있으면 완전히 죽을 것 같아요.
— 그래?

위드는 지하 2층으로 향하지 않고 뒤로 돌아섰다.

전멸해 있는 크라마노임들!

"그럼 잠깐의 여유는 있겠군."

위드는 날개를 펼친 채로 조금 전보다 더 빠르게 방금 왔던 길을 되짚어 갔다.

아이템 수거를 위한 고속 비행!

소소한 잡템이라고 할지라도 그냥 놔두고 지나갈 위드가 아니었다.

지하 2층의 성년 크라마노임들이라고 해서 다를 바가 없었다. 오히려 통로가 더욱 넓어졌기에 비행하는 속도가 더욱 빨라졌을 뿐이다.

좌롸롸롸롸롸롸!

통로의 끝 저 멀리, 빛무리가 보인다 싶으면 이미 위드가 날아와서 관통하고 있다.

크라마노임들이 대응하기도 전에, 침을 뱉기 위하여 입을 크게 벌릴 때에 검이 그 주둥이를 찌르고 있었다.

치명적인 일격이 터졌습니다.

> 속도에 의해 382%의 피해를 추가합니다.

속도!

어떤 몬스터라고 하여도 치명적인 약점을 공격해서 일격에 죽일 수만 있다면 유용한 기술.

몬스터가 이런 공격을 버텼을 때에는 문제가 될 수 있을뿐더러, 대응도 못할 정도로 좁은 통로에서만 사용하는 것이라서 고도의 기술과 정신력이 있어야만 사용할 수 있는 방법이었다.

위드는 비행을 하면서 푸념했다.

"역시 난 모자란 조각사였어. 진작 날개를 조각해서 달았으면 던전에서 정말 빨리 사냥을 할 수 있었을 텐데!"

모든 던전들이 이런 구조는 아니라서 늘 쓸 수 있는 방식은 아니다. 넓은 던전에서는 자유자재로 허공을 날아다닌다고 하여도 위험이 크다.

화살들이 쏟아진 곳으로 멋모르고 날아간다면 오히려 속도 때문에 치명상을 입는 것은 위드 쪽일 테니까!

일격에 죽지 않는 몬스터들은 스쳐 지나가면서 검을 휘두르기도 그리 쉽지만은 않으리라.

크라마도의 던전에서, 몬스터들이 모여 있는 모습을 보면서 즉흥적으로 떠오른 발상이었다.

그럼에도 무능한 자신을 자책하는 위드!

지하 2층을 넘어서 3층으로 접어들었다.

물론 잡템들을 빠뜨리지 않고 간 것은 당연한 일.

공중으로 날아가기 때문에 상당수 함정들은 그냥 지나칠 수 있었다.

마법 등으로 작동되는 함정이라고 하여도, 미처 작동되기도 전에 이미 지나치고 없는 것.

쿠르르르릉!

저 뒤쪽에서 헤겔 등에게 생명의 위협을 느끼게 만들었던 바위 함정이 작동되었다.

바위가 굴러오고 있었지만 위드의 속도는 너무나도 빨랐다. 바위보다 5배 이상 빠르게 날아가고 있었던 것이다.

위드는 바위가 충분히 굴러오도록 잠깐씩 기다려야 했다.

"다행히 복잡한 미로에서 제대로된 길을 저 바위가 찾을 수 있게 해 주겠군."

르미로부터 어떤 방식으로 함정에 빠지게 되었는지 들었다. 그저 재미있는 이야기를 해 준답시고 말해 준 것이지만 위드는 그들을 살리기 위한 방법을 찾는 것으로 들었다.

이윽고, 큰 바위가 통로의 일부를 부수고 박혀 있는 것이 보였다.

"저 바위 너머에 르미가 있겠지."

위드는 날개를 파닥거리면서 심호흡을 했다.

아무리 그라고 한들, 크기가 10미터는 되어 보이는 바위를 부수기란 불가능이었다.

빠른 속도로 날아와서 부딪친다면 파괴력은 더욱 커질 것이다. 하지만 만약 부서지지 않는다면 육포가 되어 버릴 것이 분명한 일.

인내력과 맷집으로 살아나더라도 뒤에서 굴러오는 바위에

깔린다면 압력에 의해 확실하게 사망!

"그럴 수는 없지."

위드는 품속을 뒤져서 조각품을 꺼냈다. 토르 왕국에서 조각품을 만들며 따로 챙겨 놓은 걸작들.

모험가 아가씨가 방긋이 웃고 있었다.

위드는 그 조각품의 목을 가차 없이 비틀었다.

"조각 파괴술! 이 모든 것들이 힘이 되어라!"

> 조각 파괴술을 사용하였습니다.
> 걸작 조각상이 파괴된 고통! 슬픔! 예술 스탯이 5 사라집니다. 명성이 100 줄어듭니다. 예술 스탯이 1:4의 비율로 하루 동안 힘으로 전환됩니다.

명성과 예술 스탯을 소모하며 힘으로 전환!

위드의 짤막한 팔다리의 근육들이 풍선처럼 부풀었다. 가슴이 커지고, 허벅지도 굵어졌다.

근육질의 드워프, 바바리안을 능가하는 몸매였다. 단지 심하게 짧아서 모양이 나지 않을 뿐이다.

"가자."

위드는 빛의 날개를 활짝 펼쳤다.

등 뒤에는 바위가 상당히 많이 굴러와 있었기 때문에 머뭇거릴 시간이 없다.

위드는 빠른 속도로 날아서 바위를 향해 검을 내찔렀다.

유성이 통로를 관통하는 것처럼 보일 지경이었다.

꽈아아아앙!

일격에 바위가 절반가량이나 파괴되었다. 하지만 완전히 파괴되지는 않아, 반발력이 위드의 몸에 충격을 주었다.

충격은 그것으로 끝나지 않고 몸이 바위에 푹 박혔다.

"젠장! 역시 난 되는 일이 없어."

생명력의 삼분의 이가 감소했다.

탄탄한 맷집과 인내력이 아니었더라면 그리고 드워프 종족의 특성이 아니었더라면 확실하게 사망!

유성처럼 빠르게 날면서 위드도 망설였다.

그도 사람이었다.

'꼭 이렇게 빠른 속도로 부딪칠 필요가 있을까? 조금 더 약해도 되지 않을까?'

한순간의 망설임이 속도를 줄어들게 만들었고, 그 결과 바위가 깨진 것이 아니라 위드의 몸이 깨졌다.

마법이 있었다면 훨씬 효과적으로 박살 낼 수 있을 테지만, 그러지 못하는 이상 몸이 고생할 수밖에.

위드는 만신창이의 몸으로 다시 날개를 펼쳤다. 빛의 날개는 조금의 손상도 없어서, 바위에 파묻혀 있던 몸이 금방 빠져나왔다.

"다시 한 번 간다."

뒤쪽의 바위가 상당히 많이 굴러와 있었기에 이번에는 절반의 거리밖에 두지 못했다.

하지만 그 짧은 거리에 좀 전보다 30%는 빠르게 가속했다.

"될 대로 되라지. 죽기만 해 봐라. 이놈의 바위들은 다 끝장이다!"

다크 게이머에게 가장 두려운 죽음.

경험치와 스킬 숙련도를 잃어버리는 아픔이 있다.

위드도 마찬가지였지만 이판사판이었다.

죽음을 거부할 수 있는 힘에 의해 되살아난다면 모조리 박살을 내 주리라 다짐하며 바위를 향해 전력 비행했다.

그리고 모든 힘과 가속력을 검의 끝에 모았다. 검 끝이 파르르 떨리고, 달빛 조각 검술로 인해 빛줄기들이 검봉을 감싸고 있었다.

꽈아아아아앙!

절반쯤 남아 있던 바위가 단숨에 파괴되었다.

"르미야, 생명력 얼마나 남았어?"

"350 정도야."

"곧 죽겠네. 던전 탐험이 위험하기는 하구나. 진짜 꼼짝없이 죽게 생겼네."

"제길. 좁은 통로가 아니라 넓은 평원이었다면 거미줄 따위에 잡힐 일은 없을 텐데."

입만 내놓은 채로, 미라처럼 꽁꽁 거미줄로 싸여 있는 헤겔과 파티원들!

다가올 죽음만을 기다리고 있던 그들에게 벼락이 떨어지는 것처럼 엄청난 소음이 들렸다. 이윽고 통로가 크게 흔들릴 정도의 충격파가 휩쓸었다.

"뭐, 무슨 일이야?"

"몰라. 혹시 위드 오빠가 온 건가?"

"르미야, 위드 오빠가 여기를 어떻게 알고 찾아와?"

"내가 말해 줬거든."

"그럼 우리랑 똑같은 함정에 빠진 거란 말이야? 지금 소리는 그 바위가 부딪치는 소리였고? 바위가 있던 방향에서 들려온 소리 같긴 했는데⋯⋯."

"말도 안 돼. 저렙의 조각사 따위가 이 던전을 어떻게 뚫고 들어와."

"내가 귓속말 보내 볼게."

"헛수고야."

르미가 위드에게 귓속말을 보냈지만, 아무 대답도 들려오지 않았다.

그때 위드는 한창 힘을 모으고 있던 도중이었기 때문.

"역시 아닌가."

"아닐걸."

그런데 다시금 무슨 소음이 들렸다.

귀청을 찢어 놓는 것 같은 폭음!

산산조각이 난 바위가 여기저기 튀고 통로가 뒤흔들렸다. 거미줄에 칭칭 동여매여 공중에 묶여 있던 그들의 몸이 이리저리 흔들렸다. 함정으로 통로의 입구를 막았던 바윗덩어리가 파괴된 것이다.

그리고 들려오는 목소리.

"제대로 찾아왔군."

"위드 오빠?"

"가만히 있어. 바로 구해 줄 테니까."

위드는 검을 휘둘러서 파티원들의 몸을 공중에 고정시켜 놓은 거미줄을 끊었다.

땅바닥에 나동그라진 그들이었지만, 정신을 차릴 새도 없었다. 위드가 연속적으로 검을 휘둘러서 그들의 몸에 달라붙은 거미줄 더미를 잘라 낸 것.

사람의 몸에 붙어 있는 얇디얇은 거미줄을 검을 휘둘러서 제거한다.

믿기 어려운 일이지만 실제로 벌어졌다.

그들의 얼굴을 가리고 있는 거미줄까지 벗겨져 나가면서 당당하게 서 있는 근육질의 드워프를 볼 수 있었다.

몸보다도 길어 보이는 검을 들고 있는 드워프였다.

드워프가 검을 휘두를 때마다 동료들의 거미줄이 벗겨져 나간다. 신기에 가까운 검술이라고밖에 할 수 없다.

헤겔이 믿기지 않는다는 듯이 말했다.

"정말 위드 형이야?"

아직 머릿속이 복잡하고 생각이 정리가 되진 않았다. 그럼에도 기가 막힌 순간에 등장해서 그들을 구해 주었으니 고마운 마음이 들었다.

하지만 그때 통로 입구에 커다란 바윗덩어리가 굴러 들어왔다. 통로의 일부분을 부수고, 다시금 빠져나갈 공간을 틀어막았다.

"위드 형, 저 바위는?"

"내가 작동시킨 함정인가 보군."

"망했다! 뭐 하러 들어왔어요, 형."

구원을 받았다고 안심할 겨를도 없다.

철수했던 거미들이 천장과 벽 등의 작은 구멍들을 통해서 우르르 기어 나왔다. 동시에 거미줄들이 장막처럼 둘러쳐지면서 완전히 주변 일대를 감쌌다.

미라처럼 몸을 꼼짝달싹하지 못하게 만드는 특유의 공격이 시작된 것.

위드는 두 팔을 내밀었다.

"실타래 감기!"

중급 재봉 스킬.

부가 편 재료 획득 기술!

거미들이 토해 내는 신선한 거미줄을 감아서 실타래로 만드는 기술.

거미들이 뽑아내는 거미줄들이 둥글게 감겨서 천으로 봉인된 채 위드의 배낭으로 들어가고 있었다.

슈슈슉!

거미줄의 효과가 없자, 거미들이 위협적인 소리를 냈다. 그리고 거미줄을 타고 기어 왔다.

하지만 위드는 눈 하나 꿈쩍하지 않았다.

드워프의 짧고 두꺼운 허벅지에 힘이 잔뜩 실렸다. 종아리는 터지기 직전!

거미들은 시기를 잘못 택했다.

바위를 깨느라 상처투성이였고 옷도 상당히 찢어졌지만, 문젯거리가 아니었다.

"소드 댄스!"

황제무상검법의 4초식.

위드의 움직임이 흐르는 물처럼 변했다.

소드 댄스는 춤을 추는 듯한 움직임에 폭발력을 추가해 주는 스킬이었다.

검에 닿는 족족 거미들이 터져 나갔다.

면면부절.

검이 멈추지 않고 흐르니 스킬의 위력이 최대화되고 있었다.

거미들의 사이를 가장 격렬하고 기쾌하게 움직이는 검!

짧은 다리로 스텝을 밟으며 긴 검을 휘두르는 모습이 우스꽝스럽기도 했지만, 위력을 보면서는 웃을 수 없었다.

위드가 거침없이 거미줄들 사이로 뛰어들면서 검을 휘두른다. 끈끈하고 질긴 거미줄들이 썩은 실처럼 잘려 나갔다.

"비켜. 너희 따위에게 지체할 시간이 없다!"

작은 거미들은 마비와 거미줄 때문이 아니라면 위협적이지 않았다.

적의 방어 능력을 무너뜨리는 조각 검술.

검술의 특성으로 인하여 거미줄은 별 해를 끼칠 수 없었고, 재봉 스킬로 인하여 거미줄 수거까지 일시에 이루어진다.

작은 거미 떼를 돌파한 위드는 엘핀 퀸 스파이더와 맞섰다.

레벨이 380대 후반에 이르는 강력한 몬스터!

12개의 다리에는 큰 털이 숭숭 돋아나 있고, 머리 부분은 무섭고 흉측하기 짝이 없다.

나이드가 정보를 확인해 보고 저항을 포기하고 절망할 수밖에 없었던 그 보스급 몬스터였다.

하지만 위드의 달려가는 발걸음은 더욱 빨라졌다.

"막지 마. 본전이 급해!"

조각 파괴술, 그것도 걸작을 부숴서 힘을 늘렸다.

평상시에도 사냥을 하면서 허튼 시간을 보내는 것을 혐오하는 위드였는데, 이럴 때에는 완전히 사냥에 미쳐야 된다.

사라진 명성과 예술 스탯의 본전을 뽑기 위해서라도 망설임이 없다.

그때 엘핀 퀸 스파이더가 뒤로 돌아서더니 허둥지둥 도망을 치기 시작했다.

샤샤샥.

거미라고 우습게 볼 것이 아니라, 도망치는 속도는 무섭게 빠르다.

유난히 겁을 잘 먹는 거미의 특성상 싸우는 대신 도주를 택한 것.

위드가 아닌 다른 먹잇감이 나타나더라도, 저항을 하려고 하면 일단 도망을 친다. 먹이가 완전히 힘이 빠지기를 기다린 후에야 상대하는 게 엘핀 퀸 스파이더의 방식이었다.

그러면서도 팔뚝보다 두꺼운 거미줄을 쏘아 내면서 통로의 반대편으로 움직였다.

"소드 카이저!"

위드는 남아 있던 모든 마나를 사용해 가장 강한 공격력으로 환원시켰다.

엘핀 퀸 스파이더의 급소, 거미줄이 나오는 꽁무니를 거침없

보여 주는 능력 627

이 찔렀다.

> 치명적인 일격을 가하였습니다.

조각 파괴술로 위력을 극대화한 소드 카이저!

마법사들의 최종 공격술인 마나 번과 맞먹는 끔찍한 파괴력.

엘핀 퀸 스파이더의 거대한 동체가 우르르 떨렸다.

쫘과광!

통로를 막고 있던 바위가 뚫렸을 때보다도 더 큰 폭발음과 섬광, 진동이 터졌다.

헤겔 들은 엎드려서 귀를 막는 것이 최선이었다. 하지만 폭발음과 빛은 그걸로 그치지 않았다.

"소드 카이저, 소드 카이저, 소드 카이저!"

마나가 다 떨어진 이후, 생명력과 체력을 소모하면서 사용하는 최후의 초식!

소드 카이저를 연발로 사용하면서 집요하게 엘핀 퀸 스파이더를 사냥한다.

> 치명적인 일격이 터졌습니다.
> 29%의 피해를 추가합니다.

> 치명적인 일격이 터졌습니다.
> 47%의 피해를 추가합니다.

> 치명적인 일격이 터졌습니다.
> 82%의 피해를 추가합니다.

> 치명적인 일격이 터졌습니다.
> 114%의 피해를 추가합니다.

그것도 모든 공격을 한 지점에 퍼붓는 일점 공격술의 재현!

빠르게 도주하는 엘핀 퀸 스파이더를 정신없이 뒤쫓으면서 저항이 큰 스킬을 발동시켜 정확한 지점을 공격한다.

헤겔 들은 고개를 숙이고 있었기 때문에 볼 수 없었지만, 현재 위드가 발휘하는 공격력은 최강이라고 할 수 있었다.

조각 파괴술에 소드 카이저, 검 갈기 스킬로 증가한 대미지. 이 모든 공격력을 일점 공격술로 활용한다.

기하급수적으로 줄어드는 생명력과 늘어 가는 부상으로 엘핀 퀸 스파이더의 이동속도가 현저히 감소했다.

도망이 불가능해졌으니 힘이 있다면 저항이라도 해 볼 것이지만, 너무나도 막강한 대미지 앞에 비실비실 몇 걸음 앞으로 나아가다가 죽었다.

회색빛으로 변한 엘핀 퀸 스파이더의 몸에서는 오리 알만 한 사파이어와 허리에 두를 수 있는 요갑, 금화들이 나왔다.

위드는 섬전과도 같은 속도로 전리품들을 수거했다.

"으으, 조각사라면서……."

헤겔은 머리를 감싸며 신음했다.

머릿속이 백치라도 된 것처럼 사고가 이어지지 않았다. 조각사라면서 무슨 거미줄을 재봉 재료로 수거해 버릴 수 있단 말인가.

"그리고 그 활동적인 움직임은… 스킬이 아니라 진짜 검술이었어."

대부분의 유저들은 스킬에 의존해서 싸운다. 하지만 특별한 싸움꾼들은 직접 행동하고, 스킬들까지 전투에 최적화시킬 수 있다.

이런 경우에 전투에서 보여 줄 수 있는 차이란 엄청났다.

같은 진검을 들고 일반인과 훈련된 검사가 싸운다. 승부는 해보나 마나였다.

육체와 도구가 동일하다고 하더라도 사용하는 사람의 판단력과 감각, 경험에 따라서 천양지차의 결과를 보여 줄 수밖에 없다.

〈로열 로드〉에서도 현실에서의 전투의 달인과 일반인이 몬스터를 사냥하면 당연히 차이가 벌어질 수밖에 없다.

최적의 거리 유지, 최소한의 회피 동작, 최대한의 힘을 이끌어 낼 수 있는 공격 방식!

몬스터를 사냥하는 마음가짐이 다를 것이고, 기본적으로 움직이는 방식 자체가 파격적이고 완전히 다르다.

대부분의 사람들은 이런 정도의 수준에 올라 있지 않다.

초보 시절부터 점점 성장하면서 캐릭터에 익숙해지고 스킬 사용에 능숙해진다. 사냥이 반복되면서 몬스터와 싸우는 방법도 조금씩 숙달된다.

처음 싸우는 종류의 몬스터보다, 수백 번 사냥을 해 본 몬스터를 훨씬 잘 잡을 수 있는 것이 이러한 이치!

하지만 위드나 검치에게는 그런 과정이 필요 없었다.

"때려잡으면 될 뿐."

무식하게 몬스터를 때려잡는 모습에는 일말의 동정심조차 없다.

"사냥에 성공했나 봐."

"가 보자."

20여 초가 지나고 나서, 셀시아가 몸을 일으켰다. 그녀를 따라서 다른 파티원들도 위드가 있는 곳으로 걸어갔다.

무언가 느껴지는 위압감.

고작 드워프에게서 위압감을 느끼고 있다는 사실이 우습지만 사실이었다.

모르는 사이였다면 감히 다가갈 수조차 없었으리라.

그들이 다가갔을 때에 위드는 몸에 붕대를 감았다. 양손에 붕대를 들고 몸통과 팔, 다리, 목 등을 감아 돌리는 기술.

약초들을 덕지덕지 바르고, 눈을 감고 명상을 취했다.

붕대 감기 스킬 마스터!

유능한 워리어들도 중급에 오르면 존중받는 스킬을 전투 노가다로 마스터한 위드.

생명력과 마나가 느릿하게 회복되고 있었다.

위드에게 다가오기는 했지만 큰 부상을 입은 듯한 태도에 셀시아는 감히 방해하지 못했다.

"어떻게 해. 엘핀 퀸 스파이더와 싸우느라 너무 많이 다친 것 같아."

"성직자가 없으니 치료해 줄 수도 없고……."

발을 동동 구르고 있을 때였다.

불과 8% 정도의 생명력이 차오르고 나서 위드가 눈을 떴다.

가늘고 옆으로 길게 찢어진 눈.

위드의 눈매가 본래 이 정도는 아니었다. 외모에서 눈이 그나마 가장 나을 정도로 눈빛이 맑고, 깨끗한 이미지였다.

지금은 조각 변신술로 인하여 눈매가 변해 있다.

가늘고 찢어진 눈에 살기가 어렸다.

"이대로 놀고 있을 겨를이 없지. 본전을 찾아야 돼!"

길게 심호흡을 한 뒤에, 비틀거리면서 엘핀 퀸 스파이더가 나왔던 통로로 걸어가는 것이었다.

전투의 와중에 부러졌는지 발목은 땅에 질질 끌렸다.

인내력과 맷집이 아니었다면 이미 전투 불능 상태에 빠져들어서 움직이지도 못했을 부상.

"부러진 발목 따위야 시간이 지나면 붙겠지."

위드는 검을 지팡이처럼 이용하면서 전진했다.

발목이나 손목이 부러져 본 경험이 100번은 넘었으니 몸 상태는 누구보다 잘 안다. 그러므로 계속 전투를 이어 가려는 것이었다.

최지훈은 이현의 동생인 이혜연과 데이트를 하고 있었다.

가전제품들을 고쳐 주고, 〈로열 로드〉에서 모르는 것들을 가르쳐 주면서 친해졌다. 아직 사귀는 사이는 아니어도 꽤 친근한 관계였다.

이혜연이 딸기 우유를 마시다가 말했다.

"오빠, 내가 개인기 보여 줄까?"

"개인기?"

"응. 개그맨들이 하는, 그런 성대모사 보여 주고 싶은데."

최지훈은 상당히 기대가 되는 것을 주체할 수 없었다.

"진짜 해 줄 거야?"

"응. 먼저 멀리서 사람이 걸어오는 소리를 성대모사로 표현할게."

이혜연이 자두 빛의 입술에 침을 살짝 바르고 말했다.

"뚜벅. 뚜벅."

"……."

"그다음은 자동차에 시동 거는 소리야. 부르릉!"

"……."

"비행기가 이륙하는 소리야. 슈우우웅!"

사진 촬영하는 소리 찰칵, 전화 오는 소리 따르릉, 북 치는 소리 눙둥둥, 강아지 울음소리 멍, 고양이 울음소리 야옹!

최지훈은 눈물을 흘리면서 웃었다.

성대모사는 전혀 안 비슷했지만, 청순하고 앳된 외모의 소녀가 진지하게 개그를 하는 모습이 즐거웠던 것이다.

'이 아이, 매력이 있어.'

숱한 여자들을 만나 봤음에도, 이혜연과 함께할 때처럼 빠져드는 기분은 처음이었다. 평생 같이 살더라도 후회가 없을 것 같았다.

'매일 아침에 눈을 뜨면 행복하고, 새들이 지저귀는 소리, 활짝 핀 꽃들을 볼 수 있겠지.'

완전히 환상에 빠져든 남자의 형태!

오히려 이혜연 쪽에서 그냥 평범한 오빠로만 여기는 게 아닌지 노심초사할 정도였다.

최지훈이 일부러 아무것도 아닌 것처럼 흘리듯이 물었다.

"넌 이상형의 남자가 뭐야?"

제대로 대답하지 못하면, 자신은 어떠냐며 밀어붙여 볼 참이었다.

이혜연이 가볍게 대답했다.

"키는 187 정도에 몸무게는 78킬로그램. 정장이 잘 어울렸으면 좋겠어. 발목은 가늘어야 하고, 약간 슬림한 몸매에 근육. 취미로는 요리와 청소. 연봉은 2억 정도에, 금융계 종사자. 나이는 스물여덟 살 정도면 될까?"

"……."

"농담이야. 가정적인 남자가 좋아. 나머지는 내 마음에만 들면 되지. 여차하면 내가 벌어서 먹여도 되고."

"가정적인 남자?"

"응. 나만을 보고 사랑해 줄 수 있는 남자."

최지훈은 말문이 막혔다.

능력이라면 누구보다 있다. 외모도 자신이 있었으며, 어떤 여자라도 매료시킬 수 있는 매력도 있다.

하지만 그런 조건들이 이혜연에게는 의미가 없었다.

'태어날 때부터 가졌던 것들을 제외하면… 난 정말 보잘것없는 사람이구나.'

최지훈에게는 자기 자신을 돌아볼 계기가 되었다.

그때 이혜연의 어깨 너머에서 아는 얼굴과 마주치게 되었다.

이혜연과 알고 지내고 만나면서 항상 꿈에서라도 볼까 두려워했던 인물 중 한 사람!

검치 들 중의 일인인 정일훈이었다.

차은희에게 주기 위한 선물을 사기 위해 시내에 나온 정일훈에게 딱 걸렸다.

"오빠, 무슨 생각 하고 있어?"

"응? 으응."

"얼굴이 시퍼렇게 변했는데 괜찮아?"

"조, 조명 탓이겠지."

"여기엔 파란색의 조명이 없는데… 암튼 나 이제 집에 갈게."

"벌써 가려고?"

"응. 너무 늦으면 우리 오빠가 걱정하거든."

"데려다줄까?"

최지훈이 스스로도 기발한 아이디어라고 여기면서 말했다.

'어떻게 해서든 이 자리를 벗어나야 돼.'

살기 위한 본능적인 몸부림!

이혜연이 가방을 챙겨서 일어났다.

"그러지 않아도 돼. 여기서 버스로 다섯 정거장밖에 안 돼. 갈아탈 필요도 없거든."

"내가 택시로 바래다줄게."

"돈 아껴. 왜 쓸데없는 데 돈을 써? 나 데려다주고 다시 집에 돌아갈 때도 택시 타고 갈 거지?"

최지훈은 아니라고 거짓말은 하지 못했다.

버스를 타려고 해도 평생 타 본 적이 없으니 요금이 얼마인지도 몰랐다.

유치원, 초등학교, 중학교 시절에는 기사가 리무진을 태워서 통학을 시켰다. 고등학교 때에는 오토바이를 탔다. 사고 확률이 높은 위험한 운송 수단이지만, 경호원들과 경찰차들의 호위 아래였다. 최대로 검소하게 활용하는 게 택시.

집에 있는 그의 외제 차들은 창고에서 푹 쉬고 있었다.

어쩌다 보니 가전 업체 대리점 집 아들이 되어 버렸다. 편견이나 거부감이 생길지도 모른다는 두려움 때문에 사실대로 밝히지도 못했다.

검소한 데이트를 하며 오붓하게 보내는 시간이 싫진 않았지만, 지금처럼 뼈저린 아쉬움이 느껴진 적도 없었다.

"먼저 갈게. 조심해서 들어가."

"혜, 혜연아."

최지훈이 그래도 데려다주기 위하여 엉거주춤 일어날 때였다. 그는 정일훈이 손가락을 까딱까딱 흔드는 장면을 보고 말았다.

무언가를 말하고 있기도 했다.

시끄러운 입 모양은 분명했다.

'도망가면 죽는다.'

❧

이혜연을 보내고 나서, 최지훈은 정일훈에게 다가갔다. 위축된 어깨와 흔들리는 눈동자. 영락없이 죄인의 모습이다.

"덥다. 좀 걷자."

"예, 형."

그들은 인근의 공원으로 향했다.

뒷산으로 안 올라가는 게 최지훈으로서는 천만다행이었다.

'다른 사람 아닌, 정일훈 형에게 걸린 게 그나마 나은 거야.'

책임감 강한 첫째 사범. 본인도 연애를 하고 있으니 이해심도 남다르리라.

맑은 호수 공원에서 물고기들이 평화롭게 헤엄치고 있었다.

'너희가 부럽구나.'

이 순간만은 최지훈도 물고기들이 부러웠다.

정일훈이 일그러진 얼굴로 크게 탄식했다.

"네가… 혜연이를 좋아하냐?"

"예, 맞습니다."

최지훈은 변명하지 않았다.

사귀는 관계는 아님에도, 자신의 마음에는 사랑하는 마음이 분명히 싹트고 있었던 것이다.

"그랬구나."

정일훈은 한동안 말이 없었다.

최지훈의 사시나무 떨리듯 흔들리던 몸이 차츰 진정되었다.

'살았다.'

무작정 두들겨 패진 않는다. 그러므로 무사히 넘어갈 것 같다는 긍정적인 예상을 조심스레 해 보았다.

잠시의 정적 후에, 최지훈이 남자답게 가슴을 폈다.

"혜연이만 저를 좋아해 준다면, 정말로 진지하게 사귀어 보고 싶습니다."

"결국은 네가……."

"죄송합니다, 형님."

"괜찮다. 나에게 미안해할 필요가 뭐 있겠느냐. 연애는 당사자들이 하는 게지. 그리고 사귀는 관계도 아니라며?"

"저는 좋아하고 있습니다."

최지훈은 이혜연의 어떤 모습들이 그렇게 예뻐 보이는지 설명했다.

장장 10여 분이나 이어지는 설명. 다른 여자들과 만나 보면서 가졌던 공허한 감정들에 대해서도 솔직하게 말했다.

"저는 아직 어리지만, 평생에 다시 찾아오기 힘든 여자라고 생각합니다. 무엇보다도… 지금도 그녀의 목소리가 계속 들리는 것 같습니다. 잠잘 때도 생각이 나고요."

최지훈은 말을 하면서 깨달았다.

이혜연은 다른 여자들과는 달랐다. 놓치면 다시 만날 수 없는 소중한 사람이라는 것을, 그리고 자신이 얼마나 그녀에게 빠져 있는지도.

정일훈이 그의 어깨를 두꺼운 손으로 다독여 주었다.

"그래. 그 정도의 각오라면 됐다. 남자가 구차하게 이런저런 말 하지 않아도 된다."

"허락해 주시는 겁니까?"

"허락은 무슨. 연애는 당사자들이 좋아하면 되는 거라니까."

"고맙습니다, 형님!"

"참, 그런데 말이다."

정일훈이 크게 인심 쓰듯이 말했다.

"내일부터 너도 도장에 나와라."

"네?"

"남자라면 육체 단련에도 조금은 신경을 써야지. 비리비리한 몸으로 되겠냐."

"비리비리하진 않은데……."

농구와 축구, 수영 등 각종 스포츠로 단련된 몸이었다.

정일훈이 엄하게 소리쳤다.

"약해! 그 정도 체력으로 데이트를 하던 도중에 불량배가 3,000명쯤 덤벼들면 이겨 낼 수 있겠냐?"

"3… 3,000명요?"

"어떤 환경에서도 여자 친구를 지킬 수 있어야 한다. 전쟁이 벌어지고, 가뭄이 들고, 홍수가 나고, 지진, 해일이 일어나도 여자 친구는 살려야 된다. 넌 그만한 각오가 되어 있냐?"

"아, 아직은요."

"내가 그런 힘과 용기를 키워 주마. 너를 위해 해 줄 수 있는 게 이런 작은 도움밖에 안 된다니 아쉽구나."

"고맙습니다."

"네가 혜연이를 좋아한다는 사실을 알면 사제들도 자기 일처럼 열심히 나서 줄걸. 대련 상대는 얼마든지 있을 테니 새벽 일찍 도장에 나오너라. 그래야 1명에게라도 더 가르침을 받을 수 있겠지."

사범들과 수련생 500명과의 대련!

최지훈의 얼굴에 핏기가 가셨다.

도장에 나오라는 말이 어떤 의미인지 알 것 같았다.

"설마 혜연이를 좋아한다는 마음이 가짜는 아니겠지?"

"진짭니다."

"도망치고 싶다면 괜찮다. 도망쳐도 된다. 도장에 안 나와도 된다는 뜻이다."

"정말요?"

"응. 우리가 잡으러 가면 되니까."

"……."

TO BE CONTINUED